「山東大學雙一流建設『中國古典學術』專項資助項目」

山東大學中文專刊

關德棟文集

第一册　俗文學論稿

關德棟　著

國家圖書館出版社

圖書在版編目（CIP）數據

關德棟文集：全七册 / 關德棟著. — 北京：國家圖書館出版社, 2024.12
ISBN 978-7-5013-8114-2

Ⅰ. ①關… Ⅱ. ①關… Ⅲ. ①關德棟—文集 Ⅳ. ①I206-53

中國國家版本館CIP數據核字(2024)第084220號

書　　名	關德棟文集（全七册）
著　　者	關德棟　著
責任編輯	潘肖薔　謝陽陽

出版發行	國家圖書館出版社（北京市西城區文津街7號 100034） （原書目文獻出版社 北京圖書館出版社） 010-66114536　63802249　nlcpress@nlc.cn（郵購）
網　　址	http://www. nlcpress. com
印　　裝	北京科信印刷有限公司
版次印次	2024年12月第1版　2024年12月第1次印刷

開　　本	640×960　1/32
印　　張	112
字　　數	2605千字
書　　號	ISBN 978-7-5013-8114-2
定　　價	1050.00圓

《山東大學中文專刊》編輯工作組

《山東大學中文專刊》編輯出版説明

《山東大學中文專刊》,是山東大學中文學科學者著述的一套叢書。由山東大學文學院主持編輯,邀請有關專家擔任編纂工作,請國内有經驗的專業出版社分工出版。山東大學中文學科與山東大學的歷史同步,在社會巨變中,屢經分合遷轉,是國内歷史悠久、名家輩出、有較大影響的中文學科之一。1901 年山東大學堂創辦之初,其課程設置就包括經史子集等中文課程。1926 年省立山東大學在濟南創辦,設立了文學院,有中國哲學、國文學兩系。20 世紀 30 年代至 40 年代,楊振聲、聞一多、老舍、洪深、梁實秋、游國恩、王獻唐、張煦、丁山、姜叔明、沈從文、明義士、臺静農、聞宥、欒調甫、顧頡剛、胡厚宣、黄孝紓等著名學者、作家在國立山東(青島)大學、齊魯大學任教,在學術界享有盛譽。新中國成立後,山東大學中文學科迎來新的發展時期,華崗、成仿吾先後擔任校長,陸侃如、馮沅君先後擔任副校長,黄孝紓、王統照、吕熒、高亨、高蘭、蕭滌非、殷孟倫、殷焕先、劉泮溪、孫昌熙、關德棟、蔣維崧等語言文學名家在山東大學任教,是國内中文學科實力雄厚的學術重鎮。改革開放以來,新中國培養的一代學術名家周來祥、袁世碩、董治安、牟世金、張可禮、龔克昌、劉乃昌、朱德才、郭延禮、狄其驄、葛本儀、錢曾怡、曾繁仁、張忠綱等,以深厚的學術功力和開拓創新精神，譜寫了山東大學中文學科新的輝煌。總結歷史成就，整理出版幾代人用心血和智慧凝結而成的著述，是對學術前輩最大的尊敬，也是開拓未來，創造新知，更上一層樓的最好起點。2018 年 4 月 16 日，山東大學文學院新一届領導班子奉命成立，20 日履任。如何在新的階段爲學科發展做一些有益的工作，是擺在面前的首要課題。編輯出版《山東大學中文專刊》是新舉措之一。經過一年的緊張工作，一批成果即將問世。這其中既有歷史成就的總結，也有新時期的新著。相信這是一項長期的任務，而且長江後浪推前浪，在未來的學術界，山東大學中文學科的學人一定能够創造出無愧於前哲，無愧於當代，無愧於後勁的更加輝煌的業績。

山東大學文學院

二〇一九年十月一日

日本"明清乐"书录

清末以来，我国学者已注意到流传于日本的我国图书的保存和研究，然而所瞩目的，或为古汉籍经典乃至小说、戏曲佚书。对于在我国文艺影响下曾经流行于一定范围的我国民歌时调俗曲的"明清乐"，却很少有人述及；至于对这类俗曲的曲谱、曲集，就更少有人注意览访。这里，仅就多年蒐求到的资料，略作书录于以，或亦为中国文学史、戏曲史、曲艺史与中日文化关系史的研究家们所想了解的：

《花月琴谱》一册

葛生斗远辑

有日本天保二年（公元一八三一年）识和藤原资爱天保壬辰（三年，公元一八三二年）跋。

收曲谱：越调"厦门流水"、"高山流

王三姑（王香隐）

随着清中叶的说唱伎艺的发展，曾长时期以来流行于江南乡镇的"盲女弹词"，在城市间也相当活跃起来，因而当时某些传统文人在其诗文集中，也偶尔提及她们。据记载，当时著名的女弹词盲艺人，有：王三姑、项金灿、杨玉珍等[注一]，可惜有关她们事迹的资料多已零散，比较具体的情况不易了解。

在这几个已知名的女弹词艺人中间，时代较早的是王三姑，并且当时传统的文人记述她的也多一些。赵翼（公元一七二七——一八一四年）在晚年为她写了《重遇盲女王三姑赋赠》绝句四首，诗中只说她致力弹词说唱的时间较长，而对她的生平事迹却也没有涉及[注二]；袁枚（公元一七一六——一七九七年）在他六十

《凤阳士人》篇中的俗曲

关德栋

蒲松龄的《聊斋志异》卷二《凤阳士人》篇，在描述士人夫妻会聚，丽人"又以巨觥劝客，士人以醉辞，劝之益苦"的情节时说：

士人笑曰："卿为我度一曲，即当饮。"丽人不拒，即以牙杖抚提琴而歌曰：

黄昏卸得残妆罢，
窗外西风冷透纱。
听蕉声，一阵一阵细雨下，
何处与人闲嗑牙？
望穿秋水，
不见还家，
潸潸泪似麻。
又是想他，
又是恨他，
手拿着红绣鞋儿占鬼卦。

歌竟，笑曰："此市井里巷之谣，不足污君听，然因流俗所尚，姑效颦耳！"

二

满汉合璧子弟书《寻夫曲》校录

lioi bu wei i gicuke gebu tumen jalan de isitala,

万古羞名吕布者，

emu bayan wesihun be hicume gise alibure sahiba,

为贪富贵献娥眉。

doosi weile šajingga nomun i jurgan be necihebi,

贪心犯罪春秋笔，

lehele i basucun hergen akūi eldengge wehe i sasa algišaha,

乱种讥嘲无字碑。

gashan sui akūngge be ušabufi amala jobocun tutahabi,

殃及鱼池留后患，

jobolon bithe deijire ci banjinanai fulenggi ome ubaliyaka,

碎胎坑穴作余煨。

lioi bu wei sargan i beyede doosi fusi bifi cin gurun i doro

罗松窗韩小窗合集　关德栋 辑校

目录

關德棟生平及學術簡介

關德棟(1920—2005),滿族,1920 年 7 月生於北京。1939 年考入北京大學文學院中國語言文學系。大學畢業後,先後任北京明德中學教員、北京中國佛教學院講師、上海佛學院教授、上海美術專科學校教授、上海無錫國學專修學校教授、東方學編譯社編輯、瀋陽博物院滿文老檔編譯組組長、耕耘出版社編輯。

1949 年 2 月—1950 年 1 月,任北京華北大學政治研究所學員。1950 年 2 月,赴蘭州大學工作,先後任少數民族語文系講師、副教授。1951 年 1 月—1951 年 8 月任《歷史教學》月刊社執行編委,爲該刊的創始人之一。1951 年 8 月—1953 年 7 月任福建師範學院中文系教授兼系主任、福州大學中文系教授兼系主任。1953 年調任山東大學中文系教授。

關德棟先生在大學任教的數十年中,先後講授中國文學史、中國民族史、蒙藏佛教史、佛典文學、民俗學、人民口頭創作、民間文學概論、明清俗曲概論、敦煌文獻研究和梵文等課程。從 1955 年起開始培養研究生,1981 年後又指導美國、法國、日本、意大利、韓國、巴基斯坦等國的碩士和博士進修生,進行"敦煌學""寶卷""聊齋説唱""明代時調歌曲""滿族諺語""講唱文學"和"中巴關係史"等課題的研究及論文撰寫。1983—1984 年獲得美國路斯基金,應美國賓夕法尼亞大學東方研究系邀請,赴美講學。1993 年根據中德文化交流協定，獲德國國家科學委員會基金，應邀赴德國柏林國家圖書館和科隆大學東亞研究所滿學系從事合作研究。

關德棟先生是著名俗文學專家、敦煌學家和滿學專家，20 世紀 40 年代，他就開始敦煌俗文學研究，在《佛學月刊》《俗文學週刊》等報刊上陸續發表了《談變文》《讀〈唐代俗講考〉的商榷》《略説“變”字的來源》《“醜女緣起”故事的根據》《變文目》等一系列論文。1947 年 3 月，向達先生在《補説唐代俗講二三事——兼答周一良、關德棟兩先生》一文中就有“二十年來注意敦煌俗講文學者，寥寥可數。今日得讀周、關兩先生的文章，不勝空谷足音之感。個人除去歡喜贊嘆而外，并向孫、周、關諸先生表示敬意”的感喟。1982 年，周紹良、白化文編選《敦煌變文論文录》，收録 20 世紀 80 年代以前研究敦煌變文的論文 50 餘篇，其中關德棟先生入選五篇，顯示了他在敦煌俗文學研究上做出的突出貢獻。

關德棟先生是以鄭振鐸先生和趙景深先生爲代表的“俗文學學派”的重要成員，未及而立之年，就已經發表了大量關於小説、戲曲、説唱、小曲的研究論文，成爲全國知名的俗文學研究專家，受到郭沫若、鄭振鐸、向達、王重民等著名學者的贊許。

中華人民共和國成立後，關德棟先生繼續從事俗文學，尤其是説唱文學的研究，出版了《新疆民歌民譚集》、《曲藝論集》、《挂枝兒 山歌》(選注)、《聊齋俚曲選》、《聊齋志異話本集》、《聊齋志異説唱集》(合編)、《聊齋志異戲曲集》(合編)、《賈鳬西木皮詞校注》(合著)、《子弟書叢鈔》(合編)等。其中《曲藝論集》是關德棟先生曲藝研究的代表作。該書收論文 22 篇，涉及變文、寶卷、子弟書等傳統曲藝，其中既有對各種曲藝文學樣式淵源和發展的考辨，也有對曲藝文獻的搜集和校訂；既提供了珍貴的曲藝文獻資料，也作了深入的理論探索。該書由中華書局 1958 年出版，上海古籍出版社 1983 年再版，成爲曲藝研究領域重要的參考文獻。海外知名漢學家波多野太郎、太田辰夫、李福清、戴密微、嵇穆等多次轉引書中的觀點。《曲藝論集》因其學術價值的重要，已作爲專門條目載入《中國戲曲曲藝辭典》《中國大百科全書・戲曲曲藝卷》《民間文學詞典》等。

關德棟先生在滿學研究上也取得了突出的成就。他自幼受到滿族傳統文化的熏陶，精通本民族語文。鑒於滿語文獻在探討近世中華民族歷史文化上的重要意義，他注意對滿語文獻的搜集、整理和研究。他早年搜集校訂的滿漢語混合的子弟書《螃蟹段兒》《升官圖》以及滿文俚曲《黄昏卸得殘妝罷》等，就是瞭解和研討滿漢文化相互交融的寶貴資料。1946 年至 1947 年，他在瀋陽博物院從事《滿文老檔》的翻譯工作，這是我國有計劃地直接從滿語原文翻譯這部重要史料的開端。與此同時，他還進行了“滿文檔成語”的輯録工作。1979 年至 1980 年，他參加《滿漢辭典》的編纂時，曾前往新疆察布查爾錫伯自治縣進行滿語與錫伯語關係的調查。即使在十年“文革”的艱難歲月中，他也没有停止滿學研究，他克服重重困難，以驚人的毅力，整理編成了一部《滿文老檔成語詞典》。

關德棟先生還爲圖理琛所撰寫的《異域録》滿文本作了校注，并進行了深入研究。此書刊刻於 1723 年，是圖理琛出使土爾扈特途徑俄羅斯歸來後所著。關德棟先生撰寫的《略論圖理琛〈異域録〉滿文本對漢文本的訂補及其他》一文是對《異域録》滿文本的第一次介紹，也是第一篇依據滿語文獻的原始資料研究 18 世紀初中俄關係史的文章，有著重要的學術意義。

關德棟先生在山東大學任教數十年，滋蘭樹蕙，育才無數。他不但傳授知識和治學的門徑，還注重培養學生的實踐能力。在

20 世紀 50 年代教授“人民口頭創作”課程時，他利用暑假分兩批帶領學生前往沂水縣和淄博洪山進行民間文學采風，搜集了數十萬字的第一手資料，編成《人民口頭創作實習資料彙編》，這是新中國成立後較早的一次民間文學調查。爲了配合山東大學中文系民間文學教研室的研究生學習《民俗學概論》課程，他帶領研究生一同編寫了《山東方志民俗資料彙編》，極大地提升了研究生的學習能力，也開啓了山東地方民俗研究的先聲。

關德棟先生先後兼任山東省文史研究館館員、中國民間文藝家協會理事、中國民間文藝家協會山東分會名譽主席、中國敦煌吐魯番學會理事、中國俗文學學會副會長、東方民族民間文化學會理事長、山東省文聯委員、清蒙古車王府藏曲本編輯委員會顧問等職。《中國戲曲曲藝辭典》《中國目録學辭典》《中國大百科全書・戲曲曲藝卷》《滿族現代文學藝術家傳略》《中國民間文藝辭典》《民間文學大辭典》等都設專目介紹他的生平和學術成就。

編輯説明

《關德棟文集》收入了關德棟先生已發表和未發表的著述，共計十種，其中部分著作爲合著，是關先生與其學生和助手合作完成。按照寫作和出版的時間順序，這十種著作分别爲：《俗文學論稿》、《新疆民歌民謡集》、《甘肅、青海民歌集》、《挂枝兒 山歌》（選注）、《聊齋俚曲選》、《賈鳧西木皮詞校注》（關德棟、周中明校注）、《聊齋志異戲曲集》（關德棟、車錫倫編）、《聊齋志異説唱集》（關德棟、李萬鵬編校）、《子弟書叢鈔》（關德棟、周中明編注）、《聊齋志異話本集》。

《俗文學論稿》是在關德棟先生生前整理的《中國俗文學論叢稿》（初編）的基礎上，補充了若干俗文學研究單篇論文的選集，共收入論文 75 篇，多數已經發表，部分論文被收入關先生的《曲藝論集》（中華書局 1958 年 12 月第 1 版，1962 年 6 月修訂第 2 版；上海古籍出版社 1983 年 5 月再版）中。《俗文學論稿》所收論文發表時間最早的是作於 1942 年的《唐代的民間佛教文學——變文》、《唐代的民間佛教文學——詩歌》和《元明間的民間佛教文學》，最晚的是謄寫於 2003 年的《日本"明清樂"書録》，時間上有約六十年的跨度。在文章的内容上，涵蓋了小説、戲曲、變文、小曲、道情、寶卷、彈詞、子弟書等俗文學的各種樣式，其中涉及的多種資料均爲罕見的自藏資料，以及關先生在美國賓夕法尼亞大學和德國科隆大學講學期間寓目的珍貴文獻，較爲全面地反映了關德棟先生在俗文學研究領域孜孜不倦的開墾深耕和取得的杰出成就。另外還收入了《略論圖理琛〈異域録〉滿文本對漢文本脱錯的訂補及其他》《釋“薩其瑪”》《德國柏林國家國書館現存滿文書簡記》《通誡偈釋》《無常偈釋》《巴利本〈大會經〉》《西藏的典籍》《英帝侵略西藏的開始》等滿學、佛學和中外交流史研究的文章，這些文章大多具有開拓意義，展現了關先生博學多能的一面。

《新疆民歌民譚集》最早於 1950 年由上海北新書局出版，作爲趙景深主編的“民間文藝叢書”之一，由趙景深作序，鄭振鐸題寫書名。《新疆民歌民譚集》介紹了維吾爾、哈薩克、錫伯、蒙古四個民族的民歌，和維吾爾、哈薩克、塔塔爾、柯爾克孜、烏孜别克、蒙古六個民族的民間故事。正如在初版“後記”中關德棟先生所説：“雖然不是一本比較全面的介紹新疆各民族間民歌和民間故事的集子，但大體講，比較著名的幾族的民歌和民間故事是都介紹了一點。”本書是對新疆民歌和民間故事較早的整理和介紹，很值得重視。

《甘肅、青海民歌集》爲未刊稿，編成於 1950 年末。1950 年春，關德棟先生隨西北軍政委員會教育部派往蘭州大學的軍代表，到該校工作，任教於少數民族語文系。除講授一些“民族史”和“民族政策”的知識外，在趙景深先生的鼓勵和指導下，他還從事當地民歌的搜集整理工作。《甘肅、青海民歌集》編好後，由鄭振鐸先生題寫書籤。1951 年，關德棟先生從蘭州大學轉調福建師範學院時，趙景深先生爲之作序，并擬由當時的上海北新書局出版。後因出版社的變更及關先生工作的變動(1953 年關先生轉任山東大學教授)，出版之事被擱置了下來。1966 年“文革”時，鄭振鐸先生的題籤和部分書稿在運動中遺失。《甘肅、青海民歌集》分爲四個部分：第一部分爲“甘肅民歌”，包括“山歌——‘花兒’或‘少年’”“小曲”，并附有曲調。第二部分爲“青海民歌”，包括“山歌——‘花兒’或‘少年’”“小曲”，并附有曲調。附録一爲“藏族民歌”。附録二爲“蘭州鼓子詞”。基本涵蓋了當地最有特色的民歌形式。此次整理，仍按照原文底稿録入，對於那些大同小异的民歌，仍予以保留，以保持稿件原貌。原文中一些明顯錯字、别字、漏字或係原稿抄寫疏忽，悉作校正。同時，原稿有缺字、漏字無法補正者，代之以“□”。

《挂枝兒 山歌》(選注)根據兩種已刊本作了重新編輯。1959—1962年，關德棟先生與趙景深先生共同策劃編校出版了“明清時調叢書”，關先生標點整理的《挂枝兒》和《山歌》分别於1961年和1962年作爲“明清時調叢書”之兩種由中華書局上海編輯所出版。1987年，上海古籍出版社以《明清時調集》爲名重新訂正排印出版。關德棟先生爲兩書各作了一篇篇幅很長的序言，對這兩種民歌形式的起源、流傳、歷代輯集的情況以及兩書的内容分類、藝術特點作了精到細緻的分析，高度評價了馮夢龍搜集整理民歌的重要意義。這兩篇序言是明清時調民歌研究的重要文獻，至今仍有重要的參考價值。1992年，濟南出版社出版了關德棟先生選注的《挂枝兒 山歌》，從兩書選出了部分優秀作品加以注釋，全書共12萬字。此次《關德棟文集》收入的《挂枝兒 山歌》(選注)以1987年上海古籍出版社《明清時調集》爲基礎，融合了1992年濟南出版社《挂枝兒 山歌》所作的注釋，將這兩個版本融爲一體，體現出關德棟先生對明清時調民歌研究的延續性。

《聊齋俚曲選》是關德棟先生1963年在“蒲松齡著作編輯委員會”的主持下所編，20世紀70年代末又作了修訂，1980年由齊魯書社出版。全書收入了《窮漢詞》《學究自嘲》《千古快》《墻頭記》和《鬧館》五種俚曲，前四種是敘事或敘事兼代言的説唱作品，後一種是戲曲。《聊齋俚曲選》根據多種傳抄本加以校訂，并對每篇作品作了説明和注釋。

《聊齋志異話本集》輯録了兩種根據《聊齋志異》的内容改編成的話本，包括《醒夢駢言》十二回和《删定二奇合傳》中的兩篇，1991 年由齊魯書社出版。據關德棟先生在初版《輯校弁言》中所説，輯校《聊齋志異》話本，始於 20 世紀 40 年代他檢讀馬隅卿先生所藏通俗小説，其中，《醒夢駢言》就是以馬隅卿先生舊藏乾隆以前刻本爲底本，并以其後翻刻本和至德周氏舊藏影鈔爲别本對校。《删定二奇合傳》是以咸豐間刻本爲底本。初版校訂所據的兩書底本都有缺漏，提交給出版社時未能補足。1984 年關德棟先生赴美講學期間讀到了兩書的底本原刊，恰好完整無缺頁，於是將所缺抄録了下來。但是當時出版社已經付排清樣，補抄的缺頁無法插入，衹能以《校後記》的形式附於全書末尾。此次收入《關德棟文集》的《聊齋志異話本集》依據齊魯書社版，將關先生補抄的缺頁補入相應的位置，使得全書終成完璧，彌補了初版的小小缺憾。

《賈鳧西木皮詞校注》是對明末清初賈鳧西所作鼓詞的整理校注，由關德棟先生和周中明合作完成，齊魯書社 1982 年出版。周中明，1934 年生，江蘇揚州人。1961 年畢業於北京大學中文系漢語言文學專業，被分配至安徽大學中文系古典文學教研室任教，曾任安徽大學中文系教授、校學術委員會委員、中國紅樓夢學會常務理事。1962 年至 1964 年上半年，周中明曾赴山東大學跟隨關德棟先生從事俗文學研究。《賈鳧西木皮詞校注》收入了賈鳧西的《歷代史略鼓詞》《太史摯適齊全章》兩篇鼓詞，并附有長篇的"校記"。全書附有三個附編，包括賈鳧西的傳記、前代多個版本的序跋和賈鳧西所作的詩集《澹圃詩草》,對於瞭解賈鳧西其人其文以及明末清初鼓詞的面貌大有裨益。

《聊齋志異戲曲集》由關德棟先生和車錫倫合編,上海古籍出版社 1983 年出版。車錫倫,1937 年生,山東泰安人,1955 年考入復旦大學中文系,1960 年本科畢業後,留校進入中國文學史專業副博士(碩士)研究班,1963 年畢業。先後任教於内蒙古大學、山東大學和揚州大學,是知名的俗文學研究專家。1979 年至 1981 年,車錫倫任職於山東大學中文系民間文學教研室,在關德棟教授領導下從事俗文學研究。《聊齋志異戲曲集》收集了清代八位元劇作家根據《聊齋志異》改編的十四種雜劇、傳奇,對於清代戲曲史和《聊齋志異》的研究都有重要的參考价值。

《聊齋志異説唱集》由關德棟先生與李萬鵬合編,上海古籍出版社 1983 年出版。李萬鵬(1936—2016),山東省黄縣(今龍口市)人。1955 年至 1959 年,就讀於山東大學中文系,1959 年畢業後留校擔任關德棟先生的助教,1962 年至 1976 年在學校行政部門工作。1979 年,山東大學文學院成立民間文學教研室,關德棟先生任主任,李萬鵬作爲教研室成員協助關先生工作。曾兼任山東省民俗學會會長、山東曲藝家協會顧問、《民俗研究》雜誌主編。《聊齋志異説唱集》收入改編自《聊齋志異》的説唱作品,即民間説唱“志目”50 種,包括子弟書、單弦牌子曲、鼓詞、彈詞。爲了便於閱讀,將唱詞部分作了分段處理,每篇作品的篇首都作了簡要説明,對曲詞裏的方言土語作了簡釋。

《子弟書叢鈔》由關德棟先生和周中明合編,趙景深作序,全二册,上海古籍出版社 1984 年出版。《叢鈔》收入子弟書 101 種,篇首《前言》對子弟書的起源、思想内容和藝術特色作了細緻入微的分析,澄清了學術界對子弟書的誤解。書末附有關德棟先生自藏的清代顧琳著《書詞緒論》。這是目前所見最早的一部子弟書研究專著,此書極爲罕見,具有重要的學術價值。

需要説明的是,在編選《關德棟文集》時,我們更多地考慮了關德棟先生俗文學研究專家的身份,所收著作也都與俗文學研究有關(《滿文老檔成語詞典》、《〈異域録〉校注》、《薄伽梵歌》[梵文譯本]以及一批未刊稿,暫未予收入),原擬名爲《關德棟俗文學研究集》,現按照叢書的統一要求更名爲《關德棟文集》。《關德棟文集》所收關德棟先生生前已經出版發表過的著作,除了作字體上的繁簡轉换之外,保持了作品的原貌。在排列順序上,按照寫作和出版的時間先後。爲了照顧到每卷篇幅的平衡,我們將字數略少而且内容相近的幾部著作合爲一卷,例如,《新疆民歌民譚集》、《甘肅、青海民歌集》、《挂枝兒 山歌》(選注)合爲一卷,《聊齋俚曲選》《聊齋志異話本集》合爲一卷。爲保留作者行文風格,書中遣詞用字一仍其舊。

感謝山東大學文學院對《關德棟文集》出版的大力支持!相信《文集》的出版必將惠及學林,推動中國俗文學研究進一步走向深入。

2020 年就是關德棟先生一百周年誕辰,謹以此書紀念這位杰出的俗文學研究先驅!

車振華　關家錚

2019 年 1 月 21 日

總目録

目　録

唐代的民間佛教文學——變文

——中國佛教文學史初探之一

除去了前邊的歌曲,在唐代的民間佛教文學中最占重要地位外,就要算與前面歌曲一同在敦煌被發現的“變文”了。

變文也是被歌唱的,其所唱大致都是關於故事,尤其是以抒及佛經的故事爲多。根據現在研究的結果,這種體裁也是後世小説和説史的先驅。

在唐代歌唱變文,在各處的寺院裏都流行着,也就與寺院殿壁上繪畫的“變相”一樣普遍吧。唐趙璘的《因話録》中有一節描寫當時廟中説故事的記載:

> 有文溆僧者,公爲聚衆譚説,假托經論。所言無非淫穢鄙褻之事。不逞之徒轉相鼓扇扶樹。愚夫冶婦,樂聞其説,聽者塡咽寺舍。瞻禮崇拜,呼爲和尚教坊。效其聲調,以爲歌曲……

同時在《大樂府雜録》中云:

> 長慶中,俗講僧文漵,善吟經,其聲宛暢,感動里人。

這種記載,雖有另外一背景在他們後面,但是唐代的講唱佛經故事的情形,却不會錯的。文中的“文溆”與“文漵”當係一人,也就是當時最受民衆歡迎的和尚之一。“俗講僧”也就是講唱變文的和尚。

變文的來源，并不是本土的；它是受了印度文籍的影響，這無疑是與翻經有關了，本來在印度文籍中，很早就是以散文韵文合體寫成的，一般僧侶都是在這種熏陶中過活，在講經的時候，就不免模擬它來吸引聽衆，自然會造成了"聽者填咽寺舍"的局面了。

在變文中嚴格的説有《維摩詰經變文》與《阿彌陀經變文》等。《維摩詰經變文》這是現在所知道變文中最弘偉的著作。可惜現在也不能見到它的全部，衹是能見到其中約十五卷的樣子（全部約三十卷），而且有些也是殘闕的。

這部著作是以經典中素具的描狀繁瑣的手法，把這個有趣味的佛經故事從《維摩詰經》上引申出來，而增大了三倍，本來《維摩詰經》，就是最富文學趣味的著作（也可以説是佛教文學）。在三國時就有了支謙的譯本，即是《大藏經》本的《維摩詰經》二卷。到了姚秦羅什而又重譯，即《大藏經》本的《維摩詰所説經》三卷。除去了翻譯，後人爲《維摩詰所説經》作注疏的也有幾家。如同在《大藏經》本中所見到的：僧肇的《維摩詰所説經》注；智顗的《維摩經玄疏》等等。續藏經本中所見到的：智顗的《維摩經文疏》；慧遠的《維摩經義記》等等。可見這部經是如何被重視了。《維摩詰經變文》所以成名著，除去了描狀的活躍，與辭彩的駿麗之外，最主要的也就是作者握着了這樣一部不朽的大著作他自己創作根據的緣故。

《維摩詰經變文》是全依原經爲起止的，在每一卷每一節末講述之前，必先引經文一則，而根據這則經文加以渲染，加以描寫，往往於短短數十個字的經文中，而在變文中作者把它廓大了幾千文的長篇，如在第二十卷的首節：

經云：佛告彌勒菩薩，汝行詣維摩詰問疾。

世尊見諸聲聞五百，并總不堪。此菩薩位超十地，果滿三祇,十號將圓,一生成道。證不可說之實際,解不可說之法門,神通能動於十方,智惠廣弘於沙界,隨無量之欲性,現無量之身形,入慈不舍於四弘,觀察唯除於六道,其相貌也,面如滿月,目若青蓮,白毫之光彩晞暉,紫磨之身形隱約,諸根寂靜,手指纖長。載七寶之天冠,著六殊之妙服。說法則清音廣大,辯才乃洪注流波。外道怖雷吼而心降,小聖蒙密言而意解。是以諸佛與記,衆聖保持,成佛向未來世界中,度脱於龍花會裏,現居兜率,來到庵園。世尊遣問維摩,便於衆中唤出。彌勒承於聖旨,忙忙從座起來,動天冠而花寶玲瓏,整妙服而珠瓔瀝落,禮儀有度,感德無倫,仰瞻三界之師,旋繞七珍之座,合十指掌,近兩足尊,立在佛前,專希處分。世尊乃告彌勒,此時有事商量,維摩卧疾於毗耶,今日與吾問去。吾之弟子,十大聲聞,尋常盡覓於名能,誠使多般而辭退,舍利弗林間晏座,皦被輕呵,目健連里巷談經,儘遭摧挫,大迦葉求貧舍富,平等之道理全乖,須菩提求富捨貧,鮮空之聲名虚忝,富樓那迦旃遮之輩,總因説法遭呵,阿那律優波離之徒,盡是因逢自風被辱,羅睺説出家有利,不知無利無爲,阿難乞乳憂疾,不了牟尼示現,總推智短,盡説才微,皆言怕懼維摩,不敢過他方丈。况汝位超十地,果滿三祇,障盡習除,福圓惠滿,將成佛果,看座花臺,無私若杲日當天,不染似白蓮出水,人間天上,此界他方,四生賴汝提携,六道蒙君救度,汝已竭愛增海,汝已消煩惱魔,汝已代愛稠林,汝已割貪羅網,已度無邊衆,已絶有漏因,已到涅槃城,已上金剛座,佛法中龍象,賢聖内鳳鱗,在會若鶴處鷄群,出衆似鵰游霄漢,賢惠威德,衆所稱揚。居士丈室染疾,使汝毗耶傳語,速須排比,不要推延。若與維摩相見時,慰問所疾痊可否。詩云:

小乘昔日總遭嗔,若往分疏各説因,知汝神通超小聖,想君詞辯越聲聞。

不唯早證三身位,兼亦曾修萬行門。今爲維摩身染疾,事須傳語莫因循。

世尊唤命其彌勒,彌勒忩之從座起。合十指爪説卑儀,向千花座聽尊旨。

六銖衣裓襯金霞,七寶簪冠動朱翠,立在師前候聖言,仁天見者生歡喜。

辯才無礙衆降伏,感德難儔佛贊羨,牟尼這日發慈言,交往毗耶問居士。

智惠圓,福德備,佛果將成出生死。牟尼這日發慈言,交往毗耶問居士。

戴天冠,服寶帔,相好端嚴法王子。牟尼這日發慈言,交往毗耶問居士。

越三賢,超十地,福德周圓入佛位。牟尼這日發慈言,交往毗耶問居士。

足詞才,多智惠,出語總歸無相里。牟尼這日發慈言,交往毗耶問居士。

果報圓,已受記,來世成佛號慈氏。牟尼這日發慈言,交往毗耶問居士。

難測度,難思議,不了二門自他利。牟尼這日發慈言,交往毗耶問居士。

牟尼這日發慈言,處分他家語再三,十大聲聞多恐失,一生菩薩計應堪。

清詞辯海人難及,妙智如泉衆共談,若見維摩傳慰問,好生祇對莫羞慚。

吾今對衆若求哀，望汝依言莫逆懷，小聖從頭遭挫辱，大權次第合推排。

隨時行李看將去，奔魯排比不久回，更莫分疏説理路，便須與去唱將來。

由這一節，可以知道，變文體例的一個大概來了。在《維摩詰經》中衹十四個字，但到了變文中叙述時，就渲染成六百十三字的散文，與六十五句的韵文。這不能不説是變文作者寫抒手腕的偉大了吧！

凡是在經文上重複或是相類的地方，我們的作者能把它完全避免過去，使人讀起感到趣味新鮮，而不覺相同。

關於《維摩詰經變文》的介紹，由上面所引的可以知道這篇作品的偉大了。同時這樣高超的描寫手法，我們在中國文學史上，很少見到；在民間佛教文學作品上也是同樣難得的，能受聽衆的歡迎可以説是當然的。

這篇變文的作者，現在已無從知道了，現在所能知道的，衹是現在流傳本的鈔手的名字，大約是靖通。

（本文署名梅若，原載 1942 年《佛學月刊》第 1 卷第 12 期，第 9～10 頁）

唐代的民間佛教文學——詩歌

——中國佛教文學史初探之一

唐代詩歌的發達,在我國文學史上,已有定論。同時在有唐一代的佛教文學作品中,詩歌占有絶大的勢力。關於這方面的叙述,在前面我已經叙述一個大概了。這裏所要談的是一些關於唐代民間的佛教文學。

關於唐代民間的佛教文學,包括的材料可以説都是從敦煌石室發現的。在中國佛教文學史中占有特殊的位置。這種資料,除去支配了後世的民間佛教文學外,并且支配了整個的後世的通俗文學。這是已肯定的結論,無須乎再述了。

這種民間文學,也就是指當時的俚曲而言。在這種俚曲中,除去了一些抒情或寫景的作品外,却大部帶了佛教的色彩。内中和一般粗鄙的小曲的氣息不同,文從字順,相當的雅致,且其中仍能看出素樸的作風。

介紹這種文學的書籍,有《敦煌零拾》《敦煌掇瑣》等。

在《敦煌零拾》中載有“俚曲三種”。這是上虞羅氏藏的。這幾首俚曲也是刊布唐代俚曲最早的東西。這種舉動也可以説是大膽、勇敢了,因爲那時的士大夫對於這種東西很鄙視。

俚曲三種,共是三首,計《嘆五更》《天下傳孝十二時》《禪門十二時》。《嘆五更》一首,内中所叙述與佛教無大關係。可以略去不談。《天下傳孝十二時》一首，内容却受了佛家思想的熏染了。不過主要的思想，仍是“遞户相勸須行孝”。下面移録出來，介紹一下：

平旦寅，叉手堂前諮二親。耶娘約束須領受，檢校好要莫生嗔。

日出卯，情知耶娘漸覺老。子父恩深没多時，遞户相勸須行孝。

食時辰，尊重耶娘生而身。未曾孝養歸泉路，來報生中不可論。

起中巳，耶娘漸覺無牙齒。隅坐力弱須人扶，飲食喫得些些子。

正南午，董永賣身葬父母。天下流傳孝順名，感得織女來相助。

日昬未，入門莫取外婿意。六親破却不須論，兄弟惜他斷却義。

哺時申，孝養父母莫生嗔。第一温言不可得．處分小語過於珍。

日入酉，父母在堂少飲酒。阿闍世王不是人，殺父害母生禽獸。

黄昏戌，五擿之人何處出。空裏喚向百街頭，惡業牽將不揀足。

人定亥，世間父子相憐愛。憐愛亦得没多時，不保明朝阿誰在。

夜半子，獨坐思維一段事。縱然妻子三五房，無常到來不免死。

鷄鳴丑，敗壞之身應不久。縱然子孫滿山河，但是恩愛非前後。

内容談到佛教本身的思想問題的地方并不多,衹是利用幾個名詞,把它點綴一下而已。下面這一首《禪門十二時》,與上面這首却不同。内容純把一個佛門修道者,繪聲繪色的描畫出來,我們讀到它,就可以聯想到在唐代一般僧侶的生活、一般僧侶的思想。或者比其他的記載要真實的多,也未可知。原文如下:

夜半子,監睡還須去。端坐政觀心,濟却無朋彼。
鷄明丑,擿木看窗牖。明來暗自知,佛性心中有。
平旦寅,發意斷貪嗔。莫令心散亂,虚度一生身。
日出卯,取鏡當心照。情知内外空,更莫生煩惱。
食時辰,努力早出塵。莫念時時苦,早取涅槃因。
隅中巳,火宅難歸止。恒在敗壞身,漂流生死海。
正南午,四大無梁柱。須知寡合身,萬佛皆爲主。
日昃未,造罪相連累。無常念念至,徒勞漫破費。
晡時申,修見未來因。念身不救住,終歸一微塵。
日入酉,觀身知不救。念念不離心,數珠恒在手。
黄昏戌,歸依須暗室。罪垢亦未知,何時見慧日。
人定亥,吾今早欲斷。驅驅不暫停,萬物皆失壞。

這一首的内容後面,是很充實的,純佛教色彩的。《敦煌零拾》所載,這幾首後面,都記"時丁亥歲次天成二年七月十日"的字樣。天成二年正當西曆紀元 927 年,距離現在已有一千餘年了。我們能在此時讀到一千餘年前的俚曲,已是很幸了。何况在這種俚曲中又可以知道當時佛教徒的生活呢!

在《敦煌掇瑣》中載的佛教民間文學,比較多了。寫叙的範圍也大了。有些是叙述故事的。下面是一首《太子五更轉》:

一更初,太子欲發坐心思。奈知耶娘防守到,何時度得雪山川。

二更深,五百個力士睡昏沉,遮取黄羊及車匿,朱鬃白馬同一心。

三更滿,太子騰空無人見。宫裏傳聞悉達無,耶娘腸肝寸寸斷。

四更長,太子苦行萬里香。一樂菩提修佛道,不藉你世上作公王。

五更曉,大地下衆生行道了。忽見城頭白馬踪,則知太子成佛了。

這純是以"五更轉"的體裁來寫叙出釋迦成佛的事。内中的句子寫的是非常素樸可愛。後世俚曲中的"五更轉"多少是受了這種影響的。下面是一首《南宗贊一本》:

一更長,如來智惠化中藏。不知自身本是佛,無明障蔽自荒忙。了五蘊,體皆亡,滅六識,不相當。行住坐卧常注意,則知四大是佛堂。

一更長,二更長,有□□德盡無常。世間造作應不久,無爲法會聽皆亡。入聖使,坐金剛,詣佛國,邁十方。但諸世界願貫一,决定得入於佛行。

二更長,三更嚴,坐禪執定甚能甜。不宣諸天甘露蜜,願君眷屬出來看。諸佛教,實福田,持齋戒,得生天。生天天中歸,還墮落,努回心,趣涅槃。

三更嚴,四更闌,法身體性本來禪。凡夫不念生分别。輪迴六趣心不安。求佛性,向裏看,了佛意,不覺寒。廣大劫來常不悟,今生作意斷慳貪。

四更闌,五更延,菩提種子坐紅蓮。煩惱泥中常不染,恒將净土共金顔。佛在世,八十年,般若意,不在言。朝朝恒念經，當初求覓一年川。

這贊的結構，與前邊的作品便大不同了，句法也冗長多了。與後世的寶卷有點相似。三言的句子比較多了，一般人以爲是因爲用梵歌唱出來的緣因。這話是很對的。内容是比較更充實了。除去了普通的寫敘，而把佛家的小乘思想表現出來，由淺入深的寫出，故頗爲有趣。與這首有同樣作風的作品，尚有《太子入山修道贊》，也是很美妙的作品：

一更夜月良，東宫見道場，幡花傘蓋日争光。燒寶香，共走天仙樂，皈資用宫傷。美人無拿，手頭忙，聲繞梁。太子無心戀，閉目不形相。將身不作轉輪王，衹是怕無常。

二更夜月明，音樂堪人聽。美人纖手弄秦箏，貌監溪。姨母專承事，耶輸相逐行。太子無心戀，色聲豈能聽。輪迴三惡道，六趣在死生。從來改却既般名，衹是换身形。

三更夜亦停，鬚肥睡不醒。美人夢裏作音聲，往往迎。出家時欲至，天王號作瓶。宫中聞唤太子聲，甚丁寧。我是四天主，故來遠自迎。珠踪便躡紫雲奔，夜逾城。

四更夜亦偏，乘雲到雪山。端身正坐向欲前，坐禪迮。尋思父王憶，每當姨母憐。耶輸憶向我門看，眼應穿。便即唤車匿，分付與衣冠。將吾白馬却歸還，傳我言。

五更夜亦交，帝釋度金刀。毀形落髮紺青毫，鵲頂巢。牧牛女獻乳，長者奉香苐，誓當作佛苦海槁，眉間放白毫。日食一麻麥，六載受勤勞。因中果滿自逍遥，三界超。金色三十二，八十相，好圓誓。於苦海，作舟舡，運載得生天。十二部，諸經贊，流在閻浮間。明人速悟轉讀看，盡得出三關，正向閻浮化波旬，請涅槃。口中發願不爲言，卧在躍提邊。慈母雙林滅魔强，轉更圓。衆生苦海入本源，誰是救你愆。佛則歸圓寂，何日遇法山！猶如孩子没耶娘，鄰宿在苦海邊。悟則歸常樂，注在法王家。一乘深法没難遮，樂者請除耶。七祖運遭溪，傳法破遇迷暗傳。心地證菩提，愚者没泥黎。明燈照裏燃，説者便升千。修行潔净果周圓，必定往西天。時當第五百，耶法現人間。衆生命，盡信耶言，不解學參禪。

由這贊中的結構，可知比以前的幾首進步多了。内容是非常趣味化，描寫也非常細膩。尤其第五更的一段，特别的冗長，在這種體裁上是有些特殊的。

除去上面寫的幾首外，在《敦煌掇瑣》中尚有《十二時》一篇，亦係釋迦成道故事的作品。和《太子五更轉》有些相同：

夜半子，摩耶夫人誕太子，步步足下生蓮花，九龍齊吐温和水。

鷄鳴丑，昔日諸親本自有，黄羊車匿圈東西，不那千人自心有。

平旦寅，太人因中是佛身。本有三十二相好，神通智惠異諸人。

日出卯，出門忽逢病死老。即知此戒正堪修，便是迴心求佛道。

食時辰，本性持戒斷貪嗔。不羡世間爲國主，唯求涅槃成佛因。

隅中巳，庫藏金銀盡布施。憐貧恤老及慈悲，每有苦灾今日是。

正南午，太子修行實辛苦。每日持齋一麻麥，捨却慳貪及父母。

日昳未，太子神通實智惠。眉間放光照十方，救拔衆生及五趣。

甫時申，太子廣開妙法門。降得魔王及外道，莎羅林裏見世尊。

日入酉，閻浮提衆生難化誘。願求世尊陀羅尼，若有人聞誦持受。

黄昏戌，佛聞雙林無有失。阿難合掌白佛言，文殊來問維摩詰。

人定亥，十代弟子來懺悔。佛説西方净土國，見聞自消一切罪。

在這首《十二時》中内容與《太子五更轉》是一樣的，結構却與《天下傳孝十二時》相同，可知它們是産生於同一時代的。

關於以上所介紹的，在體裁上講，可以分爲二類，一爲“五更轉”，一爲“十二時”。在結構上可以説都是相同的。衹是在“五更轉”裏分五段叙述，“十二時”裏分十二段叙述而已。在二種間，每段都是一句三言、三句七言組織起來。不過在“五更轉”中有例外，如在《南宗贊》《太子入山修道贊》中，除去三言七言外，而雜着五言。尤其在這種雜言中一部分也變得冗長起來，而且有時句法和長短，或其歌唱的方法，恐也是不拘的。在《十二時》中，却是没有這種例外的。（未完待續）

（本文署名梅若，原載 1942 年《佛學月刊》第 1 卷第 11 期，第 12～14 頁）

元明間的民間佛教文學

——中國佛教文學史初探之一

自從唐以後,因爲社會與政治都很紊亂,人民於流離失所不安的狀態下過活,於是對宗教起了信心,民衆都以皈依佛法來求解脱。在這種情形下,於是産生了後世的佛教俗文學,影響了後世的整個佛教文學。

到了元代這種意外的變化更是有了絶大的普遍性了,也就是在我國文學史家所謂"元曲"的成熟。除去了元曲,在其他方面也還有成就,不過有許多却出了"民間文學"的範圍,這種勢力一直到了明代,仍是承襲着、燦爛着。

這一個時期,把中國文學掀起了一層壯美的波浪,是三千年來中國文學史上可特書的民間文學;同時也是中國佛教文學史上二千餘年中民間佛教文學達於極點的時期。關於這期間的"民間佛教文學",大略的作數節叙述。

大凡一種偉大的作品,總是有那個時代的思潮和背景存在。元代民間藝術的雜劇,也逃不出這個例子,在遼金侵變以後,讀書人每志不得伸,於是利用聲歌來抒其怫鬱感慨之懷,也就是使心靈有所寄托。作品内容也可分爲幾個方面。以故事來叙述飄逸的出世思想,就是現在所要談的佛教文學作品。

在最近發現的,商務排印的《孤本元明雜劇》中所見到的,共有二種。《雙林坐化》《魚藍記》,與《那吒三變》。

雙林坐化

這是一本四折雜劇,有楔子一,是放在了第三折的後面。這是比較不多見的一種體裁。題目:惡魔王苦勸世尊。正名:釋迦佛雙林坐化。王季烈氏在提要中說:

> 原標釋迦佛雙林坐化,明抄本,不著撰人姓名,記釋迦佛在雙林説法,魔王波旬勸其涅槃,又有毗婆達多,假做重身婦人,將釋迦訕謗萬狀。釋迦遂傳法於阿難迦舍而示寂。於是韋馱率諸天神前來迎接,華光講主領衆禽捉邪魔,使之不得擾害,佛乃出棺見佛母畢,即生天界。轉展度世各節,多内典語。曲文順適,排場熱鬧。元明雜劇中,道家言甚多,釋家言頗少,此本堪云别開生面。第四折用心經作曲,句讀牽强,不能點拍,想是以誦經作收場而已。

第一折:〔牌調〕仙吕點絳唇　混江龍　油葫蘆　天下樂　那吒令　鵲踏枝　寄生草　後庭花　青哥兒　賺煞

〔脚色〕冲末(魔王波旬;佛;天蓬;天猷)　正末(迦舍;阿難)净(毗婆達多)

叙:佛入涅槃

第二折:〔牌調〕正宫端正好　滚綉球　倘秀才　叨叨令　脱布衫　小梁州　幺　尾

〔脚色〕冲末(多聞天王;東方持國王乾達婆;增長天王;廣目天王;功德菩薩;大辯才菩薩;密迹金剛;堅牢地神;菩提樹神)外(日宫;月宫)　正末(護法)

叙:護法到多聞天王毗沙宫,見諸天神報告佛於雙林入滅,諸神前去接送,請如來再轉法輪。

第三折:〔牌調〕越調鬥鵪鶉　紫花兒序　調笑令　秃厮兒

聖藥王　雪裏梅　尾聲

〔脚色〕净(毗婆達多)　正末(華光)　五顯神　千里眼　順風耳

叙:華光使神通擒妖捉怪。

楔子:〔牌調〕賞花時

〔脚色〕正旦(佛母)　金童　玉女　優婆夷

叙:優婆夷奔天宫報佛母如來於雙林入滅。

第四折:〔牌調〕雙調新水令　駐馬聽　沽美酒　太平令　錦上花　幺　清江引　芭蕉延壽　錦鷄啼　芭蕉延壽　華嚴海會

〔脚色〕冲末(阿難)　天蓬　天猷　八部神　四天王　龍神　閻神　大梵天王　摩醯首羅天　散脂大將　日宫　月宫　正旦(佛母)　童女　佛

叙:佛出棺見母及弟子等,然後轉天界。吟一偈與佛母辭别:"一切恩愛更難别,萬古山嵒俱崩裂;一切萬物皆破壞;樹木凋零有摧折。江淮河水盡枯竭,有生有死必有滅;吾今寂滅爲快樂,母子恩情今日絶。"衆合唱錦上花等作結,即以心經所作之曲。今移録於下,可與心經作一對照:

〔錦上花〕摩訶般若,波羅蜜多心經,觀自在菩薩,行深般若波羅蜜多時,照見五藴皆空;度一切苦厄,舍利子。

〔幺〕色不異空,空不異色;色即是空,空即是色。受想行識,亦復如是舍利子,是諸法空相不生不滅。

〔清江引〕不垢不净不增不滅,是故空中無色,無受想行識,無眼耳鼻舌身意,無色聲香味觸法無眼界。

〔芭蕉延壽〕乃至無意識界,無無明,亦無無名盡。乃至無老死,亦無老死盡。無苦疾滅道。無智亦無得,以無所得故,無智亦無得(五字重出疑衍)菩提薩依埵。

〔錦鷄啼〕般若波羅蜜多故，心無罣礙，故無有恐怖，遠離顛倒夢想，究竟涅槃。三世諸佛，依般若波羅蜜多。

〔芭蕉延壽〕故得阿耨多羅三藐三菩提，故知般若波羅蜜多。是大神咒，是大明咒，是無上咒，是無等等咒，能除一切苦。

〔華嚴海會〕真實不虛，故説般若波羅蜜多咒，即説咒曰：揭諦揭諦，波羅揭諦，波羅僧揭諦，菩提娑(經文作薩)婆訶。(待續)

(本文署名梅若，原載 1942 年《佛學月刊》第 2 卷第 4 期，第 15—17 頁)

談"變文"

一 "變文"的淵源

一、佛教翻譯文學的影響

魏晋南北朝的文人,用駢儷化的文體來説理、説事、抒情、贈答、以及描寫景物。其末流造成了一種虚浮不自然不正則的文體。所幸當這個時候有一種新的潮流來到,而挽救了一些將頹的趨勢,那就是佛經的翻譯。

佛教傳來以後在很短的時間中,上自帝王公卿學士文人,下至愚夫愚婦,都受到了這種新宗教的震蕩,風氣所趨,遂征服了整個中國。因爲原來這是印度的東西,教徒們爲了傳教,所以不能够不把印度文字寫成的經典翻譯過來;同時中國人也需要看看這種宗教的内容,都是講的什麽東西,於是翻譯事業興盛起來。這種工作一開始以後,愈譯愈多,經過了一千多年的時間,真不知翻譯了多少東西,我們祇就着現存的與我國人做的注疏等算在一起,也足足有三千六百多部,一萬五千多卷。這樣偉大的翻譯工作,實在不是當時一般人所能包辦的,同時譯經文字也不是那駢儷文體所能對付的。結果給中國文學史上開了無窮的新意境,創造了不少新文體,并且添了無數的新材料。

譯經所以要有新文體的必要,不外是以下四種原因:

(一)由印度來的這種新材料,裝不到當時末流的駢儷文體裏去。(因爲文法的情形不同,没法講對仗講駢偶。)

(二)當時主譯的和尚都是外國人,他們不曾受過當時那種駢偶文體的薰習。(如迦葉摩騰、竺法蘭、安世高、支婁迦讖,以及鳩摩羅什等等。)

(三)當時助譯的人,多半是民間信徒,他們的能力平平,所以受當時駢儷潮流的影響也有限。(就是以後奉敕潤文的文人學士,大體上講來,他們所受的駢儷影響也不多。)

(四)宗教的經典,重在傳真,重在確切。而不重在辭藻文采。譯出的文字重在易使讀者聆悟,故不需古奥典雅。

所以譯經師産生了一種"不加文飾,令易曉,不失本義"的新文體。

在 1 世紀、2 世紀的翻譯都没有什麽影響到文學上的經。到 3 世紀的中葉,有維祇難與竺將炎(《僧傳》作竺律炎,今從《法句經序》)合譯出《法句經》(《曇鉢經》)。支謙在南方與康僧鎧在北方同時譯出《阿彌陀經》,遂給當時文學影響不少。

4 世紀的時候,《中阿含》《增一阿含》先後譯出,這是比較更有文學趣味的東西。4 世紀末 5 世紀初,出了譯經大師鳩摩羅什,翻譯文學至此已進入成熟時期。他譯的經論中的《維摩詰所説經》,極富於文學趣味(那簡直是一本小説)。《妙法蓮華經》也是那樣。其中有幾個寓言,更可以算是世界文學裏最美的寓言,所以在中國文學上會産生不小的影響。以及像竺法護譯的《普曜經》,曇無讖譯的《佛所行贊》,寶雲譯的《佛本行經》等等,也都給予我國文學影響很深。

印度文學有一種最特別的體裁，就是在散文記叙之後往往綴以韵文的偈頌 Gāthā（佛經中常譯作：諷頌、伽他、伽陀、或偈），重説一遍。或是在散文記叙之前亦往往綴以韵文的偈頌 Uddāna（佛經中常譯作：嗢柁南、集施頌、攝頌）作一提綱。這種情形，也就是因爲印度文學（其實可以説印度的一般文化）自古來即多靠口説相傳，尤其神聖的東西更是不能寫出來，所以這種體裁的按排，無形中幫助了他們的記誦。但是這種體裁輸入中國以後，在中國文學上却發生了不小的意外影響。像唐五代産生的“變文”，便是從這種印度文學形式中得來的。

綜計佛教譯經文學予中國文學上的影響，至少約有三點：

（一）在中國文學最浮靡又最不自然的時期，在中國散文與韵文都走上駢儷路上的時期，有佛教的譯經起來，維祇難、竺法護、鳩摩羅什諸大師用樸實平易的白話文體來翻譯佛經，但求易曉，不加藻飾，遂造成一種文學新體，這種以樸實平易的白話文造成的新文體，留下了無數文學種子在唐代以後生根發芽。

（二）佛教文學最富於想像力，對於比較缺乏想像力的中國古文學有很大的解放作用。

（三）佛教文學是非常注重形式上的布局與結構。《普曜經》《佛所行贊》《佛本行經》都是偉大的長篇故事，布局結構都極謹嚴。《維摩詰所説經》更是如此。所以讀起來像小説也像戲劇。這種結構的文學體裁，是以前中國所没有；并且散文與韵文夾雜并用，與後來文學體裁更有關係。（由變文、寶卷、彈詞以至於小説、戲曲的發達，與這種文學體裁的輸入都有直接或間接的關係。）

二、六朝時代佛教的唱導文學

佛教經典的翻譯文學,雖是可以歸納成上面三點的影響,但是這幾種情形都不是在短時間内能産生的,同時它影響的結果也是逐漸增加的。比如六朝文學中幻想與浪漫色彩的地方,我們有時就要疑心它是受佛教文學的影響(當然也不必説一定是)。像我們談到的曇無讖譯《佛所行贊》中的對偶的句子:

林木花果茂,流泉温凉兮……
瞻仰尊勝顔,俯愧種種形。
斂素輕躁儀,寂默如肅敬。
結恨心永解,慈和情頓增。(《瓶沙王詣太子品》)
食以療飢患,除渴故飲水。
衣被却風寒,卧以治睡眠。
行疲故求乘,立惓求床座……
富者願貧窮,智者習愚痴。(《答瓶沙王品》)
心辯而口吃,明慧而乞才……
逃暑投凉池,遭寒以憑火。(《涅槃品》)
大象素牙折,牛王雙角摧。(《大般涅槃品》)

等等。《佛所行贊》的原文作者是佛教大詩人馬鳴(Aśvaghosha)。其文字韵律的秀麗,以及其所富於幻想的、浪漫的要素,都可能使我們這種懷疑覺得是對的。

在5世紀以下佛教徒爲了把這種世俗難解的精微佛典,傳布給民衆,於是産生了三種不同的布教方法:

(一)是對於經文的"轉讀"。

(二)是"梵唄"的歌唱。

(三)是"唱導"制度的産生。

用這種"法門"把佛教文學傳到了民間去的路子,也正是産生民間佛教文學的來源。這種傳教的方法,在當時是非常重要,我們讀慧皎與道宣的《高僧傳》和《續高僧傳》就可以知道。在慧皎《高僧傳》裏分十科,第九科爲"經師",就是轉讀經文與歌唱梵唄兩類的名師;第十科爲"唱導",即是唱導的名家。在道宣的《續高僧傳》裏,也分十科,其第十科名爲"雜科聲德",是將這三類的名家放在一起的。由此可見一斑了。

鳩摩羅什與慧叡論西方辭體同異曾云:

> 天竺國俗甚重文制;其宫商體韵以入管弦爲善。

同時在《高僧傳》上也有這樣的記叙:

> 天竺方俗,凡是歌咏法言,皆稱爲唄。至於此土,咏經則稱爲"轉讀",歌贊則號爲"梵音"。

可知印度的文體原來注重音韵;而六朝興起的"轉讀"與"梵唄"也是同出於一源。我們上面談過初期的譯經師多是西域人,故這種歌咏法言的方法也就由他們輸入,衹是時間很久以後,對於這種傳來的情况模糊了,遂産生出一些神話,如在《高僧傳》卜五論説曹植是這種歌咏法言的創始人。又説石勒時代有天神下降,諷咏經音,時有傳者等等。這些神話都是不足信的(道宣對他們也很懷疑)。

根據我們僅有的史料研究,在中國"轉讀"比較早而有記載的一個人,就是4世紀晚年的支曇籥(月支人)。《僧傳》云:

> 籥特禀妙聲,善於"轉讀"。甞夢天神授其聲法,覺,因裁製新聲。梵響清靡,四飛欲轉,反折還弄。……後進傳寫,莫匪其法。所製六言梵唄傳響於今。

支曇籥以後并傳其法於法平、法等弟兄(也是外國人)。他們又再傳給僧饒。《僧傳》説他:

偏以音聲著稱，擅名於宋武文之世。響調優游，和雅哀亮。

并且説他在般若臺外梵轉，而

行路聞者莫不息駕踟蹰，彈指稱佛。

可見他魅力的大，與音調感人之深了。與僧饒同時齊名的又有道綜，他擅長的是常讀《三本起》與《須大拏經》。《僧傳》説他也是：

每清梵一舉，輒道俗傾心。

更有智宗也會"轉讀"，《僧傳》云：

若乃八關長夕，中宵之後，四衆低昂，睡蛇交至，宗則升坐一轉，梵響干雲，莫不開神暢體，豁然醒悟。

由此更可見在那個時候已經有於深夜作種種佛教行事的事了。而"轉讀"的爲用，也更廣泛。以上所舉的這一些人，他們多死在公元四百五十八九年前後。其後又有曇遷、法暢轉讀也很好，他們的弟子僧辯更爲有名，《僧傳》云：

少好讀經，受業於遷、暢二師，初雖祖述其風，晚更措意斟酌，婉哀折衷，獨步齊初……聲震天下，遠近知名。後來學者莫不宗事。

這些和尚雖然都享名於建業，可是"轉讀"的風氣却不衹限於京師。《僧傳》曾云："浙左、江西、荆、陝、庸、蜀，亦頗有轉讀。"則知流行地域甚廣。

由於以上所引，可以知道當時以轉讀知名的和尚，大都能"裁製新聲"去製作梵唄。支曇籥"所製六言梵唄"名爲"大慈哀愍"一契。其他如："皇皇顧惟""共議""敬謁"等等。源出於關右，而流行於晋陽的一種西凉州唄，則名"面如滿月。"(俱見《僧傳》。)

凡此，皆當時"轉讀"佛經情形之一斑。這不衹影響後世民間佛教文學的産生，且據陳寅恪先生《四聲三問》中説，中國四聲之

起源,亦係依據摹仿當日此種“轉讀”佛經哀婉清靡之聲音而來。陳先生云:

> 據天竺圍陀之《聲明論》,其所謂聲 Svara 者,適與中國四聲之所謂聲者相類似。即指聲之高低言,英語所謂 Pitch accent 者是也。圍陀《聲明論》依其聲之高低,分别爲三:一曰 Udātta,二曰 Svarita,三曰 Anudātta。佛教輸入中國,其教徒轉讀經典時,此三聲之分别,當亦隨之輸入。至當日佛教徒轉讀其經典所分别之三聲,是否即與中國之平、上、去三聲切合,今日固難詳知,然二者俱依聲之高下分爲三階則相同無疑也。中國語之入聲皆附有 k. p. t 等輔音之綴尾,可視爲一特殊種類,而最易與其他之聲分别。……於是創爲四聲之説,并撰作聲譜,借轉讀佛經之聲調,應用於中國之美化文。

由此更可知佛經“轉讀”影響中國文學範圍之大了。所以六朝文學已受佛經影響蓋無疑。

至於“唱導”,在慧皎的《高僧傳》十五論:

> 唱導者,蓋以宣唱法理,開導衆心也。昔佛法初傳,於時齊集,止宣唱佛名,依文致禮。至中宵疲極,事資啓悟,乃别請宿德升座説法,或雜序因緣,或傍引譬喻。其後廬山釋慧遠道業貞華,風才秀發;每至齋集,輒自升高座,躬爲導首,廣明三世因果,却辯一齋大意。後代傳授,遂成永則。

慧遠殁於公元 416 年。由這段記載知道,唱導在慧遠以前已很流行,衹是并没有一定的規矩,從他“躬爲導首”以後,纔成爲了“永則”。在宋武帝的時候,在内殿亦曾設齋而請道照唱導過,其所唱:

> 略叙百年迅速,遷滅俄頃;苦樂參差,必由因果。如來慈應六道,陛下撫矜一切。

慧皎又說：

> 至如八關初夕，旋繞周行，烟蓋停氛，燈帷靖耀，四衆專心，叉指緘默。爾時導師則擎爐慷慨，含吐抑揚，辯出不窮，言應無盡。談無常則令心形戰栗，語地獄則使怖泪交零。徵昔因則如見往業，核當果則已示來報；談怡樂則情抱暢悦，叙哀感則灑泪含酸。於是闔衆傾心，舉堂惻愴，五體輸席，碎首陳哀，各各彈指，人人唱佛。

以上的叙述與描寫，可以知道當時導師唱導情形之一斑，唱導的内容是"雜序因緣，傍引譬喻"。且更談到地獄，可知唱導文實是中晚唐五代"變文"的權輿。唱導的目的是在"開導衆心"，乃是以齋會場合而借之舉行"布道會"，這種情形已經是後世所看不到的了。尤其是能使聽衆在聽到導師極力描摹地獄因果種種恐怖後，眼泪鼻涕應聲涌止，更使"舉堂惻愴"，"碎首陳哀"。可見感人之深。這種慘悽的夜色，迷蒙的爐烟中，那擎爐説法的和尚能在嚴肅凄愴的情景下，完成了説教的使命，更是後世所沒有的。

唱導是在齋場布教，除去了達成這個目的，使聽衆"廣明三世因果"而能啓悟外，一方面也并没有忘去是做齋會，所以又必需説明"一齋大意"。在《曇宗傳》裹曾有過這麼一個記載。他爲宋孝武帝唱導，孝武帝笑問道："朕有何罪，而爲懺悔？"可知"拜懺"正是唱導的一部分。在《曇光傳》中又曾説他："回心習唱，製造懺文；每執爐處衆輒道俗傾仰"。可知"懺文"也正是唱導文的一部分。

在那個時候，佛教正是漸盛的時期，又因爲布教的方法適當，所以一般民衆無論富貴貧賤，都已多入於佛教，作齋會的人也就因此而不限於是某一階級，在《曇穎傳》裹説：

> 凡要請者，皆貴賤均赴，貧富一揆。

《法鏡傳》裏也說：

> 鏡誓心弘道，不拘貴賤，有請必行，無避寒暑。

來邀請作齋的人即是貧富都有，階級不同，他們的知識水準也必不一樣，假若要以一種相同的唱導與他們説法布教，必然有一方面不能啓悟。爲了適應這種困難情形，唱導的内容也就不能不隨時變换。因此又有製造"唱導文"與"懺文"的必要。在《高僧傳》中曾説：

> 如爲出家五衆，則須切語無常，苦陳懺悔。若爲君王長者，則須兼引俗典，綺綜成辭。若爲悠悠凡庶，則須指事造形，直談聞見。若爲山民野處，則須近局言辭，陳斥罪目。

當時的唱導文的内容的廣泛，可以想見一斑了。不過雖也有時"兼引俗典，綺綜成辭"。但究竟"悠悠凡庶"占大多數，唱導的導師既然必須使對方傾心而啓悟，自然要用可使民衆易於瞭解的材料去唱導。所以也就不能不受民衆的習聞俗尚影響了。

至於導師必備之條件，在《高僧傳》卷十三末説：

> 夫唱導所貴，其事四焉，謂：聲、辯、才、博……至若響韵鐘鼓，則四衆驚心，聲之爲用也。……綺製雕華，文藻横逸，才之爲用也。……

不止是内容有種種不同，就是因爲地域的不同，也産生了許多的差别。慧皎的《高僧傳》終於梁天監十八年(519)。道宣的《續高僧傳》終於唐貞觀十九年(645)。在這當中的一百多年裏，幾種宣傳教法的"法門"，却漸漸的傾向中國化了。即在當初號稱"天音"本傳自印度的梵唄，在中國各地也都起來了不同型的唄贊。據道宣所記已很是複雜。《續高僧傳》卷三十末説：

> 爰始經師：爲德本實，以聲糅文，將使聽者神開，因聲以從迴向，頃世皆捐其旨。鄭衛彌流，以哀婉爲入神用，騰擲爲

清舉，致使淫音婉孌，嬌哢頻繁，……若夫聲學既豐，則温詞雅贍。……梵者，净也，實惟天音。色界諸天，來覲佛者，皆陳贊頌。經有其事，祖而習之，故存本因，詔聲爲梵。然彼天音未必同此。……地分鄭衛，聲亦參差，然其大途，不爽常習。江表關中，巨細天隔，豈非吴越志揚，俗好浮綺，致使音頌所尚，唯以纖婉爲工。……頌贊之設，其流實繁，江淮之境，偏饒此玩，雕飾文綺，糅以聲華。……然其聲多艷逸，翳覆文詞。聽者但聞飛哢，竟迷是何荃目。關河晋魏，兼而重之。但以言出非文，雅稱呈拙，且其聲約詞豐，易聽而開深信。

這裏他舉出了鄭、衛之參差，江表、關中的區别，并且説江南一帶頌贊的風氣很盛，一般的文人學士好像也嘗玩玩這個，同時其唱法也與其他不同，加上了艷逸的音韵，所以弄得聽的人衹能聽到音樂飛哢，而不知道他們唱的是什麽。相反的北方唱贊還兼重聲音與内容，所以還是“非文”而“易聽”。

唱導文在這時期（五、六世紀）頗爲發達了。在《真觀傳》裏説他著有導文二十餘卷（他歿於公元 611 年）。《法韵傳》中説他：

誦諸碑誌及古導文百有餘卷，并王僧孺等諸賢所撰。

《寶巖傳》中也説：

觀公導文，王孺懺法，梁高、沈約、徐庾、晋宋等數十家。……

大約在那個時候文人學士因與僧伽游，常替僧家作導文（其中也難免有些假托僞作）。而僧人本身的作品，實際也曾受當日文風的影響。《善權傳》中説他：

每讀碑誌，多疏儷詞。……及登席，列用牽引囀之。

《智凱傳》中也曾説：

> 專習子史，今古集傳，有開意抱，輒條疏之。隨有福會，因而標擬。

但是到了唐初，這種比較典雅的導文漸漸更趨通俗化了，於是，有所謂“落花”的出現，《續高僧傳》卷四十有云：

> 世有法事，號曰“落花”，通引皂素，開大施門，打刹唱舉，抽撤泉貝。别請設座，廣説施緣。或建立塔寺，或繕造僧務。隨物贊祝，其紛若花；士女觀聽，擲錢如雨。至如解髮百數，數别異詞，陳願若星羅，結句皆合韵，聲無暫停，語無重述。斯實利口之銛奇，一期之赴捷也。

可以知道這就是唱導進一步發展後的一種方式（詳見拙作《談落花》）。

在敦煌文庫中曾經發現一些導文，下面移録兩個，均不是全文。其名稱爲“導文”或“唱導文”。一云：

> 今於大唐國沙州永安寺僧伽藍所於丑年五月十五日：
> 菩薩天女普雲集　凡夫佛子衆和合
> 微妙香湯沐浄籌　布薩説戒度衆生

另一聲聞唱導文云：

> 羅漢聖僧集　凡夫衆和合
> 香湯沐浄籌　布薩度衆生
> 諸佛弟子等諦聽，此菩薩戒藏，三世諸佛同説，三世菩薩同……汝等諸佛子諦聽，汝等諸佛子能舍邪皈正發菩薩心否？能斷一切惡、修一切善否？能受菩薩戒行菩薩行否？能回生（應是向字）浄土誓願成佛否？

總之，我們知道因爲支曇籥輸入“轉讀”之法，使佛教漸深入民間。其逐漸演進，遂有中晚唐五代“變文”之作。

三、唐代的俗講與"變文"

俗講的開始依據段成式《酉陽雜俎》裏的記載在元和(唐憲宗年號,公元 806 年至 820 年)以前就已有了,并且到唐敬宗(公元 825 年至 826 年)尚有幸興福寺觀沙門文溆(或是文淑)俗講的事。關於記載當時情形的書籍,可以檢閱唐蘇鶚《杜陽雜編》及日本僧圓仁《入唐求法尋禮記》,在這二書裏對於當時講座設備,講唱日期,均有詳細記述。

在唐趙璘的《因話録》(卷四)裏,也有一段描寫當時寺廟裏開俗講的記載,尤其是值得我們注意:

> 有文淑僧者,公爲聚衆譚説,假托經論,所言無非淫穢鄙褻之事。不逞之徒,轉相鼓扇扶樹。愚夫冶婦,樂聞其説,聽者填咽寺舍。瞻禮崇拜,呼爲和尚。教坊效其聲調,以爲歌曲。其甿庶易誘。釋徒苟知真理,及文義稍精,亦甚嗤鄙之。近日庸僧,以名繫功德使,不懼台省。府縣以士流好窺其所爲,視衣冠過於仇讎。而淑僧最甚,前後杖背,流在邊境地數矣。

由此文中,可以知道這種"聚衆譚説,假托經論"。到以後,流弊很多,其命運甚至於俗講者得罪。

《太平廣記》卷二百四引《盧氏雜説》亦云:

> 文宗善吹小管。時法師文溆爲入内大德。一日得罪,流之。弟子入内收拾院中籍入家具輩,猶作法師講聲。上采其聲爲曲子,號文溆子。

從以上這兩段記載看,我們有一種感覺,就是趙璘本人極"嗤鄙"俗講的文辭,所以在敘寫上,不免有些成見。同時在那個時候佛教的興盛時代亦已過去,當然末流的趨勢不免有些變態,儒者正好以此爲口實而指責。在《太平廣記》引述,比較要好些了,文溆法師并且是個入内大德,可見或者不至像《因話録》説的那樣不堪。而且由“一日得罪,流之”。觀其文意,似非由俗講得罪。文宗并且“采其聲爲曲子”,更可見文宗對它的愛好。假如文溆的東西真是要不得的話,恐怕也就因得罪而禁止了。總之,由這兩段文字對讀的結果,我們知道俗講在唐末是很流行的,上至帝王都是極爲愛好(按文宗係於公元827年至840年在位)。

在《樂府雜録》裏,有一段也是非常引我們注意:

長慶中,俗講僧文溆,善吟經,其聲宛暢,感動里人。

所謂“其聲宛暢,感動里人”正是前邊所引文宗戀戀的原因。長慶爲唐穆宗的年號(自公元821年至824年)。

綜之,俗講除了在帝都按期敕命開講以外,在各地寺廟民間社邑亦嘗舉行,流行極普遍。

俗講的内容,實是在説經之外,而以吟唱爲主。其吟唱的調子不衹是皇帝用來作曲子,就是當時教坊亦有采爲曲調的(趙璘《因話録》曾説:“教坊效其聲調,以爲歌曲。”)。可見這種俗講頗爲注重吟唱。我們以現在敦煌文庫發現的資料看,關於“五更轉”“禪門十二時”“南宗贊”“入山修道贊”“太子贊”等類的佛曲。應正是俗講所用的一種唱本。而依據經典變更了佛經的本文的俗講,殆爲敦煌發現中之“變文”。

四、唐代的“變相”與“變文”

講到了中國的佛教美術,唐代仍然是一個燦爛的時期,單以壁畫而論,實是以前少見以後所不能及。這種繪畫在寺廟墻壁上的圖畫,在當時稱之爲“變相”,有時也簡稱爲“變”。繪畫的内容,完全是取材於佛經,所以稱爲“變相”的緣因,實際就是變佛經爲圖相的意思。

在唐代的寺廟中可以説没有一個寺院没有“變相”。善導大師一生曾造净土變相三百餘壁。吴道子的壁畫在長安、洛陽也有三百餘間(所謂間者,是指每柱與每柱之間而言,亦即一堵之壁面)。慧果阿闍黎於青龍寺之灌頂堂内浮圖塔下之内外壁上,曾繪兩部及一尊之曼荼羅。成都大聖慈寺之九十六院,在宋時尚保存有唐時之壁畫八千五百二十四間。其流行之盛,洵出我們意外,可惜這些名貴的畫,均已劫毁無存,不能不使我們慨嘆。

根據歷史的記述,我們可以知道一些畫師名與作品内容:

張孝師　慈恩寺塔東南中門《地獄變》、净域寺《地獄變》、浮法寺《地獄變》。

尉遲乙僧　光宅寺《降魔變》等、大雲寺《净土變》。

趙武端　雲花寺《净土變》等。

吴道子　薦福寺《維摩詰本行變》、興唐寺《金剛變》《西方變》、景公寺《地獄變》、安國寺《維摩變》《西方變》、景雲寺《地獄變》、菩薩寺《智度論色偈變》《維摩變》、福先寺《地獄變》、天官寺《除灾患變》、敬愛寺《日藏月藏經變》《業報差别變》。

李　生　興唐寺《金光明變》等。

楊庭光　慈恩寺塔北殿内經變、資聖寺經變。化度寺《本行經變》。

盧楞伽　化度寺《地獄變》、褒義寺《涅槃變》等。

武静藏　敬愛寺《十輪變》《日藏月藏經變》《華嚴變》《地獄變》等。

劉行臣　敬愛寺《維摩詰》《盧舍那》《法華太子變》。

劉阿祖　敬愛寺十六觀《閻羅王變》。

程　邈　昭成寺《净土變》《藥師變》、聖慈寺禪院《本行經變》。

環　師　大相國寺《法華二十八品變相》等。

張南本　大聖慈寺《大悲變相》《孔雀王變相》、成都聖壽寺《賓頭盧變相》。

左　金　大聖慈寺《師子國王菩薩變相》《三乘漸次修行變相》《水月觀音千手眼大悲變相》《金剛經變》《金光明經變相》《地獄變相》等。

此外尚多,不勝枚舉。可知其取材完全源於佛經。這種制度的起源,也是始於印度,傳於西域,而盛於有唐。

“變文”一詞的來源就是與“變相”圖相同,也就是如鄭振鐸氏所謂像“變相”一樣,所謂”變文”之“變”,當指“變更”了佛經的本文而成爲俗講之意。

“變相”圖與“變文”,實際是當時佛教宣傳的兩種不同方式:一個是以繪畫爲空相的表現者,一個是以口語文辭爲時間的展開者。所以“變文”的題材也與“變相”圖一樣,如現在所知:

《地獄變文》(北京藏衣字第三十三號)

《父母恩重經講經文》(北京藏河字第十二號)

《八相變》(北京藏雲字第二十四號,乃字第九十一號等)

《阿彌陀經講經文》(巴黎藏 P. 2955,P. 2122,P. 3210;倫敦藏 S. 6551)

《法華經講經文》(巴黎藏 P. 2305)

《維摩詰經變文》(倫敦藏 S. 4571,巴黎及北京亦藏有)

《降魔變文》(績溪胡氏藏,倫敦藏 S. 4398;巴黎藏 P. 4524,P. 4615)

《大目犍連冥間救母變文》(巴黎藏 P. 2319;倫敦藏 S.

2614)

可見,在"變相"圖中所取的題材,在"變文"裏也同樣采取了。所以這樣的圖畫俗講并用,其傳教的效果一定很大。

二 "變文"的體制

一、"變文"的組成

在我們不知道"變文"這個名字以前,有些學者均曾對這種文體給它過幾種不同的名稱。這種名稱大半都是一種憶忖,且多是一種毫無根據的假設。曾見過的約有幾種:

(一)"佛曲"。這是因它是被歌唱的,而且所歌唱的題材,又多半是故事,故事的内容又多半是關於佛教的,因此稱之爲佛曲了。這是最早將這個重要文體發表出來的羅振玉加給它的。在他的《敦煌零拾》卷四裏刊了"佛曲三種",因爲原來的東西都是首尾殘闕的,找不到原名,衹就着内容不得已而稱之爲"佛曲"罷了。這種稱謂很不妥當,這種唐代流行的"佛曲"顯見是有些混淆。其實變文自是"變文",佛曲自是"佛曲",它們中間是有着很大的區别。不過一些人把"變文"與唐代的"佛曲"混作一談,也并不是没有原因。就是因爲那時所能見到的材料太少了。"佛曲"是宗教的贊曲,而"變文"又多是演述佛經的故事,都是與佛教有關係的,當然難免相混。

(二)"俗文"。這是在北京圖書館目録上所記録的名稱。但是我們現在所見到的"變文",却没有一卷是寫作"俗文"的。所以可以知道這個名稱的來源,也衹是北京圖書館目録編纂時候視其文體而擬的一個名稱。因爲像《維摩詰經變文》之類,往往是先引一段經文,然後再加以闡發和描狀,很有將佛經通俗化了的意思,所以稱作了“俗文”。但是這也是不正確而毫無根據的。

(三)“唱文”。在巴黎國家圖書館所藏的《維摩詰經變文》,伯希和《敦煌鈔本目録》上都寫作:

《維摩唱文》(殘卷凡五卷號碼 P. 2873)

又有:(亦見於伯希和的目録)

《法華經唱文》(一卷　號碼 P. 2305)

除去見於巴黎所藏的以外,在英國倫敦博物院所藏的亦有:

《維摩唱文綱領》(一卷　號碼 S. 3113)

究竟是不是原來卷子上就是這樣寫的?我們無從知道,我們現在衹能知道這個名稱并不普遍,或者是當時“變文”的一個别名(也許是限於某種材料變文的一個名稱)。總而言之,變文,稱作“唱文”是不多見的,它的根據也是不普遍的。

除去了這三種不普遍不正確的名稱之外,尚有一種演述有相夫人升天故事的“變文”(見於羅振玉輯《敦煌零拾》四《佛曲三種》之一)。不知其原名爲何?陳寅恪先生曾名之爲“有相夫人升天曲”。這也是没有辦法中而拈來的一種名稱,因爲原來它實在不是“曲”,而以曲名,正是一種方便。

經過了這一個時期的研究,漸漸的得到了一點真相。以前所有種種的假設名稱,都是不合適,因爲以現在所發的卷子看來,知道題作“變文”名稱的實在是最多,像:

《降魔變文》(績溪胡氏藏)

《舜子至孝變文》(巴黎藏 P. 2721)

《大目犍連冥間救母變文》(巴黎藏 P. 2319,又倫敦藏 S. 2614 一作《大目犍連變文》。)

《阿彌陀經變文》(倫敦藏 S. 2955)

《佛本行集經變文》(北京圖書館藏潜字第八十號)

《八相成道變文》(北京圖書館藏雲字第二十四號、乃字第九十一號、麗字第四號。)

凡此,均足以證明"變文"是一個最普遍的名稱。(或亦簡稱爲"變"。這與"變相"亦可簡稱爲"變"的情形相同。)在鄭振鐸先生所著的《中國俗文學史》第六章談到變文時,他并且引了一個旁證説明應當稱爲"變文"的根據。他説:

> 且也還有别的旁證,足爲我們的這個討論的根據。
>
> 《太平廣記》(卷二百五十一)裏,記載着張祜和白居易的一段故事:
>
> "祜亦嘗記得舍人《目連變》。"白曰:"何也?"曰:"'上窮碧落下黄泉,兩處茫茫皆不見,'非《目連變》何邪?"(出王定保《摭言》)
>
> 張祜所謂"目連變"也許指的便是我們所知道的《目連變文》吧?

這一段話并不是没有理由的,我們細讀《太平廣記》的引文,可以知道張祜所指必爲當時流行普遍演唱的"變文"無疑;而决不是以變相的"變"來相比喻,尤其我們讀過今日發見的目連變文後,這種説法更可以使我們堅定確信了。

"變文"是"講唱"的東西,在它文字的組織中,能講的部分就是其中的散文;能唱的部分就是其中的韵文。這種韵散兼列的文體,在中國是嶄新的,是以前所没有的。在我國過去雖然也有過散文裏夾雜了韵文的東西,但是那與"變文"中所看到的情形完全不同,比如傳記裏的"贊",甚至像《韓詩外傳》中所用的詩的情形。我們知道都不會是"變文"的祖禰,都不曾影響"變文"的産生。直接影響"變文"的,我們知道就是印度傳來的文體——佛經的譯文。所以我們在本土的文籍裏,在此之前想找出它的淵源已經成了不可能的事情。而這種韵文散文合着組成的格局,一直是影響着唐以後的新興文體。(如它的韵式至今還爲寶卷、彈詞、鼓詞所保存。)在没有依其文辭組織而談其組成以前,大要的先談一談它韵文與散文的形式。(就今日所能見到的"變文"歸納來談。)

"變文"所用的韵式最普通的是"七言",這個可以舉的例很多,如《八相變文》《降魔變文》《維摩詰經變文》《温室經講唱押座文》等等:

八相成道變

無憂樹下暫攀花。右脅生來釋氏家,五百天人隨太子,三千宫女捧摩耶。

堂前再政鴛鴦被,彼象危休登舉車,産後孩童多瑞福,明君聞奏喜無涯。

降魔變文

須達舍利乘白象,往向城南而顧望,忽見寶樹數千林,花開異色無般當。

祥雲瑞蓋滿虚空,白鳳青鸞空裏揚,須達嗟嘆甚希奇,瞻仰尊顔問和尚。

舍利迴頭報須達,此園妙好希難遇,聖鐘應現樹林間,空裏天仙持供具。

過去諸佛先安居,廣度衆生無億數,明知聖力不思議,此是如來説法處。

維摩詰經變文

佛言童子汝須聽,勿爲維摩病苦縈,四體有同臨岸樹,雙眸無異井中星。

心中憶問何曾罷,丈室思吾更不停,斟酌光嚴能問活,吾今對衆遣君行。

温室經講唱押座文

今晨擬説甚深文,唯願慈悲來至此,聽衆聞經罪消滅,總證菩提法寶身。

閻浮濁悪實堪悲,老病終朝長似醉,已捨喧喧求出離,端坐聽經能不能?

除去單純"七言"以外,也有"七言"之中夾雜着"三言"的,不過這種"三言"的韵文,在使用的時候大多是兩句連合着用。這不外也是由"七言"句法演變來的,如《維摩詰經變文》中,有一些這種句法:

維摩詰經變文

智惠圓　福德備,佛果將成出生死,牟尼這日發慈言,交往毗耶問居士。

載天冠　服寶帔,相好端嚴法王子,牟尼這日發慈言,交往毗耶問居士。

越三賢　起十地,福德周圓入佛位,牟尼這日發慈言,交往毗耶問居士。

使用"六言"是比較少,這是罕見的一種韵式,衹有《八相成道變文》《大目犍連變文》《醜女緣起》《目連緣起》等"變文"中間雜着有些:

八相成道變

當日金團太子,潜身來下人間,今朝菩薩降生,福報合生何處?遍看十六大國,從頭皆道不堪。唯有迦毗羅城,天子聞名第一。社稷萬年國主,祖宗千代輪王。我觀過去世尊,示現皆生佛國。

大目犍連變文

目連父母亡没，殯送三周禮畢，遂即投佛出家，得蒙如來賑恤。

頭上鬚髮自落，身裹袈裟化出。精修證大阿羅，六用神通第一。

醜女緣起

公主全無窈窕，差事非常不小。上脣半斤有餘，鼻孔筒渾小(似曾失落一字)。

生來未省歡喜，見説三年一笑。覓他行步風流，却是趙土襪脚。

目連緣起

目連手擎香飯，充濟慈母之饑。奈何惡業又深，争那慳貪障重。

漿水來變作銅汁，香飯欲餐變成猛火。即知慳貪障重，所招惡業如斯。

奉勸座下門徒，一一須生覺悟。莫縱無明造業，他時必墮三塗。

由於"六言"句的韵法，我想到在唐五代那個時候唱到這種地方，其聲調必與"七言"的不同，也許唱時很像現在的"數板兒"吧?

使用"五言"韵句的，也是非常罕見的，像《八相成道變》《阿彌陀經變文》《醜女緣起》，還有一些：

八相成道變

拔劍平四海，横戈敵萬夫。一朝床枕上，起卧要人扶。

阿彌陀經變文

西方佛净土，從來九異禽。偏翻呈瑞氣。寥亮演清音。

每見袪塵網，時聞益道心。彌陀親所化。方悟願緣深。

醜女緣起

王告臣曰：

卿今聽朕語，子細説來處。緣爲國大王，有一親生女。

天生貌不强，衹要且端駐。覓取一兒郎，聘與爲夫婦。

除去了以上幾種韵法，還有一些不很規律的，其中且雜有“四言”句法的，如《降魔變押座文》《目連緣起》是：

降魔變押座文

尊高縱使千人諾，逼促都成一夢斯。更見老年腰背曲，駈駈由自爲妻兒。君不見生來死去似蟻脩還；爲衣爲食，如蠶作繭。假使有拔山舉頂之士，終埋在三尺土中；直饒玉提金綉之徒，未免於一緘灰燼。莫爲久住，看則去時，雖論有頂之天，總到無常之地。少妻恩厚，難爲興替死之門；愛子情深，終不代君受苦。茫茫濁世，争戀久居；模模昏迷；如何擬去？

目連緣起

且如董永賣身，還殯葬其父母，敢得織女爲妻。郭巨爲母生埋子，天賜黄金五百斤。孟宗泣竹，冬日笋生。王祥卧冰，寒溪魚躍。慈烏返報，書使皆傳。跪乳之牛，從前且説。

雖然“變文”里的韵文句法是這樣複雜，但是就一般説起來，是要以“七言”韵式爲主的。不管其間是否雜用“六言”“五言”“四言”或是“三言”，全篇組織可以説仍是以“七言”所組成的。

至於“變文”所用的散文，比之韵文要遜色，很有些作品的文字，是用那麽生硬、稚拙的白話文寫成，讀起使我們感覺不順口通暢。但是千年以後的今日而能讀到千年以前民間作者所寫的醇樸文藝，已不能不説是一件幸事。以下舉一些例：

八相成道變

太子作偈已了，即便歸宫，顔色忙祥，愁憂不止。大王聞太子還宫，遣宫人遂唤太子："吾從養汝，祇是懷愁。昨日游觀西門，見於何物？"太子奏大王曰："昨日游玩，不見别物，見一病兒，形骸羸瘦。遂遣車匿，所問病者，祇是一人？他道世間病患之時，不揀貴賤。聞此言語，實積憂愁。謹咨大王，何必怪責。"大王遂遣太子，來日却往巡游。至於北門，忽見一人，歸於逝路，四支全具，九孔□□。卧在荒郊，膨脹壞爛。六親號叫，九族哀啼，散髮披頭，渾搥自撲。遂遣車匿往問。問云："此是何人？"喪主具説實，言道："此是死事。""即公一個死？世間亦復如然？"喪主道："王侯凡庶，一般死相，亦無二種。"

目連緣起

昔有目連慈母，號曰青提夫人，住在西方，家中甚富，錢物無數，牛馬成群。在世慳貪，多饒殺害。自從夫主亡後，而乃孀居。唯有一兒，小名羅卜，慈母雖然不善，兒子非常道心，拯恤孤貧，敬重三寶，行檀布施，日設僧齋，轉讀大乘，不離晝夜。偶自一日，欲往經營，先至堂前，白於慈母："兒擬外州，經營求財，侍奉尊親，家中所有錢財，今擬分爲三分：一分兒今將去，一分侍奉尊親，一分留在家中，將施貧乏之者。"娘聞此語，深愜本情。許往外州，經營求利。一自兒子去後，家内恣情，朝朝宰殺，日日烹庖，無念子心，豈知善惡；逢師僧時，遣家僮打棒；見孤老者，放狗咬之。

也有一些散文，作者用了駢儷的句子寫成。這種用駢儷來描狀人情，來形容物態，有時寫得却也很好。這種把駢儷文作爲應用文，帶到民間去的情形，可以證明駢儷文已發展到最高的階段；同時也證明了那種駢儷文仍是活潑而有生命的東西，并没有僵化。使用駢儷文寫"變文"中的散文的,有《維摩詰經變文》《降魔變文》《伍子胥變文》等,現在把其中能於寫得圓熟純練、流麗生動的對偶文中,顯露作者才華的文字移録一些以見一斑。

維摩詰經變文

是時也波旬設計,多排婇女嬪妃,欲惱聖人。剩烈奢化,艷質希奇,魔女一萬二千,最異珍珠千般結果,出塵并,不易惱他,持世上人如何得退。莫不剩裝美貌,無非多着嬋娟。若見時交巧出言詞,稅調者必生退敗。其魔女者,一個個如花菡萏,一人人似玉無殊。身柔軟兮新下巫山,貌娉婷兮纔離仙洞。盡帶桃花之臉,皆分柳葉之眉。徐行時若風颯芙蓉,緩步處似水摇蓮亞。朱唇旖旎,能赤能紅;雪齒齊平,能白能净。輕羅拭體,吐異種之馨香;薄縠挂身,曳殊常之翠彩。排於坐右,立在宫中。青天之五色雲舒,碧沼之千般花發。罕有罕有,奇哉!奇哉!空將魔女嬈他,亦恐不能驚動。更請分爲數隊。各逞逶迤。擎鮮花者殷勤獻上,焚異香者倍切虔心。合玉指而禮拜重重,出巧言而詐言切切。或擎樂器,或即吟哦;或施窈窕,或即唱歌。休誇越女,莫説曹娥。任伊持世堅心,見了也須退敗。大好大好,希哉!希哉!如此麗質嬋娟,争不妄生動念。自家見了,尚自魂迷;他人睹之,定當亂意。任伊修行緊切,稅調着必見迴頭。任伊鐵作心肝,見了也須粉碎。

降魔變文

六師既兩度不如,神情漸加羞恧。强將頑皮之面,衆裏化出水池。四岸七寶莊嚴,内有金沙布地。浮萍菱草,遍緑水而競生;爽柳芙蓉,匝靈沼而氛氲。舍利弗見池奇妙,亦不驚嗟。化出白象之王,身軀廣闊,眼如日月,口有六牙。每牙吐七枝蓮花,華上有七天女,手搊弦管,口奏弦歌,聲雅妙而清新,姿逶迤而姝麗。象乃徐徐動步,直入池中,蹴踏東西,迴旋南北。已鼻吸水,水便乾枯,岸倒塵飛,變成旱地。於時六師失色,四衆驚嗟,合國官僚,齊聲嘆異處。

伍子胥變文

其妻遂作藥名問曰:"妾是仵茄之婦細辛,早仕於梁,就禮未及當歸,使妾閑居獨活。膏莨薑芥,澤瀉無憐,仰嘆檳榔,何時遠志?近聞楚王無道,遂發材狐之心,誅妾家破芒消。屈身苜蓿,藏蕤怯弱,石膽難當,夫怕逃人,茱萸得脱。潛形茵草,匿影藜蘆,狀似被趁野干,遂使狂夫莨菪。妾憶泪沾赤石,結恨青箱。夜寢難可决明,日念舌乾卷柏。聞君乞聲厚朴,不覺躑躅君前,謂言夫聟麥門,遂使蓯蓉緩步。看君龍齒,似妾狼牙,桔梗若爲,願陳枳殼。"

其中誇奢華艷的叙寫在印度文學中本是常見的東西,但是在中國文章裏却是少見,這種含有豐富幻想的文字,無疑的是受佛經的影響了。并且它給與後來的影響也很大,鄭振鐸先生曾説:

我很疑心,後來小説裏的四六言的對偶文學來形容宫殿、美人、戰士、風景以及其他事物,其來源恐怕便是從"變文"這個方面的成就承受而來的。

這種懷疑,是有一部分理由的。至於那用藥名隱語問話的叙寫,更是充分流露出作者的才華。雖然是很早就有人寫過這類玩意兒,(見《三國志》姜維傳注引孫盛《雜記》)并且也是受唐末士大夫搞這種玩意兒的影響,但是以一位民間文藝作家的手寫成,不能説不是一種珍奇有趣的文字。

就着現在發現的"變文"研究其文辭的組織,是可以分成爲幾種不同的形式。爲了清楚些,這裏由兩方面入手去叙述。

一、由“變文”的體裁去看，大約可分爲三種：

（一）在散文的説白以後，并不用“引端”，而即繼以五言或七言的韵文。這一類的“變文”有《地獄變文》《大目犍連冥間救母變文》等：

地獄變文（北京藏衣字第三十三號）

既將鐵棒，直至墓所，尋得死尸，且亂打一千鐵棒。呵責道：“恨你在生之日，慳貪疾妒，日夜衹是算人，無一念饒益之心，衹是萬般損害，頭頭增罪，種種造殃，死值三塗。”號：菩薩佛子。

在生恨你極無量，貪愛之心日夜忙。老去和頭全换却，少年眼也擬梚將。

百般放聖謾依着，千種爲難爲口糧。在生憂他總恰好，業排眷屬不分張。

緣男爲女添新業，憂家憂計走忙忙。盡頭呵責死尸了，鐵棒高抬打一場。

大目犍連冥間救母變文

“和尚却歸，爲傳消息，交令造福，以救亡人。除佛一人，無由救得，願和尚捕提涅槃，尋常不没。運載一切衆生智惠鈕，勤磨不煩惱林，而誅威行，普心於世界，而諸佛之大願。儻若出離泥犁，是和尚慈親普降。”目連問以，更往前行。時向中間，即至五道將軍坐所，問阿娘消息處：

五道將軍性令惡，金甲明晶，劍光交錯，左右百萬餘人，總是接飛手脚，叫諏似雷驚振動，怒目得電光耀鶴，或有劈腹開心，或有面皮生剥。目連雖是聖人，亦得魂驚膽落。目連啼哭念慈親，神通急速若風雲。若聞冥途刑要處，無過此個大將軍，左右攢槍當大道，東西立杖萬餘人。縱然舉目西南望,正見俄俄五道神。守此路來經幾劫,千軍萬衆定刑名。

(二)在散文説白以後:而用"若爲""若爲陳説""云云""詩云"或"於爾之時,有何言語?"爲"引端"引起一段"五言"或"七言"韵的文。這一類的"變文"有《降魔變文》《八相成道變》《維摩詰經變文》《大目犍連變文》等。

降魔變文

波斯匿王見舍利弗,即敕群僚,各須在意。佛家東邊,六師西畔,朕在北面,官應南邊。勝負二途,各須明記。和尚得勝,擊金鼓而下金籌;佛家若强,扣金鐘而點尚字。各處本位,即任施張。舍利弗徐步安詳,升師子之座;勞度叉身居寶帳,棒擁四邊。舍利弗即升寶座,如師子之王,出雅妙之聲,告四衆言曰:"然我佛法之内,不立人我之心,顯政摧邪,假爲施設。勞度叉有何變現,既任施張。"六師聞語,忽然化出寶山,高數由旬,欽岑碧玉,崔嵬白銀,頂侵天漢,叢竹芳薪。東西日月,南北參晨,亦有松樹參天。藤蘿萬段,頂上隱士安居,更有諸仙游觀,駕鶴乘龍。仙歌聊亂。四衆誰不驚嗟,見者咸皆稱嘆。舍利弗雖見此山,心裏都無畏難,須臾之頃,忽然化出金剛。其金剛乃作何形狀?其金剛乃頭圓像天,天圓衹堪爲蓋;足方萬里,大地纔足爲鑽。眉蔚翠如青山之兩崇,口暇暇猶江海之廣闊。手執寶杵,杵上火焰衝天。一擬邪山,登時粉碎。山花萎悴飄零,竹木莫知所在,百僚齊嘆希奇,四衆一時唱快。故云:金剛智杵破邪山處。若爲:

六師忿怒情難止,化出寶山難可比。嶄岩可有數由旬,紫葛金藤而覆地。

山花蔚翠錦文成,金石崔嵬碧雲起。上有王喬丁令威,香水浮流寶山裏。

飛仙往往散名華，大王遥見生歡喜。舍利弗見山來入會，安詳不動居三昧。

應時化出大金剛，眉高額闊身軀礧。手持金杵火衝天，一擬邪山便粉碎。

八相成道變

太子一從守道，行滿六年。當臘月八日之時，下山於熙連河沐浴。爲久專懇行，身力全無，唯殘骨筋，體尤困頓。河中洗濯，浣膩潔清，既欲出來，不能攀岸。感文殊而垂手，接臂虛空，承我佛於河灘，達於彼岸。遂逢吉祥長者，鋪香草以殷勤；紫磨嚴身，金黄備體。云云：

六年苦行志殷勤，四智俱圓感覺身。下向熙連河沐浴，上登草座勸黎民。

紫金滿覆於其體，白毫光相素如銀。文殊長者設願厚，供養如來大世尊。

維摩詰經變文

世尊乃告彌勒："此時有事商量，維摩卧疾於毗耶，今日與吾問去。吾之弟子十大聲聞，尋常盡覓於名能，誠使多般而辭退。舍利弗林間晏坐，曒被輕呵。目犍連里巷談經，盡遭摧挫。大迦葉求貧於富，平等之道理全乖。須菩提求富捨貧，鮮空之聲名虛忝，富樓那、迦旃延之輩，總因説法遭呵。阿那律、優波離之徒，盡是因逢自風被辱，羅睺説出家有利，不知無利無爲；阿難乞乳憂疾，不了牟尼可現。總推智短，盡説才微，皆學怕懼維摩，不敢過他方丈。況汝位超十地，果滿三祇，障盡習除，福圓惠滿，將成佛果，看座花臺，無私若杲日當天，不染似白蓮出水。人間天上，此界他方，四生賴汝提携，六道蒙君救度。汝已竭愛增海，汝已消煩惱魔，汝已代愛稠林,汝已割貪羅網。已度無邊衆,已絶有漏因,已到涅槃城,已上金剛座。佛法中龍象,賢聖内鳳鱗,在會若鶴處鷄群,出衆似雕游霄漢。賢惠威德,衆所稱揚。居士丈室染疾,使汝毗耶傳語,速須排比,不要推延。若與維摩相見時,慰問所疾痊可否?"詩云:

小乘昔日總遭嗔,若往分疏各説因,知汝神通超小聖,想君詞辯越聲聞。

不唯早證三身位,兼亦曾修萬行門。今爲維摩身染疾,事須與傳語莫因循。

世尊唤命其彌勒,彌勒匆匆從座起。合十指爪設卑儀,向千花座聽尊旨。

六銖衣裓襯金霞,七寶簪冠動朱翠,立在師前候聖言,仁天見者生歡喜。

辯才無礙衆降伏,威德難儔佛贊羡,牟尼這日發慈言,交往毗耶問居士。

大目犍連變文:(北京藏成字第九十六號)

昔佛在日,摩竭國中有大長者,名拘離陁。其家巨富,財寶無論,於三寶有信重之心,向十善起精崇之志。宫中夫人號曰靖椹,端正雖世上無雙,慳貪又欺誑佛法。生育一子,號曰目連,塵刦而深種善因,承事於恒沙諸佛。未見我佛在俗之時,家竭所有七珍,設齋布施於一切。忽於一日,思往他方。家財分作於三亭,二分留與於慈母;内之一分,用充慈父之衣糧,更分資財,營齋布施於四遠。囑付已畢,拜别而行。母生慳悋之心,不肯設齋布施,到後目連父母壽盡,各取命終。父承善力而生天,母招慳報墮地獄。或值刀山劍樹,穿穴五藏而分離;或招爐炭灰河,燒炙碎塵於四體。或在餓鬼受苦，瘦損軀骸，百節火然，形容憔悴。咽别細如針鼻，飲嘶滴水而不容；腹藏則寬於太山，盛集三江而難滿。當爾之時，有何言語？

目連父母并凶亡，輪迴六道各分張。母招惡報墮地獄，父承善力上天堂。

思衣羅綉千重現，思食珍羞百味香；足躡庭臺七寶地，身倚幃幌白銀床。

冥間母受多般苦，穿刺燒苿不可量。鐵磑磑來身粉碎，鐵叉叉得血汪汪。

饑餐盂火傷喉胃，渴飲鎔銅損肝脹。錢財豈肯隨己益，不救三塗地獄殃。

八相成道變

“太子是出世之尊。不是凡人之數。大王今若不信，城南有一泥神，置世已來，人皆視驗。王疑太子魑魅，但出親驗神前。的是鬼類妖精，其神化爲凝血，若不是精奸之類，衹合不動不變。”於爾之時，有何言語？

城南有一摩醯神，見説尋常多操嗔。世上或行詐僞事，就前定驗現其真。

大王但將此太子，纔見必令始知聞。若是禎祥於本主，的定妖邪化爲塵。

在這些種體裁內，除去了這幾種形式外，尚有在散文叙述以後用“曰”作“引端”而接韵文的。這在《維摩詰經變文》與《伍子胥變文》裏都可以看到：（衹是比較他種形式少）

維摩詰經變文

言佛告者，是佛相命之詞。緣佛於會上，告盡聖賢，五百聲聞，八千菩薩，從頭遣問，盡曰不任；皆被責呵，無人敢去。

酌量才辯,須是文殊。其他小小之徒,實且故非難往,失來妙德,亦是不堪。今仗文殊,便專問去。於是有語告文殊曰:

三千界内總聞名,皆道文殊藝解精。體似蓮花敷一朵,心如明鏡照漂清。

常宣妙法邪山碎,解演真乘障海傾。今日筵中須授敕,與吾爲使廣嚴城。

伍子胥變文(巴黎藏 P.2794)

登山驀嶺,渡水尋川,求却不却,永前不前,動即被餓,性命轉然。平王太劇,唱叫稱冤;子胥帶劍,途步而前。至漭蕩山間,石壁侵天萬丈,入地騰竹縱横。遥望松羅,山崖斗暗,蟲狼離合,百鳥關關,思憶帝鄉,乃爲歌曰:

我所思兮道路長,涉江水兮入吴鄉。父兄冥莫知何在,零丁遣我獨恓惶!丈夫流浪隨緣業,生死富貴亦何常?平王曲受魏陵語,信用守讒佞煞忠良。思故鄉兮愁難止,臨水登山情不已。

另外在《大目犍連變文》裏與《張義潮變文》裏,有許多地方散文裏述的最後一字是“處”字,然後即接起韵文。在《大目犍連變文》裏所見到一斑,如(衹舉散文句子爲列):“獄中罪人,生存在日,侵損常住,游泥伽藍,好用常住水果,盗常住柴薪,今日交伊手攀劍樹,支支節節,皆零落處:”“目連悶絶,僻良之氣通,漸漸前行,即逢守道羅刹問處:”“和尚莫來!此間不是好道!此是地獄之路。西邊黑烟之中,總是獄中毒氣,吸著和尚,化爲灰塵處:”“向上雲烟,散散漫漫;向下鐵鏘,繚繚亂亂。箭毛鬼,嘍嘍竄竄;銅嘴鳥咤咤叫叫唤。獄卒數萬餘人,總是牛頭馬面;饒君鐵石爲心,急得亡魂膽戰處:”“獄主聞語,扶起青提夫人,母瘦却二十九道長釘,鐵鏁鏁腰,生杖圍繞,驅出門外,母子相見處:”“遂即騰身天上,到於父前,借問娘娘,趣向甚處:""願父莫惜情懷,説母所生之處:"等等。在《張義潮變文》裹所見到的一斑:如(亦祇舉散文説白末句爲例):"漢軍勇猛而乘勢,拽戟衝山直進前。藩戎膽怯奔南北,漢將雄豪百當千處:""我軍遂列烏雲之陣,四面急攻。藩賊猖狂,星分南北;漢軍得勢,押背便追。不過五十里之間,煞戳横尸遍野處:"等等。這裹最末的"處"字是否可以與以前的"曰"字"云"字有一樣的功能,并且是一樣的用法?我們不十分清楚。不過在這一部分例子裹邊,有一些"處"字的用途顯見是與"云"字功能相同,所以我覺得這種散文末後接韵文時中間的"處"字也是一個"引端"。

(三)是通篇用散文式的説白,最後而以"詩曰"引起"七言"詩四句終場。這一類的有《舜子至孝變文》(其他的例很少,故從略)。

二、由"變文"組織的内容看,也可以分爲三類:

(一)以散文部分作爲講述,韵文部分則重複的歌唱散文的叙述。這種重複的叙寫,無疑的最直接受了佛經的影響。在佛經的組織裹,這是一個很普遍的形式(在佛經形式内容的十二種分類法第二種祇夜 Geya——譯作應頌或重頌的,正是重宣長行的一種偈頌)。這種叙述的用意,就是在於使讀者們容易瞭解,在佛經裹面并且含有使讀者容易記誦的作用,因爲用詩歌來背誦,總比散文要容易得多,何况印度文學裹的詩歌很早就已是那麼發達呢!到了"變文"裹,除了學習這種形式以外,主要的就是爲要歌唱,所以也就方便的用了這種手法。至於也在重叠的叙述,恐怕還有一個更可使聽衆明白的意思。因爲如在歌唱的韵文與散文若是銜接着叙述的時候,聽衆很可能對所唱韵文的内容不易聽清,不但直接引起聽衆的不歡迎,間接的也就影響布教的效果。有這種困難,於是用散文叙述一遍以後,更重要的重複一節歌唱的韵文以適應當時歌者(或是作者)的需要。關於這一類作品,可舉的例很多,像《目連緣起》《維摩詰經變文》等,都有這樣叙述的地方:

目連緣起

目連聞金口所説,不覺悶絶號咷,既知受罪因緣,欲往三塗救拔。切恨神通力小,難開地獄之門。我今欲見阿娘,力小不能自往,伏願世尊慈悲,少借威光,忽若得見慈親,生死不辜恩德。

目連聞説事因由,悶絶號咷雨泪流,哀哀慈母黄泉下,乳哺之恩不易酬。

我今欲見慈親面,地獄難行不可求,願佛慈悲方便力,暫時得見死生休。

維摩詰經變文

當日持世菩薩告言帝釋曰:“天宫壽福有期,莫將富貴奢花,便作長時久遠。起坐有自然音樂,順意笙歌。所以多異種香花,隨心自在。天男天女,捧擁天休;寶樹寶林,巡游未歇,隨心到處,便是樓臺:逐意行時,自成寶香。花開便爲白日,花合即是黄昏。思衣即羅綺千重,要飯即珍羞百味。如斯富貴,實即奢花。皆爲未久之因緣,盡是不堅之福力。帝釋!帝釋!要知、要知。休於五欲留心,莫向天宫恣意。雖即壽年長遠,還無究竟之多;雖然富貴驕奢,豈有堅牢之處。壽夭力盡,終歸地獄三途;福德才無,却入輪迴之路,如火然盛,木盡而變作塵埃;似箭射空,勢盡而終歸墮地。未逃生死,不出無常。速指内外之珍財,證取無爲之妙果。勤於佛法,悟取真如。少戀榮華,了知是患。深勞帝釋,將謝道從。與君略出,甚深悟取,超於生死。”

天宫未免得無常，福德才徽却墮落，富貴驕奢終不久，笙歌恣意未爲堅。

任誇玉女貌嬋娟，任逞月娥多艷態，任你奢花多自在，終歸不免却無常。

任誇錦綉幾千重，任你珍羞餐百味，任你所須皆總到，終歸難免却無常。

任教福德相嚴身，任你眷屬長圍遶，任你隨情多快樂，終歸難免却無常。

任教清樂奏弦歌，任使樓臺隨處有，任遣妃嬪隨後擁，終歸難免也無常。

任伊美貌最希奇，任使天宫多富貴，任有花開香滿路，終歸難免却無常。

莫於上界恣身心，莫向天中五欲深；莫把驕奢爲究竟，莫耽富貴不修行！

還知彼處有傾摧，如箭射空隨志地，多命財中能知了，修行他不出無常。

索將勞帝釋下天來，深謝弦歌鼓樂排，玉女盡皆覺悟取，嬋娟各要出塵埃。

天宫富貴何時了？地獄煎熬幾萬回，身命財中能悟解，使能久遠出三灾。

須記取，傾心懷，上界天宫却請回，五欲業山隨日滅，耽迷障岳逐時摧。

身中始得堅牢藏，心上還除染患胎，帝釋敢師兄説法力，着何酬答唱將來？

（二）是以散文部分作爲“引起”而銜接着用韵文部分來描述。也就是在叙述的時候散文韵文互相銜接着混淆使用，而没有第一類重複的毛病。因爲在第一類裏是説明一個意思或是描述一件事物,都要散文説明後再加以韵文的歌唱。這在没有聽歌訓練的人當然是方便了。但是在常常聽歌的善男信女們聽來未免絮煩,所以進一步改成了這種相互運用的形式。這種改進,我們知道正是“變文”的演變。其實這種形式,也是源於佛經(如以“十二部經”的分類看,其中的第三種伽陀 Gatba——譯作諷頌或孤起頌的,正是與長行分别顯示意義的一種偈頌)。又因在内容上不能離開佛經的範圍,故在形式上也就不容易離開佛經的樣式。關於這一類的例子很多,像《目連緣起》《大目犍連變文》等:

目連緣起

狗見沙門歡喜,目連知是慈母,不覺雨泪向前。遂問阿娘:“久居地獄,受苦多時,今乃得離阿鼻,深助娘娘。今在人間作狗,何如地獄之時?”阿娘被問來由,不覺心中歡喜,告兒目連曰:

我在阿鼻地獄,受苦皆是自爲,聞汝廣設盂蘭,供養十方諸佛。

今得離於地獄,化爲母狗之身,不净乍可食之,不欲當時受苦。

大目犍連變文(北京藏成字第九十六號)

聖者來於幽逕,行至奈河邊,見八九個男子女人,逍遥取性無事。其人遥見尊者,禮拜於偈再三。和尚就近其前,便即問其所以:

善男善女是何人?共行幽逕没灾迲。閑閑夏泰禮貧道,欲説當本修佂因。

諸人見和尚問着,共白情懷,啓言和尚:

同姓同名有千嫪,煞鬼交錯枉追來,勘點已經三五日,無事得放却歸迴。

早被妻兒送墳冢，獨卧荒郊孤土堆。四邊爲是無親眷，狼鴉□□□□□

（三）是在“變文”的開始没有叙述以前，先引一句“經文”或一段“經文”，然後再根據這個作爲引子的“經文”，加以敷演描述。這種情形不外是加重布教的效果，也或許有一些徵信的作用。就是因爲這種情形，所以我們知道這種“變文”，仍多是屬於早期的，原來的“變文”就是根據佛經講唱其故事爲原則的“演經”呀！像《阿彌陀經變文》《維摩詰經變文》，每段的開頭，都是必引一句或一小段“經文”的（其中《阿彌陀經變文》有些不同了，是“經文”代替了散文部分）。現在衹舉它們中間開首的“經文”作一例子：

阿彌陀經變文

復次，舍利弗，彼國有種種奇妙雜色之鳥。此鳥韵□分五：一、總標羽唉，二、别顯會名，三、轉和雅音，四、詮論妙法，五、聞聲動念（下接韵文，從略）。

維摩詰經變文

經云：佛告彌勒菩薩，汝行詣維摩詰問疾（下接散文及韵文，從略）。

經云：佛告文殊師利，汝行詣維摩詰問疾（下散文及韵文，從略）。

此外，“變文”體裁中尚有所謂“押座文”及“緣起”，其詳均於本文附録中另述。

二　“變文”的分類

依據“變文”的性質分類，可以簡單的分爲兩大類：一是叙述關於佛經的故事,二是叙述關於非佛經的故事。

一、叙述關於佛經的故事——在這一類裏可以分爲兩種:

(一)屬於嚴格説"經"的。

這一部分裏的"變文",就着現在發現的資料看,衹有《維摩詰經變文》《阿彌陀經變文》等。(其内容均已片段的見於上文舉例中)。

《維摩詰經變文》是現在所知"變文"裏最弘偉的一本,從其中可以見到的一部分推測,總卷數恐已超過了三十卷。現在知道的有:

一、《維摩詰經變文》第二十卷(巴黎國家圖書館藏)

二、《維摩詰經變文·持世菩薩》第二卷(見於羅氏《敦煌零拾》)

三、《維摩詰經變文·文殊問疾》第一卷(北京圖書館藏)

四、《維摩變文》殘卷五卷(倫敦藏,合編一號 S. 4571)

五、《維摩變文》殘卷五卷(巴黎藏合編一號 P. 2873)

六、《維摩變文》一卷(巴黎藏 P. 2293)

七、《維摩唱文綱領》(倫敦藏 S. 3113)

八、《維摩押座文》(倫敦藏 S. 1441)

這八種中我們可以見到的也不過前三種而已,其他雖有抄回的,却頗不易見。其中文字描狀的活躍,辭彩的極其駿麗,由前邊所舉的一斑中均可清晰地看出。尤其是製作的弘偉,更使我們驚異,這麽宏大的作品,實可稱爲隋唐以來一部名著,可以説是我國從古以來未有的一部瑰麗的大叙事詩。印度的文字原來就是以描狀細膩著稱,可是這一部二卷或三卷的《維摩詰經》經過了變文作者的放大渲染以後,所構成的《維摩詰經變文》却比原來增大了將近三十倍,這種演變不能不説是一種奇迹;而作者描述技巧的熟練與精臻亦足使我們驚奇。所以也未嘗不可以説是一部不朽的大著。

至於《維摩詰經》的經文,本來可以説是一部富於戲劇性或小説性的著作,在很早已經有了許多的譯本與注疏。它的譯本自從漢的嚴佛調以來,已知道有七種以上不同譯本,可惜存留到現在的衹有三種譯本而已:

《維摩詰經》二卷,吴支謙譯,(《大正藏》卷十四)現存諸譯最古的一本。

《維摩詰所説經》三卷,姚秦鳩摩羅什譯(大正藏卷十四)。

《説無垢稱經》六卷,唐玄奘譯(《大正藏》卷十四)

注疏是比較多了,這裏不再例舉。它的刻本也很多,除去了歷代《大藏經》中的刻本以外,單行的刻本是非常普通的,可知這一部經是如何的被各時代的文人與學者所愛好了。所以可以知道把這樣的一部佛經,創作成幾十卷的一部文學上不朽的名著,也非偶然的事。不止是現在我們欣賞它的文字令人贊嘆,就是在當時開講這部《維摩詰經變文》的時候,也是受着聽衆的熱烈歡迎。在現存的《維摩詰經變文》第二十卷的末後題記(巴黎藏,P.2292)有:

廣政十年八月九日在西川静真禪院寫此第廿卷文書,恰遇抵黑,書了,不知如何得到鄉地去。

年至四十八歲,於州中寃明寺開講,極是温熱。

的字句。所謂"開講極是温熱"正是當時聽衆歡迎的情態。廣政十年也就是劉知遠的天福十二年(947),距今已是一千年了。

這個"變文"的作者,我們也是不知道,不過有人以爲寫那個"變文"的人就是當時的作者,我們認爲不太妥當。

《阿彌陀經變文》,也是屬於這一種的,不過文字的叙寫較稚拙，所以我們曾假定它是早期的形態，現在見到的是藏於巴黎、號碼爲 P. 2955。它的經本祇有鳩摩羅什在姚秦弘始四年(402)所譯的一卷(見於《大正藏》卷十二)。這“變文”的特點就是散文部分即是佛經原文。

此外在巴黎所藏中，尚有《法華經唱文》一卷(P. 2305)大約也是屬於這一種的，因爲原文不能得讀，不能確定。

(二)屬於自由敘述的。

這一種“變文”敘寫範圍比較前邊要廣了。其中又可以分成兩類：

第一類是“僅敘述經文而不敘寫故事的”。像《地獄變文》《父母恩重經變文》等。

《地獄變文》，現藏於北京圖書館，衣字第三十三號。《敦煌叢鈔》裏曾刊載全文，亦祇是殘卷。

《父母恩重經變文》，今亦藏北京圖書館，河字第十二號。内容亦殘缺甚多，讀來并不能引起興趣，所以有人以爲這一部分“頗不足觀”。

第二類是“敘寫佛經的故事的”，又可以分爲兩組：

一、寫佛陀的生平或行事的。關於佛陀的生平除了寫成道的故事以外，也曾寫到過去無量生的故事。這種材料的來源就是根據了劉宋寶雲譯的《佛本行經》七卷(《大正藏》卷四)及隋闍那崛多譯的《佛本行集經》六十卷(《大正藏》卷三)，發現的“變文”有：

《八相成道變》殘卷(北京藏雲字第二十四號、乃字第九十一號、麗字第四號)

《佛本行集經變文》(北京藏潛字第八十號)

《身餧餓虎經變文》殘(鄭振鐸氏藏)

二、寫佛經裏的故事的。現在所見的“變文”有《降魔變文》

《降魔變押座文》《大目犍連冥間救母變文》《目連緣起》《醜女緣起》等。

《降魔變文》(績溪胡氏藏)是和《維摩詰經變文》敘寫同樣美麗的一篇篇幅較短的"變文",現存其全文,這是足可使我們引爲欣幸的事。故事的根據,係緣於《金剛經》中須達布金買地修建伽藍而引起的許多故事。敘寫的美,讀起可以使我們忘却它是布道的講本;亦是"變文"中的不朽作。當描寫到舍利弗與六師鬥法的一段,有趣味處是遠超過《西游記》《封神傳》諸小説。這種敘寫活潑而高超的地方也正是全篇最精彩的地方。作者仍是不可考的。不過在卷末題記云"或見不是處,有人讀者,即與政着"看來,又好像抄手就是作者。

《降魔變押座文》,現藏於巴黎國家圖書館 P.2187,是很短的一個"變文"引子。(詳見附録)

關於目連故事的"變文",現存的有:

一、《大目乾連冥間救母變文》(巴黎藏 P.1319)

二、《大目犍連變文》(倫敦藏 S.2614)

三、《大目犍連變文》(北京藏霜字第八十九號)

四、《大目犍變文》(北京藏麗字第八十五號)

五、《大目連變文》(北京藏成字第九十六號)

六、《目連緣起》一卷(巴黎藏 P.2193)

敘述佛弟子目犍連救母出地獄的故事,在中國的俗文學中原本是一個重要的題材,一直到現在我們的地方戲曲中,仍是爲一般民衆所歡迎的。可是一本最早的著作,在以前我們并不清楚,但是在目連故事的"變文"發現以後我們知道在中國文學作品中第一個寫目連故事的就是這些《目連變文》。雖然這許多作品中的敘寫與後世作品相比時有些顯着幼稚或粗疏,但其結構的弘偉和描寫的生動，并不遜於後世；實亦爲後世目連故事作品的祖彌。目犍連故事見於佛經處是比較尚多，如《經律異相》，搜集於《百緣經》《雜譬喻經》《小、大莊嚴論經》與《阿毗達磨》《識身足論》裏，均有與他有關的一些材料（法天譯的《佛説目連所問經》亦是）。現存的“變文”，倫敦藏的很完整，而巴黎藏的《目連緣起》亦首尾俱全。在叙寫的手法上，倫敦藏本比較動人。

《醜女緣起》，巴黎藏 P. 3248，是叙述佛住世時度脱一波斯匿王醜女的故事。文雖不十分雋美，但叙寫亦頗爲有趣。

總之，在這自由叙述的一種裏，精美的文字亦不少，尤其數量上比嚴格説經的也多。

二、叙述關於非佛經的故事——在這一類裏也可以分爲兩種：

（一）屬於歷史傳説的。

非佛教故事的“變文”，今日所能見到的，數量也并不少。由説佛教故事的而演變成説非佛教故事的，可以知道是開講僧伽們的一種推陳出新辦法，爲了更得到廣大聽衆起見，宣講的範圍不得不再爲擴大，於是便拿來民衆所喜愛的故事作了題材。這種改進而成功的情况，在上文所叙述中均可略見，文溆的受人歡迎，也就是一個例。關於非佛教内容的歷史傳説的“變文”，當時最流行的，似乎就是《伍子胥變文》（原來失題，暫擬），現存的有三殘卷：

《列國志》（倫敦藏 S. 828 爲殘文一卷）

《伍子胥變文》殘卷（巴黎藏 P. 3213）

《伍子胥變文》殘卷（巴黎藏 P. 2794）

内容叙寫的很美，尤其氣魄非常偉大，充分把這位苦難英雄凄楚的一生烘染得令人讀起酸辛。這個作品，我們知道也是民間伍子胥故事題材的一個祖彌作品。由三殘卷互相彌補，可以得到全文的十分之八，不能不説是一件可喜的事。

除了《伍子胥變文》以外，尚有《王昭君變文》一卷(巴黎藏 P. 2553)，這也是一個動人的故事。原來似應是兩卷，因原文中有"上卷立鋪畢，此入下卷"的句子。

又有《舜子至孝變文》(巴黎藏 P. 2721)，亦是一殘卷，故事是根據劉向《孝子傳》而放大了。添了許多枝葉，遂成了一個民間普通的故事。

(二)屬於當代的"今聞"的。

現在僅存的祇有《敦煌掇瑣》中所録巴黎藏"西征記"一卷 P. 3963，孫楷第先生則稱之爲《張義潮變文》。這是一本歌功頌德的作品，内容是根據了當時的事情，是考慮到環境不得已的叙寫。這種題材與風格的"變文"，是罕見的，頗可珍視。

"變文"的興起，就現在資料研究，約在盛唐以後(唐玄宗公元713 年以後)；所見最晚的年代則爲梁貞明七年(921)。"變文"實際的銷聲匿迹，約在宋真宗時代(公元 998 年至 1022 年)，雖然它軀體已經死亡，而其幻身在後世的説經、説參請、諸宫調、鼓詞、寶卷、彈詞裏，却留下了一些重要的痕迹。

據以上的叙述，關於"變文"性質的分類可列簡表如次：

- "變文"的性質
  - 佛經的故事
    - 嚴格説經的
    - 自由叙述的
      - 演述經文而不叙寫故事的
      - 寫佛經故事的
        - 寫佛陀的生平及行事的
        - 寫佛經裏的故事的
  - 非佛經的故事
    - 寫歷史傳説的
    - 寫當代的"今聞"的

附　録

在上面的叙述裏,曾談到了有所謂:

《降魔變押座文》(巴黎藏 P. 2187)

《維摩經押座文》(倫敦藏 S. 1441)

《温室經講唱押座文》(倫敦藏,號數未詳)

《目連緣起》(巴黎藏 P. 2193)

《醜女緣起》(巴黎藏 P. 3248)

這幾種“變文”。究竟“押座文”與”緣起”是什麽?在前人的研究裏提到却很少,原因也就是受資料的局限,在上面五種裏面,能見到的衹是《醜女緣起》與《目連緣起》的一部分而已(《目連緣起》衹見於青木正兒的論文節引)。現在我因爲手下資料的方便,簡單地説明及移録其一於次;

《押座文》,在鄭振鐸氏的著作中曾這樣的説(見《中國俗文學史》上册一八七頁):

> 所謂“押座文”實在并不是“變文”的本身的别一名稱:所謂“押座文”,大約便是“變文”的引端或“入話”之意。

那個時候鄭氏他没有見到“押座文”的真實面目,所以在這個類似定義的文字中,用了“大約”的字樣。其實這種意見正是對的。我們現在讀過了這三種“押座文”以後,就可以肯定地説這末一句結論:

“押座文”乃是“變文”的引子。

至於何以叫作“押座文”呢?鄭氏没有説明,傅芸子先生曾這樣的説過命名“押座文”的來源:(論《降魔變押座文》時所云)

> 稱爲《降魔變押座文》,大約是由於中央佛座下部録着銘文的習慣上來的。

我覺得除去了這一個原因以外,大約還有在未正式講唱“變文”以前先唱一小段的東西以驚“押”四“座”的關係罷!

“緣起”,在鄭氏的著作中曾這樣的説(亦見《中國俗文學史》上册一八七頁):

> “緣起”也許也便是“入話”之類的東西吧。但也許竟是“變文”的別一稱謂。

句中没有肯定的説,我們如果把《目連緣起》自首細細的讀一過以後,可以知道再不用“也許”一類的詞語去作定義了。在《目連緣起》的最後説:

> 今日爲君宣此事,明朝早來聽真經。

正是在開講二三十卷長的“變文”以前,唱的一個“引端”。因爲那些長的“變文”并不是一日能唱完的,而是要分幾日唱完的。所以傅芸子先生曾説:

> “緣起”則韵散兼列,其體裁較長於“押座文”而爲用則相同。

可知“緣起”的性質與“押座文”是相同的。總之,“押座文”及“緣起”與“變文”的關係,猶如現在南方的“開篇”之與“彈詞”和北方的“岔曲”之與“單弦”(八角鼓)是一樣的。以下移録“押座文”一篇以作本文的結束:

温室經講唱押座文

> 頂禮上方大覺尊,歸命難思清净衆,四智三身隨衆願,慈悲丈六釋迦文。
>
> 百千萬劫作輪王,不樂王宫恩愛事,捨命捨身千萬劫,直至今身證菩提。
>
> 生死海中久沉淪,不覺不知業力引,垢障消除今睹佛,光照三千世界中。

毗耶離國有庵園,奈女還生奈花中,寶樹枝條光色好,非凡非聖化生身。

祇域還從奈女生,妙通法術救衆生,能療衆病一切差,國稱之寶大醫王。

父號祇婆慈愍賢,下針之疾立輕便,名高八國爲長者,回喪起死閻浮中。

祇域思念牟尼尊,明旦敕家俱詣佛,直到靈山法會上,請佛沐浴及凡僧。

佛説七物各有功,不違祈願浴法身,香湯能净凡聖衆,功德無量滿願中。

今晨擬説甚深文!唯願慈悲來至此,聽衆聞經罪消滅,總證菩提法寶身。

閻浮濁惡實堪悲,老病終期長似醉,已捨喧喧求出離,端坐聽經能不能?

能者虔恭合掌着,經題名字唱將來!

“緣起”因爲在《敦煌掇瑣》裏可以見到一篇,故不移録了。最後,我應當感謝趙景深先生借給我許多的書。

一九四六年八月十三日於静安古寺

(原分載 1946 年《覺群周報》第 1 卷 1 期至 9 期、11 期)

"問政而不干治"的佛經根據

佛陀雖是一位捨弃總攬實際政治地位(王位)而求真理的覺者。但是在他解脱以後的種種行動及對種種問題的開示裏,至少對於所謂人天教中關於政治方面所談到的一些理論,後世是曾數見的。佛陀的教化是對着整個的有情,在他的廣泛的信徒中,所以有着具有政治利害不同的多數國王與臣民。每每因爲彼此間利害的衝突常常發生許多的争執。佛陀在這種機緣下,於是亦常以道德的立場與他們以政治問題的指導。例如摩竭陀(Magadha)與拘薩羅(Kosala)兩國間的戰争,摩竭陀王阿闍世(Ajatasatru)被擄,由於佛陀的仲裁得以釋放;拘薩羅王毗留陀(Viruddha)欲征服佛陀的故鄉迦毗羅城(Kapila－vastu),佛陀在他的遠征軍的去路中,説服毗留陀王使之反省引兵而還等等,都是説明佛陀屢屢調和當時印度各國間糾紛的事情。同時也正是佛陀對於政治指導的成功。

佛陀對於當時各國各種政治指導的内容,在現在經典中都可以找出一些記載,對於一般王國的指示及其理想國家的内容,在這裏我們可以不談。現在衹就着佛陀對於健全的共和國應具備的條件,略略的談一談(因爲這對於我們目前是頗爲需要)。

印度歷史中共和國的出現,是很早的事情。在長阿含第十六經 Dtqhanikaya 16. Mahaparinibbana－sutta 大般涅槃經(相當漢譯：姚秦竺佛念譯游行經“大正藏卷一、十一”，西晋白法祖譯佛般涅槃經“大正藏一、一六〇”，晋法顯譯大般涅槃經“大正藏一、一九一”，失譯般涅經“大正藏一、一七六”，義净譯根本有部毗奈耶雜事“大正藏二四、三八二”)裹，記載着跋耆種(Vajji)建立共和國時佛陀曾指示過七項國家健全的條件：

(一)常世間的集會。

(二)以和合的精神(Samagqa)相集合，以和合的心議國事。

(三)保守傳統的國法，不亂立新規。Vajji appannattam napannapenti pannatarn sarnucchidantl, Yathapannatte porane Vajlidhamme Samadayavastapid

(四)尊重國中耆宿聽取其意見。

(五)良家婦女應守貞操。

(六)尊敬國内外之神廟。

(七)如法尊敬阿羅漢而保護之。

在這七條中，我們可以充分看出佛陀對於共和政治的見解。其中當然全是屬於道德的條件，可是共和的精神表現無遺了。第一項中其相當的漢譯爲“數相集合，講議正事”正是明顯的指着各階層的人均有“參與社會的地方的國家的合法集議衆人之事的會所”而言；第二項則明明的説出了“全民衆人議論除苦得樂之辦法”是要以和合的精神與和合的心去集合共議。這種條件，是佛陀指示給跋耆種建立的共和國所有人民的是要每個人都要去實作的，我們想佛教徒當然也不能例外，他們當然也是被指示參加“常時間的集會”的一份子。那時所得的效果，據説摩竭陀雖强大，但亦不能破滅跋耆的共和國，且華氏成(Pataliputta)亦因此而建立。以後阿闍世曾欲征服跋耆，事先遣大臣甬舍(Vassakara)徵徇佛陀的意見，佛陀告以跋耆共和國能遵行七項指示，頗難征伏,遂罷。凡此均可證明彼時印度的共和政治已臻完滿之境地,佛陀實是具有共和政治思想的第一人。

所以在目前我國的政治上,僧伽也可以太虛大師指示的六種要義爲對政治的理念去“問政而不干治”。這是在佛陀説教中默許的事實,并不與佛法有什麼不合。

後記:本文因爲倉卒寫成,有許多材料未能應用,這是一件遺憾的事。其中有一點我以爲應當補充就是問政先決的條件似是僧伽本身健全與否的問題,故本文的理論衹是一原則。

再:本文原擬以諸佛教國爲研究對象,但以情形與我國特異,故未采用。

(1946 年)9 月 8 日寫於静安古寺客次。

(原載 1946 年《覺群周報》第 1 卷第 10 期,第 16 頁,署名德棟)

關於西藏佛典的翻譯

一

西藏語喇嘛 La—ma 的意義,是對一般僧侶的泛指。但是嚴格的説起來,却是蓮花生 Padm—asambhava 時代(8 世紀頃)用以尊稱碩學比丘的上首與大寺院的上首的。以後因爲西藏佛教發達,稱西藏佛教爲"喇嘛教"(Lamaism),實際却是由於近世西洋學者對它的一個稱呼,在他們佛教徒自己是不如此的。現在爲了方便,姑且沿用了這個名稱而代替了"西藏佛教"。

據西藏人的傳説,遠在我國東晋末年的時候已經有佛典輸入西藏了,但是此説不甚可信。原來流行於西藏的本是薩滿(Shaman)教的一種名爲苯教(bon—po)的拜物神教。直到弄贊甘普(Sronghtsan Gampo)王(西藏王統之第三十世)的時候,與尼泊爾(Nepal)鴦輸伐摩(Amsuvarman)的女兒蒲利苦蒂(Bhrkuti)及唐宗室文成公主强請通婚以後,佛法正式輸入這個開化較遲的區域。爾後日漸流傳,遂造成了興盛的局面。其中也經過滅法的厄運(約 900 年頃),但復興後的佛教却奠定了迄今興盛的基礎。史學者因此嘗區別佛教傳播爲兩大時期,毁佛法以前所流布者稱爲前傳,復興而後則謂之後傳。前傳佛學偏重顯乘,翻譯整理的工作多在這一時期;後傳佛學偏重密乘,其工作則以研究組織爲重。

喇嘛教的信奉者的範圍則極廣泛,因其所占的地域的廣漠,整個的東亞的西北地區,大半遂都以此爲中心受其精神文明之影響。所以我們爲了種種關係,有對喇嘛教研究的必要。歐洲人很早就注意了這個地域,他們有許多學者曾到這個地方去傳教去研究,也曾有許多的著作發表(據大略調查,以英文寫成的旅行記或其他研究的著作,已在三百種以上)。可是他們去到西藏時多半是以旅行家的姿態,好奇的觀察人民的生活與其他,且以異教請示西藏的民衆,所以結果多衹是表面的考察而已。至於其甚深教理之理解,工作者却很少(有一些人正在從事這種工作)。日本人在這方面的研究雖晚於歐洲,但却注重到理解思想方面,不過也没有什麽成績。

對於理解西藏文化思想方面,最適宜的工作者,我們確信應當是屬我們自己,這并且也是我們的責任與義務,不容我們怠忽。這種工作目前最切要的第一步工作,就是對喇嘛教現在的實態調查,在其歷來傳承的典籍資料中,去尋覓其思想發達的痕迹,且以其教義的内容而進行其教理史的研究。但是這種研究,實際我們做得并不充分。喇嘛教的典籍是足可與我們《大藏經》龐大的數量相比擬。加以研究時非具有梵語、西藏語、蒙古語的知識不能作到完美的地步,這種龐大典籍的深入,恰如四面圍以雪山的西藏本土,海拔一萬公尺的高原不容易進入是一樣的。雖如此困難,我們却也不應氣餒而放置不顧。我們應有多少力量即去研究多少東西,以此種精神去努力,終必有一天完成了我們應作的工作。即以此種意念,遂對這龐大的喇嘛教典籍的整個輪廓作第一次的嘗試叙述,假若於我"西藏學"的研究有幾分幫助時,實是我意外的收穫。

二

喇嘛教典籍主要部分，就是《大藏經》，也就是我們過去所謂的“蕃經”。其内容主要是從印度直接由梵語翻譯而來，内中也有十餘種係由巴利語翻譯而來。間或也有從漢譯重譯或由于闐傳譯的，那不過是補其所缺而已，故爲數甚少。

我們《大藏經》的内容，是由佛教初傳入起至宋元時代約一千年左右的翻譯，與歷代高僧撰述的論疏的彙集。西藏的《大藏經》也略與我們相仿佛，他們也是歷時約一千年長久的時間集積傳承所完成的。

西藏的傳説，在3世紀中葉的時候，曾由空中飛來《大乘莊嚴寶王經(Karandavyuha)》《百拜懺悔經(Pan－qon－phyaq－rpya－pa)》。這種説法完全無稽，恐怕是尼泊爾或印度系統的佛教傳來的一種傳説而已。就着歷史的事實，可知其佛教是在7世紀半纔正輸入。在弄贊甘普王的時候，曾命端美三菩提(Thon－mi－sambhota)等人赴印度留學，端美三菩提受業於提婆毗馱森訶(Devavidyasimha)學習梵語文典，歸來以後遂根據所學制定西藏文字，同時著有簡單文法書。并且受王命譯出《大乘莊嚴實王經》《百拜懺悔經》及《寶雲經(Ratna－megha)》等，惟此譯經説亦不足信。以後於拉薩的拉布難(ras hphrul snan)建立幾十個寺院，印度的學者拘薩羅(Kosal)、波羅門先伽羅(Smkara)，尼泊爾的學者室羅曼殊(Stlamanju)及我國大天壽和尚(Ha－san Mana-deva－tshe)，與端美三菩提的弟子達摩窟舍(Dharm akosa)、都結巴(rdo－rje dpal)等又譯出若干經典。

8世紀中葉弃隸縮贊(khri－lde－gtsug－btsan)王的時候，

勿羅窟舍(Mulakosa)及艱那拘摩羅(Gnanakumara)譯出《爲業經(Karma—sataka)》《金光明經(Suvarnaprabhasaul tama)》及一些數學醫藥學的書籍。以後又有我國二僧及迦濕彌羅的學者阿難多(Ananda)的譯經。不久又有寂護(Santaraksita)、蓮花生(Padma—sambhava)的入藏,并仿印度烏顛頭寺(Uddardaputa—viara)建桑鳶寺(Bsma—yas. 拉薩東方三十哩),招聘有部的僧人十二與西藏出家人七共住。以後又有印度的毗摩羅美多羅(Vimala—mitra)等與西藏的喬凱難巴(Chos—kyi sman—ba)等共譯出一些經籍,因爲到這個時候譯出的經論數目相當可觀了,於是又由帕且葛(Dpal—brtsegs)等編譯經目録:就着班多伽美宮殿所藏而整理或班多摩(hphan—than—ma)目録,就着都多達伽宮殿所整理而成達伽摩(Ldan—dkar—ma)目録。這兩個目録前者已經散逸,後者現存於丹珠爾部裏,爲西藏最古之目録,當時翻譯的經論現在我們得以知道,誠爲可喜之事。

9世紀前半期吃嘌徠巴瞻(Khri—ral—pa—dan)王的時候,以爲以前的譯經多是從漢、薩火爾(Sahor. Uigur?)、于闐、尼泊爾、迦濕彌羅等語言轉譯出來,内中有許多難以理解的地方,遂命印度的學者積那美多羅(Tinamitra)、蘇楞得羅菩提(Surendrabodhi)、室藍達羅菩提(Stlendrabodhi)、菩提美多羅(Bodhimitra)與西藏的學者羅多那羅奎達(Ratnaraksita)、達摩多室羅(Dharmatasila)、啓諾那塞那(Tnanasena. Ye—ses—sde)、遮雅羅奎達(Tavaraksita)、曼殊室利婆曼(Manjusr—ivarman)、羅多難多羅室羅(Ralnendra—sila)等,重新將大小乘的佛典由梵文直接譯出,以求譯語的統一。此時規定的譯語名爲新語(Skad—gsar)而與過去的古語(Skad—rnin)區别。梵藏對照的辭彙“翻譯名義大集”(Mahavyutpatti)恐怕就是這時候的産物。現存西藏大藏經有部律及顯教諸經的大部分,與純密經典的大多數,即此時代所譯出。如《戒本(Pratimoksa－sutra)》爲積那美多羅與魯依戛贊(Klu-hi－rq－yal－mtshan)所共譯;法華經爲蘇楞得羅菩提與耶曳得(Ye－scs－sde)所共譯;《阿彌陀經》爲達那室羅(Dana－sila)與耶曳得所共譯;《華嚴經》爲積那美多羅、蘇楞得羅菩提與耶曳得所共譯;《維摩經》爲達摩多室羅譯;《大日經》爲室藍達羅菩提與帕且葛的共譯等即其例之一斑。

然而如此的弘法,竟遭人的嫉視,至王弟朗達爾瑪(Glang－dar－ma)即位後對佛法猛烈破壞,解散當時佛典譯場,禁止一切的佛教行事。至其晚年更命僧伽狩獵,不從即遭殺害,此正公元900年頃的事實。

不久王被僧人暗殺,其親係遂更遷怒於僧徒,捕殺之慘誠爲僅見。除當時帕給都結(Dpal－gyi－rdo－rje)携走《阿昆達磨集(Abhidharma－somuccaya)》律典"有光"(Prabhnti 沙彌頌注)及《百業經》逃亡於康(Khams 西康省之西部)以外,其他學者或遭殺戮或逃亡,無一幸免。佛教之流布至此遂暫停。

10世紀末頃(朗達爾瑪破佛後七〇年;一説一〇八年),林謙三普(Rin－chen bzan－po)譯業再興,即"後傳"(Phyi－thar)之嚆矢。當時先修(Shan－shan Nqari khorsum 的 Gu－qe 地方)的統治者,潤德(Hkhorlde)將自己的地位讓與其弟,改名耶曳候(Ye－ses hod)而出家。那時的長老多於夏季安居三月,而他却以爲應對性相乘(mtshan－nid theq－pa)的佛法與怛特羅加以研究,乃選林謙三普等二十一人留學印度,對怛特羅的各部及其教學加以研究。學僧(Pandita)希羅陀伽羅婆曼(Sradd－hakara-varman)、帕得摩伽羅姑布多(Padmakaragupta)、佛陀室利先多(Buddhasrisanta)、佛陀波羅(Buddhapala)、伽摩羅姑布多(Kamalagupta)不久相伴來歸,譯出論部四種怛特羅與多數瑜伽怛特羅及《一切如來金剛三業最上秘密大教王經(Guhya－samaja)》等。且對既出經典之怛特羅部分加以校訂。不久又建先修多林(San－shunsho－qlin)寺,統轄學僧及翻譯僧(lo ts hawa)。至公元 1037 年(宋仁宗景祐四年),阿底峽(Atisa Dtpankara－sri-jnana)又被懇請來藏。

阿底峽(公元 980 年至 1052 年依 Csoma 説)博學顯密,德重當時,莅臨藏土,遂使其佛學面目一新,其間更多事翻譯,使藏傳密典及中觀論籍因之完譯而臻於美備。

其他譯業方面,林謙三普的助手伽喬爾曳羅(Graqs－hbyor ses－rab)譯《猪母法(Varahi)》《喜金剛法(Samvara)》及《因明》等書。希巴候(Shi－bahod)譯吉祥本的《廣釋(Sri－pa amadt－ka)》及寂護的《真理要集(Tattva－sa mvraha)》。耶曳候時代的學僧斯勿利提艱那枳胝(Suritijianaktsti)經尼泊爾至康,建立俱舍論的學系,譯自著之《四座釋(Gatuh－pitha－ttka)》等,應拉特王孫塞德(Tshe－lde)之請入藏之迦濕彌羅的艱那室利(Jn na sri)譯《金剛頂怛特羅(Vajra sikhara－tantra)》與法稱的《量决擇(Pramanavini scaya)》并造《量决擇》的注。又與遷得羅羅忽拉(Kandrarahula)等譯陳那的《量集》。此後又有許多人譯出彌勒的《論述》及《因明》等書,於是多數的佛典得以流布,如無普的《大乘莊嚴論》、寂天的《菩薩行經》等,均此時譯出。那伽閼刺樹那(Nagarju-na)系統的《密集(Guhya－samaja)》及《金剛荼迦(Vajradaka)》《四吉祥座(Latuh－pitha)法》等屬於密部的經典亦均有譯出。

西藏南部接近不丹的婁羅克(Lhob－raq)也有一些翻譯家,像摩爾嘣(Marpa chos－kyi－blo－qros)公元 1011 年至 1096 年曾三游印度。精通顯密,著作極精。又有帕克伯依曳羅

(Hphaqs—pa—hi—sesrab)等，譯有屬於密乘的典籍不少，更譯成《菩提行經》的大注等。

公元 1202 年以後除去了譯密乘典籍以外，如《宮廷詩鏡(Ka yadar'sa)》《龍王觀喜舞踏(Na—qananda—nataka)》及《世自在一百贊(Loke svara—sataka—stotra)》等亦均於此時譯出。從 10 世紀末至 14 世紀初，西藏經典的翻譯事業亦極發達，且西藏《大藏經》之雕版印刷即始自 13 世紀。

以後因爲印度本土佛教的衰退，所以西藏的譯經事業即不能如以前之興盛。惟直到 17 世紀頃，却仍在不斷繼續整理。有名的《印度佛教史(Dam—pahi chos—rin—qo—che hqhaqs—pa-hiyul—du ji—ltardar—bahi tshal—psa—bar ston—pa dqos—hdonkvn—hbyun)》的著者多羅那達(Taranatha kun—dqah-snin—po)就是最後整飾的人。德格版《大藏經》所屬的目録中，對於翻譯聖業的記載，印度的學者從積那美多羅起得一〇七人；西藏的學者從端美阿内布起得二二二人，可謂多矣！所譯經論實有四七〇〇部。其翻譯態度至爲謹嚴，避免自由的意譯，忠實的逐語直譯出來。且具有譯語統一，并與異本校對等等優點，所以近世世界佛教學者重視西藏譯之經論者，實即因此。

附　注

西藏譯經之譯場，以梵語爲主之翻譯多於桑鳶(Bsam—yas)寺(拉薩東方三〇哩)之翻經院。漢語及于闐語的補譯則多於薩迦(Saskya)寺(日喀則西四十八哩)。

(原載 1946 年《覺群周報》第 1 卷第 21 期)

談"落花"

5 世紀以下,佛教徒倡行了三種宣傳教旨的方法:(一)是經文的"轉讀",(二)是"梵唄"的歌唱,(三)是"唱導"的制度。由於這三種"法門"的實施,佛教精微的理論通過利用當時通俗的唱説方式,遂深入民間。影響所及,因而產生了旨在宣傳宗教麻痹人們的民間佛教文學。尤其是"唱導文"的製作,更是一件較重要的事。因爲從現在我們研究的結果知道,它在我國固有的歌唱基礎上曾起過作用。所以於一定程度上,可説是"中晚唐五代變文之權輿,後世寶卷彈詞之先聲"。

現在佛門行事中的"拜懺",即是當初"唱導"的一部分。這在《高僧傳》《曇光傳》中是可以看出一點消息來,傳中説他:

回心習唱,製造懺文;每執爐處衆,輒道俗傾仰。

并且在《曇宗傳》裏,更清楚了一些。傳中説他爲宋孝武帝"唱導":"帝笑問道:'朕有何罪,而爲懺悔?'"可見"懺文"與"唱導文"的關係了。

當時,因爲封建統治階級實際的需要,也曾大量的産生"唱導文"與"懺文"。這些東西的作者除了僧侶之外,也有些文人。可惜這些作品,遺留下的并不多,尚難完全瞭解它的全貌(敦煌文庫中有一些)。

隋末唐初,這種"唱導"的行事,更通俗化了。并且撮取當時技藝産生了新的叫“落花”的東西。在道宣《續高僧傳》卷四十中曾説：

> 世有法事，號曰“落花”，通引皂素，開大施門，打刹唱舉，抽撤泉貝。别請設座，廣説施緣。或建立塔寺，或繕造僧務。隨物贊祝，其紛若花；士女觀聽，擲錢如雨。至如解髮百數，數别異詞，陳願若星羅，結句皆合韵，聲無暫停，語無重述。斯實利口之銛奇，一期之赴捷也。

胡適曾牽强附會地斷定：“這種‘落花’即是後來所謂‘蓮花落’一類的東西。”這是不考察其流變的缺乏根據的妄測。我知道在今日僧人所作的佛事裏有一種名叫“散花”的經懺，實即像這種“落花”樣的東西。關於“落花”的唱念，大多行之於對死人超薦的齋場，在《高僧傳》《善權傳》説隋煬帝時，獻后死，宫内設齋場，善權與立身“分番禮導，既絶文墨，唯存心計。四十九夜總委二僧，將三百度，言無再述。……或三言爲句，便盡一時；七五爲章，其例亦爾”。更可以看出“落花”舉行的一斑與體裁的大概了。

至於“散花”，這是近世流行在蘇北一帶或南京附近的一種經懺，唱作於“焰口”的同時，是與“落花”相似的東西。曲詞的内容，不是完全限於佛教，甚至於有些根本不含佛教色彩的東西。這是吸入現成的民間曲子逐漸演變而成的。尤其是有時偏重於“隨機應變，出口成章”，以達到感動人、取悦人的目的，與“落花”極爲相似。在作這種經懺的人，都要是老手。在唱的時候，彼此都是要“唯存心計”的努力撰述絶妙詞句，以博得喪家的稱贊。所以這種各尚，他們也須要博聞多技。據説這種風氣在江北一帶，抗日戰争以前猶極盛。跑過那裏的和尚曾經説：“經會不會尚在其次，如多會這種東西纔是好的大師傅。”由此可見從“落花”到“散花”，逐漸形成爲僧侶們謀生的一種技藝了。由於現在我們知道“散花”

的唱導情形,我們再讀道宣記的"落花",所謂"數別異詞,陳願若星羅,結句皆合韵,聲無暫停,語無重述。斯實利口之銛奇,一期之赴捷也",簡直覺得那就是"散花"的唱作了。所以我認爲"落花"唱作的形式,現在大部分仍然存留,并没有完全失傳。"落花""散花"在詞的意義上看,也應是相同的東西。

不過"散花"的文詞,現在的不見得是多末古老的東西,大多是清代的作品。(我没有看到過他們較早的鈔本,也没有讀到更多的曲詞,所以關於時代我不能肯定。)本來想在文中能介紹幾篇"散花"的内容纔好,但是一時手邊没有鈔本,所以衹得舉幾個"散花"中的名目作爲結束。

"散花"的名目常見的有:《竹木相爭》《老鼠告狀》《拙老婆》及《三百六十行》等等。名目所示,可知内容并與佛教没什麽關係,實是襲用曲藝了。

(原載 1946 年《覺群周報》第 1 卷第 22 期)

五代及宋代中印佛教僧侣的往來與譯經

一

宋太宗、真宗都是信奉佛法的兩位帝王，那時因爲南北交通的便利，前後約有百餘年中，印度與我國之間來往過許多的僧侣。景祐二年(1035)宋仁宗御撰的"天竺字源序"上，曾記載着：宋初以來譯經者五人，筆受綴文證義者七十九人，由印度齎梵經入貢者八十人，我國僧侣於印度取回梵經者一百三十八人，取來梵本一千四百二十八，譯出佛典五百六十四卷。由景祐以後若干的翻譯家譯出許多之經典留存，可見在這一個時期内佛法亦相當興盛。

二

從五代以後我國與印度之間往來的僧侣，就可考者略舉如次：

來華或歸還年代	籍貫(或出發地)	人名	主要事迹
907	泉州	智宜	從西域還進辟支佛骨及梵夾經律於後梁。
937 頃	摩竭陀	嚧哩嚩日羅	受後晋大師封號,九三八年謁高麗太祖。
953	西印度	薩滿外等	貢名馬於後周。
965	滄州	道圓	從西域印度還,獻佛舍利、水晶器,貝葉經四十夾。
966	我國	行勤等百五十七人	宋太祖詔諭去西域、布路沙、迦濕彌羅等地。
971	我國	建盛	從西竺還,進貝葉梵經。
972	東印度	曼殊室利	館相國寺。
	西印度	可智、法見,真理	來朝。
	西印度	蘇葛陀	貢舍利,文殊華。
	西印度	彌羅等	來朝。
973	中印度	法天	譯經。
977	西天	吉祥	造貝葉梵經。

978	汴京	繼從等	從西天還,獻梵經、佛舍利塔、菩提樹葉、孔雀尾拂。
	中印度	鉢納摩	獻佛舍利塔、犛牛尾拂。
980	迦濕彌羅	天息灾	譯經。
	烏填曩	施護	譯經。
	中印度	護羅	獻貝葉梵經。
982	益州	光遠	獻天竺王没徙曩之表及釋迦舍利。
983	我國	法遇	從印度取經還。
984	衛州	辭澣	從西域還,獻胡僧蜜坦羅與北印度王金剛座主那爛陀的書。
987	印度	永世(婆羅門籍)	與波斯外道阿里烟來朝。
991	摩竭陀	吉祥志	獻梵經三夾。
	中印度	佛護	獻梵經五夾。
	太原	重達	從西天還,進佛舍利、貝葉梵經。
	那爛陀寺	補陀吃多	進佛舍利梵經。
995	中印度	僧迦羅扇帝	進佛頂舍利、貝葉梵經。
996	印度	某	齎來帝鐘、鈴杵、銅鈴、佛像、貝葉梵經。

997	泥波羅	羅護羅	獻梵經二十六夾。
998	北印度	迦蘭挐扇底	獻梵經三十一夾。
	中印度	儞尾泥等	進佛舍利梵經菩提子數珠。
999	北印度	佛護	進梵經七夾。
1000	中印度	無畏	進梵經四夾。
1001	迦濕彌羅	法護	進佛舍利、貝葉梵經，并譯經。
1004	北印度	戒賢	進梵經。
1005	迦濕彌羅	目羅失稽	進梵經、菩提樹葉。
	西印度	達磨波	進梵經。
1010	西天	衆德	進舍利、梵經、菩提印。
	中印度	覺稱(戒)	進舍利、梵經、金剛座真容、菩提樹葉，作“贊聖德頌”，惟净譯進。
1011	般尼	寂賢	進梵經、菩提印。
1013	印度	寶賢	貢梵經十九夾、佛骨、菩提樹葉、無憂樹葉。
	西印度	智賢與勝賢	貢梵經四夾、佛骨、舍利、鐵鉢、玉璞。
1014	波羅奈	滿賢	進梵經十四夾、無憂樹葉。
	我國	懷慶	從印度還貢梵經三夾。

1015	我國	惠戈等	從印度還貢梵經十三夾。
		善洪	從印度還貢梵經二夾。
	印度	勇密	貢梵經六夾。
	西印度	無畏	貢佛骨等。
	中印度	覺吉祥	貢佛骨等。
	印度	天覺、妙德。僧護	貢梵經十二夾。
1016	中印度	童壽,智友	貢梵經一夾。
	東印度	三滿多葛(羅積)	貢梵經十四夾。
	我國	紹慜、紹暹	從印度還,貢梵經二夾。
	優填曩	天慜	進舍利、梵經。
	西印度迦蹉	某	進舍利梵統。
	我國	繼全	從西天還於揚州建塔。
1017	我國	奉禮	從印度還貢梵經十二夾
		本净懷問	從印度還貢梵經二夾。
		自然等	從印度還貢梵經六夾。
		尊奉、德圓	從印度還貢梵經十夾。
1018	我國	又仙等	從印度還貢梵經二夾。
		清雅、守元	從印度還貢梵經二夾。
		真泰	從印度還貢梵經五夾。
1019	我國	德欽	從印度還貢梵經十四夾。
	印度	覺賢	貢梵經六夾。
		悲賢、衆護	貢梵經六夾。
		普善	貢梵經二夾。

1020	我國	惠德等	從泥波羅還貢梵經七十三夾。
	印度	法友	貢梵經五夾。
1022	我國	守斌、清成	從印度還，貢梵經十二夾。
	印度	能寂	貢梵經三夾。
1023	汴京	文涉、懷問	從印度還，貢梵經二十五夾。
1024	印度	信護等	貢梵經三十夾。
	汴京	義清	從印度還，貢梵經十夾。
1026	我國	惠則、可蘊	從印度還，貢梵經十三夾。
		志瑜	從印度還，貢梵經十夾。
1027	印度	智吉祥(法吉祥)忍吉祥	貢梵經二夾，并譯經。
1028	我國	智升、紹頻	從印度還，貢梵經十一夾。
	印度	調伏軍等	貢經十夾。
1029	我國	廣原	從印度還，貢梵經十三夾。
1031	印度	金剛手	貢梵經五夾及金剛座印等。
1036	西天	善稱等	獻梵經、佛骨、銅牙菩薩像等。

1039	我國	懷問得濟等	從摩竭陀還，進佛骨舍利、貝葉梵經、貝多子、菩提樹葉、菩提樹子念珠、西天碑十九本。
1053	西天	智吉祥	進梵經。

表中所舉可見在五代至宋這一百餘年間中印文化交流的情形了，其中尤有可以注意者，即 1022 年可蘊於佛陀伽耶建宋帝長壽祈念碑及義清璘紹頻等於佛陀伽耶建四恩三宥之石塔。與 1033 年懷問奉宋仁宗及皇太后之敕爲宋太宗於佛陀伽耶建塔二事。可見有宋代對於佛法之崇敬亦極盛。

三

在這一時代的經典傳譯者亦甚多，太平興國七年（982）汴京傳教院開創以來於該院從事譯業的有法天、天息灾、施護、法護、惟净、紹德、智吉祥、慈賢、金總持與日稱等等。今將彼等之譯經述之如下：

法天（——1001 年）譯有：《妙法聖念處經》八卷、《未曾有正法經》六卷、《金剛手菩薩降伏一切部多大教王經》三卷、《七佛經》《聖曜母陀羅尼經》《蓮花戒的提心觀釋法稱的金剛針論》各一卷等。

天息灾（——1000 年）後改名法賢，譯有：《大方廣菩薩藏文殊師利根本儀軌經》二十卷、《衆許摩訶帝經》十三卷、《最上根本大樂金剛不空三昧大教王經》七卷、《瑜伽大教王經》五卷、《大乘莊嚴寶王經》四卷、《大乘無量壽莊嚴經》《佛母寶德藏般若波羅蜜經》各三卷，法救的《法集要頌經》、寂天的《菩提行經》各四卷，戒日王的《八大靈塔梵贊》一卷等。

法護(963年至1058年)譯有《大乘菩薩正法經》四十卷、《如來不思議秘密大乘經》二十卷、《施設論》七卷，法稱的《大乘集菩薩學論》二十五卷，佚名的《大乘寶要義論》十卷等譯。

施護，譯有:《一切如來真實攝大乘現證三昧大教王經》三十卷，《佛母出生三法藏般若菩羅蜜多經》二十五卷，《護國尊者所問大乘經》四卷，《守護大千國土經》三卷，《法集名數經》、《大乘戒經》、龍樹的《六十頌如理論》、《大乘破有論》各一卷，蓮花戒的《廣釋菩提心論》四卷，覺吉祥智的《集大乘相論》二卷等。

惟净，南唐李煜之從子，太平興國八年，太祖選童子五十人學習梵語中之一人，與法護等共譯經，譯有:《海意菩薩所問净印法門經》十八卷、安慧的《大乘中觀釋論》十八卷等。

慧詢(——1176年)等與聖勇等共譯《菩薩本生鬘論》十六卷。

智吉祥譯:《大乘智印經》五卷。

慈賢中印度人譯有:《妙吉祥平等秘密最上觀門大教王經》五卷、《金剛摧碎陀羅尼》一卷。

金總持，西夏人:譯有《法乘義决定經》三卷、《文殊所説最勝名義經》二卷。

日稱(——1078年)亦西夏人，譯有《父子合集經》二十卷、龍樹的《福蓋正行所集經》十二卷、觀無畏的《諸法集要經》十卷、馬鳴的《六趣輪迴經》,《事師法五十頌》各一卷。

以上的翻譯，包括《大小顯密經律論》以及印度撰述之《聖賢集》等，惟以密典最多。蓋此時印度佛教已趨衰退，密教學者輩出密教尚盛故也。此時所譯多從梵語典籍所出，惟此等大量典籍流傳後世殊少，天台山國清寺曾藏有公元1100年——1200年間之陳真諦《修習(Tajjvalokanaseva)》。公元一九一四年研究東方語文之學者馬伯樂(M. Henri Maspero)於浙江寧波普安寺之藏書中,曾發現嘉祐二年(1057)由印齎回之《呼金剛灌頂頌法(Hevaira seka prarriya)》等關於成就法之梵本。想來未散佚之梵本必尚有,衹苦於無法發現罷了。

關於此時代之譯經目録計有三種:

(一)公元1015年撰之《大中祥符法寶録》二十二卷,楊億等奉敕撰。載公元982年——1010年之譯經。

(二)公元1027年撰之《天聖釋教總録》三卷,惟净等撰,載後漢以來之譯經。

(三)公元1037年撰之《景祐新修法寶録》二十一卷,吕夷簡等奉敕撰,載公元1012年——1037年之譯經。

至於《大藏經》之刊行,計有:

(一)公元971年——983年敕刊蜀板四八一函益州刊。

(二)公元1080年——1176年私板東禪等覺院五六四函福州刊。

(三)公元1112年——1151年頃私板開元寺板五九五函福州刊。

(四)北宋末——南宋初私板思溪圓覺禪院板五五〇函湖州刊。

(五)公元1231年——1322年私板磧砂延聖院板五九一函平江府刊此中之蜀板,爲我國漢譯大藏經開板之嚆矢也。

(原載1946年《正信》第12卷第10期)

《醜女緣起》的故事的根據

在《敦煌掇瑣》(劉半農先生編)裏面,第一次給我們介紹了一篇比較完整的"緣起"——《醜女緣起》。

"緣起"是一種韵散兼刊的"變文"引子,所以在其内容方面也與"變文"一樣,多采取佛經裏面的故事。所不同的就是偏重於簡短的或有趣味的而已。"變文"裏還有一些寫佛教以外故事的東西,在"緣起"裏是没有的;由這一點看,我們也可以説"變文"是"緣起"的演出。

《醜女緣起》是取材於一個簡短而有趣的佛經故事,主要内容是説:釋迦牟尼在世之日,度脱波斯匿王醜女金剛一事。這個故事的來源,曾見於三部經典裏面(都是初期的譯經):

一、《撰集百緣經》卷八《波斯匿王醜女緣》。吴月支優婆塞支謙譯(支謙的譯經時期約爲公元 222 年至 253 年)。

二、《雜寶藏經》卷二《波斯匿王醜女賴提緣》。元魏西域三藏吉迦夜共曇曜譯(約於公元 460 年)。

三、《賢愚經》卷二《波斯匿王醜女金剛品》。元魏凉州沙門慧覺等在高昌譯(與慧覺同譯此經者有曇學、威得等,時爲公元 445 年)。

這三種經中的叙述,大致都是相同的,但我們以"緣起"的内容與這三種比較一下,可以知道"緣起"的叙寫是根據《賢愚經》

《波斯匿王女金剛品》。在這三種經中比較叙寫長一點的也是這一品，所以比較詳細。尤其是内中説明了醜女的名字“波闍羅，晋言金剛”，最可看出是“緣起”藍本的地方(《雜寶藏經》雖説“名曰賴提”但未注名漢譯)，因爲在“緣起”裏提到醜女曾説“金光醜女年成長”，“金光”當是“金剛”之訛。在“緣起”叙述裏最大的變動是，是把關於降生爲醜女的因緣分開放在了全篇的開始與結尾；在佛經則是轉醜爲姸以後，“波斯匿王跪白佛言：不審此女宿殖何福，乃生豪貴富樂之家？復造何咎，受醜陋形，皮毛粗强，劇如畜生？”然後佛對波斯匿王等人開示，説明了她的前世。這種改變的叙述，是把重心偏到前邊，也就是着重了勸善。

關於“緣起”與諸經略有出入的地方有幾點：

“緣起”在叙述遣嫁的時候，“新婦出見王郎，口緣面貌不得。婇女嬪妃左右擁，前頭掌扇鬧芬芳。金與玉滿頭裝，錦綉羅衣馥鼻香。王郎纔見公主面，唬來魂魄膽飛颺。於是王郎既被唬倒，左右宫人扶起以水灑面。”這是敷衍故事著重趣味的地方，佛經没有。

在“經文”裏面曾説(引《賢愚經》原文，其他二經意同而字句稍異)：

> 王即以女妻彼貧人，爲起宫殿，舍宅門閤令有七重。王敕女夫，自捉户鑰，若欲出行，而自閉之，我女醜惡，世所未有，勿令外人睹見面狀，常牢門户，幽閉在内。

這是“緣起”未曾叙述的地方。

再有駙馬與大臣往還的一個穿插，“經文”比較複雜，《賢愚經》云(撰集《百緣經》與此略同)：

> 與諸豪族共爲讌會，月月爲更。會同之時，夫婦俱詣。男女雜會，共相娱樂。諸人來會悉皆將婦。唯彼大臣，恒常

> 獨詣。衆人疑怪,彼人婦者,倘能端政,輝赫曜絶;或能極醜,不可顯現,是以彼人故不將來。今當設計往觀彼婦,即各同心,密共相語,以酒勸之,令其醉卧,解取門鑰,便令五人往至其家開其門户。……

以下即叙述醜女遥求如來,更容比貌事。(“緣起”意與經合)然後:

> 時彼五人,開户入内,見婦端政殊特少雙。自相謂言,我怪此人不將來往,其婦端政,乃至如是。觀睹已竟,還閉門户,持其户鑰,還彼人所繫著本帶。其人醒悟。會罷至家。……

其夫人欲務見她容貌改易之私,叙述“緣起”與經意合。這一部分在《雜寶藏經》裏没有那末複雜而且不同:

> 有諸長者子,共爲親友,飲醼游戲。每於會日,諸長子婦皆來集會。唯此王女,獨自不來。於是諸人共作要言,後日更會,仰將婦來,有不來者,重讁財物。遂復作會,貧長者子,猶故如前,不將婦來。諸人便共重加讁罰,貧長者,子敬受其罰。諸人已復共作要言,明日更會,不將婦來,復當重罰,如是被罰乃至二三,亦不將來詣於會所。貧長者子後到家中,語其婦言:我數坐汝爲人所罰。婦言何故?夫言:諸人有要,飲會之日,盡仰將婦詣於會所,我被王敕,不聽將汝以示外人,故數被罰。婦聞此語,甚大慚愧,深自悼慨,盡夜念佛。

總之,由“緣起”與經文的對讀,可知“緣起”是以《賢愚經》爲主要根據而演述的故事。它的寫成時代約在5世紀末。

附　記

“緣起”一名的來源，實與佛經中“××××緣”有關，可能是因襲而來。

（原載1946年12月19日上海《中央日報・俗文學》周刊第10期）

“散花”源流及其他

《通俗文學》第15期黃芝岡先生的《落花商兑》(參見文末附録),對於我《談落花》中的疑問予以論證,十分可感。現就一些材料,寫成此文。一半是補充前文;一半是用答黃芝岡先生。

“梵唄”的歌曲,到後來成了“唱導”制度中一種比較重要的部分。本來最初“梵唄”的歌唱,是與“轉讀”相連,但是到後來因爲“梵唄”的不斷製作發展,於是漸漸獨立了。其能獨立的主要原因,恐怕是因爲當時環境(經濟繁榮,城市發達)的需要與“梵響”本身音韵的美妙。在《高僧傳·支曇籥傳》中説(卷十三經師第九):

> 籥特禀妙聲,善於轉讀。嘗夢天神授其聲法。覺因裁製新聲。梵響清靡四飛却轉,反折還喉叠哢。雖復東阿先變,康會後造,始終循環未有如籥之妙。後進傳寫,莫匪其法。所制六言梵唄傳響於今。

這是“梵唄”離開“轉讀”漸趨獨立的惟一消息,同時也是“梵唄”經人傳寫比較早的一個記載。傳中提到這種裁製的“梵唄”是由於“東阿先變”,恐怕是一種飾詞,《高僧傳》中雖見曹植創製“梵唄”的記載,但其他材料極缺,故尚難論定。要之,意在指明其有穩固的民族形式的基礎。至於“康會後造”,在《康僧會傳》裏有云:“又依《無量壽》《中本起》,製菩提連句梵唄三契。"①此很明顯,所謂"後造"實是改作或修飾而已。支曇籥的時代,約爲公元397年前後。以後的曇遷(——482)也是能製梵唄的,傳云:"梵製新奇,特拔終古"。其他,在《高僧傳》裏也還可以見到一些。

所謂"梵唄",實即是歌咏句法整齊的詩句(即偈或贊)。在慧皎《論經師》中説(《高僧傳》卷十三),歌唱"梵唄"者應曉音律才能"五言四句,契而莫爽"。又云:"歌贊則號爲梵唄",已很明顯的告訴了我們。總之,當時所歌,先是取於佛典,進而至於創製。歌時并且也采用現成歌唱方式,有音樂相配合。故慧皎説:"并以協諧鐘律,符靡宫商,方乃奥妙。故奏歌於金石,則謂之以爲樂;設贊於管弦,則稱之以爲唄。"這種歌贊風尚,一直保存到現在。

繼歌"梵唄"而起的,就是"唱導"。在慧皎《高僧傳》十三論中云:

> 唱導者,蓋以宜唱法理,開導衆心也。昔佛法初傳,於時齊集,止宣唱佛名,依文致禮。至中宵疲極,事資啓悟,乃别請宿德升座説法。或雜序因緣,或傍引譬喻。其後廬山釋慧遠道業貞華,風才秀發,每至齋集,輒自升高座,躬爲導首,廣明三世因果,却辯一齋大意。後代傳受,遂成永則。

"唱導"的舉行是深宵齋會聽衆極疲的時候,這是與"梵唄"相同的。在以"梵唄"聞名的《智宗(——459)傳》裏曾云:"若乃八關長夕中宵之後,四衆低昂睡蛇交至,宗則升座一轉,梵響干雲,莫不開神暢體豁然醒悟。"不衹舉行的時間相同,而且在舉行的意義上,也是相同。在敦煌發現中,曾存有很少的幾支"唱導文",移録於下一首以看它的形式:

①契,是指一個歌贊,亦即gātha(偈、頌)。

> 羅漢聖僧集，凡夫衆和合。
>
> 香湯沐净籌，布薩度衆生。
>
> 諸弟子等諦聽，此菩薩戒藏，三世諸佛同説，三世菩薩同……汝等諸佛子諦聽，汝等諸佛子能舍邪皈正正發菩提心否？能斷一切惡、修一切善否？能受菩薩戒行菩薩行否？能回向净土誓願成佛否？

這雖然是一個殘文，但是已經可以告訴我們它的組織了。它與"梵唄"不同的地方，就是在整齊的韵語後面加上了散文的説白。此外取材也更廣泛，像可以"雜序因緣，或傍引譬喻"，終於産生了唐初的緣起（變文的形成應在緣起以後）。由這一段記載裏，我們更可以知道在慧遠（——416）以前的"唱導"，是没有一定的規矩；也就是在他没"躬爲導首"而成"永則"以前，正是傳授成規已"殆無遺"的"梵唄"流行的時候。

"唱導"的内容，由《高僧傳》裏可以知道一些。《道照（——453）傳》云：

> 宋武帝嘗於内殿齋。照初夜略叙，百年迅速遷滅俄頃；苦樂參差必由因召。如來慈應六道，陛下撫矜一切。

《曇宗（公元460年左右）傳》云：

> 後殷淑儀薨，三七設會悉請宗。宗始嘆世道浮僞，恩愛必離，嗟殷氏淑德，榮幸未暢，而滅實當年收芳今日，發言凄至，帝法泫愴良久，賞異彌深。

《高僧傳》十三論云：

> 至如八關初夕，施繞周行烟蓋停氛，燈帷靖燿，四衆專心，叉指緘默。爾時導師則擎爐慷慨，含吐抑揚，辯出不窮，言應無盡。談無常則令心形戰栗；話地獄則使怖泪交零；徵昔因則如見注業；核當果則已示來報；談怡樂則情抱暢悦；叙

哀慼則灑泪含酸。

則"唱導"的内容至爲豐富，當不限於經典題材了。尤其有一些記載更可使我們注意，像《道照傳》云：

止京師祇洹寺，披覽群典以宣唱爲業。音吐嘹亮，洗悟塵心；指事適時，言不孤發。獨步於宋代之初。

《慧璩(393—464)傳》云：

讀覽經論涉獵書史，衆技多閑而尤善唱導。出語成章，動辭製作，臨時采博，罄無不妙。

《道儒(410—490)傳》云：

出家之後蔬食讀誦，凡所之造皆勸人改惡修善，遠近宗奉遂成導師。言無預撥，發響成製。

《法願(414—500)傳》云：

願又善唱導，及依經説法率自心抱，無事宫商。言語訛雜，唯以適機爲要。

據此，可知"唱導文"的製作是"臨時采博""出語成章"非由預撰。"采博"來自"書史"或"衆技"，并且更要"指事適時，言不孤發"，"以適機爲要"(此點與以後的"落花"極有關係)。所以在慧皎《高僧傳》卷十三論中曾說：

夫唱導所貴，其事四焉。謂：聲、辯、才、博。非聲則無以警衆，非辯則無以適時，非才則言無可采，非博則語無依據。

同時：

若能善兹四事，而適以人時，如爲出家五衆，則須切語無常，苦陳懺悔；若爲君王長者，則須兼引俗典，綺綜成辭；若爲悠悠凡庶，則須指事造形，直談聞見；若爲山民野處，則須近局言辭，陳斥罪目。

可見一個導師修養的不易了。"唱導"因爲要聽衆喜聞習見易於接受，除去用歌贊以外再加説白，所以又叫作“唱説”。《高僧傳》《曇宗傳》云：

少而好學，博通衆典，“唱説”之功，獨步當世。

傳後又云：“復有釋僧意者，亦善‘唱説’。製睒經新聲，哀亮有序。”《道儒傳》後亦云：“有釋僧喜，亦善‘唱説’，振譽於宋末齊初。”這種“唱説”，實已融會民族固有的説唱方式了。

當那時除去了和尚“唱導”外，居士（在家的信徒）亦有作“唱導”的。慧重未出家以前，即嘗作“唱導”。傳云：

姓閔，魯國人。僑居金陵早懷信悟。有志從道，願言未遂，已長齋菜食。每率衆齋會，常自爲唱導。如此累時，乃上聞於宋孝武。大明六年敕爲新安寺出家，於是專當唱説。

實在，此時“拜懺”亦已成了“唱導”的一部分，所以在《曇宗傳》曾説他爲孝武帝唱導行菩薩五法禮竟，帝乃笑問曇宗説：“朕有何罪，而爲懺悔？”的故事。并且在《曇光傳》裏更明白的説：“回心習唱，製造懺文”，可知“懺文”亦是“唱導文”之一種。今日流行之拜懺，在一千數百年前早已盛行。

在“唱導”制度裏流行的東西，早期一點就是“梵唄”，以後又有“懺文”。不過在歌唱“梵唄”時間稍長以後，漸漸的改了原來的樣子，於是就成了“唱導文”（或“導文”）式的東西。到了唐初，這種導文“唱説”已經很普遍，并且和尚歌唱它的用途也更寬廣了，乃有所謂“落花”的出現。道宣《續高僧傳》卷三十有云：

世有法事，號曰“落花”，通引皂素，開大施門，打刹唱舉，抽撤泉貝。别請設座，廣説施緣。或建立塔寺，或繕造僧務。隨物贊祝，其紛若花；士女觀聽，擲錢如雨。至如解髮百數，數别異詞，陳願若星羅，結句皆合韵，聲無暫停，語無重述。斯實利口之銛奇，一期之赴捷也。

從這段記載,使我們知道兩件事:一、過去"以適機爲要""出語成章"的唱導物的一種,在這時已經命名爲"落花";二、并且産生了新的用途——募化。故可以給"落花"下一簡單的定義("散花"亦同,説見後文):

> "落花"就是用作募化的一種唱導物。(事實上,"唱導"在這時期由於汲取新營養的關繫,種類很多。道宣曾説:"唯信口傳在人爲高,畢固難準大約,其體例甚衆焉。"又説:"唄匿之作,沿世相驅,轉革舊章,多弘新勢。"可見一斑。)

"落花"一名的來源,實是根據《維摩詰所説經》《觀有情品第七》,鳩摩羅什譯文云:

> 時維摩詰室有一天女,見諸大人聞所説法,便現其身。即以天華散諸菩薩大弟子上。華至諸菩薩即皆墮落,至大弟子便著不墮。一切弟子神力去華不能令去。爾時天女問舍利弗:"何故去華?"答曰:"此華不如法,是以去之。"天曰:"勿謂此華爲不如法。所以者何?是華無所分别,仁者自生分别想耳。"

用了這個故事,而名當時的佛事,亦"古聖垂範"的意思。名"落花"或是"散花",實在是一回事,"落"與"散"都是"指事適時""隨物贊祝"的意思。

許國霖《敦煌雜録》下輯收集的"散花樂"有三篇,黄文引録的"周字九十號""果字四十一號"等二篇,均未題記年月,另一篇"制字五號",有題記:"建隆三年歲次癸亥五月四日律師僧保德自手題記,比丘僧慈願誦。"建隆三年即 963 年,據此,"散花"依現在資料判斷,當較"落花"爲晚出。

"落花"的文辭并没有存留下,衹是由敦煌發現中見到的一些"導文",可以算作初期的作品。可惜這種"導文"也不多。在《真觀(——611)傳》裏説他:“著諸導文二十餘卷”。《法韵(570—604)傳》裏更説他:“誦諸碑誌及古導文百有餘卷,并王僧孺等諸賢所撰。”知道這許多“導文”裏必有“落花”的存在。至於不存的原因,在《善權(605前後)傳》裏曾有一點消息:“時有竊誦其言,寫爲卷軸,以問於權,權曰:‘唱導’之設,務在知機,誦言行事,自貽打棒。雜藏明誡何能輒傳?宜速焚之勿漏人口。”善權是當時有名的導師,尚且如此,無怪“導文”傳世的稀少了。(《續高僧傳》第二十九尚有論及懺文處,從略。)

“散花”的文辭除去了黄先生在《落花商兑》一文所引《敦煌雜録》中的兩首外,在宋、元之際,如瑛所撰的《高峰龍泉院因師集賢語録》卷之九《諸般佛事門》裏保存着許多首,很可看出“散花”歌辭的全貌來,現在即將卷中所有移録如次(原書見《續藏經》):

散花文

切以風恬籟悄,斗轉星移,乃聖賢降鑒之時,正凡庶投誠之際。道場冰潔,法侶雲臻,宜散天花,恭陳佛寶。是花也,善根種植,心地栽培。發生不假於陽春,閉謝無關於造化。擷群萼於金盤之内,冷艷無塵;剪輕綃於玉指之端,清香遍界,巧逾地産,妙奪天工。帝釋散處,而葉葉真如;達摩傳來,而枝枝般若。詩客巧思吟不就,書工移筆寫難成。祇今信手拈來,便好當場散獻,供養佛法僧三寶。普資天地水萬靈,我等虔誠傳花説偈。偈曰:

春來百卉號爲王,雨後東籬分外香。
冷淡水邊藏臘色,娑婆月裏占秋光。
武陵曾發千株艷;太華今開十丈芳。
一種靈苗非北苑,都來此地助敷揚。

保安

佳人機巧奪天工，剪出奇花有異同。
今對聖前勤捧獻，更祈福壽永無窮。

祈嗣

佳人妙手奪天機，裁剪芳英分外奇。
捧向佛前陳至懇，願求吉夢應熊羆。

還願

還思恩無願心圓，剪緑裁紅獻法筵。
惟願慈悲垂攝受，從今福慶永綿綿。

保胎

此花渾不假栽培，無雨無風自在開。
捧獻金仙求福利，願祈胎甲永無災。

乞巧

是花非假亦非真，掌上擎來别是春。
奉獻法王何所願？心工妙巧付當人。

懺髮

年來絲髮未如心，切慮生前值業因。
細剪奇花求懺雪，雲鬢靄靄鎮長春。

祈蠶

農桑天下最爲先，蠶養將祈十倍全。
須仗獻花諸佛力，吉祥如意是絲綿。

薦亡

非桃非李自然鮮，清净還同火裏蓮。
此夜此時親獻佛，願祈滯魂早生天。

薦亡

此花不與衆花同，心地栽培造化工。

散向人天資逝魄，早生九品紫蓮中。

奉道

持花昔日獻燃燈，無上菩提果自圓。

是夜筵前親獻佛，願求早悟性中天。

把這一些“散花”與前邊引的“導文”及黃先生文中引的兩首比較研究，很可以看出它們之間的關繫。在如瑛所作裏，我想是把泛聲已經删去的本子，甚至原來還許尚有更多的説白，均截略了。

總之，“散花”歌辭的組織，主要是以七字四句的唱詞爲基本原則，一直到近世流行於蘇北的“散花”仍是如此。至於叙述内容，則與《高僧傳》中談到“落花”的叙述範圍仍是一樣。

如瑛（1280 年約尚在世）以後有關“散花”的記載却没有存留下什麽，并且直到現在也没有人留意它，實在很是遺憾。

“落花”或“散花”的用途——募化，本來是行之於廟堂以上的一種募捐舉動。因爲“隨物贊祝，其紛若花”樣的詞句，受到一般民衆的歡迎，而常得到“士女觀聽，擲錢如雨”的收穫。漸漸被一些被剥削没有辦法的貧苦人們取用了，模仿它的規式甚至於動作（説見後），作爲乞討的工具用以糊口①。經過時代變遷，輾轉繁變，乃形成了晚近民間的“蓮花落”與“三棒鼓”。

①“蓮花落”用於被剥削者乞食的文獻，初見於宋人記載，稍詳的見於明人戲曲。朱有燉《李亞仙花酒曲江池》第四折“二净襤褸辦上念云”：“……今日向街上唱些蓮花落，求乞些飲食充飢。”徐霖《綉襦記》第二十八出，即以鄭元和從諸乞丐學唱“蓮花落”爲題材，有云：“我把蓮花落唱出叫求錢，望老爹奶奶方便。”下場詩有句：“願唱蓮花落，沿街做乞兒。”可知在 16 世紀以前，“蓮花落”已成爲行乞者的一種歌曲了。但這究竟與一般行乞不同，所以在清同光間《雙金花寶卷》第七回寫蔡金蓮和王文虎想沿街求乞時説：“沿街打唱蓮花，也是江湖生意，比起求乞，要高幾分。”

“蓮花落”比較早一點的記載，是見於南宋普濟所撰之《五燈會元》。其中記述俞道婆的故事說：“俞道婆，金陵人，市油糍爲業。……一日，聞丐者唱‘蓮華樂’云：‘不因柳毅傳書信，何緣得到洞庭湖？’忽大悟。”此中并引了“蓮花落”詞句二，可知與“落花”或“散花”的句法類似。

此外，關於“蓮花落”的叙述文字，在以《李娃傳》爲根據寫的三種戲曲裏邊可以見到一些：①

一、元石君寶《曲江池雜劇》第二折李亞仙對鄭元和唱“采茶歌”：你爹打你呵，誰教你唱“一年春盡一年春”。

二、《誠齋樂府新編·李亞仙花酒曲江池》叙述趙牛筋鄭元和等乞討云：“正净云：俺去來，到街上唱個‘四季蓮花落’討些吃的。(末四净同唱)到春來，正月二月三月是艷陽天。(和)見才子共佳人，緑楊中，紅杏外，載香車，乘寶馬，來來往往鬥騈闐。(和)見幾對黄鶯兒，紫燕兒，游蜂兒，粉蝶兒，銜泥的，唤友的，偷香的，采蜜的，鬧喧喧。(和)城里人，城外人，爲士的，爲農的，爲工的，爲商的都來慶賀太平年。(和)”(以下夏秋冬詞長從略。)

三、明徐霖《綉襦記》第三十一出《襦護郎寒》裏寫到了鄭元和唱蓮花落，其詞云：“一年纔過，不覺又是一年春。(哩哩蓮花，哩哩蓮花落也。)小乞兒摇摇象牙板不離足。(哩哩蓮花，哩哩蓮花落也。)衹聽鑼兒鍚鍚鍚，鼓兒冬冬冬，板兒喳喳喳，笛兒支支支，伙里伙里伙，伙里伙里伙。小乞兒便也曾鬧過了正陽門。(哈哈蓮花落也。)衹見那柳陰之下，香車寶馬，高挑着鬧竿兒，挨挨拶拶哭哭啼啼都是女妖嬈。(哩哩蓮花，哩哩蓮花落也。)又見那財主

①元代“蓮花落”流行已盛，元人雜劇如《金綫池》《救風塵》《東堂老》等劇裏，都曾提及打“蓮花落”。

在荒郊野外擺着杯盤,列着紙錢,都去上新墳。(哈哈蓮花落也。)”(以下夏秋冬詞長從略。括弧裹原本作小字。)

從這三段“蓮花落”裏,可以很明顯的看出“蓮花落”文詞與結構上的演進①。假如没有較早的一兩句殘文留下,使我們得與“散花”對比,如何能使我們知道這樣清楚?所以除去了“散花樂”中的泛聲是“蓮花落”的根源外,“蓮花落”早期作品的句法與“散花”相似亦應是一重要證明。(其實晚近“蓮花落”歌詞的指事適事,亦由“散花”而來。)

在歌唱“落花”的時候,大約尚有一些動作,也許是舞動一種東西(法器)以娱聽衆。所以道宣論云“士女觀聽”,蓋除去聽唱説之外,尚可以觀看動作。并且《善權傳》裏的:“誦言行事,自貽打棒”,更是指此舞弄而言(貽即貽托之意)。在宋俞文豹《吹劍録》中所記更可證明。且元李有《古杭雜記》亦有記述。(俞、李原文參見黄先生《落花商兑》引録。)在近世蘇北或南京附近的“法事”裏尚有飛舞法器的唱念手法(如舞鈸)。亦應是“落花”“散花”之遺意。此種動作亦與“落花”規式同時流布民間,不斷的衍變、發展,於是成了唐代的三杖鼓、宋的花鼓棒(或槌)及明、清的三棒鼓(或三根棒、三根頭)。此點又是可補充前人對打花鼓來源問題探討的。

最後,可列一“散花”演變的簡表如下:

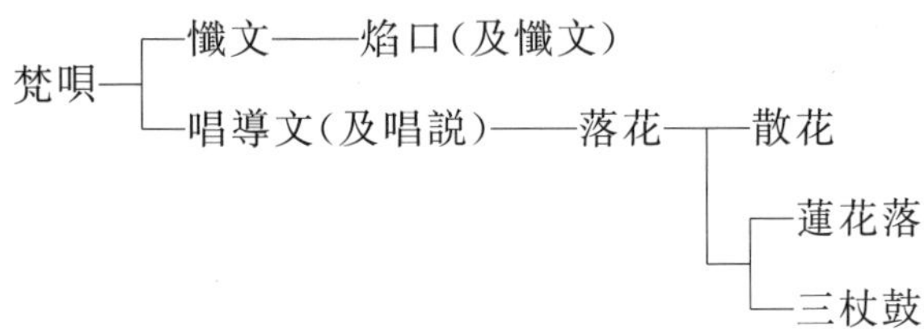

①尚可參見明鄭之珍《目連救母勸善戲文》引録“蓮花録”歌詞。

後　記

一、據説，在上海鄉間的道士，也有與“散花”同樣的法事。這在《續高僧傳》裏也可以找到一條有關的記載，《智凱（隋末唐初）傳》云：“嘗於内殿佛道雙嚴，兩門導師同時各唱。道士張鼎雄辯難加，自恨聲小，爲凱陵架。”可見道士唱導起源亦甚早。

二、“談落花”中我所舉的散花名目有誤，今據與《化佛通志》卷十捃拾“施食唱雜法”條改正之：雜法有《老鼠告狀》《三百六十行》。散花有《竹木相争》《五更嘆》《烟鬼嘆》等。

附録　“落花”商兑　黄芝岡

關德棟先生《談落花》，對假定“落花似乎即是後來所説謂蓮花落一類的東西”，表示懷疑。我以爲落花即流行於江北、南京一帶的散花，也即是通行於民間的蓮花落的根源。

許國霖《敦煌雜録》所輯佛曲，有兩首叫散花樂的，能看出類梵唱的較早期的面目。現在全抄出來做我的論證：

散花樂（周字 90 號）

（散花蓮落散花梵，散花蓮落滿道場）啓首歸依三學滿（散花樂），天人大聖十方尊（滿道場）。昔者雪山求半偈（散花樂），不顧軀命舍全身（滿道場）。……

散花樂（果字 41 號）

（散散花花樂樂）奉請釋迦如來入道場（散花樂）。（散散花花樂樂）奉請十方如來入道場（散花樂）。（散散花花樂樂）奉請阿彌陀入道場（散花樂）。（散散花花樂樂）奉請觀世音入道場（散花樂）。道場莊嚴極清净（散花樂）。人間天上無比量（散花樂）。

啓首兩字依原本,括弧裏的泛聲原本小字旁寫。我們但着眼第一首的泛聲“散花蓮落散花梵”,便自然能斷定它是蓮花落的根源。蓮花是佛國的花,它不從梵唱裏流入民間俗曲裏來,又還有什麼理由能從蓮花落的泛聲裏跳出來呢?而且,分明是佛曲的泛聲,到晚近却已是民間俗曲蓮花落的泛聲,所疑爲不大妥當之處也自然不再成爲問題了。

宋俞文豹《吹劍録》説:“今京師用瑜伽法事,惟袛從事鼓鈸,震動驚撼,生人尚爲之頭痛腦裂……。至其念誦,則時復數語,仍以梵語爲歌調,如‘降黄龍’等曲。至出殯之夕,則美少年長指爪之僧,弄花鼓鎚專爲悦婦人、掠錢物之計,見者常恨不能揮碎其首。”又元李有《古杭雜記》説:“杭州市肆有喪之家,命僧作爲佛事,必請親戚婦女觀看。主母則帶養娘隨從,養娘首問來請者曰:有和尚弄花鼓棒否?請者曰:有。則養娘肯前去。花鼓棒者,謂每舉法樂,則一僧以三四鼓棒在手輪轉拋弄,諸婦人競觀之以爲樂。”南京和尚作法事時還有這種玩藝,這不知和關先生所述的蘇北和尚散花是不是同一樣的節目。但無論同與不同,都可做由宗教贊頌走向民間俗曲的同樣的途徑。由梵唱的世俗化再變質而成爲道地的俗曲是不但可能而且必然的事。湖南喪家出殯的前天晚上,例請人唱夜歌。唱歌的是有口才的俗人,由他一人敲鑼打鼓,唱七字句的歌辭,歌辭信口編成,逢人説人,見事説事,整晚歌唱,正如關先生所説:“隨機應變,出口成章,而且聲無暫停,語無重述”,也正和落花一樣。我以爲不必因唱歌的是俗人便認爲和散花無涉。

宋、元時和尚所弄的花鼓鎚和花鼓棒,分明是今日的金刀花鼓,又稱爲三棒鼓的玩藝兒。這傢伙是一種花鼓,過去北方走江湖的流浪姑娘靠此爲討乞的工具,和乞兒唱蓮花落是一類的貨色。但現在又有誰能斷定走江湖的三棒鼓原也是和尚們的當行出色,和武當山道士飛鈸是相類似的把戲呢?

(原載 1947 年 2 月 6 日上海《中央日報・俗文學》周刊第 14 期)

論《枕中記》故事的根源

南北朝以後佛教經典逐漸的大量翻譯,除去了影響我國固有文藝的形式,并且在内容方面,也受到很多的影響。所以有人論到六朝的文章時,曾説過:"我嘗想,中國後來如果不是受了一點佛教影響,文藝裏的空氣恐怕更陳腐,文章更損失好些好看的字面。"這樣的話,這話是很正確的。

到唐代,佛教的文化已經彌漫了整個中國社會,譯經事業的興盛與中印交通的頻繁,更是前古所未有,這時代在中國佛教史上正是所謂"興盛時期",所以在文藝方面所受到的影響也比較大些。就是在"傳奇"小説裏,有一些由其内容中也可以尋出一些受佛教文學影響的東西來。這種影響極其自然而非勉强。

沈既濟的《枕中記》(或稱作《黄粱夢》;《太平廣記》八二題作《吕翁》)是唐代傳奇小説裏的一篇精美作品,内容是叙述於開元十九年道人吕翁行經道邯鄲上,遇少年盧生於旅社,雖談笑甚歡,惟盧生言下頗以生世不諧爲嘆。少頃,盧生思睡,吕翁乃以囊中枕授之;於是盧生夢境中飽經人世之富貴和憂患。當其"欠伸而寤,見方偃於邸中。顧吕翁在傍,主人蒸黄粱尚未熟,觸類如故。蹶然而興曰:'豈其夢寐耶?'翁笑謂曰:'人世之事,亦猶是矣。'"云云。

這種形式的叙寫,可斷言出自佛教思想。佛教對人世之富貴,與憂患的幻化的看法,正是"如夢"。(佛教術語"六喻"或"十喻”之一)它這種以“世法無實體如夢”的説法,進而曾經産生了對現實存在的價值判斷的“苦觀”。在金剛般若經曰:“一切有爲法,如夢幻泡影。”維摩詰經方便品曰:“是身如夢,爲虚妄見。”到《智度論》説得更清楚了,卷六曰:“如夢者:如夢中無實事謂之爲實,覺已知無而還自笑,人亦如是。”可見一斑。《金剛經》《維摩經》與《智度論》都是東晋鳩摩羅什所譯(約譯於公元402年)。這三個經在許多爲魏晋以後文人學士喜好的經中,都曾占有重要的位置,所以知道表現在這個時代文藝作品上的“如夢觀”,當是由佛教中來。

這種説明人世如夢的幻化,而用一詭奇故事叙出,很早也曾有人説出它的來源。在洪邁《容齋四筆》卷一裏有云:

> 列子載:周穆王時西極之國有化人來,王敬之若神。化人謁王同游,王執化人之袪,騰而上者中天乃止。暨及化人之宫,自以居數十年,不思其國。復謁王同游,意迷精喪,請化人求還。既寤,所坐猶向者之處,侍御猶向者之人,視其前,則酒未清,肴未𩜂。王問所從來,左右曰王默存耳。……予然後知唐人所著《南柯太守》《黄粱夢》《櫻桃青衣》之類,皆本乎此。

以後魯迅先生於《中國小説史略》裏論《枕中記》時云説:“干寶《搜神記》有焦湖廟祝以玉枕使楊林入夢事,大旨悉同,當即此篇所本。”

在《文學》二卷六號“中國文學研究專號”上,霍世休先生《唐代傳奇文與印度故事》一文第二節談這個故事時,曾説:“然而洪氏和魯迅的説法,也衹有一半是對的”。於是他把着全對的説法引《雜寶藏經》卷二“娑羅那比丘爲惡生王所苦惱緣”加以論證。并且附帶的告訴我們《大莊嚴論經》卷十二中的故事與《雜寶藏經》的故事大體相同。

霍先生的論證結果是正確的;而在引用經典上,我則以爲用《雜寶藏經》没有用《大莊嚴論經》比較合適。因爲在解決《搜神記》和《列子》與佛經時代先後問題上,用《大莊嚴論經》更爲圓滿。

《大莊嚴論經》卷十二中説:素毗羅王太子娑羅那,於王崩後,不肯紹繼舍位於弟,詣迦旃延處出家,一日乞食後於林中静坐,爲住止林中之巴樹提王苦辱,心生懊惱,便思罷道還家。

> 尊者迦旃延摩娑羅那頂,而作是言:"汝審去耶?"白言:"和上!我今必去。"迦旃延言:"汝但一夜在此間宿,明日可去莫急捨戒。"答言:"可爾,我今最後用和上語,今夜當於和上邊宿。明日捨戒當還家居,取於王位與巴樹提共相抗衡。"和上足邊以草爲敷於其上宿。時迦旃延以神足力令其重眠,夢向本國,捨戒還家居於王位,集於四兵往向巴樹提。時巴樹提亦集四兵共其鬥戰,娑羅那軍悉皆破壞,擒娑羅那拘執將去。巴樹提言:"此是惡人,可將殺去。"於其頸上繫枷,羅毗羅鬘魁膾摇作惡聲,令衆人侍衛器仗圍遶持至冢間;於其中路,見迦旃延執持衣鉢,入城乞食。涕泣墮泪,向於和上,而説偈言:
>
> 不用師長教　嗔恚惱濁體
> 今當至樹下　毁敗於佛法
> 我今趣死去　衆刀圍繞我
> 如鹿在圍中　我今亦如是
> 不見閻浮提　最後見和上
> 雖復有惡心　故如牛念犢
>
> 時彼魁膾所執持刀猶如青蓮,而語之言:"此刀斬汝,雖

有和上,何所能爲?"求哀和上舉聲大哭:"我今歸依和上!"即從睡覺驚怖,禮和上足:"願和上解我違。"和上語言:"我本愚痴欲捨佛禁,聽我出家我不報怨,亦不用王,所以者何? 樂欲味少苦患衆多。……"

《大莊嚴論經》的作者,印度古代有名的文藝工作者詩人馬鳴(Asvaghosa)。他的遺作《佛所行贊(Buddha－carita)》《孫陀利難陀詩(Saundranda－Kavya)》《舍利弗戲曲(Saripatra－prakarona)》最爲後世以文藝批評眼光視之而贊美。(我國譯本衹有第一種)——其一生作品大都可以文藝作品視之,《大莊嚴論經》也正是久爲文人所喜好,以其内容爲故事而用流利之散文與精美之詩句巧妙手法寫出也。且此經之譯者又爲鳩摩羅什,羅什譯文之美妙,語意顯明,弘麗暢達,早爲士大夫所稱贊,流行之廣,影響之大,實爲必然。(佛教典籍影響我國文學最大之金剛、法華、彌陀、維摩諸經均羅什所譯。)

至於干寶《搜神記》的著作年代,干寶爲東晋時人,其作品可能作於東晋末。《列子》一書則據近代之考證爲東晋張湛僞作。鳩摩羅什(生公元 344 年卒 413 年)於公元 401 年(東晋安帝時)以後即至長安,蓋其聲名早揚西域震驚中原遂乃被迎東來。《雜寶藏經》的譯者爲曇曜與吉伽夜等。曇曜即今大同雲岡石窟的創鑿者,其譯經則在公元 446 年以後。此一經之翻譯當後《大莊嚴論經》至少三十五年,且其譯名遠遜於鳩摩羅什,故流行必不若《大莊嚴論經》之廣泛。

若以時間上仍不無問題,則霍先生所説:"佛經的輸入,多半由高僧的記誦,往往未經翻譯成書,早已流傳人口。"亦足可補充。并且在過去譯經之先多作講經,(《高僧傳》中頗多證明,兹不述。)實亦布教之意。當有趣味之作品不厭數數宣講,當爲必然,《搜神記》《列子》多本於佛教故事,可成定論。

後世據《枕中記》而成的戲曲,有元馬致遠的《黄粱夢》,明湯顯祖的《邯鄲夢》至清蒲松齡《聊齋志異》中之《續黄粱夢》更是爲人稱許的因襲續貂的作品。

(原載 1947 年 2 月 28 日上海《中央日報·俗文學》周刊第 17 期)

現存羅松窗韓小窗子弟書目

羅松窗和韓小窗的"子弟書"作品,已是研究通俗文學的人們十分注意的東西,鄭振鐸先生在編《世界文庫》的時候,曾分别於第四册和第五册,收録了"東調"五種和"西調"六種。但是這兩位通俗文學作家究竟遺留下多少作品?却還没人作一記述。傅惜華先生於《中法漢學研究所圖書館館刊》第 2 號中,寫有《子弟書總目》一文①,内中著録他們的作品不少,根據聞見所及,還可略爲訂補。現即把他們的作品目録重爲編訂,以供通俗文學研究的人們參考。

一　羅松窗的作品

《世界文庫》第五册曾收有他的作品六種:《大瘦腰肢》《鵲橋》《出塞》《上任》②《藏舟》《百花亭》。根據"子弟書"作者們寫作的習慣,作者可考知的常是把自己的名字嵌入曲中一點看來,這六種均是例外。因此,人們懷疑這些可能都不是羅松窗的作品。現存"子弟書"中可確知是羅松窗創作的,共有五種:

①此文 1954 年傅先生曾增訂單刊。上海文藝聯合出版社出版。

②此本爲"云何子"作,即《玉簪記》子弟書第二回摘唱别本。

1.《紅拂私奔》八回

《中國俗曲總目稿》頁519著録。百本張《子弟書目録》著録時,注云:"不春;有奇異。八回。二吊四。"鶴侶氏《集錦書目》子弟書第四十七句説:"《聞鈴》十里如千軍《私奔》。"此曲别題作"紅拂女私奔";《中國俗曲總目稿》頁761著録。傅著《子弟書總目》(增訂本,下同)頁85、86著録。

按此曲卷首詩篇,結句云:

寂静松窗閑遣性,寫一代蛾眉領袖女英雄。

2.《杜麗娘尋夢》三回

《中國俗曲總目稿》頁38著録,題作"尋夢"。别野堂《子弟書目録》著録時,注云:"三回。一吊一。"鶴侶氏《集錦書目》子弟書第八十五句説:"你看那彩樓上《悲秋》的人兒同《尋夢》。"此曲又别題作:"游園尋夢。"傅著《子弟書總目》頁60、124、132著録。

按此曲結尾,有句云:

要知小姐《離魂》事,松窗自有妙文章。

3.《離魂》三回

《中國俗曲總目稿》頁51著録。百本張《子弟書目録》著録時,注云:"三回。一吊二。"别野堂《子弟書目録》著録時,注云:"四回。一吊四百四。"傅著《子弟書總目》頁175著録。

按此曲根據《杜麗娘尋夢》一曲結尾,推知爲羅氏作品。

4.《莊氏降香》六回

《中國俗曲總目稿》頁562著録。百本張《子弟書目録》著録時,注云:"連《登樓》,六回,二吊。"别野堂《子弟書目録》著録。鶴侶氏《集錦書目》子弟書第二句説:"一心要往《游武廟》内《莊氏降香》。"此曲别題作:"降香""登樓降香""莊氏登樓降香"。傅著《子弟書總目》頁83、114、129著録,注云:"作者無考"。

按此曲根據北京圖書館藏清鈔本,有句云:

閑時偶拈松窗筆,寫一段莊氏燒香拜月文。

傅著《子弟書總目》頁 92 著録《秦王降香》一曲時曾説:

按韓小窗所作《周西坡》子弟書,卷首詩篇有句云:"閑筆墨小窗竊擬松窗意,《降香》後寫《羅成亂箭》一段缺文。"故知此書出於羅松窗筆。

依前引清鈔本句,傅惜華先生説應修正。羅松窗所作的《降香》,實爲《莊氏降香》,非《秦王降香》。

5.《翠屏山》二十四回

《中國俗曲總目稿》頁 294 著録。百本張《子弟書目録》著録時,注云:"二十四回。七吊。"别野堂《子弟書目録》著録。鶴侶氏《集錦書目》子弟書第二十句説:"後面有《丁甲山》《翠屏山》緊靠城墻。"傅著《子弟書總目》頁 146 著録。

按此曲卷首詩篇,有句云:

鐵筆欲留俠烈傳,松窗故寫《翠屏山》。

除以上五種從曲文知爲羅松窗創作外,賈天慈先生研究的結果,認爲《羅成托夢》一曲也是羅松窗的作品。《羅成托夢》一曲,傅著《子弟書總目》頁 176 著録時,注云:"作者無考。"傅著録《世界文庫》第五册選録"西調"六種各曲時,多注云:"羅松窗作。"《百花亭》一曲實誤,應爲韓小窗作。

綜觀以上記述,羅松窗子書作品,若包括存疑諸曲,則存十一種。其中《莊氏降香》一曲有清乾隆二十一年(1756)木刻本(傅氏碧蕖館藏),羅松窗當爲 18 世紀初葉"子書弟"作家,可補傅惜華、賈天慈等先生的論證。今將羅氏諸曲正題别題列對照表如下:

正題	别題
《杜麗娘尋夢》	《尋夢》《游園尋夢》

《紅拂私奔》　　《紅拂女私奔》
＊《雀橋密誓》　　《雀橋》《鵲橋》《鵲橋密誓》《七夕密誓》《鵲橋盟誓》《長生殿》
《莊氏降香》　　《降香》《登樓降香》《莊氏登樓降香》
＊《藏舟》　　《太子藏舟》
《羅成托夢》　　《托夢》

＊此數本《西調選》列爲羅松窗作,堪疑。

二　韓小窗的作品

《世界文庫》第四册曾選收韓小窗作品五種:《托孤》《千鐘禄》《寧武關》《周西坡》《數羅漢》。其中《數羅漢》一曲也是没有嵌入著者名字的,所以人們認爲也成問題。現存"子弟書"中可以確知是韓小窗創作的,共二十四種:

1.《一入榮府》四回

《中國俗曲總目稿》頁 368 著録。百本張《子弟書目録》著録時,注云:"接《二入榮府》。四回,一吊六。"别野堂《子弟書目録》亦著録。此曲别題作:"一入榮國府。"傅著《子弟書總目》頁 23 著録。

按此曲卷首詩篇,有句云:

小窗酣醉欲狂吟,忽見新籍貯案存;
漫識假語皆虚論,聊將閑筆套虚文。

2.《下河南》四回

《中國俗曲總目稿》頁 125 著録,題作:"巧團圓。"百本張《子弟書目録》著録時,注云:"笑。四回,一吊六。"别野堂《子弟書目録》著録時,注云:"一吊四百四。"鶴侶氏《集錦書目》子弟書第八句説:“《下河南》在《鳳儀亭》暫且歇凉”。傅著《子弟書總目》頁30、43著録。

按此曲第四回結尾,有句云:

小窗氏閑來偶演丹青筆,畫一個櫻桃樹下的氣蝦蟆。

3.《千金全德》八回

《中國俗曲總目稿》頁141、142著録,題作“全德報”;頁397至398亦著録。百本張《子弟書目録》著録時,注云:“《别女》《索債》《入府》《招婿》《洞房》《駡女》《拷童》《榮歸》。苦。八回,二吊八。”别野堂《子弟書目録》著録。傅著《子弟書總目》頁32、55著録。

按此曲第八回結尾,有句云:

小窗氏墨痕閑寫《全德報》,激勵那千古的仁慈俠烈腸。

4.《白帝城托孤》一回

《中國俗曲總目稿》頁116著録,題作“白帝城”;頁718亦著録。百本張《子弟書目録》著録時,注云:“苦。一回,四百。”别野堂《子弟書目録》著録,注云:“一回,三百六。”此曲别題作“托孤”。傅著《子弟書總目》頁48、49、51著録。

按此曲卷首詩篇,有句云:

閑筆墨小窗哭吊劉先生,寫臨死霜冷秋高在白帝城。

5.《百花亭》四回

《中國俗曲總目稿》頁134著録。百本張《子弟書目録》著録時,注云:“四回,一吊六”。鶴侶氏《集錦書目》子弟書第十五句説:“《觀水》已畢把《百花亭》下。”此曲别題作:“百花點將。”傅著《子弟書總目》頁51、52著録時,注云:“羅松窗作”。《世界文庫》第五册收入《西調選》,均誤。

按此曲有句云:

幾點姣雲閑水墨,一輪麗月小紗窗。

"小""窗"二字雖不相連,證之《寧武關》一曲,實爲韓作。

6.《刺虎》四回

《中國俗曲總目稿》頁 16 著録;頁 799 著録題:"費宫人刺虎。"百本張《子弟書目録》著録時,注云:"四折。苦。四回,一吊六。"别野堂《子弟書目録》著録。此曲又别題作"韓貴貞刺虎。"傅著《子弟書目録》頁 65、124、168 著録。

按此曲卷首詩篇,有句云:

小窗氏閑墨表揚紅粉志,寫一段宫娥《刺虎》的節烈佳人。

7.《長坂坡》二回

《中國俗曲總目稿》頁 163 著録。百本張《子弟書目録》著録時,注云:"《救阿斗》。苦。二回,八百"。别野堂《子弟書目録》亦著録。鶴侶氏《集錦書目》子弟書第三句説:"轉過了《長坂坡》兒前來至《蜈蚣嶺》。"此曲别題作"糜氏托孤"。傅著《子弟書總目》頁 63、167 著録。

按此曲有句云:

閑筆墨小窗泪灑托孤事,寫將來千古鬚眉愧玉容。

8.《周西坡》三回

《中國俗曲總目稿》頁 160 著録。此曲别題"箭攢羅成"。百本張《子弟書目録》著録,注云:"《箭攢》,三回,一吊。"傅著《子弟書總目》頁 71、160 著録。

按此曲卷首詩篇,有句云:

閑筆墨小窗竊擬松窗意,《降香》後寫《羅成亂箭》一段缺文。

9.《草詔敲牙》四回

《中國俗曲總目稿》頁 555 著録;頁 97 著録,題作"千鐘禄"。

百本張《子弟書目録》著録時，注云："苦。四回，一吊六。"傅著《子弟書總目》頁 33、96 著録。

按此曲卷首詩篇，有句云：

欲寫亡國仁愛君，小窗筆墨也傷神。

10.《哭官哥》四回

《中國俗曲總目稿》頁 17 著録，題作"官哥"。百本張《子弟書目録》著録時，題作"哭官哥爾"；注云："苦。四回，一吊六。"鶴侶氏《集錦書目》子弟書第三十七句説："《闊大爺》《大奶奶》拉着《哭官哥兒》隨意逛。"傅著《子弟書總目》頁 60、98 著録。

按此曲卷首詩篇，有句云：

小窗春日覽殘篇，閑閲《金瓶》憶舊緣。

11.《徐母訓子》一回

《中國俗曲總目稿》頁 539 著録。别野堂《子弟書目録》著録，注云："一回，六百。"傅著《子弟書目録》頁 102 著録。

按此曲第十六句云：

千古下慷慨激昂筆作哭聲墨滴雨泪，小窗圖寫女英豪。

12.《訪賢》四回

《中國俗曲總目稿》頁 34 著録。百本張《子弟書目録》著録時，注云："代戲。四回，一吊六。"别野堂《子弟書目録》亦著録，書價作："一吊四百四。"此曲别題"訪普"。傅著《子弟書總目》頁 104、105 著録，注云："作者無考。"

按此曲第四回結尾，有句云：

無事小窗閑筆墨，描寫先臣定鼎方。

編成一本《風雲會》，給那讀《論語》的學生熱熱腸。

13.《梅嶼恨》四回

《中國俗曲總目稿》頁 254 著録。百本張《子弟書目録》著録時,注云:"四回,一吊六。"鶴侶氏《集錦書目》子弟書第五十九句説:"不多時夕陽斜照《梅嶼恨》。"傅著《子弟書總目》頁 112 著録。

按此曲第四回結尾,有句云:

夏日長小窗偶閲《西湖志》,吊佳人小傳題成遣素懷。

14.《得鈔傲妻》二回

《中國俗曲總目稿》頁 576 著録。百本張《子弟書目録》著録時,注云:"連《緒(續)鈔借銀》,四回,一吊六。"鶴侶氏《集錦書目》子弟書第六十五句説:"在《續戲姨兒》家《得鈔》買了《一匹布》。"傅著《子弟書總目》頁 101、118 著録。

按此曲卷首詩篇,有句云:

閑筆墨小窗追補《馮商嘆》,寫一段《得鈔傲妻》世態文。

又回末結尾有句云;

小窗是筆端怒震雷霆力,欲唤醒今古鴛鴦夢里人。

15.《焚宫》二回①

傅著《中國俗曲總目稿》頁 123 著録。此曲前此未見著録。卷首詩篇有句云:

欲寫慈祥仁愛君,小窗筆墨也傷神。

16.《寧武關》五回

《中國俗曲總目稿》頁 242 著録。百本張《子弟書目録》著録,注云:"苦。五回,二吊。"别野堂《子弟書目録》亦著録。鶴侣氏《集錦書目》子弟書第十八句説:"那《寧武關》影影綽綽在雲樹傍。"傅著《子弟書總目》頁 140 著録。

按此曲卷首詩篇,有句云:

小院閑窗潑墨遲,牢騷筆寫斷魂詞。

---

①此本即《草詔敲牙》第一回摘唱别本。

17.《滚樓》四回

《中國俗曲總目稿》頁44著録。此曲别題:“藍家莊”。百本張《子弟書目録》著録注云:“《藍家莊》。四回,一吊六。”别野堂《子弟書目録》亦著録。鶴侶氏《集錦書目》子弟書第三十一句説:“見《滚樓》《絮閣》直聳百尺將《頂燈》挂。”傅著《子弟書總目》頁141、171著録。

按此曲卷首有句云:

小軒窗静淡烟浮,筆墨消閑作《滚樓》。

第四回結尾,又有句云:

小窗下縱横筆墨題成目,正是菊花兒幾點開放了東籬。

18.《齊陳相駡》一回

《中國俗曲總目稿》頁616著録。百本張《子弟書目録》著録,注云:“笑。一回,五百。”别野堂《子弟書目録》亦著録。鶴侶氏《集錦書目》子弟書第二十六句説:“見六街上《賣刀試刀》《齊陳相駡》《鬧學》《刺湯》。”傅著《子弟書總目》頁143著録。

按此曲卷首詩篇,有句云:

小窗然事閑潑墨,寫一段齊陳相謗酸匪嚼牙。

19.《紅梅閣》三回①

《中國俗曲總目稿》頁198著録。百本張《子弟書目録》著録,注云:“三回,一吊二。”傅著《子弟書目録》頁86、87著録。

按此曲卷首詩篇,有句云:

細雨輕陰過小窗,閑將筆墨寄疏狂。

20.《賣刀試刀》二回

《中國俗曲總目稿》頁45、621著録。百本張《子弟書目録》著

①别本第三回後附《魂辯》一回。據曲文。《魂辯》亦爲韓作。

録,注云:“《楊志賣刀》。二回,一吊。”别野堂《子弟書目録》亦著録。鶴侶氏《集錦書目》子弟書第二十六句説:“見六街上《賣刀試刀》《齊陳相罵》《鬧學》《刺湯》。”傅著《子弟書總目》頁 156 著録。

按此曲卷首詩篇,有句云:

閑筆連朝題粉黛,小窗今日寫英雄。

21.《罵城》三回

《中國俗曲總目稿》頁 46 著録。百本張《子弟書目録》著録,注云:“苦。三回,一吊。”别野堂《子弟書目録》亦著録。鶴侶氏《集錦書目》子弟書第二十四句説:“若有那《罵城》的前來用《刺梁》。”此曲别題:“樊金定罵城。”傅著《子弟書總目》頁 158、163 著録。

按此曲卷首詩篇,有句云:

小窗氏在梨園觀演《西唐傳》,歸來時閑筆燈前寫《罵城》。

22.《緑衣女》二回

《中國俗曲總目稿》頁 291 著録。百本張《子弟書目録》著録,注云:“《志異》。二回,一吊。”别野堂《子弟書目録》亦著録。傅著《子弟書總目》頁 151 著録。

按此曲第一回九、十句云:

這些時小窗春暖無一事①,寫一段《聊齋》故事兒遣遣閑情。

23.《寶釵代綉》一回

《中國俗曲總目稿》頁 657 著録。百本張《子弟書目録》著録,注云:“一回,四百。”别野堂《子弟書目録》亦著録。傅著《子弟書

①此句,據聚卷堂鈔本。别堂鈔本則作:“這些時竹窗春暖無一事。”

總目》頁 178 著録。

按此曲結尾,有句云:

自喜小窗依枕綉,誰期隔户有人知。

此一回柔情醋意真難寫,笑老拙怎比紅樓的筆墨奇。

24.《露泪緣》十三回

《中國俗曲總目稿》頁 362 著録;《中國俗曲總目稿補遺》頁 1063 著録。百本張《子弟書目録》著録,注云:"《紅樓》。十三回,四吊八。"别野堂《子弟書目録》亦著録。此曲别題"紅樓夢"。傅著《子弟書總目》頁 88、179 著録。①。

按此曲爲韓小窗子弟書作品中的代表作,雖未在曲文嵌入名字,一般已有定論,當屬可信。

《世界文庫》第四册選録的"東調"五曲中,《數羅漢》一曲,傅著《子弟書總目》著録時題作:"韓小窗作。"若計入此曲,韓小窗所創作的子弟書作品,現存共二十五種;實爲已知子弟書作家中存曲最多的一人。今亦將韓氏諸曲正題别題列對照表如下:

正題	别題
《一入榮府》	《一入榮國府》
《入塔數羅漢》②	《入塔》《數羅漢》
《下河南》	《巧團圓》
《千金全德》	《全德報》

①魏如晦《小説搜奇録》《紅樓夢子弟書》條説:"咸豐抄本《紅樓夢子弟書》一卷,得之於冷攤,大部分爲韓小窗之作。内容始黛玉悲秋,王熙鳳爲寶釵説媒,一直到賈寶玉夢游太虚。共分十一篇:《悲秋》《鳳謀》《悲泄》《痴對》《自嘆》《焚詩》《誤喜》《魂游》《慟情》《解疑》《太虚》。叙寫得極是細膩。"

②《東調選》此本列爲韓小窗作,堪疑。

《白帝城托孤》	《白帝城》《白帝托孤》《托孤》
《百花亭》①	《百花點將》
《長坂坡》	《糜氏托孤》
《刺虎》②	《費宮人刺虎》《韓貴貞刺虎》
《周西坡》	《洲西坡》《箭攢羅成》《游泥河》
《草詔敲牙》	《千鐘禄》
《哭官哥》	《官哥》
《訪賢》	《訪普》
《滚樓》	《藍家莊》
《賣刀試刀》	《楊志賣刀》
《罵城》	《樊金定罵城》
《露泪緣》	《紅樓夢》

補　記

本文整理時曾參考：傅惜華先生《子弟書總目》增訂本；賈天慈先生所著《子弟書正名别題簡稱互見表》原稿本。特此聲謝。

(原載1947年3月21日上海《中央日報·俗文學》周刊第20期，惟原刊誤題寫第21期)

①《西調選》此本列爲羅松窗作，誤。

②《刺虎》現存三種，此係四回本。

公案傳奇

清平山堂話本中的《簡帖和尚》小説的題目下,注有:公案傳奇的字樣,可見後世《包公案》《施公案》《彭公案》這一類小説用“公案”名目的來源相當久遠了。在吴自牧《夢梁録》所載小説的内容中“傳奇公案”也别爲一科,所以想像在那時的公案傳奇話本必定很多,并且也是民衆所喜歡聽的一類。

叫作“公案”傳奇的來源,有人以爲是:

> 這一類的故事,其根源大多數自然是從口頭或文告、判牘中來的;經了説話人一烘染,自會格外的有生趣格外的活潑動人。(見何謙的《元代“公案”劇發生的原因及其特質》一文。)

這也衹是説對了一半,我以爲“公案”一名是借用宋代語録文學中習見的“公案”的名字,比較更合理些,雖然禪宗的“公案”一詞也是因襲公府判牘而來。

宋圓悟禪師佛果克勤(1063—1135)的《碧巖集》,九十八則《評唱》中曾説:

> 古人事不獲已,對機垂示,後人唤作公案。

同書三教老人序中也説:

> 祖教之書謂之公案者,倡於唐而盛於宋,其來尚矣。二字乃世間法中吏牘語。

所以到後來雲栖的《正訛集》中對公案下定義說：

公案者，公府之案牘也，所以剖斷是非；而諸祖問答機緣，亦祇爲剖斷生死，故以名之。

實際正是禪家應於佛祖所化之機緣，而提起越格之言語動作的垂示；後人稱之爲“公案”罷了。（這種垂示乃是宗門的法令，以斷是非判迷悟者。）

後來話本中以“摘奸發覆，洗冤雪枉”的故事爲内容的，遂擬名爲“公案”傳奇了。蓋這種故事除去了以離奇變幻的情節取悦於讀者（聽衆），而且有不忿於正義的埋没，借此以正是非雪沈冤的目的。

結構佳妙的作品除去了《簡帖和尚》，如《宋四公大鬧禁魂張》（見《古今小説》）、《錯斬崔寧》（見《京本通俗小説》及《醒世恒言》）及《勘皮靴單證二郎神》（亦見《醒世恒言》）也都是屬於這類極有趣味的東西。

（原載1947年3月28日上海《中央日報·俗文學》周刊第21期，惟原刊誤題寫第22期）

《柳毅傳》與佛經故事

李朝威的《柳毅傳》，是一篇非常豐妍美妙的唐代傳奇小説；因爲故事是以奇事異物爲内容，所以曾經被人取材敷衍成許多的通俗文學作品。

故事的情節，是叙述唐儀鳳中，儒生柳下第還湘濱，路過涇陽遇龍女牧羊道畔，詰之，知係見辱於夫壻者。因爲之致書於洞庭龍君，游龍宫，後與龍女締爲姻緣的故事。這種故事的題材，顯見是不見經傳。所以清胡應麟在《少室山房筆叢・二酉綴遺》裏曾説："唐人小説如柳毅傳書洞庭事，極鄙誕不根，文士亟當唾去，而詩人往往好用之。"這種題材的故事不是中國所固有，却是誠然；但是這種"不根"的東西，也并不是唐人向壁虚構，而實是由佛經故事傳來。

"龍女"一詞，不先見於中國的載集（就是龍王一名，我想也是由佛教傳來的），但在佛經裏却是很容易的可以見到①。《柳毅傳》的寫成，就是運用了一些佛經裏的資料，以其巧妙的手法敷衍繪成的美麗畫面。

---

①龍女的故事，在佛經中常説。除去了引用故事最多的小乘經與律裏，大乘經裏也嘗叙述。像爲文人喜讀的《法華經》，提婆品就曾有龍女變男子的故事。

《摩訶僧祇律》卷第三十二“明雜跋渠法之十”裏叙述一個故事説①：

南方國土，有邑名大林，時有商人驅八牛到北方俱哆國，復有一商人，共在澤中放牛，時離車捕龍食之，捕得一龍女。龍女受布薩法無害心，能使人穿鼻牽行，商人見之形相端正，即起慈心。問離車言：“汝牽此欲作何等？”答言：“我欲殺啖。”商人言：“勿殺！我與汝一牛貿取放之令去。”捕者不肯，乃至八牛，方言：“此肉多美，今爲汝故，我當放之。”即取八牛，放龍女去。時商人尋復念言：“此是惡人，恐復追逐更還捕取。”即自隨逐看其向到池邊，龍變爲人，語商人言：“天施我命，我欲報恩，可共入宫，當報天恩。”商人答言：“不能。汝等龍性卒暴，嗔恚無常，或能殺我。”答言：“不爾。前人繫我，我力能殺彼。但以受布薩法故，都無殺心。何况天今施我壽命，而當加害？若不去者，小住此中，我今先入拼擋宫中。”即便入去。是龍門邊，見二龍繫在一處。見已，商人問言：“汝爲何事被繫？”答言：“此龍女半月中三日受齋法，我弟兄守護此龍女不堅固，爲離車所捕得，以是故被繫。唯願天慈，語令放我。此龍女若問欲食何等食者，龍宫中有食，盡壽乃能消者，有二十年消者，有七年消者，有閻浮提食，若索者當索閻浮提人間食。”龍女拼擋已，即便呼入坐寶床褥上。龍女白言：“天今欲食何等食？爲欲食一食盡壽乃至？答言：“欲食閻浮提人間食。”即持種種飲食與。問龍女言：“此何故被繫？”龍女言：“天但食用，問爲？”“不爾，我要欲知之。”爲問不

①《摩訶僧祇律》爲東晋佛陀跋陀羅共法顯所合譯，約譯於晋義熙九年（西歷四一三年）。

已，即語言："此人有過，我欲殺之。"商人言："汝莫殺。""不爾，要當殺之。"商人言："汝放彼者，我當食耳。"白言："不得直爾放之，當罰六月擯置人間。"即罰六月人間。商人見龍宮中種種寶物，莊嚴宮殿。商人問言："汝有如是莊嚴，用受布薩爲？"答言："我龍法有五事苦。""何等五？""生時龍，眠時龍，淫時龍，瞋時龍，死時龍。一日之中三過，皮肉落地熱沙爆身。"復問："汝欲求何等？"答言："我欲求人道中生"。"所以者何？""畜生道中苦不知法故。""我已得人身，應求何等？"龍女言："出家難得。"又問："當就誰出家？"答言："如來應供正遍知今在舍衛城，未度者度，未脱者脱。汝可就出家。"便言："我欲還歸。"龍女即與八鉼金，語言："此是龍金，足汝父母眷屬終身用不盡。"复言："汝合眼。即以神變持著本國。"

除去了龍宮中商人與龍女的對話，其中龍女的落難遇救，與龍宮的款待恩人及贈珍寶送恩人"持著本國"。都與《柳毅傳》似相契合，且記載這段故事的經，除去了《摩訶僧祇律》之外，在梁沙門僧旻寶唱等集的《經律異相》卷第四十三中的第十，亦以"商人驅牛以贖龍女得金奉親"的標題抄出；唐西明寺沙門釋道世所纂集的《法苑珠林》卷一百九，受齋篇引證部亦引了這個故事①。僧旻與道世的書，俱是流行於世間的釋典，所以在一般讀書人不難見到②，故到了宋李昉著《太平廣記》時，就根據《法苑珠林》而收取

①《經律異相》集於梁天監十五年（西歷五一六年）。《法苑珠林》纂集於唐總章元年（西歷六六八年）。

②《經律異相》序上有"大弘經教，并利法俗；廣延博古，旁采遺文"句。《法苑珠林》李儼序上也有"庶使緝玄詞者，探卷而得意珠；軌正道者，披文而飲甘露"句。可知這兩部書纂集的對象不一定是爲僧侶，且就兩書内容側重故事一點看來，更可知其纂集目的所在了。

在卷四百二十“龍三”裏了,并且標題作“俱名國”。

并且,歷來法師講經,常引經律中的故事作證明或解釋,所以關於龍女的題材,很可能展轉流行於民間。

龍女與人締爲姻緣的事,在印度也是很普通的説法,唐玄奘撰的《大唐西域記》卷三裏,就有一個段説:

> 藍勃盧山,山嶺有龍池,周三十餘里,淥波浩汗,清流皎鏡。昔毗盧釋迦王,前伐諸釋,四人拒軍者,宗親擯逐,各事分飛。其一釋種,既出國都,跋涉疲弊,中路而止。時有一雁,飛趣其前,既以馴狎,因即乘焉。其雁飛翔,下此池側,釋種虚游,遠適異國。迷不知路,假寐樹蔭。池龍少女,游覽水濱,忽見釋種,恐不得當也,變爲人形,即而摩附。釋種驚寤,因即謝曰:“羈旅羸人,何見親附?”遂款殷勤,凌逼野合。女曰:“父母有訓,祗奉無違,雖蒙惠顧,未承高命。”釋種曰:“山谷杳冥,爾家何在?”曰:“我此池之龍女也。敬聞聖族流離逃難,幸因游覽,敢慰勞弊。命有燕私,未聞來旨;况乎積禍,受此龍身。人畜殊途,非所聞也。”釋種曰:“一言見允,宿心斯畢。”龍女曰:“敬聞命矣,唯所去就。”釋種乃誓心曰:“凡我所有,福德之力,令此龍女,舉體成人!”福力所感,龍遂改形。既得人身,深自慶悦,乃謝釋種曰:“我積殃運,流轉惡趣,幸蒙垂顧,福力所加,曠劫弊身,一旦改變。欲報此德,糜軀未謝。心願陪游,事拘物議。願白父母,然後備禮。”龍女還池,白父母曰:“今者游覽,忽逢釋種,福力所感,變我爲人。情存好合,敢陳事實。”龍王心欣人趣,情重聖族,遂從女請。乃出池而謝釋種曰:“不遺非類,降尊執卑。願臨我室,敢供灑掃。”釋種受龍王之請,遂即其居。於是,龍宫之中,親迎備禮。燕爾樂會,肆極歡娱。

這種新奇的故事,在唐代大約是普遍的流行民間的。因此除去了《柳毅傳》裏叙述過,在一些唐代小説中也很常看到。祇是多半采取了這回龍女與人可以聯姻的事,而加以繪聲繪色的渲染罷了。

《柳毅傳》中尚有一些小的關目,也是截取佛經故事的一部分而來,比如叙述柳毅傳書訪於洞庭時,説:

> 洞庭之陰,果有橘社。遂易帶向樹,三擊而止。俄有武夫,出於波間。

在《迦葉詰難陀經》(後漢安世高譯)中有一段説:

> ……"行乞去晴,乞還時雨,於堤基躄地覆飯。"師默然思之,知是龍嬈沙彌,便起到堤基上,持杖叩藪之。龍化作老公來。(《經律異相》卷二十二引)

可以看出它們彼此之間的一點關係了。至於"傳書"一事,則是根據六朝以來的一般傳説(這種傳説的起源,大約也是由佛經故事)。如干寶的《搜神記》卷四裏曾記有兩則傳書的故事,兹録其一:

> 鄭容從關東來,將入函關,西至華陰,望見素車白馬從華山上下,疑其非人,道住止而待之。遂至,問鄭容曰:"安之?"答曰:"之咸陽。"車上人曰:"吾華山使也。願托一牘書致鎬池君所。子之咸陽,道過鎬池,見一大梓,有文石取款梓,當有應者,即以書與之。"容如其言,以石款梓樹,果有人來取書。

如《法苑珠林》卷七十九引劉敬叔的《異苑》"秦中宿縣有觀亭水神"説:

> 秦時有宿縣千里水觀亭,有江神祠壇,經過有不恪者,必狂走入山變爲虎。中朝縣民至洛反,路見一行旅寄其書曰:

"吾家在觀亭廟前,石間懸藤即是也,但扣藤,自有應者"。乃歸之如言,果有二人從水中出,取書而淪。尋還云:"江伯欲見君"。此人不覺隨去,便睹屋宇精麗,飲食鮮香,言語接對,無異世間也。

此外楊衒之《洛陽伽藍記》,唐臨《冥報記》,李復言《續玄怪録》等,也都是類似的故事,均不移録了。

總之,李朝威的《柳毅傳》,是把佛經裏的題材,作主幹,而羼揉了一些固有的風土人情與思想所繪出的一個美麗圖畫。所以雖然有些人覺得不像樣子"鄙誕不根",但是内容的新鮮與詞藻的華麗,畢竟是引起唐以後一般文人的喜愛。

因此,用這故事敷衍而成的戲曲很多,像:

宋官本雜劇:《柳毅大聖樂》。(見《武林舊事》)

南戲:《柳毅洞庭龍女》。(見《南戲叙録》)

金院本:《張生煮海》。(見《輟耕録》)

元曲:尚仲賢《柳毅傳書》、尚仲賢《張生煮海》、李好古《張生煮海》。

明傳奇:許自昌《橘浦記》、黄説仲《龍簫記》、楊珽《龍膏記》、周侍御《佚名》、佚名《傳書記》。

清傳奇:李漁《蜃中樓》。

(民國)卅六年一月二十七日在上海

後記

(一)論證中所舉的佛經例子,并不能全合於《柳毅傳》。主要的意思,也不過要説明這種"鄙誕不根"的故事題材是由印度輸入,以我國固有的思想、特性爲根基,雜揉了印度色彩,兩相調和成的一種新製作罷了。所以無需吐求。

(二)由這故事敷衍成的戲劇,其情節有應另論的,所以祇舉劇名未作研究。

(三)近世平劇中亦有以此爲據敷衍而成的,如尚小雲本戲《龍女牧羊》。

(四)不僅是戲曲用作題材,民間歌曲亦多取材。宋曉瑩《羅湖野録》卷二記俞道婆一則説:“家以鬻油糍爲業,一日聞丐者唱蓮花樂於市云:‘不因柳毅傳書信,何緣得到洞庭湖。’”(亦見於宋普濟《五燈會元》)可見宋時這個故事已經走遍民間了。

(1947年)2月26日重讀一過并記後記

(原載1947年4月11日上海《中央日報·俗文學》周刊第23期,原刊誤寫第24期)

《讀〈唐代俗講考〉》的商榷

周一良先生《讀〈唐代俗講考〉》一文,對於向覺明先生文章的幾點論證,雖説是“一點零星的意見”,實在却頗可珍視。惟以内中或有尚可商榷的地方,遂就管見再予補充,并就正於向、周兩先生與諸專家。

周先生説向先生文中的“第四節俗講之話本問題,以爲俗講文學作品大别可分三類:押座文、變文、講經文。辨近人一律稱變文之誤,尤具卓識”。的確是糾正了近人通稱變文的錯誤,不過當我們檢閲敦煌文庫時,尚發現有所謂《醜女緣起》(伯希和三〇四八號),《目連緣起》(伯希和二一九三號)與《善財入法界緣起鈔》卷四①的東西。由《緣起》内容及形式看,知道其組織似變文(韵散兼列),其爲用似押座文(俗講的引子)。所以我以爲在“押座文”與“變文”之間,應當有這一類——“緣起”。

論俗講儀式時,向先生引巴黎所藏寫本:“夫爲俗講,先作梵了;次念菩薩兩聲,説押座了;素舊《温室經》法師唱釋經題了。”“素舊”下注云:“二字不解”,周先生則以爲:“‘素舊’當是‘素唱’

①《醜女緣起》曾收於《敦煌掇瑣》中。《目連緣起》日人有抄本,我國亦有轉抄本。《善財入法界緣起鈔》卷四爲巴黎藏,號數不清楚,内容不得而知。意當爲佛教典籍。

之誤，下文説到講《維摩詰經》，就有‘便素唱經文了’一語，是其明證。”并且進而解釋“素唱”的意義，我覺得這是并無根據。如果“素舊”當是“素唱”之誤，且有“便素唱經文了”來作明證是對的，那末在“素唱《温室經》”以後，接着又是“便素唱經文了”。豈不是連續兩次“素唱”？未免有些重複，雖然《温室經》是一部篇幅甚短的經典。何况在這雙重素唱之前曾有唱“押座文”呢[①]？所以知道“素舊”不見得一定是“素唱”之誤。我想向先生所引巴黎所藏寫本那段的標點，或者是這樣：

> 夫爲俗講：先作梵了；次念菩薩兩聲；説押座了（素舊《温室經》）；法師唱釋經題了。

“素舊《温室經》”的意思，乃是説明所唱的“押座文”，過去一向是《温室經》罷了；《温室經》則是指以《温室洗浴衆僧經》爲内容的“温室經講唱押座文”而言[②]。

周先生文中説俗講跟講經一樣，也有“都講”唱經。并且舉《阿彌陀經講經文》的原文，説明講師“解釋完一段後，再對都講説請他唱下去”，甚至有時還要恭維他兩句（舉《父母恩重經講經文》兩句爲證），遂作這一段的結束説：“凡有‘唱將來’之後，一定是經文。雖不明言都講，其爲請都講唱將來也可無疑了。”我以爲含有“唱將來”三字的東西，其本身一定是“唱”的，雖然這裏後邊的經文，也是由都講唱將來繼續。而含有“唱將來”三字在末句的東西，我假設它是“押座文”或是屬於“押座文”一類的東西。因爲就現在知道的材料中的幾個“押座文”，句法整齊且每個中的最後都

---

① 就今日所知的“押座文”看，其句法整齊而爲韵語，所謂“説押座了”的“説”字，應是“唱”的意思。

② 《温室經講唱押座文》曾收於《鳴沙餘韵》中，今不具録。

是"……唱將來"①。

向先生文中說:"引經一段之後,下即隨以偈語,偈語大都反覆上引經文,出以歌贊,故云爲唱。"周先生文中認爲這"唱"字"即轉讀之意,大約是一種美讀"。這種説明已經比較清楚,衹是我覺得仍有語病,勿寧説是"歌咏"比較更合適些。所謂"轉讀",在梁慧皎《高僧傳》卷十三《經師論》中有云:"天竺方俗,凡是歌咏法言,皆稱爲唄。至於此土,咏經則稱爲轉讀,歌贊則號爲梵唄。"同卷又云:"轉讀之爲懿,貴在聲文兩得。若唯聲而不文,則道心無以得生;若唯文而不聲,則俗情無以得入。故經言'以微妙音歌嘆佛德',斯之謂也。"轉讀與梵唄在印度原來"皆稱爲唄",所以在當時我國的經師能轉讀的亦必能梵唄②。

以下,周先生提到"契"。文中說:"六朝時講經之前,都講先轉讀,大約即讀要講的經。""讀時分成若干'契'。"這是頗成問題的。《高僧傳》卷十三《釋僧辯傳》裏説:"永明七年二月十九日,司徒竟陵文宣王夢於佛前咏《維摩》一契,因聲發而覺。即起至佛堂中,還如夢中法,更咏《古維摩》一契,便覺韵聲流好,著工恒日。明旦,即集京師善聲沙門龍光、普智、新安、道興、多寶、慧忍、天保、超勝及僧辯等,集第作聲。辯傳《古維摩》一契,《瑞應》七言偈一契,最是命家之作。"同卷《經師論》中亦云:"其後居士支謙,亦

①現在知道的"押座文"有《維摩經押座文》(S.1441)曾收於《鳴沙餘韵》;《降魔變押座文(P.2187》日人有鈔本;《温室經講唱押座文》,倫敦藏號數不詳。它們的末兩句是:《維摩經押座文》:能者虔恭合掌著,經提名目"唱將來";《降魔變押座文》:當來必定免輪迴,經題名目"唱將來";《温室經講唱押座文》:能者虔恭合掌著,經題名字"唱將來"。

②詳見梁慧皎《高僧傳》卷十三《經師第九諸僧傳》。周先生文中第五段所引帛法橋、法平、僧鐃諸僧傳中句,割裂多非贊美"轉讀"之句。

傳梵唄三契,皆湮没而不存。世有共議一章,恐或謙之餘則也。唯康僧會所造《泥洹梵唄》,於今尚傳。即敬謁一契,文出雙卷《泥洹》,故曰《泥洹唄》也。”由此可知,所謂一“契”,實是指一個“歌贊”而已。所以同論中有句:“五言四句,契而莫爽。”此中“契”字即“精達經旨,洞曉音律”相契合的意思,當是名“契”的根源。至於“契”的句法,除去前云之七言五言,同卷論之最後有云:“籥公所造六言,即大慈哀愍一契”。(籥公爲支曇籥,特禀妙聲,善於轉讀者。)

所謂“變文”,周先生不滿意鄭振鐸先生的説法與長澤規矩也的説法,同時覺得向先生的淵源清商舊樂一説,也認爲它“與變歌之變没有關係”。周先生説:“變文者,變相之文也。”而這變相的“變”字來源問題,更論證説:“我覺得這個變字,似非中華固有,當是翻譯梵語。”并且想到了梵語 Citra 這個字時説:“我疑心‘變’字原語,也許就是 Citra。”(周文原注:此字有彩繪之意。)這種假設的推論,我覺得未免失之想像。“變”的讀音在如何的轉變中,晋唐時我想也很難與 Citra 字音相近。所以我想假若這個字“似非中華固有,當是翻譯梵語”的假定是對的話,我以爲與其説“變”字的原語是 Citra,不如説“變”字的原語是 Mandala 較爲得宜。

我疑心“變”字的原語也許是梵語 Mandala 的理由:

一、“變”字讀音晋唐時很可能與 Mandala 相近。(即今日讀“變”字,亦頗與 Mandala 一字前邊的音節 Man 相似。)

二、Mandala 一字,佛經中嘗譯作“曼陀羅”或“曼荼羅”等等的音譯。(其他不同之譯,尚有很多,且有略云“曼拏”或“曼荼”的。)而常稱爲曼荼羅的東西,多是指圖畫者而言,故可能被人借用名一般的佛教圖畫。(今日的曼荼羅,尚多是畫在卷子上或墻壁上。)

所以有人曾説“變相”是對於所謂圓輪具足之曼荼羅而言謂諸尊極樂地獄等之曼荼羅，是含有二種意義：一變動也，畫極樂或地獄種種動相，故名“變相”；二轉變其形相。故又有人説：所謂變相是變本質爲畫圖相。（本質乃指曼荼羅本質而言。）

由“變相”“變”字的原語是 Mandala 及曼荼羅是畫極樂或地獄種種動相的東西的緣故，我所以不同意周先生“變”的原語也許是 Citra 的論證。

因此，對於鄭振鐸先生在《中國俗文學史》上册一九〇頁所説：“像‘變相’一樣，所謂‘變文’之‘變’，乃是指‘變更’了佛經的本文而成爲‘俗講’之意。（變相，是變“佛經”爲圖相之意。——原注）後來‘變文’成了一個‘專稱’，便不限定是敷演佛經之故事了。（或簡稱爲“變”——原注）”及長澤規矩也所説：“變文據説原來是指曼荼羅的銘文”的意見，我認爲仍有保留的必要，并不見得是“近乎假設”或“也無根據”。

至於周先生所説：“大抵‘像’的主體是人，而‘變’的主體是事。”却是頗具卓識的。衹是後來也常相混用，在唐慈恩所著的《西方要決》一書中，有云：“造西方彌陀像變”句，似乎就是一個例外。

最後，周先生文中曾舉《隋書・經籍志》載“騎馬變圖一卷”“九宫變圖一卷”而説：“變圖或者也當連讀。”我以爲“變圖”的讀音與 Mandala 略云的“曼荼”是不無關係，質之周先生不知以爲如何？

1947 年 2 月 11 日夜寫於上海

〔後記〕因爲是客邊，手頭缺乏書籍；同時又没有時間跑出去借，所以引用的材料非常貧乏；有許多地方自己都覺着不妥。或感論證過於簡單，這限於環境的困難，衹有俟諸他日增訂好了。

(像關於 Mandala 一字的意義,因没有 O. Böhtlingk 的梵語辭典或 M. Williams 和 A. A. Macdonell 等的字典可查,就不能多説什麼了。)

(原載 1947 年 4 月 12 日《大公報·圖書周刊》第十五期)

略說“變”字的來源

“變文”命名的來源問題，大約可以分爲四種不同的説法：

(一)鄭振鐸先生説①：

像“變相”一樣，所謂“變文”之“變”，當是指“變更”了佛經的本文而成爲“俗講”之意。(變相是變“佛經”爲圖相之意——原注。)後來“變文”成了一個“專稱”，便不限定是敷演佛經之故事了。(或簡稱爲“變”——原注。)

(二)長澤規矩也説②：

變文據説原來是指曼荼羅的銘文。

(三)向覺明先生説③：

變文之淵源於南朝清商舊樂。

(四)周一良先生説④：

我覺得這個“變”字似非中華固有，當是翻譯梵語。……梵語有 citra 一字，作畫解，又有 different，various，strange，

---

①見鄭振鐸著《中國俗文學史》上册頁 190。

②見《東洋文化史大係・隋唐之盛世》卷。

③見向達著《唐代俗講考》第五《俗講文學起源試探》，載《文史雜志》第 3 卷第 9、10 期合刊。

④見周一良文《讀〈唐代俗講考〉》。《大公報・圖書周刊》第 6 期(1947 年)。

wonderful 等義(Sir Monier－Williams,Sanskrit－English Dictionary——原注)。我疑心"變"字的原語,也許就是 citra。(此字有彩繪之意。法顯《佛國記》記變現也説"如是形象皆彩畫莊校,狀若生人"。《全唐文》卷三五〇李白有《金銀泥畫西方净土變相贊》。四九五權德輿《畫西方變贊》也説"彩繪"。也許所謂"變相"原指彩繪?但《酉陽雜俎續集》伍雲:"吴道玄白畫地獄變",是非彩畫亦可名變矣。——原注。)

這四種説法中,向先生的説法,周文已曾略爲駁正,可不論。其他三種,我以爲意見都衹有一部分可取處,且不甚圓滿。我覺得"變相""變文"的"變"字的來源是這樣:

(一)"變文"的"變"字就是"變相"的"變"字;

(二)"變相"的淵源是"曼荼羅";

(三)"變相"的"變"字就是翻譯梵語 mandala 一字的略語。

其中(一)可無問題。關於(二)"變相"的淵源是"曼荼羅"一點,所謂"曼荼羅"①據慧琳《一切經音義》十云:"曼荼羅無正翻。義説云聖衆集會處也。即念誦壇場也。"《大日經疏》三云:"十方世界微塵數大悲萬行波羅蜜門如華藏。三乘六道無量應身,猶如根莖條葉發暉相間。以如是衆德輪圓周備故,名曼荼羅也。"其"輪圓周備",即指賢聖之身形或言語,或持物或誓願等而言,故通常稱曼荼羅者爲圖畫②。因此,圖示佛所説《法華經》靈山之一會

---

①梵語原語爲 mandala 或譯作漫荼羅、曼陀羅、滿荼邏、漫怛羅、曼拏羅等。或略云曼拏、曼荼等。

②四種曼荼羅之一大曼荼羅,即總集諸尊之壇場及其諸尊之形體,并圖畫其壇場之全體及諸尊像者。關於變相的密教化,參見公元 712 年菩提流支譯《不空索羅神變真言經》卷 15。

者,名“法華曼荼羅”;準於《觀無量壽經》所説之圖畫,名“觀經曼荼羅”(即“净土曼荼羅”);圖畫佛入滅時之一會者(即涅槃像)名“涅槃曼荼羅”。此外,更有圖諸尊極樂地獄之“曼荼羅”等,這時遂有“變相”的名稱了。像《毗奈耶雜事》十七云:“浴室火堂,依天使經法式畫之,并畫少多‘地獄變’。”《觀念法門》云:“畫造净土莊嚴變”;及《西方要訣》云:“造西方彌陀象變”等。其含義,據佛教中一般的説法是:“一、變動也,畫極樂或地獄種種動相,故曰‘變相’;二、轉變其形相,寫此之義也。又轉變本質爲畫圖相也。”①這説法似乎就是鄭先生的根據。可惜後人并没有説出這“變”字除了“轉變”的意義外,并且是由梵語的音譯而來。

曼荼羅是梵語 mandala 字的音譯,變相的“變”字,就是“曼”字的一音之轉。

“曼”字的古音是 muan,“變”字的古音是 pian,m 與 p 都是屬於雙唇音,對轉或極爲可能,且在西域語有,蒙古語中亦爲常見,可作一旁證。如蒙古語“乞卜察黑”(qibcaq)之作“欽察”(qimcaq);tabgac 變作 tamgac 就是一例(b、p 均爲雙唇閉鎖聲,在蒙語中常相混)。

所以“變”字的原語是梵語 mandala 總比是 citra 合理的多。因爲“變”的古音接近 man 而不接近 ci,何況在字義上講,mandala 也比 citra 合適的多呢?

《隋書·經籍志》卷三《馬槊譜》一卷下注云:“梁有《騎馬都格》一卷,《騎馬變圖》一卷。”同卷又有“《九宫變圖》一卷。”“變圖”二字的讀音,據周文説“變圖或者也當連讀”假若是對的,它與“曼荼羅”略云的“曼荼”讀音的相近,一望可知,更足可證明“變”字的

① 丁福保《佛學大辭典》頁 2966“變相”條。

原語是 mandala 了。

後　記

因手頭音韵學書籍的缺乏，對於“曼”“變”音韵關係的探討不能詳盡，甚希望專家教正。“曼”“變”之音標原用國際音標，因鉛字缺少，故衹用拉丁字。

（民國三十六年）三月十日於上海

（原載 1947 年 4 月 14 日上海《大晚報·通俗文學》第 25 期。）

補　記

（一）“變相”較早的記載，見梁《高僧傳》卷六《慧遠傳》：“秦主姚興欽其明德，贈以龜兹國細縷雜變象，以伸款心。”“象”與“相”同，“變相”藝術至少在東晋時西域諸國已經盛行；據日人大谷光瑞於新疆地區的發掘品看，其中有題作大晋年號的“觀經曼陀羅”斷片，足證此種藝術實導源於中亞。至於 7 世紀的善導曾畫極樂變相三百鋪，衹不過是承其流波而已。（參見戴子規著《善導大師與净土藝術》，刊載《學藝雜志》第 17 卷第 3 號）。

（二）“變相”與“變文”相結合的密切關係，近來學者研究已有定論。詳見金維諾著《衹園記圖與變文》，刊載《文物參考資料》1958 年第 11 期。

（三）“曼”與“變”的音韵關係，於佛經譯音中 b‘與 m 相通的譯例，可作佐證。如：lumbinT 譯“流彌尼”，亦譯作“嵐毗尼”（見《一切經音義》商務版從書集成本頁 29），āmra 譯“庵没羅”，亦譯作“庵婆羅”（同上書頁 359）；“毗”“婆”古讀 b‘聲母字，“彌”“没”古讀 m 聲母字。唐五代漢藏對音的文件中，也有類似這樣的現象,羅常培先生認爲這是漢語方言中讀“曼”“彌”“没”等字爲 mb 聲母的反映(見羅先生所著《唐五代西北方音》頁 17、142、143),更可作相通音理上的解釋。

(以上補記見於 1962 年 6 月上海古籍出版社《曲藝論集》第 2 版)

西藏語大藏經之經録及其有關文獻

——附藏語各藏開版年代

無論站在那一種立場，西藏文化的研究，畢竟是一件很重要的事。

半世紀以來，西方與東方學者對於這方面的研究，已經留給我們很多的著作。其由古文獻，尤其佛教文獻中，去作更深了解西藏的工作，亦已開始。對於這延續千餘年龐大的佛教典籍——大藏經，自當首先研究，以明全書原委。但是我們國内除了吕秋逸先生有過一次調查檢討外，却没有什末别的記述。因此，我想把西藏語大藏經中所附的目録（即“經録”），與學者們對於經録的著述，略述要旨以告讀者。

西藏很早就從事於整理陸續增加的翻譯經論，并編纂爲經録。這種目録，均曾附屬於歷次開雕的大藏經中，西藏語稱之爲dkar－chag。今依時代先後爲序，列記此等目録如次：

（一）班塘瑪（hphan－than－ma）目録

（二）丹迦爾瑪（Idan－dkar－ma）目録（甘丹兩部）（848年）

（三）奈爾塘（Snar－thna）古版大藏經目録（甘珠爾）

（四）契爾帕（tshal－pa）版目録（甘珠爾）

（五）布敦・孫拉鋪・林朴茄（bu－ston gsun－rab rin－po－che）目録（甘珠爾）。

（六）北京永樂版灘基，呢（bstan－rgyas ni－hod）甘珠爾目録（藏漢——漢，大藏經總目録）

（七）北京萬曆版甘珠爾目録（藏漢——漢，同上）

（八）北京萬曆版續藏目録（藏漢——漢，續添如來大藏經秘密壇場四十二函目録）

（九）北京康熙版甘珠爾目録（漢滿，蒙藏——漢，如來大藏經總目録）

（十）裹唐版甘珠爾目録（詳情不明）

（十一）交呢（tso－ne）新版甘珠爾目録（gsal－bahi－me－lon）按：新版已判明，古版不明。

（十二）奈爾塘（snar－than）新版甘珠爾目録（rgya－mtsho-hi－lde－mig）

（十三）德格（sde－dge）版甘珠爾目録（Zla－hod gshon－nu）

（十四）北京乾隆修補版目録（漢滿，蒙藏——漢，如來大藏經總目録）

（十五）庫倫（kha－la－kha）版甘珠爾目録（Skye－lna－sgra dbyans）

（十六）布敦・基朴・潘巴（bu－ston rgyal－po phran－ba）目録（丹珠爾）

（十七）北京雍正版丹珠爾目録（pad－tshal－bshad－pa）（漢滿，蒙藏——漢，古翻譯一切典籍總目）

（十八）奈爾塘新版丹珠爾目録（tshan－pahi－dbyaans）

（十九）德格版丹珠爾目録（chu－gter hphel－da）

（二十）交呢版丹珠爾目録（yid bshin－nor－duhi－phren－ba）

以上，只是現在已經判明的一部分，此外，如不丹的朴那加版，西康省的卡木都 cha－mdo 版，甘肅省的庫布木 sku－hbum

版等的甘珠爾目録,我們祇知其名,而其内容,至今尚未能判明。

至於學者們就着現存梵木與漢譯所著述的勘同目録,亦今略記於次。以下所記係以各國學者依據的 snar—than,北京,sde—dge 等版本而分組:

(一)奈爾塘(Snar—than)甘、丹珠爾。

1 甘珠丹珠分類 A,Csoma,Analyse du Kand jour et an tand-jour,1881,

2 甘珠及丹珠爾 L,Feer;Analyse du Kandjour et dn Tand jour1881,

3 甘珠拔萃 L,Feer;Fragmemnts extraet du Kandjour,1883

4 奈爾塘版,西藏大藏經甘珠爾目録。河口慧海譯,宗川宗滿筆録。1928 年(民國十七年)

5 喇嘛教之大藏經,橋本光寶著。按:此記述見於橋本氏所著之"蒙古之喇嘛教"一書第六章。1942 年(民國三十一年)

(二)北京版,甘,丹珠爾。

1 永樂版甘珠爾目録 H,Bechk;Verzeichnisder tibetisehen handsehriften,1914,

2 西藏大藏經甘珠爾勘同目録,日本大谷太學圖書館,1930 年(民國十九年)

3 丹珠爾目録 Cordieri,P,;Catalogue du fonds tibetain de la Bibl,otheque Nationale,IIIII,Index du Bstanrhgyur Tibetain 1909

4 甘珠爾經部目録 Lalu,M,;Catalogue du fonds tibetain de laB,ibliotheque National Quatrieme Partie T,Mdo—Mao 1931,

5 庫爾第目録索引 Lalou,M,;Repertoire dn Tanjur d'apresle catslogue de P,cordeer,

6 西藏佛教原論,吕徵著,上海商務印得館 1933 年(民國二十二年)出版。

7 關於如來大藏經總目録,櫻部文鏡著,宗教研究新七卷第一號,1930 年(民國十九年)出版

8 關於西藏大藏經,櫻部文鏡著,佛教大學講座 1934 年(民國二十三年)出版。

9 如來大藏經總目録(昭和法寶總目録第一卷收録)

(三)德格版,甘丹目録

1 西藏大藏經總目丹目録,索引共二册,日本東北帝國大學法文學部,1934 年(民國二十三年)出版。

2 關於西藏藏經,甘珠爾部帙之分法,酒井紫朗著,密教研究六十三號,1937 年(民國二十六年)出版。

3 西藏大藏經總目録的批評,金倉圓照著,齋藤報恩會時報第一二四號。

(四)交呢版甘珠爾。

1 甘珠爾 J,Sehmidt,:Bkah－hgyur gyi dkar－chag Oder der Index des Kandjur,1845

(五)有關西藏大藏經一般的説明書:

1 至元法寶勘同目録(昭和法寶總目録第二卷收録)

2 大正新修大藏經勘同目録(昭和法寶總目録第二卷收録)

3 西藏大藏經,多田等觀著,哲學大科書追加收載。

4 關於西藏大藏經,笠松單傳著,佛教研究第五卷。

以上衹就手邊僅存的一些材料編成簡目,此外關於西藏語大藏經的論著尚多,均因參考文獻的不足,未能列入,且未能將由西藏語大藏經轉譯成的蒙古語甘珠爾丹珠爾,滿洲語甘珠爾及西夏語的經典等的經録問題提及,更是憾事,凡此種種,惟有俟諸異日耳。

藏語各藏開版年代

根據西藏語大藏經各版附屬目録跋尾中的記載,可推定各版大藏經開版的年代如下:

一,甘珠爾

1 古版奈塘版　元皇慶元年(1312)——延祐七年(1320),hjigs－med－nam－mkhah 著蒙古佛教史,奈爾塘新版附屬目録。

2 契爾帕版　時代在古版奈爾塘版後,詳情不明。庫倫版附屬目録。

3 北京永樂版　永樂八年(1410)

御製序讃。

4 北京萬曆版　萬曆三十三年(1605)

御製勅諭。

5 北京萬曆版續藏　萬曆三十四年(1606)

附屬目録。

6 北京康熙版　康熙二十三年(1684)

御製番經序。

7 裏塘版　康熙版以後,詳情不明。

庫倫版附屬目録。

8 交呢版　康熙六十年(1721)

交呢版丹珠爾附屬目録。

9 奈爾塘新版　雍正八年(1730)

附屬目録。

10 德格版　詳情不明

附屬目録完成於雍正十一年(1733)

十萬怛特羅部 na 帙，東北目録五〇八號跋記，稱該帙完成于乾隆八年七月六日。

11 北京乾隆修補版　乾隆二年(1737)

秩密部 cha 帙跋記。

12 庫倫版　宣統二年(1910)

附屬目録。

13 拉薩新版　開版年月不明(達賴十三世)

二，丹珠爾

1 北京版，雍正二年(1724)

庫爾第目録

2 奈爾塘新版，詳情不明。

附屬目録完成於乾隆七年(1742)。

3 德格版，詳情不明。

附屬目録完成於乾隆九年(1744)。

4 交呢版，詳情不明。

附屬目録完成於乾隆三十八年(1773)。

三十六年四月三十日重訂於瀋陽

附注：甘珠爾即經藏

　　　丹珠爾即論藏

(原載 1947 年 5 月 16 日《天津民國日報》第七版，《圖書》第 42 期)

關於“十二時”

《敦煌零拾》裏，最早介紹了三篇唐代的俚曲，一篇《嘆五更》，一篇《天下傳孝十二時》與一篇《禪門十二時》。到《敦煌掇瑣》(劉復編)出版時，又介紹了四篇“五更轉”與一篇《太子十二時》。(諸篇原文鄭著《中國俗文學史》第 5 章第 4 節均曾移録)我們能於今日讀到千年以前的俚曲，及知道今日“五更轉”結構上的祖禰，誠是一件頗可欣幸的事。

《嘆五更》的結構，一直是保留在今日的民間，雖然是形式上不同了。而“十二時”的體裁，在今日的民間俚曲中，却已找不出結構相似的東西來。所以鄭氏説：“十二時的一體，却是失傳了。”(見鄭著 136 頁)

但是，“十二時”一體在南宋時仍然存在，却可找到一個證據來。宋釋曉瑩所著的《羅湖野録》裏，就曾記有一篇。

曉瑩字仲温，氏族不詳。嗣法於大慧杲日，晚年歸隱江西羅湖畔，杜門不與世接，除著有《羅湖野録》四卷，尚有《雲卧紀談》二卷。(見《佛祖通載》卷二十，《續傳燈録》三十二目録《佛祖綱目》卷三十八，《明高僧傳》卷八等。)

《羅湖野録》卷三中的第二條，就記着這篇“十二時”：

> 寶峰湛堂準禪師，有《十二時頌》曰：
>
> 鷄鳴丑，念佛起來懶開口，上樓敲磬兩三聲，驚散飛禽方

丈後。平旦寅,當人有道事須親,不聞先聖有慈訓,莫認痴狂作近鄰。日出卯,大道分明莫外討,日用縱横在目前,逢原左右拈來草。食時辰,更無一法可當情,千里出山雲有色,一源投澗水無聲。禺中巳,龍象須觀第一義,若向其中覓是非,見解何曾有李二。日南午,理事相諳更相互,三門拈向燈籠頭,休問佗家覓歸路。日昳未,法身清凈絶方比,乾坤遐邇盡東西,千山萬山翠相倚。晡時申,由來大道絶疏親,陽和九月百花發,須信壺中别有春。日入酉,凈室焚香孤坐久,忽然月上滿東窗,照我床頭瑞香斗。黄昏戌,樓上鳴鐘已落日,行人旅店宿長途,花上游蜂罷采蜜。人定亥,老鼠此時正無礙,忽然燈滅寢堂前,床前咬我皸鞵袋。半夜子,夢裏分明被人使,連宵合藥到天光,起來何處有白芷。

妙喜老師爲誦出而書其後曰:"湛堂老人作《十二時頌》家風不減趙州,而語録無有。謹令侍者了德録數本送衆寮,與衲子輩結般若緣"。

《羅湖野録》的撰述時代,據作者序末記載爲"紹興乙亥十月望日湖隱堂子釋曉瑩叙"。紹興乙亥爲紹興二十五年(1155)。

由這一篇,我們可以知道在唐以後,直到南宋,"十二時"尚在流行。并且由"敦煌文庫"中知道的三篇與這篇對比研究,我臆想這種體裁,可能衹是通行於佛教歌唱中。(宋時的禪僧是能"唱"的,曉瑩説他書的成編,也曾取材於"尊宿提唱"即一證,所以研究民間俚曲俗語等,禪僧語録亦不可忽視。)

(原載 1947 年 4 月 21 日上海《大晚報·通俗文學》周刊第 26 期)

再記"十二時"

魏建功先生在《十二辰歌》(見《大公報·文史周刊》23期)一文中,説明了"十二時"等敦煌發現的俗曲,是當時有的"流行的歌曲,佛徒宗教家隨便應用着并没有確定的名稱"。并且引《洛陽伽藍記》"白馬寺"條記沙門寶公的故事,而論證説:"把這種俗文學的名稱斷定應該叫'十二辰歌',當無問題。"然後更假定了五點進行討論,其第二點説:"這種歌原始形式當是四句,而特别是三言,有韵脚,是一、二、四句相協。因爲依十二辰分章,故名'十二辰歌'。"所謂"原始形式當是四句,而特别是三言"當然是根據了《洛陽伽藍記》"白馬寺"條寶公曰:"大竹箭,不須羽。東厢屋,急手作。"

《洛陽伽藍記》"白馬寺"條所記的沙門寶公或即梁沙門寶誌①,根據王重民先生在《讀十二辰歌》(見《大公報·文史周刊》30期)中告訴我們,知道在《景德傳燈録》卷二十九贊頌偈詩中收有

① 寶誌,於梁《高僧傳》中有傳,名作"保誌";在《梁書·何敬容傳》中有記載,名作"寶誌";在《隋書·五行志》中有記載,不稱名,而作"誌公";梁陸倕有《誌法師墓誌銘并序》,文中名作"寶誌"。按《高僧傳》及陸銘均載寶誌卒於天監十三年(514),《高僧傳》并記"年九十七",則生於晋義熙十三年(417)。關於"寶公"即"寶誌"或"保誌"的考證,讀前舉諸記載可略知,故從略。

寶誌和尚的一首《十二時頌》,其原文是:

平旦寅,狂機内有道人身,窮苦已經無量劫,不信常擎如意珍。若捉物,入迷津,但有纖毫即是塵,不住舊時無相貌,外求知識也非真。日出卯,用處不須生善巧,從使神光照有無,起意便遭魔事撓。若施功,終不了,日夜被他人我拗,不用安排祇麼從,何曾心地生煩惱。食時辰,無明本是釋迦身,坐卧不知元是道,祇麼忙忙受苦辛。認聲色,覓疏親,祇是他家染污人,若擬將心求佛道,問取虚空始出塵。禺中巳,未了之人教不至,假饒通達祖師言,莫向心頭安了義。祇守玄,没文字,認著依前還不是,暫時自肯不追尋,曠劫不遭魔境使。日南午,四大身中無價寶,陽焰空華不肯抛,作意修行轉辛苦。不曾迷,莫求悟,任你朝陽幾回暮,有相身中無相身,無明路上無生路。日昳未,心地何曾安了義,他家文字没親疏,莫起工夫求的意。任縱横,絶忌諱,長在人間不居止,運用不離聲色中,歷劫何曾暫抛弃。晡時申,學道先須不厭貧,有相本來權積聚,無形何用要安真。作净潔,却勞神,莫認愚痴作近鄰,言下不求無處所,暫時唤作出家人。日入酉,虚幻聲音終不久,禪悦珍羞尚不餐,誰能更飲無明酒。没可抛,無物守,蕩蕩逍遥不曾有,縱爾多聞達古今,也是痴狂外邊走。黄昏戌,狂子興功投暗室,假使心通無量時,歷劫何曾異今日,擬商量,却啾唧,轉使心頭黑如漆,晝夜舒光照有無,痴人唤作波羅蜜。人定亥,勇猛精進成懈怠,不起纖毫修學心,無相光中常自在。超釋迦,越祖代,心有微塵還窒閡,廓然無事頓清閑,他家自有通人愛。夜半子,心住無生即生死,生死何曾屬有無,用時便用没文字。祖師言,外邊事,識取起時還不是,作意搜求實没踪,生死魔來任相試。鷄鳴丑,一顆圓珠明已久,内外推尋覓總無,境上施爲渾大有。不見頭,又無手,世界壞時渠不朽,未了之人聽一言,祇遮如今誰動口。

它的句法是:三、七、七、七、三、三、七、七、七,共九句。盡管《景德傳燈録》記録,可能是糅合有關傳説的製造,然必有所依據;如《洛陽伽藍記》或傳統的歌誦等。所以"這種歌原始形式"也就不一定"當是四句,而特别是三言"了。

至於《洛陽伽藍記·白馬寺》條寶公説的"大竹箭,不須羽。東廂屋,急手作"。我認爲應是《十二辰歌》中兩章裏的第五、六句。起初寶公對趙法和説這四句,應是他一貫作風中所説的似讖的言詞①。到法和父喪以後,他遂"初造《十二辰歌》'終'其'言'也"。這裏的"言"即指其似讖的四句,而"終"也就是"使以《十二辰歌》體制完成"的意思。可惜這首"終其言"的《十二辰歌》,楊衒之却没有完全的記載。但這體裁,仍以《洛陽伽藍記》所記爲先見。

因此,魏先生文中討論的第四點,似已没有成立的必要。同時在梁《高僧傳》保誌的傳裏有這樣的一個記載:"上(梁武帝)嘗問誌云:'弟子煩惑未除,何以治之?'誌答云:'十二識者,以爲十二因緣治惑藥也。'又問十二之旨,答云:'旨在書字時節刻漏中,議者以爲書之在十二時中。'"

---

①在前舉諸記載中,多記述他"預言未兆,懸識他心"的故事,故知"發言似讖"正是他的一貫作風。今舉《隋書·五行志》故事爲例:梁天監三年六月八日武帝講於重雲殿,沙門誌公忽然起舞歌樂,須臾悲泣,因賦五言詩曰:"樂哉三十餘,悲哉五十裏。但看八十三,子地妖灾起。佞臣作欺妄,賊臣滅君子。若不信吾語,龍時侯賊起。且至馬中間,銜悲不見喜。"梁自天監至於大同,三十餘年江表無事,至太清二年臺城陷,帝享國四十八年,所言五十裏也。

這個似乎纔是説明了何以要造成十二章的《十二辰歌》的最初根源。

由於寶誌和尚的《十二時頌》，知道葉德均先生《十二時》(見《通俗文學》33 期)一文中談起它們句法的論述，是有修正的必要；而他引清褚稼軒《堅瓠七集》卷三《十二時頌》李醒庵的擬作，似亦以寶誌所作爲藍本，每章末句多加三叠字罷了。

後　記

(一)在宋明州雪竇重顯禪師(約 1000 年)《祖英集》上，有《往復無間十二首》，亦爲“十二時”體裁的詩歌，其每章句法爲三、七、七、七，四句。

(二)在天主教神父 Antoine Mostaert 於我國甘肅一帶布教二十年所搜集甘肅地方蒙古語方言而成的 Textes Oraux Ordos (北京 1937)一書中，其第二部歌謡類裏，第九項收有關於“十二支”形式的歌曲兩篇，可見在我國少數民族的文學作品中，也有與漢文學形式相近的東西。究竟兩者有没有關係？有什麽關係？到是研究語文的學者可以注意的一個問題。

補　記

本文寫成後曾與周一良同志商榷，他有兩點意見頗可參考，因再節録如次：(詳參見《通俗文學》第六十九期)

“……謂《傳燈録》載《十二時頌》或爲最早者，鄙意則以爲《十二時頌》不可能爲梁時寶誌作品，因：

(一)諸書記寶誌事皆屬神異寓言一類，絶不似此種作品之作者；

(二)此種思想，實以傳心之禪宗大發達後始有，蕭梁時不會發生；

（三）文詞不類六朝。

蓋是唐代禪僧爲之。其根據當即《僧傳·保誌傳》，信如尊論也。

前弟亦以爲“寶公”即諸書之“保誌”或“寶誌”。然近復思及前代僧人簡稱名之一字者，必用下一字。如“道安”稱“安和上”，以及“遠公”“什公”之比，從無單用上一字者，此爲不破之例。故《伽藍記》之“寶公”，蓋爲“囗寶”，而非“寶囗”矣。……”

日人牧田諦亮有《寶誌和尚傳考》一文，見《東方學報》（京都版）亦可資參考。

（原載 1947 月 12 月 29 日上海《大晚報·通俗文學》周刊第 60 期）

說“子弟書”

“子弟書”[①]是清代俗文學中很出色的一種產物，這種俗曲最興盛的時代，是從清中葉起，一直到清末(約 1770—1911)。因爲曾是“士夫所擅場”，所以亦曰“清音子弟書”。關於名稱的來源，在李家瑞先生《北平俗曲略》弦子書一節說：“因爲唱這書的大半是大員子弟公勛後。”

所謂“大員子弟公勛後”，實即指旗族人來說。王梅莊先生在《八角鼓子弟書之淵源》[②]一文中說“所謂子弟者，八旗子弟也；書者，就書中所載之事迹，而衍之爲曲文也”。

正是趙景深先生在《大鼓研究》中所說：“子弟書爲八旗子弟的創作，故名。”

這個意思，鄭振鐸先生在《中國俗文學史》中亦曾説過：

> 所謂子弟書，是指八旗子弟的所作。八旗子弟漸浸潤於漢文化，游手好閑，鬥鷄走狗者日多，遂習而爲此種鼓詞以自娛娛人。但其成就，却頗不少。

---

①趙景深先生《大鼓研究》三十九頁中說“子弟書又稱爲弦子書，舒適則稱之爲子弟段。”《北平俗曲略》就用的是弦子書。而我所要介紹的本子上則稱“螃蟹段兒”。那末，子弟書一定是可以叫作“子弟段兒”了。

②見《朔風》月刊第七期，民國二十八年五月十六日出版。

這裏所謂“但其成就,却頗不少”,實際就是它的“詞句比一般的大鼓藝術技巧高得多”①。原因也就是“子弟書因爲是世家子弟所爲,所以文辭比較高雅”②。震鈞的《天咫偶聞》也說:

> 舊日鼓詞有所謂子弟書者,始創於八旗子弟。其詞雅馴,其聲和緩,有東城調、西城調之分,西調尤緩而低,一韵縈紆良久。此等藝内城士夫多擅場,而瞽人其次也。然瞽人擅此者如王心遠、趙德璧之屬,聲價極昂,今已頓絶。

這樣稱法,自然是可以知道“子弟書”中又有西調(又稱西韵,八角鼓雜牌子曲裏,尚保存着這個調子,其中有牌名即名西韵。)與東調(又稱東韵)二種。其區别《中國俗文學史》上說:“西調是靡靡之音,寫‘楊柳岸曉風殘月’一類的故事的。東調則爲慷慨激昂的歌聲,有‘大江東去’之風的。”

就着存在於現在的“西韵”看,的確音聲多陰柔美;所歌的内容也多是“美人贊”一類的東西。

至於“子弟書”的價值,傅惜華先生的《子弟書考》③中說:“子弟書之價值,不在其歌曲音節,而在其文章。詞句雖有時近於俚淺,婦孺易曉,然其寫情則沁人心脾,寫景則在人耳目,述事則如出其口,極其真美善之致。其意境之佳妙,恐元曲而外殊無能與倫者也。”

其實,不衹是在文學上的價值,實在也是研究清代社會的豐富史料。可惜現在尚没有人正式的利用過。

---

①語見趙景深先生《大鼓研究》第三十五頁,在繆東霖的《陪京雜述》中說:“説唐人有四等,最上者爲子弟書。”《燕京歲時記》中也曾說:“子弟書音調沉穆,詞亦高雅。”都可見子弟書非等閑唱文可比的記載。

②語見傅惜華先生《子弟書考》。

③見《朔風》月刊第五期,民國二十八年三月十日出版。

這種"子弟書",現在遺留下的并不少[①],大多數是傳抄本,其中如"百本堂""聚卷堂""别野堂"等。比較有名些,尤其是"百本堂"——世所謂"百本張"者,所抄更富。上海茂記書莊亦有石印本。至於槧刻本,"在今日頗不易覯耳"!

關於子弟書的作者,在《北平俗曲略》中舉了些人[②],此外不知名的人是比較多的。也就因爲是"小道末技,罕爲世人所重"吧。(其知名的作者生平亦不詳)。

"子弟書的組織,和鼓詞很相同,雖然没有説白,但還可明白看出是從鼓詞蜕變出來的。"這是鄭振鐸先生關於其體裁的説明。蓋亦遠源於唐代變化,近出於明代寶卷的産物。在開首都是八句詩,統稱"詩篇",俗稱"頭行"[③]。篇幅長短不一,短者不分回,長者數回乃至二十餘回。每回均有二字回目。(每句的字數雖有多少,在音樂上的拍子是相等的,因此鈔或印排列子弟書的句子習慣上都是寫得很齊整的。原是每兩句寫作一行,復因篇幅關係,有改排四句一行的)。每回用一韵,每兩句一叶韵,唱起是"一板三眼"的[④]非常之緩慢。

---

①據《北平俗曲略》中説:"本所藏百本張鈔本有三百種,孔德學校所藏車王府鈔本有二百多種,北平圖書館烏絲闌鈔本有四十多種,上海茂記書莊用千字文編號還不知還有幾百種。"據《子弟書考》中説:余以治曲餘暇,亦甚嗜此,嘗四方網羅無論鈔刻并爲收藏,積至今日,架上亦有數百册矣。"

②如韓小窗、鶴侶氏、雲崖氏、竹軒、漁村、煦園、羅松窗。

③見石玉昆著《龍圖公案》。

④"岔曲"中的"書名"一曲裏,有句云:"子弟書三眼一板實在難學。"不甚妥當。但嘉慶間人所作的《京都竹枝詞》裏就有一句"西韵悲秋書可聽",自注"子弟書有東、西二韵,西韵若崑曲悲秋,即《紅樓夢》中黛玉故事,可見子弟書這名目來源很早"。

最後,這種曲子現在已經很不易聽到了,《北平俗曲略》引民國九年的《北京指南》中説:"弦子書,依書説之,輔以三弦或一人説書一人彈弦,或一人且説且彈。所説之書亦爲古今軼事,除大街兩旁外,城外之關廂,時或有之,城内則多不見。"

所以李家瑞先生結束的説:"可知弦子書,在十年前已到了'失而求諸野'的程度了。"

今距李先生寫《北平俗曲略》又十幾年,當然便不會再聽到這已成"廣陵散"的歌曲了。

除此其它私人所藏亦當不少。鄭振鐸先生編《世界文庫》時曾於第四册選收東調五種,第五册選收西調六種。

(原載 1947 年 6 月 2 日上海《大晚報·通俗文學》周刊 31 期)

關於“三仗鼓”

關於“三仗鼓”的記載，新近看到一條：

> 又至顯慶已來，王玄策等數有使人向五印度，西國天王爲漢使設樂：或有騰空走索，履屐繩行，男女相避歌戲，如常；或有女人，手弄三仗刀矟槍等，擲空手接，繩走不落；或有截舌自縛，解伏依舊，不勞人功。如是幻戲，種種難述。（見《法苑珠林》卷94。）

“已來”係“己未”之誤，顯慶己未爲唐高宗顯慶四年即659年。王玄策西行前後共四次，第三次係於顯慶二年（657）起程，龍朔元年（661）或二年（662）初回來。段成式《酉陽雜俎》亦有“王玄策曾於俘獲摩伽陀國王時得一天竺術士引至中土”一語。由這兩條看來，這種把戲應是東方文化交流的產物。

（《原載1947年7月28日上海《大晚報·通俗文學》周刊第39期）

時調小書并譜

這是平妖堂主人馬隅卿藏書中的一本小書鈔本,共八頁。書皮上題作:“時調小書并譜,甲辰清和十三”六个大字、六个小字,知道這是清末的一个抄本,甲辰爲清光緒三十年(1904)。書中第一頁的下角,鈐有“平妖堂”朱文長方印記一。

這八頁的小册子,共鈔録有兩個完整的小曲及譜(用工尺),另外還有一《琵琶記・賞荷》出中的“懶畫眉”以及以工尺寫的“散樂”一。兩個完整的小曲,即:“四季相思”與“十把扇”。

“四季相思”在《中國俗曲總目稿》中著録有六種(見該書第437~438頁。)計:“濟南調”,北京二種,蘇州二種,上海一種,云南一種。此書所收的“四季相思”就是《中國俗曲總目稿》中著録的第一種,“濟南調,北京”,其詞是:

春季裏相思艷陽天,百草萌芽遍地鮮,柳如烟。奴郎爲客常常在外邊,梳妝懶打扮,菱花鏡無緣,可憐奴打扮嬌容無郎見。莫不是外面另有女天仙,忘却了當初好一對并頭蓮。奴的天呀,你是個年輕輕的人兒,就把良心變。

夏季裏相思荷花透水香,烏雲呀蓬鬆懶去梳妝,熱難當。奴郎呀,一去不知在何方。泪如湘江水,點點濕羅裳。可憐奴獨坐凉亭將郎望,無情呀無緒懶去綉鴛鴦。何日裏回來呀訴訴别離腸。奴的天呀,你是年輕輕的人兒,爲何就把良心喪?

秋季裏相思丹桂花兒飄,寒蟲叫得唧唧又嘈嘈,奴心焦。奴郎呀一去山高又水遥,明月窗間照,誰家品玉簫?凄凉人呀最怕聽得凄凉調,忽聽得孤雁叫得一聲高。欲寫封情書誰與我寄得到,奴的天呀,我在這裏想,郎在外面可知道?

冬季裏相思臘梅花兒開,鵝毛呀雪片落在地塵埃,冷難挨。奴郎呀一去不回來。郎在外邊冷,奴在挂心懷,到晚來誰與你鋪來誰與你蓋?痴心的妄想是我女裙釵。忘恩的負義呀是你小郎才。奴的天呀,你若是没良心的人,頭上自有青天在。

四季裏相思整整又有一年,忽聽得門外,好似奴郎言,喜連連。慌忙呀行到大門前,開聲問郎好,雙手傍郎肩。到今日纔見奴郎呀的面。雙雙呀對對來到大廳前,洗手的焚香呀,祝告上蒼天。奴呀奴的天呀,喜今是個團圓日,了却奴的相思害(債);喜今是個團圓的日,了却奴的相思害(債)。(譜略)

"十把扇"在《中國俗曲總目稿》第 66 頁,亦曾著録,注作"蘇州"。此書所收的"十把扇",與《總目稿》所著相同。其詞與譜是:

一把扇子七寸長,一人扇風二人凉。楊柳青棚松(哎哎呀)二人凉。二人凉來二人凉,想起家中少年郎,楊柳青棚松(哎哎呀)少年郎。

二把扇子骨裏黄,一面姐來一面郎。楊柳青棚松(哎哎呀)一面郎。郎想姐來姐想郎,二人想得面皮黄,楊柳青棚松(哎哎呀)面皮黄。

三把扇子骨裏青,一面兔來一面鷹。楊柳青棚松(哎哎呀)一面鷹。鷹趕兔來兔趕鷹,二人思想血本心,楊柳青棚松(哎哎呀)血本心。

四把扇子四角查，一面魚來一面蝦。楊柳青棚松(哎哎呀)一面蝦。一面金魚來戲水，一面小蝦望上扒，楊柳青棚松(哎哎呀)望上爬。

五把扇子五月五，大伯相與弟媳婦。楊柳青棚松(哎哎呀)弟媳婦，上了床邊甜如蜜，下了床邊弟媳婦，楊柳青棚松(哎哎呀)弟媳婦。

六把扇子六枝花，情哥愛我我愛他。楊柳青棚松(哎哎呀)我愛他。我愛情哥一枝花，情哥愛我年幾小，楊柳青棚松(哎哎呀)年幾小。

七把扇子狗咬狗，情哥拉住姐姐手。楊柳青棚松(哎哎呀)姐姐手。姐姐叫哥鬆鬆手，被人看見怕害羞，楊柳青棚松(哎哎呀)怕害羞。

八把扇子骨裏黄，裝袋烟兒小情郎。楊柳青棚松(哎哎呀)小情郎。情哥三口甜如蜜，姐姐三口蜜砂糖，楊柳青棚松(哎哎呀)蜜砂糖。

九把扇子骨裏紅，留下姐姐拼蚊蟲。楊柳青棚松(哎哎呀)拼蚊蟲。拼了蚊蟲高挂起，留下來年刮狂風，楊柳青篷鬆(哎哎呀)刮狂風。

十把扇子十根絲，上面題了兩首詩。楊柳青篷鬆(哎哎呀)兩首詩。一面寫的相思害，一面又寫害相思，楊柳青蓬鬆(哎哎呀)害相思。

五六，五六，五六工尺，上尺工。上六，五六，工六，尺六，工六，工尺上。工尺上。工尺上。工尺上。上四，上工尺。上尺上四合。過乙四合四上。尺工上。

餘者累(類)推。

曲詞括弧中的字，鈔本都作小字寫於一邊。

以上這兩支小曲,前者主題相類而曲詞稍異的作品,流布甚廣①;但此曲所表現的内容比較富豐。後者,内容上顯得庸俗、低級趣味并無可取處,藝術表現手法也不見長,祇算是保存個曲調罷了②。

因爲鈔本每支曲子附有工尺譜的關係,可以知道這原是"歌者"所有的底本。像這樣的俗曲鈔本是比較少見的,所以平妖堂主人鈐了圖章,我又把全文移録出來。關心俗曲音樂問題的同志,也許能得到一點參考資料。至於散樂曲譜則從略了。

(原載 1947 年 8 月 18 日上海《大晚報・通俗文學》周刊第 42 期)

①現在四川流行的"清音"雜曲"金紐絲"調的"四季相思"(又名《四大景》),曲詞幾乎與此全同,亦由五曲組成。其第一曲是:"春季相思艷陽天,百草發芽遍地鮮,柳如烟。我郎作客常常在外邊。妝臺無心上,菱花懶照顔,可憐奴梳妝打扮無郎見。莫不是郎在外另有美天仙,忘却了枕邊上的言?哎呀呀!我的郎呀郎!年輕人誰叫你把良心變?"清嘉慶間無名氏輯集的《時調小曲叢鈔》中,"銀紐絲"《四季相思》與此亦大致相似,唯無第五曲。

②此曲在江蘇北部亦有流傳,内容大體相同;河北省中部流行的"十二把扇",内容則是歌唱古人名了。

《風月夢》中的俗曲

《風月夢》是一部在《海上花列傳》《九尾龜》之前，以寫娼妓生活爲題材的小説。早一點本子是光緒甲申（十年，1884）上海江左書林校刊印的，這本上有道光戊申（二十八年，1848）邗上蒙人的自序。以後又有申報館重印的通行本。全書三十二回，所寫的時景是1848年即太平天國起義的前二年，地景是揚州。此書寫揚州當時妓女的生活，頗近真實，可以考見揚州過去風俗的一斑。無疑這書也還是具有社會史料價值的作品了。

《風月夢》中曾有一些場面描寫到人物歌唱小曲，有人就荒誕的説：此類揚州小曲别處不見采録云云。這是非常誤謬的説法。事實上，《風月夢》裏引用的小曲，并非揚州一地所流行，更非産生於揚州。①

"風月夢"所録的小曲共有十三四支，曾被人擇録的是三支"滿江紅"，一支"疊落"，一支"劈破玉"與一支"吉祥草"。除去了這六支，也還有幾支在内容方面寫小説人物，寫相思或離别的。現在我選録如次：

① 此書所引録諸曲，如"滿江紅"淵源於南曲正宫過曲；"疊落"明末流行於江南，清時已盛傳於北方；"離京調"即"利津調"，爲山東小曲；"剪剪花"爲盛行於北方的小曲。這些都不是産生於揚州的小曲。

叠落①

瀟湘館茜紗窗,瀟湘館茜紗窗。(哎喲)。鸚鵡簾前唤曉妝。(愁腸)。林黛玉悶懨懨,斜倚在雕欄——雕欄上。

小襲人手捧着,小襲人手捧着。(哎喲)。一幅花箋字數行。(姑娘)。咱奉寶玉之命,特地前來將你——將你望。

軟平調

畫梁對對翻新燕,桃紅似火柳緑如烟,對菱花不覺瘦損如花面,盼歸期,雁杳魚沉書不見。滿懷春恨,愁鎖眉尖,奈何天,賞心樂事誰家院。奈何天,賞心樂事誰家院。

離京調②

洋縐花鞋三寸大,未曾穿過送與冤家——送冤家,留爲憶念來收下。我没奈何硬着心腸來改嫁。你若想起我,這(祇)好看看鞋子上花。要相逢除非三更夢裏罷。若要想團圓,今生不能祇好來生罷。

此外還有"剪剪花"③"嘆五更""南京調"等曲,詞句却没有什麽風致了。值得注意的是當時妓女們除去唱這些小曲,并且也還唱"二簧",但是所唱的東西,并不像是舞臺上的東西。像書中引録的一段唱詞:

二簧

林黛玉悶懨懨,心中愁悶。聽窗外風弄竹無限凄凉。唤

①"叠落"即"叠落金錢"(或"跌落金錢"),格調有南、北之分,此約爲"北叠落"。

②"離京調"即"利津調",或作"隸津調""歷津調"等。"利津"爲山東縣名,此調即清時産生於該地。

③"剪剪花"即"剪靛花",或作"剪甸花""靛花開",此調於清初北方極盛。

> 紫鵑推他窗，且把心散。想當初進榮府何等鬧熱，與寶玉日同食、夜同炕枕。他愛我我愛他，一刻難離。痴心腸實指望，終身有托。到如今均長大，男女有别。見了面，反説些虚言套話。平白的，又來了薛氏姨媽。他有女名寶釵容貌端莊，説甚麽金玉緣可配鸞凰。痴寶玉聽人言心生妄想，可憐我苦伶仃早喪爹娘。無限的心中苦誰訴衷腸，奴祗得常垂泪暗自悲傷。最可恨王熙鳳拆散鴛鴦。

似乎這是以“二簧”的調子而填以新編的詞句，并不是直接采用舞臺上的東西。這雖是我臆説，但是這段詞句的記載，却與研究皮黄戲曲史的問題略有關係。

除去這段“二簧”，在第十三回尚有“雜耍”的記述，其中説：“一班雜耍：八角鼓，隔壁象聲，冰盤珠棒，大小戲法，扇子戲。”關於記載“八角鼓”演唱的情形是這樣：

> 三個人上來將桌子擺在中間，有一個拿着一擔大鼓弦子坐在中間；那一人拿着一面八角鼓站在左首；那一人抄着手站右邊。那坐着的念了幾句開場白，説了幾句吉祥話，彈起大鼓弦子，左邊那人敲動八角鼓。那坐着的唱着京腔，夾着許多笑話。那右首的人説閑話打岔，被坐着的人在頸項裏打了多少掌，引得衆人呵呵大笑，這叫作鬥緶兒。揚州不行，北京城裏王公大臣宴客總少不了的，三人説唱一回退下。

這時可以注意的有幾點：(一)太平天國革命以前，“八角鼓”已流行於南方。(二)“八角鼓”的演唱以前并不一定由兩人組成。(三)“八角鼓”中的“鬥緶兒”(即“逗哏兒”)似即清末“相聲”的表

演方式之一①

實在“相聲”一名的起源,也是很早的,像關於雜要名稱的記載中的“隔壁象聲”,就是“口技”。這與清徐珂《清稗類鈔》的記載,完全一致。口技在現流行的“相聲”中,就是所謂“學”的東西。(相聲的技術中是分“説”“學”“逗”“唱”四種。)

所以這一段“八角鼓”的叙寫,除去直接告訴我們“八角鼓”在道光時演唱的情形外,間接的却供給我們一些關於“相聲”的史料。

(原載 1947 年 8 月 29 日上海《中央日報·俗文學》周刊第 39 期)

①關於“八角鼓”在這之前的記載,嘉慶三年刊刻的戴全德著《小曲》卷四中,有一首“花柳調”説:“八角鼓,武藝高,伙計三人嗓子好,做正的打鼓彈弦子,丑脚是站着。傢伙響動開唱,曲詞新鮮,嗓子脆嬌;丑脚鬥互堪笑,脖子打腫了。可愛初次聽,真暢快,可惜再復説,俗氣了。”

“滿漢兼”的子弟書

過去讀過一個人記的一首歌謡：

今日“三音阿不喀”，閑來無事出“都喀”；

“阿補”必須穿“撒補”，要充朋友得“幾哈”。

曾想像這樣滿漢語混合寫成的民間文學産物，應當還遺留下許多别的東西纔對，三十二年春在一位滿洲語言學者的齋頭，看到了一本滿洲語與漢語混合寫成的“子弟書”——《螃蟹段兒》的刻本。

這種滿漢語混合寫成的子弟書的介紹，在民二十四年的時候，朝鮮金九經（後易名爲新馬晋）曾將他藏的《吃螃蟹》公刊了，他所藏是一個鈔本，故事的内容與我看到的刻本相同，衹是在字句間頗有出入。以後在傅惜華先生的文章裏，知道這種滿漢語混合寫成的子弟書還有幾種。日前讀到中法漢學研究所圖書館館刊第二期中，傅氏寫的《子弟書總目》，見到這種體裁子弟書的著録兩條：

拿螃蟹　三回

作者無考。百本張《子弟書目録》著録；注云：“滿漢兼。笑。三回。一吊六。”《中國俗曲總目稿》頁二三〇著録。《集錦書目》第九句曰：“那拿螃蟹的人兒漁家樂”，按此書體制係用滿漢文字相間而成，即《子弟書目録》之所謂之“滿漢兼”。

鈔本(中央),車王府本(北大),曲廠鈔本(碧蕖館)。

升官圖　一回

作者無考。百本張《子弟書目録》標作"《滿漢兼升官圖》";注云:"西門金蓮。一回。五佰。"《集錦書目》第二十二句曰:"説《升官圖》何日吐氣把眉揚。"按此書係用滿漢文字組織而成者,故《子弟書目録》以"滿漢兼"之言也。鈔本(中央),車王府本(北大),舊鈔本(碧蕖館)。

可以知道這種用滿洲語與漢語混合寫成的子弟書,叫作"滿漢兼"。

這種曲文的寫作年代,我推想大約最晚是嘉慶年左右的作品,因爲滿洲語的興盛時代是在乾嘉之間,而子弟書最流行的時候,作品産生較多的時候也是在嘉慶間。滿洲語書籍收藏家德人福克司(Fucks)在他三十一年出版的《續滿洲書目》著録螃蟹段兒時,曾記着是西紀 1800 年間的産物,1800 年即嘉慶五年,可知這種曲子爲一百五十年以前的産物,大致是没有問題的。

至於這種曲文的作者,也如一般子弟書一個樣多是無考。不過可以知道創作這種曲文的,必定是滿語漢語造詣均深且具有絶頂聰明的"八旗子弟"。否則是不會寫成滿語漢語混合能唱,完全漢語亦能唱的(一句中滿漢語相兼,而滿語旁註漢語意義)。

關於這種曲文寫作的技巧,現在將《螃蟹段兒》一曲的"詩篇"移録如後以見一斑:

Katuri jetere　子弟書

百　　歲　　光陰實可嘉,

tangeu　se

到不如　邂逅　相逢　玩景華;

ederi tederi

逢着　村　酒　吃幾盞，

gosan i ure be tunggalaci

見　了　野　花　戴幾枝花。

bigan i ilha be sabufi

陰　司　何處　把鮮花戴，

hutui be aibide

閻　王　門　前　少酒家；

ilmun han dakai juleri

君　若　不　信　把菱花照，

agu i akdarakuci

今　歲　容顏　比去歲還皺。

ere aniyai cira

三十六年三月寫於上海，八月抄於北平

（原載 1947 年 9 月 5 日北平《華北日報·俗文學》周刊第 10 期）

《升官圖》跋

《升官圖》"滿漢兼"子弟書一卷，碧蕖館傅惜華先生藏本。傅著《子弟書總目》(《中法漢學研究所圖書館館刊》第2期，1954年曾增訂重印)已曾著録：

《升官圖》一回

作者無考。百本張《子弟書目録》標作"《滿漢兼升官圖》"；注云："西門金蓮，一回，五佰。"《集錦書目》第二十二句曰："説《升官圖》何日吐氣把眉揚。"按此書係用滿漢文字組織而成者，故《子弟書目録》標以"滿漢兼"之言也。鈔本(中央)，車王府本(北大)，舊鈔本(碧蕖館)——見館刊頁57。

此舊鈔本四葉半(九面)；七十二句，句以七言爲主，爲現在僅存之滿語漢語混合寫成之子弟書三種中之一種。撰述人已無法考訂，但讀其製作的巧妙，可知作者必爲滿語與漢語造詣俱深，且具絶頂聰明之"八旗子弟"無疑；而其寫作技巧實遠過其他二種——《螃蟹段兒》與《拿螃蟹》。

"子弟書"爲清中葉以降北方流行之歌曲，今日現存作品中，大半即産生於嘉道間，一九四二年德人福克司(Fucks)之《續滿洲書目》著録《螃蟹段兒》時，曾推定該曲約爲公元1800年(嘉慶五年)間産物；而有清滿語之再興亦約爲彼時，以此而論，《升官圖》之製作或即距今一百五十年前。

故事内容,由諸目録之標注可略知梗概。係取材於《水滸傳》或《金瓶梅》小説中西門慶與潘金蓮初次調情幽會事。描寫大膽,字句猥褻,不減於《金瓶梅》。然其寫作技巧高妙之表現,實即在於滿漢語雙關之運用。

曲名"升官圖"的來源,即在一句中常以一官職名目嵌於其間,而此等官職名目(或滿語或漢語)恰好其中一字或二字(一音節或二音節),有同音異意之字,由此意義連於句中遂生起别一有趣的意義,因每句幾乎均包含官職名目的關係,故名"升官圖"。

如曲文第九句:"這淫婦春心難按把'協尉'動","協尉"本來是一種官名,而在此處則借爲"邪欲"的意思。曲文第三十七句:"又脱下柘榴紅的'ejeku'(額折庫)","ejeku"是官名,本來的漢譯是"翰林院侍讀""主事"或"知事",而此處衹借用 ku 的音叶"褲"的意思。全曲七十二句,每句都如此。

全曲文句所用的滿語,除官職名目外,也還有其他詞類的字。全文混用的滿語是這樣(括弧内漢語爲原注):

booi da (包衣達)漢譯是:"管領"。

sula (蘇拉)漢語意是:"閑散"。

ujen cooha (烏真綴哈)漢譯是:"漢軍"。

jalan i da (扎蘭呢達)漢譯是:"甲喇頭目"。

aisilambi (艾什拉蜜)漢語意是:"幫助"。

janggin (占音)漢譯通常是:"章京"。

gosiha (郭什哈)漢語意是:"護衛"。

gabsihiyan (戛巴什先)漢譯是:"前鋒"。

mukūn i da (木昆呢達)漢譯是:"族長"。

araha janggin (阿拉哈占音)漢譯是:"副章京"。

faidan (夫艾單)漢譯是:"執事"。

dalambi　(達拉密)漢語意是:“辦事爲首的”。

doron i janggin　(多鑾占音)漢譯是:“掌印章京”。

niru　(牛録)漢譯通常作“佐領”。

uksin　(烏克身)漢譯是:“馬甲”。

bošokū　(撥什户)漢譯是:“領催”。

ara keifu　(阿拉克伊夫)漢語意是:“嗳喲,大披箭”。

buku　(布庫)漢語意是:“撩跤的人”。

funde bošokū　(分得撥什户)漢譯是:“驍騎校”。

kūwaran i da　(誇蘭達)漢語意是:“兵營之長”。

baitangga　(柏唐阿)漢語意是:“執事人”。

bosoi aigan　(撥縮艾罕)漢譯是:“布靶子”。

galai da　(嘎來達)漢譯是:“翼長”。

hiya　(瞎)漢譯是:“侍衛”。

kadalambi　(喀達拉密)漢語意是:“管轄”。

mejige　(莫幾格)漢語意是:“傳事人”。

hiya i ba　(瞎衣巴)漢譯是:“侍衛處”。

bayara　(白押拉)漢譯是:“護軍”。

juwan i da　(專達)漢譯是:“護軍校”。

jingkini janggin　(京奇呢占音)漢譯是:“正章京”。

karun gida　(喀倫幾達)漢語意指:“哨探”。

bithesi　(筆貼式)

olbo　(敖爾布)漢人軍隊名。

此外有 gadaraba(喀達拉巴)一字,普通滿語辭典中不常見,與蒙古語 haldaga 一字略相近。《大清全書》中有 gadaraha(陽舉)一字,當即由此字轉來。

從滿語詞彙采用的豐富,或叶音或取意,是可想見全曲描叙的生動活潑的。

此曲過去諸家滿語書目均未著録(如李德啓目録,Fucks 目録),頗足珍視。

(原載 1947 年 9 月 14 日上海《中央日報・俗文學》周刊第 82 期,惟原刊誤題寫第 83 期)

《博異志》遺文二則

唐谷神子還古纂《博異志》一書,現在有《龍威秘書》《唐宋叢書》《秘書二十一種》《陽山顧氏山房》《古今逸史》幾種叢書的本子,《世界文庫》曾據顧氏本排印。全書一卷内計十則,但是流存的本子均非全帙。所以在《四庫全書提要》中説:"其書載敬元穎、許漢陽、王昌齡、張竭忠、崔元微、陰隱客、岑文本、沈亞之、劉方元、馬燧十人,《太平廣記》三百四十八卷載李全質一條稱:會昌壬戌濟陰大水,谷神子與全質同舟云云。此本無之,蓋亦鈔合而成,非完帙也。"

由於趙景深的《古小説鉤沉補遺》啓示,於是我在《圖書集成·神異典》第四十三卷及第四十四卷找到了兩條佚文,現在鈔録出來。也許還有我没有見到的將來再説好了。(見中華書局所印本第四九三册第七頁及第十四頁)。

(一)李晝爲許州吏,莊在扶溝。永泰二年春,因清明歸,欲至伯梁河,先是路旁有冢,去路約二十步,其上無草牧童所戲。其夜,李晝忽見冢上有穴,大如盤,兼有火光,晝異之,下馬躋冢焉。見五女子衣華服,依五方坐而紉針,俱低頭就燭,矻矻不歇。晝叱之一聲,五燭皆滅,五女亦失所在。晝恐,上馬而走,未上大路,五炬火從冢出逐晝。晝走不能脱,以鞭揮拂,爲火所爇,近行十里,方達伯梁河。有犬至方滅。明日看馬尾被燒盡及股脛亦燒損,自後遂目此爲女五冢，今存焉。

（二）閿鄉縣主簿沈恭禮，太和中，攝湖城尉，離閿鄉日小疾，暮至湖城，堂前卧，忽有人繞床數匝，意謂從行廳吏雷忠順，恭禮問之，對曰："非雷忠順，李忠義也。"問曰："何得來此？"對曰："某本江淮人，因飢寒傭於人，前月至此縣，卒於逆旅，然飢寒甚，今投君，祈一食兼丐一小帽，可乎？"恭禮許之曰："遣我何處送與汝？"對曰："來暮遣驛中廳子張朝來取。"語畢立於堂之西楹。恭禮起坐，忠義進曰："君初止此，（更）有事輒敢裨補。"恭禮曰："可。"遂言"此廳人居多不安，少間有一女子年可十七八，强來參謁，名曰蜜陀僧。君慎不可與之言，或托是縣尹家人，或假四鄰爲附，輒不可交言。言則中此物矣。"忠義語畢，却立西楹未定，堂東果有一女子，峨鬟垂鬢，肌膚悦澤，微笑轉盼，謂恭禮曰："秋室寂寞，蛩啼夜月，更深風動，梧葉墜階。如何罪責，羈囚如此耶？"恭禮不動。又曰："珍簟床空，明月滿室，不飲美酒，虚稱少年。"恭禮又不顧。又吟曰："黄帝上天時，鼎湖元在兹。七十二玉女，化作黄金芝。"恭禮又不顧，逡巡而去。忠義又進曰："此物已去，少間，東廊下有敬寡婦、王家阿嫂。雖不敢同蜜陀僧，然亦不得與語。"少頃，果有一女郎，自東廡下，衣白衣，簪白簪，手整披袍，回命曰：王家阿嫂，何不出來？俄然有曳紅裙，紫袖銀帔而來，步庭月數匝，却立於東廡下。忠義又進曰："此兩物已去，可高枕矣。少間，縱有他媚來，亦不足畏也。"忠義辭去，恭禮止之："爲我更駐，候怪物盡即去。"忠義應唯。而四更已，有一物長二丈餘，手持三數髑髏，若躍丸者，漸近廳簷。忠義謂恭禮曰："可以枕擊之。"應聲而擊，摻然而中手，墮下髑髏。俯身掇之，忠義跳下，以棒亂毆，出門而去。恭禮連呼忠義，不復見，而東方已明。與從者具語之，遂令具食及市帽子。召廳子張朝詰之，曰："某本巫人也，近者假食爲廳吏，具知有新客死客鬼李忠義。”恭禮便付帽子及盤餐等去。其夜，夢李忠義辭謝曰：“蜜陀僧大須防備，猶二三年奉擾耳。”言畢而去。恭禮兩月在湖城，夜夜蜜陀僧來，終不敢對，後即歸閿鄉，即隔夜而至，然終亦不能爲患。半年後，或三夜五夜一來。一年餘方漸稀。有僧令斷肉及葷辛，此後更不復來矣。

（原載上海《大晚報·通俗文學》周刊第59期，1947年12月22日）

通誡偈釋

一、巴利文原文

(見 Dhan mapada XIV. buddha vagga 183)

Sabbapapassa akaranam

Kusalassa upasampada,1

Sacitta－parigodapanam;

etam buddhana sasanam. 11

二、漢譯

(一)1.《法句經·述佛品》(吳維衹難譯)2.《出曜經》卷二十五,《惡行品》(姚秦竺佛念譯)2.云:諸惡莫作,諸善奉行,自净其意;是諸佛教。

(二)《法集要頌經》卷三,《罪障品》(宋天息灾譯)云:

諸惡業莫作,諸善業奉行,自净其意行;是名諸佛教。

(三)《增壹阿含經》卷四十四,《十不善品》(東晋瞿曇僧伽提婆譯)云:

一切惡莫作,當奉行其善,自净其志意;是則諸佛教。

(四)《根本説一切有部毗奈耶》卷一(唐義浄譯)云:

一切惡莫作,一切善應修,遍調於息;是則諸佛教。

(五)《四分律比丘戒》本(後秦佛陀耶舍譯)云:

一切惡莫作,當奉行諸善,自浄其志意;是則諸佛教。

(六)《彌沙塞五分戒》本(劉宋佛陀什等譯)云:一切惡莫作,當具足善法,自浄其志意,是則諸佛教。

三、注釋

Sabba—papassa 一切惡行的——Sabba“總”。“一切”。papa“惡”。papassa 爲形容詞男性或中性的單數屬格形(genitive case)

Akaranam 不實行——karanam 中性。“實行”的意思,單數主格形(nominative case)

kusalassa 善的——Kusala“善”之男性或中性單數的屬格形。

upasampada 獲得——女性單數主格形。

sacitta—自己的心——sa“自己”citta“心”的意思。

parigodapanam 潔浄——中性單數主格形。

etam 此——中性單數主格形指示代名詞。

buddhana 諸佛教的——buddha“佛”男性,單數主格形爲buddho。此處乃複數屬格 buddhanam 之變形。

sasanam 教——中性單數主格形。

四、參照

《瑜伽師地論》卷十九本地分中思所成地第十一之四云:

諸惡者莫作,諸善者奉行,自調伏其心;是諸佛聖教。

此頌所明，謂如有一於佛所證法毗奈耶獲得正信；於一切種一切因緣一切處所所有惡行皆能斷滅；於善説法毗奈耶中能善受學尸羅律儀。彼由三相奉行諸善，謂善住尸羅守别解脱清净律儀；乃至受學所有學處，依增上戒學發增上心學，依增上心學發增上慧學，彼由此故於所知境如實知見。如是具足諸善法已，復由三相調伏自心；謂如實知故能起厭患，由厭患故能得離染，由離染故能得解脱。復次，今當略辯上所説義，謂薄伽梵此中略示三學學果，顯自聖教不與他共，當知是名此中略義。

1. 謂之通戒或略戒。是過去七佛所通説，又爲通於一切大小乘之戒經，故謂之通戒，詳見《增壹阿含·十不善品》。此一偈總括一切佛教，攝盡佛教廣海；八萬四千法藏即從此流出也。

2.《出曜經》偈後附有注解，今移録如下：諸惡莫作者，諸佛世尊教誡後人三乘道者，不以修惡而得至道，皆習於善自致道迹，是故説曰諸惡莫作也。諸善奉行者，彼修行人普修衆善，唯自瓔珞具足衆德，見惡則避恒修其善。所謂善者，止觀妙藥燒滅亂想，是故説曰諸善奉行。自净其意者，心爲行本招致罪根，百八重根難解之結纏裹其心，欲怒痴盛憍慢慳嫉諸種諸塵垢，有此病者則心不净，行人執志自練心意使不亂想，如是不息便成道根，是故説曰自净其意也。是諸佛教者，如來演教禁戒不同，戒以檢形義以攝心，佛出世間甚不可遇，猶如優曇鉢花億千萬劫時時乃有，是故如來遺誡教化，聖聖相承以至今日，禁誡不可不修，惠施不可不行，吾所成佛王三千者，皆由禁誡惠施所致也，是故説曰是諸佛教。

——聖典研究札記之一

（原載 1947 年《覺群周報》第 2 卷第 30 期，第 10 頁）

哀福善法師

二月二十號下午四點鐘的樣子,我從所住的小樓下來,預備去到下面閑步時,將走過齋堂前邊的走廊,遇着了妙然法師。他說:“福善法師死去了!”當時我吃一驚,我恐怕我是聽錯,他於是又重説了一遍,以後又說了些死時的情形,我知道這事并沒有聽錯,不禁使我泫然。

十六號那天,我曾去到玉佛寺。起先并不知道他已病的很重,問到那裏的一位副寺,纔知道已竟不能會客——病倒了。當月耀法師同我走上他的住室,大略的又聽到了月法師述説的病况,知道他這次得的并不是什麽小病。我站在他的卧室床前,與他尚談了一些話;祇是看病勢很猛,覺得宜格外珍攝,誰想到我看他以後的四天,他竟然因病重不治而死了！他的身體素健,稍過時日,我想定可占勿藥而復原,但醫生竟回生乏術,這莫非是“命”“數”使然？人命本來無常,世事也是不可測的,但是這終覺得實在太突然,出於意外。我惘然若失,别無什麽話可説。

福善法師是我來上海以後認識的一位朋友,在我許多出家人朋友當中,我們彼此很是談得來。他的死去,對於我當然是一個良友的喪失。而我所感到的朋友的哀感,却很難用筆墨記録出來;這種淡泊而平定的悲哀,實非語言文字所能表示的恰到好處。所以在我二十號晚間想寫一篇紀念文字時,曾躊躇着無從下手。

今天月法師告訴我《覺群》擬出專號，叫我寫一篇文章。我雖然明白這不是我所能勝任的，但也似乎不能不寫。於是我祇能將我那天晚上想出福善法師的三點好處寫了出來（這些好處，我覺得是在今日青年僧伽中很難俱有的）：

其一，是他能作事，肯努力，且熱心。佛教界能作事的出家人很多，但是能不爲一己之私欲而工作的却很少很少。同時他頭腦相當清楚，對於一件事（應當作的）能認真不怕駡的去幹。

其二，是他學習的精神好。他除了佛教方面的知識而外，對於世間東西的學習亦肯努力。所以他唯一的著作三唯論，就可説是他所學的結晶。（這有《覺群》上他寫的一些文章。）

其三，是他没有出家人與在家人畛域的觀念。他編《覺群》盡量的向居士或非居士去約稿，這是别人不肯作的事。所以我爲他這種不裝假，不作門面的作風，深深留下一個好的印象。

這樣極平凡的寥寥幾句話，或者并不能説出他整個的爲人，但在這佛教走入晚秋季節的時候，我深深悼惜他英年而早逝。

還有在二十號晚間躊躇着要寫文章的時候，文雖不能寫成，却作了一副挽聯，很不像樣子；也祇是這樣平凡的幾句話：

融貫抒發，三唯一論成紀念；

翹思永往，卅又二齡正英華。

這雖是很空虛的一種普通的裝飾，但内中却也寄與了目前佛教界可悲哀的事實，像他那樣年青，那樣肯用功不墮落的幹材，而康强早世，怎不叫人痛惜？

民國三十六年二月二十三日夜寫於静安古寺客次

（原載 1947 年《覺群周報》第 2 卷第 34～35 期，第 9 頁）

無常偈釋

一、梵語原文：

(見 Abhidharmakosa－vyakhya by Yasamitra)

anitya bata samskara utpadavyayadharinah,

utpadya ni ni udhyante,

tesam vyupasamah sukham.

二、漢譯：

《瑜伽師地論》卷第十八本地分中思所成地第十一之三(唐玄奘譯)云：諸行無常，有生滅法；由生滅故，彼寂爲樂。

三、注釋：

anitya 無常——nitya“常”“不變”。則爲“無常”義的形容詞，隨於以後之 samskara 男性複數主格形。

bata 嗟——爲一無變化的字(indeclinable)。

samskara 行——男性複數主格形，實際於此處含有“一切萬有”的意味。

utpada－vyaya－dharminae 生滅性質的——utpada“生起”。vyaya“滅”。dharminae“法”“性質”。爲 dharma 男性複數主格形 dharmah 的轉化。

utpadya“生起”。

hi“即”“因爲”“由……故”。

nirudhyante 消滅——ni－/rudh“拒”,“止”的第三人稱複數現在時。(係 Fassive voice)。

tesam 彼等——第三人稱代名詞男性單數主格 sah 形的複數屬格形。

vyupasamah 寂滅——男性單數主格形。

sukham 安樂——隨於 vyupasamah 的形容詞。

四、參照:

(一)巴利語原文(見 Mahaparinibbanasattanata)

ani ea vata sankhara,

uppada vapadhamminn,

uppajj tva nirujjhanti,

tesam vupasamo nkho.

(二)《大般涅槃經》卷下(東晋法顯譯)譯爲:

諸行無常,是生滅法;生滅滅已,寂滅爲樂。

(三)《法句經》卷一(法救撰吴維衹難等譯)譯爲:

所行非常,謂興衰法;夫生輒死,此滅爲樂。

《法句譬喻經》卷一(晋世法炬共法立譯)及《出曜經》卷一(姚秦竺佛念譯)中所譯,均與此同。

(四)《法句要頌經》卷一(法救集,宋天息灾譯)譯爲:

一切行非常,皆是興衰法;夫生輒還終,寂滅最安樂。

(五)姚秦竺佛念等譯的《佛説長阿含經》中之《游行經》,東晋失譯的《般泥洹經》及唐義净譯的《根本有部毗奈耶雜事》中亦均有相似之譯文,惟以距離巴利語原文甚遠,故不移録。(如《長阿含經》的譯文:陰行無有常,但爲興衰法;生者無不死,佛滅之爲樂。)

(六)《瑜伽師地論》頌後,有長行的注解,今移録如下:

今此頌中蘊及取蘊皆名諸行,此中義者意在取蘊。是五取蘊略有三種:謂去來今。諸行無常者,謂彼諸行本無而生,生已尋滅。若過去生過去所得諸自體中所有諸蘊皆過去故,已謝滅故,生已没故,體是無常。若未來生未來所得諸自體中所有諸蘊皆未生故,非已起故,未滅没故,可生起故,是有生法。若現在生現在所得諸自體中所有暫住支持存活有情諸蘊皆死法故,可爲殞滅之所滅故,是有滅法。若彼諸蘊在於未來所得自體是有生法,於中都無所得自體是常是恒乃至即當如是正住,唯除纔生生已尋滅,若諸有情於現法中永盡未來諸蘊因者,一切未來自體諸蘊皆不生故説名彼寂。又復此寂由二因緣説之爲樂:一者一切苦因滅故一切粗重永止息故於現法中安樂住故説之爲樂;二者當來生老病等所有衆苦永解脱故説之爲樂。復次,今當略辨上所説義,謂薄伽梵此中略説正見依處及正見果。復有差别,謂略顯示編知依處及彼斷滅,又略顯示所遍知法及與遍知,又略顯示三世諸行所有雜染及彼寂故所有清净,又略顯示諸緣起法及緣起滅,又略顯示苦諦滅諦,又略顯示空與無願二解脱門所依處所及顯無相一解脱門所。依處所又略顯示聖諦現觀相違二法斷所依處,言二法者:一隨順戲論;二怖無戲論,又略顯示不共外道二對治法,何等爲二?一者所知無顛倒性;二者所證無顛倒性。

——聖典研究札記之一

(原載 1947 年《覺群周報》第 2 卷第 36～37 期,第 4 頁)

王梵志詩補遺

唐范攄《雲溪友議》裏有一條記到隋唐之間白話詩人王梵志的云："雲皤子昔遁西霞峰，厥氣方壯，嘗遇玄朗上人……朗公或遇高才亡智者，則論六度迷津，三明啓道，此滅彼往，無榮絶辱也。或有愚士昧學之流，欲其開悟，别吟以王梵志詩。梵志者生於西域林木之上，因以梵志爲名。其言雖鄙，其理歸真，所謂歸真悟道，徇俗乖真也。"關於王梵志的記載，唐馮翊《桂苑叢談》裏也記有一條，那就是《太平廣記》卷八十二引《史遺》的那段神話，范與馮兩個時代是相同，范爲唐僖宗時人(874 年左右)，而馮所記多爲咸通(唐懿宗 860 年)以後事，所以這兩段記載於王梵志的事迹的傳説總是略有幫助。由於梵志是林檎樹癭朽爛而生，我推想梵志或爲西域之異民族人士。林檎非中土固有，前人多有記載。《述征記》云："林檎果實可佳，其楹桲實微大，其狀醜，其味香，輔關有之，江淮南少。"《洽聞記》云："唐永徽中魏郡臨黄王國村人王方言，嘗於河中灘上，拾得一小樹，栽埋之，及長乃林檎也……西域老僧見之云：是奇果，亦名林檎。"雖然如是，但其怪誕不經神話式之小傳，必别有出處，衹可惜目前還找不出它的根源罷了。

梵志的詩在敦煌卷子裏發現後，曾先後爲學者們公刊了。最完備的本子就是鄭西諦先生編《世界文庫》的本子，而《雲溪友議》裏記到的十幾首詩却没人注意，現在即將《雲溪友議》中刊載而

《世界文庫》中缺的補録如下：

一. 天公未生我，冥冥所知。天公忽生我，生我復何爲？無衣遣我寒，無食令我無。還爾天公我，還我未生時。

二. 我肉衆生肉，形殊性不殊。元同一性命，祇是别形軀。苦痛教他死，將來作已須。莫教閻老斷，自想意何如？

三. 粗行出家兒，心中未平實。貧齋行則遲，富齋行則疾。貪他油煮䭔，愛若波羅蜜。飽食不知慚，受罪無休日。

四. 不願大大富，不願大大貧。昨日了今日，今日了明晨。所願祇如此，真成上上人。

五. 良田收百頃，兄弟猶工商。却是成憂惱，珠金虚滿堂。滿堂何所用，妻兒日夜忙。行坐聞人死，不解暫思量。貧兒二畝地，乾枯十樹桑。桑下種粟麥，四時供父娘。圖謀未入手，祇是顧饑荒。結得百家怨，此身終受殃。

六. 本是屙屎袋，强將脂粉涂。凡人無所識，唤作一團花。相牽入地獄，此最是冤家。

七. 生時不共作榮華，死後隨車强叫唤。齊頭送到墓門回，分你錢財各頭散。

八. 照面不用鏡，布施不須財。端坐念真相，此便是如來。大皮裹大樹，小皮裹小木。生兒不用多，了事一個足。省得分田宅，無人横煎蹙。但行平等心，天亦念孤獨。我身雖孤獨，未死先懷慮。家有五男兒，哭我無所據。哭我我不聞，不哭我亦去。無常忽到來，知身在何處。

九. 世間何物貴？無價是詩書。了了説仁義，愚夫却不知。深房禁婢妾，對客誇妻兒。青石甃行路，未知身死時。

此外尚有三首，均見費衮《梁溪漫志》卷十記載。《梁溪漫志》所載除“他人騎大馬”一首外，餘七首在《雲溪友議》裏并爲三首，故費書約爲據范所記而增一首。

（原載 1948 年 1 月 12 日上海《大晚報·通俗文學》周刊第 62 期）

《述異記》的佚文

任昉《述異記》一書是一部保存漢魏以來神説傳説較多的，所以有人曾説"較之他書僅志神怪變異者甚爲可貴"。《四庫全書總目》説："後人雜采類書所引《述異記》，益以他書雜記，足成卷帙。"所以《古小説鉤沉》又從《太平御覽》《太平廣記》《事類賦注》《法苑珠林》《初學記》《藝文類聚》《猗覺寮雜記》《海禄碎事》《草堂詩箋》《占經》及《北堂鈔》等書裏輯録了九十則。其中采自《太平御覽》者較多，然與御覽核對，遺漏者亦復不少。今以《古小説鉤沉》本所遺輯及增訂《漢魏叢書》本亦缺的，《太平御覽》所存之諸則，與録如次，以補其缺遺。

㈠《太平御覽》所引，註明"任昉《述異記》"的：

光武興洛陽斗粟萬錢，人死者相枕。漢末大饑，江淮間童謡曰："大兵如市，人死如林，持金易粟，粟貴於金。"洛中謡云："雖有千黄金，無如我斗粟，斗粟自可飽，千金何所直。"袁紹在冀州時，滿市黄金而無斗粟，餓者相食，人爲之語："虎豹之口，不如饑人。"劉備在荆州，粟與金同價。永嘉之亂，洛中饑荒，懷帝遣人觀市，珠玉金銀填委市門，而無粟麥。袁宏上表云："田畝由是丘墟，都市化爲珠玉。"(見卷八四〇)

海魚千歲爲劍魚，一名琵琶魚，形似琵琶而喜鳴，因以爲名。(見卷九四〇)

桓冲爲江州刺史,遣人周行廬山,冀睹靈異。既陟崇巘,有一湖,匝生桑樹,湖中有敗艑赤鱗魚,使者渴極,欲往飲水,赤鱗張鬐向之,使者不敢飲。(見九五五)

梧桐園在吴,夫差舊國也,一名琴川。梧園宫在句容縣,傳云:"吴王别館有楸梧成林焉,其梧子可食。"古樂府云:"梧宫秋,吴王愁,是也。"(見九五六)

吴中有陸家白蓮種;顧家斑竹;趙有韓氏酸棗;中山有楸尸。(見卷九五八)

長沙定王故宫,有蓼園,云定王故園也。菜之辛者謂之蓼。(見卷九七九)

魏武帝陵中有泉,謂之香水。一説香水在并州香山,其水潔香,浴之去病。

吴故宫有香水溪,俗云西施浴處。又呼爲脂粉塘,吴王宫人濯莊於此溪上源。至今馨香。(見卷九八一)

魏世河内冬雨棗,耆舊説周秦時河南雨酸棗,遂生野酸棗,今酸棗縣是也。棗之甚小者,謂之酸棗。(見卷九六五)

越多橘柚園,越人歲多橘税,謂之橙橘。越中有王氏橘園、胡氏梅山、賀氏之瓜。(見卷九六六)

㈢《太平御覽》所引,衹註明《述異記》的:

鏡湖,俗傳軒轅氏鑄鏡於湖邊,今有軒轅磨鏡石,石上常潔,不生蔓草。(見卷五二)

當陽縣南有龍川鳳川,云漢帝時八龍五鳳常游於此,亦呼爲五鳳堆。(見卷五六)

濰浚二水波文皆若五色,其人多文章,故名繢水。(見卷五九)

漢沔會流處,岸上有石銘云:"下至水府三十一里。"皆傳

李斯刻石於此。(見卷五九)

郭景純注《爾雅》臺,今在夷陵郡。又曲阜縣南十里有孔子春秋臺。(見卷一七八)

中山有韓夫人愁思臺,望子陵也。(見卷一七八)

牛之不角者,呼犝牛。(見卷八九九)

羊而不角,呼蛟羊,一名𦔶髯郎,一名青烏。(見卷九〇二)

江淮南人至北,見榅勃香,以爲柤子,蓋實異耳。(見卷九六九)

(原載 1948 年 1 月 30 日上海《中央日報・俗文學》周刊 52 期)

《還冤記》的佚文

《還冤記》一書,《隋書·經籍志》卷二和《舊唐書·經籍志》卷一《新唐書·藝文志》卷三均作《冤魂志》;《宋史·藝文志》卷五則作《還冤志》。均爲顔之推所著。而以《還冤記》名者則爲戴少平所著,(見《新唐書·藝文志》卷三)。要之,顔之推所著似應名《冤魂志》也。

顔書今存,見於《唐宋叢書》《漢魏叢書》及《寶顔堂秘笈》諸叢書中。惟均似非完本,今於《古今圖書集成·博物彙編·神異典》卷四十一檢得一條(見中華印本四九二册頁五七下):

> 河間國兵張鹿、經曠二人相與諧善。晋太元十四年五月五日共升鍾嶺,坐於山椒。鹿酗酒失性,拔刀斬曠,曠母爾夕,夢曠自説爲鹿所殺,投尸澗中,脱褌覆腹。尋覓之時,不難可得,當令裳飛起以示處也。明晨追捕一如所言。鹿知事露,欲晱叛逸,出門輒見曠手執雙刀,來擬其面,遂不得去。母具告官,鹿以伏辜。

《漢魏叢書》本末,王漢識語説他據刻的原本:"……又脱第七第八兩葉。"此則或許即其中之一則乎?

(原載 1948 年 1 月 19 日上海《大晚報·通俗文學》周刊第 63 期)

《漢武故事》的遺文

《古小説鉤沉》所輯的《漢武故事》係取自《初學記》《太平御覽》《猗覺寮雜記》《續談助》《通鑑考異》《北堂書鈔》《文選注》《海録碎事》《史記·孝武本紀正義》《紺珠集》《草堂詩箋》《齊民要術》《六帖》《藝文類聚》及《水經注》等書。

取自《太平御覽》者最多,但逐條以之比對,遺漏者亦有三條,今補録如次:

(一)武帝起神明殿,砌以文石,用布爲瓦,而淳漆其外,四門并如之。(見卷七六七)

(二)上起神屋,以白珠爲簾,玳瑁爲柙。(見卷八〇三)

(三)武帝作玉堂,以玉璧薄椽,鑄爲大鳥,黄金涂,長五丈,栖屋上。(見卷九一四)

(原載 1948 年 1 月 26 日上海《大晚報·通俗文學》周刊 64 期)

《正續齊諧記》的佚文

(一)魯迅所輯《古小説鉤沉·齊諧記》(見上册頁二二九至二三六),係自《太平廣記》《初學記》《太平御覽》《北堂書鈔》《法苑珠林》及《六帖》諸書所搜集之遺文十五則。今以《太平御覽》核對所引《太平御覽》諸則,更發見遺漏兩條!

江北華本者,爲人好鱉臛(見卷八六一)

蛟龍畏楝樹葉五色絲(見卷九三〇)

(二)梁吴均所撰《續齊諧記》目前存本據傅惜華氏所舉約有八種。今所見者是否爲完全之傳本,似頗成題,《四庫全書總目》故云:

劉阮天台一事,徐子光注李瀚《蒙求》引《續齊諧記》之文,述其始末甚備,而今本無此條,豈原書久佚,後人於《太平廣記》諸書内鈔合成編,故偶有遺漏歟?

今以《太平御覽》所引諸條與《漢魏叢書》本嚴對,《御覽》引而今本缺者有四條:

王彦伯會稽餘姚人也,善鼓琴,仕爲東宫扶侍。赴告還都。行至吴郵亭,維舟中渚,秉燭理琴。見一女子披幃而進,二女從焉。先施錦席於東床,乃就坐。女取琴調之,似琴而聲甚哀雅,有類今之登歌。女子曰:"子識此聲否?"彦伯曰:"所未曾聞。"女曰:"此曲所謂楚明光者也,唯嵇叔夜能爲此聲，自此以外，傳習數人而已。"彦伯欲受之。女曰："此非艷俗所宜，唯岩栖谷隱，可以自娱耳。當更爲子彈之，幸復聽之。"乃鼓琴，且歌。歌畢，止於東榻。遲明將别，各深怨慕。女取四端錦卧具、綉臂囊一，贈彦伯爲别，彦伯以大籠并玉琴以答之而去。（見卷五七九）

武昌小吏吴龕，渡水得五色石，夜化爲女子，稱是龕婦，至家，見婦翁被白羅袍，隱漆几，銅唾壺，狀如天府，自稱河泊。（見卷七〇三）

王敬伯夜見一女子，命婢取酒，須臾持一銀酒鎗。（見卷七五七）提一渌沉漆榼。（見卷七六一）

劉晨阮肇入天台山，有女仙人，爲設胡麻飯山羊脯，因留連之。（見卷八六二）

由此可知《四庫全書總目》所續鈔合成編，或許近似。

附記：《通俗文學》第二十七期"《古小説鉤沉》補遺"文中所輯之《齊諧記》"錢塘徐秋夫善治病"一則，見今本《續齊諧記》，非東□無疑書中遺文也。

（原載1948年2月9日上海《大晚報·通俗文學》周刊第65期）

《冥祥記》補遺

魯迅先生自《法苑珠林》《太平廣記》及《辯正論》注中,輯録出齊王琰《冥祥記》遺文一百三十一則(見《古小説鉤沉》下册,頁四四九至五三四)。頃檢讀《圖書集成》,更輯録得《古小説鉤沉》本所缺的遺文三則,權作補遺。

(一)齊琅琊王奐,仕齊至尚書左僕射,甚信釋典,而性最妒忌。嘗在齋内,使愛妾治髭。忽有烏銜黄梅過庭而墜,奐猜妾有密期,擲果爲戲。使奴出外覘視,過一士,向籬私游,奴即往擽捉,而此人見嗔,污媟便遯迸走。奴還白之。奐謂彌用有實,苦加核問。妾備自陳,終不見察,即遣下階笞殺之。妾解衣誓曰:"今日之死,實爲枉横。若有天道,當令官家知。"爾後,數見妾來訴怨。俄而出爲雍州刺史,性漸狂異,如有憑焉。無故打殺小府長史劉興祖,誣其欲反,爲御史中丞孔稚圭所奏。世祖遣中書舍人吕文顯,直閣將軍曹道剛,領齊伏兵收奐。奐子彪素稱凶剽,及女婿殷叡遂勸奐曰:"曹吕今來,不見真敕,恐爲奸變。政宜録取,馳以奏聞。"奐納之,便配千餘人仗閉門拒守。彪遂取與官軍戰,彪敗而走寧蠻,長史裴叔業於城内舉兵攻奐,斬之。時人以爲妾之報也。(《家範典》卷九八,中華本第三二九册頁二五)

(二)杜嶷,梁州刺史懷瑶第二子也。任西荆州刺史。性甚豪忌，新納一妾，年貌兼美，寵愛殊深。妾得其父書云："比日困苦，欲有求告。"妾倚簾讀之。從外還，而妾自以新來，羞以此事聞從，因嚼吞之。從謂是情人所寄，遂令剖腹取書。妾氣未斷，而書已出。從看訖嘆曰："吾不自意，忿忿如此。傷天下和氣，其能久乎！"其夜，見妾訴。從旬日而死，襄陽人至今以爲口實。(《家範典》卷九八中華本第三二九册頁二五)

(三)東魏孫敬德，天平中定州募士。奉釋教，嘗造觀音像，自加禮敬。後爲劫賊所引，不勝拷楚。忽夢一沙門，令誦救生觀世音千遍。執縛臨刑，誦念數滿，刀自折爲三段，膚頸不傷。三易其刀，終折如故。所司以狀奏聞，丞相高歡表請免死。及歸，睹其家觀音像，項有刀迹三。敕寫其經，布於世，今謂《高王觀音經》。自晋、宋、梁、陳、秦、趙國，觀音、地藏、彌勒、彌陀，稱名念誦得救者，不可勝紀。(《神異典》卷一〇四中華本第四九八册頁二三)

除以上三則外，在《禽蟲典》卷一一三，《家範典》卷九三，尚有數則，惟所記多爲隋唐間事，恐爲《冥報記》或冥報拾遺之誤也。

——《圖書集成》小説輯遺之一

(原載1948年3月8日上海《大晚報·通俗文學》周刊70期)

《傳奇》補遺

唐裴鉶所撰《傳奇》久遺，鄭振鐸先生曾自《太平廣紀》輯録出二十四則，印於《世界文庫》第一册中。近檢《古今圖書集成》，又發見四則爲自《太平廣紀》所輯本所無，因移録作補。或間有《圖書集成》所誤録，衹有以後再爲考證。

㈠平陸尉薛昭，元和中坐讁，有田山叟者，贈藥一粒，教令遁去，因入蘭昌宫。見雲髻仙衣美女三人，詢其姓氏，長曰"雲容"，姓張氏；次曰"鳳臺"，姓蕭氏；次曰"蘭翹"，姓劉氏。飲酣，蘭翹命骰子，白二女曰："今夜佳賓相逢，須有匹偶，請擲骰子，遇采强者，得以薦枕席。"雲容數勝，蘭翹遂命薛郎近雲容姊坐。昭發問曰："夫人何許人也？何以届此？"容曰："某乃開元中楊貴妃之侍兒也。妃念極，嘗獨舞霓裳於綉嶺宫，妃悦，贈我詩曰：'羅袖動香香不已，紅蕖裊裊青烟裏。輕雲嶺上乍摇風，嫩柳池邊初拂水。'詩成，皇帝吟諷久之。亦有繼和，但我不憶耳。此時，多遇皇帝與申天師談道，亦數侍天師茶藥。因閑處，叩頭乞藥，師云：'吾不惜，但汝無今日之分，不久處世如何？'我曰：'朝聞道，夕死可矣。'師乃與絳雪丹一粒，曰：'汝但服之，雖死不壞。但能大其壠，廣其穴，含以真玉，疏而有風，使魂不蕩空，魄不沉寂，而有物拘制，陶出陰陽，數百年。若遇生人得交精之氣，或再生，便爲地仙耳。"昭因詰天師之狀，乃田山叟之魁梧

也。乃大駭曰："山叟即申天師明矣，不然何以委曲使余符曩日之事哉?"(《閨媛典》卷三五九，中華本第四二一册，頁六三)

㊁鮑姑，靚之女也。晋太興元年，靚於蔣山遇真人陰長生，授變化之術累徵至黄門侍郎，求出爲南海太守。時葛洪亦可以散騎常侍求出爲勾漏令，師事靚，靚以姑嫁之。其後姑與洪相次登仙玉鵝峰，即姑飛升處也。至唐時，人見其行炙於南海，有崔煒者，得其越井岡艾灼贅瘤，無不愈者。(《閨媛典》卷三六九，中華本第四二二，頁三八)

㊂太和中，有處士姚坤，不求榮達，嘗以釣魚自適。居於東洛萬安山南，以琴尊自怡。其側有獵人，常以網取狐兔爲業，坤性仁，恒收贖以放之，如此活者數百。坤舊有莊，質於嵩嶺菩提寺。坤持其價而贖之，其知莊僧惠沼，行凶，率常於闃處鑿井，深數丈，投以黄精數百斤，求人試服，以觀其變化。乃飲坤，大醉，投於井中，以磑石咽其井。坤及醒，無計躍出，但饑茹黄精而已。如此數日，夜忽有人於井中召坤姓名，謂坤曰："我狐也，感君活我子孫不少，故來教君。我神之通天者，初穴於冢，因上竅乃窺天漢星辰，有所慕焉。恨身不能奮飛，遂凝盼注神，忽然不覺飛出，躡虚駕雲，登天漢見仙官而禮之。君但能澄神泯慮，注盼元虚，如此精確，不三旬而自飛出，雖竅之至微，無所礙矣。"坤曰："汝何據耶?"狐曰："君不聞西升經云：'神能飛，形亦能移。'山君其努力!"言訖而去。坤信其説，依而行之。約一月，忽能跳出，於磑孔中。遂見僧，大駭，視其井，依然。僧禮坤，詰其事，坤告曰："但於中，餌黄精一月，身輕如神，自能飛出，竅所不礙。"僧然之，遣弟子以索墜下，約弟子一月後來窺，弟子如其言。月餘來窺，僧已斃於井矣。坤歸旬日，有女子自稱夭桃詣坤，云是富家女，誤爲少年誘出，失

蹤不可復返，願持箕帚。坤見之，妖麗冶容，至於篇什等體，俱能精至，坤亦念之。後坤應判，挈夭桃入京，至盤豆館，夭桃不樂，取筆題竹簡爲詩一首曰："鉛華久御向人間，欲捨鉛華更慘顔。縱有青丘今夜月，無方重照舊雲鬟。"吟諷久之，坤亦矍然。忽有曹牧，遣人執良犬，將獻裴度。入館，犬見夭桃，怒目掣鎖，蹲步上階，夭桃亦化爲狐，跳上犬背，抉其目。犬驚騰號，出館望荆山而竄。坤大駭，逐之行數里，犬已斃，狐即不知所之。坤惆悵悲惜，盡日不能前進。及夜，有老人挈美醖詣坤，云是舊相識。既飲，坤終莫能達相識之由。老人飲罷，長揖而去，云報君亦足矣，吾孫亦無恙。遂不見。坤方悟狐也，後寂無聞矣。（《禽蟲典》卷七二，中華本第五二一册，頁五）

㈣貞元中，有湘媪，常以丹篆救人病。一日，告鄉人曰：往洞庭救數百人性命，至洞庭，前一日有大風濤，蹙一巨舟泊一島上而碎。所載近百人，各星居於島上。忽有一白鼉，長丈餘，游於河上，數十人撾殺之，分食其肉。明日，有雪城圍島，漸窄如束，其廣不三數丈，岳陽人亦遥望雪城，莫能曉也。媪登島飛劍刺之，白城如一聲霹靂，遂崩。乃一大白鼉，長十餘丈，蜿蜒而斃。媪乃劉綱妻，樊夫人也。（《禽蟲典》卷一三二，中華本第五二五册，頁四九）

以上四條，第二鮑姑名曾見於太平廣記卷三十四"崔煒"條末。此則顯係附於該條之次，而太平廣記不收者。第二"姚坤"條，圖書集成行，題采自"傳記"，或爲"傳奇"之誤，因亦輯録。

——《圖書集成》小説輯遺

（原載 1948 年 3 月 19 日上海《中央日報·俗文學》周刊第 59 期）

《博異志》遺文補

前些時候從《圖書集成·神異典》裹輯録出兩條《博異志》的遺文。事後翻閲其他部分,在《考工典》《家範典》《禽蟲典》及《樂律典》裹,又發現了幾條,題的有是《博異志》,有是《博異記》,重出的有的一個作"志",一個作"記"。總之,當是谷神子《博異志》一書。

這七條遺文,現在也鈔録出來,作前文的補遺:

㈠南陽張遵言,求名下第,塗次商山。山館中,夜晦黑,因起廳堂督芻秣,見東墻下一物,凝白耀人,使僕者視之,乃一白犬。大如猫,鬚睫爪牙皆如玉,毛彩清潤,光澤可愛,遵言憐愛之。目爲捷飛,言駿奔之甚於飛也。常與之俱,初令僕人張志誠袖之,每飲飼,則未嘗不持目前。時或飲食不快,則必伺其嗜而啖之。苟或不足,寧遵言輟味,不令捷飛之不足也。一年餘,志誠袖行,意似懈怠,由是遵言每行自袖之,飲食轉加精愛,夜則同寢,晝則同處。首尾四年後,遵言因行於梁山路,日將夕,天且陰,未至所詣。而風雨驟來,遵言與僕等隱大樹下。於時昏晦默無所睹,忽失捷飛所在。遵言驚嘆,命志誠等分頭搜討,未獲。次忽見一人,衣白衣,長八尺餘,形狀可愛。遵言豁然如月中立,各得辨色,問白衣人何許來,何姓氏。白衣人曰:"我姓蘇,第四。"謂遵言曰:"我已知子姓字矣。君知捷飛去處否？則我是也。君今災厄合死，我緣受君恩深，四年已來，能活我至於盡力輟味，曾無毫釐悔恨。我今誓脱子厄，然須損十餘人命耳。”言訖，遂乘遵言馬而行，遵言步以從之。可十里許，遥見一冢，上有三四人，衣白衣冠，人長丈餘，手持弓劍，形狀瑰偉。見蘇四郎，俯僂迎趨而拜。拜訖，莫敢仰視。四郎問何故。相見，白衣人曰：“奉大王帖，追張遵言秀才。”言訖，偷目盜視遵言，遵言恐欲踣地。四郎曰：“不得無禮！我與遵言往還，君等須與我且去。”四人憂恚啼泣，四郎謂遵言曰：“勿憂懼，此輩亦不能戾吾。”更行十里，又見夜叉輩六七人，皆持兵器，銅頭鐵額，狀貌可憎惡。跳梁企躑，進退獰暴，遥見四郎，戢毒栗立，惕伏戰悚而拜。四郎喝問曰：“作何來？”夜叉等霽獰毒，爲戚施之顔，肘行而前曰：“奉大王帖，專取張遵言秀才。”偷目盜視之狀如初。四郎曰：“遵言我之故人，取固不可也。”夜叉等一時叩地流血而言曰：“在前白衣者四人，爲取遵言不到，大王已各使决鐵杖五百，死者活者尚未分，四郎今不與去，某等盡死。伏乞哀其性命，暫遣遵言往。”四郎大怒叱夜叉，夜叉等辟易崩倒者數十步外，流血跳迸，涕泪又言。四郎曰：“小鬼等敢爾，不然且急死。”夜叉等啼泣喑嗚而去。四郎又謂遵言曰：“此數輩甚難與語，今既去，則奉爲之事成矣。”行七八里，見兵仗等五十餘人，形神則常人耳，又列拜於四郎前。四郎曰：“何故來？”對答如夜叉等，又言曰：“前者，夜叉牛叔良等七人，爲追張遵言不到，盡以付法。某等惶懼，不知四郎有何術，救得某等全生。”四郎曰：“第隨我來或希冀耳。”凡五十人，言可者半。須臾，至大烏頭門。又行數里，見城堞甚嚴，有一人具軍容，走馬而前，傳王言曰：“四郎遠到，某爲所主有限,法不得迎拜於路。請且於南館小休,即當邀迓。”入館未安,信使相繼而召,兼屈張秀才,俄而從行。宫室欄署,皆真王者也。入門,見王披衮垂旒,迎四郎而拜。四郎酬拜,禮甚輕易,言詞唯唯而已。大王盡禮,前揖四郎升階。郎亦微揖而上,回謂遵言曰:“地主之分,不可不爾。”王曰:“前殿淺陋,非四郎所宴處。”又揖四郎。凡過殿者三,每殿中皆有陳設盤榻,食具供帳之備。至四重殿中,方坐,所食之物及器皿,非人間所有。食訖,王揖四郎上夜明樓。樓上四角柱,盡飾明珠,其光如晝。命酒具樂,飲數巡,王謂四郎曰:“有佐酒者,欲命之。”四郎曰:“有何不可?”女樂七八人,飲酒者十餘人,皆神仙間容貌妝飾耳。王與四郎各衣便服,談笑亦鄰於人間少年。有頃,四郎戲一美人,美人正色不接。四郎又戲之,美人怒曰:‘我是劉根妻,不爲奉上元夫人處分,焉涉於此?君子何容易乎?中間許長史,於雲林王夫人會上輕言,某已贈語杜蘭香姊妹,至多微言,猶不敢掉謔,君何容易歟?”四郎怒,以酒卮擊牙盤一聲,其柱上明珠轂轂而落,暝然無所睹。遵言良久懵而復醒,元在樹下,與四郎及鞍馬同處。四郎曰:“君已過厄矣,與君便别。”遵言曰:“某受生成之恩,已極矣,都不知四郎之由,以歸感戴之所。又某之一生,更有何所賴耶?”四郎曰:“吾不能言。汝但於商州龍興寺,東廊縫衲老僧處問之,可知也。”言畢,騰空而去。天已向曙,遵言遂整轡適商州,果有龍興寺。見縫衲老僧遂禮拜。初甚拒遵言,遵言求之不已,老僧夜深乃言曰:“君子苦求吾,焉可不應?蘇四郎者,乃是太白星精也。大王者,仙府之謫官也,今居於此。”遵言以他事問老僧。老僧竟不對,曰:“吾今已離此矣。”即命遵言歸。明晨尋之,已不知其處所矣。(《神異典》卷十五,中華本第四九〇册,頁十四。)

㊁興元元年,朱泚亂長安。有閻敬立爲段秀實告密使,潛途出鳳翔山,夜,欲抵太平館。其館移十里,舊館無人已久,敬立誤入之,但訝荒蕪鯁澀,即有二皂衫人迎門而拜,控轡至廳,即問此館何以寂寞如是。皂衫人對曰:"亦可住"。既坐,亦如當館驛之禮。須臾,皂衫人通曰:"知館官,前鳳州河池縣尉劉俶。"敬立見之,問曰:"此館荒蕪,何也?"對曰:"今天天下榛莽,非獨此館,宫闕尚生荆棘矣。"敬立奇其言,語論皆出人右。俶乃云:"此館所用,並散逃。"因指二皂衫人曰:"此皆某家崑崙奴,一名道奴,一名知遠。權且應奉爾。"敬立因於燭下細目其奴,皂衫下皆衣紫白衣,面皆崑崙,兼以白字印面,分明信是俶家人也。令覘厨中,有三數婢供饌具,甚忙。良久,盤筵至,食甚精。敬立與俶同餐,甚飽。畜僕等,皆如法,乃寢。敬立問俶曰:"緣倍程行,馬瘦甚,可别假一馬耶?"答曰:"小事耳。"至四更,敬立命駕欲發,俶又具饌,亦如法。俶處分知遠取西槽馬,送大使至前館。兼令道奴被東槽馬,我餞送大使至上路。須臾,馬至,敬立乃乘西槽馬而行,俶亦行。可二里,俶即却回,執别異於常館官。别後數里,敬立覺所借馬有人糞之穢。俄而漸盛,乃换己馬。被馱而行四五里,東方似明,前館方有吏迎拜。敬立驚曰:"吾纔發館耳。"曰:"前館無人,大使何以宿?"大訝,及問所送僕馬,俱已不見。其所馱輜重,已却回百餘步,置路側。至前館,館吏曰:"昔有前官,鳳州河池縣尉劉少府殯宫,在彼館後園,久已頹毁。"敬立却回驗之,廢館更無物,唯墻後有古殯宫,東廠前,有搭鞍木馬,西側中,有高脚木馬。門前廢堠子二,殯宫前,有冥器數人。漸覺喉中有生食氣,須臾,吐夜所食,皆作

朽爛氣,如黄衣麴塵之色,斯乃櫬中,送亡人之食也。童僕皆大吐,三日方復舊。(《神異典》卷四三,中華本第四九三册,頁八;亦見《考工典》卷七二,中華本第七八六册,頁五九。)

㊂元和中,内侍劉希昂將遇禍,家人上厠,忽聞厠中云:“即來且從容。”家人驚報希昂,自往聽之,又云:“即出來,即出來。”昂曰:“何不出來?”遂有一小人,可長尺餘,持槍跨馬而走出,迅疾趁不可及,出門無所見。未幾而復至。七月十三日中,忽有一白衣女人獨行至門曰:“緣游看,去家遠,暫借後院盤旋可乎?”希昂令借之,勒家人領過,姿質甚分明。良久不見出,遂令人覘之,不見。希昂不信,自往觀之,無所見,唯有一火柴頭在厠門前。家屬相聞曰:“恐及火灾起。”覓術士鎮壓之。當鎮壓日,火從厨上發燒,半宅且盡。冬,希昂忤憲宗,罪族誅。(《神異典》卷三一九,中華本第五一四册,頁五四)

㊃張不疑,開成四年宏詞登科,授秘書。游京假丐於諸侯。回以家遠無人,患其孤寂,寓官京國,欲市青衣,散耳目於閭里間。旬月内亦累有呈告者。適憎貌未偶。月餘,牙人來云:“有新鬻僕者,請閲焉。”不疑與期於翌日。及所約時,至抵其家。有披朱衣、牙笏者,稱前浙西胡司馬,揖不疑就位。與語甚爽朗,云:“某少曾在名場,幾及成事。曩以當家使於南海,蒙携引數年。記於嶺中,偶獲婢僕等數十人,自浙右以歷南荆,已貨鬻殆盡。今但有六七人。承牙人致君子至焉。”語畢,一青衣捧小盤,各設於賓主位。俄携銀罇金盞,醪醴芳新,馨香撲鼻。不疑奉道,常御酒止肉,是日不覺飲數杯。命諸青衣六七人,并列於庭,曰:“唯所選耳。”不疑曰:“某以乏於僕使,今唯有錢六萬,願貢其價。却望高明度六萬

之直者一人以示之。”朱衣人曰:“某價翔庳,各有差等。”遂指一鴉鬟重耳者曰:“春條可以償耳。”不疑睹之,則果是私目者矣。即日操契付金。春條善書録,音旨清婉。所有指使,無不愜適。又好學,月餘日,潛爲小詩,往往自於户牖間題詩云:“幽室鎖妖艷,無人蘭蕙芳。春風三十載,不盡羅衣香。”不疑深惜其才貌明慧,如此兩月矣。不疑素有禮,奉門徒尊師居昊天觀,相見,因謂不疑曰:“郎君有邪氣絶多。”不疑罔知所自。尊師曰:“得無新聘否?”不疑曰:“聘納則無,市一子耳。”尊師曰:“禍矣。”不疑恐,遂問計焉。尊師曰:“明旦告歸,慎勿令覺。”明早,尊師至,謂不疑曰:“唤怪物出來。”不疑召春條,泣於屏幕間,亟呼之,終不出來。尊師曰:“果怪物耳。”斥於室内閉之。尊師焚香作法,以水向東而噀者三,謂不疑曰:“可往觀之,何如也?”不疑視之,曰:“大抵是舊貌,但短小尺寸間耳。”尊師曰:“未也。”復作法禹步,又以水向門而噴者三,謂不疑:“可更視之,何如也?”不疑視之,乃僕地,撲然作聲。視之疑--朽盟器耳,背上題曰“春條”。其衣服若蟬蜕然,繫結仍舊。不疑大驚。尊師曰:“不但此,腰腹間亦合有異。”令不疑命刀劈之,腰頸間果有血浸潤於木矣。遂焚之。尊師曰:“向使血遍體,則郎君一家皆遭此物累也。”自是不疑鬱悒無已,不疑常與道士共辨往來。道士將他適,乃誡不疑曰:“君有重厄,不宜居太夫人膝下;又不可進買婢僕之輩。某去矣,幸勉之。”不疑即啓母盧氏。盧氏素奉道,常日亦多在别所求静,因擇寺院以居。不疑且問省。數月,有牙儈言:“有崔氏孀婦,甚貧,有婢四人,皆鬻之。今有一婢曰‘金缸’,有姿容,其所最惜者。今貧不得已,將欲貨之。”不疑喜,遂令召至,即酬其價十五萬而獲焉,寵待無比。金缸美言笑,明利輕便,事不疑皆先意而知。不疑愈惑之。未幾,道士詣門,及見不疑,言色慘沮,吁嘆不已。不疑詰之,道士曰:“禍已成,無奈何矣。非獨於君,太夫人亦不免矣。”不疑驚怛,起曰:“别後皆如師教。尊長寓居别寺,某守道殊不敢怠,不知何以致禍?且如之何?”哀祈備至。道士曰:“家無計矣。但爲君辨明之。”因詰其别後有所進否。不疑曰:“家少人力,昨唯買一婢耳。”道士曰:“可以見乎?”不疑即召之。金缸不肯出。不疑連促之,終不出。不疑自詬之,即至。道士曰:“即此是矣。”金缸大罵曰:“婢有過,鞭撻之可也,不要,鬻之可也。一百五十千尚在,何所憂乎?何物道士,預人家事耶?”道士曰:“惜之乎?”不疑曰:“焉有此事!唯尊師命,敢不聽從。”道士即以拄杖擊其頭,杳然有聲,如擊木,遂倒,乃一盟器女子也。背書其名。道士與不疑至所鬻婢處,但見荒凉野地。即命掘之五六尺,得古墓柩,旁有盟器四五,製作悉類所焚者。一百五十千在柩前儼然,即不疑買婢之資也。復取之。不疑惝怳發疾,累月而卒。親盧氏旬日繼殁焉。(《神異典》卷三一九,中華本第五一四册,頁五五。又見《家範典》卷一一六,中華本第三三〇册,頁五八,惟甚略)

㊄游子木師古貞元初行於金陵界村落,日莫投古精舍宿,見主人僧。主人僧乃送一陋室内安止。其本客廳乃封閉不開。師古怒,遂詰責主人僧。僧曰:“誠非恡惜於此,而卑吾人於彼。前客宿於此者,未嘗不大漸於斯。自某到已三十餘載,殆傷三十人矣。閉止周歲,再不敢令人止宿。”師古不允其詞,愈生猜責。僧不得已,令啓户灑掃,乃實年深朽室矣。師古存心,而口貌猶怒。及入寢,亦不免有備預之志。遂取篋中便手刀子一口於床頭席下,用壯其膽耳。寢至二

更，忽覺增寒，驚覺乃漂沸風冷，如有扇焉。良久，其扇復來，師古乃潛抽刀子於幄中，以刀子一揮，如中物。乃聞墮於床左，亦更無他。師古復刀子於故處，乃安寢。至四更已來，前扇又至，師古亦依前法，揮刀中物，又如墮於地。握刀更候，了無餘事。須臾天曙，寺僧及側近人同來扣户。師古乃朗言問之爲誰，僧徒皆驚，猶詢其來由，師古具述其狀，徐徐拂衣而起。諸人遂於床右見蝙蝠二枚，皆中刀狼籍而死，每翅長一尺八寸，珠眼圓大，爪如銀色。按神異秘經法云："百歲蝙蝠，於人口上，服人精氣，以求長生。至三百歲，能化形爲人，飛游諸天。"據斯未及三百歲耳，神力猶劣，是爲師古所制。師古因之亦知有服煉術，遂入赤城山，不知所終。宿在古舍下者亦足防矣。(《禽蟲典》卷一七二，中華本第五二八册，頁五四)

㈥秀才白幽求，從新羅王子過海，遭風飄至一城，宫室甚偉。俄有數十人，引之入殿，拜於西廊下。幽求徐問："此何處也?"對曰："諸真君游春臺也。"其殿東廊下，列玉女數百人奏樂。白鶴孔雀，皆舉翅動足，更應弦歌。日晚出殿，於山東西爲迎月殿，真君乃命夜戲。須臾，童兒玉女三十餘人，或坐空虚，或行海面，笙簫衆樂，更唱迭和，有唱步虚詞者，數十百輩焉。(《樂律典》卷四六，中華本第七三四册，頁四七)

㈦洞庭賈客吕筠卿，常以貨殖販江西雜貨，逐什一之利。利外有羡，即施貧親戚，次及貧人，更無餘貯。善吹笛，每遇好山水，無不維舟探討，吹笛而去。嘗於中春夜月泊於君山側，命罇酒獨飲，飲一杯而吹笛數曲。忽見波上有漁舟而來者。漸近，乃一老父，鬢眉皤然，去就異常。筠卿終笛起立，迎上舟。老父維漁舟於筠卿舟而上，各問所宜。老父曰："聞君笛聲嘹亮,曲調非常,我是以來。”篘卿飲之數杯。老父曰:“老人少業笛子,可教乎?”篘卿素所耽味,起拜,願爲末學。老父遂於懷袖間出笛三管,其一大如合拱,其次大如常人之蓄者,其一絶小,如細筆管。篘卿復拜請老父一吹。老父曰:“其大者不可發,次者亦然,其小者爲子吹一曲,不知得終否。”篘卿曰:“願聞其不可發者。”老父曰:“其第一者在諸天,對諸上帝或元君或上元夫人合上天之樂而吹之。若於人間吹之,人消地拆,日月無光,五星失次,山岳崩圮,不暇言其餘也。第二者,對諸洞府仙人、蓬萊姑射、昆丘,王母及諸真君等,合仙樂而吹之。若人間吹之,飛沙走石,翔鳥墜地,走獸腦裂,五星内錯,稚幼振死,人民纏路,不暇言其餘也。小者是老身與朋儕可樂者,庶類雜而聽之,未知可終曲否。”言畢,抽笛吹三聲,湖上風動,波濤沆瀁,魚鱉跳噴,篘卿及僮僕恐聳讋慄。五聲六聲,君山上鳥獸叫噪,月色昏昧,舟檝大恐。老父遂止。引滿數杯,乃吟曰:“湘中老人讀黄老,手援紫藟坐翠草。春至不知湘水深,日暮忘却巴陵道。”又飲數杯,謂篘卿曰:“明年社,與君期於此。”遂棹漁舟而去,隱隱漸没於波間。至明年秋,篘卿十旬於君山伺之,終不復見也。(《樂律典》卷一二二,中華本第七四〇册,頁七)

——《圖書集成》小説輯遺

(原載 1948 年 3 月 23 日上海《中央日報 · 俗文學》周刊第 60 期)

變文目

《唐代俗講考》(《文史雜志》3 卷第 9、10 期合刊)一文的末後,曾將敦煌所出俗講文學作品列成目録,作爲"附録二",實在給我們不少方便。近來讀書又見到若干條可作補充,爲了自己研究方便,曾與該目合在一起重抄一過。現把這一類的作品,分作"押座文""緣記"與"變文"三組(如此分的理由,他日另論),每目除註明庋藏處、公刊處外,如學者於該目撰有論著,亦爲註明。自己見聞甚少,疏漏必多,尚祈專家多爲指正。①

一 押座文

一、八相押座文

倫敦 S. 2440 收入:①《大正新修大藏經》卷 85《古逸部》"押座文"類;②《敦煌變文匯録》頁 127;③《敦煌變文集》頁 823。

---

①本文整理時曾根據近刊周紹良編《敦煌變文匯録》、王重民等編《敦煌變文集》、王重民著《敦煌古籍叙録》訂補。

二、降魔變神押座文

巴黎 P. 2187 收入:①傅芸子《俗文學研究講義》(據日人那波利貞鈔本移録);②《敦煌變文匯録》頁 264;③《敦煌變文集》頁 344。此卷前題作"降魔變神押座文",後題作:"破魔變一卷",實爲《破魔變文》開端的"押座文"。《文藝復興》"中國文學研究號",拙作有《降魔變押座文與目連緣起》一文。

倫敦 S. 3491,見②,載《功應意生天緣》《破魔變文》前。

三、維摩經押座文

倫敦 S. 2440(兩本)收入:①《大正新修大藏經》卷 85《古逸部》"押座文"類;②《鳴沙餘韵》;③《敦煌變文匯録》頁 23;④《敦煌變文集》頁 829。

巴黎 P. 3210,P. 2122,見④。

倫敦 S. 1441,見④。

四、温室經講唱押座文

倫敦 S. 2440 收入:①《大正新修大藏經》卷 85《古逸部》"押座文"類;②《鳴沙餘韵》;③傅芸子《俗文學研究講義》;④《敦煌變文匯録》頁 93;⑤《敦煌變文集》頁 833。《支那佛教史學》第 1 號傅芸子著有《敦煌本温室經講唱押座文跋》一文,此文又收入《白川集》及《北大文學》第 1 輯。

巴黎 P. 3210。

五、三身押座文

倫敦 S. 2440 收入:①《大正新修大藏經》卷 85《古逸部》"押座

文”類;②《鳴沙餘韵》;③《敦煌變文彙録》頁 211;④《敦煌變文集》頁 827。

六、故圓鑒大師二十四孝押座文

倫敦 S. 7 收入:《敦煌變文集》頁 835。董康著《書舶庸談》卷 4 有《圓鑒大師二十四孝押座文跋》一文。

倫敦 S. 3728,見前。

巴黎 P. 3361,見前。

七、左街僧録大師押座文

倫敦 S. 3728 收入:《敦煌變文集》頁 840。

八、失題押座文

倫敦 S. 4474 收入:《敦煌變文集》頁 843。

巴黎 P. 2044 收入:《敦煌變文集》頁 842,日人倉石武四郎《寫在目連變文之介紹》(見《北新》第 3 卷 4 號)中曾引。

二　緣起

九、醜女緣起

巴黎 P. 3048 收入:①《敦煌掇瑣》上輯瑣 8;②《敦煌變文匯録》頁 243;③《敦煌變文集》頁 787。《藝文》第 3 卷第 2 期,傅芸子著有《醜女緣起與賢愚經金剛品》一文;《俗文學》第 10 期拙作有《醜女緣起故事的根據》一文。《敦煌古籍叙録》頁 381。

巴黎 P. 3592,P. 2945。

倫敦 S. 4511,S. 2114。

一〇、目連緣起

巴黎 P. 2193 收入:①傅芸子《俗文學研究講義》(據日人岡崎文夫鈔本移録);②《敦煌變文匯録》頁 193;③《敦煌變文集》頁 701。參見目二。

一一、歡喜國王緣

上海文管會藏收入:①《敦煌零拾》;②《敦煌變文集》頁 772。《國學論叢》第 1 卷第 2 號陳寅恪著有《有相夫人生天因緣曲跋》一文。《敦煌古籍叙録》頁 375。

巴黎 P. 3357,見②。

一二、善財入法界緣起抄

巴黎,編號不明。

三　變文

一三、舜子至孝變文

巴黎 P. 2721 收入:①《敦煌掇瑣》上輯瑣 11;②《世界文庫》第 12 册;③《敦煌變文匯録》頁 281;④《敦煌變文集》頁 129。董康著《書舶庸談》卷 2 有《舜子至孝變文跋》一文。

倫敦 S. 4654。

一四、董永變文

倫敦 S.2204 收入：①《沙州文録補遺》；②《董永沉香合集》頁 5；③《敦煌變文集》頁 109。《圖書季刊》新 2 卷 3 期有《敦煌本董永變文跋》一文，又《俗文學》第 3 期。《敦煌古籍叙録》頁 358。

一五、王昭君變文

巴黎 P.2553 收入：①《敦煌掇瑣》上輯瑣 13；②《敦煌遺書》第 1 集；③《世界文庫》第 12 册；④《敦煌變文匯録》頁 385；⑤《敦煌變文集》頁 98。《民俗》第 27、28 合期容肇祖著有《唐寫本明妃傳殘卷跋》一文，又收於《迷信與傳説》；董康著《書舶庸談》卷 1 有《昭君變文跋》一文。《敦煌古籍叙録》頁 350。

一六、張淮深變文

巴黎 P.3451 收入：①《敦煌變文匯録》頁 405；②《敦煌變文集》頁 121。前《中央研究院歷史語言研究所集刊》第 7 本第 3 分孫楷第著有《敦煌寫本張淮深變文跋》一文。《敦煌古籍叙録》頁 363。

一七、張義潮變文

巴黎 P.2962 收入：①《敦煌掇瑣》上輯瑣 12；②《敦煌變文匯録》頁 399；③《敦煌變文集》頁 114。《圖書副刊》第 145 期孫楷第著有《敦煌寫本張義潮變文跋》一文，又見《圖書季刊》第 3 卷 3 期。《敦煌古籍叙録》頁 362。

一八、季布罵陣詞文

巴黎 P. 3697 收入:①《敦煌變文匯録》頁 339;②《敦煌變文集》頁 51。

巴黎 P. 2747,P. 2648,P. 3386,均見②,以上三本并收入《敦煌掇瑣》上輯瑣 5、瑣 6、瑣 7。前北平研究院《史學集刊》第三期吴世昌著有《敦煌卷子季布罵陣詞文考釋》一文。

巴黎 P. 3197,見②并印入《支那學》第 6 卷 2 號。

倫敦 S. 5440,見②,并收入《敦煌零拾》。

倫敦 S. 2056,S. 5439,S. 5441。

《北平圖書館館刊》第 10 卷 1 號有《敦煌本捉季布傳文》一文;《文史周刊》第六十四期王慶菽著有《季布歌考證》一文;《文史哲》第 1 卷 3 期馮沅君著有《季布罵陣詞文補校》。《敦煌古籍叙録》頁 340。

一九、王陵變

巴黎 P. 3627a,P. 3627b,P. 3867 收入:①《敦煌變文匯録》頁 359;②《敦煌變文集》頁 36。《俗文學》第 8 期、第 9 期有《敦煌本王陵變文跋》一文;《北平圖書館館刊》第 10 卷 6 號有《跋敦煌本王陵變文》一文;《文史周刊》第 75 期有《跋敦煌本王陵變文》一文。《敦煌古籍叙録》頁 344。

倫敦 S. 5437。又北京大學圖書館藏本。《敦煌古籍叙録》頁 348。

邵氏藏。

二〇、伍子胥變文

巴黎 P. 3213 收入:①《敦煌掇瑣》上輯瑣 9;②《敦煌變文匯録》頁 297;③《敦煌變文集》頁 1。《圖書周刊》第 184 期,劉修業據巴黎所藏與《掇瑣》本校勘,著有《敦煌本伍子胥變文之研究》一文。《敦煌古籍叙録》頁 335。

巴黎 P. 2794 收入:①《敦煌掇瑣》上輯瑣 10;②《敦煌變文匯録》頁 301;③《敦煌變文集》頁 1。

倫敦 S. 328,S. 6331,見③。

二一、前漢劉家太子變

巴黎 P. 3645 收入:①《敦煌變文匯録》頁 379;②《敦煌變文集》頁 160。

巴黎 P. 4051,P. 4692,見②。

倫敦 S. 5547,見②。

二二、蘇武李陵執别詞

巴黎 P. 3595 收入:①《敦煌變文匯録》頁 375;②《敦煌變文集》頁 848。

二三、秋胡變文

倫敦 S. 133 收入:①《沙州文録》;②《敦煌變文匯録》頁 289;③《敦煌變文集》頁 154。

二四、孟姜女變文

巴黎 P. 5039 收入:①《敦煌變文匯録》頁 420;②《敦煌變文

集》頁 32。

二五、太子變文

巴黎 P. 3496 收入:《敦煌變文集》頁 317。

北京推字 79 號收入:①《敦煌雜録》;②《敦煌變文匯録》頁 125;③《敦煌變文集》頁 317。

倫敦 S. 4480, S. 4128, S. 4633, S. 3096 收入:《敦煌變文集》頁 320 至 328。

二六、太子成道經[①]

巴黎 P. 2999, P. 2924, P. 2299。

倫敦 S. 548, S. 2682, S. 2352, S. 4626。

北京潛字 80 號收入:①《北平圖書館館刊》第 6 卷 6 號;②《敦煌雜録》;③《敦煌變文匯録》頁 107;④《敦煌變文集》頁 285。

二七、譬喻經變文

北京衣字 33 號收入:①《北平圖書館館刊》第 6 卷 2 號;②《敦煌雜録》;③《敦煌變文匯録》頁 103;④《敦煌變文集》頁 761。

二八、父母恩重經變文

巴黎 P. 2418 收入:《敦煌變文集》頁 762。

北京河字 12 號收入:①《敦煌雜録》;②《敦煌變文匯録》頁 95;③《敦煌變文集》頁 695。

---

①即《佛本行集經變文》。

二九、阿彌陀經變文

巴黎 P. 2931 收入:《敦煌變文集》頁 451。

倫敦 S. 6551 收入:《敦煌變文集》頁 460。

巴黎 P. 2955 收入:①《敦煌掇瑣》上輯瑣 17;②《敦煌變文匯録》頁 1;③《敦煌變文集》頁 480。

巴黎 P. 2122,P. 3210,收入:《敦煌變文集》頁 482。

北京殷字 62 號收入:①《敦煌雜録》;②《敦煌變文匯録》頁 5;③《敦煌變文集》頁 482。

三〇、妙法蓮花經變文

巴黎 P. 2305 收入:①《敦煌變文匯録》頁 7;②《敦煌變文集》頁 488。

巴黎 P. 2133 收入:《敦煌變文集》頁 502。

三一、佛本生經變文

長樂鄭氏藏:鄭著《中國俗文學史》上册頁 225 節引。

三二、彌勒上生經變文

巴黎 P. 3093 收入:①《敦煌變文集》頁 646。

三三、八相成道變文

北京雲字 24 號收入:①《北平圖書館館刊》第 6 卷 2 號;②《敦煌雜録》;③《世界文庫》第 9 册;④《敦煌變文匯録》頁 131;⑤《敦煌變文集》頁 329。

北京乃字 91 號收入:①《北平圖書館館刊》第 6 卷 2 號;②《敦

煌雜録》;③《敦煌變文集》頁 329。

北京麗字 40 號收入:①《北平圖書館館刊》第 6 卷 2 號;②《敦煌變文集》頁 329。

三四、難陀變文①

巴黎 P.2324 收入:《敦煌變文集》頁 395。

三五、降魔變文

倫敦 S.5511,收入:①《敦煌零拾》;②《敦煌變文匯録》頁 213;③《敦煌變文集》頁 361。《國學論叢》第 1 卷 4 號陳寅恪著有《須達起精舍因緣曲跋》一文。《敦煌古籍叙録》頁 372。

倫敦 S.4398,見③。《藝文》第 1 卷 3 期傅芸子著有《關於破魔變文倫敦足本之發見》一文。

巴黎 P.4524,P.4615,P.2344,P.3784。

三六、破魔變文

巴黎 P.2187 收入:《敦煌變文集》頁 344。

倫敦 S.3491,見前。

三七、維摩詰經變文

收入:①《敦煌零拾》;②《西陲秘籍叢殘》;③《世界文庫》11 册;④《敦煌變文匯録》頁 81;⑤《敦煌變文集》頁 634。前《中央研究院歷史語言研究所集刊》第 2 本第 1 分陳寅恪著有《敦煌本維

---

①此本係演《佛本行集經》卷 57《難陀出家因緣品》,應是《佛本行集經變文》的一部分。

摩詰經文殊師利問疾品演義跋》一文。又《海潮音》第12卷9號。《清華周刊》第37卷9、10合刊陳寅恪著有《敦煌本維摩詰經問疾品演義書後》一文。《敦煌古籍叙録》頁366。

北京光字94號收入:①《北平圖書館館刊》第6卷2號;②《敦煌雜録》;③《世界文庫》第11册;④《敦煌變文匯録》頁63;⑤《敦煌變文集》頁620。

巴黎P.3079,見⑤。

巴黎P.2292收入:①《世界文庫》第11册;②《敦煌變文匯録》頁29;③《敦煌變文集》頁592。

巴黎P.2122收入:《敦煌變文集》頁589。

倫敦S.3872收入:《敦煌變文集》頁562。

倫敦S.4571收入:《敦煌變文集》頁517。

長樂鄭氏藏。

三八、維摩詰經唱文綱領

倫敦S.3113。

三九、目連變文

北京成字96號收入:①《北平圖書館館刊》第5卷6號;②《敦煌雜録》;③《世界文庫》第10册;④《敦煌變文匯録》頁187;⑤《敦煌變文集》頁756。

德化李氏藏。

四〇、大目犍連冥間救母變文

倫敦P.2614收入:①《大正新修大藏經》卷85《古逸部》;②《世界文庫》第10册;③《敦煌變文匯録》頁149;④《敦煌變文集》

頁 714。

倫敦 S. 2619,S. 3704,見④。

巴黎 P. 2319,P. 3485,P. 3107,P. 4988,見④。

北京麗字 85 號收入:①《北平圖書館館刊》第 5 卷 6 號;②《敦煌雜録》;③《世界文庫》第 10 册;④《敦煌變文集》頁 714。

北京霜字 89 號收入:①《北平圖書館館刊》第 5 卷 6 號;②《敦煌雜録》;③《敦煌變文集》頁 714。

北京盈字 76 號收入:①《敦煌雜録》;②《敦煌變文集》頁 714。

四一、頻婆娑羅王后宫彩女功德意供養塔生天因緣變

倫敦 S. 3491 收入:①《敦煌變文匯録》頁 263;②《敦煌變文集》頁 764。

巴黎 P. 3051 收入:①《敦煌變文匯録》頁 415;②《敦煌變文集》頁 764。

巴黎 P. 2187,見②。

四二、金剛般若波羅蜜經講經文

巴黎 P. 2133 收入:《敦煌變文集》頁 426。

四三、無常經講經文

巴黎 P. 2305 收入:《敦煌變文集》頁 656。

四四、長興四年中興殿應聖節講經文

巴黎 P. 3808 收入:①《唐代俗講考》附録二;②《敦煌變文集》頁 411。

四五、佛說九色鹿經講經文

倫敦 S.1441,S.1973。

四六、失題講經文

巴黎 P.3128,P.2305。
倫敦 S.4327,S.3050。

（原載 1948 年 4 月 23 日上海《中央日報·俗文學》周刊第 64 期）

張采芝

——《金蹏逸史》中的女彈詞史料

《金蹏逸史》二卷，這是本清咸、同間人的筆記稿本。著者在卷一的自序裏題作天海生，他究竟是何許人，已經無法得知，衹是在他的自叙裏説是一個："不肖名場馳逐，二十餘年，才命兩薄，垂得復失，今漸老矣，壯不如人，衰何能爲，廢然自退"的落魄讀書人而已。在他的晚年以"吾所見數十年事，姑蘇一郡之地"而寫成十一則隨筆（卷 1 五則，卷 2 六則）。其寫作原是"意在懲勸"，所以文字常是夾議，讀起來總有些"寒酸"。

此書卷 2 的最末一則，題作《張采芝》，這是與初期女彈詞有關的史料。其中所述，均爲著者的親歷，所以頗可補充今日研究女彈詞史料的不足。以下節略此則中的一些要點如次：

> 吴中盛行南詞。南詞者，編七字成句，似詞非詞，似曲非曲，和以弦索，抑揚其聲調。其詞類多淺近，閨中兒女子喜聽之，故習此者皆盲女，目之曰唱書。又有無業閑漢，演成小説，如《文武香球》《緑（落）金扇》之類。一書唱畢，必經旬累月，集於茶肆，略如評話，因其用三弦撥彈，故又目之曰彈詞。其音有馬調、俞調之别，其實亂彈而已，無所謂宫商也。自咸豐中，金閶冶游極盛，隸樂籍者滿千家，有改妓爲彈詞，耳目爲之新穎。而陸少卿、居彩雲輩，色藝尤佳，女唱書名振一

時，至當道爲之傾倒。迨庚申兵禍，吴宫苑草多植海上，而妓之稱唱書者，亦逐漸而多。且高自位置，不屑與烟花爲伍，尋芳之客，亦若彼遜於此，必唱書而後快意，實則掩耳盗鈴耳。世情好掩飾，類如是也。郡城既復，四五年後，一切規復舊觀，城外雖蔓草荒烟，城中漸歌樓酒館。於是淫嫗狡婦，裝飾幼女，以植錢樹。時則張少卿、張雪貞、李桂卿三家皆業彈詞，爲此中翹楚。皆能略通文墨，與時下士相周旋。

魏如晦《女彈詞小史》[①]裏面，叙述到"書寓先生"彈詞時，引用的史料多爲光緒初年者，且僅及海上，而《金蹏逸史》所記者爲蘇州。且云自咸豐中（1831——1861）已"改妓爲彈詞"，這正可補作魏文所謂"關於女彈詞既有最完整史料，涉及的時間，約當全咸豐年代"的論據。陸少卿疑即魏文所叙之陸綉卿（即陸秀卿）。居彩雲則魏文中已叙及。由蘇州發展到上海，據云爲"庚申兵禍"之後。則爲咸豐十年（1860）太平天國克服蘇州後事，當時上層社會較爲動蕩，因而女彈詞歌者隨之遂有較大規模的流動。文中的張少卿、李桂卿二家，魏文未叙及，可作補充。[②]

原文中著者對張雪貞的一般事迹叙述較詳，這是因爲"雪貞亦願執贄爲余詩弟子"的緣故，以多無關彈詞，今從略。當時女彈詞歌者的生活情況，著者曾云：

近來彈詞之家，每況愈下，至有學河間數錢故事，大都時勢艱難，則人情尖薄，蓋有不如是不可得者。故從前女唱書

---

①《通俗文學》連載，自第五十二期起至第九十二期止。

②《女彈詞小史》卷下《詞媛姓氏録》第六節《女彈詞人物總叙》中，僅引用吴興級秋居士評定的《書仙紅樓夢榜》及《環宇瑣記》第四册所刊嵌女彈詞姓氏的《洋場書寓叙》，列舉到"張雪貞"的名字。

中，猶有一二知所自愛，完其璞而去，今莫不瓜未熟而摘矣。

至於這則題目的張采芝，爲張雪貞之第三女“鳳寶”，文中叙述非常簡單。其實是因爲著者要“述雪貞事，而以采芝名其篇，傷采芝也。”張采芝當時亦爲女彈詞歌者，魏文没有談到。

（原載 1948 年 5 月 24 日上海《大晚報・通俗文學》周刊第 81 期）

敦煌本的《還冤記》

巴黎圖書館藏的敦煌寫本中，Pelliot. 3126 號，有一卷題作《冥報記》的東西。去年九月國立臺灣大學編印的《敦煌秘籍留真新編》裏，曾將這一卷東西影印在卷下第一〇一頁至一〇九頁，而題作《還冤記》了。

伯希和目録題作《冥報記》，實在是錯了，他所根據的祇是這一卷寫本的末後曾寫有"冥報記"三字而已，并没有去勘校它的内容。我校《涵芬樓秘笈》第六集本的《冥報記》，也没有與《還魂記》相同的文字。所以《留真》的題名以與其他本勘校的結果，知道是對的。

這裏根據《留真》把全文逐段移録出來，并以現存《漢魏叢書》及《五朝小説大觀》里的《還冤記》校勘一過。(《漢魏叢書》本簡稱作《漢》；《五朝小説大觀》本簡稱作《五》。凡"殺"字敦煌本大半俱作"煞"，不另一一校出。)

【原文】

(上缺)永固子"睿"("《漢》《五》俱作"■")，討慕容泓，爲泓所敗，"睿"(《漢》《五》俱作"叡")獨死之。萇遣使詣永固謝罪，永固怒既甚，即戮其使，萇益恐懼，遂奔西州，邀聚士卒，而自樹置。永固頻爲慕容仲(《漢》《五》俱作"冲")所敗，仲轉侵逼永固，又見妖怪屢起，遂走五將山，萇即遣饒將軍吴中圍永固，以送萇(《漢》《五》俱作"中執永固以送萇"),即日囚之,以求(缺四字,《漢》《五》俱作"傳國璽及")令禪讓,永固不從,數以叛逆之罪,萇遂"煞"之,"而自稱帝"(《漢》《五》俱作"遂稱帝"),後掘永固尸鞭撻無數(《漢》《五》俱於後字下多"又"字),裸剥衣裳,薦之以棘,掘坎埋之。及萇遇疾,即夢永固,將天官使者及(《漢》《五》俱缺"及"字)鬼兵數百突入營中,萇甚悚"愕"(《漢》《五》俱作"懼")走入後"宫",(原作"帳"字塗去。《漢》《五》俱作"帳"字)人逆來"刾"(《漢》《五》俱作"刺")鬼,誤中萇陰,鬼即相謂曰:正着死"處"(《漢》《五》俱作"所")。拔去矛刃,出血石餘,忽然驚寤,即患陰腫,令醫"刾"(《漢》《五》俱作"刺")之流血如夢。又狂言曰:"煞"陛下者,臣兄"襄"(《五》俱作"宸")耳,非臣萇罪,願不賜枉。"夢"(《漢》《五》俱缺)後"二"(《漢》《五》俱作"三")日萇死。

李雄既王於蜀(《漢》《五》於李字上多"秦"字),其弟四子期,"又次自立"(《漢》《五》俱缺此四字)。"期"(《漢》《五》俱缺)從叔壽,襲"泣"(《漢》《五》俱缺)期"被"(《漢》《五》俱作"而")廢爲邛都公,尋"而"(《漢》《五》俱作"復")煞之,而壽自立。壽性素凶狠猜忌,僕射蔡"興"(《漢》《五》俱作"射")等,以正直忤旨,遂誅之,無幾(下缺)。

(上缺)因遣人徵之,毅敗,夜(以下缺,約九字)曰:撫君昔枉"煞"我師。(以下缺約九字)然何"宜"(《漢》《五》俱作"以")來(以下缺一字),亡師屢有靈(缺,約八字)於寺"煞"之,毅便"嘆咤"(《漢》《五》俱作"嘆叱"),出寺後崗上,大樹自(以下缺一字)而死(《漢》《五》於死字下多一"也"字)。

會稽孔基(《漢》《五》於會字上多"晋時"二字),勤學有志操,憑結族人孔敞,使其二子以基爲師(《漢》《五》於使字上多"敞"字),而敞子并凶"猥"(《漢》缺此字,《五》作"狠"),趣尚不同,基屢言之於敞(《漢》缺"屢言之"三字),此兒常有忿恚。敞尋喪亡,服制既除,基以宿舊(《漢》缺"以宿舊"三字),乃賫羊酒,往看二子,子猷懷宿怨,潛遣奴於路側"煞"基，奴還未至(《漢》《五》未字下俱多"之"字)，仍見基來，張目攘袂，厲聲言曰：奸醜小豎，人面獸心，"吾蒙昔敦識平生"(《漢》《五》此句俱作"吾蒙顧存昔敦舊生平")，有何怨惡，候道見害，慢天忘父，神不容(《漢》《五》神字下多"人"字)，要當斷汝家種，從此之後，數數見形。"孔氏"(《漢》《五》俱缺此二字)無幾，大兒而厕，忽便絶倒。"驛"(《漢》《五》俱作"絡繹")往看，已斃於地。次者尋復病殂，兄弟無後，"遂至滅絶"(《漢》《五》俱缺此四字)。

沮渠蒙"悉"時(《漢》《五》沮字上多"宋"字，"悉"俱作"遜")有沙門曇摩"識"(《漢》《五》俱作"讖")者，博達多識，爲遜之所信重(《漢》《五》遜字上多"蒙"字)，魏"帝"(《漢》《五》俱作"氏")遣李"慎"(《漢》《五》俱作"順")拜遜爲凉王(《漢》《五》遜字上多"蒙"字)，仍求曇摩"識"(《漢》《五》俱作"讖")，蒙遜忲而不與曇摩"識"，意欲入魏，屢從蒙遜請行，夢遜請行，蒙遜怒殺之，既而左右"常"(《漢》《五》俱缺此字)白日見曇摩"識"(《漢》《五》俱作"讖")，以劍擊蒙遜，因"以"(《漢》《五》俱缺此字)疾而死。

支法存者(《漢》《五》於支字上多"魏"字)，本"自"(《漢》《五》俱作"是")胡人，"長生"(《漢》《五》俱作"生長")廣州，妙善醫術，遂成巨富，有八"尺"(《漢》《五》俱作"支")毾㲪，作百種形像，光彩曜目，又有沉香八尺板床，居常芬馥，王談爲廣州刺史，大兒劭之，屢求二物，法存不與，"王因法存豪富"(此句《漢》《五》俱作"王談因存豪縱")"謀"(《漢》《五》俱缺此字)"煞"而藉没家財焉(《漢》《五》而字之上多一"之"字)。死後形見於府"内"(《漢》《五》俱缺此字)，輒打"衙"(《漢》《五》俱作"閣下")鼓，似若稱寃(《漢》《五》寃下多"魂"字)，如此經月(《漢》《五》經字下多一"旬"字)，王談"尋已"(《漢》《五》俱缺此二字)得，恒見法存守之，少時遂亡，劭之至楊都又死。

高平"郡"金鄉"縣"張超(《漢》《五》於高字上多"宋"字，且俱缺"郡"

"縣"二字),先與"同縣翟願以宋元嘉中爲方與令"(《漢》《五》此句作"與同郡翟願不和,願以宋元嘉爲方輿令"),忽"被"(《漢》《五》俱作"爲")人所"煞"(《漢》《五》俱作"殺"),咸疑是超,超後除金鄉縣職,解還家(《漢》《五》俱於解字下多"宜"字),入山伐"材"(《漢》《五》俱作"木")翟"願"(《漢》《五》俱缺)兒子銅烏,執弓持矢,并賫酒"禮"(《五》俱作"醴"),就山貺之,斟酌已畢,銅烏曰:明府昔害我叔,無"容"(《漢》《五》俱作"緣")同戴天日。引弓射之即死,銅烏其夜見超云:我不"煞"汝叔,"横"(《漢》《五》俱作"枉")見殘害,今已上訴"天帝"(《漢》《五》俱缺此二字),故來相報。引刀刺之,吐血而死。

下邳張稗者(《漢》《五》於下字上多"宋"字),家世冠族,末葉衰微,有孫女"殊好色狼"(《漢》《五》俱作"殊好姿色"),鄰人求聘爲妾,稗以舊門之後,耻而不"許"(《漢》《五》俱作"與"),鄰人"忿"(《漢》《五》俱作"憤")之乃焚其屋,稗遂燒死,"其息不在,後還,尋示知情"(《漢》《五》此句作"其息邦,先行不知,後還亦知情狀"),而畏鄰人之勢,又貪其財,"慝"(《漢》《五》俱缺)而不言,嫁女與之。後經一年,"男"(《漢》《五》俱缺)邦夢見稗曰:汝爲兒子,逆天不孝,弃親就怨,潜同凶黨。"便"(《漢》《五》俱缺)捉邦頭,以手中桃"棒"(《漢》《五》俱作"杖")刺之,邦因"病兩日"(《漢》《五》缺此三字),"歐"(《漢》《五》俱作"嘔")血而死,邦死日(《漢》《五》於死字下多"之"字),鄰人又見稗排門直入,張目攘袂曰:君恃縱惡(《漢》《五》於恃字下多"勢"字),酷暴之甚,枉見"煞"害,我已上訴"天帝"(《漢》《五》俱缺此二字),事獲申雪,却後數日,令君知之。鄰人得病,尋亦殞歿。

宋"時"(《漢》《五》俱作"世")永康人吕慶祖,家甚温富,使一奴名教子(《漢》《五》使字上多"嘗"字),守視"田野"(《漢》《五》俱作"野舍"),"□奴不勤耕作,慶祖自往案行"(《漢》《五》此句作"以元嘉中便往案行"),忽爲"奴"(《漢》《五》俱作"人")所煞,族弟無期,"莫知其□,以

□□者”(《漢》《五》俱缺此八字),“□大舉慶祖餞□□爲害□”(《漢》《五》俱作“先大舉慶祖餞,咸謂爲害”),“便”(《漢》《五》俱作“無期”)賫“酒”(《漢》《五》酒字上多“羊”字)脯至“兄”(《漢》《五》俱缺)柩所,“咒”(《漢》《五》俱作“祝”,上并多“而”字)曰:君荼酷如此,“僅有□魂”(《漢》《五》俱作“乃云是我魂而有靈”),使知其“主”(《漢》《五》俱缺)。既還至三更,見慶祖來云:“近履行田見”(《漢》《五》俱缺四字)教子畦疇不理,“許”(《漢》《五》俱作“訐”)當痛治(《漢》《五》於治字下更多“奴”字),奴遂以斧斫我背,將帽塞口,因得嚙奴三指,悉皆破碎,便取刀刺我“頸”(《漢》《五》俱作“頭”),曳着後門(《漢》《五》曳字上多“我”字),初見“煞”時,諸從行人亦在(《漢》《五》在字下多“其中”二字),“其奴欲叛”(《漢》《五》此句作“奴今欲叛”),我已釘其頭着壁。言畢而滅,“弟”(《漢》《五》俱缺)無期“拂旦”(《漢》《五》俱作“早旦”)以告“其”(《漢》《五》俱缺)父母。潛視奴所住壁,果有一把發,所竹釘之,又看“奴手”(《漢》《五》俱作“其”)指,并見破傷,“録奴結驗臣服煞人”(《漢》《五》俱作“録奴語驗具僂人”),又“問”(《漢》《五》俱作“云”)“奴”(《漢》《五》俱缺):汝既反逆,何以不“逃”(《漢》《五》俱作“叛”)? 奴云:頭如被係欲逃不得,諸同見者,事事相符,即“生”(《漢》《五》俱缺)焚教子,并其二息。

琅琊諸葛覆,“宋”(《漢》《五》俱缺)永嘉年爲“九”(《漢》《五》俱作“元”)真太守,家累悉在揚都,唯將長子元崇“述”(《漢》《五》俱作“送”)職,覆於郡病亡,元崇年始十九,送喪欲還,覆門生何法僧,貪其資貨,與伴共推元崇墜水而死,因分其財。“其”(《漢》《五》俱作“爾”)夜元崇母陳氏,夢“見”(《漢》《五》俱缺)元崇,還“家”(《漢》《五》俱缺),具叙“父亡”(《漢》《五》俱作“亡父”),及身被殺委曲,尸骸流漂,怨酷無“何”(《漢》《五》俱作“雙”),“奉違”(《漢》《五》俱作“違奉”)累載,一旦長辭,銜悲茹恨,如何可説? 歔欷不能自勝,又云行速疲極,因卧窗下床上，以頭枕窗，“旦”(《漢》《五》俱作“母”)視兒眠處(《漢》《五》於此句下多“足相非虚矣，陳氏惠怛驚起，把火照兒眠處”)，沾“漯”(《漢》《五》俱作“濕”)如人形，於是舉家號泣，便“始”(《漢》《五》俱缺)發“問”(《漢》《五》俱作“聞”)。於時徐“森”(《漢》《五》俱作“深”)之始除交州，徐道立爲長史，道立陳氏從姑兒也(《漢》《五》立字下多“即”字)。具疏所夢，托二徐檢(《漢》《五》俱作“驗”)之，二徐道遇諸葛喪船，驗其父子亡日，“悉”(《漢》《五》俱缺)如鬼語，乃收“何法僧并伴”(《漢》《五》此五字俱作“其行凶”)二人，即皆款服，依法“煞”之，更差人送喪“歸達”(《漢》《五》俱缺)揚都。

東海徐某甲前妻許氏(《漢》《五》東字上多“宋”字)，生一男名鐵臼，而許氏“云”(《漢》《五》俱缺)亡。“某”(《漢》《五》俱缺)甲改娶陳氏，陳氏凶虐，志滅“前妻之子”(《漢》《五》俱作“鐵臼”)，陳氏“後”(《漢》《五》俱缺)産一男，生而咒之曰：汝若不除鐵臼，非吾子也。因名之“爲”(《漢》《五》俱作“曰”)鐵杵，欲“撞”(《漢》《五》俱作“以杵”)搗鐵臼也，於是捶打鐵臼，備諸苦毒，饑不給食，寒不加絮，“某”(《漢》《五》俱缺)甲性“本”(《漢》《五》俱缺)暗弱，又多不在(《漢》《五》在字下多“舍”)。後妻姿(《漢》《五》俱作“恣”)意暴酷(《漢》《五》意字下多“行其”二字)，鐵臼竟以凍餓病(《漢》《五》俱作“被”)杖而死，時年“六歲”(《漢》《五》俱作“十六”)。亡後“經”(《漢》《五》俱缺)旬餘，鬼忽還家登陳“氏”(《漢》《五》俱缺)床曰：我鐵臼也，實無片罪，横見殘害，我母訴怨天“帝”(《漢》《五》俱缺)，今得天曹符，來取鐵杵，“并及汝”(《漢》《五》俱缺三字)，當令鐵杵疾病，與我遭苦時同，將去自有期日，我今停此待之。聲如生時，家人賓客不見其形，皆聞其語，於是恒在屋梁上住。陳氏“雖”(《漢》《五》俱作“跪”)謝“罪兼”(《漢》《五》俱作“博頰”)，爲設祭“致”(《漢》《五》俱缺)奠。鬼云：不須如此，餓我令死豈是一“餐”(《漢》《五》俱作“飡”)所能酬謝。陳氏夜竊語道之(《漢》《五》

夜字下多“中”字),鬼厲聲曰:何敢道我,今當斷汝屋棟,便聞鋸聲,屑落拉然有響(《漢》《五》屑字下多“亦隨”二字),如棟實崩,舉家走出,炳燭照之,“如故”(《漢》《五》俱作“亦了”)無異。鬼又駡鐵杵曰:汝既煞我,安坐宅上,以爲快“耶”(《漢》《五》俱作“也”),當燒汝屋。即見火燃,烟焰大猛,内外狼狽,俄爾自滅。“茅”(《漢》《五》俱作“茆”)“茨”(《五》作“次”)儼然,不見虧損。日日駡詈,時復“哥謡”(《漢》《五》俱作“歌云”),“歌云”(《漢》《五》俱缺):桃李花嚴霏落,奈何桃李子,嚴霜早“落之”(《漢》《五》俱作“已落”)。其(《漢》《五》俱缺)聲甚傷,“悽”(《漢》《五》俱缺)切自悼不得成長也。於時鐵杵六歲,鬼“得”(《漢》《五》俱作“至”)便病,體“瘦”(《漢》《五》俱作“痛”)腹大,上氣妨食,鬼屢打之“處”(《漢》《五》俱作“打”)處青“□”(《漢》《五》俱作“黶”)月餘“并母”(《漢》《五》俱缺)而死,“便即寂然”(《漢》《五》俱作“鬼便寂然無聞”)。

宋元嘉中李龍等,夜行劫掠,於時丹陽陶繼之,爲秣陵縣令,微密尋捕,遂擒龍等。“龍所”(《漢》《五》俱作“取龍”)引一人,是太樂伎,忘其姓名。劫發之夜,此伎“携”(《漢》《五》俱作“推同”)伴,往就人宿,共奏音聲。陶“令”(《漢》《五》俱缺)不詳審,爲作款“引”(《漢》《五》俱作“列”),隨例申上,及所宿主人,士貴賓客,并相明證。陶“令”(《漢》《五》俱缺)知“其”(《漢》《五》俱缺)枉濫,但以文書以行,不欲爲通塞(《漢》《五》欲字下多“自”字),遂“送劫賊”(《漢》《五》俱作“并諸劫”)十人於郡門斬之。此伎善聲“藝能”(《漢》《五》俱作“技精能”)又殊辨“惠”(《漢》《五》俱作“慧”)。將死之日,親鄰知識看者甚衆,伎曰:我雖賤隸,少懷慕善,未“曾”(《漢》《五》俱作“嘗”)爲非,實不作劫。陶令已當具知,枉見殺害。若死無鬼則已,有鬼必自陳訴。因彈琵琶歌曲而就死,衆知其枉,莫不殞泣。“死”(《漢》《五》俱缺)經月餘,陶“令”(《漢》《五》俱作“遂”)夜夢伎來,至案前云:“我”(《漢》

《五》俱缺）昔“被”（《漢》《五》俱缺）枉見“煞”，實所不忿。“上”（《漢》《五》俱缺）訴“天帝”（《漢》《五》俱缺）得理（《漢》《五》於得字上多“之”字），今故取君。便“跳”（《漢》《五》俱缺）入陶“令”（《漢》《五》俱缺）口“內”（《漢》《五》俱缺），“仍”（《漢》《五》俱作“乃”）落腹中。陶“令”（《漢》《五》俱作“即”）驚寤，俄而倒“地□”（《漢》《五》俱缺）絶，狀若風癲，良久方醒。有時而發，“發”（《漢》《五》俱缺）輒“卒□”（《漢》《五》俱作“夭”）矯頭反着背，四日而亡。亡後家便貧“悴”（《漢》《五》俱作“顇”）。“二”（《漢》《五》俱作“一”）兒早死，餘有一孫，窮塞路次，“乞食而已”（《漢》《五》俱缺）。

宋泰“始”（《漢》《五》俱作“初”）元年，江州長史鄧琬，立刺史晋安王子勛爲帝，以作亂。初南郡太守張悦得罪，“被鑕”（《漢》《五》俱作“鎮歸”）揚都，及湓口，琬赦之，以爲冠軍將軍，與共經紀軍事。琬前軍袁顗既敗，張悦懼誅，乃“僞”（《漢》《五》俱缺）稱暴疾，伏甲而召鄧琬。既至，謂之曰：“卿首唱此謀，今事忽矣，計將安出？琬曰：斬晋安王，以待王師或得免。悦怒曰：（《漢》《五》俱缺以上諸句）卿始可（《漢》《五》俱作“此”）禍，“可欲賣罪”（《漢》《五》俱作“而欲賣死”）少帝乎？命斬於床前，并“煞”其子，以琬頭“降”（《漢》《五》俱作“至”）。五年，悦寢疾，見琬爲厲，遂死。

齊豫章王簫嶷亡後，（《漢》《五》齊字上多“宋”字），忽見形於沈文季曰：我病未應死，皇太子加膏中“一十”（《漢》《五》俱作“十一”）種藥，“我遂”（《漢》《五》俱作“使我”）不差，湯中復加藥一種，使我利不斷，吾已訴“天帝，帝”（《漢》《五》俱缺）許還東“郊”（《漢》《五》俱作“邸”），“當”（《漢》缺，《五》作“審”）判此事。“更”（《漢》《五》俱作“便”）懷中出青紙文書，示文季云：與卿少舊，爲呈主上也。俄而失所在，文季懼不敢傳，少時文惠太子“卒”（《漢》《五》俱缺）薨。

魏城陽王元徽，初爲孝莊帝畫計“煞”爾朱榮，“後”（《漢》《五》俱作“及”)爾朱兆入洛害孝莊,而徽懼,走投洛陽令寇祖仁。祖仁父、叔、兄弟三人爲刺史,皆徽之力也。既而爾朱兆購徽萬户侯,祖仁遂斬徽送之,并匿其金百斤,馬五十匹。及兆得徽首,亦不賞侯。兆乃夢徽曰:我金二百斤,馬百匹在祖仁家,卿可取也。兆覺曰:城陽家本巨富,昨令收捕,全無金銀,此夢或實。至曉,即令收祖仁。祖仁又見徽曰:足得相報矣。祖仁款得金百斤,馬五十匹,兆不信之。祖仁私斂戚屬,得金卅斤,馬“數匹”(《漢》《五》俱作“三十疋”)輸兆,猷不“充”(《漢》《五》俱作“完”)數。兆乃發怒懸頭,樹以石硾其足(《漢》《五》樹字之上多“於”字),鞭萲(《漢》《五》俱作“捶”)煞之。

【後記】

(一)《留真》影印共□頁,十五則,均爲□本所有,并無佚文,卷末題有《冥報記》“張灌後續張□後”諸字。

(二)原文中與今本不同處多爲塗改的,此塗改者不知爲何許人,亦不知何所據。

(三)《會稽孔基勤》條上□眉處記有“中和二年四月八日□手鐫碑五月丨二日畢手蒙中丞以下二女夫作設於西方碑畢之會尚書其日大悦兼賞設憎□之下四人皆沾鞍馬縑緗故紀於低”墨迹與塗改者同,或此中和二年即此寫本塗改之年。按中和爲唐僖宗年號,二年即西紀八八二年。

(四)據趙景深先生查檢《太平廣記》,知《五朝小説》本《還冤記》各條,均作《還冤記》不誤;惟《晋王範妾》條,《太平廣記》作《冥報記》。按此點《歷史語言研究所集刊》第十七本有岑仲勉氏之《唐唐臨〈冥報記〉之復原》(見面一九〇)一文。曾加討論云:晋王範妾《廣記》一二九引冥報志。楊目一。臨書重在徵實,似未遠溯至晋,此條斷非臨書。

這是楊守敬補輯《冥報記》所輯録得二十九則中的最末一則,

其中按語亦楊氏意，岑氏以爲然者，可知此則爲《還冤記》當無問題。

惟岑氏又云：(亦見一九〇)㊅、㊆、㊇、㊈、⑽、⑾、⑿、⒀、⒁，伯希龢氏曾自敦煌獲得古鈔本《冥報記》，見《莫高窟石室秘録》，惟卷數未詳，如能取而比勘，其中若干疑問，或可解决。

按此諸條爲：隋寶室寺、唐柳儉、唐趙文信、唐劉弼、隋釋慧雲、隋趙文若、唐頓比丘李氏、唐雋州令、唐僧義孚。此九條均爲楊守敬氏輯自《法苑珠林》或《廣記》者，我想在那篇校勘托印出來時再拿來研究一下，大約即可知岑氏所云之“或可解决”了。

岑氏説的《莫高窟石室秘録》不知是誰的書，上海不知可否看到。

(五)關於《還冤記》敦煌殘本研究的文字，日本人已經作過了一篇，可惜在上海也没有處去找來看看。這文是見於一本雜志，所以更是不易。

敦煌本《還冤(記)》殘卷考　(日)重和俊華　《史淵》十七輯

真若能讀到這篇文，我相信一定更有許多的發見。(北平歷語所接收的日本圖書館裏一定可以有這本雜志的，可惜也無法去看。)

(原載 1948 年 8 月 6 日上海《中央日報·俗文學》周刊第 77 期)

《升官圖》

——記滿漢兼子弟書之一

滿漢兼子弟書《升官圖》一卷，舊鈔本四葉半（九面），七十二句，未題撰人。碧蕖館傅惜華先生藏本。傅氏子弟書目（《中法漢學研究所圖書館館刊》第二期）頁五七曾著録云：

升官圖一回

作者無考。百本張《子弟書目録》標作“《滿漢兼升官圖》”；注云：“西門金蓮，一回，五佰。”《集錦目録》第二十句曰：“説《升官圖》何日吐氣把眉揚。”按此書係以滿漢文字組織而成者，故《子弟書目録》標以“滿漢兼”之言也。鈔木（中央），車王府本（北大），舊鈔本（碧蕖館）。

子弟書是清代中葉以降北方（尤其是舊京）流行的歌曲，擅揚的人以滿洲人爲多，而滿洲語的研究在這個時候曾再興，因此這種流行的歌曲——子弟書，除了完全漢語寫成的以外，更有滿語漢語混合寫成的（即所謂滿漢兼），可惜這種滿語漢語混合寫成的子弟書，遺存於今日的衹有三種（注）。

《升官圖》故事的内容，由《子弟書目録》的標注已經可以大略的知道。那是取材於《水滸》或《金瓶梅》小説中西門慶與潘金蓮在王婆子家中初次調情幽會的叙寫。字句間極其猥褻，故它的性質注云“春”，短短七十二句的小玩意兒，幾乎完全是性行爲的大膽描寫,雖然是不堪入目,但是在一句中有漢語亦有滿語的寫作手法上,却能引起了讀者的意外情趣。在一句裏常利用了一些官職名稱插在中間,而此等官職名稱又洽好有它的音同意義不同的字(也許是一部分如此),由此而使那個句子生起了洽當而有趣的意義。"升官圖"名稱的來源,也就是因爲在這曲子裏包含許多官職名稱的緣故。這種頗具匠心的寫作技術,無疑的是比其他兩種滿漢兼子弟書高妙了,就是全漢語寫成的子弟書裏也似乎并不多見。

曲的全文,這裏没法完全的移録,我僅將它的"詩篇"移録如次,或者可以看出這曲子寫作技巧的一斑:

西門慶調情把錢大史花,請潘金蓮去裁那包衣(booi)達(da),王婆子他倒上門軍躲出去,西門慶他色膽如天把司獄發,走到跟前伸砲手,將潘金蓮的袖子一蘇拉(sula),滿臉嘻嘻那們護軍校,説趁着没人偺們烏真(Ujen)轕哈(Cooha)。

(注)現存的三種滿漢兼,除了這個《升官圖》,尚有:

(一)《吃螃蟹》全文金九經公刊於《滿蒙》第一八五號。

(二)《螃蟹段兒》全文筆者公刊於《文史雜志》六卷一期。這兩種,實在也是同一故事内容的兩種不同本子而已。

(民國)三十七年六月寫於上海。

(原載 1948 年 8 月 13 日北平《華北日報·俗文學》周刊 59 期)

《降魔變押座文》與《目連緣起》

甲、引言

魏晉以來,我國的譯經事業漸廣,遂於中國文學影響亦深。像竺法護之譯《普曜經》與鳩摩羅什之譯《法華經》《維摩詰經》等,尤其顯著。佛經的體裁,最特別的就是在散文敘述之後,往往綴以韵文之頌(gatha);或者在散文敘述之前,亦往往綴以韵文的頌(uddana)①。所以在當時這些譯經師所譯的經典,也就是依了這種體裁,而譯以樸實平易的白話文,遂造成一種文學新體。像禪僧梵志、寒山、拾得等的白話詩;以及唐五代産生的"變文"等。這種文學體裁上的貢獻實影響後世的文學極鉅。

佛教經典的理論,是極精微而不易使一般世俗瞭解的。所以在過去的僧侶布道時,每每以"轉讀""贊吹"來宏宣教義,但是經文的深奥與偈頌的簡短,都需要廣爲譬喻,殿以唱導,方能開啓衆

①gatha 常譯作"諷頌""伽陀""伽陀"或"偈"。uddana 常譯作"嗢柁南""集施頌"或"攝頌"。

心。所以在六朝的時候,已有唱導之文,施於齋會深宵①。導師高唱,警押四座②。佛教之深意,乃得普入於民間。這種導文在敦煌文庫中保存着一些,名曰“唱導文”或是“唱道文”。如:

今於大唐國沙州永安寺僧伽藍所於丑年五月十五日

菩薩天女普雲集　凡夫佛子衆和合

微妙香湯沐浄籌　布薩説戒度衆生

又一聲聞唱道文云:

羅漢聖僧集　凡夫衆和合

香湯沐浄籌　布薩度衆生

諸佛弟子等諦聽……汝等諸佛子能舍邪皈正發菩提心否?能斷一切惡、修一切善否?能受菩薩戒行菩薩行否?能回向浄土誓願成佛否?

而一般文人又有撰作導文的事,可見當時的盛況了。大約那時上至君王長者,下至民間百姓的齋會,都有這種“行事”。至唐初,益通俗化了。據道宣《續高僧傳》卷四十所記有號曰“落花”者,係取

①慧皎《高僧傳》十五云:“唱導者,蓋以宣唱法理,開導衆心也。昔佛法初傳,於時齊集,止宣唱佛名,依文致禮。至中宵疲極,事資啓悟,乃别請宿德升座説法,或雜序因緣,或傍引譬喻。其後廬山釋慧遠,道業貞華,風才秀發,每至齋集,輒自升高座,躬爲導首,廣明三世因果,却辯一齋大意。後代傳授,遂成永則。”

②同卷又至:“至如八關初夕,施繞周行,烟蓋停氛,燈帷靖耀,四衆專心,叉指緘默,爾時導師則擎爐慷慨,含吐抑揚,辯出不窮,言應無盡。談無常則令心形戰栗,語地獄則使怖泪交零,征昔因則如見往業,核當果則已示來報,談怡樂則情抱暢悦,叙哀感則灑泪含酸。於是闔衆傾心,舉堂惻愴,五體輪席,碎首陳哀,各各彈指,人人唱佛。”

隨物贊祝其粉若花而得名[①]。更可見一斑。總之,唱導文實即中晚唐五代變之權輿,後世寶卷彈詞之先聲。

唐代有"俗講",這在段成式《酉陽雜俎》中所記,元和以前即已有之,而唐敬宗尚有幸興福寺觀沙門文漵俗講之事。這在唐蘇鶚《杜陽雜編》及日本僧圓仁《入唐求法巡禮行記》二書中都可以徵之,關於講座設備,講唱日期都有記載。除去在帝都按期來命開講外,其他各地,亦多自民間社邑行之。這種"俗講",説經之外,實以吟唱爲主,文漵之吟經,在當時教坊竟有采爲曲調者,更可證明其著重吟唱。近世於敦煌所傳之《五更調》《禪門十二時》之類佛曲,就是當時所用的一種唱本。而廣明三世因果,或闡述地獄恐怖,必有依據之物,殆即今傳之"變文"也。

"變文"之寫作,實爲相輔"變相圖"之佛教小乘宣傳方式。也就是一爲繪畫之宣傳,一爲文辭講唱之宣傳。"變相圖"亦始於印度,傳於西域,而盛於唐代。像我國唐代大畫家吴道子,即爲"變相圖"之名家。當時在兩京的寺壁間,即繪有《地獄變》《降魔變》《目連變》《維摩詰經變》等等。而今知盛行於唐代的"變文",所據之題材,亦與這些"變相圖"相同,如《地獄變文》《降魔變文》《大目連變文》《維摩詰經變文》等等。可以知道這些佛經故事,以繪畫爲空間的表現者,即"變相圖";以口語或文辭爲時間的展開者,即"變文"。

由今日所僅存的一點材料中,可知"變文"文辭的組織大體可

---

① 道宣《續高僧傳》卷四十云:"世有法事,號曰"落花",通引皂素,開大施門,打刹唱舉,抽撤泉貝。别請設座,廣説施緣。或建立塔寺,或繕造僧務。隨物贊祝,其紛若花;士女觀聽,擲錢如雨。至如解髮百數,數别異詞,陳願若星羅,結句皆合韵,聲無暫停,語無重述。斯實利口之銛奇,一期之赴捷也。"

分三種，即是：

（一）散文説白之後，并無引端即繼以五七言式的韵文。如《大目連變文》等是。

（二）散文式説白之後，以“若爲”或“若爲陳説”引起一段五七言式的韵文，如《王昭君變文》等是。

（三）通篇散文説白，最後殿以“詩曰”七言詩四句終場。如《舜子至孝變文》等是。

不過也有一種唱經文而篇幅很長，有多至若干卷的。它的體裁大都是前引經文一段，後以韵文敷衍陳説，如此交互不已，其句法於七言中間以三言，文辭雕琢而較普通所見爲富麗。可是在今日所能發現的，祇是《維摩詰經變文》一種而已，未免可惜。（現該變文見存者已有十四卷之多，還祇是其中一小部分。）

還有所謂“押座文”與“緣起”的：

“押座文”乃是變文的引子。

“緣起”則韵散兼列，其體裁較長於押座文，而爲用相同。

在“變文”内容性質上分别，可爲二類：

（一）爲佛教的。純講唱經文故事，藉以宣傳教義。又可區爲：一、嚴格説經的，如《維摩詰經變文》等是；二、不引經文，自由叙述的，如《八相成道變文》等是。

（二）爲非佛教的。不叙佛經故事，而以歷史或傳説及時事爲體材，如《舜子至孝變文》《張義潮變文》等是。

“變文”發現後，經過很多學者的努力已經校刊出不少來了。内中不少是流於倫敦巴黎後轉鈔回來的。當然鈔回的不會是流於國外的所有的變文，所以有些是我們衹知道名目或是内容的一部分，而全文無從得讀的。現在我所移録的這兩篇東西，就是屬於這一類的。劉半農先生等轉録中没有刊載過。鄭振鐸先生、趙景深先生等俗文學家的著作中也没有介紹過。衹是在汪馥泉先生譯青木正兒的一篇論文中,可以看到《目連緣起》的一點原文。可惜也太少,尤其是《降魔變押座文》一個字的原文也没引,更是使人悵惘。這兩篇東西是藏於巴黎國立圖書館中,在日人岡崎文夫留學巴黎時曾經抄回,我國俗文學者傅芸子先生民國二十年於日講學時,曾就那波利貞與岡崎之手抄本抄回,今即依傅氏之轉抄本移録公刊,庶幾可得知所謂"押座文"與"緣起"之究竟,而有助於"變文"之研究。

《降魔變押座文》的命名,據傅氏的意思是:"稱爲《降魔變押座文》,大約是由於中央佛座下部録着銘文的習慣上來的。"這是很對的。這種體裁的東西,是曾影響到以後俗曲的引子。

這兩篇都是首尾俱全的,實在可以使我們慶幸。尤其是《目連緣起》,更是研究目連故事演變的珍貴材料。(按趙景深先生最近曾有一目連故事的演變論文,收於銀字集中,惜此《目連緣起》之全文,趙氏事前未見。)原文内有一些别字譌字,此爲敦煌卷子中所常見,讀者一望即知,故移録時均一仍其舊。

乙、原文

(一)降魔變押座文

(巴黎藏 P. 2187. 此據那波博士手鈔本)

年來年去暗更移,没一個將心解覺知,
衹昨日顒邊紅艷艷,如今頭上白絲絲。
尊高縱使千人諾,逼促都成一夢斯,
更見老年腰背曲,駈駈由自爲妻兒。

君不見生來死去似蟻循，還爲衣爲食，如蠶作繭。假使有拔山舉頂之士，終埋在三尺土中；直饒玉提金綉之徒，未免於一械灰燼。莫爲久住，看則去時，雖論有頂之天，揔到無常之地。少妻恩厚，難爲與替死之門；愛子情深，終不代君受苦。忶忶濁世，争戀久居；模模昏迷，如何擬去？不集開常意樹，早折覺花天宫，快樂處，須生地獄下。波吒莫去死，去了却生來。合嘆傷，争堪泥却不思量？一世似風燈，虚没没百年如春夢；苦忙忙心頭托手細參詳。世事從來不久長，遮莫金銀盈庫藏，死時争豈與君將？紅顔漸漸鶏皮皺，緑鬢看看鶴髮倉。更有向前相識者，從頭老病總無常。春夏秋冬四序摧，致令人世有輪迴。千山白雪分明在，萬樹紅花暗欲開。鶯來鶯去時復促，花榮花謝競堆排。聞撻直須知覺悟，當來必定免輪迴。亦經題名目唱將來！

（二）目連緣起

（巴黎藏 P.2193.此據崗崎博士手鈔本）

昔有目連慈母，號曰青提夫人，住在西方，家中甚富，錢物無數，牛馬成群，在世慳貪，多饒煞害。自從夫主亡後，而乃霜居，唯有一兒，小名羅卜。慈母雖然不善，兒子非常道心，極恤孤貧，敬重三寶，行摜布施，日設僧齋，轉讀大乘，不離晝夜。偶因一日，欲往經營，先至堂前，白於慈母："兒擬外州，經營求財，侍奉尊親，家内所有錢財，今擬分爲三分：一分兒今將去，一分侍奉尊親，一分留在家中，將施貧乏之者。"娘聞此語，深恢本情，許往外州，經營求利。

一自兒子去後，家内恣情，朝朝宰煞，日日熝胞，無念子心，豈知善惡。逢師僧時，遣家僮打棒；見孤老者，放狗咬之。不經巡旬日之間，羅卜經營却返。欲見慈母，先遣使報來。慈母聞道兒歸，火急舖設花幡,遼繞院庭,縱横草穢狼藉。一兩日間,兒子便到,跪拜起居:“自離左右多時,且喜阿娘萬福。”阿娘見兒來歡喜:“自汝出向他州,我在家中,常修善事。”

兒於一日,行到鄰家,見説慈母,日不曾修善,朝朝宰煞,祭祀鬼神,三寶到門,盡皆凌辱。聞此語,惆悵歸家,問母來由,要知虚。母聞説已,怒色向兒:“我是汝母,汝是我兒,母子之情,重如山岳,出語不信,納他人之困詞,將爲是實,汝若今朝不信,我設咒誓,願我七日之内命終,死墮阿鼻地獄。”兒聞此語,兩泪向前,願母不賜嗔容,莫作如斯咒誓。

慈母作咒,冥道早知。七日之間,母身將死,墮阿鼻地獄,受無間之餘殃。羅卜見母身亡,狀若天崩地滅,三年至孝,累七修齋。思憶如何報其恩德,唯有出家最勝,況如來在世。羅卜投佛出,便得神通,第一世尊,作號名曰大目連。三明六通具解,身超羅漢,既登賢聖之位,思報父母之深恩。遂乃天眼觀古,二親托生何處,慈父已生於天上,終朝快樂逍遥,母身墮阿鼻,日日唯知受苦:

目連慈母號青提　本是西方長者妻
在世慳貪多煞苦　命終之後墮泥犁
身卧鐵床無暫歇　有時驅逼上刀梯
碓搗磑磨身爛壞　遍身恰似淤青泥

於是目連見於慈母,墮在地獄,遂白佛言,如來請陳上事。

慈母生前修善　將爲死後生天
今且墮在阿鼻　此事有何所以
目連雖證羅漢　神通智惠未全
不了慈親罪因　雨泪佛前啓告
神通弟子目犍連　援步登時白佛言

唯願世尊慈愍我　得知慈母罪根源
母在世時修十善　將爲死後得生天
自從一旦身亡後　何期慈母落黄泉。

於是世尊聞唤,目連近前。

汝今諦聽吾言,不要匆匆啼哭

汝母在生之日,都無一片善心,終朝煞害生靈,每日期凌三寶,自作自受,非天與人。今既墮在阿鼻受苦,何時得出?

我佛慈悲告目連　不要悤悤且近前
汝母在世多煞害　慳貪廣造惡因緣
三塗受苦應難出　一墮其中萬萬年
自作之時還自受　有何道理得生天

目連聞金口所説,不覺悶絶號咷。既知受罪因緣,欲往三塗救拔。切恨神通力小,難開地獄之門,我今欲見阿娘,力小不能自往,伏願世尊慈念,少借威光,忽若得見慈親,生死不辜恩德。

目連聞説事因由　悶絶號咷兩泪流
哀哀慈母黄泉下　乳哺之恩不易酬
我今欲見慈親面　地獄難行不可求
願佛慈悲方便力　暫時得見死生休

於是世尊威力,不可思議,目連告訴再三,我佛哀憐懇切,借十二鐶錫杖,七寶之鉢,蓋方便又賜神通,須臾振錫騰空,傾克便登地獄。

目連蒙佛賜威雄　須臾直鉢便騰空
去往由如彈指頃　乘雲往返疾如風
手托鉢蓋携净水　振錫三聲到獄中
重門關鏁難開得　振錫之時總自通

其地獄者,黑壁千重,烏門千刃,鐵城四面,銅喙喊呀,紅焰黑烟,從口而入。出其中受罪之人,一日萬生萬死,或刀山劍樹,或鐵犁耕舌,或洋銅灌口,或吞熱鐵大丸,或抱銅柱,身體燋然爛壞,枷鎖杻械,不曾離身,牛頭每日凌遲,獄卒終朝來拷,鑊湯煎煮,痛苦難當。受罪既若不休,所以名爲無間。目連慈母,墮在其中。

受罪早經所藏　煎煮不曾休歇。
差惡身體乾枯　豈有平生之貌
目連欲見其母　求他獄卒再三。
一心願見慈親　不免低顔哀懇

是時慈母聞喚數聲,擡身强强遲來,狀似破車,無異於是。牛頭把棒,獄卒擎叉,夜叉點領罪人,鬼使令交逐後,須臾領出,得見慈親。目連兩泪向前抱母,掩泪再三借問,不知體氣如何?在生修善既多,何得今朝受苦?

目連見母哭烏呼　良久之間氣不蘇
自離左右經年歲　未審娘娘萬福無
在世每常修十善　將爲生天往净方
因甚自從亡没後　阿娘特地落三塗

慈母告目連:我爲前生造業,廣煞猪羊,善事都惣不修,終日咨情爲惡。今來此處,受罪難言,漿不曾聞名,飲食何曾見面?渾身遍體,總是瘡疾。受罪既旦夕不休,一日萬生萬死。慈母喚目連近前,目連!目連!

我緣在世不思量　慳貪終日煞猪羊
將爲世間無善惡　何期今日受新殃
地獄每常長飢渴　煎煮之時入鑊湯
或上刀山并劍樹　或即長時卧鐵床
更有犁耕兼拔舌　洋銅灌口苦難當
數載不聞漿水氣　饑羸遍體盡成瘡

於是目連聞說　心中惆悵轉加
慈母既被凌遲　舊日形容改變
一自娘娘崩背　思量萬事報恩
遂乃投佛出家　獲得神通羅漢
今有瓊漿香飯　我佛令遣將來
母若飢渴多時　香飯瓊漿便吃
目連見母被凌遲　如何受苦在阿鼻
遍體悉皆瘡癬甚　形體苦老改容儀
累歲不聞漿水氣　乾枯渴乏鎮長饑
娘娘且是親生母　我是娘娘親福兒
自從老母身亡後　出家侍佛作闍梨
香飯瓊漿都一鉢　願母今朝吃一匙
目連手擎香飯　充濟慈母之饑
奈何惡業又深　爭那慳貪障重
漿水來變作銅汁　香餅欲餐變成猛火
即知慳貪障重　所招惡業如斯
奉勸座下門徒　一一須生覺悟
莫縱無明造業　他時必墮三塗
今朝覺悟修行　定免如斯惡業
母爲前生造罪多　積集慳貪結網羅
毀佛謗僧無敬信　不曾將口念彌陀
死墮三塗無間獄　終朝受罪苦波波
見飯之時成猛火　水來近口作減河
目連見其慈母　飯食都惚不餐
且知慈母罪深　兩泪揮搥自武
慈母却歸地獄　依前受苦不休

目連振錫却迴　告訴如來悲泣
適奉世尊威力　令往地獄之中
見母受罪千重　一日萬死萬生
所奉瓊漿鉢飯　唯願聖主慈悲
更賜方圓救濟　目連心中孝順
再三告訴如來　唯願救母之方
得離三塗之苦
目連見母泪灌灌　須臾躄地自渾追
母即依前歸地獄　目連振錫返身迴
纔到佛前頭回禮　放聲大哭告如來
母向三塗作饑鬼　冥冥數載掩泉臺
受罪千重難説盡　自言萬計轉悲哀
世尊更賜威光便　免交慈母受迍灾

佛以慈悲，極切教化，萬般方便，設法千重，悲心萬種，遂告目連曰：汝能行孝，願救慈親，欲酬乳哺之恩，其事甚爲希有。汝至衆僧解憂之日，羅漢九旬告必之辰。賢聖得於祇園，羅漢騰空於石室，辦香花之供養，置盂蘭之妙盆，獻三世之如來，奉十方之賢聖，仍須懇告努力，虔誠諸佛必賜神光，慈母必離地獄，但若依吾教敕，便爲孝順之因，慈悲教法，流傳直至於今不絶。世尊道：目連！目連！

汝須努力莫爲難　造取些些好果盤
待到衆僧解憂日　羅漢騰空盡喜歡
諸神慈悲來救濟　必賜神通惠眼觀
都設上來諸供養　救母三塗受苦酸
早願慈親離地獄　免在三塗吞鐵丸
佛在世時留此教　故今相歡造盂蘭

目連聞金口所説，甚是喜歡，依教奉行，辦諸供養。於是幡花滿座，珠寶百味珍羞，爐焚海岸之香，供設蘇弛蜜味。獻珍饌千般羞味，造盂蘭百寶裝成。虔心供養如來，啓告十方諸佛，願救遲犂之苦，休居惡道之中，冥官獄卒，休嗔惡業，冤家解脱。

目連依教設香花　百味珍羞及果瓜
奉獻十方三世佛　願見慈母離冤家
冥官業道成悲念　獄卒牛頭及夜叉
放舍阿娘生凈土　莫交業道受波吒

於是盂蘭既設，供養將陳，諸佛慈悲，便賜方圓，救濟目連，慈母得離阿鼻地獄，免交遭煎苦之憂。蓋緣惡增深，未得生於人道，托陰王城内，化爲女苟之身。終朝祇向街衢，每日常餐不凈。

目連供佛説殷勤　不彈劬勞受苦辛
稽首十方三世佛　心心惟願救慈親
慈母當時離地獄　又向王舍作苟身
終日食他人不凈　罪深由未得人身

於是目連天眼，觀見慈母，已離地獄，將身又向王城，化作苟身受苦。目連心中孝順，行到王城，步步府近苟邊見沙門歡喜，目連知是慈母，不覺兩泪向前，遂問阿娘：久居地獄，受苦多時，今乃得離阿鼻，深助娘娘，今在人間作苟，何如地獄之時？阿娘被問來由，不覺心中歡喜，告兒目連曰：

我在阿鼻地獄　受苦皆是自爲
聞汝廣設盂蘭　供養十方諸佛
今得離於地獄　化爲母苟之身
不凈乍可食之　不欲當時受苦
阿鼻受苦已多時　不論日夜受凌遲
今日喜歡離地獄　凈心慚愧我嫡兒

汝設盂蘭將供養　故知佛力不思議
我乍人間食不净　不能時問在阿鼻

目連見母作苟，自知救濟無方，火急却來向佛，適如來教敕，廣陳救母之方，依前教不敢有違，盡依處分。又蒙佛慈悲之力，阿娘得出阿鼻地獄，自知罪業增深，又向王舍作苟，願佛慈悲憐念母子情深，即頭請陳救母之方。吾今賜汝威光，二事須記取，當往祇園之内，請僧卌九人，七日鋪設道場，日夜六時禮懺，懸幡點燈，行道放生，轉念大乘，請諸佛以虔成。目連依教奉行，便置道場供養，虔心聖主，願救慈親。象我佛之威光，母必離於地獄，生於天上。

慈親作苟受迍殃　惡業須交一一當
今朝若欲生天去　結净依吾作道場
七日六時常禮懺　爐焚海岸六銖香
點燈行道懸幡蓋　救拔慈親恰相當
目連蒙佛賜威光　依教虔誠救阿娘
不彈劬勞申供養　投佛號咷哭一場
賢聖此時來救濟　世尊又施白毫光
皆是目連行孝順　慈親便得上天堂
將知目連行孝　慈親便離三塗
千般萬計虔誠　二種方圓救濟
奉勸座下弟子　孝順學取目連
二親若也在堂　甘旨且須侍奉
父母忽然崩背　修齋聞法酬恩
莫學一輩愚人　不報慈親恩德
六畜禽獸之類　由懷乳哺之恩
況爲人子之身　豈不行於孝順

且如董永賣身　還殯葬其父母
敢得織女爲妻　郭巨爲母生埋子
天賜黄金五百斤　孟宗泣竹
冬月笋生　王祥卧冰
寒溪魚躍　慈烏返報
書使皆傳　跪乳之牛
從前且説　上來講贊目連因
祇是西方羅漢僧　母號青提多造罪
命終之後却沉輪　奉勸聞經諸聽衆
大須布施莫因循　托若專心相用語
免作青提一會人　須覺悟用心聽
聞念彌陀三五聲　火宅記記何日了
世間財寶少經營　無上菩提慈苦作
聞法三塗豈不驚　今日爲君宣此事
明朝早來聽真經

三五年五月八日寫了,於静安古寺。
十一日晨修改一過。
六月一日夜改易引言數處謄清。

(原載 1948 年 12 月《文藝復興》(中册)《中國文學研究專號》)

記滿漢語混合的子弟書《螃蟹段兒》

一

當我們閲讀元代雜劇的時候，就會發現在那裏面保留若干蒙古語漢字音寫的譯語，像“兀剌赤”“鐵裹温都哈喇”[①]等等。這些地方，每每引起人們一種清新的感覺，别有一番風味；當然，元代雜劇曾經給我國文學發展史上，掀起過一層壯美的浪瀾，絶不是由於這種樣式的關係。但是當我們分析了元雜劇的思想内容，并研究到它的藝術表現手法時，實在對這種應用譯語的情况，就不能不想到當時蒙古語的滲入。王元美在《藝苑卮言》裏説：

> 金元入主中原，舊詞之格，往往於嘈雜緩急之間，不能盡按，乃别創一格以媚之。

所謂“别創一格以媚之”，除了當時社會生活條件以及由於這種條件所産生的意識形態的諸因素的變更外，其形成的另一因素實是蒙古人入居中原，蒙古語隨之流入後的一種自然趨勢。

因而我們可以設想，蒙古人的入居，蒙古語對漢文化影響是

①“兀剌赤”解釋是“馬夫”；“鐵裹温”terigün，意爲“頭”，“哈剌”由 ala 而來，可釋作“殺”，“都”tu 爲助詞，解釋是“殺頭”。

不少的。可是在遺留下的元代文學作品中,能保留了“蒙古語音寫”的地方,除在雜劇中星星點點有些外,其他不多見①。所以在讀《輟耕録》中記載元時蒙古人有大曲十六首小曲十二首的時候,總可惜陶氏爲什麽没能把曲詞列舉出來。

明楊慎所著的《滇載記》裏面,曾有一首詩裏混用了若干蒙古語的譯語②,像這樣的作品,亦爲數甚鮮。至於當時的蒙漢合璧或混用的民間文學作品,更是難於發現。這恐怕是因爲蒙古人來居中原的時間比較短,而元代距今的時間已長的關係吧!

與元代同爲周邊民族入居中原的清代,距今時間并不久遠,所以我們今天還能讀到一些滿、漢語混合寫成的民間文學作品。十幾年以前,我曾聽到過一位老先生告訴我,在他的童年有過這樣的童謡:

今日“三音阿不喀”,閑來無事出“都喀”;

“阿補”必須穿“撒補”,要充朋友得“幾哈”。③

---

①《幽闺記》第三出“金字經”全曲曾均作譯語:“喟都兒哪應咖哩,者應打麽撒嘛呢,哧嘛打麽呢,咭羅也赤吉哩,撒麽呢撒哩,吉麽赤南無應咖哩。”這段全用譯語的唱詞,在元人雜劇作品中是少見的。曲意費解,約爲依據《拜月亭》牽就曲調格律擴展寫成的。

②原詩云:吾家住在雁門深,一片閑雲到滇海;心懸明月照青天,青天不語今三載。欲隨明月到蒼山,誤我一生路裏彩。(原注:錦被名也。)吐魯吐魯段阿奴,(原注:吐魯可惜也。)施宗施秀同好歹。(原注:歹不好也。)雲片波潾不見人,押不盧花顔色改。(原注:押不盧乃北方起死回生草名。)内屏獨坐細思量,(原注:内屏駱駝背也。)西山鐵立霜灑灑。(原注:鐵立松林也。)

③“三音阿不喀”sain abka 漢語意爲“好天氣”。“都喀”duka 漢語意爲“門,城”。“阿補”abu 在滿語裏爲“剛剛的”意思,與全句意不合,李德啓先生意爲“雅補”yabu 之誤,漢語意爲“行走”,這説法是對的。“撒補”sabu 漢語意爲“鞋”。“幾哈”jiha 漢語意爲“錢”。

并且在清戴全德寫的兩卷《西調》《小曲》裏，還可以看到這種樣式的"民歌"，盡管所謂滿民族文化已經潛化在漢文化中，且同化得幾乎没有什麽痕迹了，能讀到這類的民間文學作品，不能不説是值得欣幸的事。

在這類滿、漢語混合運用寫成的民間文學作品中，更值得注意的一種曲藝作品，就是現在我所要介紹的一篇"子弟書"《螃蟹段兒》了①。

二

運用滿漢語混合寫成的"子弟書"，根據傅惜華先生《子弟書總目》的著録，共有二種：

《升官圖》一回；

《拿螃蟹》三回②。

---

①除"子弟書"外，尚有時調小曲中的"邊關調"數曲，"牌子曲"中的《烏槍訴功》等，也是滿漢語混合運用寫成的"滿漢兼"曲藝。

②傅惜華先生《子弟書總目》(原刊於 1946 年 10 月出版《中法漢學研究所圖書館館刊》第 2 號。訂補新版爲上海文藝聯合出版社 1954 年 6 月出版)著録原文：《升官圖》一回。作者無考。百本張《子弟書目録》著録標作"《滿漢兼《升官圖》"；注云：西門金蓮，一回，五佰。别野堂《子弟書目録》亦著録。《中國俗曲總目稿》頁 219 亦著録。《集錦書目》第二十二句曰："説《升官圖》何日吐氣把眉揚。"按：此書係用滿漢文字組織而成者，故《子弟書目録》標以"滿漢兼"三字。車王府鈔本，北大圖書館藏。百本張鈔本，杜穎陶藏。鈔本，馬彦祥藏。清鈔本，傅惜華藏。鈔本，前中央研究院藏，已毁。(頁 96)《拿螃蟹》三回。作者無考。百本張《子弟書目録》著録；注云：滿漢兼。笑。三回。一吊六。别野堂《子弟書目録》亦著録，書價作："一吊八。"《中國俗曲總目稿》頁 230 著録。《集錦書目》第九句：(轉下頁)

在《子弟書目録》①中,《升官圖》標目作:滿漢兼升官圖。傅先生著録時曾説:"按此書係用滿、漢文字組織而成者,故《子弟書目録》標以'滿漢兼'三字。"他著録《拿螃蟹》時也曾提到它的體制"即《子弟書目録》所謂之'滿漢兼'"。由這兩條目録中提到的情况推知,這種滿語漢語混合組成的"子弟書",當時術語叫作:"滿漢兼"。

"滿漢兼"《拿螃蟹》"子弟書"曲本的留存情况,據我所知是這樣:

(一)北大圖書館藏:車王府鈔本。

(二)傅氏碧蕖館藏:清别野堂鈔本;曲廠鈔本②

(三)朝鮮晋馬進藏:東北舊鈔本③

(接上頁)"那拿螃蟹的人兒漁家樂"。按:此書體制,係用滿漢文字相間而成,即《子弟書目録》所謂之"滿漢兼"。車王府鈔本,北大圖書館藏。别野堂鈔本,傅惜華藏。曲廠鈔本,傅惜華藏。鈔本,前中央研究院藏,已毁。(頁102)這裏應補充《拿螃蟹》刻本:"《螃蟹段兒》,文萃堂梓行,不分回。"

①《子弟書目録》係百本張所編,百本張鈔本。傅氏在《總目》例言中曾介紹,説:"考百本堂張姓者,爲清代北平專門鈔寫各種戲劇,通俗歌曲,於隆福寺、護國寺等廟市設攤售賣之人。自乾隆時起,至民國初年止,世世相傳,以此爲業,號曰'百本張'。此書即其所鈔寫售賣'子弟書'之《總目》;除標明曲名,回數,簡略之情節外,并註明售價數目,如所謂'四百',蓋即當日之四文錢也。"

②傅氏所藏本,均題作"拿螃蟹"。

③朝鮮晋馬進的鈔本曾公刊。原題:"吃螃蟹"。1935年他曾以金九經的名字寫文章介紹,題爲:《滿洲語與漢語混用的歌本吃螃蟹》主要是公刊所獲鈔本,故説明極簡略。大意是這樣:"余數年來稍事研究滿文,故對滿文有關文獻,不斷搜求。近於瀋市街頭冷攤,見一貴重文獻,即此唱本《吃螃蟹》是也。滿文如衆所周知,與日、鮮等語同,乃先主語,後述語,中加助語,與漢文迴異其趣。滿文本慣於由左向右縱書,且絶無中間混(轉下頁)

(四)滿語書籍版本家德人福克司(Fucks)藏:清中葉木刻本①。

(五)日本今西春秋藏:清文萃堂木刻本②。

這四種版本,故事内容完全相同,在叙寫的字句上有出入。根據對勘,實際上是三種不同的傳本。

現在這裏所記的,是根據刊刻本。

《螃蟹段兒》,就是刻本封面的題名,在它的左邊刻有:"katuri jetere juhen i bithe"五個滿語字,兩行中間刻有"文萃堂梓行"五小字。全書共計十三頁,半頁五行,行兩句。全"段兒"共二百五十四句,比傳鈔本少六句。卷首題目作:"katuri jetere 子弟書。"書長十八厘米,寬十二厘米。刊本的紙質甚粗劣,很像東昌紙,紙的顔色已變黄,想來是經過較長的時間了。曲文每行兩句間有小距離,因爲有的地方是滿語和漢語并列,所以行與行的距離間隔稍大。每句的字數很不一致,滿語部分以音節算,基本上還是符合"子弟書"語句組織的格律。

這本曲子的著作年代,刊刻本無年月記載,文獻又不充足,尚難確定。但是從以下理由,可知約產生於 18 世紀末葉(即清嘉慶

(接上頁)入漢字之例。雖有《合璧五經四書》《合璧三國志》等,但皆爲分行直寫,間有上滿下漢者。唯《吃螃蟹》乃破其例,於漢文之間,混入滿文,實不多見也。且該唱詞中參入滿文,皆與韵脚相合,實甚巧妙。此種唱詞,雖以此次爲最初發現,但最低可以説明曾有此種作法。由可資爲此説之佐證方面言之,實甚貴重"云云。他論述説"滿漢兼"規式是"合璧"的破例,很不正確。并以爲是最初發現,亦甚不妥。從他公刊《吃螃蟹》時所附書影看,滿語字體類似清中葉書法。

①見所著《續滿洲書目》一九四二年北京出版。即文萃堂刊刻本。

②此刻本,據説今藏北京中央民族學院圖書館。

前後)。

爲了説明方便,分三點來談:

(一)"子弟書"的興盛時代是清嘉慶前後,一些優秀作品,多半就是産生於那段時期。"子弟書"知名作家中,最杰出的羅松窗、韓小窗等人,據近來學者的考證,也是清乾嘉時人。從當時産生的優秀作品看,内容上和形式上都有了較高的成就。題材的範圍從叙寫小説戲曲故事,已擴展到更廣泛的直接反映當時社會生活、風俗習尚;藝術表現手法方面,更是達到了高度水平。

"滿漢兼"規式的《螃蟹段兒》,題材的選取已不同於以前,而這種新穎的規式的寫作,是需要極其熟練的藝術技巧的。因此,我們可以説它産生於"子弟書"的興盛時代。

(二)滿語翻譯事業,比較興盛的時期在 18 世紀前,那時除了翻一般漢民族讀書人習用的典籍,同時也翻有相當數量的小説和戲曲作品①,值得注意的,在稍晚一點時候,它們不止有完全滿語譯文的本子,并且一部分是"滿漢合璧"的本子。我們知道,"子弟書"的作者們,絶大多數是滿民族知識分子,這時翻譯事業的興盛,正給他們創作"滿漢兼"規式提供了有利條件。

而且,我們從現存的《螃蟹段兒》刻本與民間傳鈔本的異同處研究,在滿語的運用上,兩種本子彼此間是有顯著的差異。固然這可能是由於它在民間流傳過程中有了某些改變,但就二者之間不同的性質考察,民間傳鈔本,某些習慣的説法,到了刻本中,多

① 如《三國志演義》《水滸》《金瓶梅》《西游記》《樵史演義》《歸蓮夢》《西厢記》等,均有滿語譯本。詳細情況可參閲李德啓、福克司等人所編著的滿語書目。

半都曾訂正①。這種修整絶不同於流傳過程中所産生的差異。實是受翻譯成果的影響。從這裏,也隱示給我們它的産生時代了。

(三)“子弟書”傳世約四百餘種,一千數百多本,其中刊刻本甚少。在幾家刊刻的書坊中,“文萃堂”刊刻本現存較多,共二十種②。“文萃堂”所刊刻的本子,有些是名曲,如:《拷紅》《合鉢》等;此外還刊刻有三種未見著録的:《訪賢》《還魂》《刺虎》。二十種刊刻本中,註明時代的,《羅成托夢》一曲最早,爲清乾隆六十年(1795)。根據以上情況,我們可以推知“文萃堂”是當時18世紀末刊刻“子弟書”較多的一家名書坊。衹有是這樣的出版家,像“滿漢兼”規式的《螃蟹段兒》,纔會易於刊刻出版。

“子弟書”現存作品刊刻本最早的年代,是清乾隆二十一年(1756)。這雖不能斷定是“子弟書”有刊刻本的開始,但可知是“子弟書”由於流傳的廣泛,需要用刊刻本幫助手鈔本流布。“文萃堂”較早的刻本距這時已約四十年,這一段期間,也正是“子弟書”逐漸發展興盛的時期。《螃蟹段兒》産生於“子弟書”興盛時期,應是很自然的情況了。

前邊我們説戴全德曾寫有“滿漢兼”規式的“西調”“小曲”,那也是18世紀末的事。他寫的“西調”“小曲”與“《潯陽詩詞合稿》及《紅牙小譜》合刊,原刻本自序署清嘉慶三年(1798),成書最晚

---

① 參見“katuri jeteri 子弟書”校注。

② 據傅惜華《子弟書總目》著録十九種:《不垂别泪》五回、《合鉢》一回、《刺虎》四回、《春梅游舊院》四回、《拷紅》二回、《紅葉題詩》不分回、《訪賢》不分回、《吃醋》四回、《戲秀》不分回、《還魂》二回、《離魂》三回、《羅成托夢》八回、《刺湯》二回、《連理枝》一回、《杜麗娘尋夢》二回、《春香鬧學》不分回、《商郎回煞》二回、《祭竈》不分回、《紫艷托夢》一回。傅氏《子弟書總目》未著録的一種:《螃蟹段兒》不分回。共二十種。

也在 18 世紀末。這一點,更可以作爲《螃蟹段兒》産生於 18 世紀末的旁證了。

因此,我覺得福克司在《續滿洲書目》中著録該曲時,認爲約是公元 1800 年(即清嘉慶五年)的産物,説法是可信的。

三

“滿漢兼”《螃蟹段兒》的作者,無從考知。但和一般“子弟書”的作者一樣,必爲當時的滿族知識分子,且是習於滿語熟於漢語的人無疑。

清代的某些八旗子弟,由於他們的生活環境和社會地位,使他們耽於嬉戲,愛好了通俗曲藝,“子弟書”就是他們從事於這種藝術活動的成就之一。當時他們“創始”這種曲藝,因素之一是用“此種鼓詞以自娱娱人”①,作品的本身,可以説明瞭此點。當 18 世紀末時,他們用了“滿漢兼”規式寫作“子弟書”或其他形式的民間文學作品,可説正是爲了這種意圖。從“滿漢兼”規式的藝術技巧看,在某種程度上是易於被認作文字游戲的。

但是應該記得,當時的滿民族人,雖已逐漸浸潤於漢文化,一般的人對自己的語言——滿語的學習,却并没有完全廢弃。他們中的某些知識分子,有的人著作時,最初還是用滿語②。今天保存的一些零星材料,還可以看到他們在日常生活瑣事中,習慣的使

①這意見,可參看鄭振鐸先生著《中國俗文學史》下册頁 402。

②像圖理琛著《異域録》一書,最初即用滿語寫成,以後再從滿語本轉爲漢語。

用着滿語的情况[①]。在19世紀初,文康寫的《兒女英雄傳》第四十回人物對話中,也還夾用了滿語[②]。這種種情況,都可以説明直到19世紀初葉,滿語并没完全在八旗子弟的口頭上消失。不難設想,八旗子弟在自己所喜好的或"始創"的民間文學作品裏,有意識的夾用滿語,應是很自然的事情。何况有些滿民族人當時在掌握漢語的技術上還衹是"稍得貫串"[③],爲了充分的抒寫他所要表達的情感,更真切的描寫他們覺得有趣的事物,在作品的某一些部分,就使用了自己所熟悉的滿語呢?

從滿語跟漢語交配的過程中看,當18世紀以後,滿民族的封建統治者也都是兼通滿漢語的,在一切公牘文字的使用上,有過

①在我所搜集到的資料裏,其中有18世紀末葉一滿民族人寫的日記賬簿,一些日常生活上的用語,就是使用滿語,其他記述則用漢語。像:"年"寫作 aniya,"月"寫作 biya,"鹽"寫作 babsun,"香油"寫作 nalanggū nimenggi,"瓦匠"寫作 misuijan,"木匠"寫作 mujan 等等。

②在這一回裏,夾用滿語的地方凡三次:①"衹見老爺沉着臉,説了句:'阿那他喇博珠窩!'"滿語漢字拉丁化移寫:anatara be joo 的音譯,意思是:"不必推拖了!"②"安老爺色勃如也的聽完了,合他説道:'額扐、基孫、霍窩扐博布烏拉哦烏、摩什、鄂維窩,孤倫寡依、扎喀得嘔,齋齋、得嘔、圖萊木布烏栖、鄂、珠窩喇庫!'"滿語漢字拉丁化移寫:ere gisun holbobuhangge mesi oyonggo,guruningoewai jakade,jajai de tuyembuci jorakoe. 意思是:"這話關係很重要,外人的跟前,再再的不可泄露。"③"安老爺説完滿洲話,公子滿臉敬慎的答應了一聲:'依拿。'"滿語漢字拉丁化移寫 inu,意思是:"是。"詳參見李德啓先生文(《俗文學》第48期)。

③清戴全德在《潯陽詩詞合稿》的自序中説:"余以習國書,入直内廷,於漢文初未究析。已而恭承帝簡,巡醝視榷,歷仕於外,凡案牘皆漢文,因而留心講習。垂二十年,稍得貫串。"

一段滿洲語漢語并用的階段①。這個滿語漢語在公牘中并行的時代,無疑在一定程度上,會給當時滿民族的知識分子以啓示,從而導致在民間文學寫作上,試用了"滿漢兼"的規式。

在我們瞭解了當時滿民族知識分子所處的時代後,我們可以知道《螃蟹段兒》的作者應是一位滿語漢語造詣均深,并且具有高度的"子弟書"寫作技巧的"旗下"文人,無可質疑。至於有關這位作者的其他方面,遺憾的是文獻無徵,難予多作説明。

四

《螃蟹段兒》是篇叙寫一對夫妻,在買螃蟹後吃螃蟹時所發生的喜劇性故事的"子弟書"。反映日常生活事物的"子弟書"裏面,以喜劇性故事爲題材的作品不少,但是這一篇描繪人物細緻活潑,能給讀者以深刻的印象,在"子弟書"作品里面可説是篇不錯的作品。因而,在流行中除"滿漢兼"規式以外,同時還流行着全漢語的本子(見《中國俗曲總目稿》上册頁230)。

這題材也還不是僅見於"子弟書"中,明李卓吾著的《一夕話》卷二裏,就有一篇題作:《鄉人不識蟹歌》,叙寫了與這篇"子弟書"類似的内容,説:

> 鄉里人買螃蟹,買將來往廊檐下挂。妻子道:"這樣大肚皮的蜘蛛,你買他來作舍?"夫主道:"你與我捌出一點血兒,將油鹽來炒刮。"妻子道:"這樣没頭没腦的東西,叫我怎麽來

①北京故宫博物院所藏清代"奏消檔",康熙以前全用滿語,雍、乾間滿、漢語并行,嘉、道以後漢語的纔漸增多。瀋陽博物院所藏清代《盛京内務檔册》也是如此的。滿、漢語并行的時間爲期較長。

宰殺！這幾日沒有油鹽，且將白水來煮罷！"從早晨直煮到晚，看看還是一塊瓦。妻子道："這樣費柴費火的東西也把錢出，買將來作舍？從今而後，買什麽東西也將指頭兒呷呷。"丈夫聽罷心中煩惱，不管生熟拿來嚼。揭開鍋蓋跌了一足，就初是翠青的東西，也變作通紅的殼甲。

這兩作品之間，不一定有什麽關係，但是有一點却可使我們瞭解：在某些地區，對螃蟹是没有認識的。清長白西清著的《黑龍江外紀》卷八，有一條記述説：

介之屬，江中惟有大鱉，然去丑而食，土人不解。亦不識螃蟹，間有自關内帶來者，群目爲怪物，不敢食。

假若"子弟書"淵源於東北的民歌的説法可靠[①]，那麽，從這篇《螃蟹段兒》的取材和規式，又可得一旁證了。

現在，根據文萃堂刻本，并與東北流行的舊鈔本對勘，將全文移録如下：一方面介紹全曲的内容和這類"滿漢兼"的全貌；另一方面也給研究滿語或曲藝文學的人，提供一份資料。

螃蟹段兒原文

Katuri jetere 子弟書[②]

百　歲

① 現在居住東北新賓附近幾縣的滿民族人，跳單鼓時歌唱的滿語歌曲，音調徐緩，頗類"清音子弟書"。因而有人説"子弟書"起源於東北（現在某些東北的"子弟書"研究者，主張此説）。

② 原本"文萃堂"刊本（以下簡稱甲本），今根據晋馬進藏舊鈔本（以下簡稱乙本）對校。（并略註明與别野堂本的异同。）刻本共二百五十四行；鈔本共二百六十行。原作滿語部分采用穆麟德夫著《滿語文法》（P. G. von Möllendorff：A. Manchu Grammer.）的拉丁化音譯法移寫。甲本滿語旁無漢語；乙本無"子弟書"三字，滿語旁有漢語："吃螃蟹"三字。

tangeū se 光陰實[①]可嘉，

邂 逅 相 逢

到不如 ederi tederi 玩景華；[②]

逢 着 村 酒

gašan i nure be tunggalaci 吃[③]幾盞，

見了野花

bigan i ilha be sabufi 戴幾枝[④]花。

陰司何處

hutui be aibide[⑤] 把鮮花戴？

閻王門前

ilmun han dukai juleri 少[⑥]酒家。

君若不信

agu i akdarakūci 把[⑦]菱花照，

今歲容顔

ere aniyai cira 比去歲還歉。[⑧]

剪斷

---

①“光陰”前乙本有“的”字；“實”作“雖”。

②“到”乙本作“倒”；“ederi tederi（邂逅相逢）”作“edere tedere（忙裏偷閑）”，甲乙兩本漢語均與滿語原意不合，《清文鑒》解釋“ederi tederi”意爲“支吾之語”。

③“吃”下有“上”字。

④“be sabufi”乙本作“sabuci”；“枝”作“朵”。

⑤“be aibide”乙本作“ba aibade”。

⑥“少”下乙本有“有”字。

⑦“i akdarakūci”乙本作“akderakūci”；“把”作“試取”。

⑧此句乙本作“ere aniya cara（今年容顔）倒比去年歉”。

荒言 be lashalafi 詩少叙，①

吃螃蟹

接連着 katuri jetere 笑哈哈；

雖然是幾句 an i gisun 平常的話，②

笑長了

到衹怕 injeme kenhei③ 笑的嘴乏。

阿哥　　姓什麽

有一個 age 不知是④ hala ai，

號兒　　何人

也不知 colo 叫做 ai niyalma，⑤

滿洲蒙古　　漢軍

又不知 manju monggo 是 ujen cooha，⑥

佐領那一旗

更不知那個 niru ya gūsa。⑦

屯裏

tokso de 住了二年半，

娶了個媳婦就是彼處的

gaiha sargan uthai tubai 蠻子家，⑧

---

①此句乙本作“sula gisun be taka ilifi(暫止荒言)詩少叙”。

②甲本“ani gisun”旁無漢語此二字意爲“平常話”，與下半句重複，故缺。

③“到”乙本作“倒”；“kenhei”作“genehei”。

④“不知是”乙本作“不知道”。

⑤此句乙本作“又不知道 gebu ai niyalma(名號兒何人)”。

⑥此句乙本作“也不知是 manju monggu uje couha(滿洲蒙古漢軍)”。

⑦此句乙本作“更不知 wei nirui ya gūsa(誰佐領下的那一旗)”。

⑧此句乙本作“gaiha sarahan uthai tubai(娶妻就是彼處)蠻子家”。

娘家姓字名誰

也不問 dancan ergi gebu hala 誰家[①]女，

胡裹胡涂

hūlhi lampa i 娶[②]到了家。

心性聰明

這佳人 gūnin sure bime[③] 嘴又巧，

滿洲話 就會了他

manju gisun 不上半年 bahanaha。[④]

有趣兒的奶奶

也是個 amtanggai hehe[⑤] 好玩笑，

跌婆媽媽

到後來成了半滿半漢的 belci mama。

不想那年

gūnihakū tere aniya 遭了荒旱，[⑥]

很艱難

吃穿二字 umesi mangga。[⑦]

無方法兒

arga akū ofi 搬進了[⑧]城内，

---

①滿語旁漢語乙本作"娘家姓氏";"家"下有"的"字。

②"lampa"乙本作"mampa";"娶"前有"他就"二字。

③滿語旁漢譯,乙本作"心裏聰明"。

④此句乙本作"不上半年 manju gisun uthai bahanaba(清話就會了)"。

⑤滿語旁漢語乙本作"有趣兒的婦";"amtanggai"作"amtangga";"是"下有"一"字。

⑥此句乙本作"不料 tere aniya(那年)遭了荒旱"。

⑦滿語旁漢語,乙本作"很難"。

⑧滿語旁漢語,乙本作"因爲無法";乙本無"了"字。

住的　　　　　　　　　大街
tehengge 不遠就在 amba giyai。①

　　　　戲謔阿哥無事
那一日 yobo age baita akū de② 出門去，

幾斤　　　　　　　　　買了
udu ginggen③ 螃蟹 be udafi 拿到家。

進家中
boode dosime 放在盆子内，④

跌婆　　　　　　　　這　　　　甚麼東西
belci 一見説："哎呀 ere 可是 ai jaka?"⑤

阿哥笑　　　　　　這個
age injeme 説："erebe 休問我，

我也稀罕
bi inu ferguweme 不認得他。"

　　　　正自猜疑
他夫妻 jing buhiyeme 胡搗鬼。

　　　　跳挣
那螃蟹 patar pitir seme⑥ 往外爬，

　　　　吆喝

①"住的"乙本作"住了"；"在"作"是"；"giyai"作"giya"。

②"戲謔"乙本作"要戲"；乙本無"de"字。别野堂鈔本此句下多十四句。

③"udu ginggen"乙本作"udu fali"。

④"boode"乙本作"boude"；"放在盆子内"作"倒在盆内"。

⑤此句乙本"belci(跌婆)一見 aiyou ere ai jaka(哎呀，這是什麽東西)。"

⑥"patar pitir"乙本作"patar pitar"誤；滿語旁漢語，乙本作"跳跳挣挣"。"patar pitir"意思是魚鳥争跳的聲音。

這佳人 esukiyeme 説:“往那裹跑?”

着了急

挽了挽袖子 hahi cahi 下把抓;①

兩個

反被他 juwe fali② 夾住了手,

跌婆　　娘的猴兒

belci 説:“eniyegei monio 把我好夾。”

受不得

疼的他 hamirakū 忙抬玉腕,③

往死夾着

那螃蟹 fita saioi④ 把腿兒搭拉;

哎喲

age 一見説:“ara waliyaha”⑤往前就跑

慌忙

ekšeme saksime 就把抓子拉。

越拉越嚴

ele tataci ele cira 疼的更緊,⑥

任憑摔奪

---

①滿語旁漢語,乙本作“急速”;“下把抓”作“用手拿”。

②“反”乙本作“倒”;“被”下有“了”字;滿語旁漢譯作“兩夾子”,是。

③此句乙本作“慌的他 gala tukiyefi(抬手)伸着玉腕”。

④“saioi”乙本作“saifi”。

⑤甲本“age”旁無漢語,乙本有“阿哥”二字;“ara waliyaha(哎喲)”乙本作“aga faliyaha(哎呀)”。《清文鑒》解釋“waliyaha”意爲“完了”。

⑥“更緊”乙本作“更狠”。

eitereme lasihici① 再也不撒。

剛剛的

用力一摔 arkan seme 摔在了②地下，

哎喲直聲大叫

疼的他 ara fara 呲着③牙。

涕泪交流

這佳人 porpon parpan seme④ 還未了，

亂亂烘烘

那螃蟹 kunggur seme⑤ 又圍住了他；

身上亂戰

衹唬的 beye šurgeme 更了顏色，⑥

信着嘴

angga ici 村的拉的胡嗽拉。⑦

顫哆嗦

戰兢兢 derden daran 滿屋裏轉，⑧

耍舞一般

恰好似 maksire gese 把手兒扎煞。⑨

---

①"摔奪"乙本作"胡摔"，是。

②乙本無"了"字。

③滿語旁漢語，乙本作"哎呀喊叫"；"着"下有"大字"。

④滿語旁漢語，乙本作"鼻涕眼泪"。

⑤"kunggur"乙本作"kungguri"；滿語旁漢語作"擁貌"。

⑥此句乙本作"嚇的他 šurgeceme(打顫)更了色"。

⑦乙本此句在"恰好似……"句下。

⑧"戰"乙本作"戰戰"；滿語旁漢語作"兢貌"；"滿屋裏轉"作"把手兒扎撒"。

⑨"把手兒扎煞"乙本作"滿屋裏轉"。

若不拿
jafarakū oci 他又趕着咬，
欲要拿
jafaki seci① 又怕他夾。
頭眩腦悶
這佳人 farfabufi 没了主意，②
趕着捉住
nambuha be tuwame 胡捽亂拿；
阿哥　傍邊
age 在 dalbade③ 一見動了氣，
袖口
挽了挽 wahan④ 也去拿。
兩口子
eigen sargan 一齊動了手，
五零四散
衹聽得 gari mari 胡鬧叉：⑤
擲打
這佳人的鈿子 be fahame 打了去，⑥
阿哥拿着小刀子

①"欲要拿"乙本作"想要拿"。
②此句乙本作"這佳人 gūnin farfabufi(心亂)無了主意"。
③乙本無"在"字；"dalbade"作"dalbaci"。
④"wahan(袖口)"乙本作："waha ulhi(袖子)"。
⑤此句乙本作："衹聽得滿屋裏 gar miyar seme(五零四散)胡鬧嗏"。
⑥此句乙本作："這佳人摘下簪子 fargame(擲)打了去"。

那 age huwesi be gaifi① 用力扎；

脱了布衫

這佳人 gahari be②sufi 滿地下握，

阿哥摘了衛凉

那 age boro be gaifi③ 扣了又哈。

爺爺　　奶奶

eigen 扣來 sargan④ 握，

老婆　　漢子

sargan 按住 eigen⑤ 拿。

阿哥頭上

衹鬧的 age i uju de⑥ 冒熱氣，

姐姐臉上

gege i dere de 汗拉拉。

剛剛的

張羅了半晌 arkan seme 纔⑦都拿住，

喘吁吁的

使的他們 he fa seme⑧ 跳了個乏。

---

①"gaifi"乙本作"jafafi"，無"小"字，誤。

②"gahari be"乙本作"sahari"，誤。

③乙本無"be"字；"衛凉"作"凉帽"。"衛凉"來源不明，或係 boro 的音譯的訛轉。

④"爺爺"乙本作"夫"；"奶奶"作"妻"。

⑤"老婆"乙本作"妻"；"漢子"作"夫"。

⑥"衹鬧的"乙本作"使得"；"age i uju de"作"age ujide"。

⑦乙本無"纔"字。

⑧"的"乙本作"得"；"seme"後有"hejeme"字，滿語旁漢語作"喘慟"。

阿哥你來
叫了聲:"age si jio 快舀水,①
這個東西
你把 ere jaka be② 與我煮殺。"
蓋來
醬棚 ni dasifi 又着瓦盆扣,③
石頭
搬了塊④ wehe 擱在上面壓。
秫秸
撅了把 šušu orho 架上⑤了火,
盡着力兒
muterei teile 着水喀叉。⑥
煮了多時
kejine bujufi 揭開看,⑦
回頭
這佳人 uju marifi 用眼⑧撒:
這宗⑨魚實實的

①此句乙本作"叫一聲 age si tuwa(阿哥你看)快倒水。"
②"與"乙本作"給"。
③"棚"乙本作"蓬";"dasifi"作"dosifi";"又着瓦盆扣"作"瓦盆兒扣"。
④"搬了塊"乙本作"挪了一塊"。
⑤"了"下,乙本有"一"字;"架上"作"引着"。
⑥滿語旁漢語乙本作"盡力兒";"着"作"用";"叉"作"嗏"。
⑦"看"乙本作"蓋"。
⑧乙本"眼"下有"兒"字。
⑨"宗"乙本作"種"。

“ere nimaha yargiyan i 真有趣，

叫人真真的

niyalma be yala yala 稀罕殺。

活的

weihun de 發青如①靛染，

煮了

bujuha manggi 通紅似②朱砂。

偺們

muse 嘗嘗③是甚麼滋味。”

急急忙忙

ekšeme kas kis 拿④筷子夾，

筷子 筷子

左一 sabka 右 sabka 一夾也夾不住，⑤

怪物⑥東西

罵了聲：“aldungga jaka 怎麼這麼滑。”

筷子

摺下了⑦ sabka 堵了口氣，

挽袖撩衣⑧

---

①滿語旁漢語，乙本作“活的時”；“如”下有“過”字。

②滿語旁漢語，乙本作“煮了後”；“似”作“賽過”。

③“嘗嘗”下乙本有“他”字。

④“拿”乙本作“就用”。

⑤此句乙本作三句：“左一 sabka(筷子)右一 sabka(筷子)，夾了 kejine(良久)始終不好夾；eigen sargan(兩口子)又氣了張大嘴。”

⑥乙本無“物”字。

⑦“摺下了”乙本作“使性子摔了”。

⑧滿語旁漢語，乙本作“疊卷”。

衫袖 be hetefi 用手抓。

抓了一個

emke①gaifi 咬了一口：

親媽呀

“eniyegei haji 猴兒好扛呀！②

但衹光骨秃③

damu giranggi canggi 那裏有肉，

挺幫子老硬

teng seme mangga④ 叫我怎麽嚼他。”

發怒

這佳人 jilidame 没⑤好氣，

阿哥 活王八

把 age 駡了一⑥聲：“aihūma！

無用的東西

這様的 baitakū jaka be 拿錢買，⑦

可惜了錢財

hairakan jiha 無故的花；⑧

蒸又蒸

---

①“emke”乙本作“emge”，“抓”作“拿”。

②此句乙本作“eniyegei moniu(娘的猴兒)好扛牙”。

③“秃”乙本作“頭”。

④“teng seme mangga(挺幫子老硬)”乙本作“kacang seme mangga(挺幫老硬)”。甲本“teng”誤。

⑤“没”下，乙本有“有”字。

⑥“一”乙本作“幾”。

⑦此句乙本作“ere gese baitarakū jaka(這様無用東西)將他買”。

⑧滿語旁漢語乙本作“可惜錢”；“無”前有“你”字。

teliyeci 不熟，煮又煮不爛，①

媽媽

把你的 eniye 活活急燥殺。”②

阿哥忍奈

罵的個 age kiri nakū③ 撅着嘴，

一聲不哼

emu jilgan tucirakū 似啞吧。④

夫妻

saranju⑤ 一見他 eigen sargan 番了臉，

慌慌張張

ebuhu sabuhū⑥ 去請他二姨媽。

四喜兒一見笑着

syhil sabufi injeme 開言問：⑦

又做什麽

“你來請我 geli ai baita?”⑧

我主兒家中

使女説：“mini ejen boode 頻吵鬧，⑨

---

①此句乙本作“teliyejeci(蒸)蒸不熟煮不爛”。

②此句乙本作“老娘 be akabuhai(傷心)急燥殺”。

③“age kiri nakū(阿哥忍奈)”乙本作“yobo age(耍戲阿哥)”。

④此句乙本作“jilgan tucirakū(一聲不發)裝啞吧”。

⑤“saranju”甲本旁無漢語，根據後文，應有“薩蘭珠”三字，此處乙本作“sarganjui(使女)”

⑥滿語旁漢語乙本作“急急忙忙”。

⑦此句乙本作“deheme(姨娘)一見開言問”。

⑧滿語旁漢語，乙本作“又是何事”。

⑨此句乙本作“sarganjui(使女)説 ejen(主子)在 boude(家裏)胡吵鬧”。

快去

姨娘阿① hasa gene 勸勸他。”

哭聲拉氣

這佳人 miyar seme② 就把三孩子叫：

快着

“hūdukan i③ 拿我的梳頭匣。”

答應一聲

三孩子 je seme jabufi 往裏頭屋裏跑，④

迭忙兒

kata fata 就把簡妝⑤兒拿。

各樣

halai hacin 都送⑥過去，

主子 放下他

ejen 奶奶的跟前 sindaha。⑦

洋鏨 臉盆

samsulaha 夔龍 obokū 盛⑧香水，

綉花 枕頭

---

①“阿”乙本作“啊”。

②乙本無“拉氣”二字。miyar 意思是“乳兒哭聲”，“羊羔尋母聲”。

③乙本無“i”，“快着”作“快些”。

④乙本無“一聲”二字，“往裏頭屋裏跑”作“往屋子裏去”。

⑤乙本無“兒”字；“簡妝”作“臉妝”。

⑥“halai hacin(各樣)”乙本作“halai hacin i(件件的)”“送”作“拿”。甲本滿語下有空，意亦欠通，疑脱落“jaka 東西”一語。

⑦“他”乙本作“了”。

⑧“臉盆”乙本作“洗臉盆”；“盛”下有“着”字。

šeolehe 鴛鴦 cirku 立[①]菱花。

綘手

faksi gala 折開了烏雲髮,[②]

梳子

玳瑁 ijifun be 用[③]手拿。

梳了又梳

ijifi geli iji 籠了又籠,

烏雲

梳通了 funiyehe 又把桂花搽。[④]

黑真真 subehe 巧挽盤龍髻,[⑤]

一對

黄登登横别着 emu juru 金耳挖。

温水

碧沉沉 bulukan muke[⑥] 净了面,

手巾

綿軟軟白紡絲 fungku 趕[⑦]了又擦。

舌頭

①"šeolehe"乙本作"šulehe";"立"作"倚"。

②乙本句前有"這佳人"三字;無"了"字;"髮"作"纂"。

③乙本無"be";"用"作"在玉"。

④"烏雲"乙本作"頭髮","又把桂花搽"作"把桂花油兒擦"。

⑤"subehe"旁無漢語,《清文匯書》解釋爲"鬚頭"。意思是"頭髮";此字乙本作"funiyehe(烏雲)";"盤龍髻"作"二龍鬢"。

⑥"沉沉"乙本作"澄澄";"bulukan muke(温水)"作 bolgo muke(净水)。

⑦"白紡絲"乙本作"白綾";"趕"作"捍"。

尖生生丁香① ilenggu 刮了又漱，

牙

白蘇蘇糯米 weihe 祇是刷，②

似的花面

姣滴滴芙蓉 gese dere 匀③脂粉，

小口

紅馥馥櫻桃 ajige angga④ 點朱砂。

髮分道

窄微微 secen 描香粉。⑤

鬢角

齊截截 šūlu 淡墨押。⑥

眉毛

細微微⑦ faitan 銀簪畫，

東珠

光亮亮寶墜 tana 一邊兒仨；⑧

大花

①“丁香”乙本作“的”。

②“祇是刷”乙本作“仔細刷”。

③“匀”乙本作“擦”。

④“馥馥”乙本作“撲撲”，“ajige angga（小口）”作“gese ajige angga（似的小口）”。

⑤此句乙本作“顫巍巍的 meifen（頸子）敷香粉”。

⑥乙本此句在次句下；“截截”作“節節的”；“šūlu”作“salu”；“淡墨押”作“着淡墨”。

⑦“微微”乙本作“彎彎的”。

⑧“寶墜”乙本作“的”；“東珠”作“珠子”，“tana”爲東北混同江特産，作“東珠”是；“一”前有“寶環”二字，無“兒”字。

時樣的 amba ilha[①] 壓雲鬢，

各樣的

hacingga 簪子滿頭壓[②]。

拿着鏡子

buleku be gaifi 哈了口氣，[③]

盡着細細兒的

emdubei narhūšame 把雲[④]沫擦；

鏡子

擦亮了 bulekū 高拿前後照，[⑤]

挨次

閃秋波 ilhi aname[⑥] 細觀察。

主子

三孩子一見他 ejen 梳妝畢，[⑦]

櫃子裏

連忙的 horho dolo 把衣裳拿。[⑧]

慢慢起身[⑨]

這佳人 elheken i ilifi 伸玉腕，

---

①乙本"壓"前有"釵子"二字。

②"各樣的"乙本作"樣樣的"；"簪子滿頭壓"作"翠花滿頭插"。

③此句乙本作"他又把鏡兒 gaifi(拿着)哈了哈氣"。

④"盡着細細兒的"乙本作"盡盡的細細的"；"雲"字下有"鬢"字。

⑤"高拿前後照"乙本作"高攀在後面照"。

⑥"挨次"乙本作"按次"。此句下，乙本多兩句："這佳人 tuwame wajifi(看完了)心歡喜，不由的 urgunjeme(喜悦)暗自誇"。

⑦"梳妝畢"乙本作"洗完畢"。

⑧"horho"乙本作"hurhu"；"裳"作"服"。

⑨乙本滿語"elheken"作"elhegen"誤，旁漢語作"慢起來"。

顔色

穿了套 boconggo 衣服是内造紗。①

裝烟

三孩子 dambagu tebufi 遞②過去，

輕佻不穩

dede dada 又來獻③茶。

這佳人 ning ning niyang niyang 又把三孩子叫：④

打扮如何

“你看 mini miyamihangge antaka?”⑤

見問

那丫頭 fonjire be donjifi 抬頭看，

打量良久⑥

上下 šame kejine goidafi 把嘴咂。

笑盈盈

滿面上 ijaršame 尊聲“主母！⑦

模樣兒

奶奶的 arbun dursun 真可誇，

---

①此句乙本作“穿了套 boconggo etuku(有顔色衣服)是内造紗”。

②“dambagu tebufi”(裝烟)乙本作“geli dambagu tebufi(又裝烟)”;“遞”作“送”。

③滿語旁漢語,乙本作“輕狂”;“獻”下有“一碗”二字。

④甲本滿語旁無漢語,約爲“扭扭揑揑”的意思,乙本作“niyeng niyeng niyang niyang(扭扭揑揑)”;乙本無“又”字。

⑤“看”乙本作“看看”;滿語旁漢語作“我的打扮如何”,甲本誤。

⑥“良久”乙本作“多時”。

⑦“ijaršame”乙本作“injeršeme”;乙本無“聲”字。

花的顏色
我衹説 ilhai boco 人難比①，
的容貌
又誰知奶奶 cira boco 强似花②；
將你疼愛
怪不的老爺 simbe buyeme gosimbi，③
着熱知疼④
haji halhūn 把恩愛加。
神女
巫山 enduri hehe 誰曾見？
就是 下降
si uthai 廣寒宫 ci ebunjihe 一姣娃。"⑤
聞聽誇獎
這佳人 saišara be donjifi 腮含笑⑥，
做孽的猴兒
罵了聲："suisiru monio 少嚼牙。⑦
我如今
bi te 要往你姨娘家去，
家内無人

---

①"花"下乙本有"様"字。

②乙本無"又誰知"三字；"的"字在"奶奶"下；"强"作"賽"。

③此句乙本作"怪不得老爺 simbe buyeme(疼愛)將你愛"，滿語旁漢語誤。

④"着熱知疼"乙本作"知疼着熱"。

⑤此句乙本作"你便是寒宫 ci ebunjihe(降下來)女嬌娃"。

⑥"聞聽"乙本作"聽見"，"腮含笑"作"帶着笑意"。

⑦此句乙本作"罵了聲 suisiru(孽障)猴兒少咬牙"。

boode niyalma akū be dahame 你看家。①

老爺回來

looye amasi jihe manggi② 小心侍奉，

奶皮子

oromu 多多③預備奶子茶。"

交派已畢

afabume wajifi④ 往外走，

大街

出門就是 amba giyai。⑤

未從動身

beye aššara onggolo 先作怪，⑥

兩邊⑦多人

juwe dalbai niyalma 都看着他。

形象

衹見他 arbušarangge 如仙子，⑧

打扮容顔

miyamihangge giru 恰似過花。⑨

---

①此句乙本作"boude niyalma akū(家裏無人)你看家"。

②"looye"乙本作"老爺"；滿語旁漢語作"回來時節"。looye 即漢語老爺的音譯。

③"多多"下乙本有"的"字。

④乙本滿語作"funfulame wajifi(吩咐完了)"。

⑤"giyai"乙本作"giya"，誤。

⑥此句乙本作"beye fakšame onggolo(未起身以前)先作怪"。

⑦"邊"乙本作"旁"。

⑧此句乙本作"但衹見 ambuhangge saikan(形象好)如仙女"，滿語誤。

⑨此句乙本作"miyamiyahangge giru(修飾的容姿)是一枝花"。

紗褂

身穿着天青 cece kurume① 流雲百福

襯衣

內襯着長袖 camci② 月白紗，

手帕圍脖

miyamigan fungku 胸前挂③，

很堪憐

明顯着 umesi jilacuka 小小的④針扎。

蛾眉

又衹見 mudangga faitan 秋波杏眼，⑤

朱唇口內

fulgiyan femen jakarame 露着銀牙，⑥

雪白粉面

der⑦seme fiyangga dere 如玉鏡，

漆黑頭髮

yar seme saikan funiyehe⑧ 似堆鴉。

包頭

---

①“kurume”乙本作“gurume”，誤。

②“內”乙本作“底”；“camci”（襯衣）作“gakari”（衫子）。

③此句乙本作“miyamiyaha fengka（圍脖手巾）在胸前挂”。

④“顯”乙本作“露”；“很堪憐”作“很可愛”；“小小的”作“小”。

⑤此句乙本作“細彎彎的 mudangga faitan（蛾眉姿色面）秋波眼”。甲本滿語旁漢語誤。

⑥此句乙本作“一擰擰的 fulgiyan femen jakarame（紅嘴唇）露玉牙”。

⑦乙本句前有“嬌嫩嫩”三字；“der”作“deri”。

⑧乙本句前有“黑漆漆”三字；滿語旁漢語作“細好頭髮”。甲本滿語旁漢語不合。

懶梳妝 šufan miyamihangge[①] 多丰采，

金寶燦爛

滿頭 aisin boobai giltari nioweri 起光華。[②]

輕盈

他的那玉體 weihuken[③]bime 脚兒又小，

鞋

二龍戲珠的 sabu 是海水江涯。

飄飄逸逸的

eyer hayar 輕移步[④]，

指定脚踪兒步步

oksoko fatan songko 現蓮花。[⑤]

陣陣幽香氣味

sur seme hiyan wa 撲人面，[⑥]

尖尖玉手

šuwai sere gu i gala 把彩扇拿。[⑦]

裊娜

千般 haihū[⑧]icangga 令人愛，

---

①"miyamihangge"乙本作"miyamiyahangge"；滿語旁漢語乙本作"包頭修飾"。甲乙兩本滿語旁漢語均不妥。šufan 應作 šufari。

②此句乙本作"滿頭上 aisin boubei gildari(金寶彩色)起光霞"。

③"weihuken"乙本作"weihusa"。

④此句乙本作"eyer hayar(飄然)步兒輕轉"。

⑤此句乙本作"uksun fatan sungkū(踏定脚踪兒)朵朵現蓮花"。

⑥此句乙本作"hiyan i wa sur seme(陣陣幽香)撲人的面"。

⑦此句乙本作"šutai seme gu gala(纖纖玉手)把彩扇兒拿"。甲本"sere"誤。

⑧"haihū"乙本作"gaihasu"，誤。

俏浪
萬種 goiman ildamu[①] 可人誇。
見了
人人 sabufi 都[②]稱贊，
稱奇[③]
個個 ferguweme 把嘴咂。
許多人
這佳人一見 utala niyalma 齊喝采，[④]
反倒
elemangga 故意兒[⑤]把俏步拿。
手帕
抖了抖月白 fungku 搭在項[⑥]上，
縴手
faksikan i gala 把[⑦]褂衿兒拉。
兩眼機靈
juwe yasa jele mele 胡[⑧]飄轉，
故意兒整理

①"goiman"乙本作"guiman"；滿語旁漢語作"風流"。
②"都"乙本作"齊"。
③"奇"乙本作"贊"。
④此句乙本作"這佳人一見 tese(彼等)連喝彩"，"utala"漢語意"這些"。
⑤乙本"兒"字在"步"字後。
⑥"項"乙本作"臂"。
⑦乙本無"i"字；"把"前有"又"字。
⑧"jele"乙本作"jere"；"兩眼機靈"作"兩眼不定的"；"胡"作"連"。

jortai 釵環 be dasatame 把鬢角兒刮。[①]

涵容軟款

fuliyara sunggeljere 恰似風前柳，[②]

安詳甚是風流

步步兒 nuhan umesi haihūngga。[③]

姣 聲

又聽的 kiyalang [④]seme 輕咳嗽，

拿着手帕

fungku be gaifi 把嘴[⑤]擦。

笑盈盈

ijaršame 一轉秋波留情趣，[⑥]

衆人

勾引得 geren niyalma 都看着他；[⑦]

來往行人

amasi julesi yabure niyalma[⑧] 齊止步，

登時

①此句乙本作“jurtai(故意)鳳釵 be dasatame(整理)在鬢角兒插”。甲本全句漢語準滿語語序是“故意兒釵環整理把鬢角刮”。

②此句乙本作“uyaljara sunggelira(活軟活動)恰是風前柳”。

③此句乙本作“一步步 elhe muha(安詳)嬌滴滴 umesi haihungga(甚是風流)”。“nuhan”應指“從容”意。

④“又”乙本作“衹”；“kiyalang”作“giyalang”。

⑤乙本句前有“又將”二字；“嘴”下有“兒”字。

⑥此句乙本作“秋波一轉 injeršeme(笑盈盈)留情趣”。

⑦此句乙本作“勾引得 geren niyalma i gese baktarfi(衆人不知怎樣)都看他”。

⑧“niyalma”乙本作“urse”。

dartai andande 擠[①]滿了太平街。

停車

有幾個 secen [②]ilifi 推窗看，

拉馬

有幾個 morin tatafi 鞭懶加，[③]

細細

有幾個 narhūšame 貪[④]看誤了正事，

呆呆

有幾個 menen i gese 愛[⑤]看站了個乏。

蒙古　　　　　厄沛[⑥]

有幾個 monggo 説聲:"eboo"擠了擠眼，

臺哩布爾漢屋那拉

"tairi borhan ūnir[⑦] 是個活菩薩。

買賣人

還有些 hūdai niyalma 也都看，

彼此覿睄

①"登時"乙本作"一會兒";"擠"作"站"。

②"secen"乙本作"sejen"。甲本誤。

③"鞭懶加"乙本作"懶把鞭加"。

④"貪"乙本作"愛"。

⑤"menen"乙本作"mene";"愛"作"貪"。

⑥"厄沛"乙本作"額沛"。蒙語漢意爲"驚訝聲，如哎呀"。

⑦"tairi borhan ūnir(臺哩布爾漢屋那拉)"乙本作"tenggeri burhan junure"(騰額里布爾汗珠奴勒)"。

不過是 ishunde tuwame 呲呲黃牙。①

衆人

geren niyalma 看罷齊散去，

瞬息間

這佳人 habtašara sidende 到了②他姐姐家。

發呆悶坐

他夫妻 munahūn i tefi 正嘔③氣，

行走聲音

忽聽得 yabure asuki 響擦④拉；

阿哥抬頭

age uju⑤ tukiyefi 睁睛看，

奶奶端詳

sargan kimcime 用眼撒。

從外

但衹見 tulergici 走進一婦女，

打扮的 kuri kari 賽嬌娃。⑥

説這是誰呢

---

①"觀睄"乙本作"觀看"；"呲呲黃牙"作"呲一呲牙"。此句下，乙本多兩句："惟有一個 nure ucara niyalma（賣酒人）更有趣，angga ici（順口）吆喝一聲奶子茶"。

②"habtašara"乙本作"dartai"；"到了"作"來到"。

③乙本無"i"字；"嘔"作"熬"。

④"行走聲音"乙本作"行走兒聲"；"擦"作"沙"。

⑤"uju"乙本作"uji"，誤。

⑥甲本滿語旁無漢語，乙本作"雜色"，《清文鑒》解釋"kuri kári"意爲"斑爛"。"賽嬌娃"乙本作"恰是女嬌娃"。

ere [1]we biheni seme 留神看,

原來是鄰舍

dule adaki boo 他二姨媽。[2]

進門説好麽

dosifi saiyūn[3] 開言問:

拌嘴

"你公母倆 jamarahangge[4] 爲什麽?"

跌婆 親親妹子

這 belci 叫了聲:"non haji 你來的巧,"[5]

這 甚麽東西

認一認 ere 可是 ai jaka:[6]

圓古倫的身子

beye muheliyeken bime 團又扁,[7]

無有腦袋

uju akū bime 又無尾巴;[8]

猴兒

你看這碎吐沫的 monio 真古怪,[9]

---

①乙本無"説"字。

②此句乙本作"dule(原來)是 adaki boui(鄰舍)他二姨媽"。

③"dosifi saiyūn(近門説好麽)"乙本作"dosime sayun""(進門説好)"。

④"公母倆"乙本作"夫妻";"拌嘴"作"吵嘴"。别野堂鈔本缺此句及次句。

⑤"non haji(親親妹子)"乙本作"nun haji"(親妹子)";"你來的巧"作"你來看"。

⑥此句乙本作"認一認這是 ai jaka(什麽東西)"。

⑦此句乙本作"beye muheliyan bime(身子圓來)可又扁"。

⑧此句乙本作"uju fugali akū bime"(并没有頭)也没尾巴"。别野堂鈔本缺此句及次二句。

⑨此句乙本作"tuwaci ere nimaha(看得這魚)真古怪"。

又不知 ere waburu gebu① 叫甚麼?”

鍋裏

他二姨 mucen i② dolo 一看是螃蟹,

觀看

不由的 lekdeme tuwame 笑了個乏。③

笑着笑着

injeme injeme 把姐姐叫④:

你鄉下人

“si gašan i niyalma bime 倒不認的他,⑤

明擺着是姐姐的不是

gege iletu sini waka bime 你不認,⑥

平白的合姐夫

baibi efu i baru 胡鬧叉。⑦

妹夫老實

幸虧 efu momokon 由着你嚷,⑧

---

①甲本滿語旁無漢語,應作“這砍頭的名字”,全句意爲“又不知道砍頭的名字叫甚麼”。“ere waburu gebu”乙本作“ere gebu(這個名字)”。

②乙本“姨”字下有“往”字;無“i”字。

③“不由的”乙本作“這佳人”;“笑了個乏”作“笑了個骨軟筋麻”。

④此句乙本作“injeme injere(笑着笑)就把 eyun(姐姐)叫。”

⑤此句乙本作“你原是 gasa i niyalma bime(屯裏的人)倒不認得他”。

⑥“sini”漢語意“你的”,甲本改作“姐姐的”。此句乙本作“sini waka bime(你的不是而且)你還不認錯”。

⑦滿語旁漢語,乙本作“白向姐夫”;“叉”作“喋”。别野堂鈔本缺此句及次六句。

⑧“efu momokon (妹夫老實)”乙本作“efu nomhon(姐夫老實)”;甲本“efu”譯作“妹夫”,誤。“嚷”乙本作“駡”。

若是你妹夫

方纔是你 meye bihe bici 就活打殺。①

自今已後

我勸你 ereci julesi 要盡讓，②

你再別

si jai ume 閑的磕打呀！" ③

吩咐薩蘭珠

説罷 saranju de hendufi 盛過去，④

他夫妻睄着

ini eigen sargan tu wame 把怔發。⑤

這個⑥東西名子

二姨兒説："ere jaka i gebu 叫螃蟹，

絶妙的吃手爾

另有個 mangga jetere 好方法。"⑦

拿了一個

説着説着 emke gaifi 去了臍子，⑧

掀了

---

①此句乙本作"如果是 sini meye bici（你的妹夫）管把你打殺"。

②"ereci julesi（自今已後）"乙本作"ereci amasi（自今以後）"；"要盡讓"作"全當讓"。julesi"往前"，誤。

③此句乙本作"jai ume（再別）閑着鬥牙"。

④此句乙本作"sarganjui de hendufi（吩咐使女）把螃蟹盛過去"。

⑤此句乙本作"eigen sargan tu wame（夫妻親看）又把癮發"。

⑥乙本無"兒""個"二字。

⑦此句乙本作"另有個 jetere（吃的）好方法"。

⑧此句乙本作"説着 emge gaifi（拿一個）去了臍子"。

蓋子 be hūwakiyafi 去了①草牙;

兩手

juwe gala 一掰遞過去,

姐夫 姐姐

叫了聲:"efu gege 嘗嘗②他!"

跌婆夫妻

belci③ eigen sargan 接在手,

到口

將黄兒 angga de isinafi 把嘴一咂。④

笑盈盈

gege 吃的 ijaršame⑤ 心中樂。

喜悦

age 吃的 urgunjeme⑥ 笑哈哈。

親丈夫

叫了聲:"eigen haji 再⑦去買,

莫惜錢

---

①"hūwakiyafi"乙本作"hūwaliyafi"誤;"掀了"作"破開";"去了"作"掏去"。

②"姐夫姐姐"乙本作"姐姐哥哥";"嘗嘗"前有"你"字。

③乙本無"belci(跌婆)"。

④此句乙本作"黄的 yali be angga de isinafi(肉到口)把嘴一咂"。

⑤甲本"gege"旁無漢語,應有"姐姐"二字。乙本作"age(阿哥)";"ijar šame"乙本作"isjeršeme",誤。

⑥甲本"age"旁無漢語,應有"阿哥"二字。乙本作"hehe"(太太)"。"uraunjeme(喜悦)"乙本作"urgunjeme(喜歡)"。

⑦乙本"再"前有"你"字。

千萬的 jiha be ume hairara。”[1]

有滋有味

amtan amtanggai[2] 吃了個净，

彼此　　　　　散了

ishunde 笑[3]個不了纔 facaha。

補　記

滿語翻譯事業興盛的時候，除去翻譯刊行過一般漢族知識分子習用的典籍和小説戲曲，當 18 世紀中葉，在滿族間也還存在過滿語單字還音抄寫鼓詞的情况。無疑這種方式，對“滿漢兼”規式的寫作，也是有一定的影響。

（原載 1948 年《文史雜志》第 6 卷 第 1 期（俗文學專號），第 80～88 頁；經修訂後以原題名收入作者《曲藝論集》，北京：中華書局上海編輯所，1958 年 12 月）

①此句乙本作“千萬 jiha ume hairara（别惜錢）”。

②“amtan amtanggai（有滋有味）”乙本作“amtangga saikan（好有滋味）”。

③乙本“笑”下有“了”字。别野堂鈔本此句下多兩句。

瀋陽國立博物院馬隅卿藏書選目

1、漢口竹枝詞(乾隆刊)
2、芸窗清賞(寫刻本)
3、淞濱華影(石刻)
4、艷史叢刊(鉛印)
5、玉荷隱語(乾隆刊)
6、廣諧史(明刊)
7、苦字庭小說(稿本)
8、度曲須知(明崇禎刊本)
9、故事白眉(明刊)
10、轉情集(明萬曆刊)
11、新編夷堅志庚集(明清平山堂刊)
12、明四十字小說殘本(明刊本)此外關於馬吊譜甚多。
13、消指墟(明刻本)
14、教坊記(明吳琯刊)
15、續齊諧記(明刊)
16、詞林片玉(明刻本)
17、詞林摘艷殘本一種(明刻本)
18、玉錞干(清原刻)
19、三世因果(刊本)

20、董授經抄頁一包

21、世說新語(明萬曆刊)

22、增補燕居筆記(明刊)

23、時調小書并譜(鈔本)

24、古今異苑(明舊抄)

(原載 1948 年《文史雜志》第 6 卷 第 1 期,第 26 頁)

巴利本《大會經》

（Mahasamayasuttan）

在南方佛教國（尤其是暹羅）的新年時，人們常要誦讀着《Ata-anatiya 經》《大會經》及《轉法論經》三部經典，雖然他們是爲了祈福，可是由此使我們知道了這三部經典在南方佛教國民間的重要。

巴利本《大會經》是巴利經藏 Digha－nikaya 中的第二十經，相當於我國舊譯中的：《長阿含》卷十二《大會經》（大正藏一·七九 b——八一 b）；《大三摩惹經》（大正藏一·二五八）；《羅阿含》卷第四四之《一一九二經》（大正藏二·三二三 a）；《别譯雜阿含》卷第五之《一〇五經》（大正藏二·四一一 a），惟諸經與巴利本均多出入。至藏譯 hdus－pa cen－pohi mdo 更與巴漢兩文多異了。

這個譯本，還是我過去學習巴利語時候的試譯，由於學力的薄弱以及原文的晦澀，譯文遂至佶屈聱牙，甚至誤謬，這是需要諸位學者來指教的。

【一】 如是我聞：一時薄伽梵住釋迦族毗羅城之大林，與大比丘衆五百比丘俱，皆是阿羅漢，衆多諸天從十方世界咸來集合，謁見薄伽梵及睹比丘衆。

【二】 爾時四净居天念言：“彼薄伽梵住釋迦族毗羅城之大林，與大比丘衆五百比丘俱，皆是阿羅漢，衆多諸天從十方世界咸來集會，謁見薄伽梵及諸比丘衆。我等曷不亦詣彼薄伽梵處，近於薄伽梵面前,各自説以伽陀”。

【三】 是時彼等諸天,恰如强勇之士屈臂伸臂頃,從净居天隱去,顯現薄伽梵前。

(1) 爾時彼諸天敬禮薄伽梵於一面立;立一面已,中有一天於薄伽梵前説此伽陀曰:

“大會此山林　諸天衆來集　我來此法會　見無敗僧伽”

(2) 是時餘天於薄伽梵前説此伽陀曰:

“此處比丘集　心自正安静　如御者執繮　衆賢護諸根”

(3) 是時餘天於薄伽梵前説此伽陀曰:

“斷棒斷除閂　切滅閾離欲　彼行净離惑　具眼馴幼象”

(4) 是時餘天於薄伽梵前説此伽陀曰:

“此諸依佛者　彼不墮惡趣　舍此人間身　天身得成就”

【四】 爾時薄伽梵告諸比丘衆曰:“衆多諸天,諸比丘——從十方世界咸來集會,謁見多陀阿伽度及諸比丘衆。諸比丘衆,於過去久遠時,有阿羅漢至真等正覺者,彼亦爲諸薄伽梵,曾有彼等至高諸天咸來集會,恰如現在於我。諸比丘衆,逮於本來將有阿羅漢至真等正覺者,彼亦爲諸薄伽梵,亦當有彼至高諸天咸來集會恰如現在於我。”

【五】 “我當告知,諸比丘,諸天神之名;我當宣示,諸比丘,諸天神之名;我當教,諸比丘,諸天神之名,彼當諦聽,善爲憶念我之所説。”

【六】 “如是,賢者!”彼諸比丘應諾薄伽梵。薄伽梵如是言:

(1) “我誦輸盧迦　如地彼寄托

彼安住山窟　心決定確固

衆獅子屈縮　得身毛竪立

清净意信仰　净潔復安静

告知五百餘　迦毗羅城林”

(2) “爾時教師說　弟天喜受教
諸天神已進　諸比丘可知
彼等皆精勵　已聞佛陀教
彼明所云智　鑒知非人相”
(3) “或者見一百　又見七十千
或者爲百千　或又非人見
或者見無邊　多遍一切處
彼一切神通　具眼者宣説
是時教師說　弟子喜受教
諸天神已進　諸比丘可知
我言彼與汝　正願序語汝”
(4) “有七千藥叉　迦毗羅城地
具神通光輝　威容與聲名
歡喜彼行進　會諸比丘林”
(5) “六千雪山者 藥又參差色
具神通光輝　威容與聲名
歡喜彼行進　會諸比丘林”
(6) “裟多山三千　藥又參差色
具神通光輝　威容與聲名
歡喜彼行進　會諸比丘林”
(7) “共一十六千　藥又參差色
具神通光耀　威容與聲名
歡喜彼行進　會諸比丘林”
(8) “毗娑密五百　藥又參差色
具神通光耀　威容與聲名
歡喜彼行進　會諸比丘林”

(9) “金毗羅王舍　住毗富羅山
數遂百千衆　奉事藥叉衆
王舍金毗羅　亦來會此林”
(10) “及東方天王　提頭賴吒轄
乾闥婆首長　彼聞名大王
彼有衆多子　因陀羅大力
具神通光輝　威容與聲名
歡喜彼行進　會諸比丘林”
(11) “及南方天王　毗樓勒支配
鳩槃茶首長　彼聞名大王
彼有衆多子　因陀羅大力
具神通光輝　威容與聲名
歡喜彼行進　會諸比丘林”
(12) “及西方天王　毗樓摶叉轄
那迦之首長　彼聞名大王
彼有衆多子　因陀羅人力
具神通光輝　威容與聲名
歡喜彼行進　會諸比丘林”
(13) “及北方天王　俱毗羅支配
藥叉之首長　彼聞名大王
彼有衆多子　因陀羅大力
具神通光輝　威容與聲名
歡喜彼行進　會諸比丘林”
(14) “東提頭賴吒　南之毗樓勒
西毗樓博叉　北方俱毗羅
如彼四大王　普遍全四方

光明放照起　迦毗羅城林”

(15)“彼等幻僞部下衆　狡猾惡心來欺詐
摩耶拘天吠天都　韋馱質韋馱遮俱
旃陀那伽摩世質　秦奴延豆尼延豆
波那多烏波曼奴　及摩頭羅天神子
質多斯那乾闥婆　那羅王闍内沙婆
復有般闍尸呵來　廷婆婁修利耶婆
凡此及其他諸王　乾闥婆與諸王俱
歡喜彼行進　會諸比丘林”

(16)“時那娑沙那伽來　毗捨離恒叉迦俱
堪婆羅沙多羅來　波耶伽與親族俱
耶無那提頭賴吒　與具聲名諸龍來
波大龍伊羅婆陀　亦來集會於樹林”

(17)“彼於疾速頃　能搏龍王去
天之再生者　具净眼兩翅
彼從天空來　到達林之中
美麗金翅鳥　是彼等名稱
是時諸龍王　曾無有畏怖
金翅鳥幸福　佛陀所作爲
温柔説愛語　彼等相招呼
龍及金翅鳥　皆已皈依佛”

(18)“戰勝金剛手　住海阿修羅
婆沙婆弟兄　有神通聲名
迦羅堅遮大怖畏　阿修羅陀那吠伽
毗波質多蘇質多　波羅陀那無質俱
及跋離百子　皆名毗盧遮

糾結有力軍　羅□婆達來
諸賢今集合　會諸比丘林”
(19)“水大地火風　諸天亦來此
水神水神天　蘇摩耶舍俱
友情慈悲身　是著名諸天
此等十重身　各自異麗色
具神通光輝　威容與聲名
歡喜彼行進　會諸比丘林”
(20)“毗紐舍伽利諸天　阿沙摩及孿耶摩
月天諸侍者　奉事月天來
日天諸侍者　奉事日天來
奉事諸星宿　云神遲遲來
娑藪主帝釋　釋族帝釋來
此等十重身　各自異麗色
具神通光輝　威容與聲名
歡喜彼行進　會諸比丘林”
(21)“是時沙訶弗天來　有如水火焰之頂
阿栗吒迦及盧迦　光輝有如麻之花
婆菟那與□摩無　阿周陀及阿尼輸
須勒耶菟質羅來　毗沙婆尼灑亦來
此等十重身　各自異麗色
具神通光輝　威容與聲名
歡喜彼行進　會諸比丘來”
(22)“三摩那大三摩那　摩菟沙摩□疏多
乞陀波都灑伽來　摩菟波都□伽來
是時呵羅諸天來　與波羅希多波灑

波羅伽大波羅伽　聞名之諸天亦來
此等十重身　各自異麗色
具神通光輝　威容與聲名
歡喜彼行進　會諸比丘林”

(23)“須伽伽輪阿羅那　及毗迦那沙俱來
鳥達多伽波牟伽　□遮伽那諸天來
薩達摩多訶羅伽　與聞名之彌沙伽
波純那雷鳴中來　彼降雨於其地域
此等十重身　各自異麗色
具神通光輝　威容與聲名
歡喜彼行進　會諸比丘林”

(24)“開密耶與睹史多　夜摩着名伽他伽
藍□他迦羅摩主　名樹提及阿沙婆
尼摩那羅提那來　波羅尼密他亦來
此等十重身　各自異麗色
具神通光輝　威容與聲名
歡喜彼行進　會諸比丘林”

(25)“此六十天部　各自異麗色
各異樣來集　彼亦別同俱”
“捨生拔三毒　渡瀑流漏盡
渡瀑流如龍　如月從暗出”

(26)“其子善梵天　至高神通俱
常童子底沙　彼亦來林會”

(27)“千數梵天界　大梵天超越
波具足光輝　彼着名體怖”

(28)“此十自在者　各自得自在

及彼中間來　所圍阿利多”

(29)“及彼各行進　自主天自梵

摩羅軍行進　見迦訶緩慢”

(30)“此可捉可縛　實有貪欲縛

從各方合圍　勿任汝或脱”

(31)“時彼處大軍　遣送迦訶軍

以手擊地面　所爲可怖恐

如雨時之雲　雷鳴閃電俱

此時自退去　已無力而怒”

(32)“彼一切神通　具眼者宣説

爾時教師説　弟子喜受教

摩羅軍已進　諸比丘可知

彼等皆精勵　已聞佛陀教

愛盡彼退去　毛髮未振動”

(33)“戰爭得凱旋　彼一切生物

弟子諸神天　聞此俱歡喜”

後記

(一)近來上海《普慧大藏經》刊行會翻印的《南傳大藏經》中，江鍊百曾據日本南傳藏本轉譯過這部經，惟以非從巴利語直接譯來，所以其中頗多錯訛。(江譯見該會印本辰部經典二第九八頁至一〇三頁)

(二)此譯的巴利語原本，係據□楠：巴利語佛教文學副本頁十三～二十一。Grimblat：Sapt suttas palis pp，280－298.

(原載1948年10月15日北平《世間解》第11期，第7～9頁)

西藏的典籍

一、西藏佛典的翻譯

西藏佛教典籍的大宗，就是西藏語譯的《大藏經》。也就是我國過去稱之爲"蕃藏"的東西。它的内容，主要是從印度的語文移譯來和一點從漢語重譯或于闐傳譯補缺的東西。它的翻譯、集積和傳承時間的長久，也是如同漢語大藏經一樣——已經經過了約一千年長期的歲月。

據傳説，佛教傳入西藏，是在3世紀的中葉 Tho－tho－rig-nan－btsan 王的時代，但是徵諸歷史的事實，這完全是一種神話罷了，實際那是在7世紀的初葉 Srong－btsan－sgam－po 王的時代。他以迎唐太宗的文成公主與尼泊爾王 Amsuvarman 的女兒 Bhrkuti 爲后、妃的機緣，信仰了佛教，派遣了 Thon－misamb-hota 等人到印度去留學，學習梵語文典。他們回到西藏以後，制定了西藏文字，同時製作了簡單的文法，據説并且也開始了佛典與翻譯的工作，這，恐怕也僅衹是西藏翻譯工作的準備時期吧！其後，經過了百餘年，到8世紀中葉，Khri－lde－gtsugs－btsan 王即位，迎唐中宗的養女金城公主到西藏，他對於佛教更采取了保護政策，這時從印度入藏的學匠很多，翻譯僧輩出，像 Mulako’ sa和Tnanakumara等,譯出了數學醫藥方面的書籍不少。到他的王子Khrisron—lde—tsan即位以後,更有從迦濕彌羅來的學匠Ananta,印度來的學者Santaraksita(寂護),和從印度迎接來的Padmasambhava(蓮花生)入藏,從事翻譯工作,并仿印度的烏顛頭寺,於拉薩東方三十哩處建築桑鳶(Bsam—yas)寺。不久,更有印度的Vimalamitra等人和西藏的Chos—kyi sman—ba等人共同從事佛典翻譯事業,譯出典籍不少。這時代的Dpal—brtsegs等人并編撰有譯經目録。這一時代譯出的典籍是達有相當數量的,我們由據潘丹迦米宫殿所藏整理成的經録hphan—than—ma dkar—chag(潘丹瑪目録),和據吐丹登噶彌宫殿所藏整理成的Ldan—dk—ar—ma(登噶爾瑪目録)是可以知道的。這兩個目録,前者已經散逸了,後者收於現在丹珠爾裏面,這是現存西藏佛教典籍最古的經録,現在我們由其中可以得知當時翻譯經論的大概,誠然是一件可以慶幸的事。

經過Khri—lde—gtsugs—btsan王的後二代9世紀的初葉,Khri—ral—pacan王即位以後,他信仰佛教,特别的更崇敬"僧寶",又因爲以前的佛教經典翻譯僧侣們多係從中印度、中國、于闐、尼泊爾、迦濕彌羅、Sahor(Uigur?)等地而來,語言的不同,以至翻譯用語的語彙亦有所差異,因此,對它的理解無形之中增加了若許困難。他遂命令當時的一些印度學匠Tinamitra、Surendra—bodhi、Stlendrabodhi、Bodhimitra等和一些西藏的學僧Ratnaraksita、Dharmatasila、Tnan—asena、Ye—ses—sde、Tavaraksita、Manjusrivarman、Ratnendrasila等,從事整理工作,使譯語先趨齊一。當時規定的譯語稱之爲Skad—gsar(新語),把以前應用的譯語稱之爲Skad—rnin(古語)以作區别。梵語藏語對照的辭彙《翻譯名義大集》Mahavyutpatti一書恐怕就是當時所産生的。

現存西藏語《大藏經》中有部律及顯教諸經的大部分并純密經典的大多數,也是當時譯出的。翻譯語彙一定,給予以後的翻譯工作許多的方便,同時對於以前舊譯經論也可以用之加以改訂,自然,這工作是作了佛教典籍從梵語直譯的工夫了。這個翻譯整理的事業,無疑的在西藏民族的典籍史上是一件很重要的記事了。可是也就爲了王的熱心保護佛教,遭到別人的嫉視,不久爲他的臣下與他的弟弟合謀弑死了,他的弟弟 Glan－dar－ma 即位以後,與他的宰相大臣們在一起,大肆破壞佛教,破壞了佛典的譯場,禁止了佛教的行事,水火了佛像經典,這樣經過了六年,佛教的設施爲他們破壞殆盡。

大約是在公元 900 年左右,這種破佛的暴行,激怒了一位山中修定的僧人 Dpal－gyirdo－rje,他奮起將這位破壞佛教的君王弑死了,纔阻止了這一次"法難"的繼續進行。以後佛教雖徐徐的復興,但終因這次"法難"的創痕過深,又加以統治者的分立種種關係,一時却未能恢復舊日的規模,這一段時間,在西藏的佛教史上,是可稱之爲黑暗時代了。

到 10 世紀末葉 11 世紀初葉間,西藏的佛教已經復興,從事翻譯事業的有 Rin－ chen bzan－po 等人,不久他到印度去留學,歸來的時候,伴回"學僧"(pandita):Sraddhakaravarman、Padmakaragupta、Buddhasrisanta、Buddhapala、Kamalagupta 等人,從事論部及四種怛特羅(尤其是瑜伽怛特羅方面)方面典籍的翻譯工作,同時并將已譯出經典内的怛特羅部分加以校訂。以後不久,印度烏顛頭寺的學僧阿底峽(Dtpamkarasrijnana Atisa)受 Nag－tsho tshul－gyal 等的懇請入藏(公元 1038 年),與當時已成西藏名譯家的 Rin－chen bzan－po 交歡共同從事翻經大業,佛教在西藏纔再興,往昔的翻譯事業的隆盛纔復現。爾後一直到 17

世紀初，大翻譯家輩出，印度佛教的典籍也漸次的爲西藏語移譯完備了。特别是有關密教的典籍，多爲漢土所未傳，這是值得爲學者所注意的。關於西藏語翻譯工作的譯場，從梵本譯的，主要是在桑鳶 Bsam－yas 寺的翻經院；從漢語、于闐語等補譯的，是在薩迦 Saskya 寺。西藏的翻譯事業，一直持續到 17 世紀頃，以著印度佛教史著名的學者 Taranatha 就是最後修飾的人。德格（Sde－dge）《大藏經附屬目録》中記録着，從事西藏語翻譯聖業的，印度的學匠從 Tinamitra 起共 107 名，西藏的學者從端美阿奈布起 222 名。所譯經論實有 4700 部。至於翻譯態度，他們是避免自由的意譯，崇尚忠實的逐語譯，且譯語統一，并有與異本校勘等等優點，所以西藏語譯的佛教典籍，爲世界學術界所尊重。

二、《大藏經》内的佛典

關於西藏語譯的佛教典籍翻譯品，是由三百多位翻譯僧，經過了數世紀不斷努力工作的結果，這個譯出經論的數目字是相當驚人的。這許多譯出經論整理分類具備了所謂經律論三藏的典籍結集物，就是普通稱作“蕃藏”或是“西藏大藏經”的東西。但是西藏語《大藏經》的收録方針，與漢語《大藏經》的收録方針是異趣的。西藏語《大藏經》主要是從實質的分類爲兩大部分：佛陀所説的法，經律集成的部分稱之爲《甘珠爾（Bkah－hgyur）》；諸大論師的述作，論疏的部分稱之《丹珠爾（Bstan－hgyur）》。《甘珠爾》是可以解作佛敕命的意味，所以又名之爲佛説部；《丹珠爾》則是諸大論師的注疏，所以也可名之爲論疏部。

這些譯述的典籍，最初流傳的是寫本，在今日康藏境内有名的寺院中尚多有收藏，但是其内容不能爲外人知道。間或也有一些流出的,也有一些帝國主義設法攫取去的。由這些寫本的裝璜看,我們可以知道是一些極其講究用紺紙金泥寫成的鈔本。這種先於雕版印刷的《大藏經》寫本,在研究學術上占有極其重要的位置,就是對於研究西藏族的文化遺産方面也是不可忽視的東西,所以我們應當重視它的流存。

西藏語《一切經》開版的開始,恐怕也是受到漢語《一切經》開版的刺激以後的事。漢語《一切經》的開版是在公元 971 年(宋太祖開寶四年),其後經過元、明、清各時代,都曾不斷的進行着這種《大藏經》的雕版印刷工作,因此,這種影響也是極其自然的事。

西藏語《大藏經》開版的濫觴是從律部的雕版開始。這工作的發願者是 13 世紀頃,在蒙古地方傳道的西藏僧人 Hjam－nag－gab－sis,從他布道得到的資財裏,提供了一些,得到學僧 Dharmasi－mha 的幫助,將西藏語譯律部與漢語譯本相校勘後,於藏地的 La－stod 刊刻了。到 14 世紀初葉有名字叫作嘉木樣的發願,更將經論二藏加入,搆成了三藏完備的《大藏經》於札什倫布(Bkra－sis－lhun－po)西南約六哩的奈塘(Snar－than)寺刊刻了。這就是被稱爲"奈塘古版"的西藏語《大藏經》,現在這版本已經湮滅甚少流傳了,衹是在西藏境内古老的寺院裏,或者尚有殘存吧! 據説在色拉(ser－ra)寺,就收藏有這版的殘缺印本。

以後,就是"柴巴(Tshal－pa)版"。《甘珠爾》,奈塘古版完成後的不久,因多弃羅土等就以它爲底本與異本校訂後,在 Dgah－ldan 將《甘珠爾》開雕刊印了,這版本現在亦已湮滅不存了。以後的奈塘新版、德格(Sde－dge)版、北京康熙版的《甘珠爾》,其收録方針就是承襲這個版本而來的,所以這個版本在西藏語《大藏經》

諸版中是占有重要的位置。

在柴巴版以後,就是“里塘(Li－than)版”。Sakya rgyalmts-han 等以柴巴版《甘珠爾》與諸本校勘後,於 hdsan yul 州開雕刊印,不久就將雕版移置到西藏邊境的里塘,於是後來就稱之爲里塘版了。這版本的原刻版已在公元 1908 年的戰亂中全部毀滅了。

以後,是“卓尼(Co－ne)版”,這有古版與新版兩種。關於古版的情形,我們已經是不大明白。現在所見到的版本,就是新版(瑪昆爾袞普王敕雕),它是在 Dmag－zor－mgon－po 王的發願下,在甘肅省臨潭南邊卓尼大寺開刻刊行的,這版本的内容收録順序是介於奈塘、德格兩版與永樂、康熙兩版之間的,這種情形也恰好像卓尼的地理位於西藏與北京之間似的。這版本的《丹珠爾》,據調查完全是德格版《丹珠爾》的覆刻。這版本的雕版(《甘珠爾》和《丹珠爾》),在公元 1929 年回漢衝突時,大半已都歸於灰燼了,這也是一件相當可惜的事。

“奈塘新版”是在 18 世紀中葉,第七輩達賴喇嘛羅布藏噶爾桑嘉木磋(Blo－bzan bskazbzanvgya－mtsho)的敕命下,以奈塘古版爲基礎,參照布頓(Bu－ston gsun－raa rin－po che)目録等,增補一些經論於奈塘寺開雕的版本。這版本校勘精確,爲學者所推許,是現在各地所藏西藏語《大藏經》中最普通的版本,一般人稱之爲“官版”的,它是包括了《甘珠爾》和《丹珠爾》(蘇那木多布格王敕命開雕)兩大部分的版本。

以後是“德格版”,這是在西康省德格(Sde－dge)的笨都補丹寺的版本,這版的《甘珠爾》是以里塘版爲底本,《丹珠爾》是以 Sha－lu gser－Khan 藏本爲根本,根據布頓目録加以增補,是由德格土司支持下開始雕版印刷的。這版本的校訂,在文法上是極其嚴密的，雕造的時候也是極爲考究，所以字體秀緻，印刷清晰。據傳説這版的本身并非木質，而是稱爲金屬版的，恐怕這也衹是稱譽它的刊刻精良的過飾吧！

"庫倫版"《甘珠爾》，這是於公元1910年在現在蒙古人民共和國首都Ulan－Bator開雕的版子，它是德格版《甘珠爾》的覆刻。

"拉薩版"《甘珠爾》，是公元1927年第十三輩達賴喇嘛發願，命喜饒嘉錯等以奈塘新版爲底本，以德格版等與其參照校勘開雕印刷的版本。這版校勘甚精，字體較大，爲現存《甘珠爾》諸版中最優的版本。

除去了以上開版於西藏、西藏族聚居的區域和一種在蒙古的版本外，尚有幾種開版於北京的版本，這種版本普通均稱之爲"北京版"。

北京版最早的版本，是於公元1410年（明永樂八年）在北京嵩祝寺内設蕃漢兩經廠完成的"永樂版"。據傳説，這版是奈塘古版的覆刻，在影傳奈塘古版大藏方面，它是占有主要的位置。在山西省五臺山菩薩頂是藏有這個版本的。因爲是明永樂帝的開雕，所以稱之爲永樂版。

到明萬曆帝時，亦曾開版，這是稱之爲"萬曆版"的。這版的内容就是永樂版的重刻。不過在這版《甘珠爾》的最後，曾添加有四十二帙續添藏，這是不曾爲過去學術界介紹過的，雖然它在學理的研究上不占重要位置，但是在西藏佛教研究資料中，却是較重要的東西。

清康熙帝的時候開雕的版本，這是在北京版中比較最普通的版本，所以普通就稱這版爲北京版了。但是爲了與乾隆帝時的修補版加以區别，我們稱康熙時開版的爲"康熙版"，稱乾隆時修補的爲“乾隆修補版”。兩版均已毁於公元 1900 年。

在北京開版的西藏語《大藏經》，都僅衹是《甘珠爾》部分，其收録的順序，完全是從永樂版套襲下來。各版之間相異的地方：永樂萬曆兩版與康熙版之間，康熙版在《甘珠爾》全部施用西藏語字母的全帙編號前，加用了“om 帙”“2a 帙”改變了，其他則全隨永樂萬曆兩版。康熙版與乾隆修補版之間，於寶積部增補了新的二經，其校訂方面也主要是用德格版，所以把康熙版的面目幾乎全面更動了。在各帙各葉間，我們很清楚地可以見到：改刻的痕迹、全版面改刻的部分或是新插入的部分。我們由葉面註明的“又□葉”等字樣，更可以知道這種修補的情形了。

此外，不丹的“Punaka 版”，我國西康省的“Cha－mdo 版”、甘肅省的“Sku－hbum 版”等，因資料不够，其内容無法説明了。（更有 bshad－pa－rtfsal 版及達賴第五輩刊《甘珠爾》，詳情亦不明。）

關於以上各種版本之間的系統如何，大體可以説是這樣：在《甘珠爾》部分，可分奈塘古版係、柴巴版係，和在這兩系之間，如同前面所叙述過的卓尼版另立的一系——卓尼版系。現在用表説明如次：

甲系：奈塘古版——永樂版——萬曆版——康熙版——乾隆修補版

乙系：柴巴版——里塘版——奈塘新版——德格版——庫倫版——拉薩版

丙系：卓尼版

在《丹珠爾》部分，北京版奈塘新版是同一系；德格版卓尼版是同一系，因卓尼版就是德格版的覆刻版。

關於各種版本的開版年代，由它們的附屬目録和跋記等項是可以推定的，現在就着它們的時代順序作表說明如次：

《甘珠爾》

版　　名	開版年代	推定的依據
1 奈塘古版	公元 1312(元皇慶六年)至 1320 年(延祐七年)	奈塘新版附屬目録 Hjigs－med－na－mmkhah 著蒙古佛教史
2 柴巴版	奈唐古版以後的版本，其詳不明	庫倫版附屬目録
3 永樂版	公元 1410 年(明永樂八年)	御製序贊
4 萬曆版	公元 1605 年(明萬曆三十三年)	御製敕諭
5 萬曆版續藏	公元 1606 年(明萬曆三十四年)	附屬目録
6 康熙版	公元 1684 年(清康熙二十三年)	御製番經序
7 里塘版	康熙版以後的版本，其詳不明	庫倫版附屬目録
8 卓尼新版	公元 1721 年(清康熙六十年)	卓尼版《丹珠爾》附屬目録
9 奈塘新版	公元 1730 年(清雍正八年)	附屬目録
10 德格版	其詳不明	附屬目録完成時間爲公元 1733 年(清雍正十一年)。十萬怛特羅部 na 帙東北目録五〇八號跋記乾隆八年(1743 年 7 月 6 日完成。)
11 乾隆修補版	公元 1737 年(清乾隆二年)	秘密部 cha 帙跋記

續表

版　　名	開版年代	推定的依據
12 庫倫版	公元 1910 年(清宣統二年)	附屬目録
13 拉薩版	公元 1927 年	

《丹珠爾》

版　　名	開版年代	推定的依據
1 北京版	公元 1724 年(清雍正二年)	Cordier 目録
2 奈塘新版	其詳不明	附屬目録完成時間爲公元 1742 年(清乾隆七年)
3 德格版	其詳不明	附屬目録完成時間爲公元 1744 年(清乾隆九年)
4 卓尼新版	其詳不明	附屬目録完成時間爲公元 1773 年(清乾隆三十八年)

簡略的叙述了關於西藏語《大藏經》的翻譯、開版、各種版本相互關係、開版年代的順序等等問題以後,現在將《甘珠爾》的内容再簡要的叙述如下:

各版本間的相互關係,由於上面的簡略叙述已瞭解大概,然而對於它們關係中的覆刻重刊在其收録典籍的順序上,各種版本的特色,這裏再作一説明。主要的,先在諸版系統方面,從其收録的順序談起,然後以德格版爲代表,就其内容再加以略述。至於其他各版内容相異等等地方的詳細情況,因爲限於手中資料缺乏,祇有等待將來有機會調查時再談了。

《甘珠爾》的收録順序、帙數,諸系分别用表説明如次:

(一)甲系(奈塘古版系的諸版)

版名 / 帙數 / 部名	永樂版	萬曆版	康熙版	乾隆修補版
(一)秘密部(rgyud)	二十四	二十四	二十五	二十五
(二)般若部(ser—phyin)	二十四	二十四	二十四	二十四
(三)華嚴部(phal—chen)	六	六	(三)寶積部六	(三)寶積部六
(四)寶積部(dkon — brt — segs)	六	六	(四)華嚴部六	(四)華嚴部六
(五)諸經部(mdo—sna—shogs)	三十二	三十二	三十二	三十二
(六)戒律部(hdul—ba)	十三	十三	十三	十三
(七)目録部(dkar—ckag)	一(漢文藏文)	一(漢文藏文)	一(漢文、滿文、蒙文、藏文)	一(漢文、滿文、蒙文、藏文)
共計七部	一〇六帙	一〇六帙	一〇七帙	一〇七帙

此外,萬曆版曾附加有續添藏四十二帙。以上諸版,除去萬曆版是用黑色印刷外,其餘永樂版、康熙版、乾隆修補版均用朱色印刷。諸版每葉每面均刻八行。各版除去了其中的“目録部”,永樂萬曆兩版各一〇五帙,康熙乾隆兩版各一〇六帙。

(二)乙系(柴巴版系的諸版)

部名＼帙數＼版名	德格版	庫倫版	奈塘新版	拉薩版
(一)律部(hdul—ba)	十三	十三	十三	十三
(二)般若部(ser—phyin)	二十一	二十一	二十一	二十一
(三)華嚴部(phal—chen)	四	四	六	六
(四)寶積部(dkon brts—egs)	六	六	六	六
(五)經部(mdo—sde)	三十二	三十三	三十一	三十二
			(五之二)涅槃部(my-an—hdas)	
(六)十萬怛特羅部(rgyud—hbum)	二十	二十	二十二(包括古怛特羅部ba帙上下)	二十一
(七)古怛特羅部(rnin—rgyud)	三	三		
(八)時輪經疏部(dus—hkbor—hgrelbsad)	一	陀羅尼集部二		
(九)陀羅尼集部(gzung—hdus)	二	時輪經疏部一		
			(七)附補部及其一目録(kha—akon)	

續表：

部名 \ 帙數 \ 版名	德格版	庫倫版	奈塘新版	拉薩版
(十)目録部(dkar－chag)	一	一	一	
共計十部	一〇三帙	一〇四帙	一〇三帙	九九帙

此中，奈塘新版有附補部分，其附補及其目録共作一帙，除去此一帙和目録部一帙、經部中 Ki 帙一帙來計算，就是普通稱作的奈塘新版一〇〇帙。所以奈塘新版在開版以後所印刷的，多是除去了經部最後 Ki 帙一帙和附補部的一帙。又因爲附補部中也附有它的目録在一帙以内，但是在一般計算帙數的時候，分開算或是合在一起算的不同，所得的帙數因而也有異動的現象發生了。庫倫版因爲是德格版的覆刻本，所以它是隨順於柴巴版的。奈塘新版的涅槃部是從經部中别立的一部。以上諸版，除去庫倫版是用黑色印刷外，其餘德格版、奈塘新版、拉薩版完全是用朱色印刷。諸版每葉每面均刻七行。

(三)丙系(卓尼新版)——據其附屬目録記事所示收録順序：

(一)秘密部二十四帙　(二)經部三十二帙　(三)般若部二十六帙　(四)寶積部六帙　(五)華嚴部六帙　(六)律部十三帙　(七)目録部一帙　共計七部，一〇八帙。係用黑色印刷，每葉每面八行。

在乙丙兩系各版每帙的號數，全附西藏語字母，從這，很清楚的看明每帙的順序。甲系的永樂版、萬曆版、康熙版、乾隆修補版四版本，因爲是在北京開雕刊行的關係，在用西藏語字母編排之外，每帙均附有漢語卷數，今據康熙版將漢語所注卷數介紹如次，由此亦可略看出其内容之一斑。

(一)秘密部　　二十五帙

《秘密經》上第一卷(一)　《秘密經》第一——第二十四卷(二——二五)

(二)般若部　　二十四帙

《大般若經》第一——第十四卷(一——一四)　《第二般若經》第一——第四卷(一五——一八)

《第二大般若經》第一——第四卷(一九——二二)　《第三般若經》一卷(二三)

《諸般般若經》一卷(二四)

(三)寶積部　　六帙

《大寶積經》第一——第六卷(一——六)

(四)華嚴部　　六帙

《華嚴經》第一——第六卷(一——六)

(五)諸經部　　三十二帙

《賢劫千佛名經》一卷(一)　《大游戲經》一卷(二)

《聖婆伽梵廣智經》一卷(三)　《聖恩善大聖經》一卷(四)

《大聖廣開真義經》一卷(五)　《聖莊嚴大聖經》一卷(六)

《妙法蓮華經》一卷(七)　《大般涅槃經》第一——第三卷(八——一〇)

《聖禪定王經》一卷(一一)　《現在諸佛禪定經》一卷(一二)

《聖入不思議咒》一卷(一三)　《義海菩薩請問經》一卷(一四)

《大梵天王請問經》一卷(一五)　《文殊菩薩問佛經》一卷(一六)

《聖明五般若大聖經》一卷(一七)　《大聖信力增入印經》一卷(一八)

《明滿最器戒破説罪業大聖經》一卷(一九)

《三寶雲經》一卷(二〇)　《大聖收正法經》一卷(二一)

《大聖法王經》一卷(二二)　《五千四百五十三箇佛名經》一卷(二三)

《百拜懺悔經》一卷(二四)　《聖勝法念住經》第一——第三卷(二五——二七)

《佛出現經》一卷(二八)　《因果經》第一——第二卷(二九——三〇)

《説綱波等百悟經》一卷(三一)　《佛説稱悟福力經》一卷(三二)

(六)戒律部　十三帙

《律師戒經》第一——第十三卷(一——一三)

以上,均僅祇是每帙最初收録經典西藏題名的真譯,借此當可推知其收録順序等問題了。

《甘珠爾》的内容,現在用德格版爲主略述如次:

根本分類爲經部與真言部。經部中再分爲律、般若、經(大品與大小乘經)三部分。

律部是以隨順 hphan－than－ma 古目録的柴巴版《甘珠爾》編輯成的。是相當諸律中犍度部編入含律本事的十七本事。西藏律傳承根本有部的典籍,是相當義净譯的有部律,這也就是犍度部初出現在西藏律的典籍。其次是比丘戒本(二百五十三戒),

繼續及其廣釋的分别(毗奈耶)。再次是比丘尼戒(三百六十四戒)及其義的廣釋的分别(毗奈耶)。最後編入相當毗奈耶雜事的小分律分别補遺的説明上分(有不完全本與完全本兩部)而終結。

般若部,從大品的典籍到小品的典籍,編入十萬頌般若、二萬五千頌般若、一萬八千頌般若,這與漢語譯大般若六百卷相當。以下是一萬頌般若(漢土未傳)、八千頌般若。再次爲五百頌、三百頌(金剛能斷般若)、百五十頌《般若理趣經》、五十頌,《般若心經》集録的雜般若。最後的帙内,一些新翻譯的經典是無適當的部屬的,僅以大小乘的區别,翻譯時間的前後無差别的收録,主要還是些阿含部的小品經典。

經部中大品的分類爲:華嚴與寶積兩部。華嚴部是相當漢語譯八十華嚴。寶積部從印度集得四十九章的收録,再從于闐漢土求得補充完備的翻譯的編輯。此編輯方法,大體同於漢語譯大寶積經。

經部中大小乘經在編集的時候,是仿柴巴版外,更從教判的立場,用《自賢劫經》《涅槃經》等大品經典到小品經典的順序。其中一部分的經,是經過細心注意與異本校訂私從漢譯重譯本編入。小乘部的經是包含《正法念處經》以下的典籍,此等經普通屬於大乘經,但由於過去目録釋作小乘典籍,所以編入在這一部。這些從大品到小品及後阿含部的小經與屬於本緣部的《譬喻經》收録而終結。

根本分類中後一類真言部,細分爲(一)無上瑜伽怛特羅,(二)瑜伽怛特羅,(三)行怛特羅,(四)作怛特羅的四部和最後回向、誓願、吉祥偈等次第的編輯。這是西藏佛教獨自的分類法,與其他地方(如日本的密教)的傳承不同。關於其用語,多爲一些新鮮的術語,譯語不無生硬處,不太容易去理解,這是十分遺憾的。

這裏也僅衹能以簡要的説明爲主,至於相當漢語譯部分的繁瑣,衹得從略叙述。

無上瑜伽怛特羅的分類,是隨順布頓目録,分作:無二、般若(母)、方便(父)三部分。無二是般若方便的冥合、不二一體雙入意味的語詞,屬於這部的典籍,亦即屬於《時輪經》的典籍。它們在漢語譯傳承的典籍裹爲數甚少,其中有《聖妙吉祥真實名經》等。

般若母怛特羅,分以下七部:(一)平等,(二)黑爾迦族,(三)毗盧遮那族,(四)金剛日族,(五)蓮花舞自在族,(六)最上馬族,(七)持金剛族。平等是一切佛平等相應之意,根本的經典無傳譯,其編名一切佛集會拏吉尼戒網瑜伽相當的典籍,不空所譯的十八會指歸,其第九會或是相當的典籍吧?黑爾迦族分爲五支分:(一)勝樂,(二)呼金剛,(三)佛頭蓋,(四)大幻母,(五)阿羅利。黑爾迦族是悟智説明人法二無我的。呼金剛是漢語譯相當的《大悲空智金剛大教王儀軌王》。毗盧遮那、金剛日、蓮花舞自在族中的典籍,相當漢語譯的《無傳承》。在最上馬族中,有相當漢語譯《救度母二十一禮贊經》似的典籍。持金剛族中的典籍,無相當漢語譯的。

方便父怛特羅,分爲:(一)阿閦族,(二)毗盧遮那族,(三)寶生族,(四)無量光族,(五)不空成就族,(六)持金剛族六支分。阿閦族的《金剛頂經》第十五會,可以説是《一切如來金剛三業最上秘密大教王經》《普通秘密集會(Csan－ba－hdus－pa)》的相當典籍。第十六會是《無二平等最上瑜伽大教王經》相當的典籍。《無二平等勝瑜伽》不是完全本,在漢語補譯的主旨被跋記了。毗盧遮那族有相當漢語譯的《佛説瑜伽大教王經》的幻網。寶生族、不空成就族的怛特羅未被西藏傳譯。無量光族、持金剛族收録中可能無相當的漢語譯典籍,故此處從略。

瑜伽怛特羅分方便與般若兩部分。方便所示主要的典籍有漢語譯《一切如來真實攝大乘現證三昧大教王經》,相當普通初會《金剛頂經真實攝怛特羅》和二會三會相當的《金剛頂怛特羅》,漢語譯《金剛頂經瑜伽文殊師利菩薩法一品除其抄譯降三世軌》,最後的部分可以知道是第四會相當的部分。般若主要示知的典籍,第六會的經是漢語譯《最上根本大樂金剛不空三昧大教王經》相當的典籍。此經前分般若部分是正當漢譯理趣經的部分。漢語譯的《金剛莊嚴般若波羅蜜多經》中的一份被抄譯成《金剛道場莊嚴軌》。其前分含有相當理趣經的部分,所以大約可知是第六會系的。此所説的《理趣經》在百五十偈般若理趣名稱下重出。漢土未翻《譯金剛頂經》十八會系的典籍,相續被西藏語典籍收入,這是頗能引起學者們研究興趣的。

行怛特羅分爲:如來族、蓮花族、金剛族三份。如來族,漢語譯《大毗盧遮那神變加持經》,據説是《大日經》相當的典籍。爲漢語譯所無的外篇被附加了。蓮花族的典籍,是西藏請來的典籍。金剛族有《金剛手灌頂經》。

作怛特羅分爲各別的部分和總體的部分。各別怛特羅再分類爲:如來族、蓮花族、金剛族、有財族、增益族、世間族、陀羅尼雜集。如來族更分族主、族轉輪王、族母、族頂髻、族明王妃、族使者男女、族菩薩和净居天八支分。此中有屬經部般若部含真言陀羅尼等的重出入作密,即因密教儀軌的母體含陀羅尼、真言成就法、畫像法、護摩儀軌等的緣故。第一族主有《相當底哩三昧耶經》的典籍。第二族轉輪王的典籍有相當漢語譯《大方廣文殊師利根本儀軌經》。第五族明王妃有相當漢語譯《妙吉祥最勝根本大教王經》。蓮花族再分:族主、族轉輪王、族母、族明王妃、族使者男女五支分。族主有相當漢語譯《大乘無量壽經》《阿彌陀佛咒》的典籍。族轉輪王收録有相當漢語譯《不空羂索真言經》的典籍。次金剛族亦分五支分：族主、族輪轉王、族母、族明王妃、族使者男女。次有財族、增益族、世間族的分類，爲繼續隨順古的十萬怛特羅，聚陀羅尼於一起陀羅尼雜集的收録。此等典籍主要的内容是對世間物欲祈願的陀羅尼等的搜集。

總體怛特羅部分，是屬於以上六分類，各各怛特羅的理趣，各各的真言成就所作等的集聚，組織成此等總括的儀軌成爲優婆提舍；此中真言宗所依五部秘經中漢語譯《蘇婆呼童子經》《蕤呬耶經》《蘇悉地經》等相當的典籍均被編入。

真言部的最後，支分完全圓滿，是按着回向、誓願、吉祥偈順序的編輯。其中誓願文等主要是從各經的重出者，吉祥偈是和漢語譯相傳的吉慶贊相似的。以上真言部從其内容上特稱十萬怛特羅部。依隨柴巴版《甘珠爾》十萬怛特羅部末，爲衆生的利益，以現誦諸陀羅尼集於一起成陀羅尼集二帙，這可以知道差不多都是從諸經與十萬怛特羅部中重出的。

最後，收録《時輪經》的《廣釋》，一萬二千頌的無垢光疏。此《廣釋》是屬於《丹珠爾》論疏部的典籍，但説真言的一切理趣以無二的法寶，爲解脱衆生的苦痛、尊敬釋尊的教敕，因此編入這古賢的疏釋。

此外有附屬目録無説明的紅帽派(Rnin－ma－pa)所誦的古派的怛特羅。無相當漢語譯，主要是被屬於無上瑜伽部收録的東西。此古派研究物裏，是保留有 Brusha 語題的經典。其内容主要是收古派所立九乘中關於 Ati－yoga，Anu－yoga－Mahayoga 的東西，Mahayoga 與八種的區别怛特羅的存在。

附屬目録在普通《甘珠爾》計算帙數的時候，是不合算的，其内容大致記入(一)西藏佛教概論,(二)印度佛教史,(三)西藏佛教史,(四)目録記事,(五)藏經開版的目的、利益、回向、誓願等項。

在《甘珠爾》全部中收録典籍部數和相當漢語譯的對照,就現在判明的有如下表所示:

部　　名	帙　　數	收典總數	相當漢語譯數	漢土未傳數
(一)律部	一三	八	六	二
(二)般若部	二一	三六	二二	一四
(三)華嚴部	四	一	一	
(四)寶積部	六	四九	四九	
(五)經部	三二	二六七	一六八	九九
(六)十萬恒特羅部	二〇	四六三	一二五	三三八
(七)古恒特羅部	三	二五		二五
(八)時輪經疏	一	一		一
(九)陀羅尼集	二	二六四	七三	一九一
共計九部	一〇二	一一一四	四四四	六七〇

就以上略述關於《甘珠爾》部的内容,其編輯方針是由實修的修證,約於律、經、恒特羅,最後進入於究竟一乘,這是"從因向果"

的編輯方法吧！（按收録點數，與東北目録相異處，經調查發見有二三點遺漏的。）

可以作爲此節附録意味的，現在可談一談萬曆版續添藏。關於此續添藏過去是不爲人所知，一向很少爲人叙述的。據日人酒井紫朗等在日本帝國主義侵略戰争時，於五臺山羅睺寺所藏的萬曆版中，曾調查清楚。其内容雖不是學術的典籍，但在研究西藏佛教教學上實有參考的必要。因爲它是按着西藏佛教徒讀誦的種種重要經典的次第，順序的收録成的。其内容現在以漢語目録"續添如來大藏經秘密壇場經四十二函總目録"所載漢語譯帙名爲參考記述如後。至於這四十二帙續添藏刊行的旨趣，在"大明皇帝御製敕論"中曾述及，是皇太后仿照了漢語譯萬曆藏四十一函續藏的意思，敕命開雕了這四十二帙續添藏的。現在以帙初西藏題的漢語真譯經目，按帙名順次的記録如次：

1. 内無量壽佛壇場經
2. 大乘妙法蓮華經
3. 聖星耀佛母壇場經
4. 藥師琉璃光王佛壇場經
5 釋迦牟尼佛增長經
6 秘密孔雀壇場經
7 護國人王佛陀羅尼經
8 秘密明咒陀羅尼
9 隨求佛母陀羅尼
10 寒林孔雀陀羅尼經
11 喜金剛九佛壇場經
12 大輪十八佛壇場經
13 大白傘蓋壇場經

14 尊勝佛母壇場經
15 救度佛母壇場經
16 普覺衆明主壇場經
17 阿閦佛母壇場經
18 啞蠻答葛十三佛壇場經
19 延壽無量壽佛經
20 廣大慶贊壇場經
21 吉祥上樂輪壇場經
22 吉祥六十二佛壇場經
23 祝壽景命壇場經
24 文殊密聚王壇場經
25(三時功課諸品經咒)
26 重壇蕩穢經
27 觀音普門品經
28 金剛般若陀羅尼
29 佛説阿彌陀經
30 消灾陀羅尼經
31 涅槃陀羅尼經
32 龍王請問經
33 大布雲陀羅尼經
34 眼明金光明經
35 遣魔安位慶贊經
36 放生延壽經
37 金剛集輪五方步嚩經
38 百拜千佛懺悔經
39 吉祥真實明經

40 冥府十王功德經

41 放河燈普濟功德經

42 增月殿功德經

此中所記“壇場”即是“曼荼羅”。“九佛”“十三佛”等,爲其曼荼羅所畫佛的數目,例如:“喜金剛九佛”就是以呼金剛尊爲中心,其周圍以與此佛有關係的八佛,説明觀想事,是爲主要修法次第的收録。

(原載 1950 年《現代佛學》第 8 期,1951 年第 9 期)

英帝侵略西藏的開始

英帝國主義侵略的陰謀和行動遠在一百七十年以前已經開始了。

當1773年起在印度孟加拉連續不斷發生的農民起義爲哈斯汀斯(Warren Hastings)用極其殘酷的手段“平定”以後,哈斯汀斯得到了東印度公司董事會貪欲的保護和支持,成爲了印度的第一任總督,東印度公司因而創立了自己的統治機構,再一次的在印度重新開始了新的掠奪①。就在這東印度公司的掠奪戰爭期間(1774—1784年),哈斯汀斯更陰謀的計劃着向北發展,希望以“促進孟加拉和西藏間的商務及其他關係”的題目,兩次的派遣他的官員到扎什倫布“商談”和“續舊好”②。結果雖然是“未完全成功”,但由這兩位官員“旅行”的始末看:無疑的英帝是弄明白了侵略西藏的一些先決問題,這無疑的也就是英帝侵略西藏陰謀早期的一個行動。

(一)1774年波格爾的入藏

1772年居住於與孟加拉東北邊境接壤山岳地帶的不丹和平

① 見《殖民地附屬國新歷史》(吴清友譯)上卷第一篇第二章。

② 見C. Bell, Tibet, Past and Present(宫廷璋譯)第五章。

居民,在這位野心的“歷代印度總督中最偉大的總督”説是不丹人“侵略”了印度孟加拉平原的題目下,受到了東印度公司十足兵力殘酷的攻擊。不丹是在清代與我國維持宗屬關係與西藏接壤的小國,是達賴喇嘛的臣下,在這受到敵人强大武力攻擊的時候,遂向西藏求助。當時的第八輩達賴喇嘛尚在年幼(十五歲),政務是由第六班禪喇嘛羅布藏巴丹伊喜(Blo－bzan dpal－ldanyertses)代爲處理的,在這個消息傳到以後,第六輩班禪喇嘛遂有一信給印度當局聲明立場和提示這種用兵的後果甚虞。野心的陰謀者哈斯汀斯得到這一封書簡以後,就抓着這個機會,立即將信向東印度公司的董事會議中提出了,并在這會議中報告了他自己的意見:對班禪喇嘛的覆信,應當提議孟加拉與西藏間締結通商條約,以此建立英國與西藏間的“友好關係”,最後并解決“國境問題”和保障“旅行者”的生命財産安全問題;爲這條約的交涉,應由西藏政府先給予英國人“旅行”西藏的護照,派遣東印度公司的職員波格爾(George Begle)擔任這個使命前往①。結束這報告時他更强調的説:“我想這事前途雖不一定樂觀,然而是現在的最好的機會,不宜放過去。”是這樣的一個積極“政策”,在東印度公司董事會强盜們的會議裏哪有通不過的,很自然的這個報告被通過了,決定付諸實行。

1774 年 5 月 13 日,哈斯汀斯就給予這位被他賞識,“聰明”“忠實”而又具有“冷静穩健性格”的負着“重大使命”的波格爾一個指示機宜的訓令,内容主點要是:(一)此番前往拉薩,是爲了解決不丹(西藏)與孟加拉住民間相互對等的(通商)問題,爲達成此

①波格爾生於 1746 年,爲東印度公司的税務官吏。哈斯汀斯對他的工作能力評價甚高,入藏時年僅二十八歲。

目的，應當以最善思維所得的方法進行交涉。（二）一行可試携一些可能從印度輸出的商物樣品。（三）對於不丹境内的物産、物資以及由其他國家輸入的工業品等應作充分調査。（四）孟加拉與拉薩間道路的情况和沿途風俗情况以及西藏境内的政治、財政、風俗習慣等，於停留期間一任決定進行詳細調查。（五）在爲達到此次派遣的目的，可作充分時間的停留。如果判明於拉薩有設置駐在官員的必要，其維持費可於所得利益補償時，東印度公司是可以完全負擔支付，這應於調查後速爲具報，……一切費用無需遠慮……此爲所負任務性質上法外必要支出，可無庸極端節約。

由以上這個訓令的主要内容看來，很清楚的是哈斯汀斯藉口不丹"侵略"了孟加拉爲向北發展侵略西藏作準備工作，充分暴露了侵略者早期對西藏的陰謀。

1774年（清乾隆三十九年）五月的中旬，波格爾從孟加拉首府加爾各達出發了。在路途中據説是遇到了很多困難，於10月中旬經過不丹的普那迦，在10月23日到達春丕河谷（Chumbi Valley）北部的帕里，在這裏遇到西藏政府的兩位人員，再北行到江孜時遇到一位喇嘛。11月8日到達了西藏的日喀則，次日（11月9日），波格爾就設法見到了第六輩班禪喇嘛。在這次謁見時，他呈上了哈斯汀斯寫給班禪喇嘛的信和贈送的真珠數珠等禮品，這是英帝國主義者官員最初一次與西藏人的會見。

波格爾停留在日喀則約半年，到1775年6月始返回加爾各達。在這期間他向西藏政府不斷的進行"商談"，起初是顛倒黑白的説不丹的"侵略"，英人迫不得已纔起而"討伐"予以"教育"，今因哈斯汀斯接讀班禪喇嘛的書簡，遂終止"討伐"，爲了英國與西藏間的"友好關係"，哈斯汀斯故派使前來。波格爾的態度作得非常"親切"，但是這種心懷叵測的僞裝，却遮蓋不住東印度公司在孟加拉屠殺、掠奪的罪行,血腥的統治。西藏人的心目中,看東印度公司宛然是一大王國,是侵略和征服其他國家的帝國主義者,受有深厚宗教影響的西藏和平居民,故都具有“我們對英國人入境是懷有恐懼的”認識。在續談“通商”問題的期間,波格爾他已瞭解可以由孟加拉輸入西藏些什麽商品和可以由西藏輸出哪些物資了,但是他却以爲當時印度的情况,爲藏人所不知,因此,班禪喇嘛談到這點時説:由於尼泊爾不丹之間的連年不靖,以及近年西藏入印學佛喇嘛們歸來談及印度的情形,故西藏與孟加拉和南方諸國間交通稀疏,商旅往來减少。而波格爾却繼續的欺騙着説:事情在今日已經不同,在東印度公司“治理”下的孟加拉,對於各個人的財産保護并承認信仰自由。最後班禪喇嘛告以:“西藏與孟加拉間自由通商關係的訂定是要致書拉薩的”,波格爾遂要求再與拉薩代表相見。事實西藏人到孟加拉去經商的人雖然稀少,但是與不丹人在帕里迤南的地方與孟加拉交换商品的事情,是相沿已久的習慣。哈斯汀斯所提出的“通商”問題并無必要,不過是英人藉口自由入藏調查作侵略準備罷了。因而拉薩的代表答復:西藏爲中國的領土,清帝的隸屬,此問題非僅於西藏商談可以解决,哈斯汀斯的“通商”鬼計到這時完全絶望了,波格爾認爲這是他使命。哈進行中的躓石,帝國主義就是這樣騙人,把别人當成傻子的。正巧這時尼泊爾與錫金之間又有紛争,波格爾遂無再事活動的機會。以後波格爾雖曾擬寫一信請拉薩代表轉呈拉薩攝政,但也被拒絶了。波格爾曾無耻的問道:攝政對英國人的疑惑是根據什麽?已經清清楚楚瞭解帝國主義陰謀的西藏人的回答則是:“我們的習慣,多語無益。”波格爾進行的孟加拉與西藏間“通商”問題的商談就是這樣的結束了,雖然其間還與克什米爾等商人們相談過,那并不是他入藏真實意旨,自然結果如何并没有什麼關係了①。

總之，哈斯汀斯說不丹"侵略"了孟加拉，接續布置了波格爾入藏的調查陰謀，一行的結果是有所得的；英帝因此明白了西藏與不丹、尼泊爾等國唇齒相依的形勢，以及中國在西藏的力量，這於以後英帝侵略西藏的一連串史實可以證明。

(二)1782年忒涅的入藏

波格爾回到印度以後，哈斯汀斯首先注意的不丹。於1775年11月到1777年7月間，曾連續派遣了三次"使節"前往不丹調查。結果決定1779年再度任命波格爾入藏。在這以前因第六輩班禪喇嘛已赴北京入覲，哈斯汀斯遂又改變計劃使波格爾前往北京與班禪喇嘛相見。1780年11月第六輩班禪喇嘛因痘病故北京，不久波格爾亦因病於1781年4月死在加爾各達，哈斯汀斯重新計劃的陰謀一時遇到了困難，但這也并未過分的影響到他即定的"政策"。1782年(清乾隆四十七年)2月第七輩班禪喇嘛於西藏轉生的消息傳到加爾各達，哈斯汀斯認爲這又生一個進行他即定"計劃"的好機會，遂決定以機敏的行動，用向西藏攝政表示祝賀的方式，改派"適當"的英國官員進入西藏。經過了一番研究，選派了忒涅(Samuel Turner)大尉前往。

哈斯汀斯抓住的這個機會，除了希望繼續完成波格爾未完成的英藏間"通商 "關係，另外是恐因第六輩班禪喇嘛的轉生，將影

①波格爾入藏始末詳見 *Markham*：*Narratives of the Mission of G. Bogle of Tibet*，*and of the Journey of T. Manning to Lhsaa*. 1879 或見 *F. Younghusband*：*Indin and Tibet* 第一章。

響到波格爾前次入藏的"友好";更重要的是在散布捏造關於哈斯汀斯與第六輩班禪喇嘛間親善關係的謊言,和挑撥離間清政府駐在官吏與西藏政府間的關係。忒涅停留在西藏將近一年,就是按照這種方式進行,結果是孟加拉"商人"與西藏"通商"得到了優遇,孟加拉政府證明的"商人"和印度人得到自山入城貿易的便利,這種由於不斷的於一年之間用不道德的手段,威迫利誘、煽動挑撥得到的結果,完全是符合哈斯汀斯給他訓令的旨趣的①。因此,在 1784 年 3 月他與哈斯汀斯再見時,哈斯汀斯對他努力的"功績"頗爲激賞。哈斯汀斯的印度在任期間,孟加拉與西藏間"通商"相當"繁榮"。這種情形延續到 1792 年英人唆使廓爾喀人入侵西藏劫掠日喀則爲清兵擊敗時止。英帝從此後的六十年間改爲積極的多做侵略西藏的外圍工作,暫時放下了直接對藏。

總觀距今一百六十七年前英人入藏的事迹,哈斯汀斯不僅祇是英帝血腥統治印度的劊子手,而且是英帝國主義侵略我國領土西藏早期的陰謀計劃者和行動者,他先後派遣了兩個特務進入西藏進行活動,明白了西藏與不丹尼泊爾等國家脣齒相依的局勢,爲英帝後來在印執行侵略西藏政策的後續者指示出準備步驟。我們看到近百年來英帝逐步進逼的侵略西藏史實,我們更應牢記這哈斯汀斯開始侵略西藏的罪行。

(原載 1951 年 5 月 31 日《歷史教學》第 5 期,第 12～13 頁)

---

①忒涅入藏始末曾寫有 *Account of an Interview with Teshoo Lama. 1783: Account of au Embassy to the Court of the Teshd Lama in Tibet, 1800* 或參見 F. *Younghusband*: *Ind aianoo Tibet* 第二章。

洪昇和《長生殿》

洪昇是我國歷史上的一位偉大的戲劇家。

今年正好是他逝世二百五十周年。由於他一生辛勤的勞動，選擇了人民喜聞樂見的藝術形式，留給我們珍貴的豐富的戲劇藝術遺產，所以我們現在要紀念他。

1650年(清代)他生在錢塘的一個地主階級的所謂“名族”裏，但在他青年時代，家庭却遇到了變故，於是搬到當時的北京去。以後取得了“國子生”的學籍。由於學識的充實，對一般事理具有卓見，在對學問的見解上，就有些與當時文人不合的地方，所處的封建統治時代又是那樣黑暗，因此，在政治上便抑鬱不得志了。他早就具有音樂戲劇的修養，於是他就突破了封建文人階層的藝術偏見，采用人民喜聞樂見的藝術形式，創作了一些戲劇。

1679年，他寫成了《沉香亭》，經過第二次修改以後，到1688年完成了偉大的劇作《長生殿》。

《長生殿》寫成公演以後，馬上就轟動了當時的社會；不管是在貴族的宴會或在酒社歌樓上，都成了“非此曲不奏”。當時著名的戲班“聚和班”爲了酬謝他，1689年8月，在他家裏表演了一場，當時正是封建統治者所謂“國喪”期間，有人挾嫌把演戲這事給告發了，結果他被割革除了“國子生”的學籍，被放逐回到家鄉。

1704年，他到吴興潯溪去游玩，一天在船上飲酒，不幸失足落水，就結束了他的一生。

《長生殿》自從寫成公演後，在昆曲還流行的時代，始終是受人民歡迎的。在昆曲衰落以後，其它的劇種也仍在沿襲着它的題材，在編寫、在流行（如京戲有《馬嵬坡》《游月宫》，湘戲有《馬嵬驛》等）。這種情况，主要就是由於它與人民的思想感情有着聯繫，所以纔爲人民保留下來。

《長生殿》是一部取材於歷史故事，却又有着幻想色彩的一大歌舞劇（全劇共五十出）。故事的内容，雖然是取之於過去的記載，但當洪昇處理那些材料的時候，却經過了一番抉擇和整理。他把全劇的主要情節——楊玉環跟李隆基（唐玄宗）的戀愛，用正面事實的描寫表現出來，他把他們之間的愛情表現的異常真摯誠篤，他寫出了楊玉環的痴情和李隆基的鍾情，對他們的性格作了真實的描寫。楊玉環的痴情，反映了在封建社會裏，婦女受極度壓抑而尋求解脱的心情。當然，這裏面也還或多或少的存在着人民對於統治階級内部生活的想像成份，但却無損於作品的真實。爲了加强這樣的描寫，在全劇結束時，用了同入月宫“重圓”的幻想形式，這是神話、幻想，但是它的基本精神，仍然是現實主義的。

在描寫這個戀愛故事的同時，一些其他情節的描寫，對當時歷史上統治階級内部的矛盾，也作了簡單的評衡，特别像通過雷海青、李龜年這樣人物的歌唱，表現了作者的心胸，表現了人民的心理，是具有較積極的意義的地方。

《長生殿》具有高度的藝術性。它不像其他昆曲作品那樣，祇注意文辭上的生動、優美，它在情節安排上，“關目”“排場”都處理得很好，這也是它受群衆歡迎的一個原因。

洪昇的《長生殿》是我國民族藝術遺産中的一部具有現實主

義精神的優秀作品。我們珍視自己民族的文化遺產,所以今天我們來紀念這位偉大的藝術家,是很有意義的。

(原載 1954 年 3 月 23 日《青島日報》)

關於藝術的所謂真實感和細節描寫

在評價一部文學作品時,由於對現實主義的真諦理解不够,常在對藝術的真實感和細節描寫上,發生了理解的錯誤,因而研究方法,就走上了資產階級唯心論的道路。當然,這是我們過去所受毒害的直接影響結果,衹有消除了殘存在我們頭腦中的那些毒素,纔能很好的掌握現實主義的基本精神,纔會正確的理解我國優秀的文學遺産,并適當的予以評價。

藝術的所謂真實感,當然是從實際所得來,但藝術上的實際,絶對不是生活的原樣翻版,而是通過了作家有所選擇,有所强調,重新創造出來的。所以出現在藝術上的生活,就不是一些包羅了所有細節的生活的外貌。也正是因爲如此,我們説:藝術的形象,應該比較生活本身,更純粹更典型,它的本質特徵也就更便於我們認識。像這樣的作品,就會給我們帶來了真正的藝術的所謂真實感。偉大的現實主義作家們,寫作時正是運用了高明的藝術手法,這樣把實際中的精華交給了讀者,完成那不朽的杰作的。

衹有是這樣的理解藝術的所謂真實感,纔是對的。

那末,讓我們看看俞平伯先生對《紅樓夢》的研究吧!顯見的,他由於頭腦中殘存的資産階級思想在作祟,使他錯誤的理解了它。俞先生是憑藉了考據的"癖好"和對《紅樓夢》的"興趣",作了三十年的研究工作,始終是想以考據的方法來證明自己對它的

“見解”的。一貫的根據了它的局部細節字句，與作者身世相考索，最後把原書還原爲事實的真實記録，深信它就是作者的“自叙傳”。也就是認爲這部偉大的著作，祇是作者把自己所經歷的生活，作了一次原様的翻版。所以我們看到他的研究著作，主要就是對書中人物與作者家世相互引證的一些推論了。這様的研究是不是能合乎偉大現實主義作品的實際了呢？是絶對不能的。俞先生不曉得作品是通過生活實際，有所選擇有所强調後重新創造出來的藝術的形象，在它上面出現的生活，并不是包羅所有細節的生活的外貌。像對書中賈氏家族衰敗的問題，與作者身世之間并不能用考證强調了它們彼此的緊密聯繫，進而證明了作品的藝術的形象，的確是真實的。俞先生的研究却完全是用考據來證明自己的“見解”，這是對藝術所謂真實感的歪曲。很明顯，作者是通過了賈氏家族問題上的一些生活事件，更强調的描繪了整個封建官僚地主階級的發展規律。書中所寫家族的變化，祇是作者所最熟悉，當時生活本身最純粹最典型的事件而已，選用了它，其本質特徵也更便於認識罷了。從這裏，也更證明了藝術比起生活更組織、更集中、更單純的理論。《紅樓夢》的作者，事實上是净化了素材，把精華交給讀者的。我們對它的藝術的所謂真實感的理解，就是這些，而不是考據證明的那些——俞先生自己心目中的“見解”。

因而我們如果把探討藝術的所謂真實感跟考據的結果相提并論，甚至説成是必然的，證明前者是後者的一種表現，那末，這種研究，必然由於從細節的考索，抬高了次要的或偶然的細節，降低了主要的它的特徵，把真正的現實主義作品，看成爲自然主義作品了。這是主觀主義的研究方法。

藝術上的某些與本質無關的偶然現象的精確描寫，是顯示了作者的確有工巧的藝術才能的,但對於現實"真"的表現却并無多大的補益。我們决不能把這些過分的强調了,甚至作爲考據的對象,以考據工夫作爲尋求品評作品藝術價值的手段。如果是這樣,就會變成是證明自己主觀見解的了,是不科學的。我們也知道,形象是離不開細節的,但并不是通過任何細節的描寫,都保證了主題的真實性。考據的工夫,常是要注意細瑣的地方的,這在作别的研究,可能是必要的,但作爲品評藝術價值的唯一手段,却是錯了,何况心中早有了"大膽的假設",而以考據證明它是對的,那更錯誤了。俞先生以"考據癖"的文藝批評態度,從煩瑣的考證得出《紅樓夢》是記録客觀事實的作品的結論,正是暴露了資産階級唯心論對待文學藝術的觀點,我們是堅决反對的。

要求藝術的真實是對的,但藝術上的"真",并不是現實的外貌的鈔録,那是作家從所熟悉的現象中,抽出具有普遍意義的,有發展必然性的本質特徵,加以形象的概括。《紅樓夢》所描寫的賈氏家族的生活,正是當時封建官僚地主階級的典型的生活狀况,并且它是具有發展必然性的本質特徵的典型概括。這就是我們對《紅樓夢》要求的藝術的真實。如果我們不這樣理解,以考據的方法要求藝術的真實,煩瑣考證的結果,必然就要證明作品是記録事實的自然主義的作品,進而説它是"不可知"了。這是對偉大的現實主義作品一種不能容忍的誣衊。

(原載 1955 年《文史哲》第 1 期,第 10～11 頁)

寶卷漫録

一　《螳螂做親寶卷》

動物、昆蟲爲角色敷衍故事的曲藝作品，數量不多，最爲習見的是在鼓詞係的曲藝中，像大鼓裏，就有《耗子娶猫》《蟲蝦打仗》等幾種。它們都不是長的段子，故事情節也比較簡單，但有一點很突出：關節新奇，富於趣味。叙寫又是那樣活潑、輕快。因而是可以抓取人們的感情的。這一類作品在彈詞係的曲藝中，却不易見到。現存的短篇《螳螂做親寶卷》，可説是較精煉的作品了。①

《螳螂做親寶卷》是蘇州維新書社的木刻本。全書共計四頁，半頁七行，每行十五字。全曲五十七句，曲末附刻"小曲"《烟兑景》一篇。卷首題："新出螳螂做親寶卷"，原文是這樣：

一支清香點起來，蛇蟲百脚降臨來。

男男女女誠心聽，一一二二宣出來。

---

①彈詞傳統"開篇"中也有《螳螂做親》，内容與寶卷基本相同。開頭是："自由戀愛本通行，昆蟲也想討妻房。我且説青竹園内小螳螂，它是慣使大刀有名望；因與織布娘子生戀愛，一心要討她回家做妻房。就托那花家蝴蝶爲月老，壁蟢子隨即揀周堂。"顯見是以寶卷爲藍本的晚出作品。

上帝做事正正公，動物匣分雌和雄；
做人也有結婚日，上帝豈肯欺昆蟲。
我說道：
螳螂將軍名氣大，嫡親老兄叫哥哥，
蚱蜢是俚親姐夫，貼身書僮灰駱駝。
一日到夜嘸啥做，心裏要想討家婆；
看中一隻紡織娘，懇求花蝴蝶執媒柯。
丈姆就是織布娘，克勤克儉名氣揚。
看見蝴蝶來作媒，開口叫一聲："花先生！
呃哩小姐面孔生得粗，樣樣事體勿會做。
若然螳螂勿嫌比呢窮，人勒馬桶媽媽火。"
蝴蝶說道："嫑客氣！"回稟螳螂心歡喜。
壁虎推算排日脚，揀拉七月初七半夜裏。
蜘蛛連夜絲來紡，蠶寶寶做子嫁衣裳。
蝴蝶蟋蟀做衛隊，白蚤臭蟲做相幫。
長脚螞蟻搬嫁妝，香烟蟲招待碌碌忙。
曲蟮先生賬房做，茶擔下脚菊喇黄。
借仔禮堂做喜事，西樂鼓手蝙蝠子，
青花田鷄做喜娘。硬殼蟲相幫抬轎子，
蜓蝣上來做嘿禮，磕頭蟲道喜討賞鈿，
撒屁蟲乓乒放砲仗。領導乃是屎坑蛆，
有火蟲照燈入洞房，蚊子嗡裏嗡裏鬧新房。
喜果分脱子幾幾化，謝謝各位大幫忙。
酒席擺辣廳堂浪，橱子司務是螞蝗。
蛔蟲今朝吃得醉，拍抬子勒窮禍闖。
今年結婚喜堂堂，明年養隻小螳螂。

子孫滿堂纔歡喜,年年如意大吉昌。

南無開心皇菩薩!

一般“寶卷”雖不像“彈詞”作品那麽冗長,最短也在二百句以上。甚至從已發展到分回的情況看,長的多到十四回①,簡短的段子,可説是極少了。《螳螂做親寶卷》的内容即以動物界作題材,有一定的局限性,很難敷演成長篇,所以它跟一般常見的“寶卷”不同,篇幅更短。根據這種情況,我推想:這類短篇的“寶卷”(除此卷外,尚有《七七寶卷》《十月懷胎寶卷》等),很可能就像“變文”裹的“押座文”,是宣卷前所歌唱,類似大鼓“書帽”的東西。

二 《菱花鏡寶卷》

《菱花鏡寶卷》前後集兩册,通行本爲寧波朱彬記書莊排印本,題作:慈水童普境編輯,寫傳説故事丁郎尋父事,當是依據舊作編改而成的。

本書是説明嘉靖年間歷城人高仲舉的妻子于月英上廟還願時,爲嚴嵩家的總管嚴七看中,企圖霸占;於是設計謀害高仲舉,買通開旅店的李虎和地總王成殺死一人,移尸高家門首,誣陷高仲舉圖財害命。縣官陳璉受賄千兩,屈打成招將高仲舉下獄;刑部復閲案卷時,雖覺事有可疑,但仍判決發配陝西永遠充軍。嚴七又買通解子王英,擬於起解中途殺害。于月英在與高仲舉分别時挖瞎一目以志貞烈;時于氏已懷孕三月,高遂留名“丁郎”。于氏最後將青銅菱花鏡分作兩半,一半交與高,一半留作將來丁郎長大尋父時合對之用。起解的中途,在走進松林王英準備行凶

①《雙金花寶卷》共分十四回。

時，過去曾搭救過高仲舉全家的俠仙濟小塘來到，救了高的性命，指示可南逃到襄陽地界安身。王英則隨濟修行而去。高仲舉到襄陽後，遇到退隱的老尚書胡鼎泰，被收養作爲繼子，改名胡繼業，并與張鳳英結婚。九年以後，于氏所生子丁郎聽説了父親的冤情，即帶好半面菱花鏡出外尋找，得到濟小塘的指引、幫助，到了襄陽。尋找無結果，正要投水自盡，一枝梅奉師濟小塘之命，扮作土工又來相救，遂依一枝梅作土工度日。胡家建造望月亭，丁郎前往作工，借打夯號子的内容叙述了自己的身世。張鳳英聽後深受感動，又予收養。八月十五夜，高仲舉對月傷懷，取出半面菱花鏡，爲張鳳英看到，問清始末，菱花鏡重合，父子相認。丁郎後改名胡世顯，張氏所生之子取名胡世興，一起攻讀。高仲舉思念于月英，去京相接時，正巧爲嚴七看到，又被拿交中城察院問罪。轉到刑部，尚書陸炳爲官清正，想此案定是附勢害民，衹判成永禁罪。後來胡氏弟兄進京趕考，胡世顯得中狀元，胡世興中了進士。弟兄上奏一本，劾參了奸相寵奴，經刑部三法司陸炳秉公審理，昭雪了高仲舉的冤獄，最後父子夫妻大團圓。

一般寶卷裏宣傳的市民落後思想，主要表現在迷信因果報應、神靈鬼怪和封建統治者的説教。從以上的故事情節可看出，作者是在寫"貞烈""忠孝"，在宣傳"善有善報，惡有惡報"。但是通過高仲舉遭遇的描寫，却也部分的反映了當時社會的黑暗：豪强惡霸任意欺壓人民，人們的生命財産得不到任何保障。像在嚴七開始設計謀害時的説唱：

> 嚴七回到相府，獨坐書廳："咳！想到今日忍羞回來，實在可惱。再想到于氏一種風流美貌令人可愛，刹時眉頭一皺，計上心來；待如此這般，方遂我胸中之願。想完主意，便教小厮；去傳開旅舍的李虎到來，説我有事商議。"小厮奉命

去傳李虎同到書房:"叩見七爺,不知呼喚小人有何吩咐呋?""我有一件事托你幹辦;賞你銀子三百兩,要去買通地總王成,今晚殺死一人,將尸骸移到草帽胡同高家門首,你們二人暗中等候,高仲舉出來推在他的身上,送到當官問罪是了。"

李虎奉命就應允,作别七爺出府門,
貪圖花銀三百兩,回家要作謀命人。
有一布客孤身漢,住在旅舍身有病,
假意將他酒灌醉,一刀殺死命歸陰。
又與地總來商議,王成也得五兩銀;
三更人静扛尸首,將尸移到高家門。
二人暗地來埋伏,猶如裝戈把虎擒。

這是暴露了惡霸横行的肆無忌憚,嚴七依靠奸相的豪勢,爲了獸欲得逞,就串通地方上魚肉人民的鷹犬,可以隨便殺人。這是多麽令人憤怒的描述!也正是對豪强虐害人民的控訴。所謂當官,更是賄賂公行,貪贓枉法。高仲舉被抓進縣裏以後,縣官的一段説白寫道:

"做官莫做小,做小真苦惱;一見上司面,雙膝就跪倒。下官宛平縣陳璉便是,今有地總稟報本縣臺下出了人命案件,不免坐堂審問。"知縣正要想坐堂審問,忽見刑房王英同嚴府家人進來,送上書信一封,禮單一紙寫明白銀千兩。知縣將書信拆開看明,説道:"管家你去回稟七爺,説卑職尊命是了。"小厮告退出外,知縣吩咐傳點開門,就此審堂。

官小所作的罪惡并不輕,自然這一審問的結果是屈打成招了。這裏,作者并没停滯在單純的叙述上,而是用了高仲舉的説唱,憤慨的道出造成冤獄的必然結果的:

極刑拷打難熬受,看來性命活不成;

屈打認招從古有，要與堂上說分明。

"阿呀太爺！你也不必用刑，想你是一個悶官，我是一個子民，想來此事從中有人主使。我若不招，你也難以回復，也罷，待我招認是了。"

這是多麼沉痛的譴責，是表現了當時的現實，也是對當時社會的控訴。

與此同時，作品裏也表現了能"秉公理事斷民情"的清官陸炳，他主持正義，不畏豪强，終於使"强横惡心人"得到應有的懲罰，使十六年的冤獄昭雪。這描寫不僅是對清官想望的表現，而且也是對贜官諷刺的表現。至於插入三百餘名進士一同探監、上除奸奏章和看審等關目，更是有力的陪襯，就不再贅述了。

三　《梨花寶卷》

《梨花寶卷》前集兩卷，後集兩卷，分訂兩册。我所讀到的是舊鈔本，根據同式鈔本考記録的年代，多爲清光緒中。此鈔本或亦是時寫本，未見刊刻或排印本，曲文叙寫比較枝蔓繁冗，約爲適於場上歌唱的底本。

故事是説晋時江南松江府上海縣白花村的周瑞斌上京趕考，無有盤費，妻子藺梨花拿出自己的珠釵前去典當。當鋪的店主姚介春是一個惡霸無賴，看到藺梨花的"姣美"，遂動了邪念。設計請她到裏面少坐休息，在茶内用上了"麻藥"，欲行非禮。正在這時，姚介春的母親出來遇到，斥責了姚介春，又贈給了藺梨花五兩銀子作爲周瑞斌的考費，放她回去。

周瑞斌帶了盤費拜别母親陸氏和妻子，登程赴考，一路"逢山不觀山中景，遇水不看釣魚人；曉行夜宿無耽擱"，來到南京。旅店客滿,經店主老漢王茂甡的介紹,南面狐仙閣可居住。閣邊有座月蓮臺,"時有狐仙出現,所以難好留賓",但是周瑞斌覺得"我有琴劍書箱,怕什麽妖魔?况且狐仙從未有見過,與他會會何妨?"就搬去了:

祗見沿街砌青蘋,翠竹森森繞古泉;
枝頭巧鳥咿啞叫,草内群鶯杜鵑眠。
將身步上狐仙閣,月移花影上欄軒。
寶鼎香爐在几案,眉公八把分兩邊。
畫梁雕楝多精雅,玻璃映照名陽烟。
五彩燈花雙懸挂,紅氈鋪地色新鮮。
盆内秋蘭多結蕊,又見鷄冠五色鮮。
左邊棋盤分楚漢,右邊詩賦字周全。
將身坐在香妃椅,四面觀看喜歡顔。

這時,"忽聽樵樓更鼓響,(旦唱)裹邊走出月蓮仙。"金月蓮是一個修煉了三百餘年的狐中仙,與周瑞斌有"前緣",願作他的"姬妻",請王茂甡爲媒結成親。朝歡暮樂過了半月,結果"瑞斌忘懷困苦事","誤了金陵秋闈考"。對這段情况的描述是:

(旦白)嚇,相公若云秋闈大考,如今誤期的了;若要考試,祗得下科進場的了。(小生)呵呵呵!不好了!

(小生唱)
瑞斌流泪落紛紛,想起家中苦萬分,
白髮娘親倚門望,終日望兒轉家門。
年少妻子在家望,望夫不回也傷心;
苦命賢妻梨花女,梭梭裙釵怎理論。
况且家貧難度日,孤燈影隻冷清清。
我今祗望功名就,鳳冠霞帔報妻恩;

誰知誤了秋闈考,害了賢妻受苦辛。
非是卑人度歡樂,此處又得美釵裙;
背妻拋母功名誤,天理連環一綫成。
瑞斌言罷哀哀哭,哭聲賢妻老娘親。

經金月蓮的安慰勸説,商定先寄銀修書回家。這時蘭梨花在家中是"困苦難挨,思想起來,好不挂念人也"。衹得剪些紙花,綉些荷包,到街市售賣,以供養婆婆陸氏。正巧一個生麻瘋病的醜公子馬必全跟妻子趙小春不睦,托媒婆盧三娘物色另娶。蘭梨花在路上叫賣時,盧三娘看到她"人品精美",就以"小户人家無賣處,大户豪富還可銷,見花不怕千金貴,肯出重價買荷包。東邊有家官宦第,馬府吏部是富豪"的花言巧語,把她帶到馬家。

馬必全見到蘭梨花美貌傾城,非常驚異,問起她的身世。蘭梨花就把自己的家世和"没奈何綉剪花朵賣"的困苦情况説明了。醜公子聽後,覺得她"難得爲人賢孝道",遂發"善心",給了十兩銀子放她回去。蘭梨花歸家時天色已晚,失迷路途,遇到蘋花院班婆潘九娘,又被騙入勾欄,她堅决不從,最後學習絲弦小曲,作了琵琶女。

這時周瑞斌已是寄出家信銀兩月餘,因不見回音,經金月蓮二次勸説,又再修書附銀百兩,托店小二投遞。結果店小二在維陽賭博,把銀錢輸得精光。陸氏自從蘭梨花賣花未歸,非常思念。他的次子瑞銓生前欠有馬必全賭賬五十兩,這時馬家先生胡不仁又來催討,瑞銓妻子陶小雲無法償還,狠下心就把婆婆陸氏讓胡帶走做押,去抵了賭賬。到馬家後,馬必全却基於"善心",對陸氏"好生撫養"了。從這裏,可看出作者對馬必全的叙實是不真實的,是以他跟姚介春的對應描叙向人"勸善",所以後邊還插叙了他許多"善行"和"好報"。

蘭梨花在蘋花院學唱不久,被姚介春發現了,又用金錢、麻藥等辦法,"抬轎如飛"的把她搶娶到家。在"成親"的夜晚,藺梨花把姚介春推倒,踢了一脚,姚介春以前强娶逼死的王氏冤魂又暗來相助,終於將姚殺死。經過地總告到上海縣,在縣官方世蘭"萬惡淫爲首,百善孝爲先"的判斷下,懲處了潘九娘、紅雲等人。對藺梨花誤傷姚介春性命事,認爲是冤冤相報,作了"權收在監"的處理。

在監中,女牢頭琴姑是非常同情藺梨花的遭遇的,照顧很周到。陸氏得以到監中探望。

不久,金月蓮産生了一子玉蟾,周瑞斌也中了頭名狀元,差人回上海縣白花村報信,知道了陸氏和藺梨花的情况,月蓮起身前往搭救:"將身駕上雲端上,飄來飄去賽神仙,騰雲駕霧迎碧漢,傍花隨柳快如箭。正到松江上海地,降落雲端到縣前。"在琴姑幫助下,她們見了面。隨後又同坐彩雲飛回南京,夫妻團圓。周瑞斌回鄉祭祖,到馬家時母子相會,骨肉團圓。祭掃已畢要一同到江南按院任所去的時候,藺梨花表示不願享榮華,情願出家修行。周瑞斌無奈,衹得允許,經過多年苦煉,終歸位列仙班。

故事情節大體如此。其中也還包括了一些"勸善"的穿插,像:馬必全由於"積善有陰功","玉皇傳旨下詔文"與他"脱皮换骨,又命月宫仙女下凡與他完姻,留傳馬氏根苗";胡不仁、趙小春、陶小雲三人作惡,結果皆被狂風攝去,"落在茅山受苦辛"的叙寫等等,作者的主旨都是要在書中用對比的描述加强説"孝"、勸"善"的意圖,這正是一般寶卷裏宣傳迷信因果報應等落後思想的普遍的手法。但其間也并非完全是與現實隔絶的描繪,在寫馬必全的"善行"時,就有這樣的説白:

(丑先白)嚇,胡先生,可曉得今歲南莊西鄉田稻乃光景?(丑白)嚇,公子,今年南莊照色,衹有五分年歲,西鄉田稻雖然豐盛,衹是熟年之説,荒年之名。米價昂貴,百姓人家尚且尷尬。(丑生)介末,我個衹租斗,官較有加貳;這根杠秤甚重,去燒伊過得。(丑白)啓公子,這根杠稱,太老爺傳家之物,裏面灌之水銀;這些田園産業,萬貫家財,都是這根秤裏盤來格嚐!(丑生)我落豈有勿知,嚇,胡先生喏。(丑生唱)先祖爲官弗清廉,三公位上伴金殿;貪臟愛財壞陰騭,屈斷良民結冤欠。大斗重秤盤重利,積成萬屋與良田。

這裏是能把封建地主階級剥削的醜惡行爲,如實的揭露了出來了。所以盡管書中有一些看來像是"多餘的"鋪叙,其間却包含着真實的反映了現實的因素,有着一定的現實意義;衹是嘗爲"多餘的"鋪叙所降低罷了。

在寫作的體式上,有兩種情况可予一提:在藺梨花辭别婆婆陸氏動身去賣花時,正旦唱:

藺氏女,别婆婆,即便抽身;胸中思,轉輾想,好不傷心:
奴本是,千金體,街坊行走;衹爲那,家貧苦,凍餓纏身。
可憐我,老婆婆,年邁花甲;我夫君,讀聖經,文質彬彬。
衹爲那,大比年,秋闈赴考;到如今,數個月,杳無音信。
没奈何,在街坊,將花賣錢;回家去,膳養婆,苦度朝昏。
顧不得,我爹爹,通政門第;顧不得,老公公,江南布政。
藺氏女,説不盡,無耻嫌疑;再將那,總花名,報報分明。
五色紙,剪紙花,手段極妙;剪蘭花,剪菊花,百樣花名。
牡丹花,芍藥花,珠蘭茉莉;海棠花,芙蓉花,如天生成。
我今朝,報不盡,百花名號;百樣花,多成對,顔色分明。
提花籃,叫賣花,穿街過巷;大街上,男和女,細看佳人。
也有那,真買花,論量價目;游光棍,假買花,想尋開心。

"攢十字"的體式在一般曲藝中是習見的,但在寶卷中的用法,與彈詞相似,是用在特殊需要形容的地方。這裏是要特寫一事,采用這種手法以加重描寫增强效果。

在周瑞斌進京趕考一月有餘,杳無音訊,蘭梨花思念時唱道:

思想檳榔泪汪汪,川芎一月信杳茫;
祇爲金陵去考試,得中官桂伴朝堂。
金解上殿虻蜂奏,劉寄奴甘國老臣相(沉香)。
奉旨茴香身榮貴,金銀花一對插兩旁;
改换門庭當門子,夫榮妻貴在蜂房。
細辛祇是思夫意,貪戀紅粉伴夫郎。
你今忘却麻黄地,貝母終日望兒郎。
到如今奴比黄連苦,丁香手靠在牙床。

以後蘭梨花在龍茅庵虔誠静修,於經堂贊念時也曾唱道:

百部經典多誦念,一句連翹在口邊。
前世不修銀花路,今生受盡苦黄連。
决明生死修行好,功到當歸極樂天。
檳榔香附月蓮女,紅花露水生并蓮。
月明産生玉蟾子,知母今日静修煉。
不表貝母静修道,再表馬家厚樸有香烟。
素雲生一金鈴子,親朋飲片到堂前。
公子自思甘草藥,時連半夏謝神仙。

曲詞嵌用藥名的寫法前後兩用,在寶卷中還是不多見的①這種寫

①《雙金花寶卷》第7回蔡金蓮尋夫時的曲詞,部分也是用嵌入藥名寫成的:"思想檳榔泪汪汪,川芎一去不回鄉。夫君一去圖官桂,金銀花盆内黨參養。杏仁一去無消息,哭壞紅粉美妻房。途路人參難問路,來到生地實難當。黄連樹上真叫苦,烏豆妻房苦心傷。防風防雨不載傘,當去當歸好凄涼。没有水銀爲盤費,缺少冰片共麝香。當初古人車前子,如今不值甘草樣。行過多少川山脚,滑石街坊實難當。肚蟲飢餓難行走,走得我陳皮血出痛難當。"

法彈詞裏也有，雖可見作者經營的匠心，實際上對作品的藝術并無所補，徒衹賣弄小巧而已。寶卷中是習於廣泛的利用民間小曲的，在較早的民間小曲作品中，就有嵌用藥名的寫法（多是抒情的，如寫相思）①，寶卷曲詞中嵌用藥名，實即源於此。

四 《雙金花寶卷》

《雙金花寶卷》常見的本子是文益書局或學林堂書局的石印本，題作：《雙花寶卷》（一名《雙蘭英寶卷》），分上、下兩集，二册；另一種是清同、光的舊鈔本，題作：《雙金花寶卷》，分十四回（前有引子：賜福天官），四册。兩本的故事内容基本相同，但在關目安排，情節穿插，鋪叙描寫等等方面，是頗有所差異的。相互對讀，可以看出通行的石印本，内容簡略，或是經過節删的"簡本"，舊鈔本則是"繁本"②。

故事梗概，是説宋仁宗時，福建泉州太平村有位進士叫王鼎，他有兩個兒子，長名文龍，娶妻蔡金蓮，次名文虎，自幼聘定馬氏，尚未結婚，弟兄甚是友愛。不久王鼎逝世，又因補償虧欠皇糧萬兩、强盜搶劫、柴房失火等不幸遭遇，家道中落。文龍岳家是勢利的，了不照顧；文龍上京應試去借盤纏亦遭拒絶。三場過後，文龍得中狀元，京中雷太師欲以長女許配，文龍以已婚不允，雷太師依

①16世紀末程萬里輯《新調萬曲長春》卷五中欄選載的"挂枝兒"，存有嵌藥名曲一首；馮夢龍輯《挂枝兒》卷三"想部"，選載了《藥名》三首（其第三首曾爲清初小曲選集《絲弦小曲》引録）。這是現存較早的嵌用藥名寫法的四曲"挂技兒"；所寫均爲相思。

②疑是宣卷人所用的底本。據福建省晋江縣文學藝術工作者聯合會來信説，此故事是該處"真人真事"。

勢誣陷,遂將文龍發配雲南。不久高麗遣使來朝并興兵犯界,朝中文武無人得識番書,無能抵禦入侵,又經東閣大學士劉廷祖保舉,將文龍召還,挂帥東征。旗開得勝,馬到成功,封爲兵部尚書,再命遠征沙陀國。

這時蔡金蓮和文虎身住墳莊苦守光陰,自文龍去京應試,五載將盡,無有音訊,遂相偕去京尋找。沿途打唱蓮花落求乞度日。一日,譚正芳的二女金花、銀花擬聽女先生説書遣悶,使女海棠出外約請,正遇到蔡氏、文虎,就把他們帶到了花園給小姐打唱。金花瞭解了蔡氏的身世後,非常受感動,送給了他們十兩銀子作爲盤費,又約好夜間三更時分,要文虎到花園相會,再贈金銀作爲"攻書之本"。不想談説夜晚相會的事情,被譚家馬夫曹亮聽到,夜晚曹亮就先去到花園,搶走了小姐擬贈文虎的金銀,殺死了使女海棠,逃走。以後文虎應約去到花園,發見海棠被殺,匆忙走出,路上遇到知府夜歸,官兵把他當成犯夜的人捕去。經過譚家報案,知府遂判斷昨夜拿住的文虎,是殺人的正犯,依律問成死罪。蔡金蓮見文虎一去未歸,打聽後知道是遭了横禍,决定設法搭救。文虎解往淮安,蔡氏陪伴同行。

王文龍征服沙陀國後,被封鎮國王,駐武昌。蔡氏在淮安沿街求乞時聽説武昌城内有清官,能審清一切冤枉事情,就趕到武昌喊冤。王文龍審明冤獄,懲處了曹亮,判金花、銀花配與王文虎爲妻。最後文虎赴京應試,得中探花,在京與兄文龍相會,并奉旨還鄉祭祖,合家團圓。至於文虎自幼聘定的馬氏,在王家遭横禍後,其父母逼令改嫁,不從,已削髮爲尼,此時也以"立志修行,節烈罕有",被敕封爲"智慧妙法夫人"。全篇説教的主旨,似即在此。

在兩種不同的本子中,舊鈔本的優勝處多些,總的説來是"説教”成分較澹薄(像對馬氏的叙述,筆墨并不多);描寫較生動、細緻。

舊鈔本全書分作十四回,回目是:

第一回　文虎定親喪父母
第二回　借銀凌辱轉家中
第三回　文龍求名遇魁星
第四回　抛球大鬧雷府門
第五回　充軍高麗起反意
第六回　挂帥封皇平反寇
第七回　叔嫂尋夫來打唱
第八回　雙花贈銀遇曹亮
第九回　文虎受冤屈招承
第十回　蔡氏探監解叔身
第十一回　蔡氏武昌遇皇君
第十二回　鐵口詳夢妻告狀
第十三回　審判當堂許親事
第十四回　合家封贈大團圓

第一回前尚有一篇“賜福天官”,作爲“宣卷”時的“引子”,内容實際上是與本文并没直接聯繫的。這段内容是叙述“三星”“八仙”“五路財神”“十二花神”等“一衆大仙祥雲到”,降臨賜福,宣卷人就仙家意開説正書。很明顯,這是含有宣卷人對聽衆祝頌意味的一段唱詞,是一種照例文章(一般印本,有這類曲詞的都很短,鈔本多是宣卷人的底本,故較長)。從第三回、第十二回的標目看,内容宿命論的思想表現很濃重,這也正是一般故事性“寶卷”最大的缺點。

舊鈔本在描寫上是比通行本細緻的,可以王文龍擬上京應試去岳家借盤費時,進門的情節爲例。

通行本是這樣説:

却説文龍到了岳父門前,門公即便通報。蔡必達道:"怎麽打扮來的?"門公道:"姑爺甚是窮苦,衣衫襤褸,是走來的。"蔡必達道:"如此不許開正門,叫他後門進來。"門公祇得依言回復,文龍聽説大怒,祇得默默無言。"我且就從後門進去,看他拿我如何處置便了。"

而舊鈔本則是:

那文龍行走,來到蔡府,叫道:"門上有人麽?"(丑白引)"我做門公正命窮,日日夜夜打瞌睆。我道是誰,原來王姑爺到來。門公蔡福有禮。"(小生白)"門公少禮。我且問你,你家老爺在府否?"(丑白)"我家老爺在書房看書。"(小生白)"煩你進去通報一聲,説我來拜望。""是,曉得。"那門公一路進内,來到書房。"啓稟老爺,外面王姑爺前來拜望老爺,請老爺示下。"(副白)"我且問你,他身上衣衫如何?"(丑白)"回稟老爺,小人不敢瞞説,王姑爺破衣百結。"(副白)"他已然衣衫襤褸,你去對他説:前門不便,叫他後門而進。"(丑白)"是,謹尊老爺。"門公一路來到外邊,説道:"王姑爺!我裏老爺吩咐,前門不便,後門而進。"(小生白)"你在怎講?"(丑白)"老爺言道,後門而進。"(小生白)"氣死我也!"

文龍聽説心中怒,放肆門公駡幾聲:
"門前不準我進去,叫我今日進後門。"
門公聽説回言答:"姑爺你且聽原因,
不是門公來放肆,多是老爺作主張。"
文龍左思并右想,氣死公子少年郎。
"可恨岳父能無禮,爲何心中要起不良?

我想當初爹爹在，親戚來往禮少當。
如今父母身亡過，叫我好不真凄凉。
一來命運多不濟，連年福薄禍來降。"
想起前情并後事，凄慘萬丈泪汪汪。
蔡福門公來觀看，觀看姑爺也心傷：
"我勸姑爺須忍耐，切免悲切泪悲傷。
老爺雖然如此説，見了夫人説端詳；
倘然夫人心腸好，不忘姑爺年少郎。"
文龍聽説心中想："我有言來聽端詳，
門公嚇！你不該剥我面皮來直奏，羞耻我身好悲傷。"
蔡福苦苦來相勸，相勸公子少年郎：
"你今同我後門進，蔡福言來聽端詳。"

(丑白)説道："姑爺不要悲切，同我進了後門，見了夫人再做道理。"(小生白)"如此，前邊帶路。"(丑白)"是，曉得。"

這裏的增添鋪叙不僅是説白生動，而且對文龍心理的刻劃非常細膩。文龍在去蔡家之前，蔡金蓮是不主張去借銀的，曾説過"我家爹爹多勢利，衹恐怕苛薄我夫太無情"的話，但那時文龍却存有："難道岳母也是如此麼?"的想法。現由蔡福又説出這個希望，前後呼應就顯得更爲近情了。對蔡福的描繪也是真切傳神的。舊鈔本中的發展或補充處，大體類此，這是通行本所不及的地方。

舊鈔本在發展或補充的部分，是不太拘泥的。除去力求描叙的生動活潑，對一些有關材料的攝取①，也并不嫌繁冗瑣雜。在蔡金蓮和王文虎去京尋找王文龍、沿街求乞後到譚家打唱蓮花落

①寶卷習於廣泛運用各種小曲，以迎合聽衆趣味。

時,描述就是較爲詳細的部分。通行本在這地方是:“海棠便領二人見了小姐,即唱蓮花。”至於打唱的場所,金花、銀花初見到蔡氏、文虎的情况等,都没有説明,甚是簡略。舊鈔本在這裏是有説唱的叙述的。通行本對所唱蓮花調曲文有介紹:“唱十二月花名蓮花調。正月梅花占百魁,秦鐘受吐意徘徊;相期一念無更改,後來終得賦蜀齊。……”這衹是用十二月小曲的規式,每月唱一傳説故事的内容(像用朱買臣、西施、楊六郎、蔡伯喈、董永等人的故事),并非是蓮花落曲詞。而舊鈔本裏不同,是這樣的:

小姐定睛來觀看,好對年輕少年人。
開言便把海棠叫,愛唱十二是花名。
丫環奉了小姐命,叫聲:“大娘聽分明,
小姐要唱花名調,唱得清來唱得明;
二人倘然唱得好,小姐重賞雪花銀。”

(小旦)“唱蓮花落個,我裏小姐要唱十二花名,帶各色花燈。唱得好,我家小姐重重賞你。”(旦白)“知道了。”

金蓮便把蓮花打,文虎接唱總花燈。

以下,接續是十二月花名、鳥獸燈名蓮花落等曲文:

正月裏,手執茶花女孩童,移步慶賀金堦中。蟠桃會上笙簫樂,四海升平降世通。

二月裏,花神手執杏花開,來了福禄壽仙翁。有道君皇治盛世,花神拜賀并仙童。

三月裏,花神手執桃花開,仙子生得美姣容,官清國泰民安樂,五穀豐登倉廩中。臣願萬歲增長壽,與民同樂看燈紅。萬壽無疆千萬載,年年慶賀月當空。

四月花神是薔薇,薔薇開放甚豐隆。紅粉佳人誇我好,好的是,蠶桑時候滿枝紅,數九冰霜全不怕,新枝根發子孫榮。

五月裏，花神石榴開，端陽節，菖蒲高挂畫堂中。垂楊柳多是同淘友，他穿緑來我穿紅。豐年富貴漁家樂，香山九封老壽翁。

六月裏，花神是并蒂蓮，香風吹送王堂中。茉莉芝蘭香家客，我緑葉扶在水邊風，瑶池裏常到朝王母，觀世音蓮臺叠重重。

七月裏，花神巧相逢，鳳仙花顔色真姣容。緑葉紅花枝梗嫩，常到深宫粉墻邊種。天下太平人安樂，萬歲長春萬年紅。

八月花神丹桂逢，明月當頭照在空。團團圍遶燈千盞，一行鴻雁過墻東。月殿中，常與嫦娥伴，降凡間，金堦拜九重。

九月裏，菊花甚豐隆，東籬移到畫堂中。國朝祥瑞花争勝，萬歲千秋萬代榮，萬民感戴君王德，共祝千秋老壽翁。

十月裏，花神是芙蓉，小陽春應發滿枝紅。百獸飛禽來上壽，祥光照耀廣升東。花賽牡丹人增壽，家家飲酒醉蒙曨。

十一月裏來是仲冬，瑞雪飄飄落出兆豐隆，銀山摇動飛玉笛，堆集巫山十二峰。

十二月，花神手執梅花片，花神穿緑穿紅衆仙童。君子名人都見愛，插在高堂景屏中。

就把花名來唱完，連接就唱鳥燈籠：

鳥燈千萬鰲山會，百鳥朝王分雌雄。

當中鳳凰高高立，孔雀屏開賽艶容。

金鷄采毛蜈蚣篤，仙鶴雙雙在栖松。

黄鶴樓中吹玉笛，喜鵲噪報當門空。

野鴨口銜荇蘋草，鴻雁立在塘路中。

鷺鷥摸魚水底看，鷂鷹拖鶏在半空。

鸚鵡口吐人言語，白鷺飛在半天中。

烏鴉飛向南方去，鴛鴦頸眠在栖松。

紫燕來去成雙對，飛到玳瑁梁上去作宗。

孔雀屏開對喜鵲，白鷗相對燕來紅。

柳藏鸚鵡花藏鶯，風落梧桐鶴立松。

唱不盡天上飛禽鳥，接唱走獸説情濃：

獬豸張牙舞爪驚人怕，獅子眝睛光明出神風。

白狼光輝燦爛甚貌惡，青熊自在逍遥坐正中。

猛虎開口凶惡怕，麋鹿銜花摘草通。

白象鼻卷千斤力，狡兔身如白雪同。

猿猴扒到枯松頂，挂印封侯一陣小蜈蜂。

在打唱完這套蓮花落後，"驚動海棠小丫頭"，於是"開言便把大娘叫，再唱古人萬千秋"。所唱的"古人事"，有謝素秋、姜子牙，以及岳陽三醉等故事，接唱這段曲詞的主旨，則是在於説明：這些"都是神仙游戲事，話傳佳妙古今留。豪杰英雄空白嘆，眼前成敗一筆勾；萬事不如杯在手，百年幾見月當頭"的消極思想，仍是通過這段插曲來"勸善"的。

插入的十二月帶燈名蓮花落曲詞，内容上并没有什麽意義，語言文字的運用也很不自然，但是能够介紹了一段清末的蓮花落曲詞，是值得我們注意的。蓮花落曲詞的早期作品，内容多是"驚醒世俗"或是"描寫四時景色"的，以後始漸有演述故事的，從這段插曲又可得一例證。這段曲詞的體制與現存較古蓮花落的原型相同，衹是没註明泛聲而已。①

① 可參見朱有燉《李亞仙花酒曲江池》第四折"四季蓮花落"。

舊鈔本除保存了一段蓮花落曲詞外，在第十二回描述馬氏修行生活的部分，還介紹了一種“十枝蠟燭十樣名”的曲子。曲詞共分十段，段八句。今舉第一段爲例：

一枝蠟燭一錠金，兩根燈草卷燈放。
把怎紅燈來點亮，八仙臺上放毫光；
上照三十三天界，下照十八重地獄房。
孝順自然天保佑，皇天不負善心郎。

曲子是在這樣情況下唱出的：“自從進庵來修煉，每日時刻看經文。今日天氣清和好，今日要念報娘恩。十枝蠟燭十樣臺，母親年月日時辰。娘親養成無恩報，佛前禮拜報娘經。”下接“一枝蠟燭……”，自然，這一段并不是“經文”，就内容、體制等方面看，實是過去庵堂裏“修行”人們唱念的一種佛曲，它的規式仍是來自民間的小曲。

此外，舊鈔本還有兩處叙述涉及到彈詞，對彈詞史的研究不無用處。在第三回描述到“六街三市”應試舉子們的考前生活情況時説：

又聽闕調，唱的《倭袍》。人挨人擠，好不熱鬧。

在第七回寫金花、銀花聽蓮花落前，命海棠找説書人時説：

(銀白)：“姐姐！我想你心中煩悶，不免吩咐海棠去請一位唱書的女先生到來，彈唱一曲消愁解悶有何不好?”(金白)：“妹子説得有理。海棠過來!”(小旦)：“來了，大小姐叫我丫頭有何吩咐?”(金白)：“我叫你非爲别事，你到外面去請一位唱書的女先生到來。早去早回。”

以後海棠遇到了蔡金蓮、王文虎打唱蓮花落，又對蔡氏説：

(小旦)：“我叫你非爲别事，我是譚府裏個丫環，奉了小姐之命，叫我去請唱文書個先生，誰知來得匆凑巧，多被人接去了哉。你們肯同我去到我花園中打唱一套？衹要你們唱得好，我家小姐重重有賞。”

所謂“關調”，不詳。《倭袍傳》是俞調創始者俞秀山彈唱的名書，關調亦或爲其流亞。所説接請女彈詞事，是清道、咸間的情况，其時正是女彈詞的繁榮時期。

（原載1958年12月出版《曲藝論集》，北京：中華書局上海編輯所）

李桂玉的《榴花夢》

鄭振鐸先生著《中國俗文學史》第12章《彈詞》裏,第六部分談到各地方的彈詞時,曾説:

> 福州傳唱最盛者爲"評話",也即彈詞的别稱。中多雜以方言。但多爲鈔本,很少刊印出來的。閨閣中人往往向專門出賃這種"評話"的鋪子去借閲。有《榴花夢評話》一種,最負盛名。聞有三百餘册,可謂最冗長的一種了。惜未得一讀。(下册頁391)

這裏所談到的"評話"情況,是不錯的。福州流行的"評話",正與一般所説的彈詞相同,不僅是在故事取材上相類,而且它的體式,也與某些彈詞作品一樣,多是全部以七言韵語組成,没有説白與唱詞之分。目前雖也在流行着"中小型"的作品,但較早的,却都是長篇的"大型"巨製,而且以傳鈔本爲主。這類作品的傳鈔本,當時城市中流行很多,中上層社會稍具文化的婦女們不僅是歡喜租賃閲讀,也歡喜借讀鈔寫。可以理解,這正是封建社會生活下的知識婦女們,填補空虚,排遣煩悶的一種辦法,若果從這類作品内容看,更爲明顯了。

福州"評話"的鈔本,較早的傳世不少。我讀到的《王邦盛世詞》,卷前扉頁抄者署題:"乾隆甲午年小廉題時年五十三歲";《武則天軼事詞》,卷前扉頁抄者署題:"乾隆乙未年小廉題時年五十四歲”。這兩部作品都没有寫完,《王邦盛世詞》僅存八卷(八册),《武則天軼事詞》僅存十四卷(十四册)。乾隆甲午是三十九年,公元1774,乙未是四十年,公元1775,在短短兩年間,由一人工整的繕寫了近五十萬字的彈詞,這是不能不使我們驚異欽佩的。從另一種作品舊鈔本的題記,更清楚的使我們看到當時鈔寫的具體情況。《晋陽外史》殘存五卷,卷尾均記有鈔寫年月:卷1記“己巳十二月十一日抄成”;卷2記“庚午二月廿七日抄完”;卷3記“己巳十一月十二日抄終”;卷4記“己巳十一月廿八日抄”;卷5記“庚午二月初三日抄完”。鈔本紙色極舊,約爲清中葉舊抄,己巳當爲嘉慶十四年,公元1809,庚午爲嘉慶十五年,公元1810。鈔寫的順序是:卷3、卷4、卷1、卷5、卷2。這正説明,由於租賃借閱關係,繕寫時衹能就先借到的,先抄;原作前邊的部分後借到,後抄。每卷鈔寫的時間相隔十四日至廿五日不等,可見絶非出於職業的書手,而是婦女利用閨閣閑暇進行鈔寫的。

以上的情况,在傳鈔本的彈詞裏,是少記載的。三書均未完,從内容的龐雜看,亦爲超出一般彈詞的巨製。

《榴花夢》比起以上三書,確在福州“評話”中爲人習知稱頌,可説是“最負盛名”。它是目前已知彈詞類作品最爲冗長的一種,除鄭先生所談外,阿英先生在《彈詞小説論(一)》裏也説:“我曾經見到一部鈔本名《榴花夢》的,竟多至三百册,可稱爲彈詞小説中之最大作品。據西諦告我,這書福建有刊本,不知印成書究竟有若干册。”以後他在《中國俗文學研究》一書,《彈詞小話引》中又説:“像我所見的福建《榴花夢》鈔本,竟達二百六十餘册之多,還没有完。”綜觀鄭、錢兩先生的説明,有兩點值得我們注意:

一、《榴花夢》一書鈔本約有二百六十餘册或三百餘册;

二、《榴花夢》一書除嘗見的鈔本外,福建有刊本。

據現存資料，這些都還可以進一步的予以闡述。

《榴花夢》現在能够看到的，還衹有鈔本。較多的約在四百餘册（至德周氏蠹齋藏本有缺卷。福州收藏“評話”鈔本的，據説有人藏近五百册）。每册一卷，每卷千餘行。現存的部分約四百萬餘言，這真是我國曲藝史上罕見的鴻篇巨製了。過去彈詞的寫作是不爲人稱道的，看到這部作品所需要的極其巨大、極其艱苦的勞動，是没有理由再認爲彈詞作品卑不足道了。至於刊刻本，目前尚未發見。以一般情況推論，這樣巨大的通俗曲藝作品當時是難於木刻刊行的。作者在自序裏曾提到“梓行於世”的問題，她説：

> 余故爲梓行於世，子爲可乎？其人笑以爲然。因援筆記余所言，以爲之序云爾。

恐怕這還是作者提出來的願望，以後并没真個付諸實現。全部作品并未寫完，浣梅女史的《榴花夢題詞》第四首説：

> 太息文長壽不全，却留遺憾未終編；
> 傍人若個知心事，可把新詞續舊篇。

“未終編”的作品按常情論，刊刻的可能性是不大的，鄭先生的説法，或是根據作者的自序，在没發現刊本以前，尚難論定。

根據《榴花夢自序》，我們知道作者名李桂玉①。關於她的生平，在自序裏并没保留什麽材料。其他文獻無徵，也很難詳細説明。現在可以使我們稍知她生平涯略的記載，主要是佩香女史陳儔松給《榴花夢》寫的序裏，曾談到過的一些有關材料。

---

①李桂玉應是19世紀中葉寫作彈詞的女作家之一。《榴花夢》開頭曾説先寫過一部《三奇緣》，以後續成《榴花夢》。《三奇緣》惜無傳本，想係《榴花夢》的初稿。

陳儔松《榴花夢序》寫於“道光辛丑梅月”，即道光二十一年(1841)。其中談到《榴花夢》的作者時說：

> 今夫《榴花夢》一書，係予盟姊桂玉所著。盟姊生於西隴，長適南湘，爲舅氏所鍾愛。性本幽嫻，心耽文墨，於翰章卷軸，尤爲有緣。每於省問之暇，必搜羅全史，手不停披。問語吐辭，英華藴借。

從這簡短的介紹裏，使我們約略知道了她的籍貫、所適、性格和喜好。至於她的家世和出嫁前後的生活情況等方面，却没能提供更多的較具體的材料。但是對於她的思想，以及創作《榴花夢》的緣起，涉及的比較多些，序説：

> 常對予偶評歷代興衰，於唐室大有感嘆。蓋自貞觀之後，法紀乖張；中晚以來，朝綱廢弛。外藩侮主，閹無君臣。神器動揺，柔弱不振。然當是時，雖干戈擾攘，仍不少豪杰英雄。所惜者，宰相不知舉，天子不能用，卒使忠貞并美之桓武王，退就楚藩，文武全才之羅静王，出封海國。賢才抱屈，英俊流離。致令妖妃逞志，奸相弄權，欺君侮母，嫉賢妒能。内而淫亂宫幃，外而怨聲草野，國事幾不可爲。倘非南楚首興，覲政之謀，搜奸之舉，匡扶莫及，追噬無由。閲史至此，能無掩卷三嘆乎！因出所著《榴花夢》給予披閲。

這裏所談到的不僅是李桂玉對唐代由盛而衰的看法，而且也正説明了她所以取材於這一階段的歷史題材寫作《榴花夢》的緣故。過去婦女寫作的一般彈詞作品，多是藉以勸世或娱悦其家庭。表現女性的襟懷抱負，具有呼吁精神的，爲數是不多的。所寫也常不超出家庭及兩性生活。《榴花夢》一書，在整個内容安排上却不甚相同，它類於“講史”兼似“演義”。它以唐代歷史傳説作爲時間與地域的根據，從政治、戰争，一直到家庭生活事件，都作了詳細的描述。故事情節極其複雜,涉及方面極其廣泛。這樣述舊翻新的寫作,是在於“寓意寄情”,所以浣梅女史的《榴花夢題詞》第二、三首曾說:

襟懷抱負恨終天,聊把閑情筆底傳;
寄語深閨諸女伴,莫將俗眼看斯篇。

無端屈作女兒身,生未逢時志莫伸;
滿紙雲烟隨筆起,不知誰是個中人。

李桂玉寫《榴花夢》的時候,約在公元1841年左右(《榴花夢自序》署:道光辛丑),當時的現實,對一具有歷史素養,而又受着男權社會的禮教制度束縛的作者的思想,是會産生顯著影響的。她要在創作中歌唱英雄兒女,抒發自己的襟懷抱負,完全是自然的事。

《榴花夢》的故事雖取材於唐代歷史傳説,但“提綱布伏,莫不一新。如海市之蜃樓,隱約幻化;如天孫之織錦,綺麗驚奇”(陳儔松序語)。它的内容是以唐代“南楚首興”的事迹爲基礎,敘寫了桓、羅、梅、桂等四家族錯綜複雜、悲歡離合的故事情節。通過塑造桓斌玉、桂桓魁、梅媚仙幾個主要人物,熔合英雄、美人、名將、謀臣、俠士、静女於一爐,其中更以桂恒魁一人的經歷作爲骨幹拓展,來反映封建社會婦女伸壯志,救時濟世的思想。作者嘗自署“姮仙李桂玉”,而書中所塑造的主要典型人物爲女英雄桂恒魁,從這裏,可推想作者在描述這一巾幗英雄時,是不無自况之意的。結合作者自序看,更是相當明顯了。由於作者思想的局限性,全書内容上是存在着許多缺點的。這些,都還需要學者們今後研究探討,不再贅述。

至於《榴花夢》藝術表現上的特點,仍可用陳儔松序裏的話來説明:“首如神龍出海,極夭矯而盤旋;中如天女散花,布繽紛而華彩;結如奔流三峽,争萬頃而朝宗。"盡管評語是抽象的,却對全書關目安排、組織結構等方面的論述,大體中肯。一般彈詞巨著難免繁複、瑣碎,這缺點在《榴花夢》也是存在的。

李桂玉所寫的自序是一篇瞭解《榴花夢》、研究《榴花夢》值得注意的資料,現附篇末,以供參考:

《榴花夢自序》①

或人云:"天地生才,山川毓秀。有是任者,必有是人;具其才者,必合其用。天之育人,未嘗宰其一材一藝,其爲人者,可不勉哉!"余曰:"不然,天地者,萬物之逆旅;光陰者,百代之過客。古之聖帝明王,賢臣名將,當其時也,莫不勵精圖治,輔政開疆。他如俊杰英雄,騷人墨士,當其時也,莫不嘯傲風雲,縱横朝野,爲一時之杰,當世之雄。及其没也,瞑然無知,奄然何識;是浮生皆夢,勞擾奚爲。"或問余曰:"子具是見,可《榴花夢》一書又胡爲作也?"余曰:"是書也,獨生色桂恒魁一人耳。"夫桂恒魁者,一女子也。生居綺閣,長出名門。仕女班頭,文章魁首。把經天緯地之才,旋乾轉坤之力。負救時之略,濟世之謀,機籌權術,萃於一身。可謂女中英杰,絶代梟雄,千古奇人,僅聞僅見。當其深閨雌伏,不飛不鳴;一經駭浪驚濤,興起百年事業。是時也,唐室顛連,干戈擾攘。外而藩鎮擁兵虎視;内而宰臣擅政梟閣。婦寺專權,后妃虎亂。正國家凌替之秋,草野分崩之際,彼獨弃脂粉於妝臺,拾衣冠於廊廟。獻策金門,才魁多士,立功沙漠,武冠一軍。金臺授印,力圖匡復之功;虎帳運籌,果遂勤王之願。金甌重尊,社稷復安,是古之名將無以加也。宜其恩加九錫,土

①此序是承郭君依福州現存較全本代抄。

裂一方。而治水、築城、省刑、薄税,搜賢才於山野。退邪佞①兼可齊家,相夫并能教子。攔車進諫,罷歌於朝堂,是古之英主無以加也。況夫治國,舞之通宵,避位上章,化恩波之普慶。使螽斯成誦,荇菜重歌,是古之哲后無以加也。俄而干戈群逼,讒匿交加。骨肉散而怨隙生;國家危而猜疑起,卒能匡君救母,開天王感格之心;剪佞安民,動黎庶升平之樂,是古之賢臣無以加也。尤難者,處千軍萬馬之中,笑談自若,際惡怪奇妖之隊,鋒刃莫攖。情鍾姊妹,何辭割股傷身;義重弟兄,不憚開疆拓土。馭兵料敵,别具心裁;履險臨危,不形聲色。爲千百代紅裙巾幗增色生新,欲求其匹者,豈可得乎!然而,救灾恤鄰,宣威布德,是又在其次也。二十餘年繁華錦綺之叢,而一旦啓清净潔身之見。明心悟性,入聖超凡。弃家邦於一瞬,留遺響於千秋。生前規夫婿,宜惜聲名;身後遺子孫,惟持忠孝。神游三島,名振九京。釋忌於一朝,留藩基於萬載,是衆人皆醉而彼獨醒。蓋勛業一生,盡成於榴花三夢,倘隨三夢全消,能無惋惜?余故爲梓行於世,子爲可乎?其人笑以爲然。因援筆記余所言以爲之序云爾。道光辛丑年梅月。

姮仙李桂玉自述

(原載1958年12月出版《曲藝論集》,北京:中華書局上海編輯所)

---

①此三字下原鈔本似有闕文。據至德周氏藏本是:"於朝堂,是古之英主無以加也;况乎治國"諸句,但與下文重複。按此下實錯落,應爲:"退邪佞於朝堂,是古之英主無以加也。况夫治國兼可齊家,相夫并能教子。攔車進諫,罷歌舞之通宵;避位上章,化恩波之普慶。"

關於《番合釧》鼓詞"攢十字"中的曲目

《新譜番合釧全傳》鼓詞第 21 卷"二紅代酒殞身公公護短;三妹離親出嫁太太歸陰"一回,其中有"攢十字"曲文一段,内容是描述婚嫁妝奩,全段曲詞却由"鼓詞""南詞"或"俗曲"曲目組成。傅惜華先生曾根據這段曲文每句嵌入的曲目研究,"證明此本《番合釧》鼓詞,必非明人之作,實出於清代中葉以後人之筆"。這個論斷是非常有力的①。

《番合釧》"攢十字"曲中嵌入的曲目,確實給研究曲藝史提供了不少資料,傅先生統計它保存的曲目約有一百十六種,分兩類説明:甲類是"鼓詞""南詞"今日尚有傳世刻本或鈔本的;乙類是觀其標名詞意當亦爲"鼓詞""南詞"或"俗曲"的存目。有關曲藝的文獻原本零散,疏漏在所難免,現就我個人聞見所及,對傅先生所説的乙類略作以下兩點補充。

(一)"攢十字"曲文嵌入的曲目,今日尚流傳於世的,傅先生列舉了二十六種,説或爲"鼓詞"或爲"南詞"。所謂"南詞",實即指"彈詞"而言,廿六種大部分多是這類的作品。有幾種同時還保存着"寶卷",像:《百花臺》《珍珠塔》《雙剪髮》《雙金錠》《玉蜻蜓》

①傅惜華先生著:《"番合釧"鼓詞之集唱本名目》見 1948 年 3 月 26 日、4 月 2 日,北平《華北日報·俗文學》第 39、40 期,或《曲藝論叢》頁 165~170。

等。因此就原鼓詞晚出的情况推知，曲目中除有“鼓詞”“南詞”外，應尚有“寶卷”一類。

曲目中傳世的“寶卷”有這幾種：

曲文第 8 句：“高聳出《菱花鏡》綉袱鸞翔”，現存有《菱花鏡寶卷》，通行爲寧波朱彬記書莊本，此本題作：“童普境編輯”，實爲依舊作的改編。

曲文第 46 句：“紫臺匣《玉魁星》分外高强”，《玉魁星》應作《魁星》，現存有《魁星寶卷》，亦即《還金鐲寶卷》。“彈詞”中有《還金鐲》，爲夏斐文吹竽先生編，“寶卷”内容即依此本。

曲文第 55 句：“又一套彩蓮船《鳳儔鸞》并”，《鳳儔鸞》不詳。但“彩蓮”應作《彩蓮》，現存有《彩蓮寶卷》，通行爲上海惜陰書局本。

曲文第 61 句：“大衣橱一對對《雙金花》貼”，《雙金花》現存有《雙金花寶卷》十四回（舊鈔本）；亦即《雙花寶卷》前後集（一名《雙蘭英寶卷》），通行爲上海文益書局或寧波學林堂書局本。

曲文第 64 句：“葵花凳《雙蓮帕》點綴香房”，《雙蓮帕》不詳。“葵花”應作《葵花》，現存有《葵花寶卷》（舊鈔本）。

（二）曲目中傳世的“彈詞”尚有這幾種：

曲文第 41 句：“《御爐緣》焚腦香風直透”，《御爐緣》即《御爐香》，現存有太白後人著《御爐香》。坊刻本。

曲文第 53 句：“《鸞鳳簫》貯香囊音韵鏗鏘”，《鸞鳳簫》即《鸞鳳雙簫》，現存有無名氏著《鸞鳳雙簫》二卷十八回。清同治刻本。

曲文第 59 句：“夫和婦《見月笑》又好乘凉”，《見月笑》，現存有無名氏著《見月笑》二十回。清乾隆刻本。

曲文第 82 句：“梅花袱《鳳麟襖》每日端詳”，現存有無名氏著《鳳麟襖》十二卷。清末坊刻本。

曲文第 98 句:“做一個《梅花夢》來□爲娘”,《梅花夢》即《何必西厢》,現存有春谷先生校定心鐵道人編次和松居士譜訂《何必西厢》三十四卷(回)。一般坊刻本。

曲文第 101 句:“大脚盆小脚盆《黄金》時式”,《黄金》即《黄金印》,現存有餐花館主人著《黄金印》六卷。

此外還有幾目可斟酌。像:曲文第 5 句的“玉堂富貴”,約是無名氏著《富貴圖》(《富貴圖》的内容是演述《金瓶梅》故事)。曲文第 13 句的“紅梅”,約是無名氏著《紅梅閣》。曲文第 23 句的“蟾宫折桂”,約是無名氏著《折桂香》。曲文第 92 句:“紅羅帳却綉的《大鬧花莊》”,“紅羅帳”應作《紅羅帳》,約是無名氏著《紅羅寶帳》,《大鬧花莊》或即無名氏的《鬧盧莊》。曲文第 103 句:“又擺出《鳳凰臺》□盆廿四”,似即無名氏的《鳳凰山》(廿四卷)。曲文第 110 句的《雙飛燕》約是無名氏的《雙玉燕》,或無名氏的《雙飛鳳》。曲文第 118 句的《珠玉串》約爲柳浦散人著的《珠玉園》等等。限於文獻不足,難予遽定。

總觀傳世的近四十種“鼓詞”“南詞”和“寶卷”,它們成書或刊刻的年代,大多在清嘉、道以後。因而可斷言《番合釧》鼓詞的成書年代,上限是不會超過清道光時的。

(原載 1958 年 12 月出版《曲藝論集》,中華書局上海編輯所)

胡氏編著《彈詞目》訂補

胡士瑩先生編著的《彈詞寶卷書目》,對研究曲藝史的人們是有一定幫助的,但可能是由於整理成目時間匆促,大部分資料無從復查的緣故,著録的原書版本、卷回、册數等項,均甚簡略。現就個人聞見所及,先將彈詞部分稍作查對補充,希望使該目更有力於儉學者的參考使用。

一

一捧雪　清無名氏撰

清嘉慶己卯(1819)澄碧軒刊本。六册,三十二回。半葉十行,行二十字。封裏題:"新編雅調彈詞秘本"。

一箭緣　清竹齋主人撰

清嘉慶戊寅(1818)環秀閣刊本。四卷,十六回。半葉十行,行二十字。封裏題:"嘉慶戊寅新鐫,時調秘本彈詞。"序一署:"龍飛嘉慶十五年歲次庚午陽月上浣録於凝香草廬竹齋主人識。"

一箭後緣　清環秀主人撰

版式同《一箭緣》。序一署:"嘉慶二十三年歲次戊寅季春後六日序於凝香草廬環秀主人識。"

按:竹齋主人和環秀主人當爲一人。

八美圖　清嘉禾主人撰

清嘉慶己卯(1819)飛春閣梓行。十卷,六十回,二十四册。半葉十一行,行二十一字。封面題:"真本八美圖。"序署:"嘉禾主人識。"

清光緒戊寅(1878)芸香閣刊本。六册。半葉十行,行二十三字。序二,一署:"同治甲子夏月抱真子書於瓢城之蕉葉庵";一署:"甲子夏正心道人書。"

八仙緣　清梅庭氏撰

清道光己丑(1829)新鐫,寓春居士藏版,四卷,十二回,四册。半葉八行,行二十字。首梅庭氏自序。又序二,一署:"上海静觀道人拜撰",一署:"道光八年歲次戊子仲夏雲樵居士梓。"

九美圖　清曹春江撰

清道光癸卯(1843)四友軒刊本。十二卷,七十五回,十二册。封面題:"合歡圖。"序署:"道光癸卯夏日玉京仙史識。"

九仙枕　清陳謙淑撰

舊鈔本。十四卷,四十二回,四十二册。半葉六行,行二十字。卷前題目:"九仙枕新詞初集。"

清宣統二年(1910)上海笑林報館排印本。初集十四卷,四十二回。

按:陳謙淑字梅君,福建侯官人。著有《聞妙香室詩鈔》二卷,據詩鈔跋著録,尚撰有《夢中鏡》彈詞三十二卷。

九絲縧　清無名氏撰

清光緒丁酉(1897)上海受古書店石印本。封面題:"俠義九絲縧全傳。"十二卷,六册。序署:"光緒丁酉季春明月主人識。"

九龍陣　清無名氏撰

清木活字本。十六卷,十六回。半葉十行,行二十三字。

十五貫 清馬永清撰

清同治丁卯(1867)蓮溪書屋重刊本。八集,十六卷,四册。半葉十行,行二十字。序署:"同治丁卯榴月鴛湖逸史書於紅雨山藏之邀月樓。廢閑堂識。""廢閑堂識"下有印二,文曰:"馬永清","廢閑"。

按:序署"同治丁卯"四字爲改刻。鴛湖逸史即馬永清。

十美圖 清無名氏撰

清光緒丙子(1876)春木刻本。四十卷,四册。序署:"光緒二年春月松縞氏書於鐵岩館舍"。

清光緒乙巳(1905)孟夏海左書莊石印本。封面題:"十美緣圖咏,浦左退居野人校訂。"序署:"光緒十有九年春王正月望書於滬上客次有意散人謹識。"卷首附:滄海釣徒馬如飛開篇。

十玉人傳 清周珠士撰

清乾隆六十年(1795)古吴譚一葵刻本。四册。半葉十一行,行二十三字。自序署:"山陰周珠士書於漱潤書屋。"封面題:"汝南一名雙魚佩。"卷首有圖甚精細,并附《十玉人傳》。

舊鈔本。二十四回,八册。半葉十行,行二十四字。題作:"雙魚珮"。按:此本叙寫文字與刻本簡繁不同。但不知與曹楚卿撰内容如何。

千秋恨 清頑石子撰

清光緒八年(1882)頑石山房新鐫。十二回,四册。半葉八行,行二十二字。序署:"光緒三年冬頑石子自識。"

子虚詞 清胡藕裳撰

清光緒辛丑(1901)世界繁華報社排印本。十回,十册。卷首有:"兄祖綬書"序;祖亮、祖馨、祖鼎、瑞曾、瑞高、朱定基、沈國翰、徐鼎豐、王錫元、陳素心等題詞。

小金錢 清小樓氏撰

清道光初環春閣刊本。二十四卷,四册。

清光緒庚子(1900)上海書局石印本。二十四卷,四册。序署:"光緒二十有六年歲次庚子春暮小樓識於聽雨樓。"

按:此書一名《金鎖鐲》

六美圖 清無名氏撰

清同治庚午(1870)木刻本。二十五回,五册。半葉十行,行二十二字。此本原與《雙帥印》《鬧蘆莊》《九龍陣》合刊。

廿一史彈詞 明楊慎撰,清張三異注

清乾隆五十一年(1786)木刻本。十一卷,十册。卷首有:張三異康熙甲寅年序;宋鳳翔天啓癸亥年序;張仲璜康熙四十九年序。

天寶圖 清隨安散人撰

清道光庚寅(1830)經國書屋刊本。十卷,五十七回,十册。半葉十一行,行二十一字。序署:"道光庚寅仲秋隨安散人。"

1914年上海鶴記書局石印本,六册。

水晶球傳 清無名氏撰

清嘉慶庚辰(1820)鴛湖悦成閣刊本。三十八卷,八册。半葉十行,行二十字。序署:"嘉慶乙丑孟秋月鴛湖悦成主人識。"封面題:"時調秘本彈詞水晶球傳。"

文武香球 清申江逸史改編

清木刻本。十二卷,七十二回,十二册。半葉十一行,行二十二字。序署:"同治二年荷月申江逸史書於杏雨山莊之醉月樓畔。"題"申江逸史改編"。

清光緒十九年(1893)十一月上海書局石印本。三十六卷,七十二回。序一署:"光緒十六年歲次庚寅仲夏上浣四明三樂軒主

人識。"按:此本據序,爲三樂軒主人依舊本改編。

四香緣 清朱鏡江撰

清道光癸巳(1833)務本堂刊本。六卷,三十二回,十二册。半葉十行,行二十二字。封面題:"道光癸巳年秋鎸,秘本新時雅調""浙江省貢院前務本堂藏板"。自序署:"道光乙酉夏日作於浙東赤城官舍毗陵月波朱鏡江。"序一署:"乙酉之秋乞巧後五日吴門朱廷燮識。"

清石印本。六卷,三十二回,六册。序署:"毗陵月波朱鏡江叙於赤城官舍。"

按:《蜃樓外史》(即《蜃樓傳》)亦名《四香緣》。

四雲亭 清彭靚娟撰

清光緒己亥(1899)排印本。二十四卷,八册。題:"蜀東浣雪樓主寄雲女史編輯。江州倩雲女史校字。"自序署:"光緒二十五年歲在己亥仲冬吉日蜀東浣雪樓主寄雲女史彭靚娟序於海上雙硯齋。"卷首有:鏡湖閑評十則,題詞等。

玉如意 清無名氏撰

1914年上海文元書局石印本。十六回,四册。序署:"民國三年甲寅瞿湖居士撰并書。"

玉連環 清朱素仙撰

舊鈔本。十卷,五册。半葉十行,行二十八字。卷前題:"連環雙烈傳",卷首題:"碧玉連環記"。按:此本與《碧玉連環》不同。

清道光癸未(1823)亦雲書屋刊本。八卷,七十六回。半葉十行,行二十一字。題:"雲間女史朱素仙著,樵雲山人訂,釣月山人較正"。序署:"龍飛嘉慶十年歲次乙丑□月上浣録於環春閣中雨亭主人。"

玉釧緣 清侯香葉撰

清道光二十二年(1842)大文堂刊本。三十二卷,三十二册。半葉十行,行二十二字。序署:"道光二十二年歲次壬寅西湖居士書於京邸之静觀齋鐫。"

玉蜻蜓 清無名氏撰

清乾隆己丑(1769)武林雲龍閣刊本。八卷,四册。題:"古本玉蜻蜓傳。"前四卷半葉十三行,行廿五字;後四卷半葉十四行,行三十一字。序署:"己丑荷夏中浣大成主人揮汗題於雲龍閣中。"按:此本爲配本。

舊鈔本。四十一回,十册。目録作四十回,誤(係以《見子》《慶壽》二回作《樓會》一回)。卷首題:"徐調玉蜻蜓。"後半部每回末有評語,并記庚午年字樣,當係鈔本年分。

按:庚午爲清同治九年(1870)。

清同治癸酉(1873)坊刻本。四册。半葉九行,行二十字。

玉蜻蜓後傳 清無名氏撰

清光緒己亥(1899)上海書局石印本。四卷,四册。封面題:"後蜻蜓奇緣",卷首題:"後玉蜻蜓"。序署:"鴛湖悦成主人識。"

玉鴛鴦 清無名氏撰

清道光辛丑(1841)維揚寶翰樓刊本。八卷,三十六回,八册。半葉十二行,行二十三字。序署:"乾隆三十四年己丑春月裕德里居士書於源汾堂。"

清木刻本。初、二、三、四集,十六回,十二册。封面題:"水素玉姻緣傳""星沙□□□藏板"。半葉十一行,行三十一字。

清宣統年益元書局印本。五集,十册。

白蛇傳後集 清無名氏撰

清光緒乙未(1895)恒德堂石印本。四卷,十六回。序署:"光緒歲次乙未浪迹子題於申江客次"。每卷首有馬如飛"雅調開篇”。

白獭傳 清徐品南撰

清嘉慶乙丑(1805)吾馨軒刊本。二册。半葉九行,行十八字。卷首題:“夢白新編白獭傳南詞。”

舊鈔本。二册,半葉十二行,行二十字。目後署:“戊子桂月肆日在雲間客次南窗開抄。”卷末題:“戊子年小春月五日堂樓閨主抄閱,并作詩一首:‘閨女不該此書看,衹因恐後上妖圈;奴今預把抄成閱,不象如花趙嬋娟。’姑蘇人氏寄居松郡容懋席市女題。”按:戊子應係光緒十四年(1888)。

巧合三緣 清拙存散人撰

清道光己酉(1849)上洋文海堂刊本。四卷,十六回,四册。半葉八行,行十七字。封面題:“金桂樓”。序一署:“嘉慶二十三年清和月上浣日拙存散人序。”

按:此本係作者根據《巧團圓》劇作改編。

西湖緣 清陳遇乾撰

清光緒癸巳(1893)上海書局石印本。四卷,五十三回,四册。封面題:“陳遇乾先生原稿,陳士奇俞秀山先生評定。”

百花臺 清鴛水主人撰

清嘉慶庚辰(1820)木刻本。十二回。

清道光癸卯(1843)木刻本。二十回。

清光緒乙亥(1875)坊刻本。四卷,十六回,四册。半葉十行,行二十字。題:“百花臺全傳”,序署:“光緒元年秋七月鴛水主人識。”

清光緒辛丑(1901)上海書局石印本。四卷,十二回,四册。題作:“雲外飄香”,序署:“光緒辛丑春月古吴延陵瘦梅生書於滬北息游館”。

百鳥圖 清徐品南撰

清同治癸亥(1863)木刻本。十八回,四册。半葉十行,行二十字。目前題:"綉象百鳥圖金牌傳"。序署:"道光己酉維夏上浣門梅居士題",下印一,文曰"善昌"。

再生緣 清陳端生撰

清道光三十年(1850)善成堂刊本。二十卷,四十册。半葉十行,行二十二字。

按:此書陳端生寫到第十七卷絶筆,以下三卷爲梁德繩續成。

同心梔 程文棪撰,王蘊章校

1919年商務印書館鉛印本。六回,一册。

自由花 陳蝶仙撰

1933年家庭工業社排印本,署:"天虚我生著"一册。

何必西厢 清心鐵道人撰

清嘉慶庚申(1800)五桂堂刊本。三十四卷,三十四回,八册。半葉十行,行二十四字。題:"春谷先生校定,心鐵道人編次,和松居士譜訂。"卷前有:鴛湖盛復初跋及題詞,蓮花峰樵者任桂題,敬亭山客宋綸光偶題,犀臺章天育題,五桂堂主人題,雍正甲寅桐峰外史序,嘉慶元年幽竹山人題,凡例,張靈崔瑩合傳,吴語音義,圖象。

坊刻本。三十七回,四册。序署:"問梅居士盛復初。"

上海校經山房排印本。三十七回,四册。增新序一署:"萍水劍膽琴心客。"

金臺全傳 清汪澍堂撰

清光緒辛巳(1881)墨海堂刊本。十二卷,六十回,十二册。半葉十二行,行二十四字。卷首題:"新刻雅調唱口平陽傳金臺全集。"序署:"光緒丁丑年季冬望日蘭陵澍堂識。"

金閨杰 清侯香葉撰

清懷古堂刊本。十六回,十六册。半葉九行,行二十三字。

序署:"道光壬午季秋上浣日香葉閣戲筆。"卷首有圖七,題詞和凡例三十則。

金魚緣 清鈕德英撰

清光緒癸卯(1903)上海書局石印本。二十卷,十册。序二,一署:"同治十年歲次辛未夏四月下浣卧雲女史吴小娽謹識";一署:"同治十年歲次辛未四月下浣愚嫂鈕如媛拜序於玩月軒中"。

花月夢 清香雪山樵撰

清光緒甲辰(1904)石印本。奇書小説報館印,文蔚書莊發行。一集八卷,五十八回,六册。題:"香雪山樵編輯。"序署:"光緒甲辰年仲夏之月分龍日瀟湘館主人題。"每回後有醉吟居士評語。

按:據瀟湘館主人序中説,該書原稿寫於乾隆丙午至庚戌間。出版聲明説:"原底鈔本係四明王氏珍藏。因年代久遠,已多殘缺,復倩彈詞名家繼續補全。二集因事中輟,以致遲延,現已補全,準下月梢即可出書。"

明末彈詞 清頑石子撰

清光緒十年(1884)玉壺堂刊本。十二回,四册。半葉八行,行二十二字。序署:"古木山人書。"

按:此書即頑石子撰《千秋恨》。

來生福 清橘中逸史撰

清木刻本。三十六回,三十六册。半葉八行,行二十字。序一署:"丸湖檻生撰於竹裏館",下一印,文曰"湖橋生"。

芙蓉洞 清陳遇乾撰

清道光丙申(1836)木刻本。十卷,十册。半葉十行,行二十字。題:"陳遇乾先生原稿,陳士奇、俞秀山評論校閲。"序一署:"惜陰居士漫作"。

果報録 清無名氏撰

清木刻本。十二卷,一百回。半葉十四行,行二十三字。序一署:"歲在嘉平月書於緑陰草堂西舍半痴子",下印一,文曰:"江湖散人"。

清木刻本。十二卷,一百回,十二册。半葉十二行,行二十一字。序同前本。

按:此本即《倭袍傳》,一名《醒世録》或《荆襄快談録》。

雨雪亭 清程桂寶撰

1922年文益書局石印本(再版)。四卷,二十四回。叙署:"宣統二年仲夏之吉古鹽補留生志於消閑軒。"

庚子國變彈詞 清李伯元撰

清光緒壬寅(1902)世界繁華報館排印本。四十回,六册。序二,一署:"壬寅十月既望著者自叙於酒醒香銷之室";一署:"光緒壬寅孟冬之月歷劫不磨生書於海上寓廬"。卷首有:病紅山人題詞,例言。

孤鴻影 李東野撰,嚴獨鶴校

1919年上海新民印書館排印本。序一署:"歲在屠維協洽清和上浣南沙姚民哀序於珠蘭庵。"

珍珠塔 清無名氏撰

清木刻本。六卷,二十四回,六册。半葉十一行,行十四字。題:"毗陵青霄居鵬程校閲。"

清光緒丁丑(1877)小酉堂刊本。二十四回,六册。半葉十一行,行二十四字。題:"綉象九松亭。"

清舊鈔本。十五回,三册。按:此本分前後集,前集十卷,後集五卷。似殘缺。

英雄譜 清無名氏撰

上海同文圖書館石印本。三十二回,十六册。

風箏誤 清竹齋主人撰

清嘉慶十五年(1810)潄芳閣刊本。八卷,三十二回,八册。半葉十行,行二十字。序一署:"龍飛嘉慶十五年歲次庚午陽月上浣録於凝香草廬竹齋主人識。"

清嘉慶戊寅(1818)環秀閣刊本。八卷,三十二回,八册。半葉十行,行二十字。封面題:"時調秘本彈詞。"序一署:"嘉慶二十三年歲次戊寅季望後六日序於凝香草廬環秀主人謹識。"

紅梅閣 清無名氏撰

清光緒丙午(1906)上海書局石印本。六卷,五十六回,六册。

哀梨記 程瞻廬撰,王蘊章校

1919年商務印書館排印本。六回,一册。

拱璧緣 清陸怡安撰

清光緒乙未(1895)文盛堂石印本。六册。題:"德清王桂臣評。"序一署:"道光戊子年荷月上浣桐鄉霈甘氏序。"

背解紅羅 清無名氏撰

清富經堂刊本。六卷,六册。半葉十三行,行二十八字。

封裏右題小字:内附《蘇金定走難》,仙姑傳術南音。

珠玉圓 清柳浦散人撰

清同治壬申(1872)樂善堂重刊本。四集,四十八回,八册。半葉十行,行二十二字。題:"仁和柳浦散人編輯,錢塘西麓山人評點,山陰覺軒居士校閲。"序一署:"咸豐戊午仲春上浣仁和柳浦散人撰。"有圖,附重印啓一。

按:此書一名《俠女舍身緣》。

桃柳争春 清無名氏撰

清道光甲申(1824)一枝山房刊本。二卷,八回,八册。序二,一署:"道光甲申年春三月野園主人";一署:"乾隆三十有九年季夏六月鍾山山長盧文弨序"。

馬如飛開篇 清馬如飛撰

清光緒十二年(1886)木刻本。二卷,二册。半葉八行,行十七字。題:"長湖滄浪釣徒馬如飛吉卿甫著,吴縣酣春樓主卧讀生瘦梧氏校,馬如飛先生南詞小引。"

笑中緣 清曹春江撰

清光緒癸巳(1893)上海書局石印本。二十四回,二册。序一署:"光緒十九年小春月馨齋居士識。"

清光緒丙申(1896)上海書局石印本。四卷,七十五回,四册。序一署:"玉京仙史謹識,光緒二十二年小春月上浣平江醉吟仙子朱蔚彬書。"

采金桃 清無名氏撰

清光緒乙未(1895)中西書局石印本。十二卷,四十八回,六册。序一署:"光緒戊寅年仲春既望元日平陽澍棠氏識於姑蘇旅次。"

筆生花 清邱心如撰

清咸豐七年丁巳(1857)木刻本。

清光緒二十年(1894)申江袖海山房石印本。八卷,三十二回,八册。序二,一署:"咸豐七年七月既望愚表侄陳同勛頓首拜題";一署:"同治壬申中秋後五日棠湖雲腴女士叙"。

清光緒甲午(1894)上海書局排印本。十六卷,三十二回,十六册。序同前本。

清末上海申報館排印本。序同前本。

上海錦文堂石印本。

荆釵記 清黄彦光撰

清光緒丙子(1876)喜雨山房刊本,六卷,二十回,八册。半葉八行,行十九字。序一署:"光緒丙子夏六月潤東漱石主人序於京都球珠巷寓次"。

换空箱 清曹春江撰

清咸豐戊午(1858)蘭蕙軒刊本。二十一卷,八册。半葉十行,行二十字。題:"曹春江先生唱本"。序一署:"咸豐七年丁巳仲冬既望後二日書於聽松堂愚溪識";下印一,文曰:"愚溪山人"。

描金鳳 清竹齋居士撰

清光緒丙子(1876)木刻本。十二卷,四十六回,十二册。半葉十二行,行二十三字。序一署:"光緒丙子季冬之月竹齋居士識。"

黄金印 清餐花館主人撰

清同治癸酉(1873)集古山房刊本。四册。半葉十行,行二十字。序一署:"同治壬申冬月書於吟風書屋餐花館主人志。"

雲中落綉鞋 清雲間居士撰

清光緒甲午(1894)上海書局發行,上海新聞報館代排印本。九卷,四册。序一署:"光緒廿年甲午三月隱釣客書於海上。"下印二,文曰:"雲間居士""隱釣"。

雲琴閣 清無名氏撰

清嘉慶壬申(1812)醉墨軒刊本。五十二回,十二册。半葉十一行,行二十一字。序二,一署:"嘉慶壬申仲春上浣醉墨軒主人書";一署:"咸豐十一年歲在辛酉孟秋月上浣加訂偶涂鴉於夢蘤館舍卓岩氏序"。卷首有"唐詩""倭袍唐詩"或"小曲"。

落金扇 清夏斐文撰

清同治癸酉(1873)刊本。八卷,五十回,八册。半葉十行,行二十字。序一署:"同治癸酉書於飛春閣中吹竽先生識。"

夢影緣 清鄭淡若撰

清光緒二十一年(1895)竹簡齋石印本。四十八回,十六册。題:"苕溪鬘下生撰。"自序署:"道光癸卯長夏天中節後十二日苕溪鬘下生序於浮雲寓舍。"

蜃樓傳 清讀畫樓主人撰

清光緒乙未(1895)上海書局石印本。六卷,三十二回,六册。序一署:"光緒乙未年季春月讀畫樓主人識。"

按:此書亦名《四香緣》。

詩發緣 清潤齋氏撰

清同治五年(1866)蛟川書屋刊本。四卷,十二回,四册。半葉十行,行二十字。題:"古吴平江潤齋氏著。"

楊乃武奇案 清小樓氏撰

清末上海海左書局石印本。四卷,二十四回,四册。

楊乃武奇案後集 清小樓氏撰

清光緒壬寅(1902)上海書局石印本。四卷,二十四回,四册。題:"杭州徐子鷗先生評閲章句,聽雨樓主人甫編。"序一署:"光緒二十八年春月上浣小樓氏識於聽雨樓。"

雷峰塔 清吴炳文撰

清嘉慶間一經堂木刻本。五卷,二册。半葉八行,行十七字。題:"全福堂主人校訂。"序一署:"嘉慶十有一年歲在丙寅仲秋之月作此於西湖官署之夢梅精舍芝山吴炳文書。"

義妖傳 清陳遇乾撰

清嘉慶十四年(1809)木刻本。二十八卷,五十四回,十册。半葉十行,行二十二字。序一署:"嘉慶十四年春王月心齋顧光祖”。

清光緒丙子(1876)木刻本。二十八卷,五十四回。半葉十行,行二十二字。封裏題:“陳遇乾先生原稿,陳士奇、俞秀山先生評定。”

碧玉環 清俞正峰撰

清光緒乙未(1895)上海書局石印本。六卷,三十四回,六册。序一署:“道光癸卯夏日琴稚外史識。”

按:此六卷爲上集。

福壽大紅袍 清馬永清撰

清光緒壬午(1882)木刻重刊本。十四卷,一百回,十六册。半葉十行,行二十字。序一署:“道光辛巳春書於紅雨山莊廢閑主人識。”

福壽雙金錠 清無名氏撰

清木刻本。五十卷,十册。半葉十二行,行二十三字。卷首題:新鐫時調彈詞説唱雙金錠全傳。

鳳凰山 清無名氏撰

清海陵軒刊本。七十二卷,七十二回,三十二册。半葉十行,行二十一字。

清宣統庚戌(1910)上海章福記書局石印本。十卷,七十二回,十册。

按:此本即《安邦後傳》。

鳳凰圖 清琴香山人撰

清同治三年(1864)味蘭軒刊本。六卷,三十六回,四册。半葉十行,行二十字。序一署:“道光元年歲次辛巳孟夏上浣題琴香山人書。”一、三、五卷首均附開篇。

鳳雙飛 清程蕙英撰

清光緒戊戌(1898)怡怡軒石印本。四十八回,二十册。序一署:“光緒己亥秋月甬上野道人敘并書”。

鬧盧莊 清無名氏撰

清抱經堂木活字本。十六卷,十六回,四册。半葉十行,行二十二字。

盤龍鐲 清無名氏撰

清武林會成堂木活字本。與《玉連環》合刊。二十四卷,四册。半葉十行,行二十字。封裏題:“秘本唱口,慶賞元宵。”

鵷鳳緣 包醒獨撰

1919年國華書局排印本。三十六回,一册。序一署:“己未夏日可畏日南沙姚民哀序於海上筝聲琴韵樓。”

劉成美全傳 清無名氏撰

清道光壬寅(1842)友於堂刊本。八册。半葉十行,行二十一字。

清末揚州有德堂刊本。二十五卷,十二册。半葉十行,行二十一字。卷首題:“新刻古本劉成美忠節全傳。”按:此本一名《太陽燈前傳》。

錦香亭 清徐品南撰

清嘉慶間木刻本。三十二回,六册。半葉十行,行二十四字。卷首題:“夢白新翻錦香亭全傳。”序一署:“嘉慶七年嘉平上浣古香沈其粹題於九友山房。”

錦上花 清侯香葉撰

清嘉慶癸酉(1813)善成堂木刻本。四十八回,十二册。半葉十行,行二十字。别本半葉十二行,行二十四字。序一署:“嘉慶癸酉小陽月修月閣主人筆。”

清道光三十年庚戌(1850)善成堂新刊本。卷首除修月閣主人序,并有佩香、仲儀、穎香、仲宜、孫雲風、碧雲、風吟諸女史題贊。

龍鳳報 清無名氏撰

清同治壬申(1872)玉燭山房刊本。八集,八回,四册。封面題:"新增龍鳳報全傳。"卷首題:"新鐫忠孝節義彈詞鸞鳳圖。"

清末文郁堂刊本。八卷,八回,四册。半葉十一行,行二十一字。題:"新增鸞鳳圖全傳"。

還金鐲 清夏斐文撰

清道光元年(1821)吾馨軒刊本。八卷,五十四回,八册。半葉十一行,行二十二字。題:"吹竽先生編""夏斐文秘本"。序一署:"道光癸巳書於飛春閣中吹竽先生識。"

清光緒丙申(1896)上海書局石印本。四册。

雙珠鳳 清一葉道人撰

清同治癸亥(1863)静雅書屋刊本。十二卷,八十回,十二册。半葉十一行,行二十一字。序一署:"同治癸亥冬日海上一葉道人識。"

雙帥印 清無名氏撰

清末木活字本。十四卷,十四回,二册。半葉十行,行二十二字。封裏題:"雅俗共賞。"

雙金錠 清無名氏撰

清光緒甲午(1894)上海書局石印本。六回,二册。序一署:"光緒二十年歲次甲午冬日鴛湖梅花居士重書於海上之寄寄廬。"

雙玉鐲前後傳 清醉墨老人撰

清乾隆丁亥(1767)木刻本。前傳十卷,後傳五卷,六册。半葉十二行,行二十八字。序一署:"乾隆丁亥桂月下浣西泠醉墨老人題。"

雙玉杯 清醉墨齋主人撰

清道光戊子(1828)醉墨軒重刊本。三十六卷,六册。半葉十行,行二十字。封面注:“雅調南詞。”序一署:“嘉慶辛未清和上浣醉墨齋主人書。”

雙剪髮 清月湖居士撰

清光緒己卯(1879)木刻本。四卷,十八回,四册。半葉九行,行二十字。序一署:“光緒戊寅歲孟春之月四明月湖居士書。”

雙冠誥 清汪澍棠撰

清光緒四年(1878)玉積山房刊本。四卷,十二回,四册。半葉八行,行十八字。序一署:“光緒四年仲春望日蘭陵汪澍棠識於姑蘇旅次。”

雙連筆 清無名氏撰

清光緒辛丑(1901)石印本。四卷,三十二回,四册。

按:此本即《萬花樓》。

雙珠球 清黄子貞撰

清光緒三年丁丑(1877)木活字本。梁溪□□□藏板。十二卷,四十九回。半葉十二行,行二十四字。封面題:“增象繪圖雙珠球,算鼇山人重校”“光緒三年丁丑清和月重鐫”。封裏題:“山陰黄子貞松筠著作,毗陵青霄居鵬程校閱。”

清光緒丙午(1906)上海書局石印本。十二卷,四十九回,六册。封面題:“雙珠球全傳。”

麒麟豹 清馬永清撰

清道光壬午(1822)木刻本。十卷,六十回,十册。半葉十行,行二十字。卷前注:“珍珠塔續集。”序一署:“道光壬午春杏月鴛湖逸史書於紅雨山莊之玩月樓廢閑主人。”

藴香丸 清嘯霞山人撰

清嘉慶二十三年(1818)雅賢堂刊本。十卷,二十回,四册。半葉十行,行二十字。序一署:“嘉慶二十二年丁丑仲春月望日題嘯霞山人書”。卷首有圖。

清嘉慶二十三年(1818)蘭蕙軒刊本。

清嘉慶間寶玉軒刊本。四册。

二

十二美女玉蟾奇緣 清覺虛山人撰

清末上海石印本。四卷,五十三回,四册。題:“覺虛山人編。”序一署:“光緒二十五年歲次己亥小春月東吴鷅痴并書。”卷首有:圖,蕓樵外史題詞,人物品類。

生薑袋 清無名氏撰

清嘉慶飛春閣刊本。二十回,四册。

見月笑 清無名氏撰

清乾隆木刻本。二十回,四册。封面題:“新刻時調見月笑李千金傳。”

巧姻緣 清無名氏撰

舊鈔本。十卷,十册。半葉十行,行二十三字。

獅吼記 清無名氏撰

清同治辛未(1871)鈔本。六回,三册。

碧玉連環 清無名氏撰

舊鈔本。六卷,六册。半葉十行,行二十三字。

按:此本演述花波與蕭瓊玉故事。

彩雲球 清無名氏撰

舊鈔本。一百六十回,二十一册。半葉十行,行十六字。

按:此本疑係鼓詞。

燈月醉世傳 清洪俊伯撰

清光緒丙申(1896)石印本。四卷,二十回,四册。題:“京都琉璃廠秘本。”序一署:“光緒二十二年歲次丙申七月錢塘十二峰主人序於海上迎翠仙館。”下有二印,文曰:“錢塘洪氏”“俊伯”。

雙飛鳳 清無名氏撰

舊鈔本。五卷,十册。半葉八行,行二十三字。卷首題:“陰陽錯雙飛鳳接玉釵。”

按:此本接演《雙玉釵》故事。

雙鳳奇緣 清饒雲鳳撰

清道光丙午(1846)經元堂刊本。二十卷,八十回,四册。半葉十行,行二十一字。序一署:“道光癸卯歲綉谷彼岡饒雲鳳摹於卧雲書閣。”卷首有圖。

清道光京都琉璃廠刊本。八十回,六册。

按:此本疑係鼓詞。

附 記

(一)《彈詞目》著録的“新刊秘本彈詞六種”,除蘭蕙軒刊本外,尚有道光初環春閣刊本。唯《蘊香丸》易爲《小金錢》。

(二)《彈詞目》著録的《玉樓春》(頁 19),應爲小説,見孫楷第先生著《中國通俗小説書目》頁 138。清無名氏撰《醒名花》第八回中曾説:“陶公把桌上書卷翻看,内有一本小説,乃是邵十洲故事,名叫《玉樓春》。”此書除煥文堂刊四卷二十四回本,尚有嘯花軒刊十二回本。

(原載 1958 年 12 月出版《曲藝論集》,北京:中華書局上海編輯所)

聊齋俗曲偶記

一　聊齋俗曲簡目

蒲松齡的偉大成就不僅是在小説創作方面，更值得我們珍視的，是他在通俗曲藝創作方面也有着卓越的貢獻。他的全部著作中，現存着大量的俗曲作品，《聊齋全集》中曾收録了一部分，我們得讀他曲藝作品中主要的東西，是應該感念《聊齋全集》編者辛勤搜集的勞績的。但蒲氏的通俗曲藝作品，并不止限於那一部分説唱東西，其他形式的作品，蒲氏也有所創作，這是過去不太爲人注意的。

近讀平井雅尾所藏有關聊齋資料的書目，其中著録罕見作品不少。從該目所示，可知蒲氏通俗曲藝作品的創作，樣式頗多。擇録於此，或對研究蒲松齡的學者們有所幫助（習見者除外）：

《二十四孝鼓兒詞》　　畢氏藏舊鈔本一册①

《孔夫子鼓兒詞》　　鈔本一册

《群殘鬧瞎傳》（一作：《群殘鬧瞎唱宣詞》）鈔本一册

《詩書經巧合成詞》　　鈔本一册

①標題係按書目原式；舊鈔本，是指清代舊傳鈔本來説的。

《琴瑟樂曲》	天山閣藏鈔本一册
《康熙皇爺私訪琴月樓快詞》	鈔本一册
《鬧館》	鈔本一册
《醜女自嫁》	鈔本一册
聊齋外曲《賢良女救夫》	鈔本一册
《陀僧戲姑》	油印本
《縱虐前子》	舊鈔本一册
《打彩般全編》	舊鈔本一册
《衡宫軼事》	舊鈔本
《狐女鬧學》(一作:《狐狸鬧學》)	舊鈔本一册
聊齋彈詞《打鴨歌》	鈔本一册
柳泉編制《藥名快曲》	鈔本一册
《四季相思》	舊鈔本一册
《肉頭曲》	鈔本一册
《鬧五更》	舊鈔本一册
聊齋秘本《五更合歡曲》	舊鈔本一册
《賭博五更曲詞》	舊鈔本一册
《紅粉後悔湊句》	鈔本一册
聊齋《骷髏長嘆》	鈔本一册
聊齋快曲《學生想媳婦》(一作:《學生思情曲》)	舊鈔本一册
聊齋秘本《新婚宴曲》	舊鈔本一册
聊齋閑散短曲《露水珠兒曲》	舊鈔本一册
聊齋秘本《夜雨鰥夫思妻曲》	舊鈔本一册
聊齋曲《仲秋夜深思情》	儒忍堂蒲藏鈔本一册
聊齋曲詞《鴛鴦枕》	鈔本一册

聊齋曲詞《孤單雁曲》	鈔本一册
聊齋曲詞《夜雨思夫曲》	舊鈔本一册
《尼姑思俗曲》	舊鈔本一册
聊齋快曲《憶情曲》	鈔本一册
聊齋短曲《煩雁捎書》	鈔本一册
聊齋雜曲壯士歌	鈔本一册
《采茶歌》	舊鈔本一册
《思情郎》	鈔本一册
聊齋快曲《佳會期》	舊鈔本一册
《大雪紛紛曲》	畢元卿鈔本一册
《坐婆婆》小曲	舊鈔本一册
《李醜三吃狗肉》小曲	舊鈔本一册
《哈叭狗兒》小曲	舊鈔本一册
聊齋小曲《一枝青梅曲》	舊鈔本一册
聊齋小曲《一群雁》	舊鈔本一册
聊齋小曲《細細雨兒曲》	舊鈔本一册
聊齋小曲《展花箋》	鈔本一册
聊齋小曲《自從離別》	鈔本一册
聊齋小曲《豈有此理》	鈔本一册
聊齋小曲《秋色横空》	鈔本一册
聊齋小曲《凄凉兩個字》	鈔本一册
聊齋小曲《一輪明月》	鈔本一册
聊齋小曲《夢裏陪伴》	鈔本一册
聊齋小曲《凄凉曲》	鈔本一册
聊齋小曲《看天河》	鈔本一册
聊齋小曲《魚兒戲水》	鈔本一册

聊齋小曲《望江樓》上、下	鈔本二册
聊齋小短曲《果子占高枝曲》	鈔本一册
聊齋小短曲《月影照紗窗》	鈔本一册
聊齋曲詞《明月透紗窗》(疑與前曲相同)	鈔本一册
聊齋曲詞《連環扣曲》	鈔本一册
聊齋曲詞《玉美人曲》	鈔本一册
聊齋曲詞《三更月照》	鈔本一册
聊齋曲詞《日落黄昏》	鈔本一册
聊齋曲詞《紅日歸宫》	鈔本一册
聊齋曲詞《燈花報喜》	鈔本一册
聊齋曲詞《長遠計》	鈔本一册
聊齋曲詞《魚兒跳曲》	鈔本一册
聊齋曲詞《精神小曲》	鈔本一册
聊齋曲快詞《假意曲》	鈔本一册
《酒色財氣唱詞》	鈔本一册
《十二月三折腔》《四時羅江怨》	舊鈔本一册

作品的名稱叫"曲""小曲""小短曲""快曲""曲詞"等等,很不一致,雖可能是由於傳鈔者所添改,顯見在作品内容上亦有不同處。值得注意的是"快曲"一名,也就是"快樂曲"的省稱,以前我們并不瞭解。蒲氏俗曲作品多用小曲聯套體制寫叙事的内容,這是他曲藝作品的獨創處,可惜這許多俗曲,我們目前尚不能完全讀到,實屬憾事。

[附記]

(一)簡目中著録的小曲,平井雅尾曾編爲《聊齋小曲》一書,現存油印本。

(二)簡目中著録的部分小曲,如:《一群雁》《玉美人》《展花箋》《長遠計》《看天河》《連環扣》《大雪紛紛》《細細雨兒》《自從離別》《秋色横空》《三更月照》《日落黄昏》《紅日歸宫》《一輪明月》《哈叭狗兒》等,均散見於清華廣生輯集的《白雪遺音》卷一、二。形成此種現象的,約爲以下諸原因之一:

1. 散見於《白雪遺音》諸曲,均爲"馬頭調",該曲調雖未見於聊齋俗曲中采用,但它産生於清乾隆時。聊齋小曲中這一部分作品,或爲蒲松齡輯録當時流行的時調小曲,而此等作品以後仍在流傳,至華廣生時遂得輯集,遂收於《白雪遺音》中。

2. 聊齋小曲爲蒲松齡根據當時的時調小曲删改訂定或擬作的新詞,以其尚能規模市民情趣、語調,因得流傳。《白雪遺音》非一人所搜集,搜羅範圍至爲廣泛,是輯集者們"多方搜羅","向新覓奇,筒封函遞,大有集腋成裘之舉,旦暮握管,凡一年有餘,始成大略"(華廣生序語)的曲集;搜集時有人且及"於案頭翻得詞曲數本"(高文德序語)。蒲松齡的作品,過去傳鈔風氣甚盛,因而《白雪遺音》由多人搜羅輯成書時,可能遂有一部分蒲松齡作品被録入。

3. 部分聊齋小曲或爲後人以流行的時調小曲托名僞作。

這三種原因究竟以何者爲是,文獻無徵,難予遽斷,尚須學者們今後研究論定。

二　關於《學究自嘲》

讀《聊齋全集》本《學究自嘲》的時候,總覺得"詩曰"以後用十二月寫成的曲詞有問題:可能有錯落。從聊齋俗曲一般通例看,那十二段曲詞是應該有它的曲調的,"正月"一曲的前邊雖也注出

“叠斷橋”,可是連寫的曲詞又不像一支曲。這個問題存在了好久,直到讀過另一舊鈔本後,經過對勘,發現《聊齋全集》本在編校時,確有疏漏處,因而仔細的閲讀遂産生了疑問。

在舊鈔本的“詩曰”之前,原有一首“西江月”和一段“説白”,《聊齋全集》本遺落了。據舊鈔本補入,原文是:

四民士農工商,獨有學究堪嗟,憑着三寸不爛舌;但講詩云子曰。舉動一步三摇,滿口之乎者也。誰説萬般下品,這高些不過五斗腰折。

這首詩,但講那三家村中冬烘先生的景況:人但知爲師之樂,不知爲師之苦;人但知爲師者尊,不知爲師者賤。自行束修,衹少了傭工一紙;其徒數十,好象一出奈何天。二三東主,却是一些八不凑。大勢可傷,亦屬可笑。

以下接“詩曰”。這段被《聊齋全集》本遺落的曲文,“西江月”一曲的末句是有錯誤的,“這高些”三字,可能是過録者增添。

舊鈔本在“詩”後即標“叠斷橋”曲調名。分十二月寫成的曲詞,每月三段,實即由三支曲組成。比如“正月”一節是這樣:

正月燈節過,正月燈節過。新歲東家來接我,螞蠟驢駝着癩呆貨。心内揣摩,心内揣摩;今年新(《全集》本作“東”字)主更如何?問來人,説是也不錯。

號書上學,號書上學,二(《全集》本作“學”字)生前來把頭磕。東主拱拱手,一齊讓了坐。大家把酒哈,大家把酒哈,東主性情難揣摩,寬與嚴,不知那着錯。

上了學,一大後,東主全不把影凑。俱是濟飯不濟人,那管先生够不够。都説俺這東家好,誰想是塊擰筋肉。

第一、二兩曲爲“叠斷橋”無疑,第三曲却不是。從曲詞格律看,很像“耍孩兒”。類似這樣用法,在聊齋俗曲中尚少見,所以究竟是否爲"耍孩兒"很難遽定。根據《聊齋全集》本遺落的一段曲詞,"曲"後有"白",全篇似屬説唱體制,我推想第三段不是"曲",約是"數板"性質的散説。

此外,舊鈔本可補《聊齋全集》本的地方還有兩處:

(一)"三月"一節的第三段,"老先生歸故村"句下,《全集》本遺落:"來到家中添一悶,祇望腰纏十萬貫,誰想竟是無半文"三句。"指着"舊鈔本作"倚着"。

(二)"八月"一節的第三段,"日落何心聽猿叫"句下,《全集》本遺落:"暮雨蟄鳴夜長殘"一句。

用舊鈔本跟《全集》本對勘,差異處,以舊鈔本較佳。

三 讀《禳妒咒》曲

聊齋俗曲是研究蒲松齡文學創作方面比較重要的部分之一,而在研究明、清説唱文學方面,更是特别值得珍視的遺産,《聊齋全集》把這一部分資料加以整理、校點公刊,貢獻和成績是應予肯定的。但自《全集》出版以來,學者們不僅對聊齋俗曲的文學評價探索不够,即作爲一切研究工作的基礎,對所提供資料本身的研討也是不够的。

在通讀《全集》本聊齋俗曲時,如果能與目前流傳的一些舊傳鈔本對照,不難發現《聊齋全集》本在整理、校點上,是存在着若干缺點的。主要是:《全集》本選用底本不够精審,編訂工作亦多疏漏。無疑這對研究蒲松齡創作有一定程度的影響。今以《禳妒咒》曲三回爲例,根據與一種舊傳鈔本校讀結果,略舉脱落如下,以見一斑:

第七回《訂婚》。叙述高仲鴻的妻子去樊子正家爲長命提親抵達樊家時,在“倒扳槳”“進的門來四下裏觀,道路清幽氣象閑”一曲後,《全集》本緊接“江城容貌美如花,城北城南誰似他”一曲。從文意看似有缺落,江城出場没有交代。鈔本在兩曲之間,其實尚有兩段表白和一曲“倒扳槳”:

徐夫人從屋(裏)出來説:“呀! 是大嫂呢。你怎麽胡迷了,來到這裏!”拜了兩拜,彼此相讓,來到屋裏坐下。徐夫人(説):“衹怕沾了你的衣裳。”

“深宅大院享榮華,怎麽胡迷到俺家。大嫂請進屋裏坐,我叫江城去燉茶。”去燉茶,喜氣加,别後離情正似麻。

兩個正説話之間,江城從屋裏出來,笑嘻嘻的來到跟前説:“大娘好麽?”夫説:“好! 江城長的這樣的齊整,怪不的我兒就動了心。”

這裏不僅描述生動、細緻,而且下接“倒扳槳”“江城容貌美如花,城北城南誰似他”一曲纔不突然。

第十一回《私會》。在叙述江城被高家休斷一年多以後,樊子正一天路遇長命,《全集》本在“呀呀油”“告姐夫姐大,公婿相别一年餘”,一曲後,緊接就是“到家中家中,姐夫衹飲我兩三盅”一曲,兩曲間文意不相連貫。鈔本在這地方也有兩段表白和一曲“呀呀油”:

一言難盡。生下這樣妮子,教尊公和令堂生氣,我總然不成個人了。他今來也知道懊悔。没什麽説,我衹是謝罪爲主,還望姐夫海涵。

一年多年多,也叫老夫没奈何。大不是在江城,總然是我的過。我衹跪着跪着,哀告尊公和親家婆。把小女再收回,磕響頭一個個。

“寒舍不遠,姐夫先降。”公子説:“天色晚了,明日着罷。”

> 樊子正説:“隔着一箭多,也豈肯放姐夫走了呢? 請,請!”公子祇得跟他去也。

就全回看,這部分脱落處是減損了樊子正這一人物的描繪的。相類的情況也表現在第十三回。

第十三回《撾公》。叙述江城錯打了公公高仲鴻後,高仲鴻命人去請樊子正。在“子正下的馬來,到了宅裏。高公起來説:‘親家坐下,我請親家來奉求勸令愛。’子正跺脚説:‘呀! 他又作下甚麽惡事?’高公説:‘你聽我道來’。”這段表白後,《全集》本緊接是“耍孩兒”“便開言叫江城,做的事太不通”。曲詞的内容完全是作父親的責備女兒行動非禮,應由樊子正唱,但前接表白説的是高仲鴻,顯見有誤。鈔本在表白與此曲間,實有“房四娘”四曲、“耍孩兒”一曲與插入的數段表白:

> [房四娘]“老夫婦適剛纔,正喜他夫婦得初諧。方且一言未落盡,從空中掉下禍事來。哩喇嚠落。”
>
> 子正點頭:“嗯嗯,怎麽來?”
>
> “您女婿不成才,慌忙跑進面前來。我和賤荊纔放門,令愛凶凶跑進來。哩喇嚠落。”
>
> 子正説:“怎麽樣呢?”
>
> “怒冲冲走進來,抓住小兒大棍揣。老夫不曾躲的過,一棍捅來脖子歪。哩剌嚠落。”
>
> 子正説:“哎,反了,反了!”
>
> “今日裏親家來,良言好勸女裙釵。天幸若還能改過,依舊還傍到妝臺。哩喇嚠落。”
>
> 子正長呀了一口氣,説:“總是小弟傷了天理,積下這個東西。來,我就去宅裏勸他。”
>
> [耍孩兒]“請姐夫你休怕,他犯着你手着實排。打殺也

麽不説一句話,看來真畜類,知道那羞耻是甚麽。這樣東西要他啥,碎尸萬段還看那狼銜尾巴。"

江城上,説:"賊囚根子忽然要拌嘴,見我拿起棍來;便跑去藏在他達達那邊,做他的護身佛兒。孰不知,我怕公公麽?早被我打氣了一頓,出了這口惡氣。但祇見錯打了公公三下,也罷了,罷了!誰着他生這樣兒來?"子正到。江城説:"爹爹來做甚麽來?"子正説:"我看你氣死我也!"

然後接唱"耍孩兒"第二曲:"便開言叫江城,做的事太不通"。這樣,前後内容纔銜接無漏,方顯出情節生動形象完整。

從以上簡述,可瞭解目前通行《聊齋全集》本聊齋俗曲,在整理工作上所存在的缺點的一般情况。類此脱落處,都或多或少的關涉到作品的思想内容和藝術表現,直接影響着文學評價本身,這是研討聊齋俗曲時,不容忽視的。

蒲松齡通俗曲藝作品流布甚廣,傳鈔本亦多,部分曲詞且在蒲氏故鄉曾予傳唱。整理時若能注意及此,相信發現必多,其收獲當不止限於校訂異文,修補完整。

(原載1958年12月出版《曲藝論集》,北京:中華書局上海編輯所)

“太平年”鼓詞四種

“太平年”曲調最早本名“太平調”。1850 年刊刻本的《曲裏梅花》裏，保存着幾種珍貴的曲調，其中“正月里正月正，長坂坡前趙子龍”一曲，題作：“太平調”，傅惜華先生曾説：此調，即“太平年”，産生於嘉、道時，流行於北方。云云。這在時間的論斷上是正確的。嘉、道以前，這曲調并不見其他俗曲總集的著録；嘉、道以後，此調的流行却頗爲廣泛了。直到現在的“牌子曲”中，還在應用着。在這百餘年的流傳過程中，除習見的單作“小令”式的歌唱外，還有此調跟其他曲調合用的變體，“馬頭調帶太平年”曲調的出現，就比較早。現在流行於“牌子曲”裏的，也還是作爲“聯套”中的一曲而出現。

“太平年”是民間歌典的一種，也跟其他民間歌曲一樣，曾有過“重頭”曲體的規式。流行於南方的“山歌”，就有用它歌唱長篇故事的一般體例和方法，以及“彈詞”的寫作可以用長篇的“山歌”形式①。“太平年”也是如此，現在保存着若干種“鼓詞”，全篇即用此調的“重頭”曲組成。如果僅把這種“鼓詞”作爲“太平年”看，對於“太平年”曲調形式運用的發展，確是給我們啓示不小。從這幾種“鼓詞”，我們可以看到“太平年”曲體，在長時期流行過程中，曾

---

①見阿英著《彈詞小説評考》頁 85 至 92。

發展到了用幾十支"重頭"曲歌唱一個幾百句的故事①。這是應引起研究曲藝的人注意的。現就目前我所讀過的幾種"太平年"鼓詞,先擇四種簡略叙録如次,相信我所未讀過的爲數必多,希望今後能有機會陸續讀到。

一《白寶柱借當》

《白寶柱借當》一本,封面題:白寶柱借當太平年,京都致文堂板。木刻十頁,分上下兩欄,半頁八行,行十四字。全曲共二百七十句,由六十七支曲組成。

故事的内容,説是在保定府清苑縣柳林莊有一個姓張的人,"膝下無兒衹一女,一十七歲在閨門",白家堡的白天禄,"所生一子名寶柱,一十六歲正青春","姑表成親未過門"。一年六月,白寶柱的老師進城"會課"去了,他的窗友就引誘他晚間賭錢玩耍,結果"到清晨,太陽發,寶柱兩眼泪滴答;一夜輸錢三十吊(太平年),大家清賬把燈拿(年太平)"。賭贏的窗友逼他還賬,正在心中思量想不出好辦法的時候"忽然間,巧計生,何不到我舅舅家中;我把此事從頭講(太平年),别人不疼表姐疼(年太平)"。於是一直就跑到他娘舅的家中去找表姐張玉。

白寶柱見到張玉後,述説完借貸緣由,張玉最初聽説很生氣,經過白寶柱的哀求,張玉的叮嚀囑付,終於"忙回手,開皮箱,找出九件好衣裳;也是姑娘不小心(太平年),綉鞋一隻裹邊藏(年太平)"。白寶柱不知道衣服内夾有綉鞋,拿進當鋪後,當鋪掌櫃打

①"太平年"曲調的基本格式是七字句(或三、三,七,七,七,)四句,第三、四句尾接"太平年""年太平"腔。

開衣包發現了紅綉鞋，頓起邪心，想誣陷白寳柱後，“再找人，説裙釵，成其夫婦倆合偕”。掌櫃的揪着白寳柱進了衙門，白寳柱訴説了輸錢借當的始末。縣官發出簽票帶來張玉對證，真象大白。最後，縣官懲處了當鋪掌櫃，認白寳柱作義子；縣官夫人認張玉爲義女，“一齊送回本家去，擇選吉日把花燭完”。

故事的内容情節，大體即如簡述。

全篇固然是由於故事性較强，易於吸引聽衆。在結構安排的緊凑上，確實也有能以抓住聽衆的地方。譬如在典當時的描述，見官時的問答，都是非常出色的部分。

二《李方巧得妻》

《李方巧得妻》一本，小型木刻。封面題：“新刻”字樣。全曲并没注出是“太平年”，但與“太平年”鼓詞相校，此曲格式與“太平年”鼓詞相同，故知仍爲“太平年”鼓詞的一種。全書十頁，分上下欄。半頁八行，行十四字。共二百八十六句，由七十一支曲組成。

《李方巧得妻》所演述的故事，仍然是取材於男女愛情的題材。不過它的内容跟一般寫愛情故事的鼓詞不同，它的内容不是寫才子佳人，也不是寫“門第相當”的一對男女，它的男主人公是一位長工，而女主人公却是一位照例的小姐。這種題材在鼓詞中，不能不説是另辟蹊徑的了。從這種題材的選取，使我們聯想到一些長篇叙事的情歌，在表現封建社會的婦女要衝破封建的藩籬、改變自己的命運一點上，是十分相近的。其實，這正是我們民歌的傳統，衹是體現在鼓詞中，比較少見罷了。

事情發生在一個叫小集城的地方，“一人本姓汪，名字叫汪江，并無兒子一個姑娘；乳名蘭香十八歲，人物風流蓋世無雙”。

“日子也不錯,民地半頃多,做活的人兒雇着一個:名叫李方二十四歲,生的標致得了一個得”。在介紹了男女主人公以後,接續着就用十二個月的過程,描述了這對男女的愛情生活。

“正月裏,上了工”,汪蘭香就看中了李方:“蘭香姐兒留神看,從來没雇這樣長工。帽子是足青,青辮子三尺零,白光光臉旦豹子眼睛;天庭地格多端正,外代着一笑兩個酒坑。身子也不高,長的真苗條,令人一見魂上九霄……”

“二月二,艷陽天”,汪蘭香的父母出門看牌去了,汪蘭香就在這時向李方問起他家庭的情况,“人有幾口青春多大,娶的媳婦誰家的?”李方告訴她還没有娶親,汪蘭香聽説“原來婚未娶,‘你缺多少錢?’李方言説有若干:‘現錢存着二千二,添上活價二千三百三。’‘錢不少,何不娶妻?生兒養女留後世,同心合意把日子過。’李方説‘要有合式的。’”從此以後,作者通過了莊上看戲、過端陽、伏天和七月七的調笑、八月的拜月、九月的財神聖會等情節,連續用十九支曲子,描述了汪蘭香與李方的戀愛。作者在一開始時,就把汪蘭香寫成爲一個勇敢的婦女,所以在最後,“十月裏,冷清人,做活一年要散工;姑娘再三親囑咐:‘錢多錢少千萬連冬。二老不長錢,剔息望外盤,縫連補綻奴與你添;要花零錢望我要,餘外與你留着八百錢。’”這裏對汪蘭香性格的刻畫,更是深刻突出了。

“十一月,水成冰”,汪蘭香懷孕了,去跟李方商量,“扯李方,泪英英:‘哥哥活活你把奴家坑;奴家懷孕五個月。婆家知道了也不成。不如咱,去逃生,雇個小車去上關東。’李方聞言説‘不用,你我剔息豈不白扔,你有一千七,我有二千餘,破着一半與他打官司;偷着回上我家去,拜了天地就過日子。有生米,飯作成,當官斷回萬萬不能;衹用姑娘隨我講,敢保打個滿堂紅。’”就是這樣商議定了計劃,可巧這些話都被汪江從窗外聽去,汪江回到房中就把自己老婆駡了一陣,但是汪媽媽聽清了始末緣由後,却跟汪江不同,認爲這事没有什麽可生氣的,并且提出來她的安排:"'你與我,四十秋,一輩無兒一個丫頭;尋了個女婿癆病鬼,豈不耽誤女姣流。昨日個,在一傍,東屋三嫂對我説其詳;女婿不定早晚死,一連半月未起床。那李方,在少年,水水伶伶長的好看;女兒業已隨心願,一俊遮醜禮當然。'"結果,汪江被汪媽媽説服,汪江夫婦的計劃實現了,"有李方,與蘭香,天作之合配成雙"。最後,作者用五更順序的二十二支曲子,描繪了李方與汪蘭香結婚的場面,使全篇在充滿着歡樂氣氛中結束。

從上所述,可見此曲與一般鼓詞的不同處了。所以説它是一篇具有民間情歌風的鼓詞①。

三《雙妻傳》

《雙妻傳》一本,小型木刻。封面題:"新出雙妻傳""丟姑爺"。全書十三頁,分上下欄,半頁八行,行十四字。共三百八十四句,由九十六支曲組成。

《雙妻傳》故事的内容,是説永平府千安縣程家莊住着的程老五,膝下衹有一個兒子程保全,自幼訂下白玉莊姜家的女兒姜玉金爲妻。結婚時程保全衹八歲,姜玉金已十六歲。曲文從結婚開始,就描述了姜玉金早晚照顧這個小女婿的苦痛生活,由於她性格的良善,能忍耐,經過兩三個月的折磨,小保全居然喜歡了這位

① 現在河北省定縣,還流行着同一題材的民歌:《李方做活》;但故事情節甚簡略。夯歌中的《四貝上工》,故事情節也基本相同。

"姐姐"。一天,姜家接閨女,程保全"咧着大嘴泪交流"的非要跟去不可,姜玉金在無可奈何的情况下,遂帶着他回到娘家,車走在路上的時候,小保全就睡着了,車停在姜家門口還没有醒,於是就把他仍留在車上。

天黑以後,程保全睡醒。一看不是自己的家,正巧從大門裏面又跟出一隻狗,結果"小保全,泪連連,走出十里無人烟;又是哭來又是喊,鬧到足有二更天"。這時一個叫王和的路過,瞭解了情况後,"王和説,'跟我行,我今將你送家中'"。結果却是把他送給了永平府財主吕平,吕平無後,就給他起名叫吕祥,收爲義子。

也正是王和帶走程保全的時候,姜玉金叫他哥哥姜順去看程保全,發見姑爺不知去向。經過幾天查找,踪影全無,程老五得信就把姜家告了。"小姜順,托人情,銀子化足打點通。"但是"正逢欽差下關東",程老五又走到轎前喊冤告了一狀。受賄的劉縣官衹得派衙役去到白玉莊把姜玉金拿到,屈打成招,問成了剮罪。在行刑的那天,吕平帶着小保全出去閑玩,程保全看見姜玉金,"跑上前來拉衣衫:'姐姐别哭我來了!'姑娘一見嚇一跳。'哥哥你,妹夫來'。姜順歡喜間明白:'妹夫晚來一時刻,黄泉路上回不來。'"經過保全説明,遂昭雪了姜玉金的冤枉,以後,劉縣官認姜玉金爲義女,同時也把女兒蘭香許配給程保全,結果照例是夫榮妻貴、合家歡樂了。

就全曲内容關節看,是新奇的;故事性强。但在結束部分不脱一般鼓詞的窠臼,因而所反映的封建意識較濃,成就不高。叙述的語言也不像其他幾種作品那樣輕快、活潑,這也是作品的缺點。

四《綉鞋記》

《綉鞋記》一本，封面題：“綉鞋記太平年”“王定保借當”“京都致文堂板”。木刻小型本，全書二十一頁，分上下兩欄，半頁九行，行十四字。全曲共七百二十句，由一百八十支曲組成。在所見的“太平年”鼓詞中，這是一本較長的作品。

王定保借當的故事題材，在曲藝和戲曲裏是非常普遍的。“鼓詞”中流行的幾種：有説有唱的“鼓詞”裏有《綉鞋記》（又名《二女多情傳》）四卷；祇唱不説的“大鼓”裏也有《王定保借當》一段。它們叙寫的主要内容情節，大體上多跟《綉鞋記太平年》鼓詞相同，差異處祇是在細節的描寫上。一般講來，《綉鞋記太平年》鼓詞在語言運用方面，更爲簡煉、生動，這也正是它的特點。

《綉鞋記》的本事，無需再贅述了。

現在引録王定保去到張家借當頭的幾段，來看一下這本“太平年”鼓詞的特色：

主意定，不消停，邁步如梭走似風；
來至姑姑大門外，大門緊閉把栓横。
王定保，手拍門，驚動存姐女釵裙。
開門讓進王定保，彼此問好分主賓。
小存姐，便開言：“定下俺姐姐這幾年，
表兄少來好幾次，今有何事到此間？”
王定保，把話答：“姑夫姑母可在家？”
存姐聞聽回言道：“父母東莊去説茶。
有何事，問爹媽？”定保長嘆説根芽：
“我今到此來借當，姑父姑母不在家。”

存姐説:"你念書篇,不過拉下紙筆錢,
就該合我舅夫要,何用借當到此間?"
"表妹呀! 你聽言,因我膽大偷要錢,
也是爲兄不成器,一場輸了八吊錢。"
存姐聽,心膽寒;"哥哥你的膽包天,
吃酒頑錢量家業,輸了指着什麽還?
不凑巧,這機緣,父母出門無有還;
新鮮衣服穿了去,舊衣去當不值錢。"
王定保,要回還,存姐拉住又明言:
"説聲没有就要走,等我與你繞個灣。"
存姐説:"無針不引綫,真乃無水怎渡船。"
定保説:"别戲頑,幼女那裏轉借錢?"
"倫姐姐是你的妻,説起她來有剔息,
簪環首飾全都有,還有現做新鮮衣。
我去借當不費難,暫且一時挪挪肩。"
定保説:"雖是夫妻未從娶,别人聞知作笑談。"
存姐説:"你特心實,你知我知倫姐知,
我今替你辦此事,傍人如何知端的。"
定保説:"莫依遲,妹妹前去提一提,
行與不行快回轉。"存姐説:"一去必妥一定依。"
小存姐,不消停,款動金蓮往後行,
一直來至後院内,進了倫姐綉房中。
倫姐一見便開言:"你今看家不得閑,
大伯大娘回家轉,那時有空再來頑。"
存姐聽,把言開,尊聲:"姐姐聽明白:
心中今有爲難事,望祈相求到此來。"

"妹妹你,休胡説,閨門幼女無出閣,
水來是手飯來張口,可有何事把我托。"
小存姐,帶笑言,尊聲:"姐姐聽根源:
俺的表兄今到此,你猜他是誰家男?"
倫姐聽,滿面羞,罵聲:"蹄子臭丫頭,
原來故,打趣我,淡口曲舌信嘴嗝。"
存姐説:"話是實,哄你我是小狗子。"
倫姐聽他發下願,急忙樓根問端的。
小倫姐,把言開:"你表兄往時不長(常)來。
今日到此因何故? 快快對我説明白。"
"若提起我的表兄,終日南學把書攻。
同窗賭錢輸下賬,借當來到咱家中。
我爹娘,無在家,教我可與他什嗎?
無奈前來轉求你,可肯給他不給他?"
倫姐聽,不耐煩:"年輕輕的就要錢,
甚麽家業輸不净,不成器的小業冤!
提借當,却不難,有的是銀子有的是錢。
大雨下在空柳樹,也怕慣了他心裏邊。
妹妹你,别挂閑,有本輸來有本還,
這次不必把當借,看他頑錢不頑錢。
你要疼,你表兄,替他還錢把賬清。"
存姐聽説撂下臉:"姐姐説話不中聽,
你是夫妻不挂牽,俺是表親不相生。
他的手癢癢不長俊,他輸錢來叫他還。
無本事,把賬還,投河跳井把梁懸,
抹脖子眼青去上吊,你思前容易後悔難。

自怨我，多事端。"嘟（賭）氣出門就回還。
倫姐又惱又是氣，無奈伸手拉大衫：
我方纔，是戲言，那知妹妹不識頑。
不看他來也看你，還有妹子臉面闕。"
開箱櫃，指衣衫，一件一件俱新鮮；
印花包袱蛇皮帶，上拴一個古銅錢。
小倫姐，不小心，綉鞋一隻裏邊存，
回手又拿錢一吊，還有三兩雪白銀。
叫："妹妹，你聽着，你要叮嚀你王哥，
此當本是奴偷借，外人不可對他說。
你勸他，别頑錢，這銀這錢不用還；
當票早早贖給我。""姐姐不必挂心間，
你夫妻，未過門，此話怎肯告别人？
咱們作事咱知道，除了咱三還有誰？
俺王哥，他顧羞，外人怎肯把眼丢。
你的這銀錢不要我知道，心裏厚些别細揪。"
倫姐聽，面羞慚，駡聲："丫頭太嘴尖，
俏皮話兒真不少，輕輕賤賤扯瘋顛；
你不相，女嬋娟，蹄子信口瞎胡談。"
説着舉手纔要打，小存姐挾着包袱一溜烟。

這裏所移録的稍多，但對瞭解它與其他"鼓詞"的異同，亦可見一斑。的確，從這段引文也充分使我們體會到作者的藝術修養，三個主要人物的性格躍然紙上，描寫是相當成功的。

在全曲結束王定保借當關目後，接續着還寫了"倫姐哭瓜""倫姐搭救小存姐"等關目。頗爲冗贅，這可能是受有説有唱"鼓詞"《綉鞋記》的影響。

《白保柱借當》有些地方跟《綉鞋記》非常相似，因而可推想：《白保柱借當》的寫成，或在此"太平年"鼓詞之後，爲了聽衆的要求，暗襲敷衍而成。

（原載 1958 年 12 月出版《曲藝論集》，北京：中華書局上海編輯所）

馮夢龍輯集的《挂枝兒》

“挂枝兒”是在明萬曆間盛興的一種民間歌曲的曲調，當時傳唱之盛，我們從明人著作中評及它的文學價值的記載之多，和在明、清之際通俗小説中屢屢以此調作爲嘲謔之用的情況，是可以瞭解一些的①。但是留存下來的曲詞，却是相當零散，僅衹是浮白山人《適情十種》中選輯的《挂枝兒》、醉月子選輯《新鐫雅俗同觀挂枝兒》，以及明、清戲曲選本中收録的、通俗小説中使用的約二百首作品。其中最爲人所熟知的，要算浮白山人從馮夢龍輯的《挂枝兒》中再選輯的《挂枝兒》四十一首了②。

“挂枝兒”有輯集本最早的記載，是在明王驥德著《曲律》卷四《雜論》下裏告訴我們的：

> 小曲“挂枝兒”即“打棗竿”，是北人長技，南人每不能及。昨毛允遂貽我吴中新刻一帙，中如《噴嚏》《枕頭》等曲，皆吴人所擬，即韵稍出入，然措意俊妙，雖北人無以加之，故知人

①明人著作中涉及“挂技兒”的各種記載，除沈德符《萬曆野獲編》，顧起元《客座贅語》，尚有：袁宏道《錦帆集》《袁中郎全集》中《尺牘》，陳啓源《毛詩稽古編》，賀貽孫《詩筏》，卓珂月《古今詞統》，錢謙益《列朝詩集丁集》等書。明、清之際通俗小説使用“挂枝兒”的有：《三言》《二拍》《石點頭》《西湖二集》《童婉争奇》《禪真逸史》《歡喜冤家》《樵史演義》《一枕奇》等書。

②醉月子輯的《新鐫雅俗同觀挂枝兒》，亦是馮夢龍輯集的《挂枝兒》的選本。

情原不相遠也。

這裏提到的《噴嚏》一曲，見於浮白山人的選本，故知浮白山人選輯時所依據的原底本，實際就是這"吴中新刻一帙"[①]。從《山歌》自序所説："……其功於'挂枝兒'等。故録'挂枝'詞，而次及山歌"，明馮夢龍在輯集《山歌》之前，已輯集過"挂枝兒"，那末，王驥德所説的"吴中新刻一帙"，輯集者實際就是馮夢龍。因而當時遂有"馮生《挂枝兒》樂府"盛傳海内的情况。

馮夢龍輯集的《挂枝兒》原集，是研究明、清民歌的學者所注意搜求的，人們曾經"以未得讀其全書爲憾"。不意最近讀到了一部題作："挂枝兒"的傳鈔本殘卷，在匆匆閲讀後，發現它正是久爲人們所覓求的"馮生《挂枝兒》樂府"。我們能讀到當時"舉世傳誦，沁人心腑"的那麼許多歌詞，解决了一些有關"挂枝兒"的問題是值得欣幸的。

這部《挂枝兒》是殘本，我所讀到的傳鈔本無序跋，也無輯集者的姓名，但是從它殘存的内容，是可論定就是馮夢龍所輯集的《挂枝兒》，也就是我們所知名的《童痴一弄》。以下兩點即爲明證，在這書的歡部卷二《感恩》首的附注中曾説：

"生則願同衾，死則願同穴。"李三郎千古情語。余有《憶侯慧卿》詩三十首，末一章云："詩狂酒癖總休論，病裏時時晝掩門。最是一生凄絶處，鴛鴦冢上欲招魂。"亦此意。

這裏所提及的侯慧卿，據馮夢龍所寫的《怨離詞》（見《太霞新奏》卷七），和他的朋友董斯張對該詞的評語，知爲當時的名妓，曾與馮夢龍相戀，後别去。馮夢龍除寫有《怨離詞》外，還寫有《怨離

---

①浮白山人《挂枝兒》選自馮夢龍輯集的《挂枝兒》卷一 7 首、卷二 5 首、卷三 8 首、卷四 2 首、卷五 6 首、卷六 2 首、卷七 4 首、卷八 7 首，共四十一首。

詩》三十首。可見這附注中的"余",實即馮夢龍自指。又在隙部卷五《負心》一首的附注中說:"語云:痴心女子負心漢。然世不少痴心漢子負心女。以余所睹妓張潤三郎一事,衹兼之矣。"以下叙張潤事,文全同於馮夢龍著《情史》卷四《張潤傳》。據此,更可知書中的附注出於馮夢龍之手。因而可斷言這部《挂枝兒》實由馮夢龍所輯集,絶無可疑。

這部《挂枝兒》殘本現存八卷半(即卷一至卷八,卷九僅存一部分),根據編輯的體例和《童痴二弄》相較,全書當爲十卷。每卷均有一字標目以示部别:①

私部卷一　收四十首;其中有《五更天》聯套一,實收應爲四十四首。

歡部卷二　收三十首;其中《陪笑》爲二首,《阻雨》爲四首,實收應爲三十四首。

想部卷三　收四十六首。

别部卷四　收十二首;其中《送别》爲二首,實收應爲十三首。

隙部卷五　收六十一首;其中《交惡》爲二首,《多心》爲二首,實收應爲六十三首。

怨部卷六　收二十七首。

感部卷七　收二十六首。

咏部卷八　收八十二首;其中《蝴蝶》爲二首,實收應爲八十三首。

謔部卷九　殘存十一首;其中《鴇妓問答》爲二首,實殘存十二首。

①《最娱情》(周氏言言齋曾入藏)輯録的百數十首"挂枝兒",亦分"私部""歡部""想部""别部"等十部,其編輯體例與這部《挂枝兒》同,或亦由此出。

全書現存曲數是三百四十八首，把評語中所涉及到的“挂枝兒”再計算在内，實存約三百九十五首。如果原書確爲十卷，則這部《挂枝兒》所收的曲數將在四百首以上，這在我們現存的民間小曲集中，不僅是前所未有的巨製，也是在現存明代民間小曲集中所僅見的總集①。

曲詞中間嘗有夾批，曲詞末間亦有附注或評語。根據這一部分材料，可知馮夢龍在輯集時，是曾經仔細選擇或個别的删改訂定，例如私部卷一的《耐心》：

> 熨斗熨不開眉間皺，快剪刀剪不斷我的心内愁，綉花針綉不出鴛鴦扣(恨此句)。兩下都有意，人前難下手。該是我的姻緣，哥(哥字襯得有情)，耐着心兒守。
>
> 後四句，一云：“兩下情都有，人前怎麽偷。衹索耐着心兒也，終須着我的手。”亦佳。然末句太露。一又云：“香肌爲誰減，羅襪爲誰收。這一丢兒的相思也，何日得罷手。”亦未見勝。

從夾批可看出他對這首曲詞的意見，同時也可以瞭解了他論曲的觀點；從附注可以看出他在輯集時是經過了考慮抉擇，同時又使我們讀到了當時傳唱中的幾首同一主題而内容略有不同的曲詞。可見馮夢龍在輯集時，是用很嚴肅的態度在工作着。至於删改訂定，除去有他自己改定的，也還用他朋友改定的，這也多在附注裏加以説明。例如私部卷一的《贈瓜子》，附注中説：

> 首句舊云“瓜仁兒本是個清奇貨”，甚無謂。

他所改定的首句，則是：“瓜仁兒本不是希奇貨。”的確，所改定的是較舊作更有情致些。再如歡部卷二的《感恩》，更在附注中直接

①此集輯成約在明萬曆三十六年(1608)。

説明是他自己的改定：

第二句係余所改，舊云："願祇願我二人做一對夫妻。"反覺少味。

他所改定的第二句是："願祇願我二人相交得到底。"由他朋友所改定的，例如想部卷三的《病》的第三首附注説：

末句舊云："除是黄泉路上來趕。"情亦慘至。南園叟改："切莫要身後將奴想。"頗雅，用之。

因此，過去對馮夢龍删改訂定"挂枝兒"的意見，由於"馮生《挂枝兒》樂府"的發現，是需要重新認識了。

在這部作品中，曲詞的來源比重最大的部分，應該説還是民間的；馮夢龍自己所創作的或是他朋友所擬作的，附注説明中可予確定的祇有十二首。馮夢龍自己創作的有四首，今列舉於下：

(一)《謝杜康》①

杜康哥我把你作恩人叫，虧殺你造下酒成就了多少相交。三杯落肚其實妙：春興虧你發；春愁虧你消；生澀澀要去的冤家也，虧你弄醉留住了。

(見私部卷一《罵杜康》附注)

(二)《送别》

據你説燒窑人教我怎麽不氣？磚兒厚瓦兒薄既是一樣泥。把他做磚我做瓦，未爲無意。便道頭頂着，我到與你攪風雨。那脚踹的吃甚麽虧，頭頂的是虚空也，脚踹是着實的。

(見别部卷二《送别》第四首附注)

(三)《湯婆子》

湯婆子本是個耐歲寒的情性，一謎裏熱心腸和你温存。

①浮白主人《挂枝兒》已選録。

綉幃中錦被裏多曾幫襯，虧我伴過了三冬冷，你又別娶了竹夫人。你兩個貼肉的相親也，就放我在脚跟頭，你也還不肯。

（四）《竹夫人》

竹夫人你是伶俐的，休爲湯婆悶；湯婆子你是老成的，也莫怪竹夫人。你兩個各自去行時運，冷時節便用湯婆子，熱時節便是竹夫人。我與你派定休爭也，各自耐着心兒等。

（均見咏部卷八《竹夫人》第一首附注）

他朋友所創作的八首是：米仲詔一首題作："打"（歡部卷二）；董遐周一首題作："噴嚏"（想部卷三）；白石主人一首、丘田叔三首均見題作："送別"（別部卷四）的附注；黄方胤一首題作："是非"（隙部卷五）①；李元實一首題作："骰子"（咏部卷八）。過去我們曾認爲《噴嚏》這首名作是經過馮夢龍删改訂定的或是模擬創製的，根據此集這首的附注告訴我們：它既不是來自民間經過訂定的，也不是馮夢龍自己創作的，而是他的朋友所作。附注説：

此篇乃董遐周所作。遐周曠世才人，亦千古情人。詩賦文詞靡所不工，其才吾不能測之；而其情則津津筆舌下矣。顧言則嚏，一發於詩人，再發於遐周。遂使無情之人，噴嚏亦不許打一個，可以人而無情乎哉！

董斯張的生平創作我們知道的不多，這段附注中提供給我們一點材料，是頗足珍貴的。至於米萬鍾尚寫有"挂枝兒"，更是我們前所未知的。所寫的《打》其情真摯，今録於下：

幾番的要打你莫當是戲，咬咬牙我真個打不敢欺。纔待打不由我又沉吟了一會，打輕了你，你又不怕我，打重了我又捨不得你。罷，罷，罷，冤家也，不如不打你。

①浮白主人《挂枝兒》已選録。

近四百首的作品中,僅有很少的一部分可確知是擬作,説它們多是出於文人學士之手的看法,顯見是應予修正了。

這部"挂枝兒"集的内容是非常豐富的,大部分是寫男女情愛的戀歌。優秀的作品是真摯感人,質樸可愛的。明卓珂月論述時説:"爲我明一絶耳"(見陳宏緒:《寒夜録》引),從其中精華部分看,誠非虚語。

[補記]

此書已經中華書局上海編輯所作爲《明清民歌時調叢書》之一出版。底本即用上海圖書館藏寫刻本殘卷,并用姚梅伯《今樂府選》第一九二册所收"耍詞"《挂枝兒》上、下卷校補。

(原載1958年12月出版《曲藝論集》,北京:中華書局上海編輯所)

小曲小記

一　“重頭”曲體的“挂枝兒”

“挂枝兒”曲興起在16世紀末葉，17世紀初的時候曾盛行一時，到17世紀中葉以後，流行却漸少了。這種情况，許多學者都已談到，無需贅述。

就現存於曲集中的“挂枝兒”看，其中均是屬於“小令”一類，内容也多是抒寫情懷，“措意俊妙”的作品。但就文獻證據看來，它在流行的當時，除去“小令”以外，也還有着“小曲聯套”的規式。《金瓶梅詞話》第七十四回中叙述説：

> 申二姐……先説道：“我唱個‘十二月挂真兒’與大妗子和娘每聽罷。”於是唱道：“正月十五鬧元宵，滿地焚香天地也燒”一套。

“挂真兒”即“挂枝兒”，可見“挂枝兒”盛行的時候，用“重頭”小曲規式歌唱的情况是存在的，甚或是流行的。可以想象，盡管它的内容還可能多是抒情的，但這種規式比起“小令”要迂曲細密，更易於抒發情感。可惜，這種“重頭”小曲的聯套曲子，在今日讀到的明、清民歌總集或選集裏，并没能遺存下什麽作品，不像“駐雲飛”“銀紐絲”“玉娥郎”“七香車”和“九連環”等曲調，還保存着豐富多采的“小曲聯套”。

這種情況,是易於引起明、清民歌研究者注意的。尤其讀到明沈德符在《萬曆野獲編》卷二十五曾說:

……又有“打棗杆”“挂枝兒”二曲,其腔調約略相似,則不問南北,不問男女,不問老幼良賤,人人習之,亦人人喜聽之,以至刊布成帙,舉世傳誦,沁人心脾。

因而獲讀、探索“挂枝兒”及其“重頭”小曲的願望更爲迫切了。因爲,就現存“挂枝兒”小令看,對於“打棗杆”“挂枝兒”二曲的“腔調約略相似”情況,已有定論;而對於“不問南北,不問男女”的歌唱情況,却還難予充分説明。這是研究“挂枝兒”的學者們所關心的。

現在,就我輯録到的兩套“挂枝兒”“重頭”小曲,簡單的談談。

明馮夢龍編輯的《挂枝兒》曲集卷一“私部”,有一篇題作《五更天》的“小曲聯套”。原文:

俏冤家約定初更到,近黄昏、先備下酒共肴。唤丫環等候他,休被人知覺。铺設了衾和枕,多將蘭麝燒,熏得個香香也,與他今宵睡個飽。

二更天,盼不見人薄倖。夜兒深,人兒静,我且掩上門,待他未彈指時,我這裏忙答應。怕的是寒衾枕,和衣在床上蹭。還愁失聽聽門兒也,常把梅香來唤醒。

鼓三更,還不見情人至。駡一聲短命賊,你擔閣在那裏。想冤家,此際多應在别人家睡。傾潑了春方酒,銀燈帶恨吹。他萬一來敲門也,梅香不要將他理。

四更時,纔合眼朦朧睡去。衹聽得咳嗽響把門推,知可是冤家至。忍不住開門看,果然是那失信賊。一肚子的生嗔也,不覺回嗔又變作喜。

匆匆的上床時，已是五更鳴唱。肩膀上，咬一口你實説，留滯在何方。説不明，話不白，便天亮也休纏帳。梅香勸姐姐，莫負了有限的好風光，似這等閑是閑非也，待閑了和他講。

明末清初署名花朝樵子撰《樵史通俗演義》卷四，第十六回“奸臣得娋姬殞身，惡璫有義奄殉死”中，敘述魏忠賢被發解去鳳陽路過阜城縣，夜晚歇宿在尤克簡家，“有個京師人姓白，幼時曾讀幾年書，學得些‘挂枝兒’，在外廂唱，要他聽得”的時候，就引録了白某所唱的“挂枝兒”“重頭”小曲五支。也是用“五更”的規式。原文：

聽初更，鼓正敲。心兒懊惱。想當初，開夜宴，何等奢豪。進羊羹，斟美酒，笙歌聒噪。如今寂寥荒店裏，衹好醉村醪。又怕酒淡愁濃也，怎把愁腸掃。

二更時，展轉愁，夢兒難就。想當初，睡牙床，錦綉衾裯。如今蘆爲幃，土爲坑，寒風入牖。壁穿寒月冷，檐淺夜蛩愁。可憐滿枕凄凉也，重起沿房走。

夜將中，鼓鼕鼕，更籌三下。夢纔成，還驚覺，無限嗟呀。想當初，勢傾朝，誰人不怕。九卿稱晚輩，宰相謁私衙。如今勢去時衰也，零落如飄瓦。

城樓上，鼓四敲，星移斗轉。思量起，當日裏，蟒玉朝天。如今別龍樓，辭鳳閣，凄凄孤館。鷄聲茅店月，月影草橋烟。真個目斷長途也。一望一回遠。

鬧攘攘，人催起，五更天氣。正寒冬，風凛冽、霜拂征衣。更何人，效殷勤，寒温彼此？隨行的是寒月影，吆喝的是馬聲嘶。似這般樣荒凉也，真個不如死。

接續曲詞之後説：“……衹聽是外廂五更傳郎郎唱過，句句譏諷忠賢。”點明引録此曲的命意。

根據這現存的兩套“挂枝兒”“重頭”小曲，我們便可以充分的瞭解到這種“聯套小曲”的規式，正跟其他曲調的套曲一樣，同調數曲聯用反復抒寫的結果，使得作者要表現的感情、思想、性格更爲豐富深刻了。“小曲”不像詩詞那樣格律嚴格，同一曲調的字句可長可短，在藝術表現手法上自然比較易於處理，所以“重頭”曲體同樣會寫得生動活潑、豐富多采的。

這兩個套曲的時代，依據著録的原書推斷，《挂枝兒》成書約在 1608 年左右，《樵史通俗演義》成書約在 1658 年左右，“挂枝兒”“重頭”小曲規式的出現，或正是“挂枝兒”曲子由盛行逐漸趨向衰落的時期。一般常説“挂枝兒”傳至清代便一蹶不振了，其實清初時并不然，衹是保存下來的文獻有限罷了。

從《樵史通俗演義》引録“挂枝兒”套曲的情況看來，我們尚可知道：

（一）“挂枝兒”曲調最初流行於北方，漸也流行於南方，最後“不問南北”均傳唱的説法，無可質疑。

（二）“挂枝兒”曲本，曾是稍“讀幾年書”的人們學習歌唱的藍本，從而可以隨意編换新作，故明代又有不少作家從事擬作。

（三）歌唱“挂枝兒”曲子的固然習知女子爲多，男子歌唱的情况也并不鮮見，故“不問男女”都能歌唱。

明沈德符《萬曆野獲編》裏的論述，是完全證實了。

明代通俗小説中嘗以“挂枝兒”小曲作嘲謔諷刺之用①，這手法直到清初的通俗小説作家們還在應用，《樵史通俗演義》就是明

①如《恒言》卷三《賣油郎獨占花魁》三首，《初拍》第二十二回一首，《二拍》第十四回一首，《歡喜冤家》第十二回一首，《禪真逸史》第二十五回五首等等，都是以“挂枝兒”作嘲諷用的。

證,這更是可以補充前人説法不足的地方。“挂枝兒”實際上在17世紀末葉尚流行。

[附記]

《樵史通俗演義》現存滿語譯本,這對用滿語歌唱小曲的問題,提供了資料。

二 “金紐絲”

清乾隆九年(1744)刊刻的俗曲集《萬花小曲》一書中,除收有“銀紐絲”曲調的聯套外,還收有標作:“金紐絲”曲調的聯套一種。“金紐絲”曲調的名目,在别種明、清的俗曲集裏是未見著録的,因而傅惜華先生在《乾隆時代之時調小曲》一文中曾説:

> “金紐絲”一調,從未見其他俗曲總集采録,遍稽明、清人載記,亦無言及者,淵源所自,容俟異日之發見。

“金紐絲”曲調在《萬花小曲》以外,確是不見於其他明、清俗曲總集或選集,在有關明、清俗曲的文獻和明、清人的論著中,也的確没有談到它的。但是根據《萬花小曲》所采録的“金紐絲”本身,特别是再以蒲松齡創作的聊齋俗曲所提供的資料加以研究,對以上論述,却可略予補充修正。

《萬花小曲》中的《四大景》“金紐絲”聯套,如果以每曲的曲調格律句式論,它與“銀紐絲”是相同的。舉例看,《萬花小曲》中收録有“銀紐絲”聯套,其《五更》的第一曲是:

> 一更里難挨燈落也花,喬才戀酒在誰家。自嗟呀,叫人提起泪如麻。多因是你乖,非於是俺差。枕邊言錯聽了當初話,思量别尋個俏冤家。又恐怕温存不似也他;我的天哪!

撇下難，難撇下。

而“金紐絲”的第一曲是：

春景融融花正也芳，繁華獨自巧梳妝。想才郎，等閑瘦損减容光。蜂兒戲牡丹，蝶兒戀海棠。呀教奴對景心悒怏，冤家別戀俏紅妝。把我恩情一旦也忘，我的天哪！別樣（撇漾）難，難別樣（撇漾）。

很明顯，除襯字微有不同，二曲的格律句式全相同。“銀紐絲”曲調用重頭聯套規式時，多寫“四季”“五更”“十二月”等内容，集中所收的《四大景》“金紐絲”，實際應是“銀紐絲”。

然而“金紐絲”曲調，在17世紀時是曾流傳着的，不僅因《萬花小曲》的提名可以得知，更從蒲松齡所創作的聊齋俗曲中，可得到進一步的瞭解。

聊齋俗曲衍《聊齋志異》《張鴻漸》故事的《磨難曲》或《富貴神仙曲》裏，就曾運用過“金紐絲”的曲調。在《磨難曲》第十二回《思家》或《富貴神仙曲》第五回《聞唱思家》中，叙述張鴻漸一日出外游玩，被一個初識面的朋友拉進酒館吃酒，那朋友説：“咱倆這悶酒難吃，吩咐酒家叫一個唱曲子的來。”唱曲子人所唱的，最初是“銀紐絲”《五更》，以後就是一套四季的“金紐絲”。這插曲在内容上和形式上都接近原型，曲調的原文是：

［金紐絲］

春來到，花徑生塵，風飄萬點正愁人。家鄉萬里無音信，想你泪紛紛。你那裏殷殷勤勤，杏花插烏雲；却有誰看着俊，誰望着親。

夏來到，荷葉如錢，一榻清風萬樹蟬。終朝衹把家鄉盼，想你好心酸。你那裏愁病懨懨，弓鞋雖綉完；穿與何人看，誰把你來憐。

秋來到，落葉颼颼，螢火高飛直逼樓。此時難把孤單受，想你日日愁。你那裏唧唧啾啾，萬恨在心頭；雖把眉兒皺，泪珠兒交流。

冬來到，長夜如年，室帳孤燈照影寒。床頭衹熬的更鼓斷，想你泪潸潸。你那裏孤孤單單，獨抱綉衾眠，不知如何的盼，咋樣的難。

據此，可見“金紐絲”在曲調格律句式上，與“銀紐絲”完全不同，其曲式，實應如《磨難曲》或《富貴神仙》中引録所示。

蒲松齡創作的聊齋俗曲所用的曲調，不少是明代舊曲，“銀紐絲”曲調在明王驥德、沈德符等人的著作中均曾論及。“金紐絲”曲調在使用上與“銀紐絲”情形很相近，且有關聯處，這從聊齋俗曲的用例可予證明，故此曲調產生時間，約距“銀紐絲”不遠，推想亦當在 16 世紀末葉。17 世紀時此曲調尚流行民間，蒲松齡創作聊齋俗曲遂得汲取。衹不過它不如“銀紐絲”那樣盛傳，所以記載甚少乃至錯訛；《萬花小曲》采録有誤，却淵源有自。①

蒲松齡采用小曲聯套體制創作説唱俗曲，有獨創性的成就；而其間還保存了已失傳或罕見的曲調，這也是治曲藝史的人所應珍視的資料。

［附記］

（一）聊齋俗曲所采用的曲調異常豐富，以《磨難曲》《富貴神仙曲》《禳妒咒》《蓬萊宴》等爲例，即在四十種以上，如：

西江月、山坡羊、要孩兒、疊落金錢、黄鶯兒、銀紐絲、羅

---

① 四川“清音”中，尚流存“金紐絲”調，曲詞亦寫四季（瀘州藝人又稱之爲“全金紐絲調”）。調式較繁，當係此調發展衍變而成。

江怨、清江引、疊斷橋、西調、呀呀油、劈破玉、刮地風、哭皇天、玉娥郎、鷓鴣天、金紐絲、雁兒落、園林好、皂羅袍、香柳年、還鄉韵、鬧五更、房四娘、罩歌、鴛鴦錦、蝦蟆曲(歌)、滿調、楚江秋、憨頭郎、對玉環、乾荷葉、僥僥令、收江南、桂枝香、太平年、平西調(歌)、大哭皇天、哭笑山坡羊、沽美酒帶太平令。

等等。其中"園林好"以前諸曲調,均見於《萬花小曲》《絲弦小曲》《霓裳續譜》等俗曲集;其餘部分曲調亦或見於記載。由此可見蒲松齡在創作時汲取時調小曲的廣泛,足以説明蒲氏對民間曲藝的重視和喜愛。

(二)聊齋俗曲用小曲聯套衍述長篇故事,實是明以來小曲聯套使用的進一步發展。明成化間刊刻的《賽駐雲飛》集中的《題西厢記》,即以十七曲組成的代言體小曲聯套,衍述崔、張故事的《佳期》《拷紅》關目;《萬花小曲》集末亦收有以二十八曲組成的《閨女思嫁》叙述體的聯套(《萬花小曲》一書雖晚於蒲松齡二十餘年刊刻,但所收俗曲多爲明以來的舊曲)。可知這種體制在明、清之際已頗流行,蒲松齡遂依此爲張本,根據寫作的實際需要,有所變化和發展的進行了創作。若以聊齋俗曲諸作運用曲調情形看;《墻頭記》《寒森曲》《幸雲曲》全部用"耍孩兒";《俊夜叉》在用"耍孩兒"時,起始用"西江月",結尾前插入"劈破玉",結尾時仍用"西江月";《蓬萊宴》起始和結尾是"西江月"和"清江引",中間用"耍孩兒""銀紐絲"等五調;《富貴神仙曲》用十四、五調;《禳妒咒》約用三十調;《磨難曲》則多至三十五、六調。這情况雖不標示蒲松齡創作聊齋俗曲時的行徑路綫,要之,却足以説明蒲氏運用小曲聯套插入表白,或叙事或代言的衍述故事所作的努力和貢獻,實是近世説唱文學中"牌子曲""鼓子曲"(如"南陽曲子""蘭州鼓子"

等）的濫觴。

（三）趙景深先生懷疑《墻頭記》《寒森曲》《幸雲曲》《俊夜叉》四種是“道情”。因鄭板橋的“老漁翁”實即“耍孩兒”調。

三 “十和諧”與“十六不諧”

1744年北京永魁齋刊刻的《萬花小曲》中，收有題名“十和諧”的小曲聯套二種，傅惜華先生曾説：

> ……集中尚有“十和諧”兩套，亦不詳其出處，每首均以“十和諧”字樣冠諸句首。（《曲藝論叢》頁67）。

這兩套情歌在明、清人的小曲總集或選集裏，確是非常稀見的作品，當時人的記載裏也很少談到。但是它的淵源、流布情況，却是可以依據現存的少許資料，約略瞭解一些的。

明醉月子選輯的《新鐫雅俗同觀挂枝兒》一書，最後就附有“十和諧”一套。這書刻於明崇禎年間，可知這類小曲套數，在1628至1643年間已經流行。

清醉墨齋主人編著的《雙玉杯傳》彈詞，《院樂》一回裏曾保存了當時流行的幾支小曲，其中收録的一種，就是明馮夢龍《山歌》卷一裏提到的“十六不諧”小曲聯套。它的内容大體跟“十和諧”一樣，衹是“和諧”作“不諧”和增添了幾個關目而已。拿它來跟《萬花小曲》所收的第一種“十和諧”比勘：“一不諧”至“四不諧”跟“一和諧”至“四和諧”相同，“六不諧”跟“五和諧”相同，“九不諧”至“十一不諧”跟“六和諧”至“八和諧”相同，“十四不諧”跟“九和諧”相同，“十六不諧”跟“十和諧”相同。至於增添的六支曲，却顯得繁冗，措意并不雋妙。從這裏是可以看到這類型的套曲，在流傳時内容和形式變化的一斑了。

《雙玉杯傳》彈詞的刊刻本，習見的有四種，記載年月的兩種：一在清嘉慶辛未，一在清道光戊子。醉墨齋主人的序言署於清嘉慶辛未，因知此書約成於 1811 年前。“十六不諧”套曲應該就是直到這時還流行於南方的小曲。這時，距離它流行最早的記載，約晚了兩世紀。距離最早的“十和諧”，晚一百六十八年到一百八十三年，距離《萬花小曲》著録“十和諧”的時間亦晚六十七年。我們可瞭解到一種類型的小曲在二百多年間流布衍變情況，是不能不感覺欣幸的。

［補記］

胡士瑩先生來信説：“‘十六不諧’明代已有之，見馮夢龍《山歌》卷一《睃》字條附録。馮夢龍幼時已聞此曲，則較‘十和諧’更早三、四十年矣。總之，此等小曲，均爲明代產物；產生年代，當在嘉靖前後。”論證確切，據以訂補。特此聲謝。

四　“小曲聯套”《三國五更》

“五更調”曲體，在“小曲聯套”中可算是流行比較普遍，起源也比較早的一種了。從現存資料中保存的“各家規式”看，不標曲調直接用一種所謂“五更調”譜成的曲子，數量固然較多；而用一曲調的“重頭”小曲五支組成的“小曲聯套”，數量也頗不少。1471 年北京魯氏輯刻本《駐雲飛》裏，就有用“駐雲飛”一調“重頭”小曲五支組成的《咏五更離情》套曲；1608 年左右馮夢龍輯刻的《挂枝兒》裏，就有用“挂枝兒”一調“重頭”曲五支組成的《五更天》一套；1744 年刊刻的《萬花小曲》裏，就有用“銀紐絲”調“重頭”曲五支組成的《五更》套；1828 年刊刻的《白雪遺音》裏，也有用“銀紐絲”五曲組成的《盼五更》和“九連環”五曲組成的《五更》套。甚至在所謂“南詞”裏，也有用五曲聯成的《五更佳期》，“吴歌”裏也有用五曲聯成的《五更》套曲。① 以後的單刊本、鈔本裏，還零星的保存了些。這對明清民歌的研究，的確是提供了寶貴資料，值得重視。

這類套曲叙寫的内容，跟一般常見的明、清民歌一樣，多是情詞，特别是抒寫男女怨慕離别的戀情作品，占了絶大多數。很明顯，采用這種“規式”，正因它更易於充分抒發那烈火一般的戀情。

但，明、清民歌裏的小曲還不單多是情詞，“小令”中還有叙寫小説戲曲故事内容的作品。像：《白雪遺音》卷一“馬頭調”類，就有《桃園結義》《三國志》《火燒赤壁》《單刀赴會》等曲；《駐雲飛》裏也有譜《西厢記》《東墻記》等雜劇故事的“駐雲飛”《咏聽琴》《董秀英聽琴》等曲。在“小曲聯套”中，這類題材的叙寫却鮮見了。這裏我想介紹的《三國五更》，就是用同一曲調的“重頭”小曲五支，譜叙《三國志演義》故事内容的“五更調”曲體的“小曲聯套”。

《三國五更》一本，木刻四頁，半葉五行，每行十一字。封面題：“新出三國五更”。根據版式曲文，約爲清同、光間刊刻本。全文是這樣：

> 一更古（鼓）裏天，三國戰中原。孟德領兵下了江南，代領着人馬八十單三萬，八十單三萬。孫權心膽寒，坐卧不安然，忙將文武選上金鑾。文官投降武將要争戰，武將要争戰。
>
> 二更古（鼓）裏速，孔明到東吴。順説孫權，舌戰群儒。見周郎先念《仝（銅）雀付（賦）》先念《仝（銅）雀付（賦）》。周

①《五更佳期》曲見《白雪遺音》卷三；《五更》曲見《萬花小曲》。

瑜心惱恨,惡氣衝肺腑,罵聲曹賊太是欺負。吴傳將令,忙把曹兵誅,忙把曹兵誅。

三更古(鼓)裏排,蔣幹過江來。周瑜妙計早以(已)安排,一封書斬了張和蔡,斬了張和蔡。叫聲老黄蓋,年老英雄在,苦肉計願把打來挨,青牙齊(旗)安排火藥在,安排火藥在。

四更古(鼓)裏發,大霧紛紛下。草般借箭,十萬狼牙。魯子敬心中他害了怕。草船亂如麻,鐵貨(鎖)亂交加。連環妙計龐統先定下,七星臺上借下東風大,借下東風大。

五更到天明,大喊不住聲。火砲連天,滿江通紅。八十三萬人馬燒了個净,燒了個净。曹操心膽京(驚),快走不消停。華容道逢見美髯公:放我走,忘不了您的恩情重,忘不了您的恩情重。

僅僅是這樣簡練的五支"重頭"小曲,把《孔明借箭》《借東風》《火燒戰船》和《華容道》幾段曲藝内容,完全概括的叙寫出來,在叙事的小曲聯套中可説是出色的,即在運用"五更調"曲體上,也是成功的。根據常見的"五更調"曲體的聯套看,抒寫情懷的内容,用這種形式表現比較方便恰切,單純的叙事,又是以歷史故事爲題材,難免就要受到一定限制。可是這支聯套却没有讓讀者感覺到過分的牽强,足見民間文藝作者們藝術手法的熟練,是一般作家難於企及的。①

---

①現在陝北流行的"府谷小曲"中,尚存有《三國五更》。唯全篇以十五曲組成,叙寫内容基本相同,但有所補充發展。此曲河北省亦流行,定縣有《三國志五更》,正定、大名有《三國五更》,唯曲詞略有不同。

五 《湖絲十怨命》山歌

"山歌"最早的總集《童痴二弄》山歌十卷里,除保存了大量的短篇作品外,也曾著録過許多長篇的"吴歌"。這類作品不止有"曲",同時也有"白",用曲白相間的體制敷衍事物或抒情,可説是"山歌"形式運用的進一步發展,對研究南方曲藝有不少幫助。當然,這種樣式與"山歌"的"對唱""聯唱",是有着緊密的關係了。

在較近搜集到的"山歌"裏,"對唱""聯唱"的作品并不鮮見,但是在稍早的作品裏,著録却不多。而且它們的内容,也還是以咏唱"私情"爲主。像用"五更調"體式譜成的套曲,多半就是如此。我們知道,"山歌"抒寫的題材,是異常複雜的,照馮夢龍編輯的總集所著録的作品,任何方面的題材都保存了一些;可見"山歌"所反映的現實面,從來是相當廣闊的。數量不多,不外是搜集的人們注意不够罷了。

清末刊刻本的"山歌"唱本中,采用"聯套"曲體的有幾種,除易見的"五更"體式,還保存一種用十支"山歌"組成的套曲。如《十告郎山歌》(蘇州恒志書社刊)、《花烟十怨命》(舊刻本)等。它們仍是屬於情詞的作品,在内容上,并没什麽值得注意的地方。但在這一種體式裏,却也保存下一種題作:"新刻湖絲十怨命山歌"的作品,它具體的反映了清同、光時絲廠的女工生活,從而使我們更深刻的理解到山歌這一抒情曲樣式的廣泛被采用的情况。曲文不長,現移録如下:

新刻湖絲十怨命山歌

第一怨命怨起頭,踏這絲廠勿色頭;領子工錢不拉爺娘來拿去用,小阿奴娘一錢勿到手。

第二怨命怨自身，當初主意錯三分；前三年勿踏這絲廠能寫意，到如今一日到夜喫苦頭。

第三怨命菜花黄，手拿見(繭)子眼汪汪；打盆做絲在勿會，小姐妹淘裏嘆臭缸。

第四怨命四月天，小姐妹娘四季衣衫不連欠(牽)；奴叫爺娘做一件，爺娘回頭無同(銅)錢。

第五怨命午端陽，小姐妹淘裏起(去)白相；姐姐妹妹插金帶銀能寫意，小阿奴娘苦命獨自行。

第六怨命怨上樓，踏這車間走(皺)眉頭；不來盆浪小娘來陰孫(損)，六隻眼子在斷頭。

第七怨命七秋凉，小阿奴娘做絲無心想；小姐妹淘裏商量完一日，坐部車子上夷場。

第八怨命入絲廠，清早起來路上行；大家困(睏)得能寫意，仔細相相(想想)哭一場。

第九怨命九月九，管車先生看人頭；時毛阿來承，别脚姐姐趕出門。

第十怨命怨完成，小阿奴娘做絲勿高興；終要好好男人揀一個，養出妮子做大人。

由這支聯唱體式的"山歌"中，我們不難看出當時到絲廠工作的女工們，是抱着如何的心情勞動，過着怎樣的生活了。當時我國工人階級尚未形成爲自爲的階級進入政治舞臺，衹在現實感受上朦朧的對被剥削的生活不滿，"山歌"中所反映的主要内容便是這樣。盡管表現上還透露着較濃的小市民階層的意識，表現了無可奈何的情意，然而，這在當時又怎能避免呢？何况這種體式淵源於"十怨命山歌"，很自然的，所表現的内容要受到較大的局限。

我國近代的民間歌曲裏，反映工人生活的作品保存下來的數量很少,“山歌”的題材雖是多樣化,但直接寫到工人生活的却極罕見。因而這支曲子,頗值得我們珍視。

六 《割韭菜》

《中國俗曲總目稿》頁 266 著録有《割韭菜》小曲兩種:一是雲南木刻本;一是北京木刻本。這兩種都是男女歡愛的情詞,并且都是同一類型的東西。但就我讀到的小曲,屬於這種類型的,還有三本五種①:

一、《拔白菜》一本,題作:“新刻拔白菜小曲”。共五頁,半頁六行,行十六字。

二、《姐兒南園拔大葱》一本,題作:“新刻代五更南園抱柴姐兒南園拔大葱。”共七頁,半頁八行,行二十字。此本實際又包括了三種:

《姐兒南園拔大葱》;

《拔大葱鬧五更》;

《姐兒南園抱柴》。

三、《采黄瓜》一本,題作:“新刻采黄瓜。”共兩頁,半頁六行,行十一字。

這幾種曲子都是“重頭”小曲規式的作品,《拔白菜》全篇用二十三支曲組成,曲調不詳。就曲詞格律看,是跟《姐在後園摘絲瓜》《姐兒南坡摘豆角》諸曲相近的。《姐兒南園拔大葱》全篇用八支曲組成,曲調約爲“湖廣調”;《拔大葱鬧五更》全篇也是用八曲

①據已知在民間流傳的還有這幾種:《韭菜歌》(浙江)、《掐蒜薹》(河北、陝北)、《摘黄瓜》(山西、河北)、《撇白菜》(河北)等。

組成,一更用三支,五更後有尾聲曲一,曲調與《姐兒南園拔大葱》相同,内容實是前曲的續演。《姐兒南園抱柴》,全篇用十四曲組成,曲調亦同前。《采黄瓜》,全篇用八曲組成,曲調爲“哈哈笑調”。

綜觀這五支小曲,在内容上基本是一樣的,都是低級趣味的寫男女歡愛的私情。《割韭菜》是由“媽媽”責駡追問開始,然後由“姐兒”叙述與“學生”相會的始末經過。《拔白菜》《姐兒南園拔大葱》《姐兒南園抱柴》三曲,則是先叙相會經過,再叙責駡追問。《采黄瓜》衹叙相會,無責駡追問。由於曲調格律關係,叙述内容繁簡不同,《割韭菜》《拔白菜》《采黄瓜》的曲詞比較粗疏,其他二曲比較細密。從這些情况,約略可以看出它們之間的嬗變,以及流傳過程中剥削階級對它的篡改。據推想:《割韭菜》或是它們中的早期作品;《采黄瓜》則是流行於南方的東西。

(原載 1958 年 12 月出版《曲藝論集》,北京:中華書局上海編輯所)

關於"聊齋俚曲"

蒲松齡是我國17世紀時的偉大作家,他的《聊齋志異》在我國文學史上有着很大的影響,這不僅是對漢語文學,即對少數民族語文學也是比較顯著,并且早在18世紀已經介紹給國外。但在他遺留下來的大量文學遺産中,還有一部分是他利用了人民喜聞樂見的民間俗曲的民族形式創作的"通俗俚曲",從它們的思想藝術價值看,較之《聊齋志異》這部優秀的古典短篇小説集,也無多遜色;而這部分通稱爲"聊齋俚曲"的曲藝、戲曲作品,在國外也早有人曾作介紹。無疑,它們作爲我國文學寶庫中的珍品,我們應該予以重視。

蒲松齡所創作的通俗俚曲,據公元1725年(清雍正三年)張元撰寫的《柳泉蒲先生墓表》碑陰列載,有:

> 戲三出:《考詞九轉貨郎兒》《鍾妹慶壽》《鬧館》。
>
> 通俗俚曲十四種:《墻頭記》《姑婦曲》《慈悲曲》《翻魘殃》《寒森曲》《琴瑟樂》《蓬萊宴》《俊夜叉》《窮漢詞》《醜俊巴》《快曲》各一册,《禳妒咒》《富貴神仙曲》後變《磨難曲》《增補幸雲曲》各二册。

這些作品,都是采用了民間曲調,并用口語由叙事或移作代言的牌子曲或雜調戲曲,形式非常新穎;而寫作年代已不易考見。這些作品内容的思想成就,總的説來,還是能够比較深刻地反映了封建社會末期的許多特點:它們對於封建社會的黑暗邪惡作了揭露,對於封建社會世道人心的險惡、道德的窳敗作了鞭撻;在對當時生活的悲憤控訴中,對於淳樸、正直善良的人們,寄予了深厚的同情。而在藝術成就方面,由於它們既係使用了人們熟悉的俗曲寫成,組織形式上又有所創新,這在清代前期,無論當時説唱演出的情况如何,却是應該給予較高的評價。

“聊齋俚曲”藝術形式上最爲明顯的特點,主要表現在它們説唱時歌唱部分曲調的使用。這些作品每篇雖是長短不一,但每回(或“聯”)的歌唱部分以樂曲組成,衹用三、四種曲調,同調數曲重頭聯章,并不是套曲。樂曲所采用的曲調,多數爲明清以來的民間時調歌曲,少數來自南北曲的,也往往是突破了定格而經過通俗化的。綜合它們曾使用過的曲調名目,有:

西江月　清江引　耍孩兒　劈破玉　倒扳槳　銀紐絲　疊斷橋　羅江怨　房四娘　對玉環　一剪梅　呀呀油　懷鄉韵　憨頭郎　黄鶯兒　采茶兒　皂羅袍　哭皇天　黄瀝調　山坡羊　香柳娘　鬧五更　鴛鴦錦　刮地風　蝦蟇曲　玉娥郎　桂枝香　浪淘沙　北黄鶯　四朝元　鷓鴣天　平西歌　楚江秋　倖倖令　收江南　園林好　蓮花落　金紐絲　太平年　邊關調　乾荷葉　雁兒落　跌落金錢　哭笑山坡羊　掉歌　西調　滿調　羅江怨帶清江引　梆子腔　沽美酒帶太平令　陝西調　對玉環帶清江引

很明顯,這裏一部分曲調時至今日還可以在一些曲藝或地方戲曲裏看到,這也正是明清以來人們傳唱的時調歌曲。明沈德符《萬曆野獲編》卷二十五“時尚小令”條説:

元人小令,行於燕、趙,後浸淫日盛。自宣、正(宣德、正統)至成、弘(成化、弘治)後,中原又行“鎖南枝”“傍妝臺”“山

> 坡羊"之屬。李崆峒先生初自慶陽徙居汴梁,聞之以爲可繼《國風》之後;何大復繼至,亦酷愛之。……自兹以後,又有"耍孩兒""駐雲飛""醉太平"諸曲,然不如三曲之盛。嘉、隆(嘉靖、隆慶)間乃興"鬧五更""寄生草""羅江怨""哭皇天""乾荷葉""粉紅蓮""桐城歌""銀紐絲"之屬。……又"山坡羊"者,李、何二公所喜,今南北詞俱有此名,但北方惟盛愛"數落山坡羊",其曲自宣、大、遼東三鎮傳來。

顧啓元《客座贅語》卷九"俚曲"條也説:

> 里弄童孺之所喜聞者,舊惟有:"傍妝臺""駐雲飛""耍孩兒"……後又有:"桐城歌""挂枝兒""打棗幹"等。

上舉二書所記明代流行的時調歌曲名目,爲"聊齋俚曲"所采用的有八種。

明代俗文學中一些説唱文學作品,其歌唱部分除用七字句的詩贊,往往也間用樂曲,曲調就多是采用了當時的時調歌曲。例如:明刊本舜逸山人杜蕙新編增補評林《莊子嘆骷髏南北詞曲》,這是一部取材於莊子故事的"道情",它在叙寫時,除用詩贊、散説外,歌唱亦用樂曲,曲調名目有:"鷓鴣天""清江引""耍孩兒""浪淘沙""錦上花""黄鶯兒""折桂令""朝天子""皂羅袍""西江月""沽美酒""得勝令""雁兒落""山坡羊""桂枝香""醉太平"等等;這裏采用時調歌曲以外的南北曲,也是經過了通俗化的。再例如:明代"寶卷"裏,有些作品在説唱故事用散説、詩贊的同時,往往也用"唱叠落金錢""聽唱耍孩兒"之類的詞句引起接唱樂曲,今據十種明刊本"寶卷"所插用的曲調統計,曲調名目爲"聊齋俚曲"采用過的,就有:"耍孩兒""西江月""劈破玉""跌落金錢""銀紐絲""羅江怨""對玉環""清江引""黄鶯兒""皂羅袍""山坡羊""鬧五更"

"桂枝香""浪淘沙""四朝元""楚江秋""乾荷葉"等十七種。① "道情"和"寶卷"這類俗文學的說唱形式,在明清之際流行的地區是十分廣泛的,當時山東一帶亦風行。《聊齋文集》卷六蒲松齡寫的《請禁巫風呈》曾說:

> 淄邑民風,舊號淳良,二十年來,習俗披靡,村村巫戲。商農廢業,竭資而爲會場;丁户欠糧,典衣而作戲價。沸心聒耳,王武子之所樂聞;亂吠齊喧,介葛廬之所能喻。

這裏所謂"巫戲",實際就是指當時鄉村城鎮流行的說唱"道情""寶卷"的活動。蒲松齡既然注意到這一情況,②不難設想,這對他創興通俗俚曲會有一定影響。

明代傳唱的"時調小曲",入清以後仍然流行,除舊曲之外,復出新聲。清初劉廷璣《在園雜志》卷三說:

> 小曲者,别於崐弋大曲也。在南則始於"挂枝兒",……一變爲"劈破玉",再變爲"陳垂調",再變爲"黄鸝調"。始而字少句短,今則累數百字矣。在北則始於"邊關調",蓋因明時遠戍西邊之人所唱。其辭雄邁,其調悲壯,……今則盡兒女之私,靡靡之音矣。再變爲"呀呀優"。"呀呀優"者,"夜夜游"也,或亦聲之餘韵"呀呀喲"。如"倒扳槳""靛花開""跌落金錢",不一其類。

李斗《揚州畫舫録》裏也說:

---

①根據近人的研究,在明正德年間纔有以"寶卷"爲名的作品刊本行世,至萬曆、崇禎等年代遂蔚爲極盛時期。不過現在傳世者較少,連同佚書目録約百數十種。這裏選用的是:《銷釋白衣觀音菩薩送嬰兒下生寶卷》《弘陽至理歸宗思鄉寶卷》等十種(詳見鈔《時代寶卷中的時調歌曲》稿)。

②蒲松齡研究文獻資料中現存《聊齋隨手抄道情》鈔本,亦可資旁證。

> 小唱以琵琶、弦子、月琴、檀板合動而歌，最先有“銀鈕絲”“四大景”“倒扳槳”“剪靛花”“吉祥草”“倒花籃”諸調，以“劈破玉”爲最佳。……又有黎殿臣者，善爲新聲，至今效之，謂之“黎調”，亦名“跌落金錢”。

現存的清乾隆時所輯刻的《萬花小曲》《西調黄鸝調集鈔》《霓裳續譜》和《絲弦小曲》四種俗曲總集中，共收録四十四種曲調，其中如“跌落金錢”“呀呀油”“西調”“刮地風”“玉娥郎”“邊關調”等十六種，已見於“聊齋俚曲”。根據地方戲曲發展史的文獻資料看，山東地區流行的歷史悠久的“柳子戲”，原是由元明“弦索”系統演變而來，它的組織主要係由“曲子”和“柳子”兩部分構成，而唱“曲子”的部分所占比重較大；“曲子”部分也是在明清時調歌曲的基礎上發展起來的。現存柳子戲傳統劇目中使用的曲牌，如：“清江引”“黄鶯兒”“香柳娘”“桂枝香”“耍孩兒”“園林好”等十幾種曲調，就是“聊齋俚曲”裏經常采用的，可見蒲松齡通俗俚曲的創作，實際上與當時民間流行的地方戲曲的關係，也是比較密切的。

蒲松齡所創作的通俗俚曲，除張元《柳泉蒲先生墓表》碑陰列載的，他所撰《農桑經》蒲立德寫的跋裏説：

> 大父諱松齡，字留仙，柳泉則别號也。有詩集、文集、四六集、《聊齋志異》等書；又有通俗勸世游戲詞，亦不下數十種，皆可以行世。

這裏提的“數十種”“通俗勸世游戲詞”，就是地方所傳“聊齋遺稿”的通俗俚曲部分，不過現今所能搜集到的那些傳鈔本，情況非常複雜，還需要進一步研究考訂。

現在確知爲蒲松齡所創作的通俗俚曲，其題材大致可分作三類：

1. 緣於現實生活事件的創作,如:《窮漢詞》《學究自嘲》等。

2. 取材於過去小説、戲曲而改編使之更爲通俗化的作品,如:《千古快》(《快曲》)、《增補幸雲曲》①等。

3. 根據《聊齋志異》的故事加以翻編的作品,如:《姑婦曲》《磨難曲》等。

蒲松齡所以如此取材并努力從事這類通俗俚曲的寫作,在他兒子蒲箬寫的《清故顯考歲進士候選儒學訓導柳泉公行述》裏,曾扼要的有所叙述。《行述》中説:

> 如《志異》八卷,漁搜聞見,抒寫襟懷,積數年而成,總以爲學士大夫之針砭,而猶恨不如晨鐘暮鼓,可參破村庸之迷,而大醒市媪之夢也。又演爲通俗雜曲,使街衢里巷之中,見者歌,而聞者亦泣。其救世婆心,直將使男之雅者、俗者,女之悍者、妒者,盡舉而匋於一編之中。嗚呼! 意良苦矣。

從這裏所提供的材料,可見蒲松齡“聊齋俚曲”的創作動機,是同他寫作《聊齋志異》的意圖一樣,顯見絶非“游戲”筆墨,而是含有憤世嫉俗的深刻用意。所以,在今天我們對蒲松齡的藝術成就進

①《增補幸雲曲》是根據明代雜調戲曲《嫖院記》,即《正德記》傳奇改編。《嫖院記》傳奇未見諸家曲目著録,已佚。現存明刊本《新刊徽板合象滚調樂府官腔摘錦奇音》一書,卷五下欄選録了兩出該傳奇作品:“出游投宿蕭莊”和“周元曹府成親”。這兩出的内容,相當於《增補幸雲曲》的第五回。明代時調歌曲裏現存一首寫《嫖院記》傳奇全劇梗概的“劈破玉”,原文是:“賽觀音、佛動心,生得如花貌,王公子聞知道也來嫖,朱皇帝聞説親來到,君臣來斗寶,半步不相饒;倒運的王龍、的王龍,剥皮去楦草。”這與蒲松齡所作《增補幸雲曲》的内容是完全一致的。

行全面、深入細緻的研究工作時，對他這一宗別具風格的作品加以重視、研討，是很有意義的。

（原載 1979 年《山東大學學報（哲學社會科學版）》第 2 期，第 126～129 頁）

略論圖理琛《異域録》滿文本對漢文本脱錯的訂補及其他

一

18 世紀初，依據直接觀察而叙述西伯利亞以至伏爾加河流域的歷史地理的古行紀中，圖理琛所撰《異域録》[①]，是稀見的一部著作。

1712 年 6 月（康熙五十一年五月），清朝政府爲向當時駐牧於伏爾加河和烏拉爾河下游的我國蒙古族土爾虎特部傳諭[②]，特派

① 圖理琛 Tulisen（1667—1740 年），先世滿洲葉赫人，姓阿顔覺羅，屬正黄旗。字瑶圃，别號睡心主人、了塵拙叟。所著除《異域録》外，尚有《滿漢格言》等書。他的經歷見《異域録》卷首自叙；《八旗通志》《滿洲名臣傳》《清史稿》《清史列傳》《國史列傳》《國朝耆獻類徵・初編》和《從政觀法録》等書均有傳，《異域録》漢文原刊本作：圖麗琛，文獻中尚作：圖禮琛、圖禮善和圖里琛等；這裏所用係一般通行的譯名。

② 土爾虎特爲西蒙古厄魯特四部之一，約在 17 世紀初，在準噶爾壓迫下遷移到里海北方伏爾加河與烏拉爾河之間地區住牧，清初以來向清政府貢使不絶。康熙這次派遣使團前往的原因，見《異域録》卷首所記。（轉下頁）

約三十餘人組成的宣諭使團從北京出發，橫過蒙古，自貝加爾湖迤西，循安加拉河、葉尼塞河、鄂畢河、圖臘河西行，越過烏拉爾山脉西南而下，於 1714 年 7 月（康熙五十三年六月）抵達里海北方的阿玉氣汗庭馬駑托海①。此行完成使命後，在歸途中，改取托波爾斯克經塔拉、托木斯克至葉尼塞斯克的路綫，於 1715 年 4 月 30 日（康熙五十四年三月二十七日），回到北京。往返約三年，行程近四萬里②。

圖理琛是使團四名領導成員之一③，他承擔了對此行活動向

（接上頁）其漢譯名尚作：禿爾虎特、圖爾胡特、圖爾古特和土爾扈特。這裏所《異域録》漢文原刊本用土爾虎特；但一般文獻多用稍晚的譯語土爾扈特。

①阿玉氣的漢譯名，文獻中尚作：阿玉奇、阿裕錫等。烏駑托海的準確地理位置已不十分清楚，清乾隆十三排圖標注也不十分明確，現在所知并未超出《異域録》記載的範圍，約在北緯 51°東經 47°間。

②這個宣諭使團的規模在清代歷史上是罕見的，但在《清實録》中無記載。《聖祖實録》康熙五十四年五月戊午條，諭議政大臣再差遣圖理琛往俄羅斯時記："策妄阿喇布坦無故侵我哈密，今大兵進討，應行文曉諭鄂羅斯邊界地方楚庫拜姓城之頭目，令其加意防守邊界，如有策妄阿喇布坦之人投向爾處，即宜收留。授内閣侍讀品級圖禮琛，從前往圖爾古特時路經鄂羅斯，熟識彼處頭目，可着前往。"也僅是側面透露的情況。乾隆《土爾扈特全部歸順記》提到這件事："康熙年間，我皇祖聖祖仁皇帝，嘗欲悉其領要，令侍讀圖麗琛等，假道俄羅斯以往。"（見《高宗詩文十全集》卷十一）。有清一代關於這個宣諭使團的文獻記載，主要即依據《異域録》。

③《異域録》對使團組織成員叙述不明確。加恩説："這個使團由五個使臣組成，即：太子侍讀學士殷札納、理藩院郎中納顔、史官圖理琛以及兩名官吏雅圖和蘇該。"（《早期中俄關係史》1961 年中譯本第 63—64 頁）。這裏有誤，實爲四人。據蔣廷錫《異域録》序説："宣賜勞慰，乃遣使持節（轉下頁）

康熙帝復奏的任務，於是由他撰稿"謹具奏疏，及沿途山川形勢，恭繕黄册、輿圖，進呈御覽"①。後經康熙帝允準刊行，就在這進呈文書的基礎上，删潤補充，整理而成這部行紀:《異域録》。

圖理琛等一行，除負有傳諭阿玉氣汗的使命之外，根據行前康熙帝的訓示:"此役，鄂羅斯國人民生計、地理形勢，亦須留意。"對此行所經地區的地理人文社會情況，也作了一定的瞭解。由於是親身經歷，圖理琛撰寫的《異域録》也就具有了較高的學術價值。它對所見的山川、氣候、民族、風習、物産、城寨、户口、宗教、兵備以及使團的活動，都有詳細的記載②。這對於研究沙皇彼得一世時期的沙俄對外擴張和當時西伯利亞的實際情況，以及早期中俄關係史的問題，都有重要的參考價值。

《異域録》原有滿文和漢文兩種文字的版本。漢文原刊本雖是稀見，但自《四庫全書》收録以後，約有八、九種叢書先後編入刊

(接上頁)賫問之。使者四人，兵部職方郎圖君以才預選。"蔣序寫於康熙五十九年，當時圖理琛任兵部職方清吏司郎中，出使時爲内閣侍讀品級。四人除圖理琛外，餘爲:殷札納、納顔和舒哥。

①見《異域録》漢文本第七十八頁下面第六行。滿文本叙述意思更明確:"將沿途山川形勢，寫成黄册，繪爲輿圖，一并進呈御覽。"(滿文本下卷第九十五頁下面第四行至第六行)。

②加恩《早期中俄關係史》一書第七章用專章論述，曾説:圖理琛"歸國以後寫了一部書記述他這次旅行和沿途所見的事物，這部書具有非常大的價值。""他所繪製的地圖，雖然尺寸有限制，并且數據也不够完全，但他的地圖决不遜於當代西方繪製的地圖，并且在精確方面甚至還超過它們。"(1961年中譯本第65、71頁)。此外尚可參閲司湯東(G. H. Staunton)的英譯《異域録》的注和貝爾(J. Bell)紀行等書。

行，同時還有單刊本和鈔本流行[1]，所以比較説來，漢文本還是普遍易見的。

漢文原刊本，一卷。内容是：〔一〕蔣廷錫、顔紹祚、白潢、楊琳、年希堯、惠士奇、蔡瑜和王國棟等人的序；〔二〕輿圖；〔三〕圖理琛出身經歷及奉使緣由；〔四〕從出發至歸來的紀行黄册；〔五〕出使歸來的復命奏疏；〔六〕康熙五十四年六月再差往俄羅斯的記事；〔七〕蔡瑜和胡彦穎的跋。根據輿圖刊記和序、跋所署的時間，推其刊刻約在1723年(雍正元年)末[2]。從版本上説，《四庫全書》以下諸叢書本，無論在體例上或文字上，往往删削更易，有失原

①《四庫全書》以後收入叢書、叢編的有：《昭代叢書》已集廣編(道光本)；《借月山房匯鈔》第九集(嘉慶本、影嘉慶本)、《叢書集成・初編》(據《借月》本鉛印)，《指海》第六集(道光本、影道光本)；《守山閣叢書》(影《指海》本)；《澤古齋叢鈔》第八集；《小方壺齋輿地叢鈔》第三帙；《北徼匯編》；《朔方備乘》等。單刊本兩種，其一爲乾隆元年刻本，另一爲《北徼匯編》的單刊本。舊鈔本流傳較多，其中有圖理琛漢文自序的兩種(諸叢書、叢編本均無自序)。此外，"浙江圖書館叢書"收丁謙撰《圖理琛異域録地理考證》一書，節引原文，并非全書。

②《異域録》漢文原刊本序、跋中，王國棟序和胡彦穎跋，均題署1724年(雍正二年)。據劉汝霖的意見。"北京圖書館所藏原刊《異域録》，書中亦有元年以後之序，此不足異。因作序人往往事務忙碌未能當時下筆，及至書已刊成，然後補入；故序文往往在書已刻成之後，古書中此例甚多，不足異也。不然，豈有雍正元年方印成，第二年即須重刻之理。"從序、跋文意看，這是符合實際情況的。今西春秋《校注異域録》認爲有兩種漢文原刊本，是不正確的論斷。《異域録》漢文定稿，約在1720年，不久即於北京雕板刊印，現在傳世的兩種序、跋篇目不同的版本，其實字體、款式完全相同，實係一板。

貌，自然不如原刊本①。

滿文原刊本的刊刻，實際與漢文原刊本同時。但是，對它的傳世情况，過去有相當長的時間并不十分瞭解；在幾種滿文圖書目録裏，僅有兩種書著録，并且還錯以爲譯自漢文本②。現在所見傳世的滿文本已稍多，不過除原刊本之外，仍是傳鈔本③，尚未發見重刊或别種刊本。滿文原刊本書題作：《奉使絶域事的紀録》④，分上、下卷⑤。内容如下：〔一〕自序（圖一、圖二）；〔二〕輿圖（圖三）；〔三〕圖理琛出身經歷及奉使緣由；〔四〕從出發至歸來的紀行黄册；〔五〕出使歸來的復命奏疏；〔六〕康熙五十四年六月再差往俄羅斯的記事；〔七〕奏請准予刊行（輿圖、紀行黄册和出使歸來的

①《四庫全書》以下諸本與原刊本的差異，大體是：（一）多分爲二卷，但又與滿文本作二卷分法不同。（二）删略序、跋和輿圖；（三）改易人名、地名，如："葛禮果禮"改作："濟爾果忖"；"柏海兒湖"改作"北興兒湖"等等。有關諸本源流和校勘見拙稿《異域録校注》。因此，本文所論及的漢文本，均指漢文原刊本。

②李德啓：《滿文書籍聯合目録》和福克司書目均未著録，穆麟德夫的《滿洲文獻録》和沃爾科娃的《滿文鈔本目録》雖曾著録，但均誤作：譯自漢文本。

③北京大學圖書館藏有滿文原刊本和舊鈔本。國外如英國劍橋大學圖書館、德國哥廷根大學圖書館、法國巴黎國家圖書館和蘇聯科學院等處也均有庋藏。1961 年海涅士在他編著的《滿語文法》裏，并曾選録了部分滿文自序原文。

④滿語采用穆麟德夫拉丁代字轉寫爲：《lakca jecen de takūraha babe ejehe bithe》。

⑤滿文本的分卷，上卷至"光輝奪目，真奇觀也"（漢文原刊本第四十頁上面第九行）終，下卷自索里喀穆斯科段（漢文原刊本第四十一頁上面第一行）開始，漢文本這裏有錯簡，詳拙稿《異域録校注》，漢文諸叢編本多分二卷，上卷至"鴉班沁"段終，下卷自"自鴉班沁舍舟，俱乘騎陸行"始，與滿文本起訖不同。

復命奏疏）的奏疏（圖四、五）。很明顯，〔一〕、〔七〕兩部分是漢文原刊本所没有的；而這兩部分是唯一提供關於《異域録》産生經過的資料。

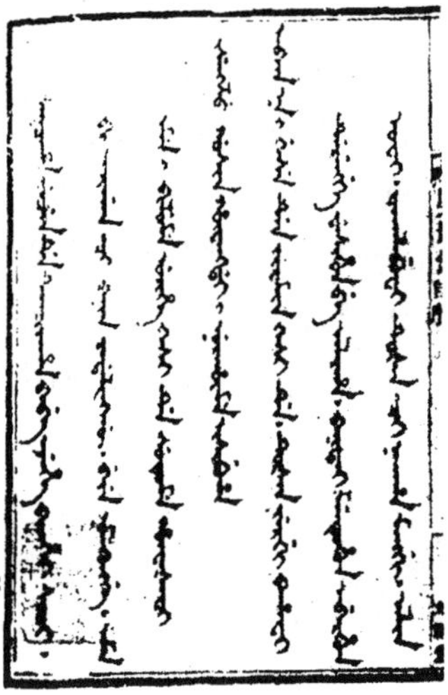

圖一　自序第一頁上面

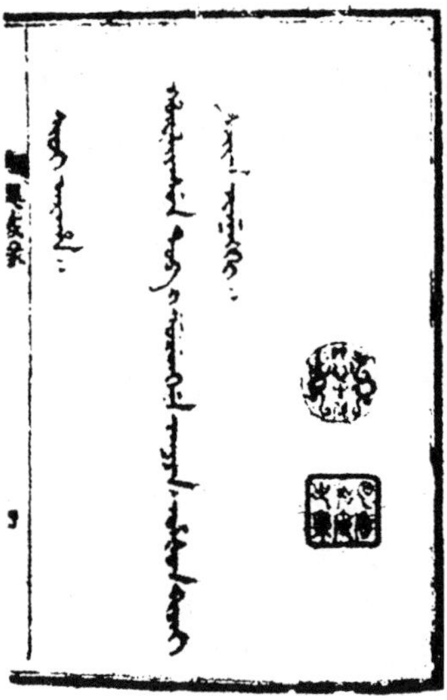

圖二　自序第四頁下面

圖理琛在自序中説："因刊刻蕆事，自記爲序。雍正元年十一月吉日。"（滿文本序第四頁上面第七行至下面第三行）（圖二）。滿文本輿圖刊記與漢文本輿圖刊記同署："雍正元年九月"。據此可知滿文、漢文原刊本刻印成書，是同在 1723 年末。

圖理琛在奏請准予刊行出使報告的奏疏裏，提出將 1715 年 4 月 30 日出使歸來後上奏的復命奏疏和一并進呈的沿途記載黄册、輿圖等件（即上述〔二〕、〔四〕、〔五〕三部分），"俱并漢文書進呈"，請康熙"硃批發科""睿鑒准行"。奏疏末説："康熙五十五年正月十一日，交與乾清門藍翎侍衛拉錫轉奏。同日旨：并漢文書上奏。欽此。"①(滿文本下卷第一〇六頁下面第七行至第一〇七頁上面第四行)(圖五)。奏疏後段請准予刊刻的内容,圖理琛在自序裏亦曾節引,其後并説:"諭旨准行"(滿文本序第四頁上面第四行)。由此可以瞭解:(一)1716 年 2 月 3 日(康熙五十五年正月

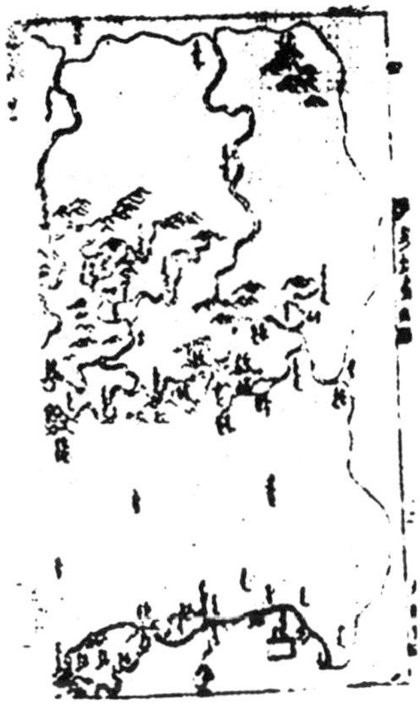

圖三　輿圖第二頁上面

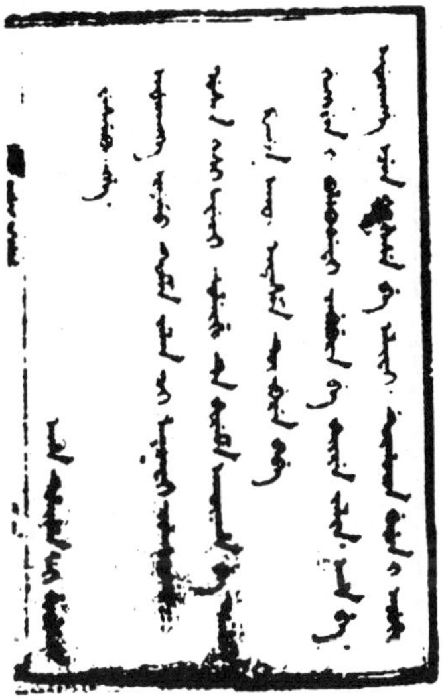

圖四　奏請准予刊行的奏疏下卷第一〇四頁下面

十一日)得到康熙允準,《異域録》纔着手準備刊行;(二)當時康熙硃批所及,就是 1715 年 4 月 30 日出使歸來上奏的進呈文書,其原用語均爲滿文。經過九個月之後,於 1716 年 2 月 3 日"俱并漢文

① 拉錫 rasi,姓圖伯特,蒙古正白旗人,任侍衛時間較長,當時是所謂 Joo hiya "奏蒙古事務的侍衛",經管聯繫理藩院事務,他精通蒙古文,曾參加纂輯《滿洲蒙古合璧清文鑒》。《清史稿》等書有傳。

書進呈”而康熙命令“并漢文書上奏”的，其用語則爲漢文的首次寫本，與此同時上奏的還有滿文的第二次寫本。(三)《異域録》滿、漢文本，就在以這兩種文字的進呈文書的基礎上，從 1716 年春開始修訂、補充，然後完成定稿刊刻成書；(四)至於《異域録》的第〔六〕部分，是否爲 1716 年硃批所及，在請准予刊行的奏疏中未明確。從其内容性質考察，無疑原材料亦爲進呈文書。其第〔三〕部分，則是在整理修訂時補充撰寫的。

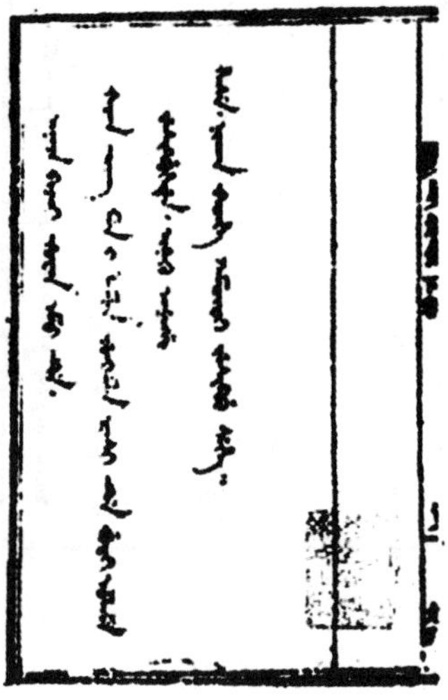

圖五　奏請准予刊行的奏疏
下卷第一〇七頁上面

圖六　下卷第七頁上面

圖理琛等人的土爾虎特之行，是屬理藩院政務範圍的事，當然一切章奏進呈文書的用語，均係滿文。圖理琛是滿族人，他在十九歲由例監廷試被選參加翻譯《資治通鑑綱目》後，曾供職内閣從事滿、漢文公文稿件的撰擬翻譯工作，有長期使用兩種文字的實踐經驗①,這對他整理出使資料撰寫《異域録》的滿文本或漢文本極其有利,故語言的表達也簡潔、明快有力。但是,兩種不同民族的語言各有特點,因此,兩種文本在語言風格方面,有着許多細緻的差别,這當然也會影響到内容方面。

一般説來,滿文本在較大程度上保持着進呈文書的體式和口語陳述的特點;漢文本則較爲文雅,近於記游,甚至偶爾在叙事時還采用了形象的和富有感情的表現手法。例如:1713 年 12 月 8 日抵達喀山記事寫道:“佛爾格河環其右。潔治館驛安置,夜静登樓遠眺,見高嶢月出,萬象澄澈,河水漣漪,一碧無際。遥憶鄉井,心神恍然。”這種抒情描寫,在滿文裏是不見的,滿文本與之相當的,衹有“潔治館驛安置”一句(滿文本下卷第七頁上面第七行)(圖六),這説明它們雖是出於同一來源,但在撰寫成書時,由於語文特點、寫作要求種種原因,圖理琛對具體材料的删潤去取,曾作靈活的處理。如上引抒發個人感情的細節描寫,在進呈文書的叙述裏,是没有必要也不允許出現的,可是在漢文本則適合了讀者閲讀欣賞的興趣。不過,《異域録》畢竟是部地志著作,從史料價值考慮,滿文本由於當時公文用語的關係,其内容應更爲接近原檔案材料,因此,用滿文本校勘漢文本,顯然是研究工作所需要的。

二

滿文本與漢文本對照比較,漢文本除有錯簡和字句訛奪外,還有脱漏,而且脱漏的不止是些字句,甚至有幾處删略了較長的

①據記載,圖理琛蒙古語,并懂俄語。

段落。錯簡和訛奪的地方,可能是在整理原稿或刊刻成書時粗疏所致。這類地方都或多或少關涉到記載内容的準確性,所以是值得注意的。

首先,在校正錯簡方面,如:

(一)漢文本第二十一頁上面第三行至第七行“麻科佛斯科嶺,在伊聶謝西北二十里外……”一段叙述,在滿文本上卷第四十九頁下面第五行至第五十頁上面第五行,爲另起一段而以“麻科佛斯科嶺”作爲段的標題。“麻科佛斯科嶺”這段内容,是對葉尼塞斯克和馬科夫斯科耶之間的丘陵山地的描述,是圖理琛一行經過這段山道所見的記録。根據《異域録》的體例,凡對城鎮或地區的叙述,都是以該地名爲標題另作一段。這裏,滿文本正符合體例,漢文本應據以校正。同時,這段漢文本“麻科佛斯科嶺”,滿文本作“麻科佛斯科・佛落克”(mak'o－fosk'o folok)。folok 一詞不見於《清文鑒》等詞書和俄、日、德文滿語辭典①,它是來自俄語的ГОРОЮ,意思似指“山道”,所以漢文本“麻科佛斯科嶺”這段的“嶺”字宜校正作:“佛落克”,纔符合《異域録》的譯例,比用“嶺”字確切。再如,漢文本這段之次的“麻科斯科”段,滿文本是在“揭的河”段之前。根據《異域録》一般叙寫的層次,先叙行程然後再記地區概况,這裏滿文本的次第也與全書一致,漢文本亦應據改。

(二)漢文本第四十頁上面第九行至下面第九行:“自此,由喀穆河水路舟行……自索里喀穆斯科地方起程”等句十行,滿文本相當的語句(滿文本下卷第二頁上面第七行至第三頁下面第五

---

①ИЭахаровъ Лолный маньнжурско－рчсский словаръ(《滿俄辭典》)羽田亨《滿和辭典》和 E. hauer:hana'worterbuch der Mandschu・Sprache《滿德辭典》等。

行)位於"索里喀穆斯科"段之次,緊接漢文本第四十一頁下面第二、三行:"越三宿,於初五日至改郭羅多地方"等五句。漢文本這段因爲"索里喀穆斯科"段的插入,至使前後的叙述文意隔斷。滿文本文意貫串,叙述旅程時間銜接,所以也應據改。

漢文本的錯簡情況大都類此,其餘不再列舉。

其次,在訂正字句訛奪方面,如:

(一)《異域録》於記載行程的時間上,滿文本可以訂正漢文本錯誤的地方不少。在圖理琛等一行歸來的復命奏疏裹,提及出發日期,漢文本第七十三頁上面第八行作:"五月二十二日",滿文本作"五月二十日"(滿文本下卷第八十二頁下面第五行)。叙述一行從色楞格斯克起程日期,漢文本第七十四頁上面第三行作:"正月十二日",滿文本作:"正月十六日"(滿文本下卷第八十四頁下面第五、六行)。這兩處參看紀行黄册部分,可證滿文本所記正確,漢文本錯誤。再如,叙述旅途行走所用的時間,歸途從葉尼塞斯克至伊利姆,漢文本第七十二頁下面第二行作:"又行十日",滿文本作:"又行十四日"(滿文本下卷第八十頁下面第五行)。從行程的前後時間和里程計算,滿文本所記比較切合當時的實際。又如,記録行程中停留的時間,在去時,一行到達色楞格斯克後,因需要等候沙皇回信,漢文本第八頁上面第一行作:"一住五個月零三日",滿文本作:"歇程五個月二十三日"(滿文本上卷第二十三頁上面第四行)。圖理琛一行於1712年8月24日(康熙五十一年七月二十三日)抵達色楞格斯克,到1713年2月7日(康熙五十二年正月十六日)起程,時間與滿文本所記日數恰相符合,可知漢文本錯誤。

(二)圖理琛對所經過地區的地名、河流走向、地理方位等等,都有具體記載。漢文本在這些地方,往往有訛奪,用滿文本大都可予訂正。如:在“昂噶拉河”段,記録伊爾庫河匯入安加拉河的地點,漢文本第十八頁上面第五、六行作:“厄爾庫河,自厄爾庫城之處歸入。”滿文本作:“厄爾庫城對面,厄爾庫河從西南流入”(滿文本上卷第四十二頁上面第四、五行)。漢文本所記籠統,滿文本叙明方位,記載清楚。在“伊聶謝柏興”段,叙述安加拉河與葉尼塞河匯合地點時,漢文本第二十頁下面第五行作:“離柏興十餘里歸入伊聶謝河”,滿文本作:“在伊聶謝柏興東南十里外,匯於伊聶謝河”(滿文本上卷第四十七頁上面第六、七行)。安加拉河的走向,上文雖説明是從東南方流來(這裏安加拉河是指上通古斯卡河),可是它與葉尼塞河匯合點距離葉尼塞斯克的準確方位,漢文本所記并不清楚,滿文本記載明確。再如,在“麻科斯科”段,曾説明它距葉尼塞斯克的方位,漢文本第二十一頁下面第八行作:“在伊聶謝柏興之西北”,滿文本作“在伊聶謝柏興之西南”(滿文本上卷第四十九頁下面第五行)。按照這段行程前後的叙述檢古地圖相印證,知漢文本誤,滿文本正確,可據以訂正。

此外,由於漢文本脱漏或省略地名,致使叙述文意不明確的地方,大部分都可用滿文本訂補。如:漢文本第十九頁下面第四行:“由昂噶拉河行十九日”句,滿文本作:“從厄爾庫城起程,經昂噶拉河行十九日”(滿文本上卷第四十四頁下面第五、六行),指明是由伊爾庫斯克起程,對此水路的走向更爲明確。在叙述自托木斯克至葉尼塞斯克時,漢文本第七十二頁上面第九行衹記:“越十五宿”一句,滿文本則作:“從托穆斯科啓程,路行十五日”(滿文本下卷第八十頁下面第二、三行)。這是圖理琛歸途沿托波爾斯克—塔拉—卡因斯克—托木斯克路綫,循陸路到葉尼塞斯克(即1731年後的驛道)。漢文本叙述含胡,滿文本説明了起點,比較明確。在“薩馬爾斯科”段,綜述前邊行經地區的植物分布情况,漢文本第二十五頁下面第二行作:“以上三處,林木甚多。”在滿文本則作:“以上那里穆柏興、蘇爾呼忒柏興、薩馬爾斯科三處周圍,林木甚多。”(滿文本上卷第五十九頁上面第四、五行)(圖七),比漢文本清楚明確,漢文本僅作“三處”,就顯得費解。

(三)圖理琛與當時封建士大夫相比,可算是較有科學眼光和知識的人,這從《異域録》提供的各樣詳實精細的地志資料可以證明。滿文本對觀察所得的描述,一般説來表達比較確切,而漢文本的對應部分往往有個别文字的差異。這固然不一定全屬訛奪,但却影響到對原意的準確理解。如:

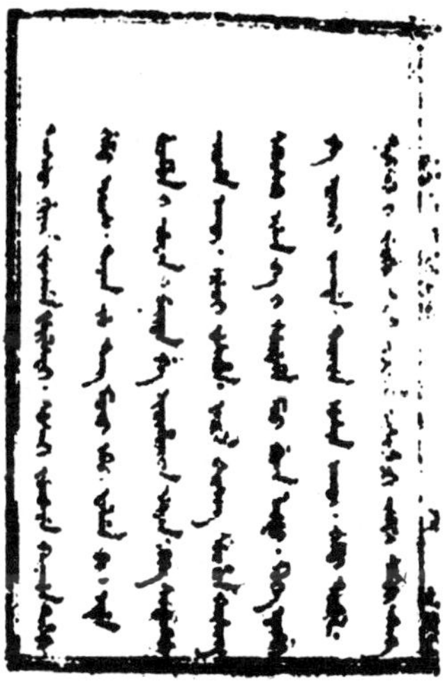

圖七　上卷第五九頁上面

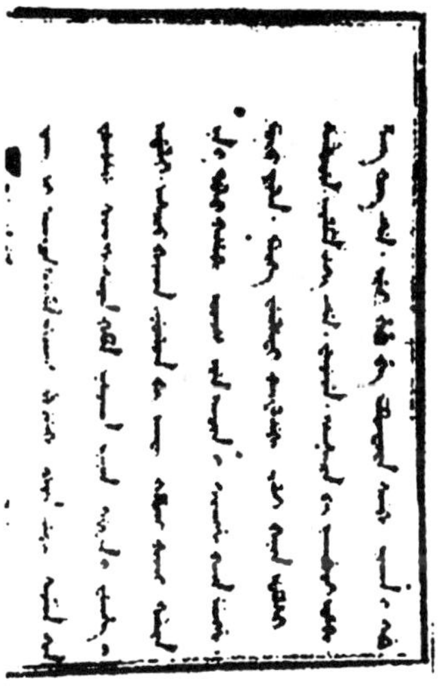

圖八　上卷第四八頁上面

(1)在“楚庫柏興”段,記載了貝加爾湖特産的經濟魚類:奧木爾魚(《異域録》作:鄂莫里,滿語 omoli),對它的形態特點、洄游習性、食性、數量及經濟價值,均作了簡明扼要的描述。在指明其形態體長時,漢文本第十二頁上面第七行作:“大似牙魯,長尺餘。”

(諸叢編本誤作:“長丈餘。”)而滿文本作:“比牙魯大,俱尺餘”(滿文本上卷第二十八頁下面第一、二行)。奥木爾魚,俄名 Омуль,學名 Ceregonus Omul,是西伯利亞産鮭科魚的一種,體長據現代研究記録均爲 340 毫米左右,雅羅(牙魯)魚最大僅達 320 毫米,可見滿文本的記載比較細緻準確。對這種馳名西伯利亞的名貴魚類,圖理琛所作的觀察最早,并且也是首先作出科學而準確描述的①。

(2)在“伊聶謝柏興”段,對旅途聞見的第四紀冰川時期的古哺乳動物猛獁,記述了它的體重、肉性、骨質及其在當時當地的用途等,并提到出土地點和它的名稱。在提及它的重量時,漢文本第二十一頁上面第四、五行作:“身大重萬斤”,滿文本則作:“身大萬餘斤。”(滿文本上卷第四十八頁下面第一、二行)。據近代考古發現於凍土層的猛獁完整個體的報告,滿文本所記比較符合實際情況。猛獁的名稱,漢文本第二十一頁上面第七行作:“梵名:麻門橐窪;華名:鼢鼠。”這裏滿文本作:“在藏經,稱其名曰:麻門橐窪;漢名曰:鼢鼠。”(滿文本上卷第四十八頁下面第七行至第四十九頁上面第一行)(圖八)。所謂“梵名”,梵語裏并没有“麻門橐窪”一詞②,它不是來自印歐語。滿文本説是“在藏經”,大抵也是

①俄羅斯在 18 世紀末和 19 世紀初,由於對新資源的“開發”,纔搜集西伯利亞一帶經濟魚類的個別種類魚的生活習性的資料。圖理琛不僅在這裏描述了奥木爾魚,在《異域録》裏對葉尼塞河,鄂華河等水域的魚類,也均有記載,這類記録,比之沙俄的記載約早半個多世紀。

②梵語的 memmath 一詞較晚,實是來自英語 mammoth,據季羡林説:在其他印歐語系的語言裏,猛獁一詞出現也較晚。

假托之辭[①]。在《異域録》輿圖上，標注指出它是“產”於雅庫特。而居住在西伯利亞地區的通古斯人通稱之爲：mamuntu，意思是“住在地下的東西”。因此，可知滿語 mamuntowa“麻門槖窪”一詞，實際上是來自阿爾泰語系通古斯滿語族的語言[②]。這一滿語詞，不見於各種滿語辭典，據此可作增補。“華名：鼢鼠”，自然是根據《神異經》的傳説[③]。《異域録》首先是把猛獁的名稱，用符合最早發現它的民族的語音 mamuntowa 記録下來，并對它作了較爲科學的描述，距今已二百六十餘年，比俄國人發表的記載早半個多世紀[④]。無疑，這種依據實際觀察的記載，在猛獁研究史上是較早的文獻。

(3)《異域録》於所經過城市的商業情況，均有簡單記載。但漢文本對記載了商業情況的九個城市，一律作：“有市廛”，這與滿文本所記略有不同。如在“喀山”段，滿文本作：“城中立有市場，開着商店”(滿文本下卷第八頁下面第四、五行)。在“薩拉托付”段，滿文本作：“開着商店，立有市場。”(滿文本下卷第十五頁上面第一、二行)。考證沙俄當時的歷史，沙皇彼得一世對城鎮市場的

---

①西藏語和蒙古語的“藏經”裏，并沒有這一詞。蒙古在 18 世紀中葉，於烏里雅蘇臺地區曾發現猛獁化石，蒙古語名：arslan jagan，它與 mamuntowa 也無關係。

②赫哲語也名：mamont.

③這傳説見於《初學記》卷二十九，《藝文類聚》卷九十五，《太平御覽》卷九一一，《太平廣記》卷四四〇和《本草綱目》卷五十一，“鼢鼠”的滿語 hi su，是屬於早期滿語的譯音詞，滿語正字法確立後，標準語作：juhen singgeri，則是來自漢語“冰鼠”的譯意詞。

④可參閲費遼羅夫等著《第四紀哺乳動物群的歷史》，周明鎮等譯，科學出版社，1957 年出版。

建立和商店的開設，按照城市規模、商業情況而不同，滿文本在記載上加以區别是符合史實的。

三

與滿文本比較，漢文本脱漏的字句，往往多與訛奪的字句相關，純屬漏掉的情况如：漢文本第三十三頁下面第一行，"護軍統領"下，滿文本有"步軍統領"（滿文本上卷第七十七頁上面第一、二行）。在介紹"楚庫柏興"的農産品後，滿文本有"飲井水"（滿文本上卷第二十八頁上面第三行）。在介紹"托波兒"農産品時，滿文本在"種大麥"下有"小麥"（滿文本上卷第八十四頁上面第五行）。在介紹"狄穆演斯科"段漢文本第二十六頁下面第一行，"無兵"下，滿文本有："廬舍、生計、種植、牲畜與厄爾庫城、伊聶謝柏興同。"（滿文本上卷第六十一頁上面第二、三行）等等。

但是，如前所述，漢文本還有幾處是删略了較長的段落。這幾段脱文的内容比較重要，這裏加以譯補。爲了便於檢讀，使譯文與漢文本總的風格一致，譯補文字采用了近似漢文本文字的表達方式。至於滿文本滿語原文，限於篇幅從略。

（一）滿文本圖理琛《自序》（滿文本上卷卷首）（圖一、二）。

〔《異域録》序

余少質弱多病，賴親撫育漸至成長。屢蒙聖祖仁皇帝覆載深恩，身膺仕籍，得受榮顯。自愧庸愚，獲愆罷斥，退居山麓，躬事畎畝。生逢盛世，幸邀遣使土爾虎特國曠典，沐再生之德，忝列使臣，奉命前往。三易寒暑，往返數萬里，事成歸來，諺云：人以事傳。伏惟聖祖仁皇帝至德丕彰，神功懋著，千萬年法令未及之地，已擴充廣大；自古中國之人未履之境，而人心向慕之所至，稽諸史册,實未有如斯時之盛者也。余螻蟻微軀,仰賴聖祖仁皇帝威福,逢此曠古盛事,所行經歷諸國,其酋長人民,無不感戴大聖主仁德,欽服威名,身所深知。聖德超越萬代,仁恩遍浹海宇。奏請:我等奉命前往之奏,及沿途記載事件,俱并漢文書進呈;聖主硃批發科,則普天率土欽承聖化,海外之國咸沐仁德之事,使現今天下之人得以悉知,昭示萬代可垂永久。諭旨准行。因將出身始末,一并開載,纂成一帙,名之曰:《異域録》。因刊刻蕆事,自記爲序。雍正元年十一月吉日。〕

這序文在一些漢文傳鈔本中曾見收録,同時還有根據滿文本的德、日文對譯,這裏譯補時均曾加以參考。漢文傳鈔本自序當爲圖理琛原作,文字與滿文本略有不同。傳鈔本末署:"雍正元年歲次癸卯陽月。"可知滿文本自序寫於漢文自序成篇後不久,或即據漢文自序譯寫。

(二)滿文本1716年2月3日奏請准予刊行輿圖、紀行黄册和1715年復命奏疏的奏摺(滿文本下卷第一〇四頁下面至一〇七頁上面)(圖四、五)。

〔奴才圖理琛等謹奏:

爲聖德超絶萬代,仁恩周洽海宇,請睿鑒准行永垂無極事。奴才等奉聖主諭,於土爾虎特阿玉氣汗施恩之時,行經鄂羅斯等國,其酋長人民,無不感戴聖主德惠,無不心服至神威名。賴主上威福,奴才等三載餘行數萬里毫無遲滯,受到諸國之人畏服欽敬,無微勞而同歸。皇帝至德丕彰,神功懋著,千萬年法令未加之土地,已擴充廣大,自古中國之人未至之處,而人心向慕傾服,如斯時之盛者,史檔竟無。奏請:將奴才等此次因奉旨前往所奏之事,暨相互問答所記事,俱并漢文書進呈。聖主硃批發科,則將此普天率土悉向聖化,海外萬國咸沐至神仁德之事,使現今天下人得以悉知，迄於萬代可垂永久。伏乞聖主睿鑒准行，爲此謹奏；請旨。

於康熙五十五年正月十一日，交與乾清門藍翎侍衛拉錫轉奏。

同日旨：并漢文書上奏。欽此。〕

（三）滿文本從出發到歸來復命的紀行黄册部分，可譯補漢文本的較長脱文，有以下幾段：

（1）1713年9月12日（康熙五十二年七月二十三日）至“圖敏”後，漢文本缺漏秋明一段的記載。

〔圖敏

在托波兒西北。從托波兒乘船向西南，進入托波兒河，上水行三百餘里；從土拉河歸入托波兒河地方，向西北進入土拉河，上水走四百餘里後到達。

托波兒、土拉兩河，有如揭的河。水皆色赤，流急。沿途河之兩側，沿岸生杉松、楊、樺、柳，甚稀疏。其間小柏興二十餘，柏興左近俱種田畝。鄂羅斯、塔塔拉混雜居住。

土拉河南、北兩岸，造有柏興廬舍，住五百餘户。此處有：鄂羅斯、塔塔拉、巴什虎兒、克爾給斯、厄魯特各種人。有天主堂四座。開着商店。設管轄柏興官一員。駐兵二百。

乘船行七日，八月初二日到鴉班沁。管柏興官，排列纛旗兵丁迎接。等候備辦行糧，歇程二日；延請筵宴一次。因自此走陸路，預備驛馬、馱子、車輛，初五日啓行。〕（滿文本上卷第八十八頁上面第一行至第八十九頁下面第三行）（圖九）。

這段記載，應補於漢文本第三十八頁上面第七行：“二十五日起程”之後，“鴉班沁”段以前。漢文本由於這段的脱漏，不僅使對秋明在當時的情況不瞭解，而且使圖理琛一行在1713年9月12

日的行程不清楚。

(2)圖理琛等一行於歸途至喀山以後,漢文本缺漏一段叙述:

〔旅途行兩個月二日,八月十六日至黑林諾付。因道路泥濘不便行走,等待下雪地凍,在黑林諾付住五十六日。

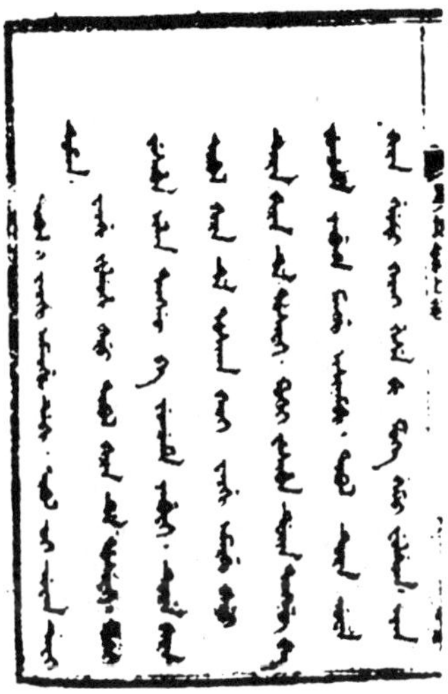

圖九　上卷第八八頁上面

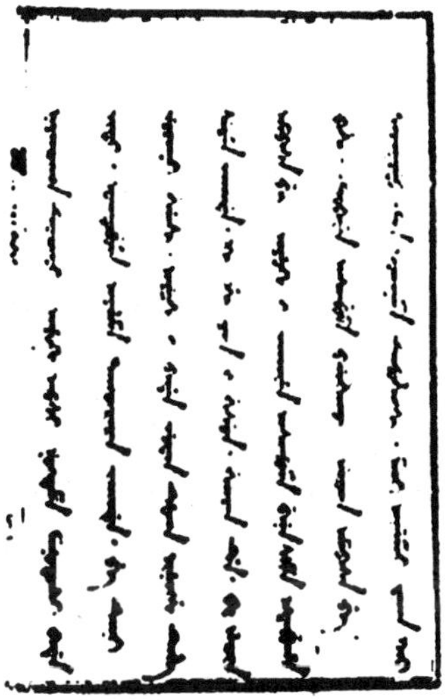

圖一〇　下卷第六二頁下面

從十月上旬起,連續降大雪,因而地凍。同月十二日,從黑林諾付起身。路上行二十五日。〕(滿文本下卷第五十九頁上面第七行至下面第七行)。

這段叙述,應補於漢文本第六十六頁上面第四行:"此地産龜蛇,蛇身如黑漆"夾注之後①,"於十一月初七日"以前。漢文本由於缺漏這段叙述,至使歸程 1714 年 9 月 24 日到 11 月 18 日的行

①漢文本有兩三處這類夾注,在滿文本均無。

程不明確。

(3)圖理琛一行於 1714 年 12 月 13 日回到托波爾斯克,1715 年 1 月 12 日往見當時西伯利亞總督噶噶林時的談話,漢文本缺漏數段。漢文本第六十七頁上面第二行:"阿玉氣汗在阿斯塔爾漢左近地方居住"之後,而"阿玉氣汗迎接之人又未到"以前,滿文本有:

〔我等説即刻要去,爾國隨行護送官員曰:"雪大不能行。我察罕汗并我等大臣噶噶林吩咐:將天使大人送至薩拉托付,不能送至彼邊之外。"〕(滿文本下卷第六十二頁上面第二行至第六行)。

漢文本第六十七頁上面第四、五行:"在阿玉氣汗地方住十四日"之後,"噶噶林曰:我在三皮提里普兒城内"以前,滿文本有:

〔噶噶林曰:"去時,我吩咐將天使大人送至阿玉氣汗跟前,而至彼處即未再送,使天使大人在薩拉托付耽擱久住。我等人之非也!"我等向噶噶林問曰:"爾去莫斯科窪城,於何處見過察罕汗?爾國征討西費耶斯科國之事完畢否?"〕(滿文本下卷第六十二頁下面第四行至第六十三頁上面第四行)(圖一〇)。

漢文本第六十八頁上面第一行:"其阿藻城東北盡入我國矣"之後,"噶噶林又問曰"以前,滿文本有:

〔我等言:"數年前我等聽聞:鄂羅斯國與其鄰國不睦攻伐,鄂羅斯國欲調用彼邊界之兵,而對我邊疆衆人疑惑,不行調動亦未可定。我等和議年久,我等毫無别意。爾等若有調用邊兵之處,即行調撥可也,不必疑惑。據聞,已對我黑龍江將軍頒旨,由尼布楚移會矣。"噶噶林曰:"我國若有用兵之事,量敵多寡出兵。此外又備兵四萬,對戰死負傷之數,以此預備兵補進。我國之兵現今足用,無調動邊兵之處。斷非疑惑大聖汗邊疆之衆人。"〕(滿文本下卷第六十五頁上面第四行至第六十六頁下面第一行)。

漢文本第六十八頁下面第五行:"今已六十年矣"之後,"我等向噶噶林言"以前,滿文本有:

〔我等向噶噶林問:"爾尼布楚城之庫似克等三人共十口,越過我邊境之情由,曾與爾察罕汗移會。察罕汗何説?"噶噶林曰:"此事,我等汗已吩咐,我,因此曾行文我尼布楚城頭目。再者,爾國大臣索額圖與我費多爾厄里克謝會議所定:'兩國之人不許相互越界,設若三、四人偷越邊境,視其犯罪之輕重,處罪。十、十五人相聚持械越界,即刻奏聞,以法斷處。'今因大部於我又行移文,我再嚴禁矣。從此後,我國人已無敢偷越中國邊界者。"噶噶林又向殷扎納曰:"吾儕俱好友,汝年邁,奉佛好。若在此世,無病無灾,富貴度日;若在彼世,佛助亦生於善處。"殷扎納曰:"我中國俱以忠、孝、仁、義、信爲本而行,治國以此,守身亦以此。雖益利憂患當前,亦始終堅守,寧死弗憚,無違此者。今人各有所祭祀、禱祝,設若身不行善,不以忠、孝、仁、義、信爲本,雖禱祝祈求何益?天、地、汗、父、母,即佛也!若能竭盡誠心服膺,便如意得福。奉佛與否,無任何關係。"噶噶林言:"是!汝爲長者,汝之善言須聽,故如此談説。"〕①(滿文本下卷第六十八頁上面第六行至第七十一頁上面第三行)。

漢文本以上這幾段脱漏的問答,關涉到當時清朝政府與沙皇

---

①殷札納在出使前是曾與俄羅斯有過交涉的人。《永憲録》卷二下雍正元年冬十一月壬寅條記:"内閣侍讀學士拖沙喇哈番殷查納病免,查納滿洲人,康熙十九年以頭等侍衛隨征吴三桂,及平定雲南,授栬沙喇哈番。後喀爾喀公漢都叛往鄂羅斯,奉命追都被擒,至鄂羅斯放回,□雪五日夜至邊界。又賫旨與噶爾丹,被搶奪,削職。五十一年,遣往禿爾虎特國,五年始返京,授今官。"這裏也從側面提供了圖理琛等一行出使土爾虎特事,但歸來年份記誤,拖沙喇哈番 tuwasara ha－fan 漢譯"雲騎尉"。

俄國之間對一些問題交涉的具體内容,它們與作爲行紀的《異域録》漢文本的内容關係不大,故而在漢文本有所删略。但從滿文本尚保留的部分看,還是提供了一定的史料,研究工作者應予以重視。例如,對哥薩克人庫似克聚衆越境事沙俄官吏的回答,引及《尼布楚條約》原文,但與原約文第四條滿文本即有出入,從而可見當時沙皇俄國對待《尼布楚條約》的態度。

綜觀以上所述,可以約略説明《異域録》滿文本的價值。要之,它的滿文本是比較保持着部分進呈文書的原形。據圖理琛一行歸來復命奏疏康熙的批語:“該部知道,檔册留覽。欽此。”《異域録》據以成書的原始檔案材料,當時是送存理藩院的,如果今日尚能發見,那麽,不僅可以進一步校訂圖理琛撰寫的《異域録》,而且還可能提供新的内容。

四

現在略談新發現的漢文《異域録》鈔本(即所謂“完結”本《異域録》)。

國内發現滿文本後二、三年,剛好在抗戰勝利之際,又發現了另一種貴重的漢文本《異域録》鈔本(今歸北京大學收藏)。

由於這個鈔本的出現,《異域録》纔算完整。在《異域録》臨近結尾的部分,提到圖理琛自土爾虎特歸後,又有兩次(滿漢文本均寫成兩次)出使俄國,但原來的本子祇寫討伐準噶爾的事,寫到康熙五十三年六月到楚庫柏興一次便完,記述并不完整。末尾致噶噶林信祇寫到“遺幣四端”(滿文是“贈緞四疋”)便止,使讀者有未竟之感。何秋濤曾説此書末尾有脱落處(見校訂《異域録》),新出鈔本證明原來確有脱落,而且可以相當成功地補齊。新本有桂岩老樵識語云:“考四庫本係紀文達家藏本……余早歲收藏得全本……刊録傳世……”,説明此本底本爲桂岩老樵的藏本。桂岩本除補齊殘脱部分數千字以外,并在漢文原刊本的十家序、跋外又加了兩篇序。即前加一篇石文焯序,自序置於最後。其後則爲輿圖、文本、桂岩識語、殘脱“完結録”、跋(原有之二跋)。其中本文部分非筆抄,而是使用《借月山房匯鈔》所收《異域録》刊本(此刊本正文脱落部分未予補充)。

這個本子的其它部分則是筆抄,很新。連輿圖(圖據原刊本或昭代本則不明)均用鋼筆寫畫,而寫鈔用紙版心印有“異域録”字樣。顯然,這個本子非桂岩持有的原本,乃是過録本。舊中國常有秘藏原本而又一段段抄出來賣錢的事,恐怕這本子也是如此。遺憾的是桂岩原本下落不明;即使是桂岩原本,看來也不能達到認爲是圖理琛原稿的程度(如是那樣,桂岩也必在識語中有所透露)。但可確認者,即桂岩本確係圖理琛續編追録的本子。追加部分所述史實,除圖理琛之外,别人寫不出來。石文焯序中曾説:“雍正三年夏五月,方伯圖公奉命署撫西安,以所著《異域録》見示。”可知,圖理琛此時已將付梓的《異域録》廣求新序,并可能同時準備續編“完結録”部分。

自序與滿文本序文對勘,有少量字句不同。但何以漢文原刊本未附自序,難以理解。勉强推測,則序文中所説“俱書寫漢字……”云云,説明這方面有所顧慮。如前所述,清代雖以滿文爲正統,實際通行的却是漢文。《異域録》滿文本雖比漢文本内容全,然未能流行,幾近失傳。從圖理琛所説“俱書寫漢字”的話來看,對滿文本的讀者原不存任何期望。但圖理琛對讀者的贊詞又懷有强烈欲求,這從他求來的許多序文中便可明顯看出來。所以“俱書寫漢字”的話,是明顯地把漢文本當作副本、次要的本子對待，目的在於藉以揚名，同時爲了政治上的考慮，在某些地方有所迴避。向來奏文中的語句不能隨便更改，所以奏文未全載而代之以自序時，最初的漢文刊本已流行，可能原來的某些擔心也無必要了。即便如此，漢文原刊本中最末尾的奏摺的漢文譯本，在這個本子裏也未能附載。

"完結録"由三部分構成。均爲圖理琛出使楚庫柏興記事。第一部分爲康熙五十九年五月爲討伐準噶爾問題而出訪蒙古的呼圖克圖，重經楚庫柏興與俄使伊兹瑪依洛夫的會談。第二部分是康熙六十年三月護送在北京的伊兹瑪依洛夫歸國至楚庫柏興的事（但上奏日爲康熙六十一年而不是六十年，當係轉寫之誤）。第三部分是把留居北京的伊兹瑪依洛夫的副使朗克送到楚庫柏興的事。均爲從現場發出或歸後拜疏的奏文。寫法與此書以前的編寫方式全同。

"完結録"中稱三次赴俄，與刊本所記"二次"不合。大概是著者原以爲第二次去俄即最後一回，編書時就那樣寫了，没想到還有第三次。

序、跋年月最早者爲蔣序。此時圖理琛正第二次去俄，尚未返國。可知圖理琛在第二次去俄（康熙五十九年三月）前已寫成《異域録》稿，并預定歸國後再加上第二次出使去俄情況，就準備付梓，因而先寫上"二次"。可是二次後又有三次四次去俄，接着又去廣東、陝西赴任。此外，未完成的原稿又在分别請人寫序，稿本展轉相傳（各序年月自康熙五十九年至雍正元年不等），結果匆遽之間未經詳校，至使卷末竟未"完結"（不能不説"太粗糙"）就付梓發行了。圖理琛在此時雖寫出"完結録"，羅列了上奏奏摺，却終於失掉了把它刻印的機會。"完結録"的開頭有"自此後，每歲奉旨，差往鄂羅斯邊界地方"的話，可能是他在第四次出使後一起撰寫的。

"完結録"(或者説是具備"完結性"的《異域録》)的收藏者桂岩老樵究竟爲何人(或説爲張賜寧),尚待考證。桂岩雖擬刊印此書全本傳世,實未實現。希望這個本子尚在,而桂岩老樵自藏本有一天出世。

五

桂岩老樵《異域録》的"完結録"是清俄外交史上從未見過的一些漢文資料,若與俄方其它資料對照,想必能得出頗爲有用的解釋發明。

"完結録"的第一部分,即康熙五十九年之行,加恩(Gaston Cahen)的書中是這樣説的:"伊兹瑪伊洛夫旅程的第二部分發生了一些意外事件。1720 年 6 月 4—15 日伊兹瑪伊洛夫把切爾卡斯基親王的信件交中國方面,還附上他本人的一封信。6 月 24 日—7 月 5 日中國於 1712 年至 1715 年出使土爾扈特的前使臣圖理琛到達色楞格斯克。他宣稱他此來的目的是率領中國軍隊遠征,在哈密地區進攻喀爾木克的琿台吉策妄阿喇布坦。但是他向俄國大使問起雅木柴夫戰役問題。伊兹瑪伊洛夫避而不作任何正面回答,所以當伊兹瑪伊洛夫向圖理琛問到商隊的問題時,圖理琛也同樣地托辭而不作答,并且過了幾天就動身回去了。"(《彼得大帝時期的俄中關係史》中譯本第 157 頁)把這些記載與圖理琛的奏摺對看,饒有趣味。

圖理琛於康熙五十九年三月奉敕從北京出發,五月十日抵達鄂爾渾河上游的庫倫,與呼圖克圖會見,通知他清朝已派五路大軍討伐策妄。五月二十八日抵達楚庫柏興(在此對策妄派往喀爾喀地方的一名妖僧有頗詳記録,恐與傳言策妄不逞不穩之事有關)。這樣,與在楚庫柏興的俄國專使伊兹瑪依洛夫會談中,就自然會講到前引加恩所説的那些話。但應注意,圖理琛并非預期要與伊兹瑪依洛夫會談,此來僅爲與楚庫柏興的俄方頭領會面,傳達清朝討伐策妄的結果,并説明:不知敗潰的兵卒入俄境否,清朝絶不入境追索,俄方可安心收容。這種提法與康熙五十四年同噶噶林的會談旨趣全同,傳達後,使命就算告終。伊兹瑪依洛夫是爲打開清俄間的貿易,受俄國政府的派遣來會談的,并説帶來了沙皇的信。對此,圖理琛的回答是"不惟爾國,但天下諸國之人來至中華,俱加恩恤",設法避免口實,迴避即時答復。因爲當時清朝對清俄間貿易的考慮主旨在於停止,而圖理琛并未負這方面的使命。

圖理琛的使命在於申明討伐準噶爾問題,貿易問題實居次位。但無論圖理琛怎麽講,伊兹瑪依洛夫也衹是説:"若呼圖克圖不奏請停兵,大聖皇帝不寬仁包容,如許大兵,如何抵擋,斷難存活。"對俄國怎樣辦一句未談,故這個記録是誠實的。從圖理琛講,本來自然是想把俄國接受清廷意見或可能接受意見上奏的。

關於鹽池打仗的事,圖理琛聯繫準噶爾問題向伊兹瑪依洛夫提出質問。伊兹瑪依洛夫對此的答復是:"鹽池地方,我國之人前往造房居住,於鹽池以南寨桑腦兒之處,現在修造房屋。策妄阿喇布坦并無遣人争取,亦不曾遣使我國。"圖理琛也説伊兹瑪依洛夫一概迴避直接答復。這方面則是圖理琛未曾明確報告的。

圖理琛還從伊兹瑪依洛夫那裏,聽到了阿玉氣汗依然健在,噶噶林一黨在聖彼得堡被囚等事。

以上都是從康熙五十九年六月圖理琛從楚庫柏興報告熱河行宫的奏摺("完結録"第一部分)中所見。關於圖理琛與伊兹瑪依洛夫的會見,貝爾説:"1720 年 11 月 24 日,北京宫廷派官一員來楚庫調查伊兹瑪依洛夫一行的人數與任務。此人名圖理琛,滿州人,理藩院官員,精通這方面事務,他曾在俄國住過,學過俄語。他在佛兒格曾與圖謝圖汗折衝過事務。他説是爲對大使表示敬意而來的。當然,那是面子上的話,實際上是爲查看使節此行是否爲了友好的目的而來。他在楚庫呆了三天,諸事滿意,就開拔了,行前對大使説,入境護照會很快發給的。但在圖氏歸國前,護照一直未發。因爲一切事都得等他回國上奏後方能決定。"(第一卷 290—291 頁)貝爾認爲圖理琛是被派來調查伊玆瑪依洛夫使團的。實際上他的重要使命是爲討伐準噶爾而求得俄國諒解。貝爾還説,伊玆瑪依洛夫一行於 11 月 5 日在張家口再受圖理琛的迎接(第一卷第 337 頁);赴京途中,在宣化,圖理琛又以個人名義設盛宴款待(第一卷,第 342—343 頁)。在北京,圖理琛又幫助使團爲送給康熙帝的禮單編目(第二卷,第 13 頁)。總之,傳説圖理琛爲使節團一行出力不少。

"完結録"的第二部分,即康熙六十年三月之行。關於此行,貝爾、加恩對圖理琛全無記録(貝爾與伊玆瑪依洛夫一起,正在歸國途中);圖理琛則記録了伊玆瑪依洛夫在楚庫柏興的談話。伊玆瑪依洛夫把俄國與瑞典交戰的情况告訴圖理琛,接着又講,在鹽池的俄國兵前一年曾捕獲策妄部下若干人,策妄并未向俄國派兵;阿玉氣汗和土耳其的恭喀爾汗依然與俄國友好。伊玆瑪依洛夫接着談到,對阿林阿給楚庫柏興頭領的文件很諒解。這文件的内容大意是"聽到了俄國與策妄交戰的事,策妄乃强敵,進兵須十分小心"。清廷對俄國想征服策妄乃至蒙古的事是很警惕的,在這樣的形勢下發送這樣的文件,已是難得了。阿林阿,見於《清史稿》列傳七十二,即康熙朝的滿人阿靈阿,圖理琛記録中作"公阿林阿",是個公爵。他的經歷是:正藍旗蒙古都統,理藩院尚書。有關準噶爾問題發往俄國的文件由他署名事屬正常,但是難理解的是,阿靈阿在康熙四十九年(時任理藩院尚書)由於受册立皇太子的陰謀事件所累,激怒了康熙,康熙五十五年他就死了。這文件若是康熙四十九年以前所發,就不是針對鹽池事件的。但康熙四十九年前可能發生過清廷所憂慮的俄國與策妄間的緊急事件,可以想象,會發出這類文件的。還有一種可能,即阿靈阿雖蒙帝怒,其理藩院尚書的職位還保留,因而(康熙四十九年後)以他的名義發出文件也不是不可理解的。總之,這文件是在阿靈阿逝世前所發,完全可以肯定。

何時發此文件,現在難下定論。但圖理琛談到此文件時的答復是"再查",當時清廷對準噶爾乃至對俄的憂慮可想而知。從文件中所舉應答之辭,以及流傳下來的伊兹瑪依洛夫對康熙的謝辭等來看,其中顯然充滿了虚飾的文字。

"完結録"第三部分記圖理琛第四次楚庫柏興之行頗爲不足。圖氏自己關於此行材料,却連一點簡單的記録也没有留下。據朗克記述:"1722 年 6 月 6 日,有名叫圖理琛的官吏來告,他奉帝命送我到楚庫。并説途中糧食驛馬等事由他協助辦理,還説請我準備好行裝後就通告他,他自己也正準備沙漠旅行所需,組織脚夫等事。八日,代表去宫廷,要求護衛隊商,但未得對方應允。對方衹是説,圖氏兼任護衛隊商的事。但在要求撥給糧食馬匹時,回答説是隊商路綫遠離使團,圖氏派一名部下兩名從者與他們同行,到楚庫前絶不離開。"(第二卷,306—307 頁)這份筆記對朗克等人在到達楚庫柏興前沿途的待遇一字未提。

實際上,朗克這次回國,是因爲在伊兹瑪依洛夫回國後,由於蒙古人逃亡到俄國境内和清俄間貿易關係惡化,清廷下令驅逐朗克等人。加恩談到圖理琛這次楚庫之行時説:"等到費菲洛夫於 1723 年 4 月 1—12 日或 2—13 日見到朗克時,情況即起變化或已經起了變化。送朗克到色楞格斯克來的圖理琛,交給切爾卡斯基親王一封理藩院於六十一年六月十日即1722年7月22日簽發的信件,信中表現出不耐煩的口氣;自從伊兹瑪依伊洛夫回國以後,一年已經過去了,而俄國還没有把私逃者送回來!因此中國采取了報復措施:於1722年間將俄國人逐出蒙古。"(《彼得大帝時期的俄中關係史》中譯本第181頁)瞭解了這一情况再看圖氏的奏摺,内容就顯得很空虚。盡管如此,理藩院的信是遞交了,這一條應在歸後上奏時講明,但全然未見,可能是因爲文件内容及交涉結果不便發表之故;"完結録"(同時也是《異域録》全書)就以這樣平淡的樣子來結束了。從"完結録"的整體來看,衹是羅列奏摺,作爲一部書,從體裁上看還是不完整的。

這部分漢文是否有對應的滿文本?筆者認爲當然會有原奏摺的,但今天已經尋訪無由。有關準噶爾問題和中俄貿易的新資料層出不窮,希望這些問題將來都能研究得更清楚。

附記:

關於《異域録》滿文本的傳世情况,據近年出版的滿文書目録,需略作補充如次:(一)1978年西蒙《倫敦地區滿文聯合書目》(W. Simon: Man chu Books in London a Union Catalogue),英國倫敦并未庋藏刻本或舊鈔本。僅於該目第三部分著録有影印本(第140頁)。(二)1979年《北京地區滿文圖書資料聯合目録》著録有曬印本一種(下册第387頁)。

一九八一年一月

(原載1981年12月《文物資料叢刊》第5集,第180～194頁)

釋"薩其瑪"

19 世紀初,北京竹枝詞《草珠一串》(得碩亭撰,1817 年刊本)裏提到北京糕點時曾說:"滿州糕點樣原繁,踵事增華不可言。"可見當時北京糕點花樣繁多,其中有不少原來是從滿洲傳入的品種。不過時至今日,大多已不可考,唯現今全國聞名的"薩其瑪",其命名仍然保留滿語詞兒,可知是滿族糕點。"薩其瑪"或寫作"撒七馬""薩齊瑪",(譯音無定字),過去有人曾對它解釋說:

> 薩其瑪,北京的一種糕點。薩其瑪是滿族語的譯音,原意用狗奶蘸成的糕點,現在已改用牛奶或奶油。(見《北京話語彙》第 175 頁)

這裏所說:"薩其瑪是滿族語的譯音",即來自滿語,是不錯的。

"薩其瑪"的滿語原文爲 sacima(滿文用穆麟德夫的拉丁代字法移寫,下同),原來是泛指用胡麻和蜜糖爲主要原料而制成的一種食品。漢語譯作:"糖纏"或是"餑餑糖纏"。前引文所說的那種"薩其瑪",就是屬於"餑餑糖纏"中的一種,它的滿語名稱是:mai shan halu isacima,漢語譯作:"枸杞子糖纏"。滿語 maishan 漢義是"枸杞子",俗名"枸奈子"或"枸奶子";滿語 halu 漢義是"細粉",或指形似細粉樣的東西。這種糕點製作時,就是用麻油炸過的細粉,合蜜糖粘聯成方塊,并用枸杞子蘸成的。

maishan 枸杞子,是茄科落葉小灌木,在我國大部分地區均有野生或栽培，西北、東北地區尤爲普遍，其果實爲紅色小漿果，味酸甜可供藥用，功能滋補。很久以來，人們已知采摘食用。如現在在我國廣東省某些地方，家常飯食製作菜湯時，就常投入幾顆用爲佐料，在日本也還有“枸杞菜”“枸杞飯”的吃法。而在我國滿族作爲一般食品食用時，常常是與蜂蜜相配合，這在滿文的早期文獻裏也有記載。製作“薩其瑪”時用枸杞子蘸成，正是滿族生活的飲食習慣，前文所引“薩其瑪”“是用狗奶蘸成的糕點”的説法，顯然是出於訛傳和誤解。

“薩其瑪”這種滿族糕點，除去上面所談的一種之外，據記載尚有兩種：

一、mucu halu i sacima，漢語譯作：“葡萄糖纏”。滿語 mucu 漢義是“葡萄”，有時候并指風乾了的“葡萄乾”，這裏就是用葡萄乾作原料代替枸杞子所製作的“薩其瑪”。

二、Sanyan halu i sacima 或 Sang giyanhalu i saci ma，漢語譯作：“白糖纏”。《清文匯書》解釋是“麻油札(炸)細絲和糖芝麻做了吃”的食品。滿語的 Sanyan 或 Sanggiyan，漢義都是“白色，白色的”，這裏則是指“白糖”而言。白糖的滿語名 Santan，本是來源於漢語“砂糖”的藉詞(Borrowing)，實際上是指北京話通常所説的微帶淡黄色的“潮白糖”。但是這種糕點製作所使用的，却是經過漂白脱色的，所以在名稱上就直接依據它的顔色，逕用 săngan 或 Sanggiyan 來形容代替了。這種“薩其瑪”製作上不用枸杞子、葡萄乾等果料，而僅是在製品表面敷以白糖，故又形象地稱之爲“芙蓉糕”。

以上所説，衹是“薩其瑪”的一般情況，有關它的製作和食用的歷史，清人一些筆記雜著裏間或提到。如富察敦崇撰《燕京歲時記》説：“薩齊瑪乃滿洲餑餑，以冰糖、奶油合白麵爲之，形如糯米,用不灰木烘爐烤熟,遂成方塊,甜膩可食。芙蓉糕與薩齊瑪同,但面有紅糖,艷如芙蓉耳。”至於現在食品店出售的北京糕點“薩其瑪”,大體上也還是保留着傳統樣式,製作方法上有所改進,選用材料上已不取枸杞子作果料,改用山楂糕丁和青、紅絲等原料罷了。

(原載 1982 年《中國烹飪》第 5 期,第 32 頁)

關於《聊齋志異》中的一支俗曲

——讀滿文書札記之一

蒲松齡的《聊齋志異》卷二《鳳陽士人》篇,在描述士人夫妻乍聚,麗人"又以巨觥勸客,士人以醉辭,勸之益苦"的情節時説:

士人笑曰:"卿爲我度一曲,即當飲。"

麗人不拒,即以牙板撫提琴而歌曰:

黄昏卸得殘妝罷,
窗外西風冷透紗。
聽蕉聲,一陣一陣細雨下,
何處與人閑磕牙?
望穿秋水,
不見還家,
潸潸泪似麻。
又是想他,又是恨他,
手拿着紅綉鞋兒占鬼卦。

歌竟,笑曰:"此市井里巷之謡,不足污君聽,然因流俗所尚,姑傚顰耳!"

這裏麗人所歌"流俗所尚"的"市井里巷之謡",其實就是明清以來盛興傳唱的一種時尚小曲。後來《聊齋志異》的評注家,遂有人説它是“俗中雅調似《金瓶梅》中所唱,非大雅之音也”①。所謂“似《金瓶梅》中所唱”,這是比附《金瓶梅詞話》第八回、第八十三回中的俗曲而來的説法;在這兩回裏引録的俗曲“寄生草”,其曲詞意境、聲情風格,確乎是與之極爲相近。

《黄昏卸得殘妝罷》一曲,在《鳳陽士人》篇裏,没有標示曲調名,在清康熙中葉以前的俗曲集裏,也未見選録,因此它是否爲蒲松齡的創作,現在還難遽斷。不過,抒寫思婦“鞋打卦”題材類型的俗曲,明代流行的時調小曲裏較常見;《鳳陽士人》篇的題材内容,又是蒲松齡“依仿古事”的再創作,所以篇内引録的這首“市井里巷之謡”爲掇拾當時“流俗所尚”的時光歌曲,也是頗有可能的②。據現存的曲藝文獻瞭解,這首俗曲自 18 世紀以來不僅曾爲一些俗曲集選録,并且還有過滿文本流傳,其漢語本直到解放前夕於南、北方曲藝中尚以不同的曲調在傳唱,可見它那憂傷而滲透着愛戀與追求的曲義情調,顯然對後世有過一定的影響,亦曾爲當時“流俗所尚”。

滿語歌謡,遠在清初,除有傳統的祭祀歌、生活歌之類的作品,也還流傳過樂曲型的俗曲,如:明末興起的“邊關調”等,就流行有滿語的作品。蒲松齡《聊齋志異》裏提到過的“滿洲調”,不僅他於寫作“聊齋俚曲”時采用爲曲調,而這一樂曲調在後世的俗曲

①《聊齋志異》四川合陽喻焜刻本,馮鎮巒評語。

②《鳳陽士人》篇的題材,淵源於唐傳奇:薛漁思《河東記》、李玫《纂異記》和白行簡《三夢記》。又見於明話本《醒世恒言》第二十五卷“獨孤生歸途鬧夢”。現在搜集到的蒲松齡著作有關的大量鈔本資料,有相當數量的明清之際流行的時尚小曲鈔本,其中作品多見於後世的一些俗曲集,如:《霓裳續譜》《白雪遺音》等。

裏仍在傳唱,并且在現存滿文文獻裏,還留存有滿語曲詞的傳鈔本①。至於乾隆時流行甚廣,舉凡城鎮無不傳唱的"鄉荷包",滿文本題名爲:"fadu seoleve ucuni mudan",更是比較著名的滿語俗曲②,可見明清時調小曲在滿語文藝中,當年也是頗有流傳的。《鳳陽士人》篇引録的這首抒情的《黄昏卸得殘妝罷》曲,在現存的滿語歌曲文獻裏,就有留存。一種滿文鈔本原文是:

gerhen mukiyeme hoilaka miyamigan be seme jabduha,
fa i tule wargi edun sahurapi cece ci hafuka, ba jiyoo mooi
asuki be donjici, guksen guksen i ler seme aga agara,
yamaka bade wei emgi baibi gudu gada, boloci mukei gese
yasa hargasahai julifi, boo de bedereraku be ainara,
yasai muke sar seme tuhebure dabala,
lgeli imbe kiduha. geli imbe jabcaha,
gala de seolehe fulgiyan sabu be jafafi balai buhiyeme tuwa-
cina.

這裏滿文曲詞的内容,與《鳳陽士人》篇中所引録的相同。滿語與

---

①《聊齋志異》第七卷《沂水秀才》篇提到"不可耐事"時,有"作滿洲調"語。所謂"滿洲調",係指清初流行的一種滿語歌曲,"聊齋俚曲"作品采用的俗曲曲調中,曾多次使用"滿洲調",有的鈔本或作"滿調"。後世流行於陝北府谷的小曲,至今還傳唱"滿洲調"《明月兒照紗窗》(見丁喜才演唱劉烽整理的《榆林小曲》第五十七、八頁),在現存的滿語俗曲裏,也還保存有與此曲内容大致相同的滿文鈔本。

②滿文采用通行的穆麟德夫轉寫法的拉丁字(下同)。"fabu seolere ucuni mudan"漢文本,即《白雪遺音》卷二所收《姐在房中正描花》一曲。此曲滿文鈔本現存多種,字句略有歧異。滿文本於沃爾科娃編滿文鈔本書目(М. П. Вопкова:"Описаиие Маньчжурских Рукописей ")中曾著録。

漢語雖然有各自的詞彙、句法結構和自己的生動的表現手段體系，但是漢語全曲的思想、感情、意圖的整體，却是在滿語曲文中能十分完整而明確的表現出來，適足以説明在我國民族文化傳統上，一直是具有統一性和普遍性的。這正是長期以來我國民族團結，民族文化相互交流、汲取融合的結果。

這首用滿語寫的"黄昏卸得殘妝罷"俗曲，約流行於乾隆年間；現存的滿語俗曲一般多未註明曲調，此曲所據鈔本，也是如此①。

屬於"八角鼓"類的"岔曲"，自乾隆年間興起之後②，有些漢文鈔、刻本雜曲集均曾輯録過部分作品，其中有的曲集也收録了這支相同内容的俗曲。曲調聲腔雖爲"岔曲"，而曲詞與《鳳陽士人》篇中所引録的基本相同，衹是曲詞末幾句語序略有倒换，"望穿秋水，不見還家"之後作：

又是想他，又是恨他，
潸潸泪似麻，
手拿紅綉鞋占鬼卦。

顯然這種曲句次序的顛倒，也還是由於"岔曲"聲腔的需要所决

---

①見我庋藏滿文俗曲集鈔本，此鈔本收滿文曲十餘篇，均無曲調名；鈔本書題作："manju ucuni bithe"。傅氏碧蕖館藏俗曲中，有此曲，亦無曲調名。

②崇彝《道咸以來朝野雜記》中説："文小槎者，外火器營人。曾從征西域及大小兩金，奏凱歸途，自製馬上曲，即今八角鼓中所唱之單弦雜排子及岔曲之祖也。其先本曰：'小槎曲'，簡稱爲'槎曲'，後訛爲岔曲，又曰'脆唱'，皆相沿之訛也。此皆聞之老年票友所傳，當大致不差也。"所説"從征西域"等事，在乾隆時期。

定①。這支岔曲，在曲藝場於演唱“單弦牌子曲”之前往往先唱一支“岔曲”定場、定音時，曾長時期作爲傳統保留節目在傳唱，不同的是删去“潸潸泪似麻”一句，末句改作：

手中拿紅綉鞋兒占鬼卦，
吐嬌音唤菊花，
叫他十聲九不答。②

乾隆間興起的“馬頭調”，到嘉慶時已很盛行，“幾與南北曲同其傳授”③，因此鈔、刻本多有流傳。1840年（嘉慶九年甲子）華廣生自序的俗曲總集《白雪遺音》，其中選録的“馬頭調”竟占全書三分之二，卷一之前，并刊有“一炷香”式的工尺字曲譜，所填的“馬頭調”曲詞，就是《黄昏卸得殘妝罷》一曲。曲譜原文是：

黄尺尺上上昏上尺六工六尺卸五六凡得工工工尺工六殘上上上尺工工工工尺上四合上。（過板）工六工尺上四上妝工尺上上上尺工工尺工六乙罷上尺工工六工尺上尺四上，窈尺尺窕上可四合誇乙四合。（過板）五五六工六合六。

窗工工工尺外乙四合合四上西尺尺上上風尺上四合冷工工工尺透上碧上尺工工工尺上上尺工六六五五六工六尺

①此岔曲，現存傳鈔本。劉復、李家瑞編《中國俗曲總目稿》上册第一四七頁，據故宫博物院藏本著録，題作：“岔曲頭”；傅惜華編《北京傳統曲藝總録》第一三一頁亦著録。

②此曲於曲藝場唱時，即爲以上原文，見榮劍塵著《演唱單弦的心得》第二部分楊大鈞記録整理的《榮劍塵岔曲集》，曲題作：《鳳陽士人》。

③見清楊掌生《夢華瑣簿》。清張子秋寫於嘉慶二十四年（公元1819年）的《續都門竹枝詞》説：“秋波臨去轉難當，白眼看它顧曲郎；一自‘馬頭’‘勾調’盛，瞎姑鎮目瞎奔忙。”這裏所描述的，正反映了“馬頭調”盛行後，在鼓詞盲女中已争相彈唱。

紗上上尺尺六六五五六六尺尺尺尺乙四合四,凄上凉尺六工更六工工六加工尺上。(過板)上六工尺上四上。

聽尺上尺蕉尺尺工工四合合四聲上上尺尺六工六尺工尺,一尺尺上上陣上尺六工六尺一五六凡陣工工工尺工六細上上上尺工工工工尺上四合上。(過板)工六工尺上四上雨工尺上上上尺工工尺工六乙下上尺工工六工尺上尺四上,不尺尺住上上滴四合打乙四合。(過板)五五六工六合六。

閃工四上煞上尺六六五五五六尺工上尺尺上四乙四合四奴尺尺上上四合乙四合六,一合合燈上上孤工工六工影尺上四上四對工六工尺上四上綉尺尺上上尺尺上上四合榻尺上四上尺六乙六五六凡,恨六六咬五銀工六工牙尺上。(過板)五五六六工六合六。

望工工工尺穿乙四合合四上秋尺尺六六波尺上四合,不工工工尺見上還上尺工工工尺上上尺工六六五五六工六尺家上上尺尺六六五五六工六尺尺尺尺乙四合四,兩上泪尺六工如六工工六麻工尺上。(過板)工六工尺上四上。

不尺上尺知尺尺工工四合合四他上上尺尺六工六尺上尺,貪尺尺上上戀上尺六工六尺何五六凡處工工工尺工六花上上上尺工工工工尺上四合上。(過板)工六工尺上四上柳工尺上上上尺工工尺工六乙上上尺工工六工尺上尺四上,撇尺尺了上上奴四合家乙四合。(過板)五五六工六合六。

好上四上叫上尺六六五五五工六尺上尺尺上四乙四合四我尺尺上上四合乙四合手合拿上上綉工工六工鞋尺上四

上尺上四**占**工六工尺上四上一尺尺上上尺尺上上四**卦**合尺上四上尺六合六五六凡，**盼**六六**不**五**到**工六工**他**尺上。

此曲譜是現存"馬頭調"譜較早的記録①，可惜它祇記工尺，未點板眼，僅能粗略瞭解它的聲腔，無從知道它的節拍。曲詞與《鳳陽士人》篇所引録曲文微異，添改的詞句則是根據"馬頭調"聲腔旋律的需要，不過，依然是依據抒情的發展保存了原曲的風貌。這類演化情況，固然是與明清以來時調小曲的翻調風氣一脉相承②，但也是由於它能深植於當時人們的思想感情之中，故易爲用來翻調傳唱。因此，直到清末在"四川清音"大調"寄生調"裏，還在流傳。

"四川清音"大調"寄生調"，又名"寄生草"，其曲目《黄昏》的原文是：

〔寄生頭〕黄昏卸得殘妝罷，
〔馬頭調〕 窗外西風冷透紗；
〔春色嬌〕 聽蕉聲，一陣一陣細雨下，
〔滿江紅〕 何處與人閑磕牙？
望穿秋水不見郎還家，
潸潸泪似麻。
〔疊斷橋〕一時想他，一時又恨他。
〔寄生尾〕手拿着紅綉鞋兒占鬼卦。③

---

①《白雪遺音》卷一之首刊載的這支"馬頭調"曲譜，題下注："連板"。在此之前，未見"馬頭調"曲譜刻本。

②鄭振鐸先生曾指出明代小曲與清代小曲的翻調關係，見所著《中國文學研究》第一〇二八、一〇二九頁。趙景深先生於《白雪遺音序》裏，并曾將"寄生草"與"馬頭調"兩種曲調作了比較，指出"用'馬頭調'來翻'寄生草'"，它們"每每大同小異"（見《白雪遺音》中華書局版序第五、六頁）。

③見胡度編《清音曲詞選》第六頁。

這裏的曲詞與《鳳陽士人》篇所引録的，衹是個别文字的歧異。然而翻調體裁却不是單一的曲調，其中包括了一個清音的大調和三支小曲，從而可見這支《黄昏卸得殘妝罷》俗曲，在後世不同地區傳唱中發展情況的一斑①。大致説來，隨着時間、地域等條件的差異和社會歷史等條件的變化，俗曲聲腔曲調的發展，往往是由簡趨繁。

綜合以上簡述，特别值得重視的是：

一、《聊齋志異》裏《鳳陽士人》篇中的“市井里巷之謡”，是一首明清時相當流行的時調小曲。蒲松齡在創作《聊齋志異》時已注意汲取當時盛行的俗曲，足以説明蒲氏早年對民間曲藝的重視和喜愛；他不僅注意漢族的歌曲，同時也注意了“滿洲調”之類的民族曲。無疑，這對於理解蒲松齡的藝術思想乃至創作方法，是極其有益的。

二、《聊齋志異》裏的《黄昏卸得殘妝罷》一曲，從 17 世紀末到 20 世紀初，一直傳唱不絶。它在流行過程中既有漢語的曲詞，也有民族語滿語的歌詞。無論這二者之間的關係如何，都説明了我國各民族間的團結友愛和民族文化間的相互交流、汲取融合，中華民族文化的寶藏，是我國各族人民長期共同創造的結果。

（原載 1982 年《滿族文學研究》第 2 期）

①“蘭州鼓子”傳統曲目中亦有此曲，係用三支曲調聯套組成的“套詞”。曲詞現存傳鈔本。

《曲藝叢談》序

趙景深先生的《曲藝叢談》，是他研究我國曲藝論文的首次結集。

遠在三十年代初期，景深先生於研究我國古代小説、戲曲的同時，對這類在我國人民生活土壤中産生和發展起來的曲藝文學、藝術，就進行了較爲深入的研究工作。1936 年，他系統地研究了長期以來流行於我國北方的大鼓，寫成第一本曲種專著《大鼓研究》（商務印書館出版），此後，即在曲藝學科領域，一直辛勤地整理資料，從事着研究寫作。并且，在他接續阿英主編的《通俗文學》周刊的復刊之後，和他自己主編的兩種《俗文學》周刊中，刊載曲藝研究的論文，從而使所謂"俗文學"的研究領域放寬，不再僅僅限制在小説、戲曲的範圍。解放後，他主要的努力，不僅是對曲藝遺産的描述研究上，而且還用在它們的理論認識上，探討現實主義的創作方法。於是又寫作了《談曲藝創作》《怎樣寫通俗文藝》等論著，試圖用實踐來檢驗真理。

現在這部《曲藝叢談》所收的論著，就是他以前所寫的幾種曲藝書和散在雜志報刊的文章經過選編的匯集。這裏，我覺得值得學習的地方：

首先，就是他讀書博、視野開闊，在文學史的研究歷程中，努力於修正傳統的狹隘觀點、概念和方法，開拓了研究的新領域。

如:對於“一向受正統派文人的鄙視”的大鼓,認爲是“素樸而富於生命力的民間文學”,文學史家應“承認其相當的地位”,“正式引入文學史内”。文學藝術學科盡管門類各有不同,但彼此通過基礎理論相聯繫,必定會有交叉的研究領域。因而,他看到曲藝同小説、戲曲的緊密聯繫,重視了曲藝文學藝術的研究。無疑,這對於探討我國文學藝術現實主義的生命力以及共同的藝術規律,是有一定積極意義的。

其次,就是他在掌握豐富資料的基礎上,對歷史年代相近、社會形式相似條件下産生的作品,進行了其主題、内容、藝術表現手法上的異同的比較研究,從中探討文藝發展的延續性和繼承性。如:“斷定馬頭調不是寄生草的别名,而是借用了寄生草詞句”,“翻調的風氣是一脉相承,由來已久的”,“‘節詩’其實就是‘南詞’,也就是‘彈詞開篇’在紹興的流派”等見解,都是從比較鑒賞和研究中總結而來。這也是前人很少去作而予我們文學藝術研究工作有啓發的。

至於他能在研究工作中總結創作規律,寫出了一些曲藝實踐的論著,不僅對於曲藝工作者有一定的參考作用,并且這一努力方向,也應是我們搞科研工作的人所必須學習的。學術研究必須後勝於前,既要繼承前輩學者的成績,還要學習其治學精神、治學方法,汲取精華使之發展。我想,這部論文集的出版,不僅能予曲藝文學藝術的科研工作有一定影響,而且對於我國文學藝術史的深入研究,也會提供有用的參考。作爲從事曲藝史研究工作曾得景深先生很多教益却仍舊是個初窺門徑的學徒,衹能滿懷欣忭説這麽點感想而已。

1981 年 10 月

(原載 1982 年 12 月趙景深著《曲藝叢談》,北京:中國曲藝出版社)

王三姑(王香隱)

隨着清中葉以后説唱伎藝的發展,曾長時期以來流行於江南鄉鎮的"盲女彈詞",在城市間也相當活躍起來,因而當時一些封建文人在其詩文集中,也偶爾提及她們。據記載,當時著名的女彈詞藝人,有:王三姑、項金姐、楊玉珍等[①],可惜有關她們事迹的資料多是零散,比較具體的演藝生活等情况不易瞭解。

在這幾個已知名的女彈詞藝人中間,時代稍早的是王三姑,并且當時封建文人記載到她的也多些。詩人趙翼(公元1727——1814年)晚年爲她寫有《重遇盲女王三姑賦贈》絶句四首,詩中雖説明了她致力於彈詞藝術的時間較長,而對她的生平事迹却没有涉及[②];袁枚(公元1716——1797年)在他六十六歲時也寫有:《贈彈詞盲女王三姑》一律,但内容却是無聊的打趣[③]。可見封建文人雖偶爾看到女彈詞的藝術并於所作詩詞中加以贊賞,實際上并非緣於對彈詞藝術的珍愛,衹不過在消遣、玩弄之餘的"戲筆",故所

---

①見李家瑞《説彈詞》和陳汝衡《説書史話》等。項金姐爲嘉慶年間人,楊玉珍爲道光時人。

②見趙翼《甌北詞鈔》。

③見袁枚《小倉山房詩集》卷二十八。

能提供的藝術史料往往較微少。在丁丙寫的《續東河擢歌》里[①]，倒是有篇詩作談及她彈詞藝術稍微具體的資料：

> 悶憑盲女試彈詞，青翰舟中樂酒卮；
> 摹出纏綿悲憤意，何須一顧始題詩。

其後在注裏并説：

> 王三姑，字香印，盲女也，居慶春橋側，王夢樓太史爲書"青翰舟"榜其廬。工三弦子，轉喉引聲，摹英雄兒女口吻，能使聽者忽喜、忽怒、忽悲、忽泣；爲觥録事，能使客盡歡。吴西林、杭堇浦、汪槐塘、袁簡齋諸老，均贈詩。"悶憑盲女試彈詞"，厲太鴻句也。

這裏所説她彈詞的藝術造詣，確是較爲明確，説明她彈唱英雄兒女的故事極爲感人，曾取得頗好的藝術效果。

至於王三姑生平事迹略詳的，則爲吴大鏞寫的《盲女王三姑小傳》[②]。原文是：

> 王三姑，字香隱，蓬門中清慧女也。失明後，遂游彈詞鄧學孔之門，授其音旨，粲花妙舌，娓娓入情。席間，喜射復猜枚，遇嘉賓，必一一問姓氏里居，皮裏陽秋，人弗覺也。接談後閲歲，時會於他所，聞聲而知爲某某，勝常道故，主賓争以爲榮。雖素慳者，不惜纏頭贈之。其尤欽重士林，孝廉中有投分而艱於北上者，始焉勸駕，終且解囊；寒士針芥之合，聞緩急，往往拔釵脱釧，陰博其歡心，儼有紅妝季布，翠袖朱家之譽焉。
>
> 當某撫軍時，聲名噪甚，大官眷宅，争招致署中，爲夫娘

① 見《武林掌故叢編》八。

② 見繆艮編《文章游戲》初編（初刻本刊於嘉慶八年，公元 1803 年）。

輩低唱佐觴;金帛外,兼遺珠玉。鹺商宴集,座中無三姑不歡,幾置南部梨園於不問。名士偶有雅醵,預遣伻致意,或睹面訂期,必俟香隱首肯,然後舉觴。甚如甌北、隨園二老人遇之,亦心開目明,各有詩梓入集中。舉國若狂,可謂人妖矣。詩箋多不勝述,余獨取崔夫人浣青提贈箑頭一絶云:

唱罷楊枝又竹枝,西風吹上鬢如絲;

人間多少繁華夢,都在秋娘未老時。

所謂妖嬈女老,一彈再三嘆慷慨有餘音者矣。

這傳略寫作的主旨,雖還不是着重於記載王三姑的彈詞藝術成就,但結合前引文字,對她的身世、爲人乃至伎藝傳承和聲望,比之僅就趙、袁等人寫作的詞篇所瞭解到的,確乎是更爲具體。

《盲女王三姑小傳》説:"王三姑,字香隱",可以補正丁丙詩注説"字香印"。記清代中葉彈詞情況的零散資料中,提到名藝人姓字的不多,如張泓的《滇南憶舊録》所説:"金陵趙瞽以彈詞名",對"趙瞽"就語焉不詳。而《小傳》裏叙述了王三姑學彈詞的師承,舉出她學藝出於"鄧學孔之門",彈詞藝人鄧學孔的名字,便是在此之前所未知見的。蘇州彈詞藝人組織"光裕公所"的創立人王周士,他是乾隆時期極負盛名的彈詞藝術家,在清高宗愛新覺羅弘歷南巡時,曾於御前彈唱,他在當時是"以説書游公卿間"的藝人,因而趙翼也有《贈説書紫髯翁》的詩題贈,并且在後世的"彈詞開篇"裏還以此事稱譽①。一般在談論清代早期彈詞名藝人的,都是

①趙翼詩有注説:"姓黄名周士,以説書游公卿間。"這裏姓黄爲誤記。彈詞名家馬如飛的開篇《柳敬亭》中,有句:"繼而天子南巡日,駕幸蘇州一座城。就有御前彈唱王周士,賜七品京官伴駕行。甌北趙公全集内,題詩一首贈王君。"這裏所説"趙公全集"内的題詩,即《贈説書紫髯翁》。

以他知名最早。趙翼在爲王三姑和王周士寫詩時,説王三姑是:

十年前聽撥琵琶,曾惜明眸翳月華;

今夕紅燈再相對,老夫亦已霧看花。

并説:"徐娘雖老尚情長,慚愧蕭郎鬢已霜。"説王周士演出情況時:"但聞噴飯轟滿堂,炙輠争推此秃叟"。兩詩寫作時間距離不長,王三姑既然是"游彈詞鄧學孔之門",可知鄧學孔或略早於王周士,約爲乾隆初間的彈詞名藝人。以王三姑享盛名的情況推斷,鄧學孔即使不是當時的名師,也該是伎藝在一般水平之上小有聲名的彈詞藝人,這是可補清代彈詞史的缺漏的。

關於盲女彈詞的史料,在明代時人著作裏談及她們獻藝情況的不少,例如沈德符《萬曆野獲編》卷十八"冤獄"條裏説:

朱國臣者,初亦宰夫也,畜二瞽姬,教以彈詞,博金錢,夜則侍酒。

田藝蘅《留青日札》卷二十一"綉花娘、插帶婆、瞎先生"條裏也説:

瞎先生者,乃雙目瞽女,即宋陌頭女之流。自幼學習小説、詞曲,彈琵琶爲生。多有美色,精技藝、善笑謔可動人者。大家婦女,驕奢之極,無以度日,必招致此輩,養之深院静室,晝夜狎集飲宴。

這種流俗遺風,至清中叶猶盛,所以袁枚在《隨園詩話》卷五中曾説:"杭州宴會,俗尚盲女彈詞"。解弢《小説話》裏也追述有:"勝國中葉,家給人足,巨家消閑,豢鼓教歌"的話。這些與《盲女王三姑小傳》所提供的資料相印證,從而可見封建末期官僚地主階級的生活愈益奢靡腐朽,而女彈詞因之勢必逐漸失去過去的矜嚴,清末女彈詞日趨低下,其實於清中葉已略見端倪。無疑,《盲女王三姑小傳》提供的史料,予研究女彈詞史也是有用的。

清代中葉的戲曲發展,因商業發達都市繁榮,地方戲曲的勃起極爲繁盛。江南鹽商富賈每宴集必演劇,對戲曲愛好歡喜若狂,其争奇鬥采、窮奢極侈的情狀,如李斗的《揚州畫舫録》等類文獻資料裏,都有詳細的記載。王三姑以彈詞説唱竟可使鹽商、官僚們"幾置南部梨園於不問",固然當時女彈詞爲人傾倒已未必全由她們的藝術魅力,但如果她没有善於學習繼承前輩的藝術精華,"授其音旨"而以"粲花妙舌"彈唱至使故事"娓娓入情"的精湛伎藝①,委實也難與興盛的戲曲藝術争勝。可以想見,王三姑在彈詞藝術的修養方面,必已達到較高水平,彈唱技巧超出儕輩,所以"聲名噪甚"而"舉國若狂",絶非全由色相。至於她對於寒酸文士能解囊相助的俠義行爲,更是難能可貴,足以説明她的流品畢竟還是高尚的,其行止并不同於流俗,故而爲人所稱道。繆艮在讀《盲女王三姑小傳》書後説:

> 余向聞香隱彈詞於顯者家庭中,杭菫浦先生謂諸香老云:此女盲於目不盲於心,吾輩醉時語當矜持,毋使其姍笑也。又嘗與陳花農先生約誓爲女弟兄,其見重於名公卿如此。②

這與前所引文相印證,對瞭解她的矜重爲人也是有一定幫助的。

吴大鏞的《盲女王三姑小傳》寫作於嘉慶初年,袁枚的《贈彈詞盲女王三姑》詩作於乾隆壬寅(乾隆四十七年,公元 1782 年),據此推斷,王三姑約生於乾隆前期,當是 18 世紀中葉的女彈詞著名藝人③。

---

①據解弢《小説話》中説:"瞽者轉相授受,口教耳讀,其重師法,有過漢儒。"可知當時盲女彈詞的學藝是非常嚴格的,重視師承,嚴於習練,故伎藝高超并非偶然。

②見繆艮《文章游戲》初編所收吴大鏞《盲女王三姑小傳》篇末書跋。

③波多野太郎教授所著《華南民間音樂文學研究》(日本,1977 年出版)一書,其"(五)清代的彈詞"章,曾提到"乾隆時代瞽女王青翰"(見該書頁五十八);王青翰,即王香隱、王三姑。

[補記]

徐珂的《清稗類鈔》裏有一條也叙述到王三姑事迹，可與吴大鏞所撰《盲女王三姑小傳》相參證。原文是：

> 女郎王青翰，乾隆時人。幼以目眚失視，而明慧過人。工彈詞，清吭諧婉，間爲激昂悲壯語，令人色動神飛，然不輕發也。曾見賞於杭堇浦、王夢樓，賦詩投贈，聲價益高。性耽飲，持觴政極嚴，客不敢犯。尤善諧謔，偶一語入妙，四座爲之傾靡。名流宴集，必招致共飲爲快；或非當其意者，餌以重幣，不顧也。既與孝廉某善，出橐金促赴南宫試，旋聞孝廉試不利，且死，一慟幾絶；自此長齋杜門，不復弄潯陽江上琵琶矣。名流嘉之，傳諸吟咏。有爲《夢横塘》詞以咏之者，其詞云：
>
> "淡雲遮月，薄霧籠花，却疑妝倦如睡。幾曲春風，纔付與匆匆彈指，歌扇邀凉，酒襟留暖，未成歡計。漸徐娘老矣，冶思都銷，銷不盡憐才意。青青楊柳樓頭，想天涯弱婿，遠夢千里，覓甚封侯！空折了孤飛鴛翅，伴鐙影長明證佛。冷雨重門夜深閉，萬古傷心，一分才色，便一分憔悴。"

這裏所説王三姑離開當時歌壇的緣由，不見於其它資料談及，可作傳略的補充。

（原載題名"記王三姑——彈詞史札記之一"，《評彈藝術》第1集，北京：中國曲藝出版社，1982年12月）

《單弦牌子曲"志目"簡論》

17世紀偉大作家蒲松齡的《聊齋志異》是一部蜚聲中外、流傳廣遠、影響至巨的文言短篇小説集,其中有不少思想内容清新健康、人物形象鮮明生動、故事情節委曲完整的著名篇章,曾先後被改編再創作爲鼓曲書詞行世,逐漸形成了一批爲廣大群衆喜聞樂見的通俗説唱"志目"。

説唱"志目"是《聊齋志異》的一種普及形式。它以通俗文藝所特有的藝術手段,給一般文化水平較低的人們掃除了原作文字古奥的障礙,使廣大群衆極大程度地滿足了欣賞"聊齋故事"的渴望。它以自己顯著的藝術特色,擅名街衢里巷、書壇歌場,使人們在從中領略原作意趣的同時,得到了鼓曲藝術美的享受。因此,這些通俗説唱作品,不僅在群衆中具有相當深厚的基礎,而且在我國的文學藝術發展史上,也具有不容忽視的價值。它與《聊齋志異》一書的成就相互輝映,同是我國文化藝術寶庫裏不可多得的珍品。

據見於文字的材料統計,現存各種傳統説唱"志目"共有一百七十多個,涉及到的説唱形式主要有:俚曲、子弟書、單弦牌子曲、鼓詞、彈詞和評書等。其中,單弦牌子曲的數量最多,計有六十七個,約占説唱"志目"總數的五分之二。這是一個值得注意的藝術現象,應該進行一些必要的探討。

一

單弦牌子曲隸屬於八角鼓系統，它是由岔曲中插入若干時調小曲、地方戲曲和鼓曲曲牌而組成的雜牌子曲。逆旅過客編輯的《都市叢談・八角鼓》條裏説：

> 八角鼓者，相傳爲前清定鼎時凱歌之詞，後以三弦隨之，名爲岔曲。……由岔曲内又加添各種雜調，是爲單弦兒。

這是有關八角鼓裏岔曲和牌子曲形成過程的一般説法。其實，單弦的名稱出現較晚，它是隨着牌子曲出現一個人自彈自唱的單場演出形式而得名的，所以又稱"單弦牌子曲"，簡稱爲"單弦"。

八角鼓開始盛行的年代，約在 18 世紀中葉。雲游客的《江湖叢談》裏説：

> 康、乾時代，歌曲暢興，各貴族家中遇有喜慶之事，皆有請堂會，奏以富貴升平的歌曲，在斯時最盛行的爲八角鼓了。

看來"堂會"是八角鼓早期的主要演出方式，這應該與"據説斯曲爲八旗土産，向無賣錢之説"有關。但是，它的盛行不僅表現在堂會演出上，而且還表現在雜耍館裏演出上。乾隆六十年(1795)楊米人寫的反映北京地方習俗的《都門竹枝詞》裏有一首詞説道：

> 同樂軒中樂最長，開來軸子未斜陽，
> 打完八角連環鼓，明慶新班又出場。

可見當時的八角鼓已經進入"雜耍館"演出，是受群衆歡迎的節目。

早期八角鼓裏的歌曲，主要是"岔曲"，"牌子曲"的形式還比較少見。乾隆六十年刊王廷紹點訂的《霓裳續譜》裏，收有各種岔曲一百四十八支，其中衹有幾支"代靶""代戲"，初具牌子曲的結構形式。嘉慶九年(1804)華廣生編輯的《白雪遺音》裏,收有八角鼓曲詞四十九支,其中也衹有七支是牌子曲。大約就在此時,鼓兒們開始注意到了《聊齋志異》一書在群衆中的巨大影響,曾采用“志目”篇名,巧妙地聯綴成一些寫景抒情的“小岔”作爲八角鼓開場時演唱的“脆唱”曲。

這類鑲嵌“志目”的岔曲,在傅惜華編的《北京傳統曲藝總録》裏計有《志目》《細柳垂小翠》《聊齋志目》《蓮香與紅玉》《青梅争紅艷》等五支,後四支據著録“已毁”,但是我們見於同、光間鈔本《小岔抄存》裏,存有這四支岔曲的曲詞,現摘鈔三支如下:

細柳垂小翠

細柳垂小翠,春光滿江城,遍地的阿綉,錦瑟織成,粉蝶翩翩過長亭,丁前溪水莽草,在河間生。忽聽得鳥語嬰寧驚狐夢,農人農婦勸耕種,惟有苗生田子成。

聊齋志目

小翠竹青,細柳織成,但見那粉蝶翩翩,鳥語聲聲。小梅開似晚霞紅,金生色菊花放蕊,舞黄英。單道上仙人島上成、成仙性,惟愛他珠兒香玉,價值連城。

青梅争素艷

青梅争素艷,竹青耐歲寒,山松不老雲翠仙。寒月芙蕖,戲術通玄,紛紛夏雪白於玉,陳雲栖連瑣常空,連城都變幻。鳳陽士人占禄數,準卜豐登金永年。

三段曲詞都是由“志目”組成的寫景抒情之作,其構思之巧,應用之工,可以説是渾然天成。像《細柳垂小翠》一段,僅有六十個字,却容納了《細柳》《小翠》《江城》《阿綉》《錦瑟》《織成》《粉蝶》《翩翩》《長亭》《丁前溪》《水莽草》《河間生》《鳥語》《嬰寧》《狐夢》《農人》《農婦》《苗生》《田子成》等十九個“志目”,寫來生動形象,不隔不離,活托出一幅田園風俗畫,給人以清新悦目的感受。

"志目"岔曲不是簡單的文字游戲,它對擴大《聊齋志異》的影響起過積極的作用。其中鑲嵌的"志目"不一定都完全直接來自原作,有些可能來自當時歌場和劇場上流行的"聊齋故事"曲目和戲目,這對我們研究各種藝術形式的相互影響也有一定的資料價值。

在岔曲裏,目前還没有發現叙事"志目",偶有涉及到《聊齋志異》内容的段子,像《嬌娜雪贊》之類,演述的也并非該"志目"的完整故事。它僅借其某一人物或某一情節斷片生發開去,目的還是咏物抒情。

岔曲由"代靶""夾核",逐漸形成了早期的牌子曲"腰節""群曲",仍不見叙事"志目"。清鈔本《悦目怡情》裏有一段《書名腰節》,説的是:

> 聊齋一塊匾,寫得是雙鳳奇緣,隨畫院種緑牡丹,二度梅開放再生緣。〔南羅兒〕金臺傳,玉釧緣,南北宋,東西漢,蝴蝶媒飛舞桃花扇。〔羅江怨〕花鏡生在粉妝樓前,西湖佳話今古奇觀,西厢曾挂雌雄劍。〔倒推船〕一對雙釵梅玉配,精忠難辨巧奇冤,獨有兒女英雄傳。〔曲尾〕歌罷一曲天尚早,臨行又把詩(卧牛)詩詞念,念得是,杏花天上水石緣,芙蓉洞内小金錢,金瓶梅設龍圖案,香連帕係玉連環。

這裏第一句提到的就是《聊齋志異》,但"聊齋"却仍然是以書目的形式出現的。這時不見叙事"志目"的原因,至少與岔曲等的體制和曲牌有關。岔曲、腰節、群曲之類,體制一般都比較短小,很難容納一個完整的故事;它們的曲牌音樂多以抒情見長,叙事受到一定的限制。例如上述那支《書名腰節》的曲牌組織形式是在岔曲頭和岔曲尾中間插入了"南羅兒""羅江怨"和"倒推船"三個曲牌,每個曲牌衹有三句唱詞,衹使用一番,而且音樂性較强,一般不能反復用來叙事。在後來的單弦牌子曲裏,“倒推船”也是每曲使用一次一番;“南羅兒”每曲使用一次一番或兩番;衹有“羅江怨”在作了相應改革後,每曲纔使用一次數番,但仍然保持着明顯的抒情色彩。

二

大約在 19 世紀中葉,八角鼓裏纔出現了牌子曲叙事“志目”,第一個編演這類曲目的據傳説是單弦的創始人隨緣樂。張次溪《人民首都的天橋》一書裏説道:

> 單弦爲附屬於八角鼓中的一種,又名雜牌子曲,是一種清雅曲藝。相傳開始編著的人是隨緣樂,曲中取材多從《聊齋》《水滸》,如《天宫》《嬰寧》《水莽草》《挑簾裁衣》《開吊殺嫂》等。

隨緣樂怎樣創造了單弦,又怎樣首先編演了“志目”? 這需要對單弦牌子曲和八角鼓的關係作進一步的考察。

全堂八角鼓類似合群藝爲一臺的雜耍兒,包括的演出技藝相當多。清末有一首名爲《八角鼓子弟規》的小岔裏説:

> 子弟爲喫飯,生意爲要錢,至於那場面規矩,都是一般,離不開説學逗唱,吹打拉彈。(過板)快書與大鼓,岔曲單弦,要唱拆活兒,(卧牛)必須改頭换面,九龍鬧海把大碗變,馬頭調有點失傳。

這裏提到的單弦,應該是牌子曲,故纔能有“拆活兒”之説。這種演出形式,至晚可追溯到十八和十九世紀之交。梁紹壬在道光十七年(1837)編寫成的《兩般秋雨盦隨筆》裏,收有他早年寫的《燕臺小樂府》五首，其中《八角鼓》一首説道：

十棒花奴罷歌舞，新聲乃有八角鼓。
一木一扇一氍毹，演説無是兼子虛，
虛中生實無中有，別是人間一談藪。
操成北地土風音，生就東方滑稽口。
有時按曲蘇昆生，有時説書柳敬亭；
有時郝隆作蠻語，有時公冶通鳥聲。
有時雙盤旋空際，公孫大娘舞劍器；
有時累丸擲空中，佝瘻丈人承蜩功。
須臾座中響弦索，引上雛兒一雙玉，
不習梨園舊譜聲，自調菊部新翻曲。
曲邊人物盡風流，燕樣身材鶯樣喉，
入局先輸錢買笑.當筵又費錦纏頭。
眼波眉語通消息，別有温柔描不得，
巧謔新諧倍有情，穠歌艷舞都無色。
由來此戲五方同，不及京師技最工，
此輩亦須官樣好，馬伶無怪客嚴公。

從這首詩來看，當時八角鼓裏包括的技藝是相當豐富的，其中有説書、唱曲、象聲、雜技、戲曲清唱等；流傳的地域也比較廣泛，北京及其他地區都有演出。其説唱部分一般由若干人來協同進行，有衆人齊唱的“群曲”和起角色的“拆唱”等形式。道光二十八年(1848)邗上蒙人自序的《風月夢》是一部反映揚州娼妓生活的小説，其中有一段記八角鼓演唱情形：

三個人上來將桌子擺在中間，有一個拿着一擔大鼓弦子坐在中間；那一個拿着一面八角鼓站在左首；那一人抄着手站在右邊。那坐着的念了幾句開場白，説了幾句吉祥話，彈起大鼓弦子,左邊那人敲動八角鼓。那坐着的唱着京腔,夾着許多笑話。那右首的人説閑話打岔,被坐着的人在頸項裏打了多少掌,引得衆人呵呵大笑,這叫做逗哏兒。揚州不行,北京城裏王公大臣宴客總少不了的,三人説唱了一回退下。

可見八角鼓説唱的格局,一般是三個人,説唱間要打諢逗哏。這種演出形式,直到清末還大體如此。光緒二十六年(1900)富察敦崇寫的《燕京歲時記》裏説道:

八角鼓乃青衣數輩,或弄弦索,或歌唱打諢,最足解頤。

由此看來,八角鼓的説唱和單弦牌子曲并不完全等同。以曲詞而論,二者似無較大的差異;從表演形式上來看,二者却有明顯的區别。單弦雖然也唱岔曲和牌子曲,但却是由八角鼓裏分離出來的單場演出,采用一個人懷抱三弦自彈自唱的演唱形式。它繼承了八角鼓的某些音樂和曲本,保持着八角鼓的喜劇風格,演出形式却又比八角鼓簡便靈活,曲牌和曲本也比八角鼓更爲豐富。這是從隨緣樂開始對八角鼓進行的一種改革,因此單弦在同光間風靡一時。

隨緣樂本名司瑞軒(一説名司徒靖韡),滿族人,約生活在道光到光緒年間,是一個"身經四朝沾雨露,浪迹隨緣樂無窮"的清門子弟。他早年曾在欽天監(一説在内務府)當過差,因嗜好詞曲,自己挑頭組成"隨緣樂"八角鼓班,率衆走票,演唱八角鼓消遣。清代北京的曲藝,按演員的不同身分,向有"子弟"和"生意"兩門,也稱"清門"和"渾門"。八角鼓原本是清門曲藝,逆旅過客在《都市叢談·八角鼓》條裏説:

據説斯曲爲八旗土産,向無賣錢之説。演者多係貴胄皇族,故稱子弟。如欲演唱,必須托人以全帖相邀,至期在某處聚齊,專候本家兒迎請,應當茶水不擾,唱完各自回家。後因帶燈往返不便,始由請者予備晚飯。

隨緣樂領導的正是這樣一個八角鼓班。大約在咸豐末年,班内票友迫於生計艱難,以索取車錢、鞋錢等要挾,不肯赴請家之約。隨緣樂深感失信於民,損及名譽,乃憤而散班,逐隱居北京西山,根據《聊齋》《水滸》等編寫曲詞,并將多種樂器伴奏,生、旦、净、末、丑多人起角色演唱的牌子曲,由八角鼓裏獨立出來,改爲一個人懷抱三弦自彈自唱的單場演出形式,號稱"單弦",獻藝時仍沿用原八角鼓班名,自稱"隨緣樂"。從此人們就把隨緣樂稱爲單弦的創始人,像逆旅過客的《都市叢談・單弦曲詞》條裏説:

單弦爲八角鼓中之一,向不單獨演唱,由打隨緣樂創始,始有單場之説。

雲游客的《江湖叢談》裏也説:

有内務府旗人司徒靖轅者,别號隨緣樂……研究八角鼓兒曲詞,是乃單弦漸興也。

還有前邊提過的張次溪《人民首都的天橋》以及近期出版的《辭海》《中國戲曲曲藝詞典》等著作裏,都談到隨緣樂是單弦的創始人。

隨緣樂有東方曼倩之風,他的單弦以幽默滑稽著稱。據説在八角鼓班裏時,他是個全材,"吹打彈拉,説學逗唱"樣樣皆能,尤精於"説學逗唱"。他在演出單弦時,更充分發揮了説學逗唱的特長,致使"鬧嚷嚷許多行路人談講,説隨緣樂相聲絶妙巧調絲弦"。同光間他來往於堂會和雜耍館演出,以新穎的形式和根據不同聽衆即興變换曲詞、臨時抓哏逗趣名噪一時。孫履安的《京塵雜憶》裏記載隨緣樂在雜耍館裏演出"每日必上三四百座,有海慧寺僧,名鏡舟者,每日必到"。光緒十二年(1886)李虹若編的《朝市叢載》卷七裏輯録了時人寫的一首竹枝詞,歌咏他道:

技藝京西號隨緣，張貼特請姓名傳。

受他刻薄人爭樂，子弟明稱暗要錢。

所謂"子弟明稱暗要錢"，雖然有點揶揄的味道，但對演員來説，也自有他們的苦衷，這正像逆旅過客在《都市叢談》裏所説：

此等人雖然要錢，當初可不入生意門兒，桌上應當鋪一紅氈，報簽兒上要冠以"子弟"二字。無論在何處演唱，上場時須有人衝上作揖，名爲"請場"，仍不失"子弟"身分。而且多不肯當日辦帳，必須演完一轉兒（四天爲一轉兒）由館子人打總送到家。每逢演到末一天，本人必得由場上走。所謂躲避"生意"二字，并非故意掩耳盗鈴，内中却是别有用心，因爲子弟隨意消遣有時可以拿座客取笑，生意名爲售藝，不能向座客任意詼諧。

當然，這種"拿座客取笑"也僅祇是"有時"而已，隨緣樂拿和尚鏡舟取笑，被傳爲佳話，而繼其後者的李燕賓（别號隨緣時話）拿某人的生理缺陷取笑，則惹下了一場亂子，因而喪命。隨緣樂的演出，一直保持子弟身分，光緒三十四年（1908）刊松友梅的《小額》是寫庚子（1900）以前北京現實生活的"社會小説"，其中叙寫到隨緣樂當時演出的情况：

第二天是四月初七，河沿兒上通河軒是初七初八兩天的隨緣樂。……走到抬頭一瞧，兩邊柱子上都挂着一個牌子，上頭貼着黄紙的報子，是：本軒初七、八日兩天，特約子弟隨緣樂，消遣：《風流焰口》《五聖朝天》，别調岔曲，《别母亂箭》。

這裏所説的幾個段子都有清鈔本傳世，《風流焰口》和《五聖朝天》内容幽默，與隨緣樂的演出風格是一致的。光緒間百本張鈔本《隨緣樂》子弟書裏，對他場上作藝情况更有過詳細的描述，説他"學相聲好似還魂張三禄，銅騾子余三勝到象活的一般"。張三禄是比他早的一個演員,八角鼓的丑角演員,後改説相聲,從這裏可以看出單弦和八角鼓的繼承關係。銅騾子、余三勝是道光到同治年間的著名京劇演員,從這裏可以看出單弦是怎樣吸收早期京劇演唱藝術形式的。該子弟書裏還説他“招的那滿園之人齊聲大笑,都説是司先生珠璣滿腹名不虚傳。適纔這武松殺嫂驚人典,原出在春秋左傳天啓八年”。這裏説的是他在演唱《武松殺嫂》這個段子時,采取歪意曲解等方式製造笑料,由此可見他插科打諢的一般情况。後來是“討臉之人煩妙曲,他求道風流焰口不接三”。“討臉”和“請場”一樣,都是尊重子弟演員的一種禮儀,所特煩的一般都是演員最拿手的節目,這裏請演的和《小額》裏記述的一樣,是《風流焰口》。最後,“場上説明朝準演聊齋段”,突出了“志目”在隨緣樂單弦演唱中的地位。予告節目是一種藝術宣傳,它與來日聽衆的多少有極大的關係,一般予告的都是能够吸引聽衆的段子。他既然以“明天準演聊齋段”作號召,可見“聊齋故事”和“水滸故事”一樣,都是他演出有素并深受聽衆歡迎的保留節目。

“明天準演聊齋段”是目前見到的有關牌子曲演唱叙事“志目”的最早記載,再聯繫到後來的“曲中取材多從《聊齋》”等記述,我們有理由説隨緣樂不僅是單弦牌子曲創始人,而且是第一個編演叙事“志目”的人。正是他繼承和發展了八角鼓的喜劇風格,把單弦牌子曲這種藝術形式和《聊齋志異》的諷刺揭露内容結合了起來。正是他在單弦牌子曲裏引進了“南城調”“雲蘇調”“金錢蓮花落”等叙事曲牌,擴展了音樂表現能力,纔使牌子曲有容納編寫“聊齋故事”的可能性。當然,單弦“志目”在隨緣樂手中出現,還有其他的原因,例如,《聊齋志異》一書的廣泛流傳和急劇的受廣大群衆的重視。《聊齋志異》基本完成的時間約在康熙十八年

(1679),而初刊却在成書的八九十年之後。這期間雖然“人競傳寫,遠邇借求”,但受鈔本的局限,不可能流傳很廣。直到乾隆三十年(1765)纔有第一個刻本,此後不斷有新刻本和評介文章問世,逐“流播海内,幾於家有其書”。我國説書藝人,向有改編和移植的傳統,許多曲目多來自群衆喜愛的文學故事,各曲種間也互相影響,輾轉移植。隨緣樂創立單弦的時代,正是《聊齋志異》刊本四出,廣泛流傳的時代。評話、子弟書等曲種已在競相改編演唱“志目”,隨緣樂也不會不發現《聊齋志異》一書對廣大群衆有多麼大的藝術魅力,自然會迅速作出反應,改編或移植一些“志目”爲單弦曲詞,以饗聽衆。又如,由於隨緣樂的身世的遭遇,使他有感於人情和世態與《聊齋志異》裏某些諷刺揭露的篇章有相似之處,因而借題發揮,編演單弦“志目”以消塊壘。盡管有多種多樣的原因,但是作爲一個單弦“志目”的首創者,是不能不首先看到他在藝術形式上的創新及成就的。此後,編演“志目”成了單弦藝人的傳統,著名藝人,幾乎都有幾個“聊齋”段作爲保留節目,幾十年間積累的單弦“志目”,在牌子曲六百多個曲目(包括同曲異名的目在内)中,占十分之一强,這不能不説是隨緣樂影響所及的産物。

隨緣樂編演的單弦牌子曲“志目”,據説有《嬰寧》《天宫》《畫皮》《胭脂》等,但無可靠的作品流傳下來。目前見到的《畫皮》等,是晚出的口述記録材料,僅《胭脂》就有兩種不同韵轍的本子,其中一種雖有刊本行世,但無署名,也很難斷定何者出自隨緣樂。現存早期的單弦牌子曲“志目”作品,有年代可查的是光緒十六年(1890)鈔本《毛狐》;另外還有車王府收藏的鈔本《阿寶》、《庚娘》(上、下部)、《黄九郎》、《馬天榮》(即《毛狐》)四種,均見於光緒十二年(1886)鈔本《趕板牌子快書岔曲馬頭調各樣曲目》著録,由此推測,這些作品大約是光緒初年的傳鈔本。從作品本身所具有的道光末年的某些社會特徵和藝術特徵來看,它們可能來自咸、同間歌場上流行的場上曲,這或許就是隨緣樂的作品,至少也與他的創作密切相關。

以上四種作品,都有受新興皮黄腔調影響的明顯痕迹,如接近曲尾部分的曲牌,非“二黄”即“西皮”,而且還有“三叫”(即“叫頭”)、“哭”、“生唱”、“旦唱”、“白”等提示性的説明,這在以後的單弦“志目”裏是不多見的。同時,分生、旦唱腔起角色演唱的形式又是八角鼓“拆唱”的演化,這也衹有像隨緣樂一類擅長摹擬各種唱腔,而又熟習京劇的演員纔能勝任。

從曲牌的使用上來看,上述四種作品也具有早期單弦“志目”的特點。它們總共用了不同腔調的曲牌三十個,九十四次;每個段子的曲牌最多用到二十個,最少也用到十六個。其中使用最廣泛的是“數唱”“羅江怨”“靠山調”“大鼓書”“ 怯快書”等適宜於叙事的牌子,有的在一個段子裏還反復出現。例如,《黄九郎》一曲是由以下二十個牌子組成的:

岔曲頭、數唱、蓮花落、羅江怨、怯快書、剪靛花、銀紐絲、南羅、數唱、靠山調、南城調、怯快書、太平年、數唱、湖廣調、大鼓書、數唱、柳子腔、山東落子、疊斷橋、金錢落、數唱、四板腔、二黄倒板(下面接唱的仍是二黄,但板式不詳)、岔曲尾

在這個段子裏,“數唱”出現了五次,“怯快書”出現了兩次,這和以後的單弦牌子曲裏每曲一般衹使用一次的情况有些不同,而且兩支“怯快書”都穿插在段子的中部,與後來多放在收尾部分也有差異。不僅如此,與前期八角鼓的“腰節”“群曲”等牌子曲以及後期的單弦牌子曲相比,此時每個段子使用曲牌的數量更是空前絶後的。它既保留了前期牌子曲裏的時調小曲等抒情性較强的曲調,

又大量地引進了一些鼓曲和戲曲等適宜於叙事的曲調,因而大大地增强了牌子曲的叙事能力和題材容量。較晚一些的單弦牌子曲,一般每個段子衹用曲牌十個左右,似乎衹注重叙述故事,而不像前期那樣注意抒情、講究唱腔了。

三

繼隨緣樂之後,編演“志目”最多的人要算是另一著名單弦牌子曲演員德壽山了。據莊蔭堂説:“壽山的聊齋曲目,雖然衹有四五十個,但他每個曲目至少要分兩三次或六七次唱完,這樣説來,在雜耍園裏,每天早晚兩場,他能三個月不重回,這是隨緣樂比不了的。”就目前所見,傳世的單弦牌子曲“志目”書面作品有七十多本,多無作者署名,其中大部分可能出於德壽山的手筆。

德壽山,滿族人,生卒年代不詳,清末、民初活躍在北京歌場上,所唱單弦牌子曲爲一時之絶。據説他原是清末的一個世襲“佐領”,後因故被革職,學隨緣樂自彈自唱,編演單弦消遣,清帝遜位以後纔以獻藝演出爲生,遂成爲繼隨緣樂、隨緣時話之後的第三代著名單弦演員之一。此時單弦演員的隊伍已經擴大,諸如曾永元、全月如、桂蘭友、曾振亭等都是單弦名家,演出一般也不再保持“子弟”的身份。逆旅過客的《都市叢談》裏説:

> 迨至曾永元出世,已將此項機關(子弟身份)打破。不但免去桌上的紅氈,而且自稱整臉破身兒,以故相傳至今,純粹認爲生意。
>
> 當然,演出形式與隨緣樂等并没有什麽兩樣,還是單場自彈自唱。

德壽山的單弦,具有幽默風趣的風格,説學逗唱都能繼隨緣樂的衣鉢。他有時還串演相聲,曾和著名相聲演員萬人迷、張壽臣在後宰門慶和堂合演過三三《八扇屏》。據白鳳鳴説,單口相聲《掄弦子》也是根據他在某次堂會上的説口由張壽臣加工整理而成的。這一點也像隨緣樂一樣,是"相聲絶妙巧調絲弦"。德壽山的文學水平和文學素養都比較高,能於堂會上即席應命創作曲詞,博得時人的稱譽。他經常演唱"聊齋故事",所演之曲詞均係自己編成,像《西湖主》《驅怪》《天宫》《巧娘》《續黄粱》《馬介甫》等都是他的作品。張次溪在《人民首都的天橋》一書裏説道:

> 德壽山的單弦,爲一時之絶,他所演之曲詞均係自己編成。……如《聊齋》中之《天宫》《巧娘》,《水滸》中之《挑簾裁衣》等,實非凡響。惜其死後,無詞本傳出,竟爲絶調。

這裏所謂"竟爲絶調"與事實略有出入,且不説許多單弦演員曾直接、間接地得到過德壽山的傳授,一些單弦"志目"還在演員口頭上流傳,就是單從曲本來看,他編寫的"志目"也并非没有詞本傳出,衹不過是傳留下來的較少罷了。據白鳳鳴説:"德先生的作品留傳下來的不過十分之三四。"因爲德先生是突然病逝的,他死後纔發現,他的作品很少寫在本子上或稿紙上,都是寫在包茶葉的紙上,兩面寫,用墨筆寫的,用鉛筆勾改的,有幾百張茶葉紙。本來是想整理一下給出版,由於這些茶葉紙没頭没尾,没有編號連接不上,連他徒弟常澍田都摇頭没辦法。更因他的後人不是搞曲藝的,不知這些茶葉紙能值多少銀子,因此不願拿出來隨便給人看,後來這些茶葉紙也就不知所終了。流傳下來的這一部分,基本上都在常澍田手裏,常先生死後,據説王鳳久手裏有不少,是從他師傅常先生那裏得來的。德先生的唱詞原來我也有一點點,在十年浩劫中已經蕩然無存了。就目前所見,《西湖主》《驅怪》等鈔本上有德壽山的署名,《續黄粱》《巧娘》《馬介甫》等也有印本和鈔本傳世。在他同時和以後，單弦演員唱的"志目"多數是從那裏學來的；因爲有的是偷學，唱詞不够完整、準確，所以傳世作品多有殘缺，訛誤。例如《巧娘》和《馬介甫》都衹有故事前半部分，具有關鍵性意義的後半部分顯著是缺漏了；還有《蓮香》《魯公女》《葛巾》《章阿瑞》《青鳳》《俠女》《人妖》等傳留下來的也都衹有開頭的一兩本。這些作品雖然都没有作者姓名，但是從有關材料來看，可能也是德壽山編寫的。

德壽山之後，演唱過"志目"的單弦著名演員有曾振亭、葉樹亭、謝芮芝、常澍田、榮劍臣、何質臣、曹寶禄、王鳳久、石慧儒等，現存單弦"志目"曲本許多是他們演唱的記録稿，其中也有他們編寫或加工的。據説葉樹亭編演過《畫皮》，曾振庭編演過《黎氏》（一名《引狼入室》，有兩種韵轍不同的本子），榮劍臣編演過《細侯》，常澍田編演過《緑衣女》《褚遂良》，謝芮芝編演過《馬介甫》（與德壽山的《馬介甫》韵轍不同），曹寶禄整理過《續黄粱》。還有一些老顧曲家也曾編寫過單弦牌子曲"志目"，如：弼臣的《聶小倩》、傅心畬的《王六郎》、沈雲程的《小二》、隋世杰的《易嫁》《雲翠仙》（此與北京曲藝團鈔本《雲翠仙》韵轍、曲詞完全不同）等，此外，通俗戲曲改進社還曾編寫過《趙城虎》。這些作品到藝人手裏變爲場上曲，一般都有較大的加工。像署名傅心畬的《王六郎》和北京曲藝團鈔本《王六郎》韵轍相同，曲詞大致一樣，顯然後者是前者的場上曲，但後者的語言更加口語化，内容更加風趣幽默，增加了一些即興創作帶有時代特色的段落，曲牌也有些改動。

由上述情況，我們可以看出八角鼓、單弦牌子曲原是滿族特有的曲藝形式，爲"子弟"所善長，後來"不想生計艱難，多有歸入生意者，所以漢人學演是藝不得謂之正宗"。編演單弦詞曲者幾乎都是文化水平較高的知識分子，而不像其他由農村進入城市的曲種,編演者多是文化水平較低甚至大字不識的民間藝人,因此單弦演員的改編再創作能力極强。這也許是爲什麼單弦牌子曲裏"志目"衆多的一個重要原因。

我們知道,《聊齋志異》一書文字古艷,寓意宏深,其筆墨之精審研練,遠不是一般文化水平較低的人們所能領略的。蒲松齡生前"總以爲學士大夫之針砭,而猶恨不如晨鐘暮鼓,可參破村庸之迷,而大醒市媪之夢",所以把其中的若干篇章翻改爲七種通俗俚曲。後來,這種通俗化的任務,在曲藝領域裏,就主要由滿族知識分子承擔起來了。前面提到的隨緣樂、德壽山、曾振亭、常澍田、榮劍臣等都是旗人裏的知識分子出身。因爲他們是知識分子,所以能解决《聊齋志異》的文字古奥問題;又因爲他們是滿族人,所以不像一般知識分子那樣鄙視曲藝;還因爲他們掌握的是具有喜劇風格的單弦藝術形式,所以適宜於編演以諷刺揭露爲主要内容的《聊齋志異》。

本文主要探討了單弦牌子曲"志目"的産生和發展情况,限於篇幅,對其曲詞的内容和藝術特點未作更多的論述,我們將在《單弦牌子曲"志目"的改編特色》一文裏彌補。

1982年2月

(本文與李萬鵬合作。原載1982年中國曲藝家協會吉林分會《説唱藝術》第2期)

從實際出發,促進民俗學研究的興盛

民俗學的研究在我國雖然有過相當長的一段歷史,却由於種種原因,今天還是比較年輕的學科。民俗學本身是種相對獨立的科學,同時也爲社會科學的一些學科研究提供了手段,在現代社會科學的研究上,運用民俗學爲手段進行研究,已拓展了研究領域,取得了顯著成果。因此,在我們這個學術振興的時代,要促進我國社會科學的發展、繁榮和拓展,民俗學的重建,無疑應引起我們更高度的重視。

爲了促進民俗學研究的興盛,我們必須致力於解决理論與實際相結合和“雙百”方針的貫徹的問題。民俗學研究面對的實際,雖是廣泛而多層次的,但是從總的指導思想上説,必須是面向四化、面向世界和面向未來,爲實現黨的總目標、總任務而奮鬥。民俗學理論研究應當首要結合的,也就是這個實際。科學的理論是時代的産物,實踐的産物,其强大的生命力即在於結合實際的不斷探索創新,根據新情况深入研究,形成新的理論,從而指導實踐,推動社會進步。民俗學的理論研究就是如此。但是,要真能保證做到這點,基本的條件就是要提倡自由討論的民主的學術空氣,形成“雙百”的開放型的政治局面。在我國民俗學理論研究的歷史上,長時期以來由於“左”的錯誤做法,影響所及,致使今天一些民俗學研究工作者還不同程度的心有餘悸。實踐證明,在科學理論探索過程中,如果没有不同觀點的自由的充分討論,就不可能達到比較正確的認識。因此,我國民俗學研究工作的建設,“雙百”方針的大力貫徹,也就格外顯得至關重要了。

在科學的春天已來臨的時刻,《民俗研究》創刊了。這爲促進民俗學研究的興盛創造了一個有利條件,委實令人感到十分高興,祝願它茁壯成長。

(原載 1985 年《民俗研究》第 1 期,第 5 頁)

《周貽白小説戲曲論集》序

沈燮元同志在編成《周貽白小説戲曲論集》後,來信要我爲此文集寫篇序文,作爲於四十年代末曾與周貽白先生同校工作過,并稍有論學來往的人,今天重讀集中所收的論文和遺稿,非常高興。對於他的學問,我所知有限,體認不深,這裏僅能淺談些感想,以爲懷念。

周貽白先生在研究我國戲曲史工作上,是有卓越成就的學者。他從三十年代中期寫成《中國戲劇史略》和《中國劇場史》之後,五十多年來,先後撰寫了大量小説、戲曲、曲藝研究論文和《中國戲劇史長編》等等專著。現在燮元同志又把他曾經發表而目前已不易找到的部分論文和遺稿加以整理公刊,提供了包括戲曲研究之外的豐富資料,無疑這對於在學術研究上全面瞭解他的科研成績,是十分有益的。

總觀貽白先生在戲曲史研究工作上,終生艱苦勞作所取得的豐碩成果,可予繼承發揚的地方不少。但我覺得尤應重視的有兩點:其一,是他對我國戲曲研究的基本認識。他過去曾經説過:要搞好中國戲曲史的研究,應從綜合藝術研究入手。他認爲戲曲“在中國,因其脱胎於古之散樂,所以包括之事物,尤爲繁複”;“單論劇本,不足以概括整個戲劇。”我國戲曲“不比其他文體,僅供案頭欣賞而已足”,“設徒根據劇本以辨源流,終屬偏頗。”從這一基本觀點，可以看出他學術的淵源。所以他的論著，不僅僅限於研究傳統戲曲史學的一些課題，而且還注重了鑽研邊緣戲曲史學的一些課題。如所寫《中國戲曲中之蒙古語》《蒲松齡的“聊齋俚曲”》等文，就是過去較少爲人注意的研究。他的治學方法，實已非前輩戲曲史家所能及。其二，是他的治學精神，在這方面值得學習的地方很多，而重要的是視野開闊、多讀博覽用功勤。他自述説：“寒齋書本不多，旁徵博采，不免藉助他山。一瓻往來，無間雨雪，歷境雖艱，不以爲苦。”爲文“每獲一新證，輒牽連數節，重加改寫，務使明其本源，識其流變”。如《中國戲曲劇目初探》《南京方言考》等文，就是博學約取的成果。因此，他的著作多能實事求是，論證充足，常有新的見解。

現在收於這部論文集裏的三類論文，其内容主要論述的問題，即不再多談，祇就我最近讀到的一點材料，對雙漸蘇卿故事略予補充。《雙漸蘇卿考》一文，是他繼趙萬里、錢南揚、趙景深先生等的研究成果，進一步探討這一戲曲故事底蘊的論文。他認爲：“其事在元曲中，除一二套曲當係雜劇之佚文外，其餘散套小令或隱寓私情，或明指妓户，長詞短句，無非借題發揮。若一一視爲事實本身之情節，則未免如理亂絲，終將失其端緒。”根據這些佚文殘曲“所述各項情節，除《金山寺題壁》一詩外，多爲《青泥蓮花記》所不載，似其事早有小説或戲曲之演述，關目相當繁複。”“此一故事，除《青泥蓮花記》所載一條外，無能詳其顛末者。”并且以其佚文殘曲與《青衫泪》雜劇故事比附研究、論斷頗具新意。關於演雙漸蘇卿故事的戲曲，雜劇之外，南戲《蘇小卿月夜泛茶船》僅存佚曲，傳奇《茶舡記》《三生記》《金山記》《千里舟》等俱不見流傳，而近幾十年陸續發現的明代戲曲選集，選録散出的戲曲也極少。的確很難瞭解它的全貌或具體細節。但是，不久前檢讀明末戲曲選集《新刊分類出象陶真選粹樂府紅珊》一書（秦淮墨客選輯，序署萬曆壬寅夏），見其卷九“訪詢類”却選有《茶舡記》的《雙漸寵訪蘇小卿》一出，演述雙生最初走訪蘇小卿的情節，内容正好可補《青泥蓮花記》所載故事綱要的不足。這可能是雙漸蘇卿故事戲曲現存的唯一完整的一出戲，爲了可與《雙漸蘇卿考》等文相參證，因移録於序末以供參考。

這部論文集由於收録了他的曲藝論文和遺稿等，優點不少。我想，它的編輯出版，在新的歷史條件下對學術研究的開展，必然會有一定的積極影響。

一九八四年七月於美國費城

附録

《茶舡記》

雙漸寵訪蘇小卿

〔花心動〕（旦）默默思，依依心，懸絲萬縷，此恨有誰知？（貼）見你把花樓悶倚，衹少個知意知趣，虛度了好芳姿。

（旦）眉易生愁臉易消，迢迢春晝恨寥寥；何時得遇乘鸞客，不到秦樓吹玉簫。妾身蘇小卿是也。祖貫河南府，姓平，父親字和建，母親張氏，父母俱亡。有義兄平旺，同妾扶父母靈柩回歸殯葬，路途迢遞，盤纏欠缺，被兄將奴賣在蘇媽媽家裏。自居花門柳户，受盡萬千苦楚。須則馮魁在我家行走，怎遂奴家之願？真好悶呵！（貼）姐姐不須煩惱，我同你登樓閑耍，消悶則個。（旦）春香，開了樓門哩！

〔傍妝臺〕（旦）自傷懷，蘭房終日泪盈腮。一天好景空辜負，青春年少枉沉埋。愁觀嫩柳迎風舞,怕見夭桃捧日開。愁難度,恨怎挨,黄昏懶裍綉花鞋。

〔生查子〕(生)宿醉方纔醒起,視日初升。昨聞仙樓處,盡是柳户花門。

鶯逢日暖雲飛滑,人遇春風笑臉開;幾片落花流水去,肯邀劉阮到天臺。小生姓雙名生,字漸寵,本貫洛陽人也。今來廬州,有知府何宏量乃先父同年,蒙年伯送在三清觀與表弟讀書。昨日同表弟游玩,他道望仙樓盡是風流之地,今日瞞了他自走一遭,消遣則個。

〔甘州歌〕(生)月殿瑶池,見龍樓鳳閣也衹如是;檐飛脊聳,一任他畫閣雲齊。彩霞相映如脂染,金粉描花引鳳栖。多清趣,真罕稀,越山臺境不堪題。風光美,景色奇,這般異味少人知。

〔前腔〕(旦)登樓玩一回,整花鈿,矗鬢抹粉添胭,懸環係珮,舉弓鞋緩步輕移。當軒艷迷紅粉,滿閣繁華拂綉衣。簾慵卷,格懶推,幾番羞睹燕雙飛;心悒怏,意慘淒,怕聞檻外鷓鴣啼。

〔前腔〕(生)憑欄正暗思,猛抬頭,凝目見一嬌姿,珠鬟翠壘顫嵬嵬,粉頸低垂。那女子想是小卿,是有傾城之艷色也。漢宫不用琵琶撥,唐苑何須羯鼓催。金蓮小,玉笋齊,飄飄綉帶舞羅衣;櫻桃口,柳葉眉,先朝何必寵西施。

〔前腔〕(旦)抽身正待回,見一秀士立站樓西。衣冠齊楚,倚雕欄似醉如痴。春香,你看那秀才呵!他待學,風魔經濟張君瑞,我怎似,春色嬌嬈楊貴妃。因花放,引蝶迷,從來少會這人兒。慵歸去,怕轉回,幾番心懶下樓梯。

〔入賺〕(旦)難將眼角傳心事,蒼梧日落晚雲低,那討御水流紅葉上詩。

(生)那樓上定是小卿,待我進去探望他一會則個。

〔菊花新〕(生)樓上那人,貌嬌態風流,摇擺下樓來。且進蘇家宅,真個似閬苑蓬萊。

(貼)那秀才往我家來了。(旦)果然是真,待我去迎他。(見介)(生)久慕芳卿,特來進謁。(旦)多蒙相公清目,有失遠迎,請進一茶。(生)多謝!(旦)敢問相公貴姓仙鄉?(生)賢姐請坐,聽我道來。

〔江頭金桂〕(生)深感伊相携相問,家聲頗有名。(旦)仙鄉那裏?(生)家住洛陽地郡(旦)高姓貴表?(生)小生姓雙名生,表字漸寵。(旦)令尊大人出仕否?(生)况我嚴君官居閥閲門。(旦)原來是公子。老相公安否?(生)那更椿庭禄盡,不幸身歸黄壤,守父清貧。(旦)不知相公因何到此?(生)今來此方訪故人,聞仙樓好景,聞仙樓好景,閑行到此遇芳卿。衹因竹舞招鸞至,多爲花香引蝶侵。

〔前腔〕(旦)聽説罷轉添愁悶,傷心兩泪零(生)敢問尊姐何方人氏?(旦)提起我家鄉根本,月桂姓平,河南祖居官宦門。(生)爲何到此?(旦)幼喪萱親,七歲隨父之任。(生)令尊做官,賢姐爲何流落在此?(旦)那更灾臨禍近,一似浪打浮萍。飄飄隻身一命傾,撇他家無倚,撇他家無倚。奈我父親到任未久,不幸身亡。妾無兄弟,止有義兄,同扶柩回至中途,况我父親貧薄,宦囊又無,因此無可奈何了。把奴賣在花門受苦辛,未脱豹尾黄幡陣,又撞喪門吊客星。

〔前腔〕(生)你是閬苑花移凡種,不比披香玉石緼。今做輕脂易粉,月貌花容,偶遭逢,狼穴中。學當日文君,見識相如琴韵,莫把嬌容來隱。趁此青春,早尋個簪纓豪杰人。受閑愁何忍?受閑愁何忍?遭此身輕謾評論,做不得昔日浣紗女,且學當年劉盼春。

〔前腔〕(旦)本待要將身自盡,未報劬勞養育恩。一似羝羊觸藩,進退無門。自從來,恨到今。我待學碧玉墜井,緑珠拚命,做不得崔鶯赴約,瑜女傳情。不能勾學取王月英,慢尤人怨己,慢尤人怨己,那討知音細思尋。無緣少會乘鸞客,命薄難逢跨鳳人。(貼)合意客來情不厭,知心人到話偏長。姐姐! 馮相公來了。(生)是何人? (旦)是豫章城朋友在我家行走。(生)既如此,小生告辭了。(旦)今日不敢相留,明早掃門拱候。

訴出幽情更寂寥,
先生空去莫辭勞;
匆匆話別期還會,
明日重來莫待邀。

(原載周貽白著,沈燮元編《周貽白小説戲曲論集》,濟南:齊魯書社,1986 年 11 月)

《中國曲藝史》序

説唱藝術——曲藝是我國文學藝術的一個重要組成部分，它與小説、戲曲的發展聯繫密切，因此，對它的研究，也是研究我國文學史、藝術史的一項不宜忽略的重要工作。倪鍾之同志撰寫的這部《中國曲藝史》，就是一部比較系統、全面論述我國説唱藝術發展而有助於研究我國藝術史的著作。

我國説唱藝術的研究，遠在三十年代初，已經有些學者持有説唱藝術的社會作用與社會對説唱藝術的態度相互依賴的思想，而從事了這項研究工作，并取得了不少可觀的成果。但是由於説唱藝術的類型繁多，需要研討的問題複雜，加之有關研究資料亟其零散，因而所研究的成果，每多局限於從某些品類的形式特徵和存在條件爲出發點的體制、淵源、流變及其思想社會意義等方面問題的探討。而對於説唱藝術總體系統完整的概述，并闡明其藝術發展規律而形成體系的論著，却尚較缺乏。

倪鍾之同志長時間以來，即對説唱藝術進行了比較廣泛和深入的研究，同時還擔任着中國北方曲藝學校的曲藝史、論的教學工作。他循着前輩學者在説唱藝術研究方面探索過的道路，汲取其經驗和優秀成果，經歷多年悉心鑽研，并通過藝術教學的反復實踐，以所編講義爲基礎，修訂寫成這部比較全面系統，有豐富資料和明確觀點的説唱文藝史的論著。

社會的發展乃是有規律的過程;在我國歷史上,由於人民生活方式和對文藝功用要求的多樣,決定了説唱文藝的形式及其類型的繁複。對此,著者依據了從藝術發揮社會功能的條件而進行研究,全書遂用七章篇幅,分别論述了我國説唱藝術的產生淵源和流變發展,叙述脉絡是比較清晰的。這裏,除對我國古代藝術的説唱因素的分析和説唱藝術的孕育、形成有較詳的論述;特别在論述近世説唱藝術的穩定、變化和向現代曲藝的轉化時,既提出了個人見解,也對前行學者各家有關的研究成果,有選擇的汲取利用,從而增强了論證的科學性。同時,書中并對説唱藝術各類别體裁之間的關係,繼承和發展,以及説唱藝術在民族文化發展史上的意義與作用等等問題,也作了適當的闡述。但是,畢竟我們對於這方面的研究,歷史還不算長,需要進一步探索的問題,較多的還僅僅是開始,如作爲中國曲藝史組成部分的各少數民族説唱藝術的研究,尚有缺漏,還需要此後繼續搜集資料,深入探討再加以充實,使論述益趨完備。

總之,倪鍾之同志寫的這部《中國曲藝史》,是值得研究我國文藝史和俗文學者參考的。著者用力所在,既填補了我國文學藝術發展史研究的一部分空白,也開闊了我們對文藝研究多方面的理解。這在使研究爲增進社會精神文明建設的明智性上,無疑也是做出了一定貢獻。

1990 年 8 月於青島旅次

(原載 1991 年 3 月倪鐘之著《中國曲藝史》,瀋陽:春風文藝出版社)

石印《清蒙古車王府藏曲本》序

清代北京蒙古車王府所藏俗文學的曲本發現,距今已近 70 年,當時雖然稍有流散,但是,其中大宗的兩批鈔本,先後經馬隅卿先生爲北京孔德學校購得,嗣後,幾經輾轉歸入北京大學圖書館和首都圖書館庋藏。在這大宗兩批藏本之外,間有少量的流散,如"碧蕖館""雙紅室文庫",以及臺灣"中央研究院歷史語言研究所"等處所藏曲本中,曾偶見原車王府藏本,不過爲數并不多。據此可知,現由"清蒙古車王府藏曲本編輯委員會"主持影印的這兩批鈔本巨製,實已囊括了清代蒙古車王府曲本的絶大部分,可説是幾近全璧。

《清蒙古車王府藏曲本》發現後,20 年代末已有報導,并有學者檢讀進行研究。不過,長時間以來,對於這宗俗文學藝術遺産,多認爲它是屬於清代中葉車臣汗王府的藏本,所謂"車王"即"車臣汗部"的王。這雖説有所考視,可是却多無徵驗,其實研究清代掌故,若不專憑書本紙面,而能徵引故實與傳説舊聞相結合,探究則可比較全面、客觀,方可免於以訛傳訛。依據清代民間一般傳稱習慣,稱蒙古諸部之王爲某王時,均實以王名或王名略語,絶少以汗部名稱泛用實指某王。現從 18 世紀前後蒙古諸部與清廷的歷史關係考察,可稱之爲"車王"的,應即蒙古喀爾喀賽音諾諺部的車布登札布(蒙古超勇襄親王策稜之次子)。車布登札布初授一等台吉,1752 年授札薩克,1756 年以戰功封多羅郡王,1758 年進親王品級,并以其父超勇號賜之,1771 年授盟長。這在當時蒙古王公中,可以説是聲勢顯赫,傾動一時的人物,傳説稱之爲“車王”,其居京府邸即通稱所謂“車王府”。

18 世紀中葉至 19 世紀末,我國曲藝、戲曲藝術的發展,正跨入一個新的歷史階段,蓬勃而起的俗文學藝術愈益群衆化,極爲豐富多彩,而演藝之事已逐漸在人們社會生活中占有較大位置。於是,延續明末清初私人家樂的興盛和普遍,甚至變成爲當時社會一種風尚。例如:乾隆後期“查禁、修改詞曲”於 1780 年揚州設局開始時,上諭中説:“着傳諭伊齡阿・全德留心查察,斟酌妥辦”的全德,他在乾嘉之際,曾先後任蘇州織造、滸墅關監督和九江榷運使等官職,受到當時民歌時調小曲、“亂彈”諸腔流行的影響,即汲取民間藝術的營養,寫刻有《小曲》一卷、《西調》一卷和《紅牙小譜》一卷幾種俗文學作品。其中《小曲》裏的“馬頭調”并夾用過“戈腔戲”“花柳調”等曲牌,《紅牙小調》所收的兩出戲曲,更是直接采用“亂彈”戲曲形式的創作。當時織造、榷關等衙門是“例蓄”有戲班的,據全德書中自序説,他亦備有家班,還以所創作的時調小曲和戲曲,使之演出自娱欣賞。再如:道光八年(1828 年)十一月癸卯上諭内閣有:“巴彦巴圖爾,係土默特扎薩克貝勒屬下人,乃敢私雇内戲班在家演唱,并將蒙古子弟引誘演習,遠近均沾”的記載。從以上事例,可知當時俗曲“亂彈”諸腔雜調的流行,和戲班、家樂演出活動的普遍。“賜居京師”的蒙古王公,或蓄有家班家樂,或不時雇用民間職業戲班“小唱”,於府邸演戲唱曲,既可滿足個人享樂自娱的需要,也是適合貴族生活世俗應酬的必需,這自然是一般情理之中的事。而爲了便於欣賞理解演出曲目、劇目的内容,遂力所能及的搜求、購置、鈔寫一些可資閲讀或可予家樂借鑒的曲本。這一大宗蒙古車王府庋藏的珍貴鈔本,正是在這種特定條件下出現的。

蒙古車王府所藏這宗曲本來源,現從鈔本性質、形式看,大體不外緣於兩個途徑:一是從梨園舊鈔本、戲班臺本或藝人嘌唱的底本、秘本過録;一是從當時售賣、租賃戲本唱本的書肆或長設攤點抄買。按這宗藏品的規格基本一致,似是較有計劃連續抄買的成份較大。

清乾隆年間至清末,北京著名的世代相傳出售鈔寫各種曲藝戲曲唱本的專業經營者,爲“百本堂”(即“百本張”)。道咸間愛新覺羅·奕賡所寫“子弟書”《逛護國寺》中説:“至東碑亭百本張擺着書戲本,他翻扯了多時望着張大把話云:我定抄一部《施公案》,還抄一部《緑牡丹》,亞賽石玉昆。”這裏提到的長篇説唱鼓詞《施公案》和“子弟書”就都見於蒙古車王府藏曲本。據現存文獻資料瞭解,類似“百本堂”抄賣曲本的專業經營者,還有:“别野堂”“聚卷堂”“老聚卷堂”“樂善堂”“耕心堂”等等,都是與“百本堂”經營性質相同的小書鋪或抄賣唱本的攤點。“百本堂”現存有《子弟書目録》《高腔戲目録》,“别野堂”鈔本亦有《子弟書目録》,“聚卷堂”鈔本亦有《高腔戲目録》。這類鈔本目録,正是抄賣曲本經營者爲讀者定抄曲本時便於查閲選擇而編寫的。“老聚卷堂”鈔本皮面所鈐戳記,印文有“不對管换”字樣,可知同一曲目不同經營者的鈔本之間,文字不盡完全相同。所以檢讀蒙古車王府藏曲本與存世的别本對讀時,往往發現歧異。其實這在俗文學作品流通中,是屬於正常現象,至於蒙古車王府這麼一大宗鈔本,究竟如何抄集積聚而來,還需今後繼續探究。

蒙古車王府藏曲本,包括曲藝文學和戲曲文學兩部分。在曲藝部分中的子弟書,是較早爲學者所注意研究的資料。30 年代中李家瑞論及俗曲藝術價值時，就是研究蒙古車王府曲本開始，他説子弟書"有很好的文學"。所寫《子弟書鴛鴦扣唱本》一文，認爲《鴛鴦扣》二十四回筆意描寫委婉細膩，切實精彩處"中國文學無可比擬"。蒙古車王府藏曲本子弟書數量最多。并且都是興盛期的作品。傅惜華《子弟書總目》著録 446 種作品中，有近 20 種僅見於蒙古車王府入藏，另如《連理枝》四回、《路林緣》四回、《燈草和尚》四回，均未見著録，自然是孤本。長篇説唱鼓詞，也是 30 年代即爲學者研究所注意的曲藝品種。趙景深先生《大鼓研究》一書中，談到鼓詞的資料時，曾列舉書目，其後論文中并用日本長澤規矩也教授發表的更爲詳細的《百本張大鼓書目》，加以補充。蒙古車王府藏本《懷宗傳》《雙喜配》《金盒春秋》等作品，均未見趙目、長澤目著録。據同光年間北京"永隆齋""隆福齋""集雅齋"等 7 家租賃曲本店鋪目録檢索結果，蒙古車王府藏本僅有《三國志》《濟公傳》等 5 種見於租賃，其餘均未見租賃，可見蒙古車王府所藏鼓詞大多也是比較罕見。50 年代統計"牌子曲"傳統曲目有 126 種，見於蒙古車王府入藏 9 種，其餘蒙古車王府藏本均未見流傳。"馬頭調"盛行之後，曾有多種刊刻本書流行，所以蒙古車王府藏本較少，并且多見於《新集時調雅曲初集》(道光年間北京刻本)等曲集刊載。"琴腔"則多未見曲留存。

至於戲曲文學劇本，根據《綴白裘》的選刊以至《都門紀略》等等書的著録，可知 18 世紀末至 19 世紀初當"亂彈"盛行時，演出劇目約 350 餘種。現在可看到的劇本，僅《綴白裘》《納書楹曲譜》所收 40 餘出劇本。此外均屬存目，間或仍有流傳演出，但爲數不多，與蒙古車王府藏相同劇本對照，亦多歧異。但是，這宗蒙古車王府藏曲本，保存了大量的這一時期劇本。研究我國戲曲藝術進入清中晚期的發展，由於研究資料、特别是劇作資料的缺乏，常感難於深入探討。《清蒙古車王府藏曲本》能提供大宗資料，使戲曲研究工作者對於這百餘年戲曲發展的輪廓更爲清晰、準確的加以描繪，得出符合歷史實際的結論，無疑是令人欣幸的。

40年代初接觸蒙古車王府藏部分曲本時，曾企望有朝一日再讀到其中部分曲本的印本，顯然，那是一種不切實際的幻想。現在，《清蒙古車王府藏曲本》影印出版了，不僅給予我國學者專家們提供了研究的方便，更給國際學術界提供了我國一宗豐富多彩的優秀文學遺産，供全世界的讀者檢讀。這樣的大業，唯有在新的歷史條件下的今天纔能辦到。可以説是爲人類文化一大貢獻。

（原載1991年4月北京古籍出版社和首都圖書館聯合出版（綫裝本）《清蒙古車王府藏曲本》）

德國柏林國家圖書館現存滿文書簡記(一)

【編者按】一年前,編者曾致書山東大學關德棟教授約稿,很快收到了關先生回信,慨允賜稿。其後未再行聯繫。時光荏苒,匆匆一載餘。忽接關先生大札和稿件,方知關先生去年赴德國從事科研合作,并在柏林國家圖書館查閱了大量滿語文獻。歸國後即着手整理、撰寫了《德國柏林國家圖書館現存滿文書簡記》惠賜我刊,以踐前約。關先生對學術之熱心、對我刊之關注,對承諾之不爽、對友情之珍視等着實令人感動。關德棟先生爲我國著名民俗學家、滿學家,學識淵博,精通滿文,著述頗豐。惠賜我刊之《德國柏林國家圖書館現存滿文書簡記》分爲《簡目》《書録》兩部分。有些資料爲我國所未庋藏,彌足珍貴。本期選登其中《有關〈紅樓夢〉的翻譯》部分,以饗讀者,其餘部分待與關先生商榷後,酌情刊用。爲使讀者對全文之大旨及有關情況有所瞭解,故將作者“序言”及給編者來信一并刊出。信文如次。

李德同志:

您好!

久未致候,十分抱歉,望諒。由於去年到德國執行一項文化協定的科研合作計劃,行也匆匆,工作匆忙,一直没能談談有關滿學研究方面的問題,慚愧之至。不過,對《滿族研究》撰稿事,并未忘懷。

德國工作期間,曾於柏林國家圖書館工作了幾個月,在我的研究報告中,有一部分章節關涉到滿語文獻,曾請工作人員打印了一部分,現檢出一份送呈,盼指正。關於"書録"并未打完,所描述者約在七十餘種;不過"簡目"尚完整。當時因工作人員限於滿漢文水平局限,錯字、脫漏均未仔細改正。根據這裏反映的内容,若貴刊可采用,我想,不妨重新補充改寫。當然,所有罕見書稿,我均有復製,可供選擇作爲書影。想來亦頗有意義吧!

匆匆,祝撰安!

德　棟

一九九四年五月卅日

序言本文是國外現存滿文圖書資料調查之一。内容包括:德國柏林國家圖書館現存滿文書的簡目和其中部分藏品的具體考察。簡目是在反映概況的基礎上,側重於記録《全國滿文圖書資料聯合目録》之外流存於海外的書籍,故未作一般性書目要求的完備著録。該館藏品中有若干抄、稿本爲我國所未庋藏,頗具學術研究價值,至今尚無詳細介紹;爲此,遂根據檢讀時的筆記,選擇幾種做了簡要叙述。顯然,這裏衹是略述其大意,仔細的研究,則是滿學工作者們今後的工作。

《全國滿文圖書資料聯合目録》係 1991 年 7 月書目文獻出版社出版。本文略語作 QG。

(簡目——略。編者)

書　録

1. 有關《紅樓夢》的翻譯

《紅樓夢》在乾隆五十六年(1791)程偉元刊行前,鈔本即已盛行。因而嘉慶年間已是北京以“閑談不説《紅樓夢》,讀盡詩書是枉然”爲時尚了①。論及清代語言政策的學者曾認爲:清代滿語的推行,在嘉慶朝好像有那麼一段流行時期②。現在檢讀到幾種有關《紅樓夢》的翻譯,就是在這樣時代背景下的作品。

這類翻譯大致可分爲兩部分:《紅樓夢》的論著和零星的《紅樓夢》中詩詞的譯品。《紅樓夢》論著主要是涂瀛的《紅樓夢問答》《紅樓論》和《紅樓夢論贊》;《紅樓夢》詩詞則衹是《紅樓夢》第七十回、第七十八回裏的部分作品。有關《紅樓夢》滿文資料缺乏,彌足珍貴。

《紅樓問答》(舊鈔本)一册。題:hung leo meng sere bithe be jonjire fabuhangge(紅樓夢問答)。在所收二十則問答滿漢文之後,有跋二篇,題作:hung len meng sere birthe leolen mktacun i tucibun(紅樓夢贊跋),一末署 julge tan jeo bei mei go,hobing lin(古潭州梅閣何炳麟跋),一末署 doro aldengge i sahaliyan tasha aniya,amba nimanggi bacin i onggolo ilan inenggeide u ling be i ki deng,tucibun arahan(道光壬寅大雪前三日武林邱登跋)。在跋文提到 gui lin ba i tiyen luwen,to ing,sere agu,fergufecuke niyalma mujangge(桂林鐵綸涂君瀛,妙人也),tukiyesi dokika amala,juwe mudan acalame simnerede,dukiaku ofi(舉孝廉後,兩應禮部試,報罷)。這是有關原作者一點介紹。所署道光壬寅,爲二十二年(1842),漢文本原書,即是年養餘精舍刊本。

以下引兩則譯文,可見譯筆一斑:

①guwa fonjime,hung leo meng sere bithe,we i banjibu-

---

①得碩亭北京竹枝詞《草珠一串》時尚篇。

②〔日〕太田辰夫《中國語史通考》第三部近代(清)。

hangge ni.

(或問:《紅樓夢》伊誰之作?)

jabume,mini banjibuhangge,aibe handuhe ni.

(曰:我之作。何以言之?)

jabume,gisun tome mine mujile i dorgici soforome feteme tucibu hengge sehe.

(曰:語語自我心中爬剔而出)

②guwa fonjime,boo cai be suwe derici ojoro ba i aku gese, agu si smemeu fonde yohindaraku gisun sindarangge ainu ni.

(或問:寶釵似在所無譏矣。子時有微詞,何也?)

jabume,boo cai,oci,gunigangga niyalma kai. niyalmai wesihun ojorongge elebun icangga de wajihabi,jortai guni－gangga oho be tuwaci,sunjingga nomun i uruserakungge,eden kai sehe.
(曰:寶釵深心人也。人貴坦適而已,而故深之,此春秋所不許也。)

《紅樓問答》原書收二十三則。同治十三年(1874)刊《石頭記評贊》,光緒二年(1876)《紅樓夢評贊》重刊本,以及《香艷叢書》第十九集,《紅樓夢附集十二種》諸本均收十二則。這裏滿文譯本收二十則,其修辭取舍大約是可以反映嘉道間一般滿人對《紅樓夢》的評論。

《紅樓夢論》(舊鈔本)一册。題:hung leo meng sere bithei leolen(紅樓夢論)。篇末注有 beye ejeme arahan(自作)字樣。本文後附有:hung leo meng sere bithei wajima leolen(紅樓夢論後)。另有 hung leo meng sere bithei leolen maktacun i sutucin(紅樓夢論贊序)和 hung leo meng sere bithei maktacun(紅樓夢贊)。前者末署:doro aldengge juwan ningguni aniya,niyengniyeri ilan biyai juwan ninggun de,u lin,bei ki deng,gui ling,bei tehe booda araha(道光鈔本十六年春季望後一日,武林邱登書與桂林寓舍)。後者末署:mei go ho bing lin araha(梅閣何炳麟)。顯然這兩篇文字應是屬於《紅樓夢贊》一書,而附於此册。道光十六年爲1836年,即養餘精舍刊刻前六年。

《紅樓夢論贊》(舊鈔本)二册。首册題 manju nikan i hung leo meng sere bithei maktacun(滿漢紅樓夢贊),次册題:hung leo meng sere bithei leolen maktacun(紅樓夢論贊)。實爲一本書分訂兩册,共收《紅樓夢》人物贊辭七十四人。

上述三書滿文譯者不詳,推測可能是海玉。兹舉賈寶玉贊的部分譯文,以見一斑:

giga boo ioi i maktacun boo ioi i buyen,niyalma i buyen nikai,abka na i julgeci tetele agese gegese i uhei salgabuha buyen secibe,abka nai julgeci tetele agese gegese i akumbume muteraku i buyen ohobi.

(賈寶玉贊)

寶玉之情,人情也。爲天地古今男女共有之情,天地古今男女而不能盡之情。

《紅樓夢》詩詞滿文翻譯,見於題作 ubaliyambuha uculen(翻譯詞)的二册舊鈔本下,其中除詞的翻譯之外,并譯有詩和明清時調歌曲共五十一首。譯自《紅樓夢》的詩詞,是《紅樓夢》第七十回"林黛玉重建桃花社,史湘雲偶填柳絮詞"中賈寶玉寫的《桃花行》及史湘雲、林黛玉、薛寶琴、賈探春、薛寶釵寫的柳絮詞五闋和第七十八回"老學士閑徵姽嫿詞,痴公子杜撰芙蓉誄"裏賈寶玉寫的《姽嫿詞》咏林四娘的長歌。

這册鈔本的扉頁有題詞云:

“此卷古詞,乃海九師譯之以清語,今之學者讀一世書,猶未必能臻其境也。”可知這些《紅樓夢》詩詞,即海玉所譯。海玉是嘉道間正紅旗滿洲固山翻譯舉人,曾校正札克丹《擇翻聊齋志異》《擇翻古今名士詞歌》等作品,是嘉道間著名滿文翻譯家。他對於詩詞的滿文翻譯理論有獨到見解,在爲札克丹《譯翻古今名士詞歌》所寫的《翻譯詩詞序》中曾説:“……若翻詩詞歌曲,則與翻文章者迥乎不同。蓋文章句有短長,字無音韵,既非辣手,何得苦心!其詩詞四者既束之以字數,又繩之以韵脚,是固難也。其作之者,既意在言外,翻之者難神求句中,必顛倒以取音。復錯綜而成句,乃見匠心而不昧作者之意,尤嘎嘎乎其難也……故必略字面而追魂,遺言形以取影。非粘非脱,不即不離,無事添足,妙具點睛,使作者口吻聲情躍然之上,呼之欲出,然後嘆夫奇未標而自奇,異未立而自異,而朔宗殊未叛離也歟!”①

這裏證諸他的翻譯實踐,引録片段如下:

①toro ilha i sinan

toroilhangga hidai tuleri dergi edun nesuken, toro ilhangga hidai dolo erde miyamirengge sadashun. hida i tulergi toro ilha hida i dorgi nigalma, niyalma toro ilha ci goro akui giyalabun. dergn edun fortai hida be hetere gese,

ilha niyalma be hiraki sembime hida labdakun.

(桃花行

桃花簾外東風軟,桃花簾内晨妝懶,簾外桃花簾内人,人與桃花隔不遠。東風有意揭簾櫳,花欲窺人簾不捲。)

②inggari be irgebuhe uculen

---

①美國哈佛大學哈佛燕京圖書館藏稿本。

siyang yun i zu meng ling sere mudan maka seolere subeliyen teniken juliyarangge inu.

heheme dekdebure wangga talman hotohon mengseku.

sufai sere simhun i beye siberecibe,

simatun soksibure cibin silhidaburengge mekele.

uttu taka,

bisu taka,

bisu taka bisu,

niyengniyari fiyan be fakcabume unggici ojoraku.

(柳絮詞

湘雲調寄如夢令

豈是綉絨纔吐,

捲起半簾香霧。

纖手自拈來,

空使鵑啼燕妒。

且住,

且住!

莫使春光別去。)

③lin sui niyang be irgebuhe gulmin ucun

heng wang baturn buyembime gali boco buyerede.

tereci saikan gegese be niyamniyabume gabtabume urebubuhe.

amtanggai ucun yahkikanggai maksin yokto aku sembi.

fanidan fanidara gede gidelara be beye kenggacuka.

(咏林四娘長歌:

恒王好武兼好色,

遂教美女習騎射;

濃歌艷舞不成歡,

列陳挽戈爲自得。)

不難看出,這裏譯文是比較能體現他的翻譯理論,嘉道間扎克丹所譯的許多詩詞歌曲曾由他校正,看來决非偶然。

2.《清漢集錦歌》

滿語漢語兼用寫成的文藝作品,四十年代發現研究時,能予使用的材料,主要是俗曲(曲藝)類稱之爲"滿漢兼"的一些作品①;其他雙語兼用寫成的詩詞很少。現在讀到的《清漢集錦歌》舊鈔本二册,似乎是首次發現的較多的一宗俗曲類之外的作品。

這兩册舊鈔本,雖均題名 manju nikan i yangsangga acamjaha ucun(滿漢集錦歌),而其實僅衹有一册七十二首作品爲滿語漢語兼用寫成,另一册則完全是用滿語寫成的;并非雙語混用式作品。

這册《清漢集錦歌》所寫的内容,主要是咏物、抒情,除用詩體,并用了"黄鶯兒""賀聖朝""臨江山""浪淘沙"和"西江月"等詞體。現將它們的主要篇目列舉如下:

早 geterengge

紅 abdaha

hailan 錢

白 nenden ilha

tuweri jecen 即景

晚 kararangge

冬暮 tala de yabure 詩

---

①拙作《記滿漢語混合的子弟書螃蟹段兒》(《文史雜志》1947;《曲藝論集》1958;中華書局 1960;上海古籍出版社 1984)。

nimanggi i uculen

okdori 花

biyansiku 詞

ulme huhatu 詞

juciba 詞

buren umiyaha 詞

akaha 後閑 irgebuhengge

ne je 景

偶 nasara ucun

niyengniyeri 郊游 uculen

juktehen i dorgi i 牡丹 ilha

aga 睛

雨 amala 詩

ice 春

usin tarirengge

moo sacirengge

ihan adularangga

晚 tuwabun i 滿漢 yangsanggai acamjaha 詩

等等。在咏物中寫到蟬(biyangsiku)、蜻蜓(ulmehulhatu)、螢火蟲(juciba)和蝸牛(buren umiyaha)等昆蟲,似是傳統文人詩歌裏少見的題材。下面且舉兩首滿漢語兼用的實例:

1)hailan 錢

hailan 綴青錢

sukji 好

貫 lakiya

muhaliyakan 千千萬

蚨卧 niowanggiyan,
蝶落 saniya,
積而能散 hon hihan,
甚 hairan.
forgon 如到,
富裕 we de an.

2)晚 tuwabun,滿漢 yangsanggai acamjaha 詩
sun 落 ya 生暗 wa 紗,
suman 冉冉障 baba,
gaitai 遠寺催 jungken,
bajai 高城趁 gaha.
erin jaka 雲圖染,
jalan tuwahai 水墨遮;
ara 何處 dengjan 朗,
敢是 gahu 挂半 biya.

最早見到滿漢語兼用形式寫的作品,就是清乾隆末年文萃堂刻本子弟書《螃蟹段兒》和清蒙古車王府藏曲本《升官圖》。《升官圖》寫作的時代雖不是十分清楚,但從研究漢語史的方面考視,日本太田辰夫教授説"把它看作嘉慶道光間滿洲流行時所作較爲合適。"①

這本《清漢集錦歌》作者雖也不清楚,但能如此熟練地使用滿漢兩種文字寫作,恐怕也祇能是在産生"滿漢兼"俗曲的時期。

(原載 1994 年《滿族研究》第 3 期)

①〔日〕太田辰夫《清代文學所見之滿洲語》(1963,日本中國學會報第 15 集,《中國語史通考》1988,日本白帝社)。

讀"聊齋俚曲"札記

一、《增補幸雲曲》的取材

《聊齋志異》中故事原型，不盡是蒲松齡的創作，這已是早爲人們所瞭解的事[①]。清人著述如俞樾《春在堂隨筆》卷九裏，在引述《搜神記》中術人種瓜故事之後説，"按：蒲留仙《聊齋志異》有術人種桃（梨）事，即本此。乃知小説家多依仿古事而爲之也。"其實，膾炙人口的成功作品，并不完全在於寫什麽樣的題材，取材於何處，有着怎樣的故事情節，重要的是在於作者究竟如何追求信念，并以何種態度對待現實和以什麽思想指導寫作。所以作者"依仿古事"有所衍設，僅是在采擷中汲取靈感進行再創作，這不僅無損於其藝術成就的光輝，而往往却使之以嶄新面貌出現更放異彩。《聊齋志異》部分故事來源可考見的是這樣，部分"聊齋俚曲"故事取材大體也是如此。

"聊齋俚曲"《增補幸雲曲》的内容，是説唱明武宗朱厚照私服游大同宿娼的生活醜事，這是從明末以來，人們曾幾經采用各種

① 參見魯迅《中國小説史略》，葉德均《戲曲小説叢考》卷中《聊齋志異的本事》以及汪玢玲《蒲松齡與民間文學》等論篇。

文藝樣式予以描述的題材。蒲松齡所寫作的，是全曲用“開場”和二十八回的説唱組成的俚曲，它除於首尾各用一支“西江月”曲，其餘各回則是散説與樂曲相間，而樂曲衹是“耍孩兒”一種曲調；這種僅用“耍孩兒”重頭聯章戲曲説唱的形式，在明、清之際雖甚流行，但像蒲松齡所作這樣大型的作品，還是創興稀覯的。① 全曲梗概，於作品開始作綱領性叙述的“開場”時説：

［西江月］一自元朝失政，天生德臨凡；洪武晏駕許多年，傳流正德登殿。天下太平無事，朝廷戲耍民間；風流話柄萬人傳，呀！名爲《正德嫖院》。

“西江月”即畢，待在下把這樁故事，略表幾句：

好玩耍的天子，嫖了個絶妙的嬌娃。

極貧賤的小子，得了個異樣的榮華。

兵部堂的公子，遭了個無情的横死。

宣政院的婊子，從了個昂邦的良家。

你説這正德嫖院，不大之緊，弄出了幾件故事，甚是出奇。是那幾件呢？

朝廷賭博又宿娼——光棍，

打柴漢子做新郎——美對；

酒保做了乾殿下——胡混，

趕着姐姐叫娘娘——奇事。

這裏提到全曲的角色、關目，雖比較簡括而突出，但却暴露了明末封建專制社會的黑暗、靡爛和腐朽，足以啓發人們對邪惡的

①“耍孩兒”曲調演唱的戲曲，歷史淵源古遠，據考證，可能是緣於金元時期“般涉調·耍孩兒”而演變而來。（“聊齋俚曲”的《俊夜叉》，曾註明是用“時興的耍孩兒調編成”。）

痛恨；蒲松齡就是以這樣的態度，從事創作的。朱厚照逛大同的醜行，明末民間盛傳，甚至當時流行的時調小曲，人們也在傳唱。例如現存的一首“劈破玉”就唱道：

> 賽觀音、佛動心，生得如花貌，王公子聞知道也來嫖，朱皇帝聞説親來到。君臣來鬥寶，半步不相饒；倒運的王龍、的王龍，剥皮去囊草。

這支曲詞，曾收録於現存的兩種明代戲曲選集：《新刊徽板合象滚調樂府官腔摘錦奇音》和《晁鍥徽池雅調南北官腔樂府點板曲響大明春》①。前者簡稱：《摘錦奇音》，爲（明）龔正我選輯，萬曆三十九年（1611）徽歙張三懷刊刻本。後者簡稱：《大明春》或《萬曲長春》，爲（明）程萬里選輯，萬曆年間閩建金拱唐刊刻本。可見這支“劈破玉”在 17 世紀初葉相當盛行，所以纔有兩種戲曲選集采録流布。

《摘錦奇音》選録此曲於該書卷三上層“時尚古人劈破玉歌”中，題作：《嫖院記》；而《萬曲長春》選入該書卷三中層時，則題作：《正德記》。明代民間風行的時調歌曲，其中一類往往取材於當時場上演出而爲廣大觀衆所喜聞樂見的戲曲故事，所謂“時尚古人”就是指那些爲人們熟悉的傳説故事戲曲人物。因此，可知這支“劈破玉”所歌唱的内容，也就是雜調傳奇《嫖院記》或《正德記》故事的基本概括。

《嫖院記》或《正德記》是一部未見著録的明代雜調傳奇，作者已無從考知。現在能得見的部分作品，僅存於《摘錦奇音》一書的卷五下層，計選録戲文兩出：“出游投宿蕭莊”和“周元曹府成親”。這兩出戲文與《增補幸雲曲》的相應情節參看，實相當於俚曲的第

①兩書國内均未見庋藏。

五回:“私行主投宿問更,打柴兒殺鷄換妻。”其關目爲戲曲故事的開頭部分,顯然衹是全劇的一斑;雖可能是當時比較流行的兩出,但未必是全部戲文的精采處;是以這部雜調傳奇全劇的排場、結構等,都已無從具體瞭解。不過幸有“劈破玉”《嫖院記》一曲留存,曲末説全劇結尾爲王龍被“剥皮去囊草”,而《增補幸雲曲》最後第二十八回:“大姐繩縛王衝霄,萬歲火燒宣武院”,也正是説唱“將王龍拿去剥皮囊草”的情節。可知“聊齋俚曲”《增補幸雲曲》的説唱内容,確與明雜調傳奇《嫖院記》或《正德記》的關目一致,蒲松齡這部俚曲的取材實因襲於戲曲。至於《增補幸雲曲》的人物,如:“賽觀音”“佛動心”“王龍”“周元”等等,也與戲曲角色完會相同,更是説明俚曲故事來源於戲曲的有力佐證。

蒲松齡寫的這部俚曲,所以稱之爲“增補”云云,實際上,是在他寫此俚曲之前,已有相同作品在流傳,而他即在此基礎上予以增添修補、藝術加工。對此《增補幸雲曲》開始已説明交代。它“開場”中説:“風流話柄萬人傳,呀!名爲《正德嫖院》”,并在“第一回:坐北京正德臨朝,誇大同江彬獻諂“的開頭説:

話説衹爲這件奇事,編了一部“耍孩兒”,雖則傳流已久,各人唱的不同。待在下唱來,尊客休嫌污耳。

[耍孩兒]世事兒,若循環,如今人,不似前,新曲一年一遭换。“銀紐絲”兒纔丢下,後來興起“打棗杆”“鎖南枝”半插“羅江怨”又興起《正德嫖院》,“耍孩兒”異樣的新鮮。

從這裏可以明確的瞭解:演唱朱厚照這椿醜事的“名爲《正德嫖院》”,那是“傳流已久”的“一部‘耍孩兒’”。但是在傳唱過程當中,由於各人對故事的理解不一樣,“各人唱的不同”;所以蒲松齡説“在下唱來”的這部“‘耍孩兒’異樣的新鮮”。不言而喻,它是經過了蒲松齡編寫的藝術加工、增補修改而成的作品。至於“增補”

的具體情況，則還有待於進一步探索①。

關於蒲松齡"聊齋俚曲"的寫作年代，多已不可考見；一般以他的生平思想和作品參比起來研究，多認爲是他晚年之作。若從他在文學語言的使用方面考察，同樣也可得出近似的結論。例如《增補幸雲曲》的"開場"中有云：

宣政院的婊子，從了個昂邦的良家。

在這裏蒲松齡使用了一個來自滿語的藉詞"昂邦"。滿語"昂邦"amban，漢語意義爲："大臣"。這個純譯音藉詞，通常譯寫爲："昂邦""諳班"等，從歷史文獻使用的情况看，在清康熙中期使用"昂邦"譯音較爲普遍，如王漁洋《池北偶談》裏論及清代官制時，説有軍國大事在禁中與滿大學士、尚書等人雜議的大臣，謂之"黑白昂邦"（滿語 hebei amban 即"議政大臣"）。可知當時"大臣"amban 需要用音譯詞的時候，是用"昂邦"的寫法；而"諳班"則是晚出的譯語。類似的情况，蒲松齡《聊齋志異》中使用音譯詞時也一樣②。因此，若從社會語言學方面研究考慮，蒲松齡寫作《增補幸雲曲》的時間約在 17 世紀末，也還是可以徵信的。

---

①現存此曲的幾種舊鈔本中，有題作《正德嫖院》的。它與《蒲松齡集》刊本文字多歧異，其中是否有蒲松齡"增補"前的版本，尚需研究。清雍正三年張元撰《柳泉蒲先生墓表》碑陰附記俚曲目，對《增補幸雲曲》注以"反變"字樣，即已表明此本乃别本的改編。

②如《亂離》中説："亂兵紛入，父子分竄，女爲牛録俘去，從之數日，殊不少狎。"（《聊齋志異》卷六，"三會本"頁 810）"牛録"滿語：niru，漢語意義爲："佐領。"又如卷二《張誠》使用："固山"，滿語 gusa，漢語意義爲："旗，旗分。"卷一《王成》還使用"貝勒"，滿語 beile，漢語意義爲："滿洲、蒙古的爵位名（類似漢語王、侯）"等滿語的純音藉詞，都是在清康熙中習慣的用法。

二、關於《琴瑟樂》

“聊齋俚曲”《琴瑟樂》，是一篇沿襲了傳統歌曲“閨女思嫁”題材的説唱作品。故事情節簡單，僅是抒情叙事，而其片斷章節描繪充滿了庸俗的小市民的美學趣味，顯然它在蒲松齡所寫通俗俚曲裏，是篇糟粕較多需要揚弃的作品，故其鈔本流傳較爲稀見。

明代寫“閨女思嫁”題材的“時尚小曲”，某些支曲歌唱的是有着反封建禮教、要求婚姻自由的思想内容，比較率真地反映了婦女追求幸福生活的美好願望。但是，當它們在傳唱中這題材加以鋪叙逐漸演變，用若干重頭聯章的曲調説唱，常是利用了原有的形象或情節，增添了一些適合當時市民階層趣味的内容，遂不可避免的使作品籠罩上在特定的歷史條件下社會民俗的消極色彩。《琴瑟樂》，就是比較明顯的一例。

《琴瑟樂》見於張元《墓表》碑陰列載，無刊刻本。在現存幾種舊鈔本中，“天山閣王氏”所傳的鈔本，卷後有“康熙甲戌中秋後四日”李希梅的題詩和“康熙歲次乙亥清明”高念東的跋文①；康熙甲戌、乙亥爲三十三、四年，即公元一六九四、九五年，這是已知見的較早傳本。

《琴瑟樂》在有的鈔本上，别題作：《閨艷琴聲》。它説唱的内容是從閨女思嫁、説媒到出嫁前後的一段過程，平鋪直叙，全曲用“清江引”“西江月”二曲開始，然後接續用“陝西調”四十一首聯章（間以散説），最後用“對玉環帶清江引”結束。這樣的組織體例，在蒲松齡所寫通俗俚曲中還是僅見；“陝西調”曲牌，也是在此之

① 見平井雅尾《聊齋研究》頁四十三。

前未見别種俗曲集采録的。正是由於它具有戲謔笑樂的明快特色,所以有的傳鈔本或題作《琴瑟樂曲快曲》。

其實,具有《琴瑟樂》相類内容的作品,據傳蒲松齡還寫過一篇《聊齋秘本新婚宴曲》,可見這一題材當時風行①。從現在的曲藝文獻資料調查瞭解,清初還流行過一種用别調重頭聯章寫成的俗曲,根據它的内容、形式,再結合蒲松齡創興"聊齋俚曲"的實際情況考察,它對於蒲氏寫作《琴瑟樂》似乎是有着一定的影響。

清代最早刊刻本俗曲總集《萬花小曲》②書末,收録有一套重頭聯章俗曲《閨女思嫁》,全曲用"西江月"一首開頭,"清江引"一首結尾,中間聯用"兩頭忙"二十六首,叙述了與《琴瑟樂》相同的題材。這兩套重頭聯章曲所采用的曲調雖不同,但是從二者曲詞之間的相似,不難看出它們彼此的因襲關係。例如:

《萬花小曲(閨女思嫁)》	《琴瑟樂》
(第一曲)	(第一曲)
艷陽天,	好個艷陽天,
艷陽天。	好個艷陽天。
桃花似錦柳如烟。	桃花似火柳如烟。
見畫梁雙雙燕。	早向畫梁間,
女孩兒泪漣,	對對舞春燕。
女孩兒泪漣,	女兒泪漣漣,
奴家十八正青年,	奴家十八正青春,

①見日本《慶應義塾大學所藏聊齋關係資料目録》"九、小令鼓詞"類。這題材如乾隆間子弟書《鴛鴦扣》,尚沿襲,描寫更爲細緻。

②現藏北京大學圖書館。

恨爹娘不與奴成
姻眷。

空對好光陰，
誰與奴作伴。

（第五曲）
帖兒去了，
帖兒去了。
不覺兩日并三朝，
急得奴，雙脚跳。
不見來了，
不見來了。
想必是帖兒看不好。
到晚來，不由人心急躁。

（第五曲）
帖兒去了，
帖兒去了。
不覺兩日共三朝，
媒人不見面，
急的仔雙脚跳。
全不來了，
全不來了。
想必是庚帖合不着，
使人對妝臺，
陣陣心焦躁。

（第七曲）
恨媒人，
恨媒人。
討了帖兒没回音，
成不成叫奴將
誰問。
雁杳魚沉，
雁杳魚沉。
等閑捱過好青春，
説不出心中悶。

（第六曲）
惱恨媒人，
惱恨媒人。
討了帖去没有回音，
親事成不成，
教我將誰問。
昏昏沉沉，
昏昏沉沉。
辜負了多少好光陰，
不好對人説，
仔是心坎上悶。

（第十七曲）
日頭西，
日頭西。
喜歡的茶飯懶得吃，
我精神已在他家去。
燈燭交輝，
燈燭交輝，
叮冬一派樂聲齊，
好婆婆親來至。

（第十八曲）
日已平夕（西），
日已平夕（西）。
家中茶飯懶待吃，
我的魂靈兒，
先往仙家去。
燈燭交輝，
燈燭交輝。
叮冬一派樂聲催，
他家來迎親，
好生增門楣。

無須再多引列，已可概見。

《萬花小曲》在今日現存的清代北方俗曲總集中，是較早的一種。它卷首題作：《新鐫南北時尚萬花小曲》。它目録之後書坊識語説："此集小曲數種，盡皆合時；出自各家規式，本坊不惜重金鐫梓，以供消閑清賞。京都永魁齋。"卷末更有署題作："歲在甲子冬月京都永魁齋梓行。""永魁齋"是清乾隆初北京的書坊，甲子當爲乾隆九年，即公元 1744 年。這套重頭聯章曲在書首目録題爲：《恨媒人》，卷中收録則題作：《閨女思嫁》。重頭所用曲調名"兩頭心"，"當即南曲'雙調近詞'之'兩頭蠻'，蓋'忙'爲'蠻'音之轉耳"①。而此調在《曲諧》裹更指出：

> "兩頭蠻"一調，一作"兩頭南"，始見於《摘艷》，絶似後來小曲；因知小曲之體由來已久，在元、明兩季，直與南北曲爲

①見傅惜華《曲藝論叢》頁十三。

一事也。①

可知這一曲調確乎由來已久,在明清之際并不是什麼新興歌曲;《萬花小曲》所用當是舊曲。

但是,在現存明清俗曲文獻裏,此曲却稀見,除《萬花小曲》選録的這套,清人俗曲集即未再見選録。但一部明末鈔本《雜曲集》裏,收録一套用十一首重頭聯章此曲調叙寫男女歡愛之情的俗曲,却頗可考見它較早的曲體規式、句法。如第九首:

> 上樓來,上樓來,推開窗兒望見街,咳呀!好個俊多才,其實心中愛。怎得和諧?怎得和諧?對門有個王奶奶,咳呀!做成媒我就深深拜。

這裏衹是多記入襯腔,規式、句法與之還是基本一致的。其實“所謂‘兩頭南’者,句法并不盡同”,這種變異在俗曲流傳裏本屬常見,所以説“小曲之體,益無足責矣”②。因此,《琴瑟樂》裏采用的“陝西調”,也很可能就是傳唱已久的“兩頭蠻”曲調的變異。

公元 1795 年(乾隆六十年)刊刻的《霓裳續譜》有一首“平岔”,説:

> 手拿着“打棗竿”,呀呀喲!恨衹恨那“小靠山”,他和我“兩頭瞞(蠻)”。“叠落金錢”被你旺了去。把一個“黄鸝調兒”,砸了個七八瓣。你還背地裏,欺負我的“粉紅蓮”兒。③

這裏雖然提到了“兩頭蠻”曲調,但在《霓裳續譜》裏并無選曲,約計這曲調在 18 世紀末傳唱已見稀少。

《琴瑟樂》在思想内容上雖多無可取處,可是在説唱藝術形式

---

①見任訥《曲諧》卷三,頁三十四。

②見任訥《曲諧》卷三,頁三十四。

③見《霓裳續譜》卷八,頁二十二。

上蒲松齡有所推陳出新。對《萬花小曲》裏的"兩頭忙"《閨女思嫁》,研究者曾認爲它"實爲後世單弦'牌子曲'之濫觴"①的看法,由於"聊齋俚曲"所提供資料,却是需要修正了。

(原載 1995 年《齊魯文史》,第 1 期)

①見傅惜華《曲藝論叢》頁十三、六十八。

海外讀曲札記

小引:八十年代中期之後,我先後在美國賓夕法尼亞大學和德國科隆大學從事滿學研究期間,曾利用休假餘暇,去一些圖書館、博物館看了些個人感興趣的書籍。其中不少是屬於俗文學方面的"閑書"。我在檢讀那些刊本或鈔本文獻時,大多隨手作了記録。這裏,便是將當年所記關涉到曲藝史研究的部分書録略加整理寫成的文字。這些所記述的書,雖多爲以往到海外訪書的學者們未曾提及,但由於時間匆促,缺乏深入考察,因而也僅能供一般參考。

《續小慧集》中的《道情工譜》

鄭燮的《道情十首》①在清中葉以後,是十分著名而有一定影響的作品。《道情十首》之所以博得世人的喜愛,甚至"詞壇哲匠,亦復不嫌鄙俗,唱道情"②,實在於它能比較正確的繼承了流於民間的"時俗"道情傳統,以平易近人的風格表現了能對現實生活中

①《道情十首》的創作時間,約在18世紀20年代,時間上限在1725—1729年間。

②謝章鋌《賭棋山莊集·詞話》。

的人們“唤醒痴聾,銷除煩惱”的思想。在它的開場白中鄭燮曾説:

> 我先世元和公公,流落人間,教歌度曲。我如今也譜得《道情十首》,無非唤醒痴聾,銷除煩惱。每到山青水緑之處,聊以自遣自歌;若遇争名奪利之場,正好覺人覺世。這也是風流世上,措大生涯。不免將來請教諸公,以當一笑。

明確的説明了他所譜得的《道情十首》,是在這類俗曲傳統的基礎上注入了新生命,是“循舊調”“創新曲”。所以鄭振鐸先生説是“復活了這個體裁。”①

道情是宋元以來“説唱文學”的一種,到明清間已流行很廣成爲全國性曲種。鄭燮的《道情十首》就是在“説唱體道情”和“歌唱體道情”②蓬勃發展中汲取豐富營養的創新之作。“直到建國前夕還有人唱着鄭板橋的《漁、樵、耕、讀》”③,依然爲人們所歡迎。

道情的傳唱,明清間有些零星記載,而在小説、戲曲裏間或還有較具體的描述④。如清文康《兒女英雄傳》⑤第三十八回寫涿州天齊廟書場唱道情的記述:

> ……道士坐在緊靠東墻根兒,面前放着張桌兒,周圍擺着幾條板凳,那板凳上坐着也没多的幾個人,……老爺看那道士時,衹見他穿一件藍布道袍,戴頂棕道笠兒。那時正是日色西照,他把那笠兒戴得齊眉,遮了太陽,臉上却又照戲上

---

①鄭振鐸《中國俗文學史》下册 456 頁。

②澤田瑞穗《佛教與中國文學》265 頁“道情文學的二系統”。

③馬紫晨《河南曲藝史論文集》50 頁。

④波多野太郎《華南民間音樂文學研究》第二部分“道情的生成與發展”。

⑤《兒女英雄傳》成書時代,參見柳存仁《倫敦所見中國小説書目提要》(一一五)《繪圖評點兒女英雄傳》。

小醜一般，抹着個三花臉兒。還帶着一圈兒狗蠅松子。左胳膊上攬着個漁鼓，手裏掐着副簡板，却把右手拍着鼓，衹聽他扎嘣嘣、扎嘣嘣，扎嘣、扎嘣、扎嘣打着。……他又把頭上那個道笠兒望下遮了一遮，便按住鼓板發科道：

"錦樣年華水樣過，輪蹄風雨暗消磨；倉皇一枕黄粱夢，都付人間春夢婆。小子風塵奔走，不道姓名，衹因作了半世莽憧痴人，醒來一場繁華大夢。思之無味，未說也可憐，隨口編了幾句道情。"

他說完了這段科白，又按着板眼拍那個鼓。……衹聽他唱道：

"鼓逄逄，第一聲，
莫争喧，仔細聽。
人生世上渾如夢。
春花秋月銷磨盡，
蒼狗白雲變態中。
游絲萬伏飄無定，
謅幾句盲詞瞎話，
當作他暮鼓晨鐘。"……

唱完了，衹見他把漁鼓簡板横在桌子上，站起來望着衆人……老爺正在那裏想他這套道情，不但聲調詞句不俗，并且算了算，連科白帶煞尾，通共十三段。竟是按古韵十二攝，照詞曲家增出灰韵一韵，含着十三折譜成的。

這裏所描述的唱道情及道情體式相當清晰。文康曾生活於18世紀末，因此論述道情的學者有人認爲："這篇由藝人手持漁鼓與簡板自奏自唱的道情，其實就是原湯原汁的，被稱爲板橋體的鄭板橋風格。由此大體可以瞭解清中葉以降的道情風貌。"①

《道情十首》流行後,"自來放蕩不羈的文人,很喜歡仿作道情"②清中葉後遂流傳了一些所謂"擬作道情"③;與此同時還出現了滿語翻譯的道情或是滿語擬作道情④。至於在這些道情盛行期間,記録道情曲譜的書,目前僅見《續小慧集》卷三所收《道情工譜》一種。

《續小慧集》是貯香主人輯《小慧集》的續編,巾箱本,六卷,清道光年間刻本。⑤

貯香主人,據《小慧集》卷首"蛟門丁恪"的序言稱:是編爲"吾友萬子後君"所輯;在"道光紀元太平之歲吕申月桂華流民日上湖生"的序來説:"後君以小慧名是集也,何謂者?後君謂是皆髫戲嬉戲之所集,還過猶朱子所云:小小之才,慧而已。"可知貯香主人或貯香館主(《續小慧集》卷首署貯香館主編)名萬後君。上湖生即著名詞曲家姚燮(1805—1864),他與萬後君的交游可能在結枕湖吟社的時代,其詳待考。不過,萬後君所編,實受《文章游戲》影響。

《續小慧集》總目:卷一,除紅圖譜,族望類譜;卷二,古篆源流,投壺新格;卷三,古錢圖説,道情工譜;卷四,俗語新聯;卷五,集古磚文,打馬圖例;卷六,巧對匯鈔,學書三義,太陰演卦,由吾百子。

---

①小野四平《中國近代白話短篇小説研究》255 頁。

②李家瑞《唱道情》(王秋桂《李家瑞先生通俗文學論文集》58 頁)。

③澤田瑞穗《佛教與中國文學》268 頁"擬作道情及其作品"。

④德國柏林國家圖書館庋藏有滿文道情鈔本和道光年間海玉譯爲滿文的道情 Doo Cing Dzi ning－gun meyen 鈔本。

⑤《小慧集》和《續小慧集》,均爲美國哈佛大學圖書館藏本。

《道情工譜》記譜前的小引説：

> 客有唱板橋道者，余因捩笛和之。其聲纏綿慨惻，令人頓生出世想，於是填譜以傳。全詞見《板橋集》，不録。

《道情十首》的結尾，裴景福《壯陶閣書畫録·清鄭板橋書道情卷》與廣東博物館藏鄭燮《道情十首》墨迹，均與刻本不同。其中有云："你看（廣博墨迹本作'聽'）前面山頭上隱隱吹笛之聲，想是板橋道人來也。"可知小引所説"捩笛和之"，也是唱道情時伴奏的普通現象。現將板橋道情工譜移録如下：

板橋道情

老仜\	漁五°仜五六
翁工\△	一六\
釣仜五仜五六	竿工\△
靠仜\√	山工° 尺
涯六\△	傍六\
水仜五° 仜五√	灣工\六工° 二尺上
扁工\	舟工△
來六\√仜	往五°√
無工\尺	牽上\尺
絆工√六尺工° 尺上の二合の△	
紗上\尺	歐上\
點仜\仩	點仜°
輕五\六	波尺° 六
遠五\工△六五\△	荻六\五
港仜工五六	蕭工\
蕭六△	白六\
晝仜五√仜五√	寒仜□□

□□□□	歌□□
一六\√仕	曲五⁰
斜工\尺	陽上⁰尺
晚工\六尺工\尺上の\合△の、△	
一上\	霎の
時上⁰	波の\
摇上√尺	鏡工\
影尺⁰	驀上\
抬の	頭上⁰
月上\	上工
東□尺上	山尺\上の⁰ 二合\

の△

這裏曲詞如“涯”應作“崖”,“紗”應作“沙”,“鏡”應作“金”。缺文作“高”。“一曲”《壯陶閣書畫録》本和廣博墨迹本均作“一闋”。

《續小慧集》卷末書牌題記:“道光十七年丁酉歲開雕,板藏浙寧王氏希庵之銀藤花榭。昆明水仁麟鎸。”可知《道情工譜》所記録的曲譜是在19世紀初葉流行的一種道情曲調。彈詞《珍珠塔》有唱道情的開篇,《珍珠塔彈詞》現知最早刊本在1781年,其“道情調”建國初期五十年代有人記録①,曲詞格律與板橋道情相同,其曲調旋律是否與《道情工譜》相近,還需要結合江蘇流行的道情曲調旋律加以研究,當可瞭解其音樂衍變。據説板橋道情現在也有新譜的作品②,可見板橋道情至今尚爲世人欣賞、喜愛。

---

①夏史整理選輯《彈詞開篇集》78、127頁。

②波多野太郎《華南民間音樂文學研究》“道情的生成與發展”。

簫卿主人的《小調譜》

18 世紀中葉後,時調小曲集的乾隆刻本,現存三種:《新鐫南北時尚萬花小曲》《霓裳續譜》和《新刻南北時尚絲弦小曲》,它們保存了相當豐富的曲調、曲詞材料,使"吾人得以考知清代乾隆一朝,南北各地民間之時調小曲,嘗盛極一時。其流行曲調,最低亦有四十餘種,所存於今日之俗曲曲文,删其重複者,亦將及一千首之富,可稱詞山曲海"①。不過,它們所提供的僅祇是文學資料,却缺乏音樂資料,未見附載任何一種曲調的曲譜。至道光間,由於當時社會經濟文化的發展,姊妹藝術的影響,時調小曲進一步發展,留存下來的曲集刻本則可見到六種。刊刻時間較早的是道光八年的《白雪遺音》,最晚的是道光三十年的《曲裏梅花》,其餘四種:《新刻帶白帶靶馬頭調各樣多情小曲》《新集時調雅曲初集》《新集時調馬頭調雅曲二集》和《新刻各調時興雜牌新曲》。這些,所輯録的時調小曲文學資料更加豐富,特别是對小調體裁與曲藝之間的轉化研究,提供了一些有用材料,而於音樂資料,基本上仍多付缺如;僅是在《白雪遺音》卷一之首"馬頭調"《黄昏卸得殘妝罷》曲文之外,詳附了工譜②。

時調小曲在 19 世紀初,流傳地域分布已廣闊,有若干曲調,

---

①見傅惜華《曲藝論叢》頁 58《乾隆時代之時調小曲》。

②華廣生輯刻的《白雪遺音》,輯於清嘉慶九年(1804 年),刻成於道光八年(1828 年)。全書四卷,卷一首附"馬頭調"《黄昏卸得殘妝罷》一曲的工譜,采用傳統的記譜方式"一炷香式",未點板眼,僅具音聲。這是較早的一支時調小曲的刊刻工譜,也是"馬頭調"現存較早的一支曲譜。《白雪遺音》上海中華書局 1962 年經趙景深校序出版。

幾乎遍及全國，甚至個别少數民族集居地區，亦有它們的流傳踪迹。如《黄昏卸得殘妝罷》一曲，目前即有道光間滿文舊鈔本留存①。至於它們的音樂資料，道光間刻本《小慧集》卷十二。收録《小調譜》一種，可説是現存較早的時調小曲具體曲調工譜記録的刊刻本了②。

《小慧集》十二卷，巾箱本，貯香主人輯。無刻印時間，但據其續書《續小慧集》卷六末書牌題記："道光十七年丁酉歲開雕，版藏浙寧王氏希庵之銀藤花榭。"可知《小慧集》至遲當刊刻於道光十七年(1837 年)。

貯香主人，名萬後君。除輯集《小慧集》《續小慧集》外，還著有《貯香小品》九卷③。在《小慧集》卷二收録的《昆劇駢語》小引中説：

> 余偕上湖生閲《文章游戲》三編，有集昆劇對，其四字者，僅議劍獻劍，約釵鬧釵；醉易放易，相梁刺梁；鬧朝失笏，搜山打車三聯。因相與補綴得二十四聯。

上湖生即姚燮，是 19 世紀初葉文壇上多才多藝、卓然自立的著名詞曲家。他們交游較密，文藝思想相近，都欣賞《文章游戲》一書，可以想見，《小慧集》和續集的編纂，實際應是他們相互影響并受《文章游戲》編輯思想啓迪的成果。

《小慧集》第十二卷，收録簫卿主人《小調譜》一種，有關該譜

---

①德國柏林國家圖書館所藏滿文圖書中，庋藏有清嘉道間著名滿文翻譯家海玉滿文俗曲鈔本，其中有滿文《黄昏卸得殘妝罷》曲。目前國内亦有較晚傳鈔本留存。

②《小慧集》道光刻本，現庋藏於美國哈佛大學哈佛燕京圖書館。

③《貯香小品》九卷，收於《古今説部叢書・十集》，作者署：萬後賢。《小慧集》丁恪、姚燮序文作萬後君，約係寫刻之誤。

記録的始末，萬後君寫的跋語説：

昔鐵笛生遇李龜年授"霓裳曲譜"，一時以爲知音難再。今於簫卿主而有感焉。主人雅好音律，每苦於無師之學，一日相知於斐然金先生，盡得其秘。凡大小諸曲，莫不含宫咀徵，點拍成之；春風一曲，效洛下之抄已。余惟大曲自葉譜出，而度曲之家奉爲律令，特是小曲無譜，使人靡所倚聲，因請梓集中，以廣其傳。他日旗亭賭唱，將與主人持觴數調於其間，豈非與霓裳勝事媲美千古哉！是跋。

這裏所提到的簫卿主人和金斐然先生的生平不詳，事迹待考；不過在他們合作之前，時調小曲并無曲譜刊刻行世，無疑這是一份值得珍視的曲藝音樂資料。

簫卿主人《小調譜》所記19世紀初時調小曲工譜共七曲，今移録并簡要説明如下：

紗窗調

紗五、	窗六
兒五、仩	外工、五
呀六、	鐵工、
馬五	兒□
響六、	丁工
當尺、/	姐五、
兒六	問五、
聲仩	誰工、五
呀六	間工、
壁五	王六、
大工	娘尺、/
輕上、	移尺、

俏工、	步六/
把工	樓六、四
來上、	上上、工
哈尺、	哈六
咦四、	哈尺
咦上	哈四
哈六、/	

全曲十二段,這是流行於河北、山西、陝西、内蒙一帶的時調小曲。據説本名"四城歌",又名"珍珠傘","紗窗調"或"紗窗外"的曲名,則是來源於此曲第一句曲詞。早期單弦牌子曲,如《冷不防成家》《當皮箱》等作品裏,曾采用作爲曲牌。五十年代記録的陝西府谷民間藝人丁喜才演唱的"榆林小曲"裏,名《二姑娘得病》①。它曲調輕鬆靈俏,但傳唱的社會階層比較複雜却使之漸趨浮靡。

繡荷包

姐五、	在五/六五
房仩、仩五	中六、
正六、五仩	描五、仩六
花五、六工尺上	忽五、
然五/六五	想仩、仩五
起六、	俏六、五仩
冤五、仩六	家五、六工/尺工、六仩、工尺
臨上、	行上尺、
囑工、	咐五、六

①見劉烽整理《榆林小曲》頁32。

奴工　　幾尺、工
句尺、工上　　話尺、上四/六四
再上、　　三上/尺
叮工、五　　嚀六
罷工　　喲尺、/上尺
嗳工、　　嗳工、尺
莫上、　　要工
忘尺、工　　了上
咱尺上四/尺四

全曲十二段。這是從 18 世紀以來極爲盛行的時調小曲之一,目前已知山東、河北、山西、陝西、湖北、四川、雲南、内蒙等地區都曾流行,而江浙一帶亦曾傳唱。較早盛傳於北方,1813 年刻本楊米人《都門竹枝詞》一首説:"太平景象地天交,落拓狂生任笑嘲;到處歌聲聲不絶,滿街齊唱《綉荷包》。"張林西《瑣事閒録續編》也説:"《綉荷包》一曲,盛於嘉慶初年,無論城市鄉曲,莫不遞相喊唱。"①最初曲詞刻本,見於《白雪遺音》卷二,籥卿主人《小調譜》所録曲詞與之亦同。據現存的滿文譯本 fadu seolere ucuni mudan② 研究結果,滿文翻譯的底本(可能是傳唱者的唱本)也與此全同。唱《綉荷包》題材的曲調十分多樣,曲調變化大致有幾種:調式方面的變化;節拍寬窄和旋律繁簡的變化;結構上的變

①有關《綉荷包》一曲清嘉道間傳唱的論述,可參見傅惜華《曲藝論叢》頁 90,《綉荷包考》。

②《綉荷包》fadu seolere ucuni mudan 滿文舊鈔本,藏於俄羅斯科學院。該舊鈔約係 19 世紀搜集於北京。[俄]沃爾科娃在六十年代所編《蘇聯科學院藏滿語鈔本目録》一書頁 9,曾予著録。

化①。這裏記録的早期《綉荷包》工譜，對研究此曲的傳唱、演變、發展則是份可重視的音樂資料。

嘆五更

一上、上	更工
裏尺、	窗六、五六
前工、尺	月上四
光尺、六	華工、尺上/
可上、上	嘆工
嚇尺、	奴六、五六
家工、尺	命上、四
運尺、六	差工、尺上/
犯工、	桃尺、工上
花尺、工四/	偏上、上工
偏尺	落六、五六
在工、尺	風上、
月四	人尺、六工、
家尺上/	背工
井工/	離尺
鄉工上	遠尺、上四/五六、
抛工	撇六
爹六、五	和六/
媽五、	悔仩、
當工	初六、
錯五	把仩仩、六

① 參見江明惇《漢族民歌概論》第一編《民歌的體裁》第四章。

兒工ˋ六　　夫尺ˋ上

嫁六五六ˋ/六尺、上迎上ˋ上工

賓尺ˋ　　接六ˋ五六

客工ˋ尺　　全上

要四　　奴尺ˋ六

自工尺　　家上/

應工ˋ六　　酬工ˋ六

不上ˋ　　到尺

處上ˋ　　還五ˋ

要六　　將工ˋ

奴六　　罵五ˋ

我六ˋ　　的五

天仩ˋ尺　　嚇上ˋ/

羞上ˋ工　　紅尺ˋ/上尺

臉上ˋ四尺　　忙五ˋ仩

把五六　　客工ˋ六

留尺ˋ工　　下六ˋ五仩六工尺上

全曲五段,即晚清流行的《烟花女嘆五更》;其曲調實爲"孟姜女調"。"孟姜女調"是時調小曲流行廣、影響大的基本曲調之一,所唱的具體内容很多,這首曲詞約爲流入青樓或游藝場所後産生的。這支工譜,記録時間早,對考查它的形成和演唱情況,是提供了有用資料。北方曲藝的"時調",似與之有淵源關係。

紅綉鞋

荷五　　花五

透五ˋ上　　水六工

開五ˋ/　　○伬伬上

○仕仕尺	香五˴
風仕	陣五˴六
陣工	來六˴
○五˴	○上五
○六六˴	柳尺˴尺工
陰尺仕	之尺˴尺工
下上˴上	站五˴
立仕	美五˴
裙六	釵工六
美六˴六五	裙仕仕
釵五˴仕	手五˴仕
拿五六	花工˴六
鞋工˴尺上	賣尺˴
引六六˴五	動仕˴仕
人五˴	心仕
却五˴仕	把五六
相工˴上六	思工˴尺上
害尺˴	○工˴尺
○六工	○尺/

這曲調不見乾嘉時代時調小曲集收録。現代陝北流行有《紅綉鞋》曲，據説是屬於民間的舞歌，所唱爲抒寫愛情的内容，風格比較輕鬆歡快。

楊柳青

楊六˴	柳工
兒六˴	青五˴五
青六˴/尺	清六工/

清工

起工

落工ˋ

枚四

有工ˋ

的四

呀尺/上

呀尺/上

落四

枚四

喲尺ˋ/

落六

枚工

誰工ˋ

的四

得六

還六

的上

有工ˋ

的四

呀尺/上

呀尺/上ˋ

還六

的四

喲尺ˋ/

早五ˋ六、

失尺ˋ尺

一六

針上ˋ/

情上ˋ

人尺ˋ

佇尺ˋ

失四ˋ

一上ˋ

針尺ˋ/

失工ˋ

一五ˋ

針尺ˋ/

家六ˋ

拾仕ˋ五ˋ工

送工

奴工ˋ

針尺ˋ尺/

情上ˋ

人尺

佇尺ˋ

送四

奴上ˋ

針尺ˋ/

這曲調約於 19 世紀初開始盛行，現在主要是在蘇皖地區流傳。乾嘉時代小曲集亦未見收録。由於它音樂流麗靈活,叙述性較强,所唱的内容十分廣泛。流行中該調已進入南方曲藝音樂。

凄凉調

到上˙尺˙工	春上˙尺上尺
來上˙四六/	又上˙上
到工	春尺˙工上尺
來上˙四六/	芍上˙上
藥尺˙尺工	牡六˙五六
丹工˙六工尺	一上
朵工	一尺˙
朵工上	兒尺
開上˙四尺/	蝴上
蝶工	兒尺˙工上尺
飛上˙四六	飛五˙
得仩	奴五
家六	魂工˙六
不尺˙工	在六˙五六工六工尺上/

此曲調也未見乾嘉時調小曲集收録。

鮮花調

好六˙	一工
朵六	鮮五仩五
花六˙/	好六˙
一工	朵六
鮮五˙仩五	花六˙/
飄六˙五	來六工六
飄五˙仩五	去六˙六工

落尺工

我工ˋ六

家上ˋ上

本上四

不六ˋ

門六ˋ六工

把六

鮮上ˋ尺

兒四上

仩五ˋ六工六/

在尺

的工

我工ˋ尺

待尺ˋ尺工

出五仩

就尺工

那工ˋ六工尺

花上/

樂尺ˋ上ˋ尺ˋ上四尺

“我本待”又兩句，工尺同。又有詞爲：

好一朵茉莉花又二句，滿園花卉怎及得他，我本待采一朵帶，又恐管花人來罵又二句。

此段同上，下仿此。

這曲即著名的《茉莉花》，以前曾名《打花鼓》，是清前期十分流行的一支時調小曲，較早流行於河北、江南，隨後流傳地域已遍及全國南北，并曾流傳至歐洲。19 世紀中葉後，傳播到日本。現存的幾種日本“明清曲”（月琴曲）刻本，還記録了當時的曲譜①。從而提供了一宗此時調小曲音樂海外流傳的可貴資料。《鮮花調》曲詞初唱《西厢記》故事，共十餘段，“好一朵茉莉花”爲其第一段，因其抒情含蓄甜美，後在傳唱中遂多唱這一節，并名之爲《茉

① 日本“明清曲”（月琴曲），可能是在 19 世紀前後，經來往於中日間商船帶去唱本，或商人傳唱的記録。現存書在十種，多刻於長崎。這類書中收録時調小曲外，并有戲曲唱段，均用工尺記譜。（原載 1998 年 3、9 月《曲藝講壇》，第 4、5 期。）

莉花》。它進入曲藝被“單弦牌子曲”汲取作爲曲牌後,經過演變已成爲這曲種主要曲牌之一,“單弦牌子曲”早期作品如《翠屏山》《冷不防成家》等,均曾使用。《鮮花調》的曲詞格式與《疊斷橋》《邊關調》相似,旋律結構也接近,它們之間的關係,尚待研究探討,而這裏提供的此曲調早期音樂資料是很有意義的。

我國曲藝繁多的曲種中,聯曲體的曲藝音樂與時調小曲的淵源關係是比較明顯的。流行久遠且有影響的曲種,多形成於明清時代,它們使用的曲牌有些即源於當時的時調小曲。依據文獻資料的分析,有若干曲調在音樂形式上都與現存的同名時調小曲關係密切。因此,留存下來時代較早的時調小曲的音樂材料,在研究聯曲體曲藝發展史時,就顯得十分重要了。簫卿主人記録的這本《小調譜》,雖説收録的曲調不多,但從記録的傳唱地點統一而曲調流傳的分布廣泛,時間又是戲曲、曲藝興盛的時代,作爲研討曲藝發展史的資料,還是彌足珍貴。

關於“聊齋隨手抄”的《道情》

所謂“聊齋遺書”,長時間以來是蒲松齡研究的學者們所關注的問題。日人平井雅尾在三十年代從淄川一帶搜集的有關蒲松齡遺書、遺稿的概況,近年的研究基本上已經瞭解。但較早談及這宗資料的,還是平井雅尾於 1940 年出版的《聊齋研究》①。他在“卷頭之辭”中曾説:“就中俚曲一類足爲近代中國文藝作品中之精華。”所以有關俗文學的那些資料,更爲研究者注意。

《聊齋研究》一書的“第四類,地方所傳之聊齋遺稿”節第二十一項,介紹了《聊齋小曲集》一册。這是平井雅尾據“地方所傳之遺文斷片搜集而成,内中有二、三係真稿,他則衹傳流於地方而已,筆者隨意編爲集”②。《聊齋小曲集》收録作品六十三篇,除去明清以來的一些“時尚小曲”和可以確知是蒲松齡根據當時流行的曲調創作的作品,其中還有一首注明爲“聊齋隨手抄”的“道情”。原文是:

---

①《聊齋研究》一書,平井雅尾作於 1937 年,1940 年於朝鮮釜山出版。平井雅尾於三十年代淄川行醫時多方搜集的“聊齋遺書”現庋藏日本東京慶應義塾大學聊齋文庫。

②見《聊齋研究》第七十頁。據日藤田佑賢、八木章好共編《聊齋研究文獻要覽》著録,平井雅尾於 1957 年編有《聊齋小曲集》,1958 年編有《聊齋小曲二集》,兩書均自印於日本横須賀出版。

鼓逢逢，第一聲。
莫争喧，仔細聽。
人生世上渾如夢，
春花秋月消磨盡，
蒼狗白雲變態中。
游絲萬丈飄無定，
謅幾句盲詞瞎話，
當作他暮鼓晨鐘。

據説這是依據"淄川栖雲閣珍藏"輯録。不過《聊齋小曲集》是抄輯而成，其中還包括選自《聊齋詩賦詞曲》下卷部分作品。《聊齋詩賦詞曲》兩册，則是"經天山閣主人王豐之氏抄來"的。所以還不能從原件庋藏驟然判斷其是否爲蒲松齡作品。

十七八世紀時，正是"道情"興盛期，"歌唱體道情"在黄淮流域和華北平原一帶比較流行，這從當時某些戲曲、小説中的描寫，可以瞭解一斑。清文康所作《兒女英雄傳》①叙寫唱道情的情節，即最爲翔實的一種。在它的第三十八回寫涿州天齊廟書場唱道情情節説：

……道士坐在緊靠東墻根兒，面前放着張桌兒，周圍擺着幾條板凳，那板凳上坐着也没多的幾個人，……看那道士時，衹見他穿一件藍布道袍，戴頂棕道笠兒。那時正是日色西照，他把那笠兒戴得齊眉，遮了太陽。臉上却又照戲上小醜一般，抹着個三花臉兒。還帶着一圈兒狗蠅胡子。左胳膊上攬着個漁鼓，手裏掐着副簡板，却把右手拍着鼓，衹聽他：

①清文康《兒女英雄傳》成書時代，以及有關文康生活年代，參見柳存仁《倫敦所見中國小説書目提要》《繪圖評點兒女英雄傳》條著録的論述。

扎嘣嘣、扎嘣嘣、扎嘣、扎嘣、扎嘣打着。……便按住鼓板發科道:"錦樣年華水樣過,輪蹄風雨暗消磨,倉皇一枕黄粱夢,都付人間春夢婆。小子風塵奔走,不道姓名,祇因作了半世莽撞痴人,醒來一場繁華大夢。思之無味,未説也可憐,隨口編了幾句道情。"他説完了這段科白,又按着板眼拍那個鼓。……祇聽他唱道:

鼓逢逢,第一聲。
莫争喧,仔細聽。
人生世上渾如夢,
春花秋月消磨盡,
蒼狗白雲變態中。
游絲萬丈飄無定,
謅幾句盲詞瞎話,
當作他暮鼓晨鐘。

唱完了,祇見他把漁鼓簡板横在桌子上,站起來望着衆人。這裏所描述的唱道情及道情體式相當細緻,文康生活的時代距蒲松齡生活的時代雖然百十年,這種唱道情的情况相差并不多。《兒女英雄傳》寫的"道情"詞與聊齋隨手抄的《道情》完全相同。民間文學或俗文學作品的傳唱流行互見,正是這類文藝品種的正常普遍的現象,因而可知二者之間未必有傳承關係。可以肯定的是聊齋隨手抄《道情》,并非蒲松齡"小曲"創作。應是贋品!

(原載 1998 年《蒲松齡研究·創刊三十期紀念專號》第 4 期)

《信仰・教化・娱樂——中國寶卷研究及其他》序

中國寶卷自上個世紀二十年代鄭振鐸先生開始研究後,從向達、陳志良、惲楚材先生等的書録、提要的介紹,到四十年代法國巴黎大學北京中法漢學研究所傅惜華先生的編目,可以説在相當長的一段時間裏,寶卷是作爲探究意義的解釋科學而研究的。其間雖有杜穎陶先生注意到寶卷對演唱文藝的影響,寫有文章,但對寶卷系統全面的理解不足,也還不是以尋求規律性的實證科學的研究成果。至於,國外的研究,受我國學者研究的一定影響下,如 Daniel Overmyer、Susan Naguin 等人撰有一些論著;撰寫"寶卷文學"專著的 Janet Lynn 并把《香山寶卷》譯成英文(此寶卷也有俄文譯本),顯然就是接受鄭振鐸先生的寶卷研究觀點。

但是近二十餘年來,我國社會經歷了較大的變化,過去重視社會與機能的觀點,漸漸轉變爲力圖對文化與意義進行研究;同時研究領域的擴展,已經試圖概括人們行爲的普遍規律,對社會現象和文化現象需要進行整體性的全面考慮。而中國寶卷,是一種宗教性與民間信仰活動相結合的演唱文藝形式,可以説它是渴望與企求行動書寫的文本。車錫倫教授這部寶卷論文集的各篇應該就是在這種客觀形勢下,於不同時期完成的。

本書所收十餘篇論文和調查報告中,都體現了既是歷史的和繼承的,又是發展和創新的學術思想體系,以實證的科學研究方法,使一些前人未能涉及的新課題,在研究中取得了輝煌成果。例如幾篇“調查報告”,都是前人未作的研究工作。而作者長時期進行了艱苦的科學考察,獲得大量第一手資料,并且對許多重要問題,提出了獨立見解。可以説都是比較成功的力作,可使讀者概要瞭解這項研究的内容,具有較高的學術價值,堪稱創舉。

再例如論文中,對明清教派寶卷中小曲的研究,也是前人尚未開發和研究的課題。作者依據不同時代的不同條件,人們以不同的方式采用時尚小曲及其表現手法的分析,開始用統計方法來處理具有一定主異傾向的大量曲調資料,所論小曲在明清寶卷中消長情況,是可以信服的。

這部論文集精煉、獨到的論述很多,作者有較長的“自序”,這裏即不再一一復述。總之,書中的許多内容,相信都有助於我們對祖國的某些文化現象的理解,從中或許可以獲得一些可貴的真知,對人文科學的許多領域的科研工作非常有益。

二零零二年十一月一日於山東大學

(原載車錫倫著《信仰・教化・娱樂——中國寶卷研究及其他》,臺灣學生書局,2002年12月初版)

《三百年遺響——蒲松齡俚曲音樂研究》的序

劉曉静博士所著《三百年遺響》一書,是一本研究蒲松齡俚曲作品的專著。《聊齋俚曲集》自上個世紀三十年代經路大荒先生整理刊布以來,雖有些論及它的零星文章,可是到目前爲止,還没有一部專論蒲松齡俚曲文學及其音樂形態的研究著作,無疑,這對全面、深入而系統地研究蒲松齡文學藝術成就有一定的影響,不能不令人感到遺憾。現在劉曉静博士將其學位論文《蒲松齡俚曲音樂研究》經過修訂,以《三百年遺響》爲其書名正式出版。實在可説是爲蒲松齡研究彌補了一個缺陷,值得欣幸。

在蒲松齡研究上,長時期以來學者們一直集中於《聊齋志異》的研究.無論國内或國外大都如此。而《聊齋俚曲集》於 1936 年公刊後,同年路大荒先生又於日本東京文求堂出版了注解的《〈聊齋志異〉·外書磨難曲》;這書在是年 5 月阿英主編的《火炬·通俗文學》周刊第六期上刊出,由且同寫了《磨難曲》文章評介,但也没有引起學者們的注意。經過十年之後,周貽白先生纔在趙景深先生主編的《通俗文學》周刊第五期上,發表了《蒲松齡的聊齋俚曲》一文,綜合論述了《聊齋俚曲》。周先生關於我國戲曲、曲藝的研究,比較重視音樂遺産,對蒲松齡俚曲作全面論述,算是開了個好頭,可惜此後再没有接續去做。

聊齋俚曲是文學、語言、音樂和表演相結合的藝術，其文化的結構是一個有機的整體。在這種綜合的整體中，爲主的音樂成份常與相關藝術相互影響、滲透，形成深層的綜合。聊齋俚曲的音樂結構，大體如此。本書作者對此，就是在前人研究的基礎上，以實證的科學方法，用大量田野工作調查的收穫，結合歷史文獻中相關的音樂遺産進行分析，從而取得了一些前人未能涉及的新成果。而且書中關於聊齋俚曲的音樂結構特徵、曲調同淄川方言的關係以及藝術風格等等分析，也頗有精煉和獨到的論述。

總之，劉曉静博士研究蒲松齡俚曲取得了可喜的新成果。我相信本書問世後，對開拓蒲松齡文學藝術的跨學科的研究，定會起到積極的推動作用。

2002 年 10 月 25 日於濟南

（原載 2002 年 11 月，劉曉静著《三百年遺響——蒲松齡俚曲音樂研究》，上海三聯書店）

滿漢合璧子弟書《尋夫曲》校録

lioi bu wei i gicuke gebu tumen jalan de isitala,

萬古羞名吕布韋,

emu bayan wesihun be hicume gise alibure sahiba,

爲貪富貴獻娥眉。

doosi weile šajingga nomun i jurgan be necihebi,

貪心犯罪春秋筆,

lehele i basucun hergen aku i eldengge wehe i sasa algišaha,

亂種譏喧無字碑。

gashan sui akūngge be ušabufi amala jobocun tutahabi,

殃及魚池留後患,

jobolon bithe deijire ci ban jinahai fulenggi ome ubaliyaka,

禍胎坑穴作餘煨。

lioi bu wei sargan i beyede doosi fusi bifi cin gurun i doro be doosidahabi,

吕布韋,妻懷貪種貪秦業,

doosi ama i banjiha doosi jui naranggi emu doosi hūlha,

貪根子,生出貪種作貪賊。

mengdz i gisun gurun be akdulara ce alin bira haksan oburakū sehebi,

孟子説:“固國不以山溪爲險。”

cin gurun i ši hunwang watai golmin hecen be sahara de filtahūn giranggi muhaliyaha,

秦始皇偏築長城,白骨成堆。

geren ergengge be wacihiyame jocibufi abka na munahūn,

害盡蒼生天地慘,

duin mederi de ehe selgiyenefi hutu enduri usatala,

毒流四海鬼神悲。

nomun ulabun eden dadun tacihiyan wa eyeme efujehebi,

傳缺經殘,陵夷教化,

gurun golo delheme dendefi hešen hergen hūlhi lampa,

那分國亂,滅列綱維①。

damu fan ki liyang ni sargan meng giyang gege danggi,

獨有范杞良的妻兒孟姜女,

abka na i tob sere sukdun be canggi bahafi banjiha saikan hehe mujangga,

是一團乾坤正氣,造化的娥眉。

ini eigen golmin hecen be cirgere jalin fakcaha ci amasi,

祇從那,夫築長城離别後,

ai,saikan gege kos seme wasikai celmeri dara giyabasrada,

嘆佳人,懨懨瘦損小腰圍。

dergi taktu de tolgin simeli hida i gohon i oron gaihakū,

東樓夢冷把簾鈎兒挂,

①“那分國亂”,“那”字應作“邦”,滿語 golo 譯古漢語是“邦”的意思;故 gurun golo 譯作“邦國”。此句全漢語各鈔、刻本均作“邦”。

amargi iase de fayangga fambufi šun i helmen buru bara,

北塞魂迷到月影兒微①。

ališara cira de fiyan i jure mujilen aibi,

胭脂有意辭愁臉,

hiterere faitan be yacin nirure gūnin usatala,

翠黛無心畫恨眉,

yasai muke i hergen wacihiyame sabtatala beye gubci humarafi,

泪痕落盡渾身滿,

eigen be kidure gosihon gisun be baibure jalin emu fi de nikecina,

爲寫思夫的苦句,一個筆頭兒培②。

dolori gūnici eigen ne aibide biheni,

暗想到:夫今受苦於何處?

haijung sere feise be beyede unuburenegge toktoho baita,

免不了,老大的磚頭身上背。

meiren giyabsahūn seme giljame goirirengge weci,

肩頭兒瘦怯誰憐念?

hūsun niyere ofi beye gosiholome akara dabala,

氣力兒單薄自慟悲。

bithei niyalma eberhun šuburi suilacun de ainahai taciha ni,

書生懦弱焉憎苦,

---

①"月影兒",滿語作 šun i helmen "日影兒"。此句全漢語各鈔、刻本亦作"日影兒",波多野太郎教授《校證》認爲非是。

②"培",滿語作 nikecina 是"如可依靠"的意義,這裏漢語作"培",當爲引申的借用義。

hafan data ergeletei hafirarade toktofi horolome hacihiyara,

官長强壓必作威。

tantara toorengge adada si adarame alime mutembini,

打罵難挨君怎受?

sargan mimbe tumen bade giyalafi siren tatabure gūnime adarame bahafi emgi sasa,

叫妻兒,連心萬里怎麽追隨!

mimbe maktafi dengjan i fejile helmen i teile funcefi,

抛的奴,獨自在燈影兒裏,

doboridari biya i elden tuhetele kemuni hargašame bicina,

每夜常隨到月輪兒垂。

abkai buten i ici karahai šanggiyan tugi farsi farsi,

目斷天涯,白雲片片,

fe jugūn bolori edun dekdeci fulgiyan abdaha kiyalmaha kiyalmaha,

秋風古道,紅葉飛飛。

ere gese gūnin usacuka arbun muru,ai mohon bi,

似這樣斷魂景况,何時了?

ai,mini tere hesebun gosihon i eigen marikini ya aniya,

嘆我那苦命的兒夫何日歸?

bi inemene,emhun beye tumen bade eigen be baihanakini,

奴不免,一身萬里尋夫去,

uthai gūwa bade bucehe seme,fayangga orou aicibe inu emgi sasa,

便死他鄉,也落得魂魄隨。

ere saikan gege teng sere jendungge mujilen jilihangga gūnin be tebuhe be dahame,

這佳人,一片冰心懷烈膽,

okson sitashūn giru ardashūn be aiseme tuwašatara,

顧不得,鞋弓袜小,皓齒娥眉①。

muwa suse obume miyamifi hojo saikan be sabuburaku,

裙布荆釵,含嬌斂艶,

yabukahai edun de fulgiyebuni aga de usihibukahai biya tuhetele šun dabsitala,

風吹淋雨,淡月斜暉。

emhun beye eigen be baime ofi,gūnin baibi sengguwendembi,

獨尋夫婿心中怯,

beye tuweri etuku be beneme fisa de unuha,

親送寒衣身上背。

sabuhangge, damu gecehe bujan i abdaha sihame edun gaitai singkeyen

但見些落葉霜林風乍冷,

ula de helmešere bolori helmen, bigan niongniyaha deyere teile dabala,

江含秋影雁行飛②。

ai,saikan gege,gaihunggai okson tame afame bohi fejile cici

①"皓齒娥眉"句在滿語裏不反映,這裏是漢語修辭上的補充。

②"江含"滿語作 ula de hemešere 意思是指"江面迴波蕩漾";全漢語各鈔、刻本均作"江楓",誤。此句以下,全漢語本有:"茫茫天地夫何處,但憑奴,一膽烈性、兩道英眉"。(波多野太郎教授説:二句"似後人之攙入"(見第 110 頁)

goci,

嘆佳人,蓮步兒難移脚掌兒痛,

kanggili beye heiheri haihari yasai faha buru bara,

柳腰兒嬌怯,眼睛兒黑。

ulhi wahan,šurga be dalime materakū ofi,fur sere dre fonhabi,

袖梢兒,難搪風沙撲杏臉,

hūsihan buten,cifahan de latuburakū seme yar sere faitan jobocun,

裙邊兒,愁托泥水皺娥眉。

aciha unuhangge goro ofi,cun cun i ujen serebufi,

行囊兒,路遠,堪堪重,

hūsun yadalinggū ome genehei,tuwaha tuwahai wajiha,

力氣兒單薄,漸漸微。

yasai muke,wargi edun i ici sar sehei,beye mekele akambi,

泪珠兒,慟灑西風空自苦,

aya,abka na,ya erinde teni eigen i emgi fe gašan de maricina,

説:天哪! 何日和兒夫把故里回?

minde alaha gisun tumen ba i marire inennggi,ai boljon,

曾向奴説:歸期萬里應難定①,

han i hesei nikebune takūran gelhun akū jurcerengge yaka,

王命欽差誰敢違?

oigen bi damu giranggi filtakūn,bucembi dere,

①“應難定”滿語 ai boljon,誤;滿語 boljon 應作 boljohon“約定”。boljon 意思是小波浪,漣漪。

夫也衹但憑一死抛白骨，

dahūme marinjifi sini emgi sasa banjire be jai ume gūninjara，

再休想，重歸與你案齊眉。

mergen sargan mini gisun be gaisu，memereci ojrakū，

奉勸姣妻休固執①，

gariha buleku dahūme eldeke seme gūnire be joocina，

夢思破鏡再光輝。

gūnici niyalma seme banjirengge aimaka pio sere toron heni orho de taha adali，

想人生好似輕塵栖弱草②，

ai，saikan ucuri yasa habtalara sidede hercun akū de boihon de umbuha.

嘆韶光，展眼浮生入土堆。

si mini banjishūn i hethe kemuni ujime mutere be amcame，

你就着我不小的家私能養贍，

sargan kai，si asihan se be ume sartabure，bi ainaha seme marirengge mangga，

妻呀！你莫負青春，略我也難回③。

eigen kai，sini gisun uttu henduhengge，mimbe umesileme giljacibe，

---

①"姣妻"，滿語作 mergen sargan"賢妻"。全漢語各鈔、刻本均作"賢妻"，是。此句爲孟姜女追憶范杞良對她説話的口氣，稱"賢妻"較恰切。

②此句和下句，全漢語各鈔、刻本均缺。

③"略"，全漢語各鈔、刻本作"料"，是。滿語 ainaha seme"預計必然，料想"的意思。

夫呀！你言雖至此深憐妾，

sini ere emu sargan be inu majige gūnicina, an i ucuri ai gese niyalma,

也想想你那妻兒的素向，怎樣個行爲。

musei emu suihen i haji dushun gūlgiraku babe gūnirakū joo dere,

不念我，同心恩愛如魚水，

mini enteke bacihi sargan be ojomburaku obufi tuwahangge ainaha,

怎看我，結髮妻兒似土堆。

mini tunggen i gubci unenggi mujilen jilihangga gunin be tebure,

那知我，滿腔熱血懷烈膽，

hing hing sere jekcungge mujilen, gulu beki be ainambahafi sara,

片片冰心作白圭；

damu mini te i unenggi de nikeme acinggiyakini,

但憑奴家至誠感，

uthai abkai toktobuhangge seme, aicibe maribure dabala,

便是天心要挽回。

tere anggala, meng giyang bi ajigan oi sakda ama i booi tacihiyan be donjihai bi,

况孟姜，又蒙老父垂庭訓，

tetele an i gūnin teng seme hehe durun be tuwakiyaha,

今尚一心在女規；

amala geli eigen mimbe jorime tacibure be aliha be dahame,

後承夫婿教調我，

bi aide uthai ama be cashūlafi eigen be onggofi jurgan giyan be kokirara

奴怎肯，背父忘把禮義虧[①]。

tuttu ofi，minggan babe goro serakū eigen be baihanafi，

所以不辭千里尋夫去，

jase jecen de emgeri goromime yabuha seme，inu cihangga，

少不得遠向邊庭去一回。

mooi abdaha sir siyar gelesu gūnin olihadara

樹葉兒刷拉拉小膽兒荒，

ara，bolori edun šun be sorgime，geli urhume hamika，

説，秋風兒又要送斜陽[②]。

ere dobori mini beye ya bade to mombi，

今夜誰家藏妾體，

gūwa gašan de haji niyalma be absi baihana，

他鄉何處有爹娘。

buruhun buruhun i layaka orho abka na de sirabi，

茫茫衰草連天地，

simeli simeli fundehun suman meng giyang mimbe burubuha，

冷冷荒烟裹孟姜。

tomoho gaha emke emken，bujan de isafi jorgindure bade，

歸鴉點點屯林噪，

jugūn kūwangtahūn，erin yamjifi，emu gakda beye yabu-

---

①“忘”字下脱落“夫”字。滿語作 eigen be onggofi“忘掉丈夫”。

②“説”經義堂刻本作“呀”，是。滿語作 ara“呀，啊，驚訝聲”。

rengge, esi hasa,

叫奴一個兒古道黄昏怎不忙!

gaitai donjici, yang yang sere jungken i jilgan aibingge,

忽聽得何處鐘聲不住的響,

julergi ergide amba muru emu gašan falga,

前邊大概有村莊。

bi inemene ere jilgan i ici baime genekini,

奴不覺,順此聲兒尋下處,

tere bujan i dorgide muru bume dengjan I elden i gese buru bara,

那樹林子裏,隱隱到象有燈光。

ere saikan gege bujan de isinafi yasai muke be fufi tuwaci,

這佳人,走到林中擦泪眼,

dule ajige mukdehen emke dukai jakade hūcin bici tentedere doborongge muduri enduri mujangga,

見個小廟兒門前有井,還供着龍王。

terten tartan i bethe tuhašame mukdehen de dosifi boihon i ūren be cincilaci,

戰驚驚,躡足進廟觀泥象①。

jolhocome dushuteme weihe šakšahun i ekcin hoto juwe ergide faidaha,

惡狠狠小鬼,呲牙列兩傍。

ainara mini beye dobon i derei fejergide majige amgaki bi,

待奴家,供桌兒底下安歇了罷,

①此句和下句,全漢語各鈔、刻本均缺。

omiholohoi mini hefeli dolo untuhuk en,

餓的我,一片前腔貼後腔。

bi taka šahūrun muke be majige omifi niyaman i simen be torbmoumbi,

我且喝些涼水,壓壓心火,

ara,emū waidaku inu akū,bi ainarangge de gamara,

噯! 又無個吊桶,叫我怎麼充腸?

umainaci ojorakū i saikan gege yasai muke sar sehi,

無奈的佳人流痛泪,

enduri jakade hengkilefi muduri seme hūlaha,

神前叩拜叫聲龍王。

meng giyang be giljaki enduri de felehudehe bade waliyame gamarao,

念孟姜,褻凟神灵休見怪,

ineku arga akū ofi,edun gecen ci majige jailara dabala,

也是出於無奈,避避風霜。

aciha be sindafi dorolome wajifi hukun buraki be dasihiyafi,

放行囊,拜罷龍王把灰塵(撢),

ainame enduri tekui julergi falan de deduci baibi šahūrusaka,

權卧在那神座兒前面,地冰涼。

katunjaha katunjahai hojo yasa be eteme nicu nakū,

强咬着牙兒,朦朧杏眼,

bolori edun falga falga etuku hūsihan de hafunara,

秋風陣陣透衣裳。

saikan gege tefi tuwaci emu hontoho biya kelfikebi,

佳人坐起,見一鈎兒斜月,

tungken i jakade fosonjiha genggiyen elden,

清光兒照向酥胸似雪霜①。

meng giyang gege biyai elden be tuwame hiyok seme sejilefi,

孟姜女目對蟾光長嘆氣,

enduri gege aba,šabi mimbe jilacin,mini mama,

説:嫦娥呀！怎不憐憐弟子。我的娘娘！

gubci abkai fejergide fosome aide jaka de bulekušeci tetendere,

普照乾坤臨萬物,

abkai buten i ya bade fan ki liyang bisire be alara,

天涯何處有范杞良？

obson elhe manda bime abka na huwangtahun,

三寸脚兒天地闊,

beye gengge gangga dade,jugūn on fikatala,

一條身子路途荒。

enduringge ferguwen de bairengge mentuhun niyalma minde emu tolgin bahabufi ulhibureo

求聖意,警警我愚人一個夢,

tuweri etuku be inde benefi bigan tala i dubei bolori i šahurun be dalicina,

送寒衣,遮遮他野寒九秋霜。

damu ini emhun beye jobolon de tušaha umudu jui be gilinci ojoro,

但念他,一身落難孤根子,

①“酥胸”,這裏滿語是用 tungken“鼓”借喻。

mini tumenggeri bucetei bigarame yabure meng giyang ni buya beyebe taka waliyan,

莫憐我,萬死投荒的小孟姜。

udu teniken edun buraki de šulubure juwan udu sei asiha oron secibe,

雖小妾乍歷風塵十幾歲,

mini ser sere mujilen sar sere yasai muke,dembei akdacuka,

憑着我心窩兒一點,泪道兒千行。

saiken gege beye šadafi yasa nicu manggi,

佳人身倦方合眼,

emu burgin i murhu farhūn i emu tolgin baha,

一片迷離入夢鄉。

murušeme emu niyalma beye juwe faitan hitereki yasai muke gelerembi,

見個人形兒,雙促着眉頭兒一汪兒眼泪,

beye gubci hešenefi derei gubci jilacuka,

渾身破餒,滿面悽惶①。

saikan gege i baru uju gehešeme ai sefi,

對佳人,點點頭兒嘆了口氣,

aya,sargan kai,si fan ki liyang mimbe takanarakū ainaha,

説:妻呀! 莫非不認得我范杞良?

si absi manggaburu nikcabume šulubuhai tumen ba i dubede mimbe baihanjihabi,

難爲你,風塵萬里來尋我,

①“破餒”,滿語 hešenefi“襤褸”,全漢語各鈔、刻本亦作“襤褸”,是。

eigen bi manggai beye giranggi meijetele sinde karulara dabala,

夫也衹,粉身碎骨報孟姜。

tolgišara nergin i saikan gege,ara,eigen jihebio sefi,

夢裏佳人説:夫來也,

akacun urgun šašafi elheken i eigen na seme hūlaha,

悲喜交加慢叫郎。

eigen i jakade hanci ibenefi agu si saiyūn se manggi,

走向夫前説:君萬福!

da na i bolori edun hūjime dame,biya i elden fa de ganbtabuha,

秋聲兒在樹,月影兒横窗。

saikan gege sek seme getefi tuwaci,

佳人驚醒睁開眼,

abkai gubci usiha oron canggi na i gubci bolori gecen jaluka,

滿天星斗,遍地秋霜。

meng giyang gege teike bitubuha babe amcame gūnihai,

孟姜追想方纔夢,

adada,bi absi gūnin talihūn,ambula faijuma,

説:好叫我疑心,大不祥。

ini gisun beye giranggi meijetele minde karulambi sehebe gūnici,

他説粉身碎骨將奴報,

niyalma esi sesi ojorakū gusinolohoi duha meyen meyen i lakcatala,

不由人,節節慟斷九迴腸。

tumen de emgeri eigen aika gunihaku baita bici,

萬一兒夫有個山高水遠，

fikatala,jugun on yabuha seme,enteheme acarakū ohode ai tusa,

三千雲水何益，地久天長。

geli beyede andubume, tolgin serengge gūnin i gūnigan ohongge,daci uttu,

自解道：從來夢是心頭想，

ainci fayangga gūnicun mujilen i ici ojoro dabala,

大概魂念隨主張。

ai,meng giyang gege imata eigen i beye turgun bisirahū sere jakade,

嘆孟姜，惟恐兒夫身有恙，

tuttu tolgin fayangga uttu tuttu seme gūnihai gemu ehe ba,

所以夢魂顛倒，有這惡思量。

usaka joo abka na,uthai na i fejergide eigen be baihanara ton okini,

罷了，天哪！衹當是尋夫於地下，

aikabade hesebuhe giyan uttu oci, ainame bahafi eigen i dalbde umbuci wajiha,

倘然合該是命，惟求葬妾於夫傍。

damu sargan mimbe buli butu eigen i giran be aibide baihana sembi,

但是令妻兒茫茫何處尋夫骨，

jugūn i andala meng giyang bi afanggala buceci ele jobocun,

還愁過，早早途中死孟姜。

jilakan manggi ini beye gubci niksihai sukū yali

niome šahūrun,

可憐我,渾身是水澆皮肉,

dobori dulin kai,hefeli jalumbure jeku aba,

半夜無糧塞肚腸。

abka maka gereme hamika halukan šun mukdeki bi,

天也該亮,出出暖日,

na oci dembei usihin šahūrun gecen be majige wembucin,

地是精濕,化化寒霜。

gaitai donjici gaha pudur seme jakdan i gargan ci deyehebi,

忽聽得,烏鴉亂起松梢上,

suwayan buraki untuhun ici dekdehengge fe jugūn i dalba,

黄土飛空古道傍。

ere saikan gege beye ilifi ekcin hutu de domnofi,

這佳人,立起身來辭小鬼,

geli wesihun muduri enduri de hengkileme wajiha,

復又向上拜龍王。

sara be elheken i šuwai sere gala de gaibufi,

玉指輕輕携雨蓋,

aciha be mandakan i gei sere meiren de unuha,

香肩慢慢帶行囊。

dolori usakai ededei sefi fusihūn bi ede teni jugūn yabure gosihon ba sahabi,

暗傷心,説:小妾方知行路的苦,

ineku eigen sargan i doro giyan de hafirabufi uttu dabala,

也是出於無奈,夫婦的情腸。

sihara abdaha šor seme abka na šahūru saka,

落木蕭蕭天地秋，

edun buraki bur bur jugūn on fikatala，

風塵滚滚路途愁。

yacin boco bohon kelfiyen faitan absi jilakan，

飄零翠黛眉頭兒苦，

fulgiyan fiyan fundehun biyargiyan dere fularaka，

冷露胭脂模樣兒羞，

cejen de silenggi akanafi urhu haihū haihūnggai，

露透胸膛兒嬌怯怯，

beye edun de feburengge heiheri haihari aššara，

風吹身子兒蕩悠悠。

eigen taksicibe gukucibe kemuni onggolo seme muterakū bade，

又不知，存亡未卜夫何處，

pei，mini are giyabsahūn i giranggi ya bade umbuci umbukini wei guwanta，

哎！不知何方淹埋我這瘦骨頭？

ejehe bade faitan be nirure fonde alin i gese fundehun，

曾記得筆畫眉山黛冷①，

ilhai jakade kituhan fithere erinde bolori biya genggikisaka，

彈琴花下月明秋。

enenggi teile golmin hecen tumen ba i goro，aibade baihanambi，

到而今，長城萬里無處覓，

①"眉"下脱落"頭"字。

jugūn de yabuhai uyun biya ohobi ya aniya dube da,

路入三秋歲未休。

adarame bahafi amasi mariha manggi, dahume inenggi banjimbi,

怎能勾,有日歸來重舉案,

murušeme tuwaci ereci amasi jai emu bade bici mangga,

大料着,從今未必再登樓。

joocin eigen kai, ainci si bi nenebe jalan ci gajiha sui aise,

罷了,我夫啊! 也是你我前生遭來的罪孽,

ere jalan de eigen sargan ere jobocun be dulembuci uthai wajiha,

須得今世夫妻磨去這憂愁。

ai, ne bi fejergi oci suwayan ilha ba fehuhei fatan nionggajafi,

嘆奴今,下磨脚掌黄花兒冷,

dergi oci fulgiyan abdaha de goibuhai meiren absa,

上打肩頭紅葉兒飛。

gūnin gusucure be, fe jugūn de emhun yabuhai niyalma falga komso,

憂心處,獨行古道人家兒少,

niohon suman de šumci dosinafi mooi šuwa olhocuka,

深入蒼烟樹行子幽,

niyalma aosi usatala, elben booi coko hūlahadari biya fundehun simeli,

斷魂人,寂寞鷄聲茅店月,

indahun hashan i duka tule gūwambime gaha fodoho i gargan de donaha,

犬吠柴門外,鴉歸柳梢頭。

ere utala gosihon i babe bi aika gūninahū semeo,

這些苦處奴豈無思過?

halai hecin i akacun usacun be emu anan i dosoro,

萬種的凄凉挨次兒愁。

šun emgeri inenggishūn oho bime hono erede buda jetere unde ni,

日頭兒已經挂午,還未吃早飯,

gašan i tatara boode,inu an i jetere uyan buda uncara be wen gūniha,

村店子裹,且喜隨常也買粥。

ere saikan gege tuwaci hehesi tebure boo,encu emu giyalan bifi,

這佳人,見另有一間堂客坐,

undehen i doohan dari ekšeme udu okson gardara,

急行幾步板橋頭。

tatara booi mama ere gege be tuwaci bigarara arbun dembei yadahūn hoilashūn,

店婆兒,見女子行妝多苦淡,

saikan gege i aššara arbašarangge absi nesuken haihūngga,

佳人動作自温柔。

gege si hendu, aika jemengge be gaiki seci gūnin kekserengge jefu,

説:問娘子要什麼吃食隨意用。

saikan gege hendume,beleningge be gaji,amba mucen i lala uthai icangga,

佳人說:現成的就好,大鍋裹的粥①。

saikan gege jeme ebihe manggi beye kūwai fai ohobi,

佳人飯飽身活動,

šufa jafafi hūmbur sere nei be fume bolgosaka,

手帕兒,擦乾滿面的汗珠兒流。

juwe ergi fur sere fulcin emu juru yar sere faitan bultahūn i,

透真了兩朵桃花,一雙柳葉,

tucibume muterakū i hojo giru tolome wajirakū i yebcungge ailungga,

千般丰韵,萬種風流。

tatara boo mama hendume,ere gege anda saikan beye absi calmari,

店婆兒見說:好個娘子身兒秀;

gubci beye tob sere arbun canggi cira baibi ališara,

一團正氣臉皮兒愁。

hendume gege de dacilaki ne aibici jihengge kemuni absi geneki sembi,

說:問娘子今日何來,還朝那去?

meng giyang gege emgeri hiyok seme sejilenggala yasai muke jurulame waliyatala,

孟姜女一聲長嘆,兩泪交流。

hendume,mini eigen golmin hecen sahara jalin da gašan ci aljaha turgunde,

說:衹因我夫築長城離故里,

①"粥",這裹滿語作 lala"黄米飯"。普通常用 uyan buda"稀飯,粥"。

mimbe tumen ba giyalafi dolo tantabumbime simcukai bolori erinde songgoro de isibuha,

致使奴心懸萬里,泪灑清愁。

jase jecen i edun nimanggi labdu abka na cak sembi,

邊風塞雪寒天地,

aga singkeyen suman huwantanūn šun geli sahūrusaka,

凉雨荒烟冷日頭。

tuweri etuku be gorokici benefi eigen i beyebe daliki seme,

寒衣遠送遮夫體

yafahalame yabuhai ubade isinjifi beye beyebe torombure dabala,

徒步前來自解憂。

golmin hecen de isinafi baita be yargiyalaha senede mujilen inu museke,

到長城,水落石出心也死,

mekele duha lakcatala jobošoho senggi tunetele songgoho seme ai baita,

强如愁腸寸斷,血泪兒空流。

tatara booi mama hendume,joo bai joo bai,ume,ume,

店婆兒說:罷呀,罷呀! 不可,不可。

minggan tumen ba i jugūn jakūn biyai uyun biya i forgon edede,

一個千萬里的程途,八九月的秋。

bethe oci urhu haihū beye oci geigehun giyabsahūn,

一點點的脚兒,一條條的身子,

alin de hūlha canggi babade šejintu niša,

滿山的賊盜,遍地的魔頭;

dergi julergi ba i gege wargi amargi edun i ishun yabumbikai,

西北的風兒,東南的女子[①],

bigarame ucaraha manashūn i juwari yabume teisulehe dubei bolori dembei faijuma,

出門子的冬夏,行路兒的春秋[②]。

baibisaka,jugūn yabure niyalma be mujiler eflujebure gūnin usabure bade,

最能勾動容的心酸,招人的慟膽

hehesi be geodebure hūbin bisire dade niyalma be gidanara kamni geli tutala,

况有拴娘兒的綫索,豈無打扛子的咽喉。

saikan gege hendume eigen sargan serengge sunja ciktan i uju kai,

佳人説:夫婦五倫之首,

jing musei hehe oho niyalmai dembei oyonggo fulehe da,

是偺婦女要緊的關頭。

joribume alaha tutala nimecuke babe bi biretei gūnin bicibe,

蒙指教,那些利害我全思過,

ere, heni tang sere gūnin de tatabuhai baibi dumlebuci ojorakū be ainara,

奈牽連這點子痴心總不休;

---

①此句全漢語各鈔、刻本均作"西南的風兒,東北的女子",誤。滿語相應的漢語原作:"東南的女子,西北的風兒。"這是由於歌唱韵律的關係改易。

②"冬夏",滿語作 manashūn i juwari "殘夏";"春秋",滿語作 dubei bolori "深秋"。全漢語各鈔、刻本此句爲:"出門子是殘夏,行路兒是深秋",是。

emteli helmen i teile buruhun foson i fejergide yabure de we cihanggai,

誰情願一個人影兒在殘照裏,

juru fayangga ome fundehun bolori erinde fumerere be balai gūnicina,

妄思量兩個魂靈兒繞素秋。

ere emu mudan uthai bucefi na i fejergide ucarabuha seme,

這一去便是相逢於地下,

aicibe bailingga talmahan bifi jurutu eifu i dergi holboto mooi gargan de teci wajiha,

自有那情絲兒係在鴛鴦冢上、連理枝頭。

tatara booi mama donjihai,saikan gege mujilen efujere babe jonombihede,

店婆兒見佳人説到傷心處,

esi seci ojorakū,femen emgeri miosirilambi yasai muke juruleme wasinjiha,

不由得嘴唇子一撇,泪道兒雙流。

saikan gege be menekesaka tuwame dolo šar seme husimbi,

眼看着佳人懷揣着熱膽,

ajaja, si ere emu jergi songgorolame gisurere de mini facuhūn i ba goci tata,

説:叫你一陣絲絲拉拉把我的心係兒揪。

baita uttu oho be dahame ainaci sain ni,

事今至此爲何好?

unggiki seci gūnin sindarakū bibuki seci mujilen manggašara,

去呢怎去,留啊是難留。

akūci bi ere sakda ergen be šelefi sini emgi sasa genekini,

若不然,我拼着這條老命隨你一同去,

ineku simeli secibe naranggi juwe niyalma,

雖也孤單,强如一女流①。

saikan gege ai sefi bi ai gelhun akū,

佳人感嘆説:奴焉敢,

turgun akū de mama simbe joboburengge giyan waka,

無故的勞動你老人家理不周。

mama i umesileme gosire be bi labdu hukšehebi,

婆婆的厚愛奴深感,

encu jenenggi ederi marinjiha fonde jai joboho aracina,

他日歸來把此意酬。

tatara booi mama umainaci ojorakū saikan gege amgara hacin be icihiyafi,

店婆兒無奈,收拾佳人歇宿,

ceni juwe nofi dengjan i ishun bakcilama tefi emdubei gudu gada,

他二人挑燈對坐話難休。

ara, coko geli niyalma be šorgime hūlaha ni ging wajire hamikabi,

呀! 鷄聲兒又早催人更鼓盡,

ere saikan gege aciha be dasatafi juraka,

這佳人,打點行囊奔路頭。

bolori edun falga falga fulgiyembime erde sukdun šahūrusaka,

①"强如一女流",滿語作 naranggi juwe niyalma"畢竟是二人"。

秋風兒陣陣吹人，曉氣兒清，

mooi abdaha sor sar sihambime silenggi sabdan bakjara，

樹葉兒蕭蕭亂落，露珠兒凝，

ser usiha seheri sahari geri gari elden muru buruhun，

殘星兒隱隱迷離，形影兒淡，

erde šun buncuhun buncuhun i gilta gilta，nooi subehe hiyaganjaha，

日頭兒淡淡掩映，樹梢兒横，

geigehun beye yabuha yabuhai，fe jugūn i dele yabure niyalmai songko aibide，

弱體兒迢迢古道，人踪兒少；

simacuka helmen simeli simeli，wargi edun i ishun，yasai mukei hergen fularaka，

瘦影兒冷冷西風，泪道兒紅，

šulehe sabu gahūnggai ganūnggai dame afame jugūn on kūwangtatūn，

綉鞋兒窄窄難行，路途兒苦，

niyekse hūsun dordon dardan i eberhun šuburi，giranggi，jalan unkacuka，

力氣兒單單懦弱，骨頭兒疼。

ai，saikan gege i kanggili beye emgeri absa wasikabi，

嘆佳人，香軀已似黄花瘦，

dere de afanjire bolori silenggi de akanajūn edun de hamici mangga，

怎當得，撲面的秋霜，透骨的風。

geogeyen bethe simacuka suman nisihai fehurengge weihuken dekdehun，

小脚兒，踏盡寒烟如泛梗，

gakde beye bolori bocoi emgi fumererengge gengge gangga,

一身兒，磨殘秋色苦飄蓬。

ališara gūnin minggan ba i on de isinaci gelehei,

愁懷怕問程千里，

hargašara yasa tumen jergi alin be sabunakū olihadara,

望眼驚看山萬重。

ai,mini ere jergi duha lakcatala i gusucun be wede alanambi,

說：奴家這斷腸苦惱憑誰訴，

aya,abka na,golmin hecen sehengge jiduji aba,

哎！天哪！不知何處是長城？

ainara jiya,sime arame fe jugūn de yabumbi dere,

少不得，强掌着精神登古道，

yasai muke suwaliyame wargi edun i ici genere dabala,

模糊着泪眼任西風。

jugūn aname eigen i mejige be werešehei,

沿途訪問兒夫的信

ne šanaha furdan i šurdere bade jing deribume weileme bi seme curginduha,

聞聽說是山海關前正動工。

saikan gege ere mejige donjihade gūnin majige sulakan,

佳人得信心少定，

hendume julergi baru geneme,isinaci oho kai,absi selacuka,

說：幸喜前途有路通。

golmin hecen de isinafi,eigen be acafi,tebuhe gūnin wajiha manggi,

到長城,尋見兒夫完宿願,

bi ere gese bolori nasara gosihon be dosobure,dembei goro jugūn be dulemburengge mekele akū secina,

不枉奴,受這悲秋的苦處,耐這迢遥的路程。

cin gurun i si hūwang gurun i jobolon serem šere jalin golmin hecen be sahara be taka leoleki,

且說:秦始皇因防國患把長城築,

meng tiyan be tuwame weilebure hafan obume obofi weilerengge hahiba,

差遣那蒙恬監修,要不日成。

irgen i ulin be mohotolo niyalmai hūsun cukutele,

耗盡民財,傷人的氣力,

giranggi senggi taran waliyahai olhoho,banjire irgen jobohoi susaka

淘乾骨血,累死生靈。

geren irgen hūsun muke ganame wehe gajime alin dabayan be dabanaombi

衆民夫,運水搬石把嶺越,

yala erde weileme yamji weileme,majige ergere šolo we baha,

真是披星戴月,那個敢消停?

tutala jobobume waha irgen i giran be uthai do jukibume sahabi,

將那些累死的民夫,隨溜兒砌,

ededei iktaka giranggi buktan i jugūn unduri giran maktašara,

真成了積骨如山,沿路兒尸横;

korsoro sukdun untuhun sumarafi abka de sucunahabi,

怨氣漫天衝碧落,

gasandure jilgan babe i canggi geren ergengge,

哀聲振地害蒼生。

tere fan ki liyang alban de tucibufi gašan falga ci aliha ci,

那范杞良，自從充役離鄉土，

umainaci ojorakū inu weile i kūwaran de dosifi tacime weilere dabala,

少不得，也入做坊學作工。

damu hithe hūlara beye giru ede hamire aibi,

怎奈書生氣質，何曾慣？

naranggi weilen wacihiyara undede nimeku emgeri manggalaha,

祇落得，工未成時病已成。

ineku fan ki liyang ni hesebun fudasi ofi bucere gasaha de tušahabi,

也是杞良命蹇，遭劫數，

ini fayangga biya i emgi mayaha edun i ici samsihangge yala jilacuka,

可憐他，魂隨月落氣隨風。

udute hoki bifi ini umudu gosihon babe jilara jakade,

有幾個伙伴憐他孤又苦，

ginan be hecen i gencehen i weile i hede i dorgide umbuha,

把尸骸埋在城根瓦礫中。

tere inenggi jing sunjangga inenggi ofi hacin i solo sulabufi,

這一日，節正重陽應挂隊，

hesei takūraha ambasi selgiyen weile be naka,

欽差傳話命歇工，

lakdari saikan gege jing jasei bade isinjihabi,

恰值着佳人方纔臨邊地,

tuwaci tenteke erin i tuwabun niyalma i falga cingkat acu mujangga,

祇見那風景人烟果不同:

emu girin i golmin hecen cokcihiyan dabagar de niketele,

一帶長城連峻嶺,

sehehun i furdan de colgorofi tugi de sisiha,

雄關高聳入雲峰。

saikan gege tuwaha amala,dolori ferguwehei bi,

佳人觀畢心中嘆,

hendume, mederi be teodenjeme alin be gurime mutere hūsun,yala mujangga,

説:果真是倒海移山力竟能。

bi aika tafara oloro be sengguweme hing sere gūnin be tebuhekū bici,

若非我,不辭跋涉懷誠意,

emhun yafahalame, uthai tumen ba i dubede isinjihangge, muterakū i baita,

怎能勾,匆步獨登萬里程!

uttu henducibe eigen i songko be aibideri baime fonjinambi,

但是夫君的下落難尋問,

emu ildun i niyalma geli akū,bi yaka de fujurulame dacilara,

又無個門路兒,我向那個去究情?

saikan gege jing gūnin baharakū bitele,

佳人正自心猶豫,

gaitai tuwaci,ilan duin niyalma sasa yabure be sabuna,

忽然見,三四個工人結伴行。

emte emte,cira fiyan sengsehun bime etuku hešenehebi,

一個個,憔悴形容衣衫破損,

gala de hoošan i jiha jafafi dere de gusucure muru niša,

手携錢紙面帶憂容。

tondo lome furdan i julergi baru yombi,

一直竟向關前走,

bodomime takasu,emu mejige be dacilame cendecina,ce toktofi sara dabala,

説:呀,何不問一個消息,他每定知情。

meng giyan gege genere i jakade ibenefi ekšeme domnombi,

孟姜女走近身邊忙萬福,

hendume, buya hehe minde, emu gisun dacilaki, wesihun beyese taka ilinjacina,

説:小婦人有一言求教,請爺們且暫停。

geren niyalma deng seme ilinjafi hahilame karu canjurame tuwaci,

衆人止步忙還禮,

saikan gege i cira de keb sere dorgide hir sere be baktambuha,

見佳人,和容之内帶憂容;

udu muwa suse obufi miyamime beye gubci buraki canggi bicibe,

雖然是裙布荆釵,一身塵垢,

dorgideri baktambuhangge, colgoroko hojo niongnio yangsanagga,

暗含着超群的媚態，出類①。

aššara arbušarangge ujen jingji banin we nesuken nemegiyen，

舉止端詳，温柔氣相，

tob sere arbun canggi，cira habcihiyan ekisaka，

一團正氣面和平。

hendurengge，wesihun beye sede fonjiki ubai weile arara irgen hūsun i dorgi，

說：問爺們，此處興工民夫之内，

emu fan ki liyang serengge bio，ai serengge nini eigen onggolo golmin hecen sahara dangnaha alban，

有個范杞良，是奴的夫主，也充役在長城。

geren niyalma fonjire be donjici leksei akahabi，

衆人見問齊傷感，

ara，aša sini bairengge dule fan halai agu imbe na，

說：大嫂原來是找范兄！

meni beyese serengge，meimeni harangga bai irgen hūsun onggolo ubade takūranjihangge，

我等是各處的民夫充差到此，

fan halai agu i emgi tataci sasa yabuci sasa hūsun weileci inu sasa，

與范兄同住、同行、同作工。

---

①此句漢語“出類”下有脱文。這裏意思既不完整，按音韵格律也缺漏音節。滿語作：niongnio yangsanagga，意思是“出類拔萃的姿容秀美”。全漢語各鈔、刻本作：“出類的豐楞”或“出類的神情”，波多野太郎教授説：“豐楞，宜作風情”。（見《校證》第503頁）。

damu ini beye obome suilara de hamirakū ofi nimeme akū ohobi,

衹因他,不慣勤勞身病故,

tuttu hecen i gencehen i fejergide umbuha,ini giran filtahūn i tuyembu be ai jempi tuwambi ni

怎忍得尸骸暴露? 所以葬在城根。

enenggi oci sunjangga inenggi sere hacin ofi joboho arame ulebufi weile iliha eken,

今日個,節正重陽,停工犒賞,

sasa guilefi udu afaha hoošan i jiha deijiki seme gucu i gūnin be majige akūmbucina

約會着燒張錢紙,盡盡朋情。

geren hūsun niyalma jing gusucuka gūnin be alame wajin undede,

衆工人正訴愁腸還未盡,

tuwaci saikan gege i celmeri beye emgeri saksari tuhefi hojo yasa ujeleme nicuha.

見佳人香軀一仰,杏眼雙瞑。

日本“明清樂”書録

清末以來,我國學者已注意到流傳於日本的我國圖書的保存研究,然而所矚目的,却多是漢籍經典乃至小説、戲曲佚書。對於在我國文藝影響下曾經流行於一定範圍的我國民歌時調俗曲的“明清樂”,却很少有人道及;至於對這類俗曲的曲譜、曲集,就更少有人注意搜集。這裏僅就多年搜求到的資料,略作書録於此,或亦爲中國文學史、戲曲史、曲藝史與中日文化關係史的研究家們所渴想瞭解的:

《花月琴譜》一册

葛生斗遠輯

有日本天保二年(1831)識和藤原資愛天保壬辰(三年,公元1832年)跋。

收曲譜:越調“厦門流水”“高山流水”;平調“前彈”“新聲高山流水”。曲詞:越調“九連環”“鳳陽調”“算命曲”“含艶曲”“四節曲”“漳州曲”“久聞”“哈哈調”;平調“脚魚賣”“補缸”“月花集”“尼姑思還”“三國志碧破玉”“桐城歌”“雙碟翠”“四不象”“金綫花第一排、第二排、第三排”“銀紐絲第一排、第二排、第三排”。

據藤原資愛跋,龜齡軒葛生斗遠曾於長崎游學,從清人學月琴。

《月琴詞譜》二册

大島克輯

扉頁題:“萬延庚申十月鐫”“秋琴大島克纂輯,圭峰隅田立校定”“伊勢津城陶陶隅田鄰上梓”。

上卷卷首有大島克像和月琴圖,拙堂隱士、土井恪、小山學人純、沈萍香、江蕓閣題詞,江馬欽跋和不如睡齋王克識。下卷卷首有笛浦小史野田逸題詞,卷末有隅田立跋。江蕓閣題詞云:

> 此樂器出自西北隅,其聲清越,故曰“越琴”,又名曰“月琴”是也。酒酣之際,旁午之餘,彈於花陰池畔,亦可調暢風懷,横生逸趣也。故雅俗皆共賞之。道光四年歲次甲申暮秋戲述於崎陽之松風巒翠樓。江蕓閣 蕓閣 幽素

隅田立跋云:

> 秋琴先生嘗游瓊浦,學月琴於清客,殆可謂極其蘊奧者矣。蓋月琴之爲玩也,形古雅,音清亮,非胸中多貯烟霞泉石,必不能會其真趣。方今擊壤至治,會琴趣者,亦隨在有人,先生足迹所及,叩蘊露底以授之。調有平越,曲有詞與譜,又演歌邦語奏神樂今様寺,皆出先生新意。其清逸高韵,捃載一譜中。立不肖,爲捐資,命剞劂,所以公之同好也。立少來學詩,稍辯四聲,傍弄此器,清心養性,有年所矣。迨得先生,始能峨峨洋洋坐此身於高山流水之中,何欣如之。知世之翻此譜者,欣亦猶是,是不可無一言於卷尾。萬延庚申夷則津城逸民隅田立謹書於嘯月之廬 隅田立印 子行

按:道光四年即公元1824年;萬延庚申即公元1860年。卷上收:越調“操琴”“算命曲”“含艷曲”“九連環”“鳳陽調”“四節曲”“久聞”“厦門流水”“脚魚賣”“補缸”;平調“前彈”“月花集”“厦門流水”“漳州曲”“高山流水”“尼姑思還”“前彈流水”“哈哈調”“清平調三排”“敦煌樂”“估客樂”“楓橋夜泊”“折楊柳”“思歸樂”“江陵樂”“陽關曲”“静夜思”“桃葉歌”“平蕃曲”。曲譜之後配以曲詞,

卷末説:“以譜爲先,以詞爲後者,余始設此則。”可知這類先譜後詞的配列方式,最初見於此書。卷下收:平調“關門流水”“金綫花第一排、第二排、第三排”“銀紐絲第一排、第二排、第三排”“三國史雙碟翠”。卷尾後論,僅列“三國史三排”“碧破玉”“桐城歌”等目,無譜及曲詞。附《咏阮詩録》一卷。

據隅田立跋,大島克號秋琴,江户人。游學長崎,從清人學月琴。又據卷末《觀生居著書目録》,知著者除此書外,尚有:《元明清書畫款譜》《漢畫名家集鑑》《獨弦琴譜》《萍迹雜記》等二十六種著作。

《聲光詞譜》三帖(天、地、人卷)

平井連山輯

有壬申歲(日本明治五年,公元1872年)盧白逸民跋。

天卷收:“員頭”“員頭環”“算命曲”“九連環”“茉莉花”“剪剪曲”“四季曲”“四季”“中山流水”“紗窗”“流水”“賣脚魚”“哈哈調”“胡蝶飛”“蓬萊島”“粲瓦礫”“柳青娘”“高山流水”“新聲高山”“朝天子”“二王引”“補缸匠”“桃林宴”“萬壽寺宴”“青陽壽”“松山流水”“新流水”“林氏流水”“漫波流水”。地卷收:“員頭串”“員頭連”“厦門流水”“久聞”“哨吶皮”“想思曲”“竹林流水”“二反”“梅花流水”“久歌歌”“親母鬧”“巧韵串”“月花集”“清元流水”“如意串”“二凡”“漳州曲”“平板調”“洋洋流水”“清音流水”“著中四季”“建德流水”“四季如意”“溪庵流水”“娥娥流水”“新西皮”“二凡串”“斷板”“二凡斷”“尼姑思還、第二排”“魚心調”。人卷收:“將軍令”“二凡調”“清平調”“耍歌”“武鮮花”“金錢花第一排、第二排、第三排”“銀紐絲第一排、第二排、第三排”“西皮調”。卷尾有追刻後篇目次:“仁宗不認母”“雷神洞”“碧破玉”等。

連山爲浪華人。據日本波多野太郎教授認爲此書約是大阪飛雨齋刊本。

《月琴樂譜》四册(元、亨、利、貞卷)

中井新六輯刊

卷首有日本明治十年(1877)春飒序、大觀序。是年大阪刊。

元卷收:“算命曲”“九連環”“剪剪花”“抹梨花”“四季”“紗窗”“賣脚魚”“哈哈調”。亨卷收:“萬壽寺宴”“鳳陽調”“補缸匠”“親母閙”“漫波流水”“久聞”“月花集”“漳州曲”“富貴雙聯”“滿江紅”“魚心調”“尼姑思還”“第二排”“將軍令”。利卷收:“要歌”“要棋”“武鮮花”“金錢花第一排、第二排、第三排”“銀紐絲第一排、第二排、第三排”“不諗母流水”“流水”“清平調”“甘露殿”“關睢”“月宫殿”“風中柳”“宫中樂”“月下獨酌”“思歸樂”“秋風辭”“梁甫吟”“烏夜啼”“千秋歲”。貞卷收:“三國志碧破玉”“桐城歌”“雙蝶翠”“四不象”“翠賽英碧破玉”“雙蝶翠”“串珠連”“雷神洞”“林冲夜奔”。

《聲光詞譜》三帖(雪、月、花)

吉見重三郎輯

日本明治十年(1877)京都刊,二十年再版。題籤作:《明清樂譜》,卷首有胡琴、月琴圖。

雪卷收:“員頭”“員頭環”“算命曲”“九連環”“茉莉花”“剪剪花”“四季曲”“四季”“中山流水”“紗窗”“流水”“賣脚魚”“哈哈調”“櫓歌”“胡蝶飛”“蓬萊島”“粲瓦磯”“柳青娘”“高山流水”“新聲高山”“朝天子”“二王引”“補缺匠”“桃林宴”“萬壽寺宴”“青陽壽”“松山流水”“新流水”“林氏流水”“漫波流水”。月卷收:“員頭串”“員頭連”“廈門流水”“久聞”“嗩吶皮”“相思曲”“竹林流水”“二反”“梅花流水”“久聞歌”“親母閙”“巧韵串”“月花集”“清元流水”“如意串”“二凡”“漳州曲”“平板調”“洋洋流水”“清音流水”“著中四季”“德建流水”“四季如意”“溪庵流水”“娥娥流水”“新西皮”“二凡串”“斷板”“二凡斷”“尼姑思還、第二排”“魚心調”。花卷收:“將軍令”“二凡調”“清平調”“耍歌”“武鮮花”“金錢花第一排、第二排、第三排”“銀紐絲第一排、第二排、第三排”“西皮調”“月宫殿”“耍棋”“松風流水”“茉莉花裏”“平板調裏”“四季如意裏”。卷尾後篇列舉曲目有:“算命曲廣東調”“湘江浪廣東調”“九子連環廣東調”等。

據日本波多野太郎教授藏明治十五年(1882)東京刊本,題作:《聲光月琴詞譜》。此譜實爲連山輯本的訂補。

《清樂曲牌雅譜》三册

河副作十郎輯刊

扉頁題:“瓊浦河副作十郎編選”“丁丑夏日刊杏村書舍藏版”。丁丑爲清光緒三年(1877)。

卷首載清光緒三年“中華四明游客少蘋胡震”的《月琴贅言》和叙,何杏村自序,映堂識,渡邊湅月的《津説》和琵琶、月琴、胡琴、笛等樂器圖,揖裹山行識。自序云:

> 月琴譜自序
>
> 夫唐山之月琴,未識出自何人之作。略觀其譜,非古世之樂;然上尺工六五者,古樂一越調之宫商角徵羽也。雖然無六調如古樂之美,亦可以養性情。昔於長崎行焉,漸及京攝。今好之者衆,緣以所存之譜上梓,以贈同好云。維明治丁丑歲季夏之節序之。瓊浦何杏村識,中華梁文玩書。

何杏村是僑居長崎的歸化人,河副作十郎即其日本名,據揖裹山行識説,他的家世爲通譯,“通清國語學”。

卷一收:“員頭”“員頭環”“算命曲”“九連環”“含艷曲”(茉莉花)“四季曲”“四節曲”“紅綉鞋”(月花集)“剪剪花”“漳州月花集”

“紗窗”“脚魚賣歌”“賣甲魚”(平和調)“流水”“厦門流水”“高山流水”“關門流水”(新聲高山)“補缸匠”“補缸歌”“鳳陽調”“胡蝶飛”“漳州曲”“朝天子”“親母鬧”“如意串”“哈哈調”“哈哈歌”“桃林宴”“櫓歌”“蕩舟十八摸”“漫波流水”。卷二收:“員頭串”“員頭連”“久聞曲”“散瓦礫”“蓬萊島”“平板調”“魚心調”(報花名)“嗩吶皮”“想思曲”“巧頭串”“思歸曲”“溪庵流水”“林德建流水”(林氏流水)“陽關曲”“將軍令第一排、尼姑思還”(三五七)“第二排”“第三排”“將軍令全歌”“尼姑下山”“武鮮花”“要棋”“要歌”“清平調”“小石調”“烏夜啼”“富貴雙聯曲”“西皮調金錢花前彈”“金錢花第一排、第二排、第三排”“銀紐絲(雲間月第一排)、第二排、第三排”“仁宗不諗母”“流水”“男西皮調”。卷三收:“二凡”“雷神洞”“碧破玉”“桐城歌”“雙蝶翠”“四不象”“串珠連。”

《花月餘興》五帖

平山きん輯

日本明治十年(1877)大阪刊。

卷一收:“員頭”“員頭環”“員頭串”“員頭連”“算命曲”“九連環”“抹梨花”“剪剪花”“四季曲”“四季”“中山流水”“紗窗”“流水”“賣脚魚”“厦門流水”“哈哈調”“櫓歌”“胡蝶飛”“蓬萊島”“粲瓦礫”“月花集”“親母鬧”“柳青娘”“高山流水”“嗩吶皮”“鳳陽調”“相思曲”“巧韵串”“新聲高山”“富貴雙聯”“竹林流水”“梅花流水”。卷二收:“朝天子”“二王引”“補缺匠”“青陽壽”“萬壽寺宴”“桃林宴”“松山流水”“新流水”“林氏流水”“漳州曲”“如意串”“洋洋流水”“清元流水”“平板調”“著中四季”“德建流水”“二反”“娥娥流水”“四季如意”。卷三收:“久聞”“新西皮”“二凡串”“二凡斷”“漫波流水”“溪庵流水”“斷板”“魚心調”“尼姑思還、第二排”“將軍令”“二凡調”“西皮調”“滿江紅”。卷四收:“要歌”“要棋”

“武鮮花”“金錢花第一排、第二排、第三排”“銀紐絲第一排、第二排、第三排”“不諗母流水”“清平調”“甘露殿”“關雎”“月宮殿”“宫中樂”“月下獨酌”“思歸樂”“秋風辭”“梁甫吟”“烏夜啼”“千秋歲”。卷五收：“三國志碧破玉”“同、桐城歌”“同、雙蝶翠”“同、四不象”“翠賽英碧破玉”“同、桐城歌”“同、雙蝶翠”“同、串珠連”“雷神洞”“林冲夜奔”。

平井きん，就是平井連山的號，大阪人。此書爲《聲光詞譜》後所輯，内容衹是增補；據卷尾附刊廣告，輯者尚刻有《月琴樂譜》《月琴手引草》等書。

《清風雅譜》一帖

鏑木溪庵平德胤輯

卷末有日本安政六年（1895）溪庵跋。日本明治十一年（1878）東京刊。另有明治二十、二十一、二十三年（公元一八八七、八八、九〇年）東京刊本和明治三十一年（1898）翻刻板本。

收曲：“韵頭”“韵頭環”“韵頭串”“算命曲”“九連環”“茉莉花”“厦門流水”“月花集”“久聞歌”“漫板流水”“四季曲”“散花落”“平和調”“如意串”“魚心調”“德建流水”“哈哈調”“補缸匠”“金綫花第一排、第二排、第三排”“銀紐絲第一排、第二排、第三排”“平板調”“三五七、第二排”“將軍令”“流水調”“西皮調”“二凡調”“溪庵流水”“碧破玉”“桐城歌”“雙碟翠”“四不象”。卷末附載：《操阮十戒十二欲》《阮有宜操》《阮有不宜操》等論述。

《增補改定清風雅譜》一帖

鏑木七五郎增補

日本明治十七年（1884）東京文開堂刊本。

卷首有日本明治甲申（1884）竹溪山内貢序；卷末有鏑木七五郎跋。跋云：

吾先考溪庵君，性好音律，嘗從崎陽人穎川春漁學阮，音悉極其奥妙。當時縉紳諸公争延以爲師，於是此曲頗行於都下矣。先考恐其久而失音節，著《清風雅譜》一卷，未及大行於世而没矣。時吾童子何知，或翻刻之以網利云。吾今已長，而性拙劣，不能繼先考之藝以益盛大之，於是與先考之門人謀，就譜中所載，敢增補改定之，以便初學。既得官許矣，將上諸木而公於世焉；聊以繼先考之志，且贖不肯堂搆之罪耳。明治十七年甲申十月，不肖男鏑木七五郎敬撰。

此卷增補九曲："笑調令""桃林宴""富貴連""朝天子""巧韵串""哨吶皮""西皮斷""二凡串""蓬萊島"。

《增補改定清風雅譜》一帖

鏑木七五郎增補改定

日本明治十七年(1884)十二月東京刊。

卷末有鏑木七五郎跋。

此卷與公元1878年刊本及文開堂本有異同，無"儿連環""二凡串"；"魚心調"作"魚心調、精花名"，"哈哈調"作"哈哈調、鐵馬行"。

《清樂秘曲私譜》二帖(乾、坤卷)

中井新六輯刊

日本明治十一年(1878)大阪刊。

卷首載日本明治十一年廬白閑人序。

乾卷收："三國史碧破玉、桐城歌、雙蝶翠、四不象""翠賽英碧破玉、桐城歌、雙蝶翠、串珠連"。坤卷收："雷神洞"前後段。

中井新六，大阪人，經營有群仙堂；據此書卷末"群仙堂藏板目次"有：《月琴樂譜》全四册，《花月餘興》譜之部全五册、歌之部全三册,《月琴手引草》三輯,《清樂歌譜和解》等書。

《かつのはうた》一帖

穎川源三郎輯刊

日本明治十二年(1879)長崎刊本。

卷首有自序。收:"算命""九連環""四季"。

穎川源三郎通稱藤左衛門,長崎人。

《清樂歌譜》一册

鹽谷五平輯刊

卷首載日本明治十二年(1879)長崎刊本。

卷首有明治己卯(1879)自序。收:"打蘆柴""水滸傳、林冲雪夜走梁山泊""水滸傳、武大郎賣燒餅"。

《大清樂譜》二帖(乾、坤)

山下國義輯

日本明治十三年(1880)東京川流家齋刊本。

卷首有月琴、雲琴、琵琶、胡琴、笛圖説。乾卷收:"算命曲""九連環""四季曲""櫓歌""紗窗""哈哈調""親母鬧""脚魚賣""補缺""南京四季""尼姑思還""月花集""杉山流水""朝天子""抹梨花""游板""日日有""平板""林氏流水""銀絲絲""將軍令""魚心調""霜降郎""斷板""西皮斷""巧韵""西皮""久聞""算命""鳳陽調""嗩吶皮""厦門流水""行板""平板串""西皮""拜月光""金錢花"。坤卷收:"三國史碧破玉、桐城歌、雙蝶翠、四不象、串珠連""八板起頭譜""花園走馬彈譜""三月看芙蓉曲譜""四不正彈譜""柳青娘彈譜""十月懷胎曲譜""看東山彈譜""憶叙彈譜""上天梯曲譜""大過場彈譜""中過場彈譜""長亭分别曲譜""三點梅彈譜""四季相思曲譜""鮮花調曲譜""倒捲珠簾"(别名梳妝)"雙飛蛱蝶曲""湘江浪曲譜""到春來曲""西秦頂板""九子連環曲譜""嘆五更曲譜”“五更啼”“河調”“算命曲譜”“西皮掃板、梆子”“西皮慢板”“西皮中板相絲”“二王掃板”“二王慢板”“二王嘆板倒板”“二流板起頭”。

山下國義號松琴，長崎人，後遷居東京。

《西秦樂意譜》一帖

樂浪亭崎園輯

約爲日本明治十四年(1881)以前刊本。

收：“算命曲”“九連環”“四季曲”“櫓歌”“紗窗”“哈哈調”“親母鬧”“脚魚賣”“補缸”“南京四季”“尼姑思還”“月花集”“杉山流水”“朝天子”“抹梨花”“游板”“日日有”“平板”“林氏流水”“銀紐絲”“將軍令”“魚心調”“霜降郎”“斷板”“西皮斷”“巧韵”“西皮”“久聞歌”“算命”“鳳陽調”“嗩吶皮”“厦門流水”“行板”“平板串”“西皮”“并月花”“金錢花”。

《月琴はや覺》一帖

藤林美納輯刊

日本明治十五年(1882)東京刊本。

卷首載手引。收：“韵頭”“韵頭環”“韵頭串”“算命曲”“九連環”“茉梨花”“厦門流水”“月花集”“久聞歌”“漫板流水”“四季曲”“散花樂”“平和調”“如意串”“魚心調”“德建流水”“哈哈調”“補缸匠”“金綫花第一排、第二排、第三排”“銀紐絲第一排、第二排、第三排”“平板調”“三五七、第二排”“將軍令”“流水調”“西皮調”“二凡調”。

《清樂詞譜》二帖

長原梅園輯

日本明治十七年(1884)東京刊本。(此書流行較廣)

卷一收：“員頭”“員頭環”“員頭串”“算命曲”“九連環”“厦門

流水""四季曲""櫓歌""久聞歌""中山流水""科插串""嗩吶皮""哈哈調""粲瓦礫""蓬萊島""流水""桃林宴""如意串""漫波流水""巧韵串""二凡串""新西皮""笑調令""二凡""德建流水""新流水""平板調""清音流水""二反""花園走馬""朝天子""林氏流水""尼姑思還、第二排""將軍令""斷板""西皮調""二凡調""游童子""青陽壽""柳青娘""清元流水""二王引""胡蝶飛""洋洋流水""娥娥流水""太平樂""月宫調""相思曲""秋籬香""清響流水""一笑樂""滿香園""梅仙流水""松風流水""登仙鄉""歐洞春""玉洞春""鶴舞游""松山流水""竹林流水""梅花流水""好州樂""梅樹亭""雪中樂""梅板吟""新聲高山""高山流水""月照花""昭君怨""二凡斷""四季如意""花月調""松園流水""月下逢""泛舟樂""翠竹流水""梅枝宴""松扇調""寒松吟""弄月""阮咸調"。卷二收:"紗窗""抹梨花""剪剪花""四季""鳳陽調""補缸匠""親母鬧""久聞""漳州曲""月花集""賣脚魚""富貴雙聯""萬壽寺宴""廣東算命曲""九子連環""湘江浪""步步嬌""耍棋""凉州令""漫波流水""銀紐絲、第二排、第三排""莊子夢蝶""魚心調""滿江紅""雙雙蝶""飄飄蝶""金錢花第一排、第二排、第三排""漳州四季調""高山流水""浣花流水""月宫殿""武鮮花"。

長原梅園爲東京人,據《月琴樂譜》春飒、大觀序對她的藝術評價較高。

《清樂詞譜》第二卷一帖

長原梅園輯

日本明治十七年(1884)五月十四日板權(免)許,十八年八月弘通書肆出版。

此卷與前卷二微異,删去"抹梨花",補入"荷葉杯"和"爲誰迴"二曲。曲詞加注發言。

《清風雅唱》第二輯一帖

富田寬輯

日本明治十七年(1884)東京畏三堂刊本。

卷首載“五音十二律配當”圖,明確明樂與清樂的差異。卷末有富田寬甲申(1884)跋。

收:“趙匡胤打雷神洞”“林冲夜奔”“孟浩然踏雪尋梅”。

富田寬號溪蓮,静岡人,爲鏑木溪庵弟子。此書之外尚有:《清樂必携譜集全書》四卷,《清風柱礎》一帖等。

《新韵清風雅唱》一帖

富田寬輯

日本明治二十四年(1891)東京刊本。

卷首載:“音律配當圖”,卷末有富田寬明治甲申(1884)跋。收曲同前書。

《清風雅唱》二帖(乾、坤卷)

富田寬輯

日本明治二十五年(1892)東京吟松堂刊本。

乾卷收:“算命曲”“茉梨花”“紅綉鞋、月花集”“四季曲、四部曲”“久聞歌”“賣魚娘、平和調”“鐵馬行、哈哈調”“報花名、魚心調”。坤卷收:“秋江别、金綫花第一排、第二排、第三排”“雲間月、銀紐絲”“好喜歡”“月老傳”“尼姑思還、三五七、二排、三排”“將軍令想郎經”“三國史送二嫂、碧破玉”“探子報、桐城歌”“曹府宴、雙碟翠”“灞陵别、四不象”。

《洋峨樂譜》二册(乾、坤)

高柳精一輯

日本明治十七年(1884)富山的高岡刊本。

乾卷首有月琴、提琴、清笛圖,坤卷首有琵琶、洞簫圖和綿山遯叟序。

乾卷收:"韵頭""韵頭環""韵頭串""韵頭連""算命曲""九連環""中山流水""櫓歌""胡蝶飛""柳青娘""抹梨歌""四季曲""四季""四節曲""剪剪花""紗窗""流水""厦門流水""哈哈調""散花樂""月花集""桃林宴""久聞歌""相思曲""二王引""補缸匠""巧韵串""剪剪花裹""青陽壽""新西皮""二凡串""高山流水""如意串""二反""蓬萊島""漳州曲""報花流水""萬壽寺宴""著中四季""松山流水""德建流水""新聲高山流水""清元流水""朝天子""清音流水""富貴雙聯""溪庵流水""平板調""斷板""久聞""林氏流水""魚心調""平板調裹""二凡""山娥流水""新流水""四季如意""洋洋流水""二凡斷""耍棋""梅花流水""紗窗裹""竹林流水""松風流水""四季如意裹""抹梨花裹""二凡調""漫波流水""西皮調""尼姑思還、第二排""將軍令""金綫花第一排、第二排、第三排""銀紐絲第一排、第二排、第三排""耍歌""武鮮花""宫中樂""月宫殿""梁甫吟""清平調""關睢""烏夜啼""千秋歲""歸思樂""秋風辭""月下獨酌""甘露殿""風中柳""三國史碧破玉""桐城歌""雙蝶翠"。坤卷收:"算命曲""九連環""抹梨花""剪剪花""四季""紗窗""賣脚魚""哈哈調""四節曲""萬壽寺宴""鳳陽調""補缸匠""親母鬧""漫波流水""久聞""月花集""漳州曲""富貴雙聯""魚心調""尼姑思還、第二排""將軍令""耍歌""耍棋""金綫花第一排、第二排、第三排""銀紐絲第一排、第二排、第三排""武鮮花""清平調""月宫殿""烏夜啼""甘露殿""關睢""風中柳""月下獨酌""歸思樂""秋風辭""千秋歲""三國史、碧破玉""桐城歌""雙蝶翠"。

《清風柱礎》一帖

富田溪蓮輯

日本明治十七年(1884)東京清風舍刊本。扉頁題:"明治癸未新鐫”,“清風舍藏梓”。

卷首有題詞,收:“員頭連”“緊板”“朝天子”“花園走馬”“十八摸”“素綾臺”“柳雨調”“紗窗”“燕子門”“八板”“富貴連”“斷板”“親母鬧”“行板”“舶船盱眙”“嗩吶皮”“南京調”“桃林宴”“光虹調”“板尺”“十送郎”“潺湲調”“胡蝶飛”“平板串”“大過場”“中過場”“青陽壽”“班本二王”“流水曲”“交板”“櫓歌”“蓬萊島”“慶春來”“睡蝶起”“梁花調”“六凡”“龍争玉”“湘江落”“昭君怨”“笑調令”“西皮斷”“霜降郎”“小樓範”“清戛玉”“二黄調”“石上水聲”“西調”“倒捲珠簾”“游板”“巧韵串”“三字令”“二王引”“四美圖”“耍棋”“科插串”“倒板”“雁兒落”“阿船串”“漳州曲”“立板”“二凡串”“修板”。

富田溪蓮,名寬。

《弄月餘音》一帖(天、地、人)

長原松鄰輯

日本明治十八年(1885)長野縣松本出版。

天卷收:“員頭”“員頭環”“青陽壽”“二凡串”“桃林宴”“胡蝶飛”“櫓歌”“二反”“嗩吶皮”“斷板”“花園走馬”“二王引”“蓬萊島”“柳青娘”“相思曲”“太平樂”。地卷收:“算命曲”“九連環”“茉莉花”“剪剪花”“四季”“哈哈調”“親母鬧”“月花集”“久聞”“漳州曲”“久聞歌”“著中四季”“平板調”“萬壽寺宴”“將軍令”“魚心調”“清平調”“二凡調”“月宫調”“湘江浪”“梁甫吟”“烏夜啼”。人卷收:“四季曲”“粲瓦礫”“流水”“厦門流水”“中山流水”“松山流水”“四季如意”“林氏流水”“新流水”“清音流水”“德建流水”“洋洋流水”“高山流水”“新聲高山”“娥娥流水”“漫波流水”“松風流水”“竹林流水”“梅花流水”“茉莉花裏”“四季如意裏”“溪庵流水”“金錢花第一排、第二排、第三排”“月宫殿”。

《清風雅唱外篇》一帖

友田章連輯

日本明治二十一年(1888)東京刊本。

收:"紗窗""鳳陽調""十二紅、六花六節""仁宗不認母""流水""萬壽寺宴""月宮殿""武鮮花""耍棋""耍歌、南京歌、二排、桐城歌、三排、雙蝶翠、四排"。

友田文子,富田溪蓮弟子,號章連,東京人。

《清樂意譜》一帖

富樫悌二輯

日本明治二十一年(1888)新瀉刊本。

收:"算命曲""九連環""四季""櫓歌""脚魚賣""尼姑思還""鳳陽調""紗窗""親母鬧""補缸""抹梨花""將軍令""月花集""巧韵""魚心調""南京四季""金錢花""林氏流水""厦門流水""金錢花初引、一、二、三""游板""朝天子""算命""流水""銀紐絲、一、二、三""平板串""哈哈調""嗩吶皮""西皮、一、二、三、四、五""平板""日日有""霜降郎""行板""西皮斷""斷板"。日本俗曲,而無漢語曲詞。

《月琴雜曲清樂の琴》一帖

半溪老漁輯

卷首載半溪序,日本明治二十一年(1888)刊。

卷首有圖説,收:"算命曲""九連環""茉莉花""月花集""久聞花""四季曲""平和調、賣魚娘""魚心調、猜花名""韵頭""韵頭環""韵頭串""厦門流水""漫板流水""德建流水""溪庵流水""西皮調""二凡調""金錢花""月宮殿""散花樂""如意""哈哈調""銀紐絲第一排、第二排、第三排""平板、第二排""將軍令""碧破玉""桐城歌""雙蝶翠""燕子門""長恨歌"。

《抱月雅唱》一帖

大場琴痴輯

日本明治二十二年(1889)東京刊本。

收:“員頭”“算命曲”“九連環”“厦門流水”“紗窗”“四季曲”“櫓歌”“抹梨花”“剪剪花”“久聞歌”“中山流水”“哈哈調”“鳳陽調”“粲瓦礫”“流水”“蓬萊島”“四季”“嗩吶皮”“桃林宴”“補缸匠”“親母鬧”“如意串”“漫波流水”“月花集”“賣脚魚”“久聞”“漳州曲”“二凡串”“德建流水”“富貴雙聯”“萬壽寺宴”“花園走馬”“新流水”“平板調”“朝天子”“滿江紅”“步步嬌”“耍棋”“西皮調”“漳州四季”“斷板”“尼姑思還、第二排、將軍令”“銀紐絲第一排、第二排、第三排”“金錢花第一排、第二排、第三排”“魚心調”“二凡調”“廣東算命曲”“九子連環”“湘江浪”“游童子”“耍歌”“抱月調”“月宫殿”“武鮮花”。

《雅俗必携月琴自在》一帖

山本有所輯

日本明治二十二年(1889)東京刊本。

卷首冠清樂合奏圖,收:“韵頭”“算命曲”“九連環”“茉莉花”“德建流水”“七言絶句”。

《清樂獨習之友》一册

四竈訥治輯

日本明治二十四年(1891)東京刊本,卷首載月琴、龍笛、胡琴的解説和彈奏法。

收:“清國國歌”“梅花流水”“竹林流水”“松山流水”“月宫殿”“二凡調”“西皮調”“銀紐絲、第二排、第三排”“金綫花第一排、第二排、第三排”“溪庵流水”“德建流水”“將軍令”“流水調”“散花樂”“平和調”“平板調”“月花集”“哈哈調”“久聞歌”“燕子門”“如意串”“厦門流水”“四季曲”“柳雨調”“十二紅”“紗窗”“茉梨花”“九連環挂揆”“九連環”“算命曲”“算命曲挂揆”。日本歌曲。

《清樂十種》一帖

山本有所輯

日本明治二十六年(1893)東京刊本。卷首載各種樂器圖說。

收:“韵頭”“韵頭環”“算命曲”“九連環”“茉梨花”“久聞歌”“賣魚娘、平和調”。此外有日本歌曲。

《清樂横笛獨時習》一帖

廣川正輯

日本明治二十六年(1893)東京刊本。卷首載奏法圖說。

收:“韵頭”“韵頭環”“韵頭串”“算命曲”“九連環”“茉梨花”“厦門流水”“月花集”“久聞歌”“慢板流水”“四季曲”“散花樂”“平和調”“如意串”“魚心調”“德建流水”“哈哈調”“補缸匠”“金綫花第一排、第二排、第三排”“銀紐絲”“平板調”“三五七、第二排”“將軍令”“流水調”“西皮調”“二凡調”“溪庵流水”“碧破玉”“桐城歌”“雙蝶翠”“素綾臺”“紗窗”“十二紅”“蓬萊島”“平板串”“石上水聲”。

《清風雅譜月琴獨稽古》一册

栖崎富子輯

日本明治二十六年(1893)博多刊本。卷首載月琴、提琴等圖。

收:“韵頭”“韵頭環”“尼姑思還”“脚魚賣”“哈哈調”“南京四季”“親母鬧”“月花集”“抹梨花”“魚心調”“將軍令”“林氏流水”“紗窗”“慢板流水”“平板”“廣東算命”“九子連環”“湘江浪”“行板”“巧韵”“月宫殿”“斷板”“蓬萊島”“梁花調”“燕子門”“韵頭串”“金錢花第一排、二排、三排”“銀紐絲第一排、二排、三排”“西皮”“雷神洞、二凡前彈”“二凡臺排、二排、三排、四排、五排、六排、七排”“孟浩然踏雪尋梅、前彈行板”“仁宗不諗母流水”“男西皮”“三國史碧破玉、前彈韵頭還”“桐城歌”“雙蝶翠”“四不象、前彈韵頭”。此外收日本民謡。

《明笛清笛獨案内》一帖

町田久輯

日本明治二十六年(1893)東京刊本。

卷首有清笛的解説,并對明、清笛的差異予以説明。收:“鳳陽調”“廣東算命曲”“剪剪花”“長恨歌”“抹梨花”“抹梨花詞譜”“松竹梅流水”“富貴雙聯”;日本曲。

町田久號櫻園。

《清風詞譜》一帖

東京清樂書店編刊。

日本明治二十六年(1893)刊。收:“韵頭”“韵頭環”“韵頭串”“算命曲”“九連環”“茉梨花”“厦門流水”“月花集”“久聞歌”“慢板流水”“四季曲”“散花樂”“平和調”“如意串”“魚心調”“德建流水”“哈哈調”“補缸匠”“金綫花第一排、第二排、第三排”“銀紐絲第一排、第二排、第三排”“平板調”“三五七、第二排”“將軍令”“流水調”“西皮調”“二凡調”“溪庵流水”“碧破玉”“桐城歌”“雙蝶翠”“員頭連”“燕子門”“朝天子”“緊板”“西皮斷”“柳雨調”“蓬萊島”“清戛玉”“石上水聲”“光虹調”“桃林宴”“潺湲調”“櫓歌”“月宫殿”“素綾臺”“十二紅”“花園走馬”“睡蝶起”“南京調”。

《明清樂之琴》一册

百足登編

日本明治二十七年(1894)東京博文館刊本。

此書爲日本博文館刊“音樂全書”的一種,卷首有解説緒言。收:“算命曲”“九連環”“剪剪花”“茉莉花”“紗窗”“櫓歌”“久聞歌”

“如意串”“哈哈調”“月花集”“厦門流水”“平板調”“松山流水”“四季曲”“銀紐絲第一排、第二排、第三排”“梅花流水”“德建流水”“將軍令”“慢板流水”“柳青娘”“魚心調”“鳳陽調”“蝴蝶調”“金剪花、第二排”“烏夜啼”“西皮調”“三國史碧破玉、雙蝶翠、桐城歌”“嗩吶皮”。日本俗樂。

《月琴胡琴明笛獨案内》一册

平井聯山、山川原梶三郎輯

日本明治三十年(1897)大阪矢島誠進堂刊本。

卷首載月琴、明笛、胡琴解説。收:“韵頭”“算命曲”“九連環”“茉梨花”“剪剪花”“四季”“紗窗”“哈哈調”“久聞歌”“月花集”“鳳陽調”“賣脚魚”“平和調”“魚心調”“二凡調”“漫波流水”“金綫花”“將軍令”。

《清樂速成月琴雜曲自在》一帖

静樂樂士輯

日本明治三十一年(1898)東京刊。

卷首載月琴、提琴、胡琴等樂器圖説,輯録者序。收日本國歌俗曲以外,録曲譜“新曲玉美人”“新曲什番”。

《清笛雜曲集》一帖

荒井花游輯

日本明治三十三年(1900)東京刊,1902年第五版。

卷首載山田樂器店主1900年序。

收:“算命曲”“九連環”“茉梨花”“厦門流水”“月花集”“久聞歌”“慢板流水”“四季曲”“德建流水”“西皮調”。日本笛、月琴俗曲。

《明笛清笛獨稽古》一帖

玉笛道人輯

刊行時間不詳。

卷首有解説；内容分明清樂與日本俗樂兩部分。收：“算命曲”“九連環”“紗窗”“茉莉花”“十二紅”“厦門流水”“平板調”“將軍令”“慢板流水”“德建流水”“西皮調”。卷末增補：“剪剪花”“如意串”“三國史碧破玉”。

以上日本“明清樂”刊印本曲譜、曲集，從公元1832年至1900年間，大致有四十幾種，約七十年中竟有如許刊印本在流通，這是值得注意的。在刊印本之外，也還流存有一些舊鈔本，不過這類鈔本傳入我國的極少。日本研究中國俗文史的著名漢學家波多野太郎教授，皮藏有十餘種，簡目是：

《清唱》一帖

《清朝俗歌譯》一帖　月下老人泰和書

《清風雅譜》一帖

《大清樂月琴譜》一帖

《月琴曲譜》一帖

《清風雅唱》一帖

《松風彈琴》一帖

《月琴曲譜》一帖

《清樂詞譜》一帖

《月琴俗曲》一帖

《西秦樂意調》一帖

據波多野太郎教授的著録，《清唱》一書約爲日本文化年間（公元1804年至1817年）寫本，至於各鈔本所收曲譜、曲詞的曲調，并未超出刊印諸本收録的範圍，它們既有依據傳唱的記録，也有來自刊印本的摘鈔，足以説明我國民歌時調俗曲音樂，於19世紀流布日本的一斑，這一中日文化交流現象，還有待於進一步深入研究探討。